AF840024

BOOK HILL

महारानी

चन्द्रप्रकाश बानियाँ

BOOK HILL

बुकहिल पब्लिकेसन प्रा. लि., काठमाडौं
बुकहिल इन्टरनेशनल, लन्डन

कर्पोरेट तथा सम्पादकीय कार्यालय
सत्य-सदन ५३०/२० कालिका मार्ग,
का.म.न.पा.- २९, कालिकास्थान, काठमाडौं
पोस्ट बक्स नं. : ४९७४,
फोन : +९७७-१-५९०४४०१/२
bookhillp@gmail.com
www.bookhill.com.np

आवरण
प्रणव जोशी

लेआउट
उमेश काफ्ले

पूर्व संस्करण : शिखा बुक्स, २०७५
बुकहिल संस्करण : कार्तिक, २०८०

ISBN : 978-9937-753-62-3

MAHARANI by CHANDRA PRAKASH BANIYA

आधारभूमि

कालीगण्डकी र म्याग्दी नदीको सङ्गममा बसेको 'बेनीबजार' । बेनीबजारको पश्चिमखण्डमा अवस्थित 'कुरिला-खर्क' । त्यही खर्कमा स्थापित 'महारानी-स्थान' । डोटेली खस भाषामा 'माडौं' भनिने देवीदेवताका मन्दिरलाई कर्णाली भेकको खस लवजमा 'थान' भनिन्छ । गण्डकी क्षेत्रमा मन्दिरको विकल्पको रूपमा 'स्थान'को प्रयोग बाक्लै हुन्थ्यो । बागलुङको माईस्थान, पोखराको विन्ध्यवासिनीस्थान भनेजस्तै बेनीको सेरोफेरोमा 'स्याउला थान' भनेर लोकप्रचलित बनेको एउटा मन्दिर छ । मन्दिरमाथि वरको रुख झाङ्गिएको हुनाले झट्ट हेर्ने, देख्ने मानिसहरूले स्याउलाको थान भनिनुको कारण त्यही होला भनेर अनुमान गर्न सक्छन् । वरको रुखलाई मन्दिरको विशेषता मान्नेहरू पनि छन् । यथार्थमा त्यो मन्दिरको नाम 'शिवालयस्थान' हो । कुरिलाखर्कको महारानीस्थानमा पुजिने देवी महारानीको कथा बेनीको दोविल्लास्थित शिवालय स्थापनासँग जोडिन्छ भन्ने जनश्रुति रहेको छ ।

कुरिलाखर्ककी महारानीको इतिहास खोज्दै जाँदा ठ्याक्कै तीन शताब्दी पुँडो पुगिन्छ । तीन शताब्दीपूर्वको त्यही इतिहासलाई आधार बनाएर 'महारानी' उपन्यास लेखिएको छ । कथा बाईसी-चौबीसी राज्यकालको हो । चौबीसी राज्यहरूमध्येको 'मले बम प्रदेश' भनेर लोकप्रसिद्ध '१६ हजार पर्वत राज्य'को हो ।

कुरिलाखर्कको महारानीस्थानमा देवी पुजिन्छ । पुजिने देवीको लोकप्रचलित नाम भने 'महारानी' रहेको छ ! रानी/महारानी राजाका श्रीमतीहरूलाई गरिने सम्बोधन-सङ्ज्ञा हो । कुरिलाखर्कमा पुजिने महारानीको वैवाहिक सम्बन्ध

कुनै राजा-रजौटासँग भएको इतिहासले प्रमाणित गर्दैन । यो ऐतिहासिक तथ्यले देवीको प्रचलित नाम आफैँमा अद्वितीयजस्तो लाग्दछ । नमिलेजस्तो लाग्छ । अनौठो लाग्छ । महारानी किन भनियो भन्ने जिज्ञासा उत्पन्न हुन्छ ।

कुरिलाखर्कमा कहिलेदेखि महारानीको नाममा पूजा दिन थालिएको हो भनेर खोजीपाँसुली गर्दा निस्कने तथ्यले अर्को आश्चर्यजनक कथा भन्छ । महारानी अलप भएको पूरापूर दुई शताब्दीपछि जन्मिएका एक जना श्रद्धालुले गाईगोठमा गरिने छमासिक गोठधूपको सन्दर्भमा किन, कसरी हो कुन्नि महारानीलाई समेत धूप, धजा, अक्षता चढाउन थालेछन् । त्यसैको विकसित, विस्तारित रूप वर्तमानको महारानी पूजा हो । त्यसको अर्थ महारानीको नाममा पूजाअर्चना गरिने परम्परा नभए पनि महारानीको स्मरणस्मृति जनमानसले शताब्दीयौँदेखि गर्दै आएका रहेछन् र महारानीको कुरिलाखर्कसँग कुनै न कुनै साइनोसम्बन्ध जोडिंदो रहेछ भन्ने कुरा प्रमाणित हुन्छ । अर्थात् किंवदन्तीकै रूपमा भए पनि दुई शताब्दी पुरानो महारानीको इतिहास-कथा समाजमा जीवित रहेछ भन्नुपर्ने हुन्छ । सदीयौँसम्म महारानीलाई सम्झनुपर्ने कुनै विशिष्ट कारण अवश्य हुनुपर्छ भनेर अनुमान गर्नुपर्ने हुँदो रहेछ ।

कालक्रममा पर्वत राज्यको अस्तित्व समाप्त भयो । पर्वतको राजधानीको गौरवबाट बेनीबजार वञ्चित भयो । झन्डै डेढ शतक गुमनाम रहेको बेनीबजार २०१८ सालपछि पुनः ब्युँझियो । बेनीको बगर बजारमा रूपान्तरित भयो । बेनीबजारमा म्याग्दी जिल्लाको सदरमुकाम बसेपछि स्वभावतः बजारको आवादी बढ्दै गयो । जनआवादीको विस्तारसँगै महारानीको महिमामण्डन हुँदै गयो । म्याग्दी जिल्लाको सन्दर्भमा गलेश्वरपछिको दोस्रो सर्वाधिक चर्चित र मनितो हुने देवधामको रूपमा महारानीस्थान स्थापित भएको छ ।

महारानी को थिइन् ? उनलाई किन महारानी भनियो ? कुरिलाखर्कसँग उनको के सम्बन्ध थियो ? प्रारम्भमा 'देउती'को रूपमा पुजिने महारानी कसरी 'देवी भगवती'मा फेरिइन् ? देवीको रूपमा पुजिने महारानीको सुनाम के थियो ? महारानी थिइन् भने उनी कुन देशकी महारानी थिइन् ? कुनै राजामहाराजासँग उनको बिहे भएको थिएन भने उनी कसरी महारानी कहलिइन् ? उनको माइती कहाँ थियो ? घर कहाँ थियो ? सबैका मनमा यस्ता जिज्ञासाहरू उठ्नु स्वाभाविक हो ।

उँधौली-उँभौलीको अवसरमा जसले महारानीलाई नियमित पूजा दिने परम्परा बसाल्यो, उसैलाई त्यस बारेमा कुनै जानकारी थिएन होला । थाहा हुन्थ्यो भने महारानीसँग असली नाम पनि जोडिएर आउँथ्यो । नाम, गोत्र उच्चारण गरेरै पूजा दिने परम्परा बस्थ्यो । महारानीका आफ्ना सन्तान थिएनन् । सन्तान नभएपछि हिन्दू परम्पराको श्राद्धतर्पण पाउने अवस्था पनि थिएन । सामान्यतः पितृले पिण्डतर्पण पाउने जम्मा अवधि तीन पुस्ताको हो । महारानी भने आफ्ना सन्तान आफन्त नभए पनि पराइहरूबाटै शताब्दीयौं शताब्दीसम्म पूजाअर्चना पाउने भाग्यमानी किन, कसरी बनिन् त ?

इतिहासको गर्भमा विलुप्त भएको त्यही रहस्यमयी कथाको सत्यतथ्य कोट्याउने कोशिशस्वरूप यो कथानक तयार भएको हो । यो कथाको पृष्ठभूमि इतिहास हो तर कथानक सम्पूर्ण इतिहास भने होइन । समाजमा भनिँदै-सुनिँदै आएका लोककथन र किंवदन्तीहरूको तथ्यगत विश्लेषणको कोशिश हो । त्यस अर्थमा सम्भावित सत्यतथ्यमा आधारित भएर गरिएको इतिहास पुनर्लेखनको अभ्यास पनि हो । यो तात्कालीन समाजको कथा पनि हो ।

आधार इतिहास हो । कथा काल्पनिक हो तैपनि अधिकांश घटनावली, पात्र र भाषा इतिहासबाट लिने कोशिश भएको छ अर्थात् यो कथानक न पूर्ण इतिहास हो, न पूर्ण काल्पनिक । लेख्ने प्रयत्न सामाजिक उपन्यासको हो, अनभ्यस्त कलमले उपन्यास बनाउन सक्यो कि सकेन कुन्नि ? मूल्याङ्कनको जिम्मा समादरणीय पाठकवर्गलाई नै !

पर्वत राज्यकालको भाषा कस्तो थियो भन्ने कुरा अन्धकारमा छ भन्न मिल्दैन । पर्वत राज्यकालका दुई दर्जनभन्दा बढी लेखोटहरू उपलब्ध छन् । देशको सम्पर्क भाषाको मान्यता पाएको 'नेपाली भाषा'को जननी खस भाषा हो । खस भाषाको आफ्नै मौलिक लिपि 'खरोष्टी' थियो रे ! लोप भयो । देवनागरीले त्यसलाई विस्थापित गरिदियो । कुनै बेला राष्ट्र भाषाको मान्यतासमेत पाएको भाषाको नामकरण 'नेपाली' हुनुपूर्व त्यसलाई 'गोर्खा भाषा' भनियो । गोर्खा भाषाको जननी 'पर्वते भाषा' थियो । खस-डोटेली भाषाले नेपाली भाषातिरको गन्तव्ययात्रा शुरू गरेको स्थान पर्वत हो ।

पर्वतको साहित्य सिर्जनाकाल भानुभक्तभन्दा जेठो छ । सबै लेखोटहरू सुरक्षित हुन सकेनन्, आवश्यक प्रचारप्रसार पुगेन, कुना परे तैपनि सीमित

र आधा-अधुरै भए पनि त्यस कालका लेखोटहरू उपलब्ध छन् । ती लेखोटहरूले तत्कालीन समाजमा बोलीचालीमा प्रयोग हुने भाषाको उदाहरण प्रस्तुत गर्छन् । तिनै लेखोटहरूलाई आधार मानेर वादसंवादमा उपन्यासका पात्रहरूबाट तत्कालीन भाषिकाको प्रयोग गराउने कोशिश गरिएको छ । लेख्य भाषाभन्दा पनि तत्कालीन पर्वत राज्यको राजधानी रहेको ढोलठानावरपर रहेका दलित वस्तीहरूमा आजसम्म पनि बोलिने भाषालाई संवादमा प्रयोग गरिएको छ । ती दलित वस्तीहरूमा बोलिने भाषा भानुभक्तीय रामायणबाट लिइएको होइन । इतिहासकालमा बोलिने भाषाको अवशेष होइन भन्न सकिन्न । उपन्यासमा प्रयुक्त भाषिकाले पाठकहरूलाई पर्न जाने असुविधाका लागि क्षमा माग्नुको दोस्रो विकल्प रहेन ।

"तपाईंसँगै पर्वतको इतिहास पनि विलुप्त हुने भो !", तिलचामले मेरो कपाललाई लक्षित गरेर झन्डै दुई दशकअगाडि शिखघारका घनश्याम खड्का र मल्लाज जलजलाका हरिकृष्ण आचार्यले सगोलमा गरेको टिप्पणीले च्वास्स कतै घोचेथ्यो । इतिहासमा कलम चलाउन उत्प्रेरित गरेथ्यो । इतिहास तथ्यप्रमाणको आधारमा लेख्नुपर्ने, पर्वतको सन्दर्भमा समाजमा प्रचलित लोकथनहरूलाई पुष्टि गर्ने तथ्यप्रमाणहरू दुर्लभ ! त्यही तीतो यथार्थले इतिहासमा आधारित उपन्यास लेख्नुपर्ने आवश्यकताबोध भएको हो । 'मृत्युसंस्कार विमर्श' नामको पुस्तक प्रकाशनपछि भिन्न विधामा कलम चलाउने योजना बनेको डेढ-दुई दशकपछि भए पनि कलम चलाउने धृष्टता गरिएको हो । यही आधारभूमिमा कुरिलाखर्के महारानी कथा सिर्जना भएको हो ।

यो लेखोट तयार गर्ने सन्दर्भमा ऐतिहासिक तथ्य, स्थान र घटना विशेषको तथ्यसङ्गत जानकारी दिने काकाद्वय डा. श्री कर्ण बानियाँ, श्री याम बानियाँ, भाइ कृष्ण बानियाँ तथा भतिज नरबहादुर बी.सी. (बानियाँ) लगायत पुस्तक लेखन तथा प्रकाशनमा मूल्यवान् प्रेरणा र सहयोग पुऱ्याउने सबै मित्रबन्धुहरूमा आभार तथा धन्यवाद अर्पण गर्दछु ।

परिमार्जित नयाँ कलेवर र गुणस्तरसहितको यो विशेष प्रकाशनका निम्ति बुकहिल पब्लिकेशनप्रति आभार व्यक्त गर्दछु ।

सिमलचौर, पोखरा

लेखक

एक

मध्य मङ्सिर । बालीनाली उकार्ने, नल-पराल थन्काउने बेला । वर्षा ऋतुमा छरिएको मानो-मुठीको प्रतिफल मन-मुरीमा सोहोर्ने समय । मौसम भने उघ्रेकै होइन । आकाशले घुम्टो छोडेकै छैन । बादलको कालिमाबाट आकाश आच्छादित भएको हो, अनुहारको उज्यालो भने धर्तीको गायब भएको छ ! रिसाएका हुन् कि सुर्ताएका हुन् ? दिनहरू खुशी देखिएकै छैनन् । यो महिनाभर धर्ती हाँसेकै छैन । हप्तौंदेखि सूर्यकिरणको न्यानो स्पर्शबाट पृथ्वी वञ्चित भएको छ । त्यसैले पो धर्तीमाताले मुस्काउन बिर्सेकी हुन् कि ! निरन्तरको धामलधुमलले धीत मर्नेगरी घामको राप लिने अवसरबाट मानिसहरू वञ्चित भएका छन् । घामको न्यान्यो दुर्लभ बनेको छ । औलतिरको बालीनाली उतै भित्र्याउने गरी बेनी झर्ने पर्वत दरबारको चलन हो । ग्रह नक्षत्रहरूको गति पनि अचम्मको हुन्छ । कहिले राहु वक्र भैदिन्छ । कहिले शुक्र अन्ध ! बाली भित्र्याउन विलम्ब भइसक्यो, ज्योतिषीले पाइतो सार्ने दिन निकाल्न सकेकै छैनन् ।

'कहिले राजा ढोलठाना, कहिले राजा बेनी !' – पर्वतको सेरोफेरोमा यो लोक कथन प्रचलित छ । राजमुकाम तलमाथि सार्ने महाराजाधिराज राज बम मल्लले शुरु गरेको चलनले निरन्तरता पाएकै छ । अब त यो अविछिन्न परम्परा नै बनिसक्यो । एकै आसनबाट हिमालदेखि बेंसीसम्मको प्राकृतिक छटा अवलोकन गर्न सकिने ढोलठाना रस्तीबस्तीका लागि चौपट्टै रमणीय ठाउँ हो भनेर के गर्नु ? हिउँदका दिनहरू अत्यासलाग्दा हुन्छन् । ओसिला दिनहरूले मानिसलाई चिमोट्छन् । चिथोर्छन् । निचोर्छन् । ठिङ्गुर्‍याउँछन् । मानिसले खुलेर चलखेल गर्नै सक्तैन । ठिहीले आङ् फुकाएर काम गर्नै दिंदैन । बिहानदेखि बेलुकासम्म एकनासले चल्ने

हिमाली सिरेटोले सेकेको सेक्यै गरिदिन्छ । उत्तरपूर्वी दिशाभर लाम लागेर उभिएका हिमचुचुराहरूतिर फर्किएर उभिएको यो डाँडो हिमालजस्तै चिसो छ । हरेक वर्ष जाडो यामभर बेनीको न्यानोमा रमाउने बानी लागेका दरबारियाहरू यतिखेर व्यग्रतापूर्वक बसाइँ झर्ने दिन पर्खेर बसेका छन् । मङ्सिरको तेस्रो साताको आखिरी दिन ज्योतिषीको रोजाइमा परेको छ । खास गरेर दरबारिया ज्योतिषी पौडेलवंशी जलाहारी भनेर लोकपरिचित चामु पाध्याको आज्ञाबिना दरबारले हलचल गर्दैन । यात्रा होस् वा शुभकार्य, शुरु गर्ने आँट गर्नै सक्तैन । गर्ने चलन नै छैन ।

दुई सातापछि बल्ल दिन खुल्ने लक्षण छ । बिहानैदेखि हिमाल खुलेर हाँसिरहेको छ । ढोलठानाबाट एकै नजरमा दृष्टिगोचर हुने बाह्र-चौधवटा हिमचुचुराहरूमा कहींकतै बादलको सानो टुक्रोसमेत देखिएको छैन । आकाश निष्कलङ्क देखेर हिमाल पनि फुरुङ्ग परेको छ । बत्तीस दन्त देखाएर मुस्कुराइरहेको छ । युद्धमैदानमा उत्रिएको योद्धाले झैं बिहानैदेखि छाती खोलेर उभिएको छ । नित्यकर्म निवृत्तिपछि महाराज घनश्याम दरबारको पूर्वी पटाङ्गिनीमा उत्तराभिमुख भएर टोलाइरहेका छन् । महिनाभरको पट्यारलाग्दो प्रतीक्षापछिको दुर्लभ र मनमोहक प्राकृतिक सौन्दर्य निहार्नमा निमग्न छन् शायद । बिहानैदेखि निर्वस्त्र भएर आँखाअगाडि उभिएका हिमचुलीहरूले नयाँनौली दुलहीको चन्द्रवदनले झैं महाराजलाई आकर्षित गरिरहेको हो कि जस्तो अनुमान हुन्छ । निर्निमेष उनका आँखाहरू हिमचुलीमा गडेका गड्यै छन् । महाराजका नयनहरू हिमाली सौन्दर्यको चुम्बकीय मोहनीतिर तानिएका छन् । दृष्टिमात्र होइन, मन पनि लपक्कै हिमालसँग टाँसिएको छ ।

पटाङ्गिनीमा महाराजको सवारी हुँदा हिमशृङ्खला शुद्ध दूधले नुहाएको स्फटिकको देवमूर्तिजस्तै देखिन्थ्यो । जन्मँदै कलङ्कजस्तो बनेर टाँसिएका काला बियाँहरूबाट भर्खरै मुक्ति पाएको कपासको थुप्रोजस्तो लाग्दथ्यो । जन्तीझैं लहरै बसेका स्वेताम्बरधारी जैन तीर्थाङ्करहरूको लामको झल्को दिन्थ्यो । भतेर खान धोतीपाटा कसेर लामबद्ध ब्राह्मण देवताहरूको लस्करजस्तो देखिएको छ । एकैछिनपछि भने सूर्यको प्रथम स्पर्शबाट लजाएको हिमाल लालिमायुक्त देखिनेछ । स्वर्णवदनी बालामा रूपान्तरित

हुनेछ । घाम छिप्पिँदै जाँदा काँच झैं टल्कन थाल्नेछ । शायद प्रकृतिको त्यही द्रूत रूपान्तरणको मनोरम दृश्य निहार्न पाइने स्वर्णिम पलहरूको प्रतीक्षा गर्दै छन् महाराज !

हेर्दाहेर्दै पूर्वमा रश्मीतरङ्गहरू लहराउन थाले । सिङ्गो हिमशृङ्खला स्वर्णमय देखिन थाल्यो । हिमालसँग कुम जोडेर उभिएजस्ता देखिने लेकाली चुचराहरू अन्धकारमा हराउन थाले । आच्छन्न कालिमा वास्तविक भने होइन । दृष्टिभ्रम पनि होइन । तेजिलो हिमशृङ्खलाबाट दृष्टिज्योति खिचिनाले अरू कुरा देख्ने आँखाको शक्ति क्षीण भएको मात्र हो । सूर्यको प्रतिच्छाया हिमालको टुप्पोबाट तल सर्दै जाँदा जङ्गलको हरियाली पनि हराउँदै गएर विलुप्त भयो । तरेली परेका पहाडका लहरहरू कालो छायामा रूपान्तरित भए । दिउँसै रात परेको आभास हुन थाल्यो । अलिकता घाम नछिप्पिँदासम्म त्यस्तै हुन्छ । सूर्यका किरणहरूले हिमालबाट तल झर्दै आएर प्रेमपूर्वक सुमसुम्याउन थालेपछि बल्ल प्राकृतिक हरियाली ब्युँझन्छ ।

तल आँगनमा सामलतुमलको भारीतारी मिलाउने कामदारहरूको हल्लीखल्लीले महाराजको ध्यान विकेन्द्रित हुन्छ । आसनीबाट उठेर कठबारछेउ उभिन्छन् र तलतिर निहार्छन् । भरियाहरूले हात सँगसँगै मुख पनि चलाइरहेका छन् । प्रकृतिसँग खेलवाड गर्दै हुर्केका मानिसहरूको स्वभाव फरासिलो हुन्छ । मानिसहरू वाचाल हुन्छन् । उन्मुक्त हाँसो हाँस्छन् । वल्लोपल्लो डाँडाको चुचुरोमा उभिएर जुहारी खेल्ने अभ्यासले आवश्यकताभन्दा ठूलो स्वरमा बोल्ने बानी परिसकेको हुन्छ । त्यसैले दरबारिया अदव बिर्सेर भरियाहरू मच्चिइमच्चिई गफिँदै थिए । ठहाका मारेर हाँसिरहेका थिए । वेअदव खितखिताइरहेका थिए ।

आकाश खुल्दा सिरेटो चल्छ । सामान्यतः बादल बिचरो हावाको इशारामा आकाशमा विचरण गर्ने हो । आकाशमा बयली खेल्ने त हावा हो । बादल त लतारिएको मात्र न हो तर बादलले हावाको गति पनि अवरुद्ध गरिदिँदो रहेछ कि कुन्नि ? बादलमुक्त आकाशमा आज हावा उन्मुक्त भएर विचरण गर्दै छ । मानिसका बलिष्ठ शरीरहरूभित्रका अन्तडीहरूमा समेत तिखो सियो बनेर घोपिएको छ । महाराजका रसिला ओठहरूमा चिसो सिरेटोको प्रभाव स्पष्ट देखिन थालेको छ । ओष्टकमलहरूमा

नजानिँदो गरी नीलिमाको हल्का छाया देखिन्छ । महाराजका आँखाहरू हिमालतिर भए पनि मनको यात्रा भने अन्तै बरालिँदै थियो कि ? नत्रभने ठिहिऱ्याउने चिसोको पर्वाहै नगरी त्यति लामो समयसम्म खुला ठाउँमा उभिनु सम्भव थिएन । कारण पनि थिएन ।

अकस्मात् महारानी गुलवदन पटाङ्गिनीमै टुप्लुक्किइन् । मानिसहरूको दोहोरो पदचापले महाराजको ध्यान भङ्ग भयो । महाराजलाई बल्ल चिसोको अनुभूति भयो । अवचेतन अवस्थामै दुवै हत्केलाले आफ्ना गालाहरू सुम्सुम्याउन थाले । गालाहरू चिसिएका हुन् कि हत्केला ? ठम्याउनै गाह्रो भो । स्पर्शशून्यताको अनुभव भयो । साँच्चै अनुहार चिसो भइसकेको रहेछ । हातका औंला बाउँठिन थालिसकेका रहेछन् । कक्रिएर अकडिइसकेका रहेछन् । चिसो सिरेटोले मुटु छोइसकेछ । महाराजको वदन नजानिँदोगरी काम्न थालिसकेको रहेछ । पाउभरको मुटुले आफूसँगै स्थूल शरीरलाई समेत हल्लाउने तागत राख्दछ । मानव शरीरको निर्माणप्रविधि पनि विचित्रको छ !

मुस्ताङ दरबारबाट उपहारस्वरूप हिजोमात्र आइपुगेको भुवादार निक्खर सेतो धुस्सा महारानीले महाराजको काँधमा ओढाइदिइन् । महारानीलाई पछ्याउँदै आएकी मङ्गलीले आसनीनेरको सानो टेबलुमा चाँदीको किस्ती राखेर अदवसँग बाहिरिई । राजारानीको एकान्त वार्तालाप हुने ठाउँमा सुसारेहरू बसिदिने चलन थिएन । त्यस्तो धृष्टता वेअदव मानिन्थ्यो । महारानी गुलवदनसँग लमजुङ दरबारबाट दाइजोमा आएकी सुसारे थिई, मङ्गली । दराबारिया अदव काइदाको विषयविज्ञ भनिदिँदा फरक नपर्ने परिपक्व मङ्गलीले मर्यादा भङ्ग गर्ने प्रश्न उठ्दैनथ्यो ।

किस्ती छोपिएको हिमालजस्तै सेतो रेशमी रुमाल महारानीले हटाइन् । बादल हटेपछि पूर्णचन्द्रको दर्शन भएजस्तै चाँदीको किस्तीमाथि राखिएका दुईवटा सुनौला कचौराहरू देखिए । नयाँ दुलहीको घुम्टो दुलहाले प्रेमपूर्वक हटाएजस्तै महारानीले जतनसँग कचौराको ढकनीहरू खोलिन् । कचौरामा भरिएको पेयपदार्थले ओदानमाथिको कुँडेमा उम्लिँदै गरेको दूधले झैं मनतातो बाफ छोडिरहेको थियो । ढकनीबाट स्वतन्त्र हुनासाथ कचौराबाट निस्केको बाफको मुल्कोले महारानीका कोमल गालाहरू स्पर्श गर्ने अवसर

खेर फालेन । तातो बाफको उष्म स्पर्शले महारानीलाई एउटा छुट्टै आनन्दको अनुभूति गरायो । महारानीका सुकुमार हथेलीहरूले एउटा कचौरा अदवसाथ महाराजका हजुरमा टक्र्याए । महाराजबाट कचौरा ग्रहण भए पनि चुस्की लिने हतारो भने प्रदर्शन भएन । महाराजले ग्रहण नगर्दासम्म रानीले पेयको सुर्को लिनु दरबारी मर्यादाको बर्खिलाप हुन्थ्यो । आफ्ना सुकुमार रक्तिम हथेलीहरूमा अर्को सुनौला कचौरा राखेरै महारानीले मुख खोलिन्, "एकाबिहानै देखिन हिमालको चिसो सिरेटो खान क्या'न मन लाग्याको होला महाराजकन कुन्नि ? धेरै दिनपछि आकाश खुल्याको हुनाले हिमालको मनोरम दृश्य निहार्न्या इच्छा जाग्याको हो भन्या न्यानो राडी ल्याइदिन आह्वाइसेका भए हुने । सुसारेहरूमा ज्ञान पनि हुँदैन । मर्म पनि बुझ्दैनन् । दकस पनि मान्छन् । म पूजाकोठामै व्यस्त थिएँ ।"

महाराज रानीतिर फर्किए । उनका तीक्ष्ण दृष्टिद्वय कुशल धनुर्धरका वाणझैं महारानीको अनुहारमा गाडिए । महाराजका कमलनयनहरूमा कस्तो भाव थियो कुन्नि ? महारानी सक्पकाइन्, अलिकता लजाइन् पनि । अनुहारमा लालिमा चढ्यो । दृष्टि नत भए । आँखा हेरेरै महिलाहरूले पुरुषको मनको भाव बुझ्छन् भनिन्छ । महाराजका मौन आँखाले महारानीको अनुहारमा खोजेको कुरा के थियो होला कुन्नि ! महाराजको मनमा उर्लेको प्रौढ प्रेमभाव आँखाबाट बग्न थालेको आभास महारानीलाई भयो कि ! अथवा अज्ञात कल्पनाले महारानीमा लज्जाबोध गरायो, महाराजका आँखामा आँखा जुधाउने हिम्मत जुटेन अथवा महाराजका तृषित नजरलाई आफ्नो मोहिनी रूप निहार्ने अवसर मिलोस् भनेर हो कुन्नि, क्षणभरका लागि महारानीका अर्धनिमिलित नयनहरू जमिनतिर धसिए ।

महारानी गुलवदनले पर्वत दरबारमा पहिलो पाउ राखेको साढे तीन दशक बितिसकेको थियो । विवाहको औपचारिकता सम्पन्न भएको पनि पूरै ३० वर्ष कटिसकेको थियो । प्रथम पुत्र युवराज मले बमको जन्मले यही मङ्सिरको १५ मा १९ वर्ष प्रवेश गरिसकेको थियो । पर्वत दरबार भित्रिने लमजुङकी राजकुमारी गुलवदनको डोली पहिलो थियो । त्यसैले त उनलाई प्रथम महारानी बन्ने सौभाग्य मिलेको थियो । महाराज घनश्यामकी पटरानी उनै थिइन् । उमेरले साढे पाँच दशक नाघिसकेको भए पनि महारानीको

कद, काँठी, रूप, हेरेर कसैले ३५ कटेकी भन्न सक्तैनथ्यो । महाराजको आँखामा एकाबिहानै प्रणयभाव जगाउने बेइमानी शायद महारानीको सदाबहार रूपलावण्यले पो गरेको थियो कि ? अथवा पुरुषत्वको मनमोहिनी सुगन्धमा लठ्ठिएकी नारीको स्वाभाविक प्रतिक्रियामात्रै थियो कुन्नि ?

दूध, मह, पाँचऔंले, नीरमसी र यार्सागुम्बाजस्ता शक्तिवर्धक वनौषधिको चूर्ण मिश्रित अमृतमय तात्तातो पेय सुर्क्याउन थालेपछि पनि महाराजको वाक्य फुटेको थिएन । क्षणभरको महाराजको मौनव्रत महारानीलाई अधीर बनाउन पर्याप्त थियो । बिझाउन थालिसकेको थियो । त्यसैले फेरि कुरा झिकिन्, "यतिसारो गम्भीर बनाउन्या गरी आज महाराजकन केको चिन्ता आइलाग्या होला कुन्नि ? आकाश खुल्या पनि महाराजको अनुहारमा लाग्याको ग्रहणले छोड्याजस्तो छैन त !"

"सूर्यनारायणको पावन दर्शनको भक्तिपूर्वक प्रतीक्षा गर्‍याको नि !", महाराजको मौनव्रत तोडियो ।

"आकाश खुलेर बादल हट्यापछि 'भो-भो' भनीकन इन्कार गर्‍या पनि सूर्यनारायणले दर्शन नदिई सुख पाउँन्या होइनन् । एकाबिहानैदेखि सूर्यको बाटो कुर्नुपर्छ र ? यस्तो चिसो ठिहीमा बिहानैदेखि अपराधीले सजाय काट्याझैं बज्रठिङ्गा बनीकन दलानमा उभियाको घामकन कुर्नाखातिर होला कता ?"

"कुर्नुको आनन्द विशिष्ट हुन्छ नि महारानी ! परिश्रमको फल मीठो हुन्छ । दीर्घ प्रतीक्षापछिको मिलनले स्वर्गीय आनन्द दिन्छ । तिम्रो डोली दरबार भित्रियाको ठ्याक्कै दुई वर्षसम्म हामीले कुर्‍याका होइनौ र ? साँच्चै त्यो दुई वर्ष लामो प्रतीक्षा कम्ती रोमाञ्चकारी थियो र ? बिर्सिगयौ ?"

महाराजको कुराले महारानीलाई दुई दशक पुराना स्मृतिका पाना पल्टाउन विवश बनायो । ६० को दशकतिर उक्लन थालेको महारानीको अनुहारमा हल्का लज्जाको लाली चढ्यो । नयनद्वय लज्जावनत भए । ओठहरू थर्थराए, वाक्य भने फुटेन । एकछिनको निस्तब्धतापछि महारानीले फेरि कुरा खोतलिन्, "साँच्चै महाराजको चिन्ताको विषय क्या होला कुन्नि ?"

"युवराजको बिहेको बन्दोबस्त गर्नुपर्न्या बेला भैगया'न र महारानी ?"

साँचै महाराजको मनको कुरा त्यही थियो कि विषयान्तर हुनका

लागि विवाहको कुरा उठाएका थिए कुन्नि ? महारानीले त्यतातिर ध्यान नदिईकन कुरो अघि बढाइन्, “युवराजले भर्खरै त उन्नाईसमा पाइलो राख्याका छन् । शिक्षादीक्षा सकियाकै छैन । त्यसमाथि बीस वर्ष नघाएर विवाह गर्नु शुभ हुन्या छ भनीकन ज्योतिषीले भन्याकै छन् । फेरि भविष्यको राजाका लागि दुलहीको खाँचो पर्न्या होइन ? दुई-तीन ठाउँबाट ‘नरिवल’ आइसक्या छन् । आफ्नी राजकुमारीकन पर्वतराज्यको महारानी बनाउन बाईस्या चौबीस्या राज्यहरू तँछाडमछाड गरीकन लाम लागन्या छन् । त्यो त चिन्तासुर्ता लिनुपर्ने विषय नै होइन, महाराज !”

“बाबुआमाका लागि हुर्क्याका छोराछोरीहरू दूधेबालक नै लाग्छन् । ‘मैले जान्याको ज्ञानगुन र विद्या राजकुमारकन दिइसकें । थप अध्ययन गराउनाकन बनारसतिर पठाउनुपर्ला’ भनीकन कुलगुरु रामेश्वर पन्तले अस्ति सुमन्तहस्ते सन्देश पठाउनु भयाको थियो । युवराजको पढाइलेखाइ अब पुग्यो । थोरैतिनो युद्धकलाको ज्ञान लिन बाँकी होला । हाम्रा युवराजको हातमा अब ढुक्कसँग राजगद्दीको बिंडो सुम्पन हिच्किकिचाउनु पर्न्या छैन । बरु वरिपरिका राज्यहरूबाट थेग्नै मुस्किल पर्न्या गरीकन नरिवल आउन थाल्याकोले पो चिन्ता लाग्याको हो ।”

“कुचोले गर्न्या काम बतासले नै गरिदियापछि पनि केको चिन्ता ?”

“ठिक्कको वर्षाले खेती सप्रन्छ । वर्षा बढी भयापछि त खेतै लताछे ! प्रस्ताव आयाजति सबैको डोली स्वीकार्दा युवराज कृष्ण कनैयाजस्तो हुन्या, नरिवल अस्वीकार गर्दा छिमेकीहरू रिसाउन्या हुन् कि भन्या डर !”

जुम्ली, गल्कोटी र मुस्ताङी दरबारबाहेक अन्यत्रबाट डोलीको प्रस्ताव आउने सम्भावना थियो । जुम्ला अलिकता रिसाएको थियो । मुस्ताङसँग सोलीडोली चलाउने परम्परा थिएन । गल्कोटे बम मल्लवंश आफ्नै सहोदर भाइखलक भएकोले सोलीडोली चल्ने कुरा भएन । महाराजको कुराको गहिराइमा छिर्ने कोशिशमा महारानीले मनमनै औंला भाँच्न थालिन्, “पाल्पा दरबारले पनि नरिवल पठाउने तयारी गर्दै छ भन्ने सुनियाको छ । खाँचीबाट आइसक्यो, देउपुरबाट पनि आइसक्याको छ । कास्की दरबारमा भने विवाहयोग्य उमेरका राजकुमारीहरू छैनन् रे ! तनहुँ दरबारबाट पनि आउने होला । अघिल्लो तिहारमा माइती जाँदा लमजुङे महाराजले पनि भानिज

पुज्न्या इच्छा प्रकट गर्‍याका थिए । अर्घा, मुसिकोट पुरानै कुटुम्ब हुन् ।"

जति ढिलो भयो उति डोलीको ताँती लाग्ने परिस्थितिले महारानीलाई पनि चिन्तित बनायो । अरू राजकुमारहरूको विवाह गर्ने उमेर भएको थिएन । मले बमबकै समवयका एक जना राजकुमार जुम्लामा हुर्कंदै थिए । डोलीको चाप व्यवस्थापन गर्न उनलाई पनि पर्वतमा झिकाउनु उपयुक्त हुन्छ जस्तो महारानीलाई लाग्यो ।

"जुम्लाबाट माहिला राजकुमारकन झिकाउन्या हो कि ? बरू दुवै भाइको एकैचोटि विवाह गरिदिनुपर्ला ?"

महाराजले "हुन्छ" भन्ने अर्थमा स्वीकृतिसूचक टाउको हल्लाए ।

आज महारानी गफिने मुडमा थिइन् शायद । महाराजले कुरोको बिट मार्न खोजे पनि महारानीले कुरा कोट्याइन्, "रैती भारदारहरूको विवाहका लागि दुलही खोजन्या, मागन्या, भगाउन्या चलन छ । पुराणकथाहरूमा पनि राजदुलारीहरूको स्वयंवर गर्न्या चलन रह्याको देखिन्छ । राजकुमारीकन मनपर्दो वर रोज्न सजिलो होस् भनीकन स्वयंवरमा टाढा-टाढाका राज्यहरूसम्म निम्ता पठाउन्या परम्परा बसाल्याको देखिन्छ । रामले शिवको धनुष तोडीकन सीता प्राप्त गर्‍याका रे ! अर्जुनले पानीछायामा हेरी आकाशमा घुमिरह्याको चक्रभित्रको सुनौलो माछाकन वाण हान्या'र द्रौपदीको पाणी ग्रहण गर्न्या औसर पाएका रे ! कृष्ण भगवान्‌ले विवाहकै दिन रुक्मिणीकन भगायाका हुन् रे ! यी बाईस्या-चौबीस्या राज्यहरूमा भने दुलहापक्षकन खबर नगरीकनै आफूखुशी नरिवल पठाउन्या चलन किन चलाया हुन् कुन्नि ? दुलहा पक्षको आफ्नो रोजाइ होला, सम्बन्ध राख्नुपर्न्या मर्म होला । घायघत हेर्नुपर्न्या होला, रोजन्या छाँटन्या मन होला । बिना सोधपुछ नरिवल पठाइदिया भैहाल्यो ! कसकन हुन्छ भन्नु, कसकन हुन्न भन्नु ? हुन्छ भन्दा दरबार भरिन्या, हुन्न भन्दा चित्त दुखाउलान्, दगा धर्लान्, इख लेलान् भन्न्या पिर !"

महारानीले मनकै कुरा गरेकी भए पनि महाराजको भने यो विषयलाई थप तन्काउने मनशाय थिएन । त्यसैले कुरोको बिट मार्ने मनसायले कुरोको लय अन्यत्रतिर मोडे, "हाम्रा रैती गोठालाहरूको गलकोटे र रुकमेलीसँग चरिचरनको विषयमा पर्न गयाको खटपट मिलाउन्या जिम्मेवारी दिई

सुमन्तकन ढोरतिर पठायाको छु । ऊ फर्किआयापछि डोली दिन्या चलन क्यान, कसरी, कहिलेदेखि चल्याको हो भन्न्या कुराको नालीबेली उसैबाट जानकारी लिउँला ।"

"सुमन्त भन्याको उही बानियाँ ठिटो होइन ? भर्खरैको तन्नेरी देखिन्छ त ? इतिहास पुराण र ज्ञानगुनको जानकार हो र ? ओठ निचोर्दा दूध आउन्या उमेरको केटासँग पनि ज्ञानगुनको कुरा के सुन्नु ?", महारानीले अविश्वास प्रकट गरिन् ।

"महारानी ! सुमन्त उमेरको कच्चा भया पनि ज्ञानगुन, शिक्षादीक्षा, इतिहास पुराणमा पोख्त छ । मान्छे खानदानिया हो । जेठाबुढा रतन बानियाँको वंशज । पर्वत राज्यविस्तारमा बानियाँवंशको ठूलो योगदान छ । सुमन्तले सोही गौरवशाली वंशबाट असल संस्कार र ज्ञान पायाको छ । इतिहासको मात्र होइन, उसको शास्त्रज्ञानले कुलगुरु रामेश्वर पन्त, राजज्योतिषी चामु पाध्या, पण्डित शिरोमणि आनन्द रेग्मी र ज्ञानविशारद प्रेमनिधि पन्तहरूकन पनि चकित पार्छ । धर्मसंस्कार, रीतिपरम्पराको सम्बन्धमा पण्डितहरूबीच मतभेद भैगयो भन्या समाधान दिन्या उही हो ।"

महाराजका मुखारविन्दबाट सुमन्तको प्रशंसा सुनेर महारानीको अनुहारमा आश्चर्यको भाव स्पष्ट अङ्कित भएको देखियो । सुमन्तसँग भेट्ने र इतिहास पुराणका कथाहरू सुन्ने उत्कण्ठा जाग्यो । झ्याइँझ्याइँ नौमती बाजा घन्काएर डोली चढी दरबार भित्रने आफ्नो मनको धोको पूरा नहुनुको कारणको नालीबेली सुन्नेजान्ने रहर जाग्यो तर सुमन्तको आगमनसम्म धैर्य गर्नुको अर्को विकल्प थिएन ।

दुई

बुधबार । पर्वतको दरबार बस्ने दिन । हरेक विषयमा छलफल गरेर निर्णयमा पुग्नका लागि बोलाइने भाइभारदारहरूको भेलालाई 'दरबार बस्ने' भनिन्थ्यो । आकस्मिक समस्या आइलागेको विशेष परिस्थितिमा बाहेक सामान्य अवस्थामा महिनाको दोस्रो साताको बुधबार दरबार बस्ने पर्वत राज्यको पुरानै चलन थियो । दरबारमा राजकीय तथा सामाजिक समस्याहरू प्रस्तुत गरिन्थे । छलफल बहस हुन्थ्यो । सबै दरबारियाहरूको रायसुझावको आधारमा अन्तिम निर्णय लिइन्थ्यो । विशेष महत्त्वका मुद्दामामिलाहरू महाराजका हजुरमा प्रस्तुत गरिन्थे । दरबारमा विशेष परिस्थितिबाहेक अघिपछि महारानीको उपस्थिति अनिवार्य मानिँदैनथ्यो । महाराजको उपस्थिति हुन नसक्ने खण्डखातिर परिआएमा युवराजबाट दरबारको नायकत्त्वको भूमिका निर्वाह हुन्थ्यो । युवराज नाबालिग रहेको अवस्थामा महारानीको उपस्थिति अनिवार्य मानिन्थ्यो । कचहरीमा प्रस्तुत विषयमा सबै भारदार र आमन्त्रित भद्रभलाद्मीहरूले खुलेर बहस गर्थे । राय दिन्थे । सर्वसम्मत होस् वा सभाको राय बाझिएको होस्, महत्त्वपूर्ण विषयको अन्तिम फैसला राजाबाट हुन्थ्यो । महाराजबाट भएको अन्तिम फैसलाको पक्षविपक्षमा समेत राय प्रकट गर्न दरबार स्वतन्त्र रहन्थ्यो ।

त्यस दिनको सभामा काजीहरू, सरदारहरू, सेनानायकहरू, जेठाबुढा, दरबारिया पण्डित विद्वान्हरू, लेखन्ते, खजाञ्ची समेतको उपस्थिति थियो । अध्ययनको सिलसिलामा बाहिर रहेका हुनाले युवराज उपस्थित थिएनन् । बेनी झर्ने तयारीको व्यस्तता रानीको अनुपस्थितिको कारण बनेको थियो । युवराजको शिक्षाको दायित्व निर्वाह गर्ने सिलसिलामै

रहेकोले पण्डित रामेश्वर पन्त पनि अनुपस्थित थिए । कार्यविशेषले देशबाहिर रहेका जैसी आनन्द रेग्मीको उपस्थिति पनि थिएन । कुनै औपचारिक ओहोदामा नरहेकै भए पनि सुमन्त बानियाँको उपस्थिति सभामा अनिवार्यजस्तै मानिन्थ्यो । ढोरतिर भएकोले नियमितजस्तो मानिने उनको उपस्थितिको निरन्तरता पनि खण्डित भएको थियो ।

दरबारअगाडि ढङ्ग पुऱ्याएर ढुङ्गा छापिएको विशाल आँगन । चौकोर आकारमा काला र सेता रङ्गका ढुङ्गाहरू जोडेर कलात्मक आकृति निर्माण गरिएको थियो । आँगनको उत्तरी कुनाबाट दक्षिणाभिमुख हुने गरी निर्माण गरिएको चौतारो । चौतारोको पश्चिमकुनामा पूर्वाभिमुख हुनेगरी सजाइएको राज–आसन । चौतारीभर दरबारियाहरूका लागि गलैंचा बिछ्याइएको । राजफैसलाका लागि गरिएको पर्वत दरबारको बन्दोबस्त यस्तै थियो ।

महाराजले आफ्नो स्थान ग्रहण गरेपछि 'पर्वताधिराज महाराज घनश्याम कि, जय' भन्ने समवेत ध्वनि गुञ्जियो । महाराजले दुवै हात उठाएर आशीर्वादको मुद्रामा बस्ने इशारा गरेपछि सबै दरबारियाहरूले आ–आफ्ना स्थान ग्रहण गरे । सभामा चकमन्न निस्तब्धता व्याप्त भयो । विषय प्रस्तुत गर्ने महाराजको इशारा पाएपछि द्वारेले आफ्नो स्थानमा उभिएर महाराजलाई शिर नुगाएर दर्शन गरे अनि दाहिने हात छातीमा राखेर सभालाई बिन्तीभावमा झुकेर अभिवादन गरेपछि सभामा प्रस्तुत गरिने विषयको सूची सुनाए । दरबारसँग सम्बन्धित मामलाहरू, जागिरबाट आउने उठ्तीपुठ्तीको हिसाबकिताब पछि आजको सभामा प्रस्तुत हुने मुख्य विषयमा द्वारेले प्रवेश गरे, "पर्वत राज्यको उत्तरीखण्डमा रह्याको पाखापानी भन्न्या बस्तीमा बालीनाली उठायापछि लोस फुकाउन्या विषयमा पर्न गयाको आपसी विवादमा जङ्गे सुनारको ज्यान गयाको रह्या' छ । विषय सामाजिक रीतिस्थितिको भया पनि झगडा बुधे पाइजा र जङ्गे सुनार दुई जनाबीच मात्र भयाको रह्या'छ । सबैको बालीनाली भित्रियापछि गाउँबुढाले तोकिदियाको तिथिमितिमा गाउँभरका सबै गाईवस्तुहरू एकैसाथ फाँटमा हुल्नपर्न्या हो । सगोलमा एकै दिन लोस चराउनुपर्न्यामा जङ्गे सुनारका गाईवस्तुहरू गाउँबुढाले दिन किटान गर्नुअगावै फाँटमा छिर्न पुग्याछन् । सोही विषयमा जङ्गे र बुधेबीच पर्नगयाको विवादले हातमिसामिसको रूप लिया'छ ।

धक्कमधक्की र हानाहान भयाछ । बुधेले झटारो हान्याको घयँरुको लौरोको चोट कुठाउँमा पर्नाले जङ्गेको ज्यान गयाछ ।"

"गाउँमा लास पर्‍याको उजुरी आयापछि महाराजबाट खटन गरिपठायाको टोली घटनास्थलमा पुगी घटनाको विवरण मुचुल्का तयार गरी देखिसुनी जान्न्या साक्षीहरूको बयानसमेत उतारीकन ल्यायाको छ । खतुकी बुधेले आफ्नो अपराध स्वीकार गरीकन साविती बयान दियाको छ । ज्यान खतको सजायबापत ज्यानै लिन्या पर्वत राज्यमा सनातन परम्परा रह्याको छ तैपनि यस विषयमा राजसभाले आफ्नो राय बनाओस्, स्थिति बसालोस् भन्न्या सदाशय राखी महाराजबाट छलफल गराउन्या आदेश बक्स भयाको छ ।"

"ज्यानै लिनुदिनुपर्ने गरी विवाद हुनुपर्‍या विषय देखिँदैन । मामला भवितव्यको पो हो कि भनीकन विचार गर्नुपर्‍याजस्तो देखिन आयाको छ । झगडाका दुवै पक्षबीच पुरानो रिस, ईवी, दुश्मनी रह्याको थियो कि भनीकन खोजबिन गर्दा त्यस्तो केही देखियान । बुधे र जङ्गेबीच झगडा हुनुपूर्व असल छिमेकी सम्बन्ध र व्यवहार रह्याको देखिन्छ । साक्षी सर्जमिनमा उल्लेख भयाको व्यहोराले त्यही कुरा खुलासा गर्दछ । निष्पक्ष न्यायनिसाफ लिन महाराजकन सजिलो हुन्यागरी यो कचहरीले विचार विमर्श गरोस्, निष्कर्ष निकालोस् । त्यस कार्यमा सघाउ पुगोस् भनीकन वादीप्रतिवादी दुवै थरी र केही साक्षीहरूसमेत बोलाइयाको छ । सभाको कार्यवाही प्रारम्भ गर्नाका लागि सर्वप्रथम जङ्गे सुनारकी जोईकन आफ्नो राय महाराजसमक्ष प्रस्तुत गर्न्या अवसर दिनु उचित हुन्या छ । उसकन बोलाउन्या आदेशका लागि महाराजका हजुरमा बिन्ती चढाउँछ ।"

द्वारे ताराचन भण्डारीले राजाज्ञाका लागि महाराजतिर याचना दृष्टि फिराए । महाराजबाट उपस्थित गराउने इशारामै अनुमति मिल्यो । गौमती सुनारलाई दरबारसामु बोलाइयो । गद्दी चौतारोभन्दा तलै दरबारको आँगनमा उभिएर उसले रुँदै बिन्ती गरी, "मेरा सर्वस्व लुटिगयो, महाराज ! तीनतीन्टा स-साना भन्टाङ्भुन्टुङ् छन् । घरगोठ, खेतीबाली र आरन थामन्या एक्लो मर्द नरह्यापछि चार जनाको ज्यान कसरी पालन्या हो ? मेरै आँखासामुन्या बुधेले मेरा खसमको ज्यान लियाको हो । गाईवस्तुहरूको नाममा एउटा गाई र दोटा पाडी हुन् । जानीजानी लोसमा हुल्याको

होइन । गोठभकारो सफा गर्न्या काममा सजिलो होला भनीकन दाम्लो फोइदियाको कुन सड्को फाँटमा पुगिभ्यायाछन् । देख्नासाथ खेदाएर धपाउन गयाका मेरा खसमको ज्यान बुधेले लियाको हो ।"

"मेरा तागतले भेटन्या भैदियाभए उत्नीखेरे मै आफैंले ज्यानको बदला ज्यानै लि'साखुम गर्न्याथें । पऱ्याको व्यहोर्दी हुँ । कमाउन्या, खुवाउन्या मानिसको ज्यान नरह्यापछि मेरा लालाबालाको चिलबिल हुन्या भो । सहारा र न्यायका लागि आशा गर्न्या दरबारसँग हो । न्यायका लागि भैभलाद्मीसमक्ष पुकारा गर्न्या हो । लोग्ने मार्न्याले मकन पनि नछोड्ला । चिचिला लालाबाला नि नभन्ला । मान्छेको ज्यान गैगयो भन्न्या भन्दा काल पल्केला कि भन्न्या डर ठूलो हुनगयो, महाराज ! जस्ताकन तस्तै सजाय भयाको देख्न पाया न्याय पायास्तो लागन्या'थ्यो । मेरा लोग्नेको हत्या गर्न्याको उसैगरी लास पऱ्याको देख्न पाऊँ ।"

बलेसीधारा आँसु चुहाउँदै गरेकी गौमती थचक्क भुइँमा बसी । लडीबुडी खेलेर आलापविलाप गर्न थाली ।

देखिजान्ने साक्षीहरूलाई बकाइयो । सुनिजान्ने साक्षीको बयान पनि लिइयो । त्यसपछि खतुकीलाई आफ्नो कुरो राख्ने अवसर दिइयो । ज्यान सजायको कल्पनाले गरुडको छाया परेको सर्पजस्तो भएर ओइलाएको बुधे पाइजा मुस्किलसँग उठ्यो । थरथर काँप्दै मुन्टो निहुऱ्याएर उभियो । धेरैबेरसम्म बोली नै फुटेन । फेरि फर्केर घर जान पाइने हो होइन, जहान छोराछोरी आफन्तको मुख देख्न पाइन्छ कि पाइन्न भन्ने चिन्ताले सुर्तायो । तैपनि सागरमा डुबेकालाई तृणको सहारा भनेजस्तो माफी पाउने विश्वास नभए पनि झिनो आशा राखेर फिराद गऱ्यो, "खोइ, मेरा के राय हुनु र ? हैनछैन भनीकन इन्कार्न्या ठाम छैन । छरछिमेकीले देख्याकै छन् । दुनियाँले सुनिसक्याकै छ । मैले चोट छोड्याकै हो । जङ्गेको ज्यान गयाकै हो । ज्यानखतको दोषी मै हुँ । मर्नै पर्न्या भया पनि सत्यतथ्य समाजका सामुन्या राखेर साखुम गरूँ भनीकन बोलन्या हो ।"

"जाडोको याम, बिहानै एक डबका छ्याङ तन्काइवरी खेततिर गयाको थियुङ् । जङ्गेका गाईवस्तुहरू सलहझैं लोस नफुकिसक्याको फाँटमा सल्याम्मै छापियाको देख्यापछि रिसमा मुइले आँखा देखेन । मुख

छोडाछोड भैगयो । बाँहा जोडीकन भिड्याका भए जङ्गेले मकन पाहाझैं पछार्दो हो । रिस पनि उठ्याको थियो, जोरी आफूभन्दा बलियो भयाका हुनाले डर पनि थ्यो । त्यसैले हातमा भयाको घँयरुको लट्ठीले झटारो हान्याको हो । अप्ठ्यारोमा लाग्न गया'छ । भुतुक्कै भैगयो । ज्यानै लिन्या मनसुबा त मेरा हुँदै होइन । भवितव्यले जङ्गेको ज्यान गयाको हो । होइन, छैन भनीकन भागन्या ठाउँ रह्या'न । चलनचल्तीको सजाय भोग्नै पर्‍यो । भद्रभलादमीको दया, महाराजको निगाह ।"

बुधे चुप लाग्यो ।

राजसभालाई मुद्दाको टुङ्गो लगाउने आज्ञा महाराजबाट भयो । दुई-दुई जना, तीन-तीन जना समूह समूहमा बसेर छलफल बहस गर्न थाले । महाराज आफ्नो आसनबाट उठेर महलभित्र छिरे । महाराजको अनुपस्थितिमा सभाले खुलेर बहस गर्ने अनुकूल वातावरण बन्यो । ज्यानको बदला ज्यानै लिने कि भवितव्य मानेर ज्यानसजायको विकल्प दिने भन्ने विषयमा सभामा मतैक्य हुन सकेन । भारदार सभासद्हरूको बहुसङ्ख्या ज्यान सजाँय नै दिनुपर्छ भन्ने पक्षमा उभियो ।

अलिकबेरपछि महाराजको सभाकक्षमा प्रवेश भयो । राजाको स्वागतमा सबै सभासद्हरू उभिए । महाराज शान्त मुद्रामा उचो राजआसनमा विराजमान भए । गद्दी ग्रहण गरेपछि "के निष्कर्ष निस्क्यो" भन्ने आशयले महाराजको नजर द्वारेमाथि पर्‍यो । विषय जाहेर गर्ने मौन आदेश बुझेर द्वारेले सङ्क्षेपमा सभाको राय सुनाए, "ज्यानै लिन्या मनसायले घटना भयाको होइन भनीकन बुधेले जाहेर गर्‍याको छ तापनि आफूले हान्याको झटारोको परिणाम जस्तो पनि हुनसक्न्या कुराको जानकारी उसकन थिया'न भन्न मिलन्या देखिँदैन । नाबालक केटाकेटी होइन । पाँच-पाँच जना छोराछोरीको बाबु भैसकेको पाको मानिसले सम्भावित दुष्परिणामको अनुमान गर्न सक्या'न भन्न नसकिन्या भयाकोले परिणाम जे होला होला, सहुँलाखपुँला भन्न्या मनसायले जानीबुझीकनै जङ्गेमाथि प्रणान्तक प्रहार गर्‍याको हो भन्ने निष्कर्षमा आजको दरबार पुग्याको हुनाले बुधे ज्यानसजाय भागी ठहर्छ । उसकन कस्तो मृत्यु दिन्या भन्न्या कुराको अन्तिम फैसला महाराजबाटै होस् भन्न्या सभाको राय महाराजका हजुरमा बिन्ती चढाउँछु ।"

राय सुनाएर द्वारेबुढा ताराचन भण्डारी चुप लागे । यतिञ्ज्याल उभिएरै सभाको कुरा सुनिरहेको बुधे थचक्क भुइँमा बस्यो । उसका दुवै हातहरू पछिल्तिर फर्काएर बाँधिएका थिए । चाहेर पनि हत्केलाले मुख छोपेर रुने अवसर पाएन । घुँडा टेकेर टाउको झुकायो र काली म्याग्दीझैं आँसुका धारा बगाउन थाल्यो ।

महाराज घनश्याम चिउँडोमा हात राखेर निकैबेर ध्यानमग्न मुद्रामा विचारमग्न रहे । अलिकबेर पछि बिस्तारै टाउको उठाएर सभाको विहङ्गम निरीक्षण गरे । सभा शान्त थियो । गौमती पनि मूर्तिसमान भएर फैसलाको प्रतीक्षामा थिई । बुधेको रुवाइ थामिएको थियो । महाराजले सभामा उपस्थित भीरमुनिका लोहासुर विश्वकर्मातिर हेरेर मुख खोले, "बुधेकन कस्तो सजाय दिनु उपयुक्त होलाजस्तो लाग्छ तिमीकन ?"

महाराजबाट आफूलाई महत्त्व दिइएको कुराले फुरुङ्ग परेका लोहासुरले उत्साहित हुँदै जवाफ दिए, "खतुकीकन ज्यान सजाय दिनैपर्छ महाराज !"

"मैले गौमतीको आफन्त भनीकन सोध्याको होइन लोहासुर ! यो सभाका सबभन्दा पाका मानिस भयाकोले तम्रा राय माग्याको हुँ । साँच्चै तम्रो राय त्यस्तै हो त ?"

"हो महाराज ! मैले पनि राज्यको परम्पराको ख्याल गरीकन बिन्ती बिसायाको हुँ । जात, सम्बन्ध हेरीकन राय दियाको होइन महाराज !"

सभाका सबभन्दा पाका उमेरका सदस्य लोहासुरको राय सुनेपछि महाराज थप गम्भीर बने । निकैबेरको आत्म चिन्तनपछि गौमतीतिर हेरेर सोधे, "ए गौमती ! बुधेकन झुन्ड्याई मारौं कि विष दिईकन मारौं ? अथवा तरबारले शिर कलम गरिदिऊँ कि ज्युँदै फाँचोमा कोचेर कालीगाडमा बगाइदिन्या हो ?"

"महाराजको मर्जी ! बुधेको लास देख्न पायादेखिन् मेरा मनको घाउमा मलम लागन्या छ । उसको लास पऱ्याको मैले हेर्न देख्न पाऊँ ।"

गौमतीको राय सुनेपछि महाराजले सोधे, "बुधेको लास पऱ्यापछि तँकन शान्ति मिल्छ ?"

"हो, महाराज !"

"बुधेले ज्यान सजाय पायापछि तेरा सुनार बिउँतन्छ ?"

"बिउँतिदैनन्, महाराज !"

"बुधे मऱ्यो भन्या तेरा भन्टाङभुन्टुङको मुखमा माड लाग्छ ?"

"लाग्दैन महाराज !"

"बुधेकन ज्यान सजाय मिल्यापछि तेरो घरगोठ, खेतीबाली र आरन आफैं सम्हालिन्छ ?"

"सम्हालिँदैन महाराज !"

"गौमतीको लोग्ने मऱ्यो, असहाय अवलालाई सहयोग गर्न्या कर्तव्य हुन् भनीकन सारा गाउँलेले सदाकाल तँकन सघाउन्या छन् ?"

"........!"

गौमती निरुत्तर भई ।

महाराजले थप प्रश्न गरे, "बुधेका पनि तेराजस्तै ससाना लालाबाला छन् कि नाइँ ?"

"छन् महाराज ! मेराभन्दा धेरै छन् ।"

"बुधे मऱ्यो भन्या उसकी जोई र भन्टाङभुन्टुङको पनि तेराजस्तै चिलबिल हुन्छ कि नाइँ ?"

"हुन्छ, महाराज !"

"बुधेका जहान परिवार तँजस्तै विलाप गर्दै हिँड्याको देख्दा तँकन खुशी लागन्या छ ?"

"लागन्या छैन महाराज ! दुःखपीडा सबैको उस्तै हो ।"

"जङ्गेको मृत्युपछिको तेरो मुख्य चिन्ता क्या हो ?"

"मर्न्या त मरी गैहाले, बचेका तीन-तीनौटा लालाबालाहरूको पालनपोषण कसरी गर्न्या होला भन्न्या चिन्ता हो, महाराज !"

"तेरा लालाबालाको देखभाल र पालनपोषणको जिम्मा मैले लिइदिन्छु । तेरो मञ्जुरी छ ?"

"महाराजको निगाह ! नामञ्जुर किन गरूँला र ?"

"ल आजदेखिन तेरो परिवारको जिम्मा मैले लिइदियाँ ।"

"जय होस् महाराज !"

"मैले तेरो परिवारको जिम्मा लिएबापत तँसँग पनि केही मागन्या मनसुबा छ, दिन्या हो ?"

"यो गरिब कमिनीसँग महाराजका हजुरमा चढाउनयोग्य के कुरा होला र ?

"बुधे !", उँधोमुन्टो लगाएर बसिरहेको बुधेतिर इशारा गर्दै महाराजले भने, "बुधे मकन दिन राजी छेस् ?"

"ज्यानको बदला ज्यानै माग्याको त रिसको झोकमा मात्रै हो । मेरो परिवारको जिम्मा महाराजले लिइदियापछि बुधेलाई सजाय होस् कि माफी होस्, मकन कुनै चासो र चिन्ता हुन्याछैन महाराज !"

महाराजले बुधेतिर मुन्टो फर्काएर सोधे, "ए बुधे ! तैले खुन त गऱ्याकै होस् नि ?"

"हो सरकार, मबाट खुनखत भयाकै हो ।"

"राजाको कर्तव्य क्या हो भन्ने कुरा तँकन जानकारी छ कि नाइँ ?"

"रैतान प्रजाकन न्याय निसाफ दिन्या हो महाराज !"

"जङ्गेले न्याय कसरी पाउँन्या छ त ?"

"मकन सजाय मिल्यापछि, सरकार !"

"आजको दरबारले तँकन कस्तो सजाय दिन्या राय दियाको छ भन्ने कुरा थाहा छ ?"

"छ सरकार, ज्यान सजायको राय दियाको छ ।"

"सभाले सुनायाको सजाय तँकन मञ्जुर छ ?"

"निगाह महाराजको ! मैले नामञ्जुर गर्नुको के अर्थ छ र ?"

"तँकन झुन्ड्याई मारुँ कि तरबारले शिर कलम गरिदिऊँ ?"

"मर्जी महाराजको !"

"तेरै मुखले भनिस् भने मकन सजिलो हुन्या छ । राजाकन त्यत्ति सहयोग गर्न सक्तैनस् ?"

"............"

बुधे निरुत्तर भएर क्वाक्र्वार्ती महाराजको मुखमा हेरिमात्रै रह्यो । एकैछिन अघिको गौमतीसँग राजाले गरेको संवादबाट ज्यान बच्ने सम्भावनाको सानो झिल्को देखिएको थियो । अब त्यो पनि समाप्त भएजस्तो लाग्यो । बुधेका सामुन्ने फेरि अन्धकार फैलियो । उसका आँखा तिर्मिराए । ओठ तालु सुक्यो । बोली बन्द भयो ।

"भन् न बुधे ! भन् । धर्मसङ्कटबाट राजाकन उद्धार गरिदे लौ !"

सुकेर कलेटी परेका ओठमा बुधेले जिब्रो डुलायो अनि निराशामै मुख खोल्यो, "धारिलो कटारले एकैचोटमा मेरो मुड च्वाट्टै छिनालियोस्, महाराज !"

"ल, तेरा इच्छा त्यस्तै छन् भन्या ठीकै छ । तथास्तु ! तेरा ज्यानमा आजदेखि मेरो हक भयो । जतिञ्ज्याल बाँच्छस्, त्यतिञ्ज्याल तेरा गर्दनमाथि मेरो तरबार छ भनीकन सम्झनू । मकन जहिले मन लाग्ला त्यति बेलै तेरा मुड् काटुँला । नमरिञ्जेल मैले लाया अह्रायाको काम गर्न राजी छस् ?"

दुई दिन भए पनि आयु लम्बिन सक्ने सम्भावनाले बुधेको मनमा उज्यालोको सानो किरण झुल्कियो । महाराजको बोली झर्न नपाउँदै बोल्यो, "आज्ञा शिरोपर, महाराज !"

एकछिन गम खाएपछि महाराजले थपे, "मेरा कुरा तँकन मञ्जुर छन् भन्या एउटा सर्तमा घर फर्कन्या अवसर दिन्या'छु । होइन भन्या तेरा लागि आजको दिन नै अन्तिम हो ।"

"हुकुम होस सरकार !"

"मान्छेले अरूबाट त्यति कुरा मात्र लिनुपर्छ, जति फर्काउन्या सामर्थ्य रहन्छ । हैसियतभन्दा ठूलो ऋणको भारी बोक्न्या मान्छेले कहिल्यै साहुको ऋण चुक्ताउन सक्तैन । जीवनभर मात्र होइन, मरेपछि पनि ऋणको भारी बोकिरहनु पर्न्या हुन्छ । तैले जङ्गेको ज्यान त लिइस् तर फर्काउन्या बुता तँसँग छैन । त्यो तैले लियाको तिर्नै नसकिन्या ऋणको भारी हो । त्यो ऋण तैले चुक्ता गर्नुपर्छ । त्यसैले तँकन ज्यान सजायको फैसला भयाको हो । मेरो आज्ञा उल्लङ्घन गर्दाको दिन मेरो तरबार तेरा गर्दनमा पर्न्या छ । सजाय माफ भयो भन्न्या नसम्झनू । सदाकाल महाराजकन मैले जमान दियाको छु भनीकन सम्झिराख्नू । जा, घर जा ! तेरा जहान परिवार, घरगोठ, खेतीबाली, व्यवसाय, व्यवहार सम्हाल । राज्यकन तिर्नुपर्न्या सिर्तो इमानदारीपूर्वक बुझाउनू । आयन्दा छरछिमेकसँग झगडा नगर्नू । रिस, तुजुक नदेखाउनू ।", महाराजले सम्झाए ।

महाराजको अन्तिम निर्णयले बुधेको अनुहारमा घाम झुल्कियो । जीवनको आशा जाग्यो । मानिसलाई सबैभन्दा प्रिय लाग्ने वस्तु आफ्नै काया हो भनिन्छ । शरीर रहने भएपछि अरू सारा कुरा बिर्सन्छ । आफूले

गरेको अपराध बुधेले बिर्स्यो । आफ्नो ज्यान राजाबाट बकस पाएको कल्पनाले फुरुङ्ग पऱ्यो । बुधेको मनोभावमा आएको परिवर्तन देखेर राजालाई पनि खुशी लाग्यो । मृत्युको मुखमा पुगिसकेको मानिसको ज्यान बचाउने पुण्य गरेजस्तै अनुभूति भयो । हजार ज्यान लिनुभन्दा एउटा ज्यान जोगाउनुमा कैयौं गुना आनन्द प्राप्त हुन्छ । उज्यालिएको बुधेको अनुहारमा आँखा गाडेर महाराजले थपे, "हेर बुधे ! अबउप्रान्त जीवनभर तैंले आफ्नो काम मात्र गरेर सुख पाउँदैनस् । तेरा ज्यान बकस बापत मेरो काम पनि तैले गरिदिनुपर्न्या छ ।"

"गर्छु महाराज ! हुकुम होस् !"

"मैले गौमतीको लालाबालाको पालनपोषणको जिम्मा लियाको छु । अब त्यो काम मैले तँकन सुम्पन्छु । आफ्ना जहान परिवार छोराछोरीसहित गौमतीको छोराछोरी, घरगोठ पनि तैले हेरिदिनुपर्न्या'छ । जङ्गेका छोराछोरीहरूले आफ्नो ज्यान पाल्नसक्न्या नहुँदासम्म उसको परिवारको जिम्मा तेरो । खेतीपातीको जिम्मा पनि तेरो, गाईवस्तुको जिम्मा पनि तेरो । सालभरको नुनतेलको बन्दोबस्त गरिदिन्या जिम्मा पनि तेरो । आजदेखि जङ्गेको परिवारकन आफ्नै सम्झेर हेरविचार गर्नू । देखभाल गर्नू । आफ्नो घरबारभन्दा पहिले जङ्गेको परिवारको चिन्ता गर्नू । उसको परिवारको चित्त दुख्याको दिन तेरो टाउको छिनिन्या'छ भन्ने कुरा हेक्का राख्नू ।"

"हवस्, महाराज !"

"आयन्दा रिसको झोकमा आँखा चिम्लन्या बानी छोडिदिनू । तेरा हातबाट अर्को यस्तै घटना दोहोरियो भन्यादेखिन् तँकन दोब्बर सजाय दिन्या तागत मसँग छैन किनकि मेरो दरबारले तेरो भयाको त्यो एउटा ज्यान लिने फैसला गरिसक्याको छ । दोस्रो ज्यानखत बापतको सजाय कसकन दिन्या ?"

स्वीकृतिसूचक टाउको हल्लाएर बुधे उभिइरह्यो ।

महाराजले गौमतीतिर नजर फिराए । गौमती रुनु न हाँस्नुको अन्योलमा परेकी थिई । लोग्ने मरे पनि केटाकेटी, घरपरिवार, खेतीबाली र गाईवस्तुको हेरविचार गरिदिने मानिस मिलेको ढाढस एकातिर थियो । अर्कोतिर आफ्नो लोग्नेको ज्यान मफतमा लिने हत्यारो बुधेलाई ज्यान

सजायबाट मुक्ति मिलेको थियो । बुधेले जीवनदान पाएको कुराले उसलाई दुःखी बनाउँथ्यो । अर्कोतिर बुधेले ज्यान सजाय पाएको भए जीवनभर झन् ठूलो हन्डर खानुपर्थ्यो भन्ने कुराले सान्त्वना दिन्थ्यो ।

फैसला सुनेर विलखबन्दमा परेकी गौमतीतिर हेरेर राजाले भने, "हेर गौमती ! बुधेले मार्छु भनीकन तेरा खसममाथि चोट छोड्याको होइन रह्या'छ । भवितव्यले उसको ज्यान गयाको रह्या'छ तैपनि तैंले मागेअनुसार बुधेकन ज्यान सजायको फैसला भयाको छ । उसको गर्दनमाथि नाङ्गो तरबार झुन्डाईकन तेरा सेवामा खटायाको छु । बुधेले हेरविचार गरेन, दुःखकष्ट दियो, चित्त कुँडायो भन्या मकन खबर गर्नू । त्यही दिन बुधेको टाउको तेरा पोल्टामा राखिदिन्या छु । मैले तेरा परिवारको जिम्मा म लिन्छु भनीकन जमान दियाको छु । त्यही मेरो जिम्मेवारीमा बुधेकन अर्दली बनाई खटायाको छु भनीकन बुझ्नु है त !"

"हवस्, महाराज ! महाराजको जय होस् !"

महाराज घनश्यामले दरबारियाहरूतिर प्रतिक्रियाका लागि हेरे । सभा निःशब्द थियो । सन्तुष्टि असन्तुष्टिको मिश्रित भाव थियो । सबै भारदारको अनुहारमा सन्तुष्टि देखिएन । महाराजको निर्णयसँग असहमत हुनेहरूको संख्या ठूलै थियो, शायद ! सभाको राय बुझ्नका लागि महाराजले सोधे, "कसैको गुनासो वा असहमति छ कि ? चित्त नबुझ्याको कुरा केही छ भन्या कहँदा हुन्छ ।"

अरू कसैले मुख खोल्ने हिम्मत गरेनन् । राजाले जे गर्छन्, ठीकै गर्छन् । किन व्यर्थैमा विवाद गर्ने भन्ने भाव राख्नेहरू पनि अवश्य हुँदा हुन् । बडाकाजी मकरध्वज मल्ल भने नबोली बस्न सकेनन् । आफ्नो राय पोखे, "महाराजको फैसलामा मत बझाउन्या हामी को हौं र ? राय बझाउनुको अर्थ पनि त हुनुपर्‍यो ! महाराजबाट हुकुम भैसक्यापछि कार्यान्वयन हुने भैगयो तर यो निर्णयले समाजकन भड्याउँन्या छ कि भनीकन चिन्ता गर्नैपर्छ । आपराधिक मनोवृत्ति भयाका मानिसकन यसबाट सह मिलन्या हो कि ? अपराध प्रवृत्ति बढ्न्या हो कि ? समाज भाँडियाको दोषभागी राज्य नै हुनुपर्छ । अपगाल महाराजमाथि नै आउन्याछ ।"

काजीको भनाइमा सत्यांश थियो । राजालाई एकछिन निधार खुम्च्याएर सोच्नुपर्ने बनायो । महाराज घनश्याम निकैबेर घोरिए ।

केही क्षणपछि सभाको मौनता तोड्दै महाराजले भने, "ज्यानको बदला ज्यानै लिन्या परम्परा अभ्यासमा छ । अभ्यास छ, परम्परा हो भनीकन पूर्व घटनाको उदाहरण पछ्याउँदा झन् ठूलो खति निम्तन्छ कि भनीकन ख्याल गर्नुपर्न्या हुन्छ । जङ्गेको ज्यान लियो भनीकन राज्यले बुधेको ज्यान लिन्या हो भन्या त्यो एउटा ज्यानको खतिमात्र नहुन सक्छ । बुधेको मृत्युका कारणबाट दुईवटा परिवारका दर्जनभर सदस्यहरूको जीवन कष्टकर भयो वा जीवन दुष्कर भयो भन्या बुधेको ज्यान लिएबापत राज्यबाट दर्जनभर मानिसको ज्यान लिया बराबरको अपराध हुन जान्छ । जङ्गेको परिवार आफ्नै खुट्टामा उभिन सकन्या हैसियतमा हुन्थ्यो भन्या बुधेको परिवारको हाल जेसुकै होस् भन्न सकिन्या'थ्यो । बाबुले गर्‍याको अपराधको सजाय छोराछोरीले पनि भुक्तान गरून् भन्न सकिन्या'थ्यो । यहाँ त बुधे एक जनाको ज्यान बकस दिँदा अरू एक दर्जन मान्छेको जीवन समालिन्या अवस्था देखियो । त्यसैले विधि, परम्पराभन्दा व्यावहारिक न्यायकन प्राथमिकता दिनु उपयुक्त लाग्न गयाको हो । त्यस अर्थमा मेरो फैसला सभाको राय विपरीत आयाको हो ।"

महाराज चुप भए ।

"जय होस्, महाराज !" भन्ने तुमुल ध्वनि निस्क्यो । दरबार उठ्नै लागेको बेलामा थलाहारी जैसी भनेर लोकपरिचित विद्वान् पण्डित आनन्द रेग्मीले दरबार प्राङ्गणमा पदार्पण गरेर आफ्नो कुरा सुनाउने अनुमति राजामा जाहेर गरे ।

महाराजबाट पुनः आज्ञा भयो, "पण्डितश्रेष्ठ आनन्द रेग्मीज्यूकन विशेष जिम्मेवारी दिई देशबाहिर पठाइयाको थियो । उहाँ फर्केर आउनुभयाको छ । उहाँको कुरा सुन्न्या उत्सुकता हामी सबैमा छ । दिन ढलिसक्यो । यही हप्ता दरबार बेनी झर्न्या साइत जुर्‍याको छ । त्यसैले अझ अर्को हप्ताको बुधबार बेनीमा बसन्या दरबारमा पण्डितजीको कुरा सुनौला । आजका लागि उठौं अब ।"

सभा विसर्जन भयो । बाँधिएका बुधेका हातहरू खोलिए । सबै भाइभारदारहरू आ-आफ्ना गन्तव्यतिर लागे ।

तीन

प्रतापीनारायण मल्लले बीसहजार पर्वतराज्य आफ्ना तीनभाइ छोरा र दुई जना भतिजाहरूबीच अंशबन्डा गरिदिएपछि प्रसिद्ध चौबीसी राज्य सोह्र हजार पर्वतमा खुम्चिएको थियो । राज्यको विभाजन गर्नुको कारण परिवारमोह मात्रै थिएन । चौबीसीमध्येको बलियो राज्य पर्वत अझ बलियो हुनेगरी किल्लाबन्दी गर्नु पनि थियो । पर्वतप्रवेशको पूर्वी मुख कास्की कान्छा राजकुमार कल्याण मल्ल र दक्षिणपश्चिमी किल्ला गल्कोट जेठा राजकुमार जितारी मल्ललाई सुम्पेर चारैतिरबाट सुरक्षित सोह्र हजार पर्वत राज्य आफ्ना मन परेका माहिला राजकुमार राजमल्लको अंशभागमा पारेका थिए । उत्तरपश्चिम सीमाको अधिकांश भाग धवलागिरि हिमालले रखवारी गर्थ्यो । अन्नपूर्ण र धवलागिरिबीचको खोँचबाट मुस्ताङ छिर्ने मार्ग साँघुरो र विकट भएको हुनाले सुरक्षाको प्रबन्ध मिलाउन सजिलो थियो । सधैं किचलो र झैझगडा पर्ने बाईसी-चौबीसी राज्यहरूसँग मात्रै थियो । मुस्ताङ अपेक्षाकृत शान्त र कमजोर थियो । मुस्ताङबाट कुनै खतरा निम्तने सम्भावना थिएन भन्ने कुराको इतिहास उदाहरण थियो । यसरी चारैतिरबाट किल्लाबन्दी गरिएको पर्वतराज्यको बेनीजस्तो सामरिक दृष्टिले अति नै संवेदनशील स्थानमा पनि निर्धक्क बस्न सकिने परिस्थिति निर्माण भएको थियो ।

महाराज घनश्याम सपरिवार हिजै मात्र बेनी झरेका थिए । कुरिलाखर्कमा रहेको सानो राजदरबारबाट राजाको निवास र राज्यको काम लिइन्थ्यो । काली र म्याग्दीको सङ्गममा रहेको तीनकुने बगरमा हिउँदभर मण्डी लाग्थ्यो । भोट-मधेसका व्यापारीहरूले समेत अस्थायी बास बनाएर व्यवसाय गर्ने गर्थे । भाइभारदारहरूलाई अर्को महिनाको दोस्रो हप्तासम्म बिदा दिइएको

हुनाले महाराज फुर्सदमा थिए । दरबार शून्य शून्य थियो । वरिपरि गाउँबस्ती थिएन । सुरक्षामा तैनाथ लडाकुहरू, नोकरचाकर, सुसारे, भान्से र राजपरिवारका सदस्यहरूमात्र दरबार परिसरमा थिए ।

दिन घर्कनै लाग्दा सुमन्त आइपुगेको जाहेरी राजासमक्ष आयो । चरीचरनको समस्या सल्टाउन ढोरपाटनतिर गएका सुमन्तको आगमनले राजामा स्वाभाविक उत्सुकता जगायो । ताकम क्षेत्रका बासिन्दाहरूका गाईवस्तु, भैंसी, घोडा, भेडा, बाख्राहरू रुकमेली र अर्नाकोटेहरूबाट लगारिएको सूचना असोज महिनामै आएको थियो ।

बर्खा याममा पश्चिम पर्वतका गाउँठाउँहरूका वस्तुभाउहरू ढोरको बुकीमा छोडिदिने र हिउँद लागेपछि गाउँमा फर्काउने चलन पुरानै थियो । पर्वतबाट गल्कोटको एउटा अलगै राज्य बनेपछि बाँकी पर्वत भनिन थालेको भए पनि पुरानो अर्णाकोटअन्तर्गतको ढोरलाई अर्नाकोटेहरूले आफ्नो हकभोगको ठान्थे । ढोर उपत्यकाको पश्चिमउत्तर खण्डतिर पहिलेदेखि नै रुकुमको चरिचरन थियो । सदियौंदेखि रुकुम, अर्नाकोट र पर्वतले सगोलमा चरीचरनको उपभोग गर्दै आएको परम्परा भए पनि यसपटक रुकुम र अर्नाकोटले पर्वतका वस्तुभाउ र गोठालाहरूलाई लगारेछन् । घरगोठहरूसमेत नष्ट गरिदिएछन् । भदौमै वस्तुभाउहरू गाउँ फर्काउनु परेकोले तकमेलीहरू ठूलो समस्यामा परेका रहेछन् । वस्तुभाउ धान्न मुस्किल पऱ्यो भन्ने प्रजाको गुनासो आएको हुनाले रुकुम र गल्कोटसँग पत्राचार गरिएको थियो । जैसीहरूमार्फत कुराकानी अघि बढाइएको थियो । कूटनैतिक प्रयासको प्रतिफल तीनवटै पक्ष विवादित क्षेत्रमै बसेर समस्या समाधान गर्ने समझदारी बनेको थियो । त्यसैले पर्वतका तर्फबाट सम्पूर्ण अख्तियारीसहित सुमन्तलाई पठाइएको थियो । ताकम, धारापानी, मुनालगायतका गाउँबुढा, भद्रभलाद्मीसमेत लिएर ढोरमै गई सम्झौता गर्ने जिम्मेवारी उनलाई दिइएको थियो । आफ्नो जिम्मेवारी पूरा गरेर फर्केका सुमन्त राजपरिवारको सवारी बेनीमा भैसकेको खबर पाएकोले ढोरबाट सोझै बेनी आइपुगेको थिए ।

'भित्र बोलाउनु' भन्ने महाराजको आदेश लिएर सुरक्षा अधिकारी बाहिरिएको क्षणभरमै सुमन्त दरबार भित्रिए ।

गोरो वदन, उन्नत ललाट, चम्किला आँखा, बलिष्ठ शारीरिक बनोटका हेर्दै खाइलाग्दा युवक सुमन्तले महाराज, महारानी र बालक राजकुमारहरू सबैमा पालैपालो अदवसाथ झुकेर अभिवादन गरे । महाराजबाट आफ्नो सामुन्नेको आसनीमा बस्ने इशारा मिल्यो । बैठक कोठाभित्रै खेलिरहेका बाल राजकुमारहरूलाई आँगनतिर जान अह्राइयो । त्यसपछि महाराजबाट आज्ञा भयो, "कुशलै त छौ, सुमन्त ?"

"महाराजको पुण्यप्रतापले यो सेवक स्वस्थ तम्दुरुस्त छ मा'राज !", राजाको बोली भुइँमा खस्न नपाउँदै सुमन्तले जवाफ दिए ।

"यात्रा कस्तो रह्यो ?"

"एकदम रमाइलो र फलदायक रह्यो महाराज !"

"कुनै अत्तो गाह्रो अप्ठ्यारो त परेन नि ?"

"जति अप्ठ्यारो परे पनि गाँठो फुकाउनै पर्न्या'थ्यो । उनीहरूको हात माथि पऱ्याको अवस्था भयाकोले अलि बल गर्नुपर्न्या हुन्या भैहाल्यो । राज्यको अंशबन्डा गर्न्या कुरा उसै गलत थियो । मेरा बराजु रतन बानियाँलगायतका अग्रजहरूको राज्यसँगको असमहति र असन्तुष्टिको कारण त्याही थियो भन्न्या सुनियाको हो । त्यसमाथि ढोरपाटनजस्तो महत्त्वपूर्ण ठाउँ सिँगै रुकुम र अर्नाकोटको भागमा पार्न्या गल्ती काम भयाको थियो । उतिबेला रोपियाको विषवृक्षमा यति बेला फल लाग्याको मात्र हो । आज्ञाअनुसार समस्याको समाधान गरीकन आयाको छु, महाराज !"

त्रिपक्षीय सम्झौताअनुसार गरिएको धर्मपत्रको कागज र राज्यको मोहर अदवपूर्वक महाराजका हजुरमा सुमन्तले पेस गरे । उनको हातबाट सामग्री ग्रहण गर्दै राजाबाट थप प्रश्न आयो, "तकमेली थापा, मगर, भण्डारीलगायतका गाउँबुढा भद्रभलाद्मीहरूको सहयोग मिल्या हो नि ?"

"ढोरको चरीचरन बन्द हुन्या भन्याको तकमेलहरूको घाँटीमा सुर्के पासो कसिन्या कुरो थियो । सहयोग गर्न्या र सम्झौताप्रति समर्थन जनाउन्याको के विकल्प थियो र विचराहरूसँग ! तीनौटै पक्षका तर्फबाट भयाको धर्मपत्रमा पर्वतका तर्फबाट सामान्य रैती रैतान भद्रभलाद्मीहरूको सहीछाप समेत गरायाको छु ।"

महाराजले मुसुक्क हाँसेर महारानीको अनुहारमा हेरे । यो ठिटोमा कति सुझबुझ छ भन्ने भाव महाराजको अनुहारमा स्पष्ट देखिन्थ्यो ।

"कस्तो धर्मपत्र हो ? यसमा के लेखियाको छ ?"

यसपटक महारानीबाट जिज्ञासा प्रकट भयो । सुमन्तले जिज्ञासु नजर महाराजतिर लगाए । महाराजबाट व्यहोरा सुनाउने इशारा पाएपछि सुमन्तले विवरण सुनाए, "सरकार ! मैले पूरै ढोरपाटनको निरीक्षण गरेँ । उत्तरपश्चिम रुकुमको कब्जामा रह्याछ । पूर्वदक्षिण अर्नाकोटको इलाका पर्दो रह्याछ । पर्वतको सिमाना त द्यौराली यता मात्र रह्याछ । त्यसैले अर्नाकोटले दक्षिणी भागमा घरगोठ, खर्क राख्न्या, पूर्वी पाटोमा पर्वतले र पश्चिम पाटोमा रुकुमले खर्क बनाउन्यागरी सीमा तोकन्या काम भयो । ढोरको मैदान र वनक्षेत्र सबैले साझा मानीकन वस्तुभाउ चराउन्या सहमति भयो । त्यसबापत पर्वतले सालिन्दै दुईबीस देशी मोहर अर्नाकोट र निसीलाई 'सिर्तो' स्वरूप बुझाउन्या । पर्वतले तिर्‍याको सिर्तोको आधा निसीबाट रुकुमले पाउन्या सर्तनामा गरियो । पर्वत राज्यले पुरानो अर्णाकोटअन्तर्गतको ढोरमा चरीचरन उपयोग गरेबापत सालबसाली तिर्नुपर्न्या भुज्यालको सिर्तो ताकमकोटका रैतीहरूले दामासाहीले उठाई पर्वतराज्यकन बुझाउन्या कुरासमेत यो धर्मपत्रमा पर्‍याको छ ।"

"तकमेलहरू रुष्ट त छैनन् नि ?", महाराजले थप जिज्ञासा राखे ।

"त्यस्तै हो महाराज ! आसेपासे, रैतान, प्रजाहरूका सानातिना गुनासाहरू त रहन्छन् नै । सबैलाई सधैंभरि खुशी राख्न कहाँ सम्भव हुन्या हो र ? अत्तोगाह्रो पर्‍याको बेलामा भरमद्दत गर्न्या दायित्व राज्यको हो, राजाका हो ।"

"थापा, मगर, छन्त्याल र भण्डारीहरूको पर्वत राज्यकन गुन छ । तिनकन सधैं खुशी राख्नुपर्छ । बरू उनीहरूको थप गुनासो के रह्याछ ?"

"राज्यले हामीकन बिर्स्यो भनीकन तकमेलहरूले चित्त दुखाउँन्या रह्याछन् ।"

"उनीहरूको घरआँगन राज्यले बढारिदिन्या होइन क्या रे ! अत्तो अप्ठ्यारो पर्दा उनीहरूकन सधैं सघाइयाकै छ । सुख सुविधाको ख्याल गरियाकै छ । यी यसपटक पनि उनीहरूको गुनासो आउनासाथ चरिचरनको समस्या समाधान गरियो । पर्वत दरबारले ताकमकन उपेक्षा गर्‍यो कसरी भन्न मिल्छ र ?"

“होइन, महाराज ! तकमेलहरूले यसपटक त महाराजको ठूलो गुन मान्याका छन् । माघे सङ्क्रान्तिमा कोसेलीपात लिईकन तकमेली भद्रभलादमीहरू महाराजमा कृतज्ञता चढाउन आउन्या भयाका छन् ।”

“त्यसो हो भन्या उनीहरूको चित्त दुःखाउन्या खास कुरा के रह्या'छ त ?”

“कुरो पुरानो रह्या'छ । मल्लराजाले थापा, मगर, पौडेल र सुवेदीहरूसँग गऱ्याको धर्मपत्र उल्लङ्घन भयाको गुनासो रह्याछ ।”

“पर्वत दरबारले तकमेलहरूसँग कस्तो धर्मपत्र कहिले गऱ्याको रह्या'छ र ?”, यसपटक महारानीले जिज्ञासा राखिन् ।

“दिन ढल्न आँटीगयो । थकाइ पनि लाग्याको छ । माथि पनि उक्लनु पऱ्यो । अर्को कुनै दिन इतिहास कथा सुनाउँला, रहस्य बताउँला, आजलाई बिदा पाऊँ कि ?”, सुमन्तले याचना गरे ।

“होइन, सुमन्त ! तिमी पनि थाक्याका होलाउ । तिम्रो घोडा पनि थाक्याको होला । आज यतै दरबारकै पाहुना बनीकन बस । भोलि बिहान पुला उक्लनु । दरबार अर्को महिनामात्रै बस्न्या हो । तिमीले पनि आराम गर । महारानीले तिमीसँग इतिहास र परम्पराको बारेमा जिज्ञासा राख्ने इच्छा राख्याकी छन् । जान्या बुझ्याको कुरा बताइदिन्या काम गर । हुँदैन ?”

राजाज्ञाको अनादर गर्नु सम्भव थिएन । “हवस्” भनेर स्वीकार्नै पऱ्यो । सुमन्तले सङ्क्षेपमा तकमेली गुनासोको इतिहास कथा सुनाउन थाले, “बाईस्या-चौबीस्या राज्यहरू निर्माण हुनुभन्दा अगाडि सर्पकोट र अर्णाकोटमा निसी नामको एउटा सानो राज्य रह्या'छ । महाराजका पूर्वज शाही आनन्द बमले त्यो राज्य आर्जन गऱ्याका रह्याछन् । उनको बाहुबलबाट ‘त्रिकोट'को राज्य बन्या छ । अर्थात् पुरानो अर्नाकोट र सर्पकोटमा ताकमकोट पनि थपियाछ । अर्नाकोटको भुजेल राज्यसँग ताकमसमेतको विशाल राज्य सम्हाल्ने राजकीय बन्दोबस्ती रह्यान'छ । त्यसैले पुराना थापा राजवंशकन सालबसाली सिर्तो बुझाउन्यागरी ताकमकोट फिर्ता दिइयाको रह्याछ ।”

“आनन्द बम पछि चन्द्र बम राजा बन्या । उनको पालादेखि ताकमले कर बुझाउन छोड्या'छ । आनन्दका नाति डिम्ब बम राजा भयापछि ताकममा पुनः कब्जा गर्न्या योजना बन्या'छ । निहुँ खोज्न्या सिलसिलामा

पुरानो बक्यौता कर बुझाउन ताकमकन ताकेतापत्र लेखिया'छ । त्यतिखेरसम्म चार हजार पर्वत भनिन्या थापाराज्यको संयुक्त शक्ति निकै बलियो बनिसक्याको थियो रे ! अर्नाकोटको एकल शक्ति सामर्थ्यले थापा राज्य डोलाउन मुस्किल थियो रे ! त्यसैले ताकमले पनि टेरपुच्छर लगायान'छ । ताकमकन तह लगाउन्या मनसुवा पाल्याको निसीले दोस्रो बाटो पहिल्याया'छ ।"

"कस्तो दोस्रो बाटो ?", महारानीले सोधिन् ।

"डिम्ब बमले ताकम हत्याउन भेदनीति अख्तियार गर्‍या'छन् । ताकम राज्यका भारदारहरू रन्के मगर, जैचन छन्त्याल र भृगु भट्टकन लोभ लालचमा पारीकन आफ्नो पक्षमा मिलाउन सफल भया'छन् । दशैँको उत्सव मनाइरहृयाको बेलामा अर्णाकोटले ताकममाथि हमला गरी गढी कब्जा गर्‍या'छ । थापाहरू खानपिनमै मस्त रहृयाकोले निसीको सामना गर्नसकन्या अवस्थामा थियान'छन् । त्यसमाथि निसीको विशाल सेनाले ताकमकोट कब्जा गरिसक्याको छ र त्यससँग भिडिनु काल निम्त्याउन्या नादानी हुन्या'छ भनीकन रन्के, जैचन र भृगु भट्टहरूले थापाहरूकन तर्साया'छन् । ज्यान जोगाई भाग्न उक्साया'छन् । थापा राजाले आफ्नो गाउँ त्यागी दाङखोला पारीको थापाचौरमा शरण लिन पुग्याछन् ।"

"ओहो ! त्यस्तो जालझेल पो गरियाको रहृया'छ ?", महारानीले आश्चर्य प्रकट गरिन् ।

"युद्धमा सबै कुराकन जायज मानिन्छ । पापधर्मको ख्याल गर्न थालियो भन्या समरमा विजय प्राप्त गर्न सकिँदैन सरकार ! निसीको तर्सोले थापा राजा भाग्यापछि गढीमा डेरा जमायाका डिम्ब बमकहाँ पुगीकन ज्यामरुक, पुला र कुहुँबाट सहायता आउने भयाको छ, सिङ्गो चार हजार पर्वतको सामना गर्न गाह्रो पर्न्या'छ । बरू थापाहरूसँग सम्झौता गर्नु बेस हुन्या'छ भनीकन भृगु भट्टहरूले सल्लाह दिया'छन् । कुरो साँचै होला भनीकन डिम्ब पनि थापासँग सम्झौता गर्न राजी भया'छन् ।"

"तकमेली भारदारहरूले दोहोरो भूमिका पो खेल्या'छन् त ?"

"हो सरकार ! 'अब उप्रान्त थापाले शाहीकन राजा मान्न्या, शाही र थापाका कुलदेवता साटासाट गर्न्या, थापाकन कज्याई दिन्या, पौडेल र

सुवेदीकन शाहीहरूले पनि गुरुपुरोहित बनाउन्या र छन्त्याल र मगरकन पनि राज्यको विशेष जिम्मेवार पदमा स्थान मान दिन्या' कुरा लेखियाको धर्मपत्र लेखापढीमा कुशल भृगु भट्टले तयार गऱ्याछन् । दुवैथरी राजाहरूको सहीछाप मोहर लगाइया'छ ।"

"व्यवहारमा भने थापाले कहिल्यै काजी पद पायान'छन् । छन्त्याल र मगरहरूकन पनि राज्यले कुनै जिम्मेवारी दियान'छ । धर्मपत्र अनुसारको सुविधा पौडेल र सुवेदीहरूले मात्र पाया'छन् । डिम्ब बमले चार हजार पर्वत डोलायापछि ताकम छोडीकन पुलामा राजधानी साऱ्या'छन् । थापा, छन्त्याल र मगरहरू उतै छुट्याको छुटयै भया'छन् । तकमेलहरूको गुनासोको कारण त्यही रह्या'छ । शाही राजवंशले हामीकन ढाक्रे बनाई छोड्यो भनीकन थापाहरूले गुनासो गर्दा रह्या'छन् ।"

"हो, विचरा थापाहरूकन अन्याय नै भयाको रह्या'छ ।", महारानीले राय पोखिन् । महाराजले रुचिपूर्वक इतिहास कथा सुने मात्र । कुनै प्रतिक्रिया जनाएनन् ।

झमक्क साँझ परिसकेछ । पर्वतको पुरानो कथा सुन्दा समय बितेको पत्तै भएन । खानपिनको तयारी हेर्नका लागि महारानी भान्सातिर लागिन् । सुमन्त पनि राजासँग बिदा भएर अतिथिशालातिर लागे । म्याग्दी नदीमा 'तार'को व्यवस्थाका लागि आवश्यक सामग्री तयार भैसकेको हुनाले भोलिदेखि काठेसाँघु बनाउने काम शुरु हुने सूचना द्वारेले महाराजको हजूरमा जाहेर गरे ।

चार

भोलिपल्ट बिहान दरबारबाट बिदा भएर सुमन्त गाउँ उक्ले । ढुङ्गाना थरतिर बजेको घोडाको घन्टीको आवाजले भीरमुनिको सिंगै गाउँको ध्यानाकर्षण गऱ्यो । गाउँभरका मानिसहरूले कान ठाडा बनाए । आ-आफ्नो काम रोकेर उतैतिर आँखा लगाए । केटाकेटीहरू दौडेर पुत्लेढुङ्गासम्म आइपुगे । कोही घोडाको अघि कोही पछि दगुर्न थाले । बालस्वागतको नौलो शैलीले सुमन्तलाई मख्ख बनायो । सुमन्तको ढोरअभियानको उद्देश्यबाट गाउँ जानकार थियो । उनको व्यवहारकुशलताबाट पनि गाउँ परिचित थियो । त्यसैले सफलता असफलताको प्रश्न कसैका मनमा उठेन । सफल राजकीय जिम्मेवारीतिर उनले बढाउँदै गरेका पाइलाहरूप्रति गाउँको भरोसा थियो । गौरव मान्थ्यो । सिङ्गो गाउँले उनलाई आदर्श मान्न थालिसकेको थियो ।

संयोगबस विशेष सरसल्लाहका लागि त्यही दिन गाउँभेला बोलाइएको रहेछ । हिजै बेलुका कटवालेले कर्नाल फुकेर जङ्गी घोक हालेको रहेछ । उनताका सञ्चार सम्प्रेषणको एकमात्र साधन मान्छे दौडाउनु हुन्थ्यो । गाउँभेलाको खबर सुमन्तसम्म पुऱ्याउने समय थिएन । गाउँघरका स-साना समस्या समाधानका निमित्त आयोजित हुने भेला छलफलहरूमा युवा सुमन्तको रायले महत्त्वपूर्ण स्थान पाउन थालेको थियो । यसपटक भने महिनाभर अलमलिनेगरी ढोरपाटनतिर गएका हुनाले उनको अनुपस्थितिमै गाउँले भद्रभलाद्मी, बुढापाकाहरूले विशेष निर्णय लिनुपर्ने भएको थियो । संयोगबस सुमन्त पनि टुप्लुक्क आइपुगेको हुनाले गाउँबुढाहरूले राहतको अनुभूति गरेका थिए । आकस्मिक रूपमा उपस्थित भएको सामाजिक जिम्मेवारीको बोझ आधा हलुङ्गो भएको महसुस गरेका थिए ।

गाउँभरकै खानपिन समाप्त भयो । महिला, केटाकेटी र तरुनी तन्नेरीहरू आ–आफ्ना धन्दामा लागे । कटवालेले जङ्गी घोक हालेको हुनाले घरमूलीहरूको उपस्थिति सिमको चौरमा हुने भएको थियो । गर्मीको बेलामा साउनेपानीको वरिपरि ठूलठूला आँप र काफलका रूखमुनिका चौतारी छपनीहरूमा भेला हुने परम्परा थियो । मङ्सिरको आखिरी हप्ता, चिसो बढिसकेको थियो । घाम प्यारो लाग्न थालिसकेको थियो । त्यसैले सिमको लोकपरिचित स्वामीको रूखभन्दा माथितिर, पानी धाराको छेउको नाङ्गो चौतारीमा मानिसहरू जम्मा हुँदै थिए । सिङ्गो गाउँ सिमको बाँझोमा उल्टिएको थियो भन्दा फरक पर्दैनथ्यो । केटाकेटी र बुढाहरू प्रायः गाईभैंसी चराउन सधैं उपस्थित हुन्थे । आज भने कामकाजी मानिसहरूको समेत उपस्थिति थियो । नुवाइधुवाइ सकेर सुमन्त पनि सभामा उपस्थित भए । खहरेका कीर्तिमान घर्ती बुढा र कुमालडिहीँका सन्तु कुमालसमेत उपस्थित भएपछि आउनुपर्ने मानिस कोही बाँकी रहेन । गाउँलेहरू सबैको उपस्थिति भैसकेपछि गाउँबुढा मणिरञ्जन बानियाँले कुराको थालनी गरे, "छोरीको जात, अर्काको घर पठाउनैपर्न्या नासो । जगत्‌को चलन यस्तै छ । छोरी हुर्कंदै जाँदा बाबुआमाको चिन्ता बढ्दै जान्छ । असल कुटुम्बको खोजी शुरु हुन्छ । माग्न कोही आएन भन्या पनि कुटुम्ब खोजेरै छोरीको जिम्मा लगाउनुपर्न्या परम्परा छ । तल्लाघरे काहिँलाकी ठूली छोरीको लागि कास्कीकोटबाट कल्लियो आया'छ । ठाउँ टाढाको र बिरानो भया'नि घर कुटुम्ब राम्रै लाग्यो । सकभर पहिलो कुटुम्ब नफर्काउनु भन्न्या पुरानो चलनको पनि ख्याल गरियो । दाजुभाइ सबैको सल्लाहमा जन्ती पर्सन्या निर्णय लिइयो । मङ्सिर महिना ढिम्कन लागिसक्याको थियो । हेरकोर गर्दा मङ्सिर २८ गतेको लगन निस्क्यो ।", रञ्जन रोकिए । बासाबाट सुर्ती निकालेर हत्केलामा माड्न थाले ।

"राम्रो भो ! काँल्दाइकी छोरी, हामी सबैकी चेली । विवाह धूमधामसँग गर्नुपर्छ । टाढाको कुटुम्बले कुरो काट्न्या ठाम दिनु हुँदैन । तयारीको जिम्मेवारी सबैले बाँडीचुँडी गरौंला । हामीकन कुन कुराको पैडो दिन्या हो, दिइयोस् । हामी खटेर निपटाउन्या छौं ।", बाँजामुखका श्रीमन्ते दर्जीले अघिसरेर भने ।

"बिहेको तयारीको कुरा त छँदै छ । सबैलाई निम्तो आउला, पठाउँला । जिम्मेवारी पनि दिइएला तर कुरो अर्कै पर्न गयो । गाउँसल्लाह नगरी नहुन्या खण्ड आइपऱ्यो ।", मणिरञ्जनले कुरो अघि बढाए ।

"विवाहपूर्व कुन अत्तो गाह्रो अप्ठ्यारो आइपऱ्यो ? कुटुम्बका तर्फबाट कुनै अप्ठ्यारो सर्त आयो कि ?", सुमन्तले जिज्ञासा राखे ।

"होइन, कुटुम्बबाट त्यस्तो कुनै अप्ठ्यारो कुरा आयाको छैन । गाँठी कुरो अर्कै छ । त्यस बारेमा अलि अघि नै गाउँसल्लाह गर्नुपर्न्या हो । सुमन्त पनि गाउँमा थिया'न । आइपुगिहाल्छ कि भनीकन बाटो हेरियाको हो । समय ढिम्कन आँट्याको हुनाले ऊबिना पनि गाउँसल्लाह गर्नुपर्न्या र निर्णय गरिहाल्नपर्न्या अवस्था आइलाग्याको हुनाले हामी बुढाहरू बसीकन गाउँभेला बोलाउन्या निधो गरिएया'थ्यो । दैवसन्जोगले सुमन्त पनि टुप्लुक्क आजै आइपुग्यो । सुनमा सुगन्ध भयो । दैवले जुटायो भन्दा हुन्या भो ।"

"राजा मऱ्या त गद्दी खाली हुँदैन ! सुमन्तबिना गाउँ रोकिन्या कुरा के थियो र ? जान्न्या-सुन्न्या पाका हजुरहरू हुनुहुन्छ । गाउँको हितकल्याणको कामका लागि सुमन्तकन कुरिरहनु पर्दैन । म त केटाकेटी हुँ । मैले पो हजुरहरूबाट सिकन्या, जान्नुपर्न्या कुरा हजार छन् । भेलाको जानकारीबिना पनि म आइपुग्याँ । यो अवसर मेरा लागि अहोभाग्य हो । रञ्जन हजुर्बाले मलाई फुरुङ्ग पारिदिनु भो ।" आफूलाई सग्लो गाउँले माया गर्छ भन्ने कुराको बोधले सुमन्तलाई कृतज्ञ बनायो । गर्वले छाती फुल्यो । सुमन्तले अलिकता हाँसेर कृतज्ञता जाहेर गरे ।

"कल्लियो लि'आयाका मानिसहरूकन टीकाटालो गरी, दिन खटाइवरी बिदागरी पठायापछि एउटा कुरा सुन्नमा आइगयो । कालीपारतिर दशैं तिहारसम्म मानिसहरू माईको प्रकोपबाट सोत्तर पऱ्याका रह्याछन् । बालीनाली उठाउन्या बेलाँ खेतालो र अरिमपरिम गर्न्या मानिस पनि नपाउन्या अवस्था थियो रे ! उतैतिरको जन्ती निम्त्याइयो । माईको प्रकोप जन्तीको साथलागिकन हाम्रो गाउँमा छिर्न्या हो कि भनी शङ्का गर्नै पऱ्यो । तर्काउन्या उपाय पनि लागेसम्म गर्नै पऱ्यो । छेकबार लगाउन्या चलनचल्तीको विधि गर्नु पऱ्यो । जन्ती हड्कन मिल्या'न । ठकुरी बाउसाहेबहरूको जस्तो डोली पठाउन्या चलन हामी खसहरूको छैन ।", मणिरञ्जनबुढाले रहस्य खोले ।

"सालिन्दै माई मन्साउन्या पूजा गर्न्या चलन पुरानै हो । हिउँदका फुर्सदिला दिनमा बालीनाली थन्काइवरी माईपूजा गरिन्या हो । यो वर्षको समयसाल खराब भैगयो । पानी पऱ्याको पऱ्यै भयो । धानबाली भित्र्याउन्या काम सकिया' पनि नल-पराल थन्काउन्या काम तुरियाको छैन । टौवा चुलाउनै बाँकी छ । काम बाँकी छ भनीकन पूजा हडकन पनि भया'न । सबै कुरा छोडीकन जन्ती आउनुपूर्व माईपूजा गर्नुपर्न्या भो । तिथिबार लगन खटन गर्न्या काम गुरुजीको ।", कीर्तिमान घर्ती बुढाले पण्डित राम पाध्यातिर हेरेर भने ।

"अड्को पड्को तेलको धूप ! आखिरी पऱ्यो भन्या तिथि न मिति, साइत न लगन । पहिले क्षमा पूजा गऱ्यो । त्यसपछि माईपूजा गरि'द्या भैहाल्यो । २८ गते बिहे छ, आज २३ भैसक्यो, पात्रो पल्टाएर धुलौटो कोर्न थाल्दा दिन निस्के त ठीकै होला, निस्केन भनीकन गाउँमा सङ्कट निम्तन दिनु भया'न क्यारे !", उजिरसिंह कार्कीले राय पोखे ।

"होइन, शुभ कामको लागि तिथिमिति र लगन त हेर्नै पऱ्यो नि ! बरु बिहेको लगन उता साऱ्या भैहाल्यो । माईको पूजा त दिन जुराएरै गर्नपर्छ पो । पछि तलबितल पर्न गयो भन्या पछुताउनु पर्ला नि !", सन्तु कुमालले तर्सो देखाए ।

"जति पुँडो साऱ्या नि मसान्तसम्म न हो ! त्यो पनि लगनले दियाछ भन्या । उता सार्न्या भनीकन पुषमा बिहे गर्न भयान क्या रे ! ज्योतिषहरूले २८ उता बिहेको लगन छैनन् भन्छन् ।", हुमेन श्रीलाल जैसीले पर्नसक्ने अप्ठ्यारो देखाए ।

"माईपूजा कामको फुर्सदमा गरिन्या हो । खेतीबालीको काम हलुका भयापछि पूजा दिन्या परम्परा छ । असर्दो पर्दा वैशाख जेठमा गर्ने गरियाकै हो । यसपटक अलि अप्ठ्यारो पर्न गयो । बिहेको दिन किटान गर्नुपूर्व हल्ला सुन्न पायाको भया पनि बिहेलाई पुँडो सार्न सकिन्या'थ्यो । माघको दिन खटाउँदा पनि हुन्या'थ्यो । पहिले खबर भया'न । टीकाटालो सकिवरी कुटुम्बकन बिदा गऱ्यापछि झुसिलो कुरो सुनियो । तलबितल पर्दा वित्यास पर्नसक्ने कुरा सुनिसक्यापछि कानमा तेल हाली बस्न पनि भया'न । गाउँसल्लाह त गर्नै पऱ्यो । माईपूजा गर्न्या हो कि नाइँ ? अथवा बिहेको लगन सार्न्या कि ?", मणिरञ्जनले विवशता पोखे ।

निकैबेर छलफल चल्यो । सबै गाउँलेहरूले आ-आफ्ना तर्क सुझावहरू प्रस्तुत गरे । बोल्नेहरू बोले, नबोल्नेहरूले पनि आफूलाई चित्त परेको कुरामा सही थापे । आखिर सबैले सुमन्तको मुखमा हेरे । गाउँलेहरूको आशय बुझेका सुमन्तले पण्डितलाई सोधे, "पण्डित बा ! माईपूजा पुसमा गर्न हुन्या हो कि नाइँ ?"

"हरेला पछिको कोल भन्याजस्तो मङ्सिरमा बिहेको कुरा छिनियाको छ । माईबाट बिट्टुलियाको गाउँबाट जन्ती आउन्या भया भनीकन पो आत्तिनु पऱ्याको हो । ढिम्कियाको समयले अत्यायाको हो । पुसमा पूजा गर्न हुन्या भए पो गर्नु के ? उसो त पुसमा माईको पूजा गर्न्या चलन पनि छैन । चलन भनेको त बरू समयको आवश्यकता हेरीकन बसालिएका परम्परा हुन् । हाम्ले साउन, कात्तिक, पुस र चैतमा विवाह गर्न हुँदैन भन्छौं । कैयौ ठाउँतिर चैत र पुस महिनामा पनि विवाह गर्न्या चलन हुन्छ भन्छन् । चैतकन त झन् रामको महिना भनीकन शुभ मान्दा रह्याछन् ।" पण्डित राम पाध्याले जवाफ फर्काए ।

"होइन गुरू, मैले हरेलापछि कोल बनाउन्या कुरा गर्न खोज्याको होइन है ! हुन्या हो कि नाइँ भनीकन जान्न खोज्याको मात्रै हो । विवाह माघमा सार्न सकिएला, त्योभन्दा अगाडि त माईपूजा गर्नैपऱ्यो । गाउँमा नल-पराल थन्काउन्या काम सकियाको रह्यान'छ । माईपूजाबिना कालीपारे जन्ती गाउँमा निम्त्याउनु भया'न । हाम्रो भाग्याले केही नहोला रे तर भैहाल्लाकी भनीकन डराउनै पऱ्यो । त्यसैले माईपूजा सकीकन जन्ती पर्सनु पर्न्या भो । यसै उसै बिहेको लगन पुँडो सार्नुपर्न्या हो भन्या माईपूजा पनि फुर्सदका दिनमा गरौंला भन्न्या मनसाय हो । पुषमा माईपूजा हुँदैन भन्या मङ्सिरमै गर्नै पऱ्यो । माघ महिनाको पहिलो लगनमै जन्ती बोलाउँला । हुँदैन र ?", कचहरी समक्ष सुमन्तले प्रस्ताव राखे ।

फेरि अर्को एकपटक कचहरीमा गल्याङ्मल्याङ् शुरु भयो । सबैले आ-आफ्ना कुरा राख्न थाले । सुन्नेभन्दा बोल्ने मानिसको सङ्ख्या बढी भयो । अव्यवस्थित छलफललाई टुङ्गोमा पुऱ्याउने आवश्यकताबोध गरेर सुमन्त बसेको ठाउँबाट जुरुक्क उठे । सुमन्त उभिएपछि सबैका आँखा उनमा परे । सबै मुखहरू बन्द भए ।

"बिहेको लगन माघमा सार्दा कुनै अप्ठ्यारो पर्छ र काहिँलाबा ?", तल्लारे काहिँलाबातिर हेरेर सुमन्तले सोधे ।

"अरू अप्ठ्यारो त के हुनु ? बिहेको लगन तोकियो । कुटुम्बका घरमा बिहेको सामलतुमल जोरजाम भैसक्या होलान् । बिहे सार्ने निहुँ केलाई बनाउनु ? तिम्रा जन्तीले माई बोकी ल्याउन्या'छन् भन्न मिलेन ।", तल्लाघर काहिँलाबुढाले अप्ठ्यारो देखाए ।

"त्यसको चिन्ता काहिँलाबाले लिनै परेन । विवाह रोकी पठाउनुपर्न्या कारण जे देखाया पनि हुन्छ । असल कामको लागि झूटो बोल्या'नि पाप लाग्दैन । गाउँलाई महामारीबाट जोगाउन्या कुरा हो । कुटुम्बकहाँ कस्तो समाचार पठाउनुपर्छ भन्न्या जिम्मा मेरो भो । म आजै चिठी लेखी कटुवालेकन कुदाउँला ।"

"कुटुम्ब राजी हुन्छन् भन्या मङ्सिरमै बिहे गर्नैपर्छ भन्न्या केही छैन । बितिहाल्ने कुरा होइन । माघ फागुनमा गर्दा पनि हुन्या नै हो ।", काहिँलाले सहमति जनाए ।

"के भन्नुहुन्छ रञ्जन'बा ?", सुमन्तले गाउँबुढा रञ्जितलाई सोधे ।

"हो, म पनि त्यही भन्छु । मङ्सिरमा माईपूजा गरौं, माघमा बिहे गरौंला ।"

गाउँबुढा मणिरञ्जनको सहमतिपछि सल्लाह टुङ्गियो । गाउँ कचहरी उठ्यो । मङ्सिर मसान्तिमा माईपूजाको आयोजना हुने भो । पूजाको निमित्त आवश्यक पर्ने पूजा सामग्रीको व्यवस्था गर्ने जिम्मा पण्डितबा र श्रीलाल जैसीको भयो । बलिका लागि चाहिने च्वाँचेको जिम्मा लोहासुरले पाए, श्रीमन्ते दर्जीले राँगाको बन्दोबस्त गर्ने भए । बोको खोज्ने जिम्मा बिर्खे माहिलाले पायो ।

कचहरीको काम टुङ्गियो । उत्निखेरै विवाहको लगन सार्नुपर्ने बाध्यता खुलाएर लेखिएको चिठी बोकाएर लिटे कटवालेलाई कास्कीकोटतिर कुदाइयो । घरको कामबाट फुर्सद लिएका बुढाहरू सुमन्तलाई घेरेर बसे । गाउँलेहरूका मनमा अनेक खुल्दुली थिए । सञ्चार सुविधा दुरुह भएको जमाना । मानिसहरू देशप्रदेशका पुराना समाचारहरू गाइनेहरूबाट सुनेर रमाउने बेला । सुमन्त भर्खर ढोरपाटनको समस्या समाधान गरेर फर्केका हुनाले उनका मुखबाट त्यो कथा सुन्ने इच्छा सबैमा थियो । मौरीले

रानीलाई झैं सुमन्तलाई घेरेका गाउँलेहरूको मनोविज्ञान बुझेका मणिरञ्जन बुढाले कुरो कोट्ट्याए, "अर्नाकोटेहरूले तकमेलका गाईबस्तु घोडाहरू ढोरको बुकीबाट लगाऱ्या रे भन्ने सुनिया'थ्यो । कारण के रह्या'छ ? झगडियाहरूबीच सुलह भयो कि नाइँ ? सुमन्तले काँधहाल्याको समस्या नसल्टिन्या त कुरै भया'न । तैपनि समस्या क्यान जन्म्यो ? कसरी सल्ट्यो ? सुना न केटा !"

"कथा पुरानो मात्रै होइन लामो पनि छ । झन्डै सय वर्ष अगाडि पर्वत राज्यको अंशबन्डा भयाको रह्या'छ । अंशबन्डा गर्दा जेठा राजकुमारकन गलकोटको राज्य मिल्याछ । ढोरपाटन पुरानो राज्य अनाकोटको भूमि रह्या'छ । गलकोट अलगिएपछि पनि ताकमले पुरानो अर्नाकोट अन्तर्गतको को ढोरपाटनमा गाईबस्तु छोडन्या चलन सनातन चल्याकै रह्याछ । गयाको बर्खामा भन्या अर्नाकोटे र रुकुमकोटे गोठालाहरू मिलिकन पर्वत्यालाई लगाऱ्या'छन् । गाईभैंसी घोडा सबै लगारीकन देउराली कटाया'छन् । घरगोठहरू नासिदिया छन् । गोठालाहरूकन पिटपाट पाऱ्या'छन् । त्यही समस्या समाधानको जिम्मा दरबारबाट मकन बक्स भयाको थियो । तीनपक्षबीच सुलह गराई धर्मपत्र बाँधीकन समस्या सल्टयाउन्या काममा हजुरहरू सबैको आशीर्वादले सफलता पाएँ । दरबारबाट पनि स्याबासी पाएँ । तकमेलीको सम्मान पनि पाएँ । मेजमानी खाएँ ।"

"दरबारको धेरै चाकडी नगर है सुमन्ते । काम फत्ते भए हाई हाई गर्न्या हुन्, काम तलबितल पऱ्याको खण्डमा ज्यानै जान बेर लाग्दैन ।" उपल्लाघरे माहिलाबुढाले चेताए ।

"सिङ र दारा हुन्या जनावरको र राजाको भर नपर्नु भन्न्या चलन छ । हाम्रा पुर्खाले पर्वत राज्यको कम्ती सेवा गऱ्याका होइनन् रे ! पछि राजाबाट बेइमानी भयो भनीकन अनबन पऱ्याको रे ! बानियाँहरू दरबार छिर्न छोड्याको कारण त्याही थियो रे ! अहिले सुमन्तेले राजाकन निकै सघायाको छ । भोटेले नुन रोकिदियो, कुरो मिलाउन सुमन्तेकन पठाइयो । भोटेसँग सुलह गरेर आयो । पायो के ? फेरि ढोरमा चरीचरन समस्या पर्दा पनि सुमन्तेकन पठाइयो ? काजी सरदारहरूले के हेरे ? सुमन्तकन राज्यको जिम्मा के छ ? कुनै गतिलो पद दिया होइनन् । बिनाज्यालाको

खेतालो बनायाको छ पर्वत दरबारले तँकन ।” मणिरञ्जनबुढाले इतिहास बखाने, असन्तुष्टि पोखे ।

“राजाले भाउ नदिया पो के भो र ? बानियाँहरूको हैकम र हैसियत कम भयाको होइन क्या रे ? ‘आठ हजारका राजा, १२ हजारका बानियाँ’ त्यसै भनियाको हो र ?”, किञ्चित मुस्कुराएर सुमन्तले जवाफ फर्काए ।

“होइन, १२ हजारका बानियाँ, आठ हजारका राजा भन्याको के रह्या’छ ? बानियाँ र राजाको पनि मोलतोल हुन्छ र ?”, धम्मे नेगीबुढाले जिज्ञासा राखे ।

“राजा र बानियाँमध्ये को धनी भनीकन शरीरमा धऱ्याका धनमाल गरगहनाको मूल्य गर्दा बानियाँको शरीरमा १२ हजार र राजाको शरीरबाट आठ हजार बराबरको धनमाल निकल्याको हुनाले त्यस्तो उखान बन्याको हो भन्छन् ।”, श्रीलाल जैसीले आफूले सुनेको कथा सुनाए ।

“त्यस्तै होला त ? कुन जमानाको कुरा हो ? अवश्य दुई-चार सय वर्ष पुरानो कुरा होला । त्यो जमानामा त्यति धेरै मूल्य बराबरको धनमाल बोकीकन को हिंड्न सक्थ्यो होला र ? आजकल देशी मोहरको चलन छ । हजार आठसय बराबरको मोहर बोकीकन हिंड्न मुस्किल पर्छ ! दाम पैसा नपाइन्या जमानामा हजारौं हजार मूल्य बराबरको सुनाचाँदी कसले बोकी हिंड्न सक्थ्यो र ? त्यो त दन्त्य कथामात्रै होला । महाभारत कथाका भीमसेनको शरीरमा हजार हात्तीको बल थियो भन्याजस्तै होला, हैन रञ्जन’बा ?”, सुमन्तले वास्तविक रहस्य खोलियोस् भनेर जिज्ञासा राखे ।

“उटुङ्ग्याले रच्याको कथा हो त्यो त ?”, मणिरञ्जनले सुमन्तको भनाइमा सही थापे ।

“आठ हजार र १२ हजारको कुरो क्या हो त ? ‘हावा नचली पात हल्लदैन’ भनिन्छ । उखानटुक्का रचन्या केही आधार त थियो होला नि ?”, उजिरसिंह कार्कीले जिज्ञासा राखे ।

“इतिहासको वास्तविकता बताउनुहोस् न हजुर्बा ।”, सुमन्तले आग्रह गरे ।

“तैले नजान्या कुरो के छ र ? तँ आफैंले बखान्या भैहाल्यो नि !”

"*आगो ताप्नु मुढाको, कुरा सुन्नु बुढाको* भन्न्या त उखानै छनि हजुर्बा । हजुरले बखान्नु र मैले बखान्नुमा फरक छ नि, होइन र ?", अरू बुढाहरूको अनुहारतिर हेरेर सहमति खोज्ने शैलीमा सुमन्तले थप आग्रह गरे ।

"अघि जमानामा ढोरदेखि पूर्व, कालीदेखि पश्चिमको धौलाशिर हिमालको काखमा बस्याको चार हजार पर्वतमा थापाहरूको राज्य थियो । डिम्ब बम नामका शाही थरका निसीका राजाले ताकम, पुला, कुहुँ र ज्यामरुकसमेत डोलाई गाजनेको डडेकोटमा दरबार बनाईकन बस्न थाल्या छन् । डिम्बका छोरा नाग र रतन बानियाँको गहिरो दोस्ती गाँसिन गया'छ । घर्ती, कार्कीको सहयोगमा मल्लाज डोलाया पछि नाग बम बिरामी भया'छन् र पुला फर्क्या'छन् । रतन बानियाँ भने कास्कीकोट, सतहुँ, गरहुँ, पैयु, ध्वाँकोट, गल्कोट समेतको १२ हजार पर्वत डोलाई फर्क्या'छन् । त्यही बेलादेखि आठ हजारका राजा, १२ हजारका बानियाँ भन्न्या चलन बस्याको हो भन्छन् ।"

"आठ हजार र १२ हजार पर्वत भन्याको क्या रह्याछ त ?", राम पाध्याले सोधे ।

"काली पश्चिमको पर्वत चार हजार, अर्नाकोट र सर्पकोटको चार हजार समेत जम्मा आठ हजार घरधुरी भयाको इलाका शाही बमहरूले आर्जन गर्‍याका रह्या'छन् । काली पूर्व र दक्षिणको १२ हजार घरधुरी भयाको इलाका बानियाँको बाहुबलबाट आर्ज्याको रह्या'छ । त्यसैले आठ हजारका राजा, १२ हजारका बानियाँ भन्न थालियाको हो रे !", मणिरञ्जनले इतिहास कथा सुनाए ।

"तेत्रो पुरुषार्थ गर्न्या बानियाँहरू दरबारबाट टाढा किन हुन गयाका रह्याछन् त ?", श्रीलाल जैसीले सोधे ।

"युवाराज नाग बम असमयमै बित्या'छन् । तन्नेरी छोरा बित्यापछि विरक्तियाका डिम्बमहाराजले नाति प्रतापीनारायणकन राजगद्दी सुम्प्या'र तपस्या गर्न जङ्गलतिर लाग्या'छन् । प्रतापीनारायणले सन्यास लिन्या बखतमा आफ्नो राज्य तीनभाइ छोराकन अंशबन्डा गरिदिया छन् । कास्कीकोट दुई हजार र गल्कोट दुई हजार बानियाँको आर्जनमध्येको

भूमि पर्वतबाट अलग गर्दा आफूलाई सोधपुछनी नगऱ्याको भनीकन रतन बानियाँ रूष्ट बन्या'छन् । त्यही कारणले बानियाँहरू पर्वत दरबारबाट टाढा भयाका हुन् भन्याको सुनियाको हो ।" मणिरञ्जनले कथा टुङ्ग्याए ।

काम लिने बेला लोकाचार पार्ने, काम समाप्त भएपछि दुत्कार्ने पर्वत दरबारको पुरानै चलन हो भन्ने कुराले सुमन्तलाई ताकमको कथाको सम्झना गरायो । थापाहरूसँग गरिएको धर्मपत्र कहिल्यै कार्यान्वयन गरिएनछ । छन्त्याल र मगरहरूलाई पनि ताकम सर गर्नमा सघाएबापत कुनै सहयोग सहुलियत गरिएको रहेनछ । त्यस्तै व्यवहार आफ्ना पुर्खासँग पनि गरिएको कुराले उनलाई सोच्नुपर्ने बनायो । कामको प्रतिफल हातहातै खोज्ने छुच्याइ किन गर्ने भनेर दरबारले दिएको जिम्मेवारी पूरा गर्ने तर त्यसबापत कुनै माग नगर्नेलाई दरबारले ज्ञान जानेर केही दिँदैन रहेछ कि ? कामको कदर नहुँदो रहेछ कि ? दरबारले कुनै दिन आफ्नो कामको पारितोषिक कसो नदेला भन्ने आफ्नो अनुमान गलत पो ठहरिने हो कि जस्तो पनि लाग्यो । थापाहरूसँगको व्यवहारमा पर्वत दरबारले गरेको बेइमानीको कथा बूढापाकाहरूलाई सुनाउँजस्तो लागेकोले उनले भने, "तकमेलहरूसँग पनि बेइमानी गऱ्याको रह्या'छ नि पर्वत दरबारले त ?"

"कस्तो बेइमानी ?", मणिरञ्जनबुढाले सोधे ।

"ताकम डोलाउन्या बखतमा सिङ्गो पर्वत डोलाउन्या काममा थापाहरूले शाहीकन सघाउन्या, शाहीले थापाकन कज्याई र पौडेल र सुवेदीकन गुरुपुरोहित बनाउन्या धर्मपत्र गऱ्याका रह्या'छन् । तर राज्य डोलायापछि ताकमबाट बसाइ ढोलठानमा साऱ्या'छन् । थापाहरूको ख्याल वास्तै गऱ्यान'छन् । पौडेल र सुवेदीकन च्यापी हिँड्या'छन् । हामीकन त ढाक्रे बनाइछाडे भनीकन थापाहरूले गुनासो गऱ्या'थे ।"

"थापाहरूकन बेइमानी गर्ने शाहीहरूले बाहुनहरूकन क्यान च्याप्याका रह्याछन् त ?", माहिलाबुढाले जिज्ञासा राखे ।

"खोइ, त्यसको गुह्य त थापाहरूले खोलेनन् । बाहुनहरू च्यापीकन किन हिँडया'छन् भनीकन निधिखुदी गर्दा 'खोलो तऱ्या लौरो बिर्स्या ।' उनीहरूको खाँचो त्यही हुँदो हो भनेर चुप लाग्याथे ।"

“खाँचो बाहुनको मात्र होइन- थापा, मगर, छन्त्यालजस्ता लडाकुहरूको पनि हुँदो हो ?”, मणिरञ्जनले पुन कोट्याए ।

बानियाँ बुढाहरूको गन्थन सुनेर राम पाध्या मुसुमुसु हाँसिरहेका थिए । राम पाध्या उनै राजपुरोहित तकमेली पौडेलवंशका थिए । पण्डितको मुस्कुराहटमा ऐतिहासिक तथ्यको रहस्य लुकेको हुनुपर्छ भनेर बुझेका सुमन्तले सोधिहाले, “होइन, पण्डितबा ! तपाईं मुसुमुसु हाँसिरहनुभएको छ । केही भित्री कथा छ कि कसो ?”

“बम राजाहरूसँग लडाकुहरूको खाँचो थिया'न । निसीबाट साथलागी आयाको ठूलै फौज थियो रे ! उनीहरूसँग ज्योतिष पण्डितहरू थियानन् रे ! त्यसैले ताकमबाट साथै लिई पुलातिर हानिएका होलान् ।”

“होइन, निसीबाट खानदानी गुरूपुरोहित किन नलिईकन आयाका रह्या'छन् ?”, छेउमा बसेर कुरो सुनिरहेका उजिरसिं कार्कीले जिज्ञासा राखे ।

“उता गुरूपुरोहित राखेर देवपितृ कार्य गराउन्या चलनै थियान रे भन्ने सुनियाको हो । खासकुरो के रहया'छ मकन पनि जानकारी छैन ।”, पण्डितले कुरोको बिट मारे ।

साँचै पण्डितलाई जानकारी नभएको हो कि जानेर पनि कुरो लुकाएका हुन् कुन्नि ? पण्डित राम पाध्याले मनको कुरो सबैतिर खोल्दै हिँड्दैनथे । आफ्नो कुरा कसैसँग भन्दैनन् । अरूका भने चिप्लो मसिनो बनेर पेटभित्र छिर्छन् र रहस्य उधिनी छोड्छन् भन्ने कुरा राम्रोसँग बुझेका बानियाँ सुमन्तले बढी जोड गरेनन् । एक जुवा घाम बाँकी रहँदा सबै गाउँलेहरू उठेर आ-आफ्ना घरतिर लाग्ने तरखर गर्न थाले । मणिरञ्जन बुढा उठेर हिँड्न आँटेपछि सुमन्त पनि उनको पछि लागे । घरतिर लाग्दा सुमन्तको मनमा एउटा कुरा भने खेलिरह्यो । निसीमा रहँदा गुरूपुरोहित नराख्ने, देव र पितृकार्य पनि नगर्ने कस्तो चलन रहेछ बम वंशमा ? देवपितृ कार्य नगरे पनि शुभ कार्यहरू त हुँदा हुन् । पूजाआजा गरिंदो हो । गुरूपुरोहित नराखेर कसबाट काम चलाइँदो हो भन्ने खुल्दुली मनमा रहिरह्यो ।

पाँच

मङ्सिर महिना ढल्नै लागेको छ । स्वभावतः पुसको जाडोको पेस्की आइपुगेको छ । त्यसमाथि बेनी उसै पनि चिसो ठाउँ हो । बेनीको सतहबाट थोरै माथि उठेको हुनाले कुरिलाखर्कमा थप चिसो हुन्छ । दुई हिमाली नदीको चिस्यान बोकेर आउने हावाले कहिलेकाहीँ त ढोलठानालाई पनि बिर्साउँछ । दिन खुलेको भए पनि सूर्यनारायण बालकै अवस्थामा हुनाले धर्ती तातिसकेको थिएन । आज काठेसाँघु निर्माण सम्पन्न हुने दिन । महाराजको सवारी चलाउने कपर्दारको उपस्थिति नभएको हुनाले द्वारे बिहानैदेखि दरबारमा उपस्थित छन् । बडाकाजीको उपस्थिति भैसकेको हुनाले सवारीको लागि बिन्ती चढाउन दरबारभित्र छिरेका द्वारे ताराचनले दिष्याली कृष्ण कार्कीलाई राजाको सवारीको बेला भएको सूचना दिए ।

"काजीलगायत द्वारेहरूसमेत तयार भईकन महाराजको बाटो कुरिरह्याका छन् । सयशले घोडा तयार गरिसक्याको छ, महाराज !", दिष्याली कृष्ण कार्कीले महाराज घनश्यामका हजुरमा बिन्ती चढाए ।

सवारीका लागि महाराज पनि तयार भैसकेका थिए । राजाको कम्मरमा महारानीले तरबारसहितको म्यान बाँधिदिइन् । निधारमा सगुनस्वरूप रक्त तिलक लगाइदिइन् । शुभसाइतका बखत मङ्गलाचरण गाउने परम्परा पुरोहित हरेराम सुवेदीले सामगान गरेर निर्वाह गरे । महाराज सडकमा निस्केपछि बडाकाजी मकरध्वजलगायतका भारदारहरूले घोडाबाट ओर्लेर दर्शन टक्र्याए । अगाडि अङ्गरक्षक दिष्याली कृष्ण कार्की, त्यसपछि महाराज, महाराजको पछाडि पनि अन्य अङ्गरक्षकहरू, त्यसपछि भाइभारदारहरूको

टोली पश्चिमाभिमुख भएर यात्रा प्रारम्भ गऱ्यो । शाही सयशले महाराज चढेको घोडाको पुच्छर समातेर कदम मिलायो ।

चुत्रेनी-ओडारेमा काठको पुल तान्ने काम शुरू भएको थियो । दुवैतिरका मठहरू हिजै तयार भैसकेका थिए । आज काठका निदालहरू तेर्साएर फलेक छाप्ने काम गर्नु थियो अर्थात् आज काठेपुल बनाउने काम सम्पन्न हुने दिन थियो । त्यसैले महाराज घनश्यामको सवारी चुत्रेनीको बगरतिर हुन लागेको थियो ।

महाराज समेतको घोडचढी टुकडी कुरिलाखर्क, अग्निखेत, थाकन, माझखेत हुँदै चुत्रेनी झऱ्यो । वारिपारि दुवैतिरको बगरमा मानिसहरूको मेला लागेको थियो । मानिसहरू आ-आफ्नो जिम्मामा परेको काममा तन्मय भएर लागेका थिए । महाराजको आगमनले एकचोटि सबैको ध्यानाकर्षण गऱ्यो । दर्शनेहरूले नगरा बजाएर स्वागत गरे । उपस्थित रैती गणहरू सबैले समवेत स्वरमा महाराजको जय पुकारे । दर्शन टक्र्याए । पुल निर्माणको नेतृत्व गरेका पानीस्वाँराका ढल्के पुनले महाराजसमक्ष कामको प्रगतिविवरण पस्किए, "दोटै मठहरू हिजै ठडियाका हुन् । आज चारवटा निदालहरू तेर्साईकन बाँध्ने काम सकियो । छेउमा लगाउन्या कठबार पनि तयार भैसक्याको छ । अब फलेक बिछाउन्या काम मात्र बाँकी छ । साँघुको अन्तिम कार्यको थालनी महाराजका बाहुलीबाट होस् भनीकन कुरीबस्याका थियौं । सबै सामान तयार छ महाराज !"

महाराज घनश्यामले 'हिंड' भन्ने सङ्केत गरेपछि ढल्के अघिअघि हिंडे । महाराजले ढल्केलाई पछ्याए । भाइभारदार र सर्वसाधारणले महाराजलाई पछ्याए । रानीका पछि मौरीहरू भुनभुनाउँदै उडेझैं सारा मानिसहरू राजाको अघिपछि गुरुरुर्र कुदे ।

पुलको ढाँचा बनाइएको ठाउँमा पुगेपछि एउटा स-सानो हाते घन दुई हथेलीमा राखेर अलिकता झुक्दै अदवसाथ ढल्केले महाराजतिर बढाए, "यो टुकटुके लिइबक्स्योस् महाराज !"

स्थानीय आरनमा तयार गरिएको एउटा चारपाटे फलामे किल्ला निदालमाथि तेर्साएको फलेकमाथि कापेको सहारामा सोझो हुने गरी ढल्के पुनले समाते । महाराजले दुई-तीन चोट हानेपछि किला पूरै काठभित्र

डुब्यो । पुलको शिलान्यासको औपचारिकता थियो त्यो । महाराजको हातबाट घन लिएर ढल्केले थप दुई-चार चोट हानेपछि किला मानिसको गोडामा नलाग्नेगरी दबियो । फलामको काम शुरू हुनुपूर्व किलाको काम बाँस अथवा फलाटको काठबाट लिइन्थ्यो । प्युठाने फलाम आउन थालेपछि खेतीबाली र काटकुटको कामका ज्यावलहरू स्थानीय आरनमा बन्न थाले । घर गाउँमै कुटो, बाँउसो, बञ्चरो, खुर्पा बन्न थालेपछि पर्वतको जनजीवनले फड्को मारेको थियो । काठेपुलमा फलामको किला प्रयोग गरेको यो पहिलोपटक थियो । राजाको हातबाट पहिलो किला ठोकिएपछिको एकाध घण्टामै सिपालु कामदारहरूले सबै फलेकहरू जडान गर्ने काम भ्याए ।

हिउँदमा गाडतारको लागि काठेसाँघु हालिने ठाउँ चुत्रेनी बगरले अब 'कोटसाँगु' भन्ने नयाँ नाम पाएको थियो । काठको साँघु लगाउने चलन शुरू हुनुभन्दा अगाडि चोयाको झोलुङ्गो बनाइन्थ्यो रे ! अपेक्षाकृत अलि लामो छाडन् पर्ने भएकोले चोयाको झोलुङ्गो टाँग्न उति सजिलो थिएन र टिकाउ पनि हुँदैनथ्यो रे ! त्यसैले चोयाको सट्टा काठेपुल बनाउन थालिएको थियो । बागलुङ-गलकोट आउजाउ गर्नका लागि म्याग्दी नदीमा त्यही ठाउँमा काठको साँघु लगाउने परम्परा चलेको पनि दशकौं बितिसकेको थियो । सालिन्दै तयार गरिने काठको साँघुले पारिपट्टिको ओडारे र वारिपट्टिको चुत्रेनीबगरलाई जोड्थ्यो । साउनदेखि बन्द भएको बाटो हिउँद लागेर नदीमा पानी कम नहुँदासम्म वारिपारिको आउजाउ पूर्णरूपमा बन्द हुन्थ्यो । इष्टमित्र आफन्तीहरूसँगको सम्बन्ध सम्पर्क पूरै विच्छेद हुन्थ्यो । बरू मल्लाज र ज्यामरुकबीच आउजाउ गर्न लामाखेतनेर डुङ्गा चल्थ्यो । त्यसैले मल्लाज र ज्यामरुकबीच आउजाउ गर्न सजिलो थियो । पुला र ज्यामरुकबीचको तारघाट भने अपेक्षाकृत अप्ठ्यारो थियो । पुला र ज्यामरुककोट आउजाउ गर्नुपर्‍यो भने तुइनको सहारामा बेनीबाट मल्लाजपट्टिको पारिबेनी तरेर लामाखेततिरबाट डुङ्गा तर्नुपर्थ्यो । उन्ताका पुला ज्यामरुक गर्न दुईपटक कालीगाड तर्नुपर्ने बाध्यता पर्थ्यो । साउन भदौको भेलमा डुङ्गा चलाउन पनि सकिँदैनथ्यो । त्यसैले म्याग्दी नदीमा पानी कम हुनासाथ पर्वत राज्यको राजधानी बेनीबाट ज्यामरुक, भकिम्लीमात्रै होइन बागलुङसम्म आउजाउ गर्नका लागि पुला ज्यामरुक जोड्नेगरी काठेसाँघु राख्न थालिएको थियो ।

मनसुनी वर्षा असोजको आखिरी नहुँदासम्म थामिएन । कात्तिकमा पनि फाट्टफुट्ट पानी परिरह्यो । मङ्सिर पनि भिजेरै बित्यो । त्यसैले कात्तिकमै राखिने पुल मङ्सिरको आधाआधी बितिसक्दा पनि राख्न सम्भव भएको थिएन ।

पुलाको भेकतिर धुरीसम्म नै मानवबस्ती रहेको हुनाले जङ्गल कम थियो । बर्खायाममा औलो लाग्ने हुनाले बेसीमा स्थायी बसोबास थिएन । जङ्गल कम भएको पुलाको जिम्मामा ढुङ्गाको काम र जङ्गल पर्याप्त भएको ज्यामरुक भकिम्लीको भेकलाई काठ र चोयाको जिम्मा रहने व्यवस्था बसालिएको थियो । दुवै भेगका मानिसहरू साता पन्ध्रदिन अघिदेखि साँघु निर्माणका लागि आवश्यक सामग्री जुटाउने काममा लागेका थिए । निर्माण कार्य सम्पन्न हुने दिन भएकोले सबै गाउँलेहरूको उपस्थिति थियो । सालिन्दै साँघु राख्ने कामको सुरुआत राजाको बाहुलीबाट गर्ने परम्परा थियो ।

वारिपारिको ढुङ्गे चम्का तयार भएपछि सिङ्गै रुख ढालेर ताछतुछ पारी बनाइएको चारपाटे निदालजस्ता चारवटा मजबुत बलाहरू तेर्स्याइन्थ्यो । छेउछेउमा दुवैतिर काठकै बार उठाइन्थ्यो । निदाल राखिसकेपछि ठूलठूला ढुङ्गाले दुई छेउहरू अँठ्याइन्थ्यो । निदालमाथि फलेक छपाएपछि उद्घाटनस्वरूप राजा स्वयम घोडा चढेर पुलको वारिपारि गर्थे । फलेकमा प्रथम किला ठोकेर शिलान्यास गरिएको काठेपुल राजाको घोडा वारपार गरेपछि उद्घाटन भएको मानिन्थ्यो ।

पुलमा फलेक छाप्ने काम सकिएपछि ढल्केले काम सकिएको जानकारी गराउँदै महाराजसँग अनुरोध गरे, “महाराज ! साँघु त्यार भयो । महाराजबाट पाउकष्ट गरीकन साँघु फुकाइदिनुपऱ्यो ।”

जलदेवता वराहको नाममा भेडाको थुमा बलिदिने चलन थियो । साँघु तयार भएर वारिपारि गर्नुपूर्व मध्यपुलमा थुमा (साँढ) को बलि दिनुपर्थ्यो । थुमाको बलि राजाकै हातबाट दिइने चलन थियो । त्यसैले ढल्के पुनले निवेदन गरे, “साँघुको मध्यमा थुमाको बलि राजाकै बाहुलीबाट दिन्या चलन छ, महाराज !”

राजाले आफ्नो म्यानबाट तरबार निकालेर ढल्केको हातमा थमाउँदै आज्ञा गरे, “लौ, यो मेरो तरबारले तिमीले नै मार हान !”

"रीत सरकारकै बाहुलीबाट बलि दिन्या हो । राजाको खड्ग समात्दा मेरा हात कामन्या छन् । मार नछिनिया केही बिघ्न पो आइलागन्या हो कि ?", ढल्के अनकनाए ।

"रीति परम्पराहरू देवताका लोकबाट बनीकन आयाका होइनन् । समय, आवश्यकता र घत हेरीकन रीति-परम्पराहरू बन्या, बदलिन्या हुन् । यस्तो उस्तो परम्परा रह्याको छ, त्यसबाट तलमाथि गर्नै हुँदैन भन्या कुरो गलत हो । मेरो दाहिना बाँहमा अलिकता दरद् छ । मैले मार हान्या पनि तिमीले हान्या पनि मर्न्या त उही थुमा हो । मान्छे मान्छे एकै हो । संयोगले म राजा छु, तिमी रैती ! मेरो हतियारबाट तिमीले मार हान्या पनि मैले हान्या समान हो । काम गर्न्या भन्दा गराउन्याको जिम्मेवारी बढी हुन्छ भनिन्छ ।"

राजाको आग्रह ढल्केले मान्नै पर्‍यो । झुकेर अदवसाथ राजाको हातबाट तरबार लिए । पुरेतले मन्त्र पढे, जल मन्साए । थुमाले पनि आङमा परेको चिसो पानी शरीर हल्लाएर पन्छाउने स्वाभाविक प्रयत्न गर्‍यो । जलदेवता प्रशन्न भए, थुमा 'पर्सियो' भनियो । सहयोगीहरूले दुईतिरबाट समातेर तङ्ग्रिएको थुमाको गर्दनमा ढल्के पुनले हानेको तरबारको एकैचोटले धडमुड अलग भयो ।

महाराजको इशारा पाएपछि सयशले घोडा तयार गर्‍यो । राजा घोडामा सवार भए । पुरेतपण्डितले स्वस्तिवाचन गरे । घोडाको लगाम ढल्केले समातेर अघि लागे । राजाको सवारी साँघुको वारपार सम्पन्न भयो । साँघु तयार भएकोमा खुशी मनाइयो । दर्शनेहरूले नौमती बाजा बजाए । नगरा दिए । प्रजाजनहरूले जयजयकार गरे । चारैतिर अग्लो पहाडहरूको बीचको खोचमा अवस्थित कोटसाँगुको ठाउँ । गहिरो कचौराको पिँधजस्तो ठाउँमा नौमतीको बाजाको आवाज दुईगुना बढी सुनियो । दक्षिणतर्फ तोराखेतको पहराको ढिलबाट निरन्तर झरिरहेको 'उड्ने छहरा'को एकनासको सुस्साहटले पार्श्वसङ्गीतको काम गरिरहेको थियो ।

पारिपट्टि डाँडाखानीतिरको मठमा राँगाको बलि दिइयो । वारिपट्टि पुलातिरको मठमा बोकाको बलि चढाइयो । रमाइलो गर्नेहरूले नाचगान गर्न थाले । गाईभैँसीका गोठहरू बेसीमा झरेका हुनाले दूध, दही, घिउको

छेलोखेला थियो । भान्सेहरूले खीर, रोटी, हलुवा, तरकारी र अचार चटनीहरू तयार गरिसकेका थिए । राँगाको मासु चल्नेहरूका लागि अलग र नचल्नेहरूका लागि अलग ठाउँमा मासुको विभिन्न परिकार बनाइयो । रुच्ने, चल्नेहरूका लागि जौको छ्याङ र कोदोको घरपालाको समेत बन्दोबस्त गरिएको थियो । थाल कचौराको गर्जो टार्नका लागि सियालेको वनबाट भोर्लाका पातहरू टिपेर ल्याइएको थियो । लोग्नेमानिस नहुने घरबाट झारा तिर्न झरेका महिलाहरूको पनि राम्रै उपस्थिति थियो । राजा, भारदार र भद्रभलाद्मीहरूका लागि भनेर महिलाहरूले भोर्लाको पातका दुना टपरी गाँसिसकेका थिए ।

भोजन तयार भयो । अघिदेखि नौमतीबाजाको तालमा नाचगान गरिरहेका मानिसहरू थामिए । सर्वप्रथम राजाका हजुरमा तयार भएको भोजप्रसाद प्रस्तुत गरियो । राजापछि भाइभारदार, अङ्गरक्षक, भद्रभलाद्मी, पण्डित पुजारीलाई भाग लाग्यो । त्यसपछि महिला र पुरुषहरू सबै लामबद्ध भएर चौरमा बसे, फूर्तिला तन्नेरीहरूले भोर्लाका पातपातमा पालैसँग भोज्यसामग्री पस्केर वितरण गर्न थाले । खानपिन समाप्त भएपछि राजाको घोडचडी टुकडी पुनः बेनीतिर लाग्यो । प्रजाजनहरूले महाराजको जयजयकार गरे । बेनीतिर हिँड्नुअगाडि राजा घनश्यामले ढल्के पुनलाई कुरिलाखर्कमा बस्ने दरबारमा सामेल हुने निम्तो दिए । राजाको निम्तो पाउँदा पुन छक्क परे, दङ्ग परे, गर्वानुभूति गरे ।

छ

दरबार बस्ने विशेष दिन । यस वर्षको पहिलो हिउँदे दरबार । बेनीस्थित राजमुकाममा आयोजना हुने प्रथम राजसभा । बेनीको फराकिलो बगरमा राजदरबार बनाउने योजना कार्यान्वयन हुन सकेको थिएन । कुरिलाखर्कमा निर्माण भएका दुईमध्येको एउटा भवन राजनिवास र अर्कोलाई अतिथिशालाको रूपमा प्रयोग गर्ने गरिएको थियो । राजदरबार र अतिथिशालासँगसँगै रहेको हुनाले गोपनीयतासम्बन्धी असजिलोको अनुभूति नगरिएको होइन तर नयाँ राजदरबार बनाउने तारतम्य मिलेको थिएन । त्यसैले सधैँझैँ यस वर्ष पनि कुरिलाखर्कमै राजमुकाम रहेको थियो । स्वभावतः दरबारको आयोजना अतिथिशालामा गरिनुको विकल्प थिएन ।

बेनी अपेक्षाकृत पायक र सुगम ठाउँ भएकोले आजको भेलामा हुनुपर्ने सबैजसो भाइभारदारहरूको उपस्थिति थियो । राजाको सवारी नभैसकेका हुनाले भाइभारदारहरू आँगनमै छरिएर गफगाफ भलाकुसारीमा व्यस्त थिए । कैयौँ सभासद्हरू अतिथिशालाको हाता बाहिरै बसेर घामको पारिलो राप लिँदै राजाको आगमनको प्रतीक्षा गरिरहेका थिए । द्वारे ताराचन भण्डारी भने आजको सभामा प्रस्तुत गरिने विषयहरूको महत्त्वअनुसारको क्रम मिलाउने कार्यमा लागेका थिए । महत्त्वका हिसाबले सबभन्दा गम्भीर विषयलाई सबभन्दा आखिरमा प्रस्तुत गर्ने परम्परा थियो ।

चिसो शुरू भैसकेको थियो । सभाकक्ष न्यानो बनाउन दाउरे हिटर अर्थात् चुलोको व्यवस्था थियो तापनि हिटरै बाल्नुपर्ने गरी जाडो छिप्पिएको थिएन । त्यसैले बाहिर आँगनमै दरबार बस्ने प्रबन्ध मिलाउने राजाज्ञा भएको थियो । कोठाभित्रको सभा बस्ने व्यवस्थालाई बाहिर प्राङ्गणमा

स्थानान्तरण गरियो । भुइँमा मान्द्रो बिछ्याइयो । मान्द्रोमाथि राडीपाखी र गलैँचाहरू ओछ्याइयो । पूर्वाभिमुख हुनेगरी राजासन सजाइयो । राजआसनको देब्रेपट्टि विषय प्रस्तुतिका लागि द्वारेको आसन लगाइयो । तीनै दिशाबाट राजआसनतिर फर्कने गरी लहरै भाइभारदारहरूका लागि चौकीहरू लगाइयो ।

महाराज घनश्यामको सपत्निक आगमन भएपछि सबै भारदारहरू आ–आफ्ना स्थानमा निःशब्द उभिए । झुकेर एकै लयमा सबैले राजारानीमा सलाम टक्र्याए । राजारानीको आसनग्रहण पछि द्वारेले सबै भाइभारदारहरूलाई क्रमैसँग आ–आफ्नो स्थान ग्रहण गर्ने राजाज्ञाबाट सूचित गरे । राजआसनको दाहिनेतिरबाट क्रमशः भाइभारदारहरू आफ्नो मानपदवीअनुसारको मर्यादाक्रम मिलाएर विराजमान भए । कामविशेषले अनुपस्थित रहेका हुनाले बडाकाजी मकरध्वज मल्लको आसन खाली नै रह्यो । आजको सभा ढल्के पुनका लागि नितान्त नयाँ अनुभव थियो । उनी भाइभारदारहरूको पङ्क्तिमा भलाद्मी अतिथिको रूपमा बस्न पाउँदा मख्ख परेका थिए ।

राजाको अनुमति लिएर द्वारे तारचनले सभा शुरू गरे । सधैँझैं स–साना कम महत्त्वका विषयहरू सभामा प्रस्तुत हुँदै गए । छलफल, विचार विमर्श गरिए । निर्णय हुँदै गएका विषयहरूको टिपोट लेखनदासहरूले गर्दै रहे । पहिले नै सम्पन्न भैसकेका कामहरूको अनुमोदन गरियो । ढोरको चरीचरनसम्बन्धी अर्नाकोटे र रुकुमसँग भएको पछिल्लो सम्झौताको धर्मपत्र वाचन गरेर सुनाइयो । कामको उच्च मूल्याङ्कनसहित अनुमोदन गरियो । राज्यमाथि व्ययभार नपर्ने गरी समस्या समाधान गरेकोमा सभाले सुमन्तको सुझबुझयुक्त कामको प्रशंसा गर्‍यो । उचित पारितोषिकका लागि महाराजका हजुरमा सिफारिस पनि गर्‍यो । अन्त्यमा चौबीसी राज्यमा प्रसिद्धि कमाइसकेका जैसी आनन्द रेग्मीलाई दरबारबाट दिइएको जिम्मेवारीको कार्यप्रगति विवरण प्रस्तुत गर्न अनुरोध गरियो ।

आफ्नो आसनबाट उठेर आनन्द रेग्मीले राजारानीलाई अभिवादन गरे । झुकेर सिङ्गो सभाको अनुमति लिए अनि विवरण सुनाउन शुरू गरे, “हाम्रा सुयोग्य युवाराजधिराजले विवाहयोग्य उमेरमा पाइला राखिबक्स्याका हुनाले वरपर, छरछिमेकका सोलीडोली चलन्या राजवंश तथा खानदानीया ठकुरी

खलकहरूमध्येबाट सुयोग्य वधुको खोजी गर्न्या जिम्मेवारी महाराजबाट बक्स भयाको थियो । राजाज्ञा शिरोपर गरीकन विगत तीन महिनादेखि सोही काममा दत्तचित्त भै खटियाँको थिएँ । कैयौ राज्यहरूमा गुप्तरूपले र कैयौं राज्य रजौटाहरूको दरबारमा खुलारूपमा पुगेर वस्तुस्थितिको जानकारी लिन्या कोशिश गरेँ ।"

थलाहारी जैसी एकछिन थामिए । नजिकै रहेको चाँदीको सुराहीबाट एक घुट्को पानी पिए अनि आफ्नो तीन महिने यात्रा विवरण सुनाउन शुरू गरे, "पर्वतबाट सर्वप्रथम कास्की छिरेँ । दरबारमा भन्या छिरिनँ । बाहिरबाट कुरो बुझ्दा कास्की दरबारमा विवाहयोग्य उमेरका राजकुमारीहरू नरह्याको जानकारी मिल्यो । कास्कीबाट सोझै गोरखातिर हानिएँ । गोरखामा मेरा एक जना सहपाठी पाण्डे पण्डितको घरमा डेरा जमाई दुई-तीन दिन बिताएँ । विवाहयोग्य र हाम्रा राजकुमारसँग उमेरमिल्दो एउटी राजकुमारी रह्याछिन् । शनिबारका दिन दरबारका तर्फबाट नियमित रूपमा गरिने गोरखकालीको पूजाको मौका छोपीकन आफैँले पनि राजकुमारीको दर्शन अवलोकन गर्न्या अवसर मिल्यो । राजकुमारी हाम्रा दरबारका लागि उपयुक्त हुन्याजस्तो ठम्याइँ गोरखा दरबारको के विचार रह्या'छ भनीकन उनै मेरा बालसखाकन कुरा बुझ्न लगाएँ । उनकन आफ्नै तर्फबाट पर्वत राज्यमा नरिवल पठाउन्या हो कि भनीकन समेत दरबारको मनछाम्न लगाएँ । पर्वत दरबारमा नरिवल पठाइहालन्या पक्षमा गोरखा दरबार रह्यान'छ ।"

"पर्वतमा नरिवल पठाउने कुराको गोरखा दरबार किन खिलाफमा रह्या'छ ?", काजी अरिभञ्जन मल्लले जिज्ञासा जाहेर गरे ।

"पुरानो तुष बाँकी रह्या'छ । अहिलेसम्म पनि पर्वत दरबारकन शङ्काको नजरले हेरिंदो रह्या'छ ।"

"पुरानो तुष के रह्या'छ ?", यसपटक महाराज घनश्याम स्वयम्बाट जिज्ञासा आयो ।

"महाराज ! कुरो पर्वताधिराज प्रतापीनारायण मल्लकै पालाको रह्या'छ । महाराज प्रतापीनारायण र गोरखाका राजा पुरन्दर शाहबीच गहिरो दोस्ती रह्या'छ । त्यही दोस्तीलाई नाता सम्बन्धमा बदल्ने बूढा राजाहरूमा रहर चढ्या'छ । पर्वत र गोरखा दरबारको सम्बन्ध बलियो बनाउन दुई

परिवारबीच वैवाहिक सम्बन्ध गाँसन्या कुरा चलाइया'छ । बूढा महाराजहरूबाट आ-आफ्नो दरबारको रायसल्लाहबिना नै गोरखाका राजकुमार र पर्वतकी राजकुमारीबीच बिहे गरिदिन्या कुरा छिनिया'छ । राज्य परित्याग गरीकन सन्न्यास लिइसक्याका प्रतापीनारायण मल्लको वाकदानको बर्खिलाप पर्वत दरबार जान सक्यान'छ । मन मारीकन सम्बन्धमा मञ्जुरी जनाइयाको रह्या'छ । शुभ तिथि, साइतमा गोरखाको वरियात पर्वतमा आया'छ । विधिपूर्वक जन्ती पर्सिन्या काम पनि सम्पन्न भया'छ । भोजभतेर पनि तुरिया'छ । बेलुका जग्गेमा बसन्या बेलामा भने कुरा बाउँठिन गया'छ । कुरो बिग्रिनगयापछि पर्वतले डोली फर्काउन्या भया'छ । हो त्यही अपमान गोर्खाले अहिलेसम्म पनि भुल्न सक्याको रह्यान'छ । नरिवल पठाउँदा फर्काइदिन्या हो कि र यसपटक पनि अपमान गरिन्या पो हो कि भन्न्या आशङ्का रह्या'छ ।"

"पर्वत दरबारले गोरखाको डोली फर्काउनुपर्न्या खास कारण क्या रह्या'छ गुरुदेव ?", यसपटक महारानी गुलवदनले जिज्ञासा राखिन् ।

"प्रतापीनारायण मल्लबाट आफ्नो राज्य तीन भाइ छोराबीच अंशबन्डा गरिदिई काशीवास जान्या तयारी गर्दै गर्‍याको बेलाको कुरा रह्या'छ । आफ्नी राजकुमारीको बिहे जुम्ला दरबारमा गरिदिन्या मनसुवा राजा राज बम मल्लको रह्या'छ । बुवा महाराज प्रतापीनारायणको बोली काट्न नसक्नाले हुँदैन भन्न नसकिस्याको मात्र रह्या'छ । संयोगबस गोर्खाका राजकुमारको उमेर निकै सानो रह्या'छ । त्यसमाथि एउटा आँखो अलि कमजोर रह्या'छ । दुलाहा बन्याका रामशाह माहिला राजकुमार रह्या'छन् । उमेर सानो, शारीरिक खोट र राज्यको उत्तराधिकारी नभयाका हुनाले महाराज राज बमकन डोली फर्काउन्या निहुँ मिल्या'छ । गोर्खाका राजकुमारमा प्रत्यक्ष देखियाका खोटदोषको निहुँ बनाई आफ्नी छोरी गोरखा दिपठाउन इन्कार गरिबक्याको रह्या'छ ।"

"एक त उमेर नमिलन्या, राजाको रोलमा पनि नभएका, त्यसमाथि शारीरिक खोट देखियापछि बाबुआमाले आनी छोरी जानीबुझीकन नरकमा हालन्या कुरा मनासिव कसरी मान्न सकिन्छ र ? पर्वतले ठीकै गर्‍याको त रह्याछ' नि !", काजी अरिभञ्जनले राय व्यक्त गरे ।

"कुरो त ठीकै हो तर जाँचबुझ र छानबिन पहिल्यै गर्नु राम्रो हुँदो हो । गोरखाले तीन महिनाअघि नै 'जनै सुपारी' पठायाको रह्या'छ । जनै सुपारीसँग आयाको जन्मपत्री खोलेर नहेर्नु पर्वतकै गल्ती थियो । जन्ती आइसक्यापछि फर्काउनु उचित हुँदैनथ्यो । दुलही लिन घरबाट निस्क्याको वरियात रित्तो डोली लिकन घर फर्कन हुँदैन भन्न्या सामाजिक परम्परा छ । त्यसमाथि राजाको डोली वैरङ्ग फर्काउनु सानो अपमानको विषय थिया'न ।", कुलपुरोहित हरेराम सुवेदीले मुख खोले ।

"गोरखाको डोली रित्तै फर्क्यो होला कि अर्को कुनै व्यवस्था गरियो होला ?", सभाबाट कसैले प्रश्न गर्‍यो ।

सभामा उठेको प्रश्नको जवाफका लागि पण्डित आनन्दले सुमन्ततिर आँखा लगाए । पण्डितको आशय बुझेका सुमन्तले आज्ञाका लागि महाराजतिर हेरे । राजाको अनुमति पाएपछि सुमन्त फर्माउन थाले, "डोली फर्काउनु हुँदैन भन्न्या चलन आज पनि समाजमा ज्युँदै छ । सामान्य रैतानका पनि एक ठाउँबाट फर्काइयापछि अर्की दुलही खोजेर मात्र डोली घर भित्र्याउन्या चलन छ । गोरखा दरबारले रित्तो डोली लिई फर्कन्या प्रश्नै थिया'न । रित्तो डोली लिई फर्कंदैनौं भनीकन गोरखालीहरूले धर्ना कस्या'छन् । गोरखाको डोली निम्त्यायाको वृद्ध महाराज प्रतापीनारायणले थियो । डोली फर्कायाको अवगाल एकातिर, अर्कोतिर वर्षौंदेखिको दोस्तीमा दाग लाग्न्या कुरो पनि थियो । अपमानको इख रहन्या कुरो थियो । मित्रको चित्त दुखाउनु उपयुक्त होइन भनीकन महाराज प्रतापीनारायण मल्ल स्वयम् आफैं गलकोट पुगिबक्स्या'छ । दुर्भाग्यवश गलकोटकी राजकुमारीको पनि वाकदान भैसक्याको रह्या'छ । दैवसंयोगले बाबुको मूल पर्नाले गलकोटमा पालियाकी आफ्नै भान्जी मुसिकोटे राजकुमारी रह्याछिन् । तिनै राजकुमारी रत्नावती ल्याईकन गोरखाको डोलीमा राखी पठाइयाको रह्या'छ ।"

गोरखा र पर्वत दरबारको ऐतिहासिक वृतान्तको चर्चाले सभालाई विषयान्तर गराइदियो । सभासद्हरू बितिसकेको कुरामा पनि अनावश्यक वार्तालापमा जुटे । सभाको ध्यान फेरि विषयकेन्द्रित गराउनका लागि महाराजबाट हस्तक्षेप गर्नुपर्ने अवस्था आयो । राजाबाट आज्ञा भयो,

"पण्डितजी ! गोर्खाको कुरा छोडौं अब । 'नजाने गाउँको बाटो नसोध्नु' भनिन्छ । नरिवल पठाउन गोर्खा हिच्किचाउँदै रह्या'छ भन्यादेखिन् हामीले पनि डोली लिई जाँदा विचार गर्नुपर्न्या हुनसक्छ । पुरानो इवि साधन नहोला भनीकन विश्वस्त हुन सकिँदैन । त्यसैले गोरखाबाहेक अन्य सम्भावनातिर विचार विमर्श गर्नु उचित होला ।"

सभा शान्त भयो । महाराजको आज्ञा शिरोपर गरेर आनन्द रेग्मीले आफ्नो यात्रा विवरण सुनाउने सिलसिला पुनः शुरु गरे, "यद्यपि महाराजबाट लमजुङ जान्या आज्ञा भयाको थियान तापनि 'अड्को पड्को तेलको धूप' भन्याजस्तो कतै सुयोग्य वधू फेला नपरे लमजुङदरबारसँग पनि डोली माग्नुपर्न्या हुनसक्छ भन्न्या विचार गरीकन गोर्खाबाट लमजुङतिर हानिएँ । पहिलो कुरा, मल्ल राजवंशमा मामाचेली फुपूचेलाको सोलीडोली चल्ने परम्परा छँदै छ । दोस्रो कुरा, कतैबाट म गोर्खा पुग्याको खबर लमजुङ पुगन्या तर म भने लमजुङ नटेकी तनहुँतिर लाग्याको खबर पुग्याको खण्डमा लमजुङ दरबार रिसाउन्या कारण बन्न सक्थ्यो । त्यसैले महाराजको आज्ञाबिना पनि लमजुङ पुग्याको थिएँ । लमजुङ महाराजसँग खुलेरै हाम्रा युवराजको विवाहको विषयमा छलफल भयो तर मैले आफू गोर्खा पुग्याको कुरा भने खोलिनँ । त्यसो गर्नु उचित हुँदैन भन्न्या लाग्यो ।"

"लमजुङ महाराजबाट 'तनहुँ छिरीकन आयाको हो कि'भनी सोधनी भयो । मैले होइन भन्यापछि यत्ति कुरोको लागि मकहाँ आउनु भयाको अवश्य होइन होला । 'गोर्खा जान्या विचार छ कि' भनेर पनि सोधिबक्स्यो । होइन, त्यस्तो आज्ञा पर्वत महाराजबाट भयाको छैन भन्यापछि 'विचार छ भन्या पनि नजानु । गोर्खासँग मेरा भानिजको बिहे सम्बन्ध जोड्न्या कुरा मकन रूचन्या छैन । पर्वतले गोर्खासँग सम्बन्ध जोड्नु भन्याको लमजुङको दोस्ती गुमाउन्या कुरा हो भन्न्या कुराको ख्याल राख्नु । विवाहयोग्य कन्याको खाँचो पर्वत दरबारकन पऱ्याको हो भन्या वरिपरिका राज्यहरूमा मनले खामन्या कन्या मनग्य उपलब्ध हुन्या नै छन् । भएनछन् भन्या मैले भाञ्जो पुज्न पाउनुपर्छ । हाम्रो कुलवंशमा त्यस्तो परम्परा सनातन छ । होइन, अन्यत्र पनि उपलब्ध छन् भन्यादेखिन् गोर्खातिर फर्की हेर्दा पनि नहेर्नु' भन्न्या आज्ञा भयो ।"

"गोरखा र लमजुङको गहिरो वैरभाव पो रह्या छ त ?", अख्याली चिन्तामणि घर्तीले आश्चर्य व्यक्त गरे ।

"हो, गोरखासँग लमजुङको अनबन पुरानै हो ।", महारानीबाट आज्ञा भयो ।

चाँदीको झारीबाट एक घुट्को पानी पिएर आनन्द रेग्मीले पुनः यात्रा विवरण सुनाउन थाले, "त्यसपछि गोप्य रूपमा तनहुँ दरबारको कुरा बुझन्या काम गरें । विवाहयोग्य दोटी राजकुमारीहरू तनहुँमा पनि रह्या'छन् । पर्वतलाई दुवै राजकुमारी सुम्पन तनहुँ दरबार तयार रह्या'छ । त्यताबाट मकवानपुर हुँदै पाल्पा पुगें । खाँचीबाट पर्वतदरबारमा नरिवल पुगिसक्याको कुरा पाल्पाले थाहा पाइसक्याको रह्या'छ । खाँचीले उछिन्याकोमा पछुतो मान्याको पनि रह्या'छ तैपनि पर्वतको मनसाय बुझेर मात्रै अन्यत्र कुरा चलाउन्या सल्लाह भयाको रह्या'छ । त्यताबाट अर्घा, मुसिकोट र प्युठान भईकन फर्किएँ । तनहुँसँग सम्बन्ध जोड्नु सबै दृष्टिले उत्तम हुन्याजस्तो लाग्यो । उतैबाट प्रस्ताव आइहाल्यो भन्यादेखिन् पाल्पालाई पनि फर्काउन उचित नहुन्या जस्तो लाग्याको छ । अर्घा, मुसीकोट र प्युठानतिर अन्य साना राजकुमारहरूका लागि हो भन्या ठीकै होला । पर्वतकी महारानी बनाउनु उचित हुन्या खालका राजकुमारीहरू देखियानन् ।"

"खाँची र देउपुरबाट नरिवल आइसक्याको छ । ती कन्याहरूको बारेमा पनि केही बुझ्न्या अवसर मिल्यो मिल्यान ?", यसपटक महाराजबाट सोधनी भयो ।

"हो, महाराज ! म देउपुर र खाँची पनि पुग्याँ । गुप्तरूमा प्रस्तावित वधूहरूको बारेमा राम्रोसँग सोधखोजगरी जानकारी लियाँ । वरिपरिका राज्य र घरानीया ठकुरीका कन्याहरूमध्ये सर्वोत्तम देउपुरकी राजकुमारी छन्भन्ने बुझियो । खाँचीकी राजकुमारीमा पनि खोटदोष छैन । तनहुँ, पाल्पा, देउपुर र खाँचीकी राजकुमारीहरूमध्येबाट एक छान्नु उपयुक्त होला । अलिकता सानो रजौटाकी छोरी भन्ने मात्रै हो, देउपुरकी राजकुमारी सर्वगुण सम्पन्न र बत्तीसै लक्षणयुक्त छन् भन्या मेरो बुझाइ रह्याको छ ।"

महाराजको आज्ञाले सभामा कुन राज्यकी राजकुमारी कुन कारणले पर्वतकी भावी महारानी बनाउनु उपयुक्त हुनेछ भन्ने विषयमा व्यापक

छलफल भयो । सबै भाइभारदारहरूले आ–आफ्नो राय सुझाव दिए । तर्क प्रस्तुत गरे । 'जति मुख उति कुरा' भनेजस्तो सर्वसम्मत राय भने निस्केन । आधा दिन छलफलमै बित्यो । सबैको पेटले चारा खोज्न थालिसकेको अनुमान गरेर रानी दरबारतिर लागिन् । राजा पनि रानीको पछि लागे । राजारानीको दरबारगमन लगत्तै भाइभारदारहरूका लागि खाजानास्ता आयो । दरबारिया भान्से, सुसारे र सेवकहरूले सबैका अगाडि खानपिनका सामग्रीहरू थमाएपछि सबैले मुख चलाउन थाले । कुराकानी रोकियो । अनौपचरिक रूपमा सभा स्वतः स्थगित भयो । खानपिन सकिएपछि राजाको पुनः आगमन नहुन्ज्यालको अघोषित अवकाशको सदुपयोगमा पुनः भारदारहरू जुटे ।

सात

राजाको अनुपस्थितिमा भाइभारदारहरू समूह-समूहमा जुटेर भलाकुसारी गर्न थाले । दरबारदेखि घरबारसम्मका कुराहरूको आदानप्रदान भयो । सभाभवनमा राजाको उपस्थिति निकै ढिलोगरी भयो । शायद, सभामा छलफल भएको युवराजको विवाहको विषयमा राजारानीबीच एकान्तवार्ता भयो होला, नत्र खाजाकै लागि त्यति लामो समय लाग्नु नपर्ने थियो ।

राजाको सवारी भयो । महाराज घनश्यामले आफ्नो स्थान ग्रहण गरेपछि भाइभारदारहरू पनि यथास्थानमा बसे । महाराजले द्वारेतिर नजर लगाए । सभा प्रारम्भको इशारा बुझेर द्वारे ताराचन भण्डारीले यतिखेरसम्मको छलफलको मजबुन प्रस्तुत गरे, "पर्वतले मुख नखोल्याकै भया पनि हाम्रा युवराजको निमित्त वरिपरिका सबै राज्य रजौटाहरू छोरी दिन जम्जमायाका रह्या'छन् । पर्वत दरबारसँग विवाह सम्बन्ध गाँस्न तम्तयार रह्या'छन् । तँछाडमछाडकै अवस्था रह्याजस्तो बुझियो । बाईस्या-चौबीस्या राज्यरजौटाहरू आ-आफ्ना राजकुमारीहरूको हात हाम्रो दरबारकन सुम्पन राजी रह्याछन् । उनीहरूका बीचमा उछिनापाछिनको स्थिति रह्याको कुरो पनि देखिन आयाको छ । गोरखासमेत पर्वतसँग सम्बन्ध जोड्न अनिच्छुक रह्याकोजस्तो देखियान भन्ने बुझाइ गुरुवर आनन्द रेग्मीज्यूको रह्याको छ । मनमा शङ्का रहे पनि इख राखेजस्तो देखिया'न । अलिकता धुकचुक दुवैतिर हुन्या कुरा स्वाभाविक भयो । सबैतिरको परिस्थिति विचार गर्दा तीन-चारवटा कुरामा केन्द्रित भैकन विचार विमर्श गर्नुपर्न्या र निष्कर्ष निकाल्नु पर्न्याजस्तो देखियो :

१. निकट आफन्त अर्थात् लमजुङ र जुम्लासँग वैवाहिक सम्बन्ध जोडन्या कि,
२. पुराना मित्र राज्यहरू तनहुँ र पाल्पासँग सम्बन्ध गाँस्न्या कि,
३. गोरखासँग बिहेवारी चलाई पुरानो तुष मेटाउन्या कि अथवा
४. जुम्ला, लमजुङ, पाल्पा, तनहुँजस्ता ठूला राज्यहरूबाहेक अलि स-साना राज्य रजौटाहरूसँग वैवाहिक सम्बन्ध जोडन्या ?

राजाको आज्ञाअनुसार सभामा उपस्थित सबै भाइभारदारहरूलाई पालैपालो यस विषयमा आ-आफ्नो राय प्रस्तुत गर्न द्वारेले अनुरोध गरेपछि फेरि पनि छलफल शुरू भयो । गोरखासँग सम्बन्ध गाँसेर मैत्री सम्बन्धको दायरा विस्तारित गर्नुपर्ने र त्यसो गर्दा गोर्खासँगको पुरानो तुष पनि मेटिने मत निकै बलियो देखियो । त्यसको विपक्षमा कसैले पनि मत राखेन । अलि पाका भारदारहरूले गोरखासँग सम्बन्ध बढाउँदा लमजुङ, तनहुँ र पाल्पाजस्ता पुराना मित्रहरू रिसाउलान् कि भन्ने आशङ्का उठाए । पाल्पा र तनहुँसँग सम्बन्ध जोडेर मित्रतालाई थप बलियो बनाउनुपर्ने राय पनि प्रबल देखियो । बिग्रिएको सम्बन्ध सुधार्नका लागि जुम्लालाई प्राथमिकता दिनुपर्ने कुरा पनि उठ्यो । सभाको राय बाझिएको हुनाले राजालाई सोचमग्न बनायो । के गर्ने, के नगर्ने भन्ने द्विविधा उत्पन्न भयो । त्यतिखेरसम्म महारानीको पनि उपस्थिति भइसकेको थियो । एकै दिनको कुराकानीबाट सुमन्तसँग महारानी निकै प्रभावित भएकी थिइन् । यतिञ्ज्याल चुपचाप बसेका सुमन्ततिर हेरेर रानीले सोधिन्, “सुमन्त ! तिमी किन चुपचाप छौ ? आज प्रस्तुत हुन आयाका विवाह प्रस्तावहरू कुनै पनि मन पऱ्यानन् कि कसो ?”

“होइन, सरकार ! राजारानी, काजी, सरदारहरूका बीचमा बोलिहाल्नु ‘सानो मुख ठूलो कुरा’ भन्याजस्तो होला, ठूलाबडाहरूको बीचमा सानाले प्याच्च बोल्नु ‘छुच्याइँ’ ठहरिएला कि भनीकन मुख खोल्नु आवश्यक नठान्याको हो ।”

सुमन्तको कुनै पदीय हैसियत थिएन । राज्यका टाठाबाठा समाजका प्रतिष्ठित भलाद्मीहरूलाई पनि दरबारमा निम्ता दिने चलन थियो । त्यसैले सुमन्तको दरबारको उपस्थिति अनौपचारिकमात्र थियो । सुमन्तले आफूलाई केटाकेटी भने पनि उनको इशारा त्यतैतिर थियो ।

"सबै ठूलाबडाबाट आ–आफ्नो राय आइसक्याकै छ । भन न, तिम्रो राय क्या छ ?", रानीले आग्रह गरिन् ।

रानीबाट विशेष आग्रह गरिएपछि सुमन्तले राजा, काजी, सरदारलगायत सबैका आसनतिर आँखा डुलाए । आफ्नो कुरो सुन्न सबै भारदारहरू इच्छुक छन् भन्ने लागेपछि आफ्नो राय व्यक्त गरे, "सामान्य रैतानको विवाहको कुरा होइन । पर्वत राज्यको भावी राजाको बिहेको कुरा हो । विषयको गम्भीरताको ख्याल गरीकन निर्णय लिनुपर्छ । हतारोमा निर्णय गरी पछि पछुताउनुपर्न्या अवस्था आउन दिनुहुँदैन । युवराजको व्यक्तिगत कुरा मात्रै होइन, राज्यको हितलाई पनि ध्यान दिनुपर्न्या हुन्छ । विवाह भन्याको दुई परिवारको सम्बन्ध गाँस्न्या कुरा हो तर भावी राजाको बिहेले दुई राज्यको सम्बन्ध जोडिन्छ । एउटा बिहेको कारणले कसैलाई चिढाउन्या र रिस इवी साधन्या अवस्था आउन दिनु हुँदैन । गोरखासँग सम्बन्ध जोड्नु भन्याको 'हातको एउटा चरो छोडीकन आकाशका दुईवटा चराको पछि कुद्न्या' भन्याजस्तै हो । गोरखासँगको सम्बन्धले लमजुङ मात्रै होइन, लमजुङ र पर्वतसँग अन्तरङ सम्बन्ध स्थापित भयाका तनहुँ र पाल्पाजस्ता मित्र राज्यहरूकन रुष्ट बनाउन्या खतरा उत्पन्न हुन सकन्या सम्भावनालाई बिर्सनु हुँदैन । लमजुङ महाराजबाट स्पष्ट चेताइबक्स्याको पनि रह्या'छ । त्यसैले गोरखाले डोलीसँग दाइजोमा राज्यसमेत दिन्या'छ भन्या पनि सम्बन्ध स्वीकार्नु बुद्धिमानी हुन्याछैन ।"

"रह्यो कुरा लमजुङको । लमजुङसँग विवाह सम्बन्ध छँदै छ । साइनो खापिरहनुपर्न्या जरूरत छैन । अब अलिकता कुरा पाल्पा र तनहुँको गरौं । उसो त पाल्पा र तनहुँसँग पर्वतको मैत्री सम्बन्ध बलियो छँदै छ । मैत्रीसम्बन्ध जोगाउनुपर्छ । भड्किन्या विग्रन्या अवस्था सिर्जना गर्नु हुँदैन । दुवै राज्यका डोली स्वीकार्न्या हो भन्या त ठीकै हुन्छ होला । दुईमध्ये कुनै एउटा रोज्नु अर्कोको मन कुँडाउन्या विषय बन्न सक्छ । लमजुङ, पाल्पा र तनहुँजस्ता मित्र देशहरूकन चिढाउन्या मूर्खता गर्नु हुँदैन । अर्थात् ती तीनमध्ये एउटासँग सम्बन्ध बढाउनु अरू दुईकन रुष्ट बनाउन्या कारण बन्छ कि भनीकन सोच्नुपर्छ । आफैँले कुनै एक राज्यसँग डोली माग्न्या अवस्था हुँदो हो त ठीकै हुन्याथ्यो तर तीनवटै

राज्य पर्वतसँग सम्बन्ध गाँस्न इच्छुक देखियाका हुनाले अलि अप्ठ्यारो अवस्था सिर्जना भयाको जस्तो लाग्यो ।"

सुमन्त रोकिएर आनन्द रेग्मीतिर हेरे । सुमन्तले सहमति खोजेको हो भन्ने बुझ्न चतुर पण्डितलाई गाह्रो हुने कुरै थिएन । त्यसैले तत्काल प्रतिक्रिया जनाए, "सुमन्त बाबुले तर्कसङ्गत कुरा गर्नुभयो । विषय जेलियार निकै जटिल बन्याको छ । निकै सोच विचार पुऱ्याउनुपर्ऱ्या देखिन्छ । विषयवस्तुको विश्लेषण एकदम राम्रो आयो । अप्ठ्यारो पर्छ कि भनीकन विवाह नै नगर्ऱ्या अथवा वरिपरिका बाईस्या-चौबीस्याको घेरा तोडेर बाहिर दुलही खोज्न जान्या कुरा भया'न । कुन राज्यसँग विवाह सम्बन्ध जोड्न ठीक हुन्छ भन्न्या कुरा पनि बाबुबाटै आओस् न त !"

"हो सुमन्त ! तिम्रो कुरा ठीकै हो । निकै बुद्धि पुऱ्याउनुपर्ऱ्या विषय पो बन्यो त राजकुमारको बिहे ? यो अप्ठ्यारो माखेसाङ्लोबाट मुक्त हुन्या उपायको खोजी त गर्नै पऱ्यो । तिमी के भन्छौ त ?", यसपटक राजाबाट हुकुम भयो ।

"सरकार ! मेरो सानु बुद्धिले देख्याको कुरा के छ भन्यादेखिन् यसपटक ठूला दरबारहरूसँग होइन, तुलनात्मकरूपमा साना राज्य राजौटाहरूसँग वैवाहिक सम्बन्ध जोड्नु मुलुकको हितमा हुन्याछ जस्तो लाग्याको छ । त्यसो गर्दा साना राज्यराजौटाहरूले गुन मान्न्या र ठूला राजाहरू पनि रुष्ट नहुन्या परिस्थिति निर्माण होला कि ?", सुमन्तले आफ्नो राय व्यक्त गरे ।

सुमन्तको मतसँग विमति जनाउँदै काजी अरिभञ्जन मल्ले आफ्नो तर्क प्रस्तुत गरे, "बानियाँका केटाकेटी कुरा । 'पानी खानु मुलको, बुहारी रोज्नु कुलको' भनिन्छ । बाईस्या-चौबीस्या राज्यहरूमा पर्वतको शान र मान दुवै छ । पर्वतसँग सम्बन्ध जोड्ना खातिर सबै राज्यहरू मरिहत्ते हाल्छन् । ठूला दरबार भन्याका ठूलै हुन् । मानिसको कुलको मूल्याङ्कन उसको आमद हैसियतबाट हुन्या हो । हाम्रै राज्यबाट दिल्ली दरबारमा कोसेली पठायाको लोककथन छ । दिल्लीमा मुसलमान वादशाह छन् । उनले हाम्रा राजकुमारीहरूको हात मागन्या हो भने हामीले नाइँ भन्न सक्तैनौं । विधर्मी र विजातिकै भया पनि ठूला वादशाह भयाकोले उनको खानदान ठूलो मानिन्या हो । ठूलाको सङ्गतले अत्तोगारो अप्ठ्यारो पर्दा आडभरोसा मिल्छ ।

जुम्ला र लमजुङकन महाराजकै विवाह सम्बन्धले गाँस्याको छ । तिनकन पर राखी बाईस्या मध्येका डोटी र चौबीस्या मध्येका पाल्पा, तनहुँ वा मकवानपुरसँग वैवाहिक सम्बन्ध गाँस्नु पर्वतको हितमा हुन्या छ । पर्वतले इच्छा राख्यापछि कसैले नाइँ भन्न सकन्या अवस्था छैन । अवसरको सदुपयोग गर्न जान्नुपर्छ । फलानो रिसाउला कि, ढिस्कानो बाउँठिएला कि भन्नु हुदैन । साना राज्य रजौटासँग पर्वतले साइनो गाँस्नु हैसियत गुमाउनु हो । त्यसो गर्दा अगाडि हाँसोको पात्र बनिन्या छ । दुनियाँले गिल्ला गर्नेछन् । बलिया राज्यसँग सम्बन्ध जोडी मुलुककन थप सुरक्षित गर्नुपर्छ । त्यसबाट मुलुकको सान र रवाफ पनि बढन्या छ । बरु धेरै बिहे गर्नु पऱ्या'छ भन्या पनि पछिसर्नु हुँदैन ।"

राजारानीलाई सुममन्तको प्रस्ताव उचित लागेको थियो । बानियाँको तर्कसँग राजदम्पती सहमत थिए । काजीले फरक राय प्रस्तुत गरेपछि अलि अप्ठ्यारो परिस्थिति उत्पन्न भयो । काजीको कुरा काटेर सुमन्तको समर्थन गर्दा काजी रिसाउँलान्, आफ्नो मानमर्दन भएको ठान्लान् भनेर पनि विचार गर्नुपर्ने अवस्था आयो । सभाबाट तत्काल निर्णय लिइहाल्नु उचित हुँदैन भन्ने लागेपछि थोरैबेरको रानीसँगको साउती विमर्शपछि राजाले भने, "युवराजको बिहे निकै सोच विचार गरीकन निर्णय लिनुपर्न्या विषय बन्न गयाको जस्तो लाग्यो । हतारमा निर्णय गरी पछि पछुताउनुपर्न्या अवस्था नआओस् भनीकन विचार पुऱ्याउनै पर्छ । आज बडाकाजी पनि उपस्थित हुन सक्नु भया'न । कुलगुरु रामेश्वरज्यू पनि आउन सक्नु भया'न । युवराजको कुण्डलीले कुन दिशा माग्छ । कुन नाम राशिसँग चिना मिल्छ भनीकन पनि हेरकोर गर्नुपऱ्यो । त्यसैले यही विषयको लागि फेरि अर्को दरबार बसन्या छैन । सबै भाइभारदारहरूको राय सुझाव समेतको ख्यालगरीकन बडाकाजी र कुलगुरुसँगको सम्मतिमा युवराजको विवाहको टुङ्गो गर्नु सबै दृष्टिले उपयुक्त होला । त्यसैले आजको लागि उठौं कि ?"

राजाबाट सभा बिसर्जनको घोषणा भैसकेको भए पनि रानीले राजाको कानमा खुसुक्क केही कुरा सुझाइन् । अनि राजाले फेरि थपे, "हो त ! मैले भुसुक्कै बिर्स्याको पो रह्या'छु । शुभ कामको लागि किन ढिलो गर्न्या ? यो सभाले पनि सिफारिस गऱ्याको छ । सुमन्तले औपचारिक पदमा नरहेरै पनि

दरबारकन ठूलो भरथेग र सहयोग पुऱ्यायाका छन् । उनको बुद्धिबलको उपयोग दरबारकन निरन्तर प्राप्त होस् र उनकन पनि हौसला मिलोस्, जिम्मेवारीबोध होस् भन्नाखातिर दरबारको रायसल्लाहको कदरगरी सुमन्त बानियाँकन आजैका मितिबाट कपर्दारको पदवी बक्स्याका छौं ।"

सभाले समर्थनमा ताली बजायो । सुमन्तले राजारानीसमक्ष दाम राखेर अभिवादन चढाए । किन हो कुन्नि काजी अरिभञ्जन भने खुशी देखिएनन् ।

दरबार स्थगित भयो । औपचारिक रूपमा दरबार अर्को महिनाको दोस्रो बुधबारमात्र बस्ने भो । त्यसभन्दा अगाडि बडाकाजी र कुलगुरुसँगको विमर्शमा युवराजको विवाहको टुङ्गो गरिने भो र अर्को दरबारबस्ने दिनमा सभाले त्यसको जानकारी पाउने भो ।

आठ

मङ्सिर मसान्तको दिन, भीरमुनिको गाउँले सामूहिक 'माईपूजा'को आयोजना गर्ने भएको थियो । मानिसका शरीरमा घाउ खटिरा नआऊन् भनेर साउने सङ्क्रान्तिमा 'कन्टारक'को पूजा गरी लुतो फाल्ने चलन छ । पूजाको अन्तमा राँको फालिने परम्परा भएकोले पहाडतिर यस पर्वलाई 'राँके सङ्क्रान्ति' भनिन्छ । घाउखटिरा रोगका जीवाणुबाट उत्पन्न हुन्छ भन्ने जैविक तथ्यको ज्ञान तत्कालीन समाजमा विकसित भैसकेको थिएन । त्यसैले हैजा, विफर, कालाज्वर, आँठेजस्ता सङ्क्रामक रोगहरू तर्काउन समयको पूजा गरिन्थ्यो, माईको पूजा गरिन्थ्यो । एक गाउँबाट अर्को गाउँमा सङ्क्रमण नहोस् भनेर गाउँको सीमा बाँधिन्थ्यो । खास गरेर बिफर, ठेउला, पानीसराजस्ता घाउखटिरा देखिने रोगहरूलाई 'माई उर्छनु' भनिन्थ्यो । माईको पूजा गरेर रोगको रोकथाम गर्न सकिन्छ भन्ने मान्यता राखिन्थ्यो । माईलाई खुशी बनाउन सके रोगबाट बच्न सकिन्छ भनेर बलिपूजा दिइन्थ्यो । कालीपार कास्कीकोटमा २/४ महिनाअघि देखिएको विफरको प्रकोप जन्तीको साथ लागेर कालीगण्डकी तर्ने हो कि र आफ्नो गाउँलाई समेत प्रकोपको लपेटामा पार्छ कि भन्ने त्रासले हतारोमै माईपूजाको आयोजना गर्ने निधो गरिएको थियो । मङ्सिर निखँदासम्म झरीले खोतीबालीको कामबाट उम्कनै दिएको थिएन । तल्लाघरे काहिँलाकी छोरीको बिहे नछिनिएको भए माईपूजा सुविस्तामा गरिन्थ्यो होला । हतारो गरिँदैनथ्यो ।

गाउँका नाका नाकाबाट हिजै कर्नाल फुकेर सबै गाउँलेहरूलाई अनिवार्यरूपमा पूजामा सामेल हुनका लागि जङ्गी घोक हालिएको थियो ।

अपेक्षाकृत कम महत्त्वको विषयमा गाउँलेलाई जम्मा गर्नुपर्दा गाउँको शिरमा रहेको थुम्कोको टुप्पाबाट कटुवालेले घोक हालेर सूचना दिने चलन हुन्थ्यो । विशेषखालको भेला अर्थात् सबै घरगन्य मानिसको उपस्थिति हुनैपर्ने महत्त्वपूर्ण भेलाको लागि कर्नाल फुकेर घोक हालिन्थ्यो । त्यसरी कर्नाल फुकेर हालिने घोकलाई 'जङ्गी घोक' भनिन्थ्यो र समाजले त्यस्तो घोकलाई अनिवार्य उपस्थितिको उर्दी भनेर बुझ्थ्यो ।

"लौ सुन गाउँलेहरू हो ! आजै बेलुकादेखि चोखा राखीकन दूध, धूप, अछेता, सिदा र भेटीसमेत लिई भोलिब्या'न माईपूजामा सामेल हुन सिमको बाँझोमा घरगन्य उपस्थित हुनु हो... । कसैले सुनिनँ-जानिनँ भन्न पाउन्या छैन हो... !", लेग्रो तानेर शब्द-शब्दको अलग उच्चारण गर्दै आफूसक्दो ठूलो आवाजमा लिटे कटवालेले घोकको उर्दी सुनाए । उर्दी शुरू गर्नुपूर्व र तीनैचोटि उर्दी दोहोराइसकेपछि निकै लामो स्वरमा कर्नाल फुकियो ।

माईपूजा गर्ने दिन अघि नै निश्चित भैसकेको हुनाले सबै गाउँलेलाई घोक हालिनुको कारण पहिले नै जानकारी थियो । श्रवणशक्ति कमजोर हुनेहरूले पनि के कामको लागि जङ्गी घोक हालियो भनेर कसैसँग सोध्नु परेन । अर्थात् कटवालेले कर्नाल नफुकेकै भए पनि सिङ्गो गाउँले पूजाको तयारी गरिसकेका थियो ।

भोलि पूजा छ भनेर गाउँलेले बेलुकादेखिको दूध चोखा राखेका थिए । घरमा गाईभैंसी दुहुनो हुनेहरूले अघिल्लो छाकदेखिकै दूध पूजाको नाममा चोखो राख्नुपर्ने सामाजिक परम्परा अभ्यासमा थियो । चिया पिउने चलनले गाउँघरमा प्रवेश पाइसकेको थिएन । साना दूधे नानीहरूलाई समेत पूजा हुनुभन्दा एकछाक अघिदेखिको दूध खुवाउन पाइँदैनथ्यो । बच्चाको दूधको गर्जो टार्ने अर्कै व्यवस्था गर्नुपर्थ्यो । अर्थात् झन् अघिल्लो छाकको दूधले काम चलाउनु पर्थ्यो । कुनै खण्डखातिरबस दूध फाट्यो वा बिरालोले लुँड्याइदियो भने सङ्कट आइलाग्थ्यो । बाख्रीको दूधले वाथ रोग निम्तन्छ भन्ने मान्यता थियो । त्यसैले दुधालु बाख्रा भए पनि केटाकेटीहरूलाई खुवाउने खतरा मोलिदैनथ्यो । माईपूजाको दिन धूप, अक्षेता र भेटीसमेत लिएर कमसेकम घरको एक जना पूजामा उपस्थित हुनुपर्थ्यो । एक जना कर्ता र पूजा गराउने पुरेत पण्डितबाहेक अरूले भोको बस्नु पर्दैनथ्यो । पूजास्थलमा पूजा

सामग्री पुऱ्याएर खाना खान घर फर्कन सक्दथे । घरका अरू बाँकी सबै सदस्यहरूलाई नियमित काम धन्दामा लाग्ने स्वतन्त्रता हुन्थ्यो ।

बिहानैदेखि गाउँबुढा मणिरञ्जनको आँगनमा पूजाको तयारी चल्दै थियो । मानिसहरू जम्मा हुँदै थिए । लिङे बाँसको अग्लो लिङ्गोलाई ध्वजा पताकाले रङ्ग्याइएको थियो । प्रसाद बनाउने सामग्री, गाग्री, ताउला, डाडु, पन्यौं आदि निकालेर धोइपखाली गरिएको थियो । आगोको लागि भकारी टाल्न प्रयोग गरिएको गुइँठोसमेतको व्यवस्था गरिएको थियो । घटकलस स्थापनाका लागि तामाका झारी करूवाहरू ठीक पारिएको थियो । पूजाको सूचना सम्प्रेषणका लागि बजाइने शङ्ख र घण्टको पनि जोरजाम भैसकेको थियो । पण्डित राम पाध्या उपस्थित भएपछि सबैलाई चाँडो गरेर पूजामा सामेल हुन हुटहुटी खेलाउँदै मणिरञ्जनले उर्दी सुनाए, "लौ चाँडो गरीकन सिमबाँझोतिर हिंड सबै । ल धम्पुरे ! तँ बलियो मान्छेले आलम समात, अरू सबैले भाँडाकुडा बोक, पुजारी पण्डितले पूजा सामग्री लिनुहोस्, ढिलो गर्न हुँदैन । बिहान जति छिटो काम शुरू गऱ्यो, उति चाँडो पूजाको काम सकिन्या हो ।"

गाउँबुढाको आज्ञाको पालना भयो । सामर्थ्यअनुसार एक-एक चीज समातेर सिमको बाँझोतिर सबै गाउँलेहरू ताँती लागेर हिंडे । पूजा सामग्री लिएको जुलुस बिरौटास्थित पानीको धारा नजिकको चौतारीमा पुगेर रोकियो । चौतारीमुनि पोखरी आकारको जमिन थियो । हुन त त्यो पोखरी नै थियो तर धाराको पानीको मुल पोखरीभन्दा तल सरिदिएको हुनाले पोखरी सुक्खा थियो । त्यही सुक्खा पोखरीलाई पूजास्थल चुनियो । पूजा चलुन्ज्याल मानिसहरू बस्न गफिनका लागि चौतारीको सुविधा थियो । हुन त निरन्तरको असामयिक वर्षाले मङ्सिरमै पुस बिर्साउने चिसो शुरू भैसकेको थियो । पीपल छहारीको आवश्यकता थिएन तैपनि चौतारीमा छपाइएका ठूलठूला छपनीहरू मानिसहरू बस्न आराम गर्नका लागि उपयोगी हुनसक्थे ।

छुटेका घरघरबाट मानिसहरू धूप अछेता, भेटी र दूध लिएर सिमको बाँझोमा जम्मा हुन थाले । सबै गाउँलेहरू जम्मा भैसकेपछि मणिरञ्जनले फेरि हुटहुटी खेलाए, "लौ अब आउनुपर्नेहरू आइसक्याका छन्, कोही बाँकी रह्या'छ भने पनि आउँदै गर्न्या'छन्, अब गाउँको छेको हाल्नुपर्छ ।

एक जनाले लिङ्गो समातेर अघि लाग, पूजा सामग्री लिईकन पण्डित पनि हिँड्नुहोस्, बोको, कड्डुवा र च्वाँचेको पाठोलाई पनि गाउँ घुमाउनुपर्छ । बलियो मानिसले होस पुऱ्याईकन डोरी समात, कड्डुवा बोक । डोरीको टुप्पो अलिकता हत्केलामा लपेट्नु । नत्र चम्केर डोरी फुत्काई भाग्न सकन्या'छन् । लौ-लौ दर्शनेहरू अघि लागिहाल ।"

माझघरे धम्पुरेले लिङ्गो समात्यो, गैराघरको गोरेले बोकाको जिम्मा लियो । लोहासुर आफैँले च्वाँचेको डोरी समाते । श्रीमन्तेले कड्डुवा बोके । सबभन्दा अगाडि ध्वजापताका सहितको लिङ्गो लाग्यो । त्यसपछि पूजा सामग्री, बोको, राँगो र च्वाँचे समात्नेहरू लागे, त्यसपछि बाजा बजाउनेहरू लागे । भजन-कीर्तन गर्नेहरू लागे । बाजाको पछि केटाकेटीहरू दगुरे । त्यसपछि उपस्थित भद्रभलादमी र गाउँलेहरू लागे । पूजास्थल सफा गर्ने, प्रसाद बनाउनका लागि चुलो चौकाको व्यवस्था गर्ने र गाग्रीहरूमा पानी भर्ने बाहेक सिङ्गो गाउँ जुलुसमा सहभागी भयो । सिमको चौरबाट उकालो लागेर ध्वाँखोलाको खेतैखेत कामी पँधेरोमा पुगेर भिरको जरैजरा जुलुस बतासेडाँडा निस्क्यो । बतासेबाट खहरे खोलैखोला झरेर मुलको पँधेरामा ओर्लियो । मुलको धाराबाट पूर्वतिर लागेको मानव लस्कर कुम्हाल्डिहींको बस्तीलाई भित्र पारेर धर्सनचौरको डिलमा निस्क्यो । त्यसपछि थोरै उत्तरतिर लागेर बिरौटाको पानीको धारा नजिक पुगेर रोकियो ।

पण्डित राम पाध्याले पूजाको काम शुरू गरे । वेदी बनाए, पातीका लिङ्गाहरू गाडे । धजा बाँधे, माईको प्रतिरूप लामो ढुङ्गो ठाडो बनाएर गाडियो । धूप, चन्दन, अछेता, अर्घ्य दिनका लागि लिङ्गस्वरूप ठड्याइएको ढुङ्गाको टाउकोमा गाईको गोबरको पगडीजस्तो कुण्डली बनाए । गाउँबुढा मणिरञ्जन बानियाँ कर्ता बने । पण्डितले मन्त्र पढे, रञ्जनले पूजा गरे ।

पूजा गर्नेहरू पूजामा व्यस्त भए । बाँकी सबै गाउँलेहरू समूह-समूह बनाई चौरमा छरिएर घाम ताप्दै गफ गर्नमा मस्त भए । गाउँभरिमा सबभन्दा असल भैंसी कस्को छ ? रोजा गोरू र गाई कसका छन् ? बाख्रापाठाहरू कसका सप्रिएका छन् ? कस्का छोराछोरीको विवाह व्रतबन्ध भयो । क-कस्का बाँकी छन् । कस्ले कतिमुरी धान भित्र हुल्यो । कस्को मकैको थाँक्रो सबैभन्दा ठूलो छ भनेजस्ता घरव्यवहारका गन्थन भए ।

भद्रभलाद्मीहरूको एउटा समूह भने सुमन्तलाई घेरेर बसेको थियो। त्यो समूहमा वार्तालापको विषय अलि फरक थियो। कसैले अघिल्लो वर्ष मुस्ताङमा गएर भोटेसँग उनले गरेको सुलहको घटना कोट्याए। कसैले ढोरपाटनको घटनाको सम्बन्धमा जिज्ञासा राखे। यतिखेरसम्म युवराजको बिहेको चर्चा पनि एक कान, दुई कान, मैदान हुँदै राज्यभर फैलिसकेको थियो। राजाको बिहे कसरी हुन्छ ? जन्ती जाने चलन छ कि छैन ? भोज भतेर खाने ख्वाउने गरिन्छ कि गरिन्न ? जन्तीबाख्रो गर्ने चलन छ कि छैन ? भावी महारानी बनाउने केटी कतातिर हेरिएको छ जस्ता प्रश्नहरू सुमन्तसँग सोधिए। सबैका प्रश्नहरूहरूको पालैपालो जवाफ दिइसकेपछि सुमन्तले भद्र भलादमीहरूसँग सोधे, "माईपूजा गऱ्यापछि रोगव्याधी रोकिन्छ ?"

"खोइ, होला कि भनीकन पूजा गर्न्या हो। विश्वासको कुरा हो। चलनचल्तीको कुरा हो। सधैं गरिंदै आयाको परम्परा छ।", नेगी बूढा धम्मेले जवाफ दिए।

"हजुर त दुई-चार पुस्ता व्यहोऱ्याको मान्छे। आफ्नै आँखाले देख्नु भयाको होला, आफ्नै कानले सुन्नु भयाको होला। विधिपूर्वक पूजा दिया पनि गाउँमा माई उर्लेको वा पूजा गर्नाले रोकियाको उदाहरण देख्नु-सुन्नु भयाको छ ?", सुमन्तले फेरि सोधे।

"मान्छेले आफ्नो कर्तव्य पूरा गर्न्या हो, मान्या नमान्न्या त माईको मर्जी। ५२ सालको कुरा हो, आफू भने वैशाखमै माईपूजा गरियाको थियो तर साउन लाग्दा नलाग्दै गाउँमा माईको प्रकोप देखियो। घरघरमा मानिसहरू सोत्तर परे। धेरै केटाकेटीहरूको ज्यान गयो, केही त पाकाकन समेत माईले टिप्यो। मेरै एउटी १२ वर्षकी छोरी मरी। मेरो अनुहारका यी दागहरू त्यति खेरैका हुन्। छोरी मरी, म भने जिन्दगीभरिका लागि माईको चिनो लिईं बाँचें। पूजामा कुनै गल्ती भया होला भनियो। फेरि अर्को साल राम्रोसँग विधि पुऱ्याईकन पूजा दिइयो। यस्तै हो।", नेगी बुढाले पुरानो कथा सुनाए।

"समय पूजाले गाईवस्तुकन रोगव्याधीबाट बचाउँछ त ?", सुमन्तले अर्को प्रश्न तेर्साए।

“त्यो पनि त्यस्तै हो बाबु ! गर्न त रोग व्याधीबाट वस्तुभाउले दुःख नपाउन भनीकन सालिन्दै समयपूजा गरिन्या हो, उँदौली-उँभौलीमा गोठपूजा गरिन्छ, भिउसुन पुजिन्छ तर बेलामौकामा समय आइलागिहाल्छ । गोठै रित्तिने गरी सोहोरीकन लैजान्छ । सिनित्तै बढार्छ । मरेको सिनो थन्काउन्या ठाउँ पनि पाइँदैन । समयले डिङो मऱ्यो भन्या गाउँभन्दा बाहिर लगीकन गाड्नुपर्छ भनिन्छ । घरगोठको छेउछाउका फलफूलको जरामा गाड्न पनि डर लाग्छ । बाँझो जमिनमा खाल्डो खन्न कम्ति गाह्रो पर्छ ।”, सन्तु कुमालले गुनासो गरे ।

शङ्ख घण्ट बजे ।

“पूजाविधि सकियो । प्रसाद पनि तयार भयो । बलि चढाउने बेला भयो । बोको छिनाउनुपऱ्यो, को अघि सर्ने हो अघि सर ?”, पण्डितले आाह्वान गरे ।

“मार मै हानिदिन्छु । खुकुरी खोइ काँ छ ? उधाउनुपऱ्यो ।”, धम्पुरे अघि सऱ्यो ।

“खुकुरी, खुकुरी ! खोइ कता छ खुकुरी ? कसले कता राखेको छ ?”, एकैसाथ अनेक आवाजहरू सुनिए । खुकुरी कतै फेला परेन । खुकुरी ल्याउनै बिर्सिएको रहेछ, शायद ! पूजा सामग्री, भाँडाकुँडासँग आएनछ । उतै छुटेछ ।

“यै मेरो आँसीले छप्काइदिन्छु !”, धम्पुरेले आफ्नो खुर्पेटोबाट हँसिया निकाल्यो ।

“हुँदैन, हुँदैन, मार छिनिया'न भने राम्रो हुन्न । फेरि मासु काटकुट पार्न पनि हँसियाले अप्ठ्यारो हुन्छ । खुर्र एक जना दगुरीकन मेरो घरबाट खुकुरी लिएर आइजाओ ।”, मणिरञ्जन कराए ।

बाटामुनिको ठूले बूढाघरतिर दगुऱ्यो । एकैछिनपछि स्वाँस्वाँ, फ्वाँफ्वाँ गर्दै ठूले आइपुग्यो । ठूलेको हातबाट धम्पुरेले खुकुरी लियो । आफूसँग रहेको उलिन निकालेर खुकुरीको धारमा शान लगायो । धम्पुरेले बोकाको टाउको छिनायो, चम्डिलाको हम्पालेले च्वाचे हान्यो । घसरेले राँगो छिनायो । गाउँभरबाट जम्मा हुन आएको दूधमा खीर पाकिसकेको थियो । बेसार राखेर पहेँलो बनाइएको बाबर पनि तयार भैसकेको थियो । पञ्चामृत

बनाइयो । उन्ताका चिनी बजारमा आइसकेको थिएन । गुलियोका लागि खीर, रोटी, पञ्चामृतमा खुदो र महको प्रयोग गरिएको थियो । बलिका पशुको भित्री अंश काटकुट पारेर प्रसाद बनाइयो । उपस्थित सबैलाई ब्राह्मणहरूले टीका फूल लगाइदिए । प्रसाद बाँडियो ।

च्वाँचेको मासु विश्वकर्माहरू र राँगाको मासु दर्जीहरूका घरगन्ती गरेर भाग लगाइयो, बोकाको मासु उपल्लो थरजातका घरगन्ती गरेर बन्डा लगाइयो । बोकाको टाउको भने पूजारीको भाग लाग्यो । राँगाको टाउको कटवालेको भाग लाग्यो । पुजारीले पहेँलो रुमालमा बोकाको टाउको पोको पारे । लिटे कटुवालेले राँगाको टाउको जावेमा राखे । घरघर पुऱ्याउनका लागि घुरियोका पातपातमा प्रसादको पोका बनाइयो । उपस्थित सबैले प्रसाद ग्रहण गरिसकेपछि आफ्नो वा उपस्थित नभएका छिमेकीको घरमा पुऱ्याउनका लागि पूजाभाग लिए । पूजाखर्चको हिसाब निकालियो र दामासाहीले रकम उठाइयो । खल्तीमा पैसो हुनेहरूले तत्कालै रकम दाखिल गरे, उपस्थित नभएका र उपस्थित भएर पनि रकम नभएकाहरूलाई तोकिएको मितिमा लागेको रकम चुक्ता गर्न भनियो । उन्ताका पैसा छाप्ने चलन आइसकेको थिएन । तामाका तोलाबराबरका टुक्रालाई पैसाको रूपमा प्रयोग गरिन्थ्यो । तैपनि पर्याप्त पाइँदैनथ्यो । ताम्रखण्डहरू निकै दुर्लभ मानिन्थे । समाजबाट उठ्न बाँकी रकम तत्कालका लागि गाउँबुढाले आफ्नो गोजीबाट पूर्ति गरे ।

माईको पूजा सकियो । विवाहादी शुभकार्यका लागि बाटो खुल्यो । रोगव्याधीको रोकथाम भएको मनोवैज्ञानिक उपचार पनि भयो ।

नौ

पुस महिनाको पहिलो हप्ता । मध्यदिनसम्म पनि सूर्यनारायणको दर्शन दुर्लभ बनेको थियो । आकाशले रातिदेखि नै घुम्लुङ ओढेको कालो बादलको घुम्टो खोलेकै थिएन । तल बादलको आसनी, माथि सूर्यको रापबाट बादलमाथिको आकाश तातेको हुँदो हो शायद ! धर्ती भने थप चिसिएको थियो । रातभर आकाशले आँसु चुहाएकोले बिहानसम्ममा तुषारो बनेर धर्ती पूरै सेताम्य देखिने गरी छोपिएको थियो । जमेको तुषारोको पातलो तहमा खुट्टा राख्दा काँच टुटेजस्तो आवाज निस्कन्थ्यो । नाङ्गा गोडाले भुइँमा टेक्नै मुस्किल थियो । आकाश नखुले पनि दिन चढ्दै जाँदा तुषारोको तह पग्लिएर पानी बन्यो । पानी बाफमा रूपान्तरित भएर फेरि आकाशतिर उड्यो । बिहानको अपेक्षा मध्यदिनसम्ममा चिसो आधै कम भए पनि ओढनी छोड्न मुस्किल पर्ने चिसो भने बाँकी नै थियो । सूर्यनारायणको दर्शन दुर्लभ भएको हुनाले दरबारबाहिर निस्कनै गाह्रो थियो ।

महाराज घनश्याम छार्कीले पाखीमा गुटमुटिएर बैठक कक्षमा धुम्धुम्ती बसिरहेका थिए । प्रायः सधैं ध्यानमग्न रहने, एकोहोरो चिन्तन गरिरहने, मानिसहरूसँग बढी बोल्न नरुचाउने स्वभाव उनको थियो । आज पनि महाराज मौनव्रती तपस्वीझैं भोजनपछि कोठाभित्र आढनीभित्र गुटमुटिएर सोचमग्न थिए । खानपिन सकिएपछि महारानी गुलवदन सानो चाँदीको रिकावीमा साजको दाउराबाट निस्केको चामलको पिठोजस्तो फूल खरानी एक चिम्टी, एक गुल्टो कपास र बाती राख्ने सालको ठूलो बोहोतो लिएर बैठककक्षमा प्रवेश गरिन् । महारानी आफ्नो छेवैमा आएर बसिसक्दा पनि महाराजको भावमुद्रामा कुनै परिवर्तन देखिएन । उनका आँखा एकनाससँग

भित्तामा ठोक्किएको ठोक्किऐ गरिरहे । प्रस्तर मूर्तिजस्तै निश्चल बनिरहे । उनको ध्यान भङ्ग भएन ।

महाराजको स्वभावसँग महारानी परिचित थिइन् । उनलाई ध्यान चिन्तनबाट अलग्याएर वार्तालापमा सामेल गराउन पापड बेल्नुपर्थ्यो । जति कुरा गरे पनि एकोहोरो "हो, होइन, अँ, अहँ, हुन्छ, हुन्न"जस्ता सङ्क्षिप्त प्रतिक्रियात्मक आवाज निकालेरै बसिरहने बानी थियो । जुनसुकै विषयमा पनि झट्टै खुल्न आनाकानी गर्ने, विषयको तहमा पुगेर विचार गर्ने, तर्कसँगत निर्णय दिने विलक्षण स्वभाव महाराजको थियो । महाराजलाई घरायसी वार्तामा सरिक गराउने उद्देश्यले महारानीले कुरा शुरु गरिन्, "महाराज दन्त्य कथाको कञ्जुसजस्तै होइसिन्छ, भन्या !"

"हँ !"

महाराजको ध्यान खुलेकै थिएन । महारानीको उपस्थिति र गतिविधि मात्रै होइन आवाजतिर पनि महाराजको ध्यान थिएन । महारानीको बोली महाराजको कर्णविवरबाट भित्र छिरेर पर्दामा ठोक्किए पनि बाहिरै फर्केको थियो । भित्री चेतनाले ग्रहण गरेकै थिएन । मस्तिष्कसम्म आवाज पहिचानको लागि सन्देश पठाउने कर्तव्य उनको तन्त्रिकातन्त्रले निर्वाह गर्दै गरिदिएन । त्यसैले महारानीको आवाज कानको पर्दाबाटै वैरङ्ग फर्किएको थियो । महारानीले के भनेकी थिइन् भन्ने कुराको जानकारी महाराजलाई भएन । त्यसैले महाराज झसङ्ग भए । खङ्ग्रङ्ग परेर झस्केजस्तो देखिए । "के सोध्यौ महारानी ?" भन्ने भाव महाराजका आँखामा स्पष्ट देखियो ।

"धन्न कलियुगमा जन्मिसे'छ र पो महाराज ! सत्ययुगमा जन्म्याका भया त महाराज ठूलो तपस्वी होइसिन्थ्यो होला । स्वामी महाराजको ध्यान भङ्ग गर्न रम्भा-तिलोत्तमाजस्ता अप्सराले पनि सक्दैनथे होला !", महारानीले किञ्चित मुस्कुराएर छेड हानिन् ।

आफूले महारानीको कुरा सुन्न नसकेकोमा महाराजलाई अलिकता असजिलो अनुभूति भयो । आफ्नो अन्तरमुखी स्वभाव कहिलेकाहीं उनी आफैंलाई मन पर्दैनथ्यो । बिझाउँथ्यो । रानीलाई महत्त्व नदिएजस्तो पर्न गएको कुराले अलिकता अपराधबोध पनि गराएको थियो । त्यसैले

वातावरण हलुको बनाउने गरी रानीसँग जिस्कनु आवश्यक ठानेका राजाले कुरो फर्काए, "हो त, कुसमयमै जन्मियाको हुँ म हगि ? सत्युगमा जन्म लियाको भया मेरा वरिपरि रम्भा-तिलोत्तमाजस्ता स्वर्गका अप्सराहरू झुम्मिन्या'थे होलान् । यो कलियुगमा जन्मेका हुनाले गुलवदनजस्ती थोत्री कचकचेको फेला परियो !"

महिलामा प्रशंसाको भोक सदाबहार रहन्छ भनिन्छ । निन्दा वा आलोचना कसलाई रुच्छ र ! त्यसमाथि रूपको आलोचना त झन् कसैलाई सह्य हुँदै हुँदैन । लोग्नेमान्छेमा पुरुषत्व र महिलामा रूपको गुरुरले चुनौती सहँदैन रे ! महाराजको मुखबाट झरेको 'थोत्री' भन्ने शब्दले रानीलाई चोट पुऱ्यायो । मर्माहत बनायो । उनको अनुहारमा कालो बादल आच्छादित भयो । त्यसैले अलि खस्रोगरी जवाफ फर्काइन्, "राम्री त जुम्ली राजकुमारी नै थिइन् । उनीकन रत्याई राख्न किन नसक्याको त ?"

महाराज घनश्यामको पहिलो विवाह लमजुङकी राजकुमारीसँग भएको थियो । जुम्लाकी राजकुमारी जयन्तीसँग उनको विवाह दोस्रो थियो । जेठी रानीले कान्छीको आगमनपछि आफू उपेक्षित भएको महसुस गर्नु परेन । संयोगबस, पहिलो गर्भ कान्छी महारानीले धारण गरिन् । त्यसपछि उनको मान बढ्यो । छोरा जन्मने हो भने भावी युवराज आफ्नो कोखमा हुर्कंदै गरेको कुरा कम्ती गौरवको विषय थिएन तर आफ्नो गर्भले समेत उति महत्त्व नपाएको जस्तो अनुभूति गरेकी हुनाले गर्भ लिएर माइती जुम्ला गएकी थिइन् । दुर्भाग्यबस उनको उदरमा रहेको पहिलो गर्भ दोस्रो राजकुमारको रूपमा जन्म लिइदियो । जेठी रानी गुलवदनपुत्र मले बमको जन्म सातै महिनामा हुनगयो । त्यसैले गर्भले जेठो भएर पनि भाग्यले जुम्ली दरबारका भानिजलाई ठग्यो । भाग्यबाट नराम्रोसँग ठगिएकी जुम्ली राजकुमारी पर्वत दरबारलाई घुर्क्याउन जुम्ला गएकी उतैको उतै रहिन् । रानी गुलवदनको इशारा उनै जुम्ली राजकुमारीतिर थियो ।

आफूले गरेको परिहास रानीको मर्ममा लागेछ भन्ने बुझेका महाराज फकाउने शैलीमा बोले, "धत्तेरीका उमेरमा त मेरी महारानीका अगाडि रम्भा-तिलोत्तमाहरू पनि फिका देखिन्या'थे होला । अलिकता उमेर ढल्यो र पो ! हुन त यतिखेरसम्म त स्वर्गका परीहरू पनि बूढी भइसकेका होलान्,

केश फुलिसके होला, नजर बसिसके होलान्, दाँतहरू झरिसके होलान्, अनुहार चाउरी परिसके होलान् कि ?"

"अप्सराहरू पनि बूढी हुन्छन् र ? स्वर्गका अप्सराकन त अजरअमरको वरदान प्राप्त हुन्छ रे ! आफू परियो मनुष्य, सधैं जवान रहने वरदान कहाँ पाई ? त्यसमा पनि छोरी मान्छेको शरीर पहिलो बच्चा नजन्मँदासम्मको हो । मेरा त तीन-चारवटा बच्चा भैसक्या । उमेरले पनि पचासको नेटो काट्यो, अनि कहाँ अप्सराको जस्तो रूप होस् न लावण्य ? बैंसमा त म पो कोभन्दा कम हुँदी हुँ र ?", महारानीको रूपाभिमान बोल्यो ।

महाराज मनमनै मुस्कुराए । महारानीको मर्ममा चोट पुग्यो कि भन्ने अनुभूतिले किन हो कुन्नि उनलाई अलिकता नरमाइलो लागेको थियो । रूपाभिमानको महिला मनोविज्ञानप्रति उनी सचेत थिए । महारानीको रोष समन गर्ने ब्रह्मास्त्र 'रूपप्रशंसा' हो भन्ने अनुभव र ज्ञान उनमा थियो । त्यसैले अलिकता ठुस्केकी महारानीलाई सामान्य स्थितिमा फर्काउने उद्देश्यले शब्दमा मिठास घोलेर कुरा शुरू गरे, "महारानीबाट अप्सराको कुरा निकल्याको हुनाले मैले बोली छोप्याको मात्र हो । मेरी महारानीकन तीन-चार सन्तानकी आमा भन्न कसले सक्छ ? पुराणकथामा जस्तै स्वयंवरको घोषणा गर ीकन वरपरका राज्यहरूमा निम्ता पठाउन्या हो भन्या दमयन्तीको नक्कली स्वयंवरमा झैं मेरी महारानीकन आफ्नो दरबारमा भित्र्याउन दर्जनौं राजाहरू प्रतिस्पर्धामा उत्रन्या छन् । मेरी महारानीका निमित्त कति राजाहरूबीच काटाकाट मच्चिन्थ्यो होला । अप्सराको रूप कथाको कुरा हो । किताबको कुरा हो । मेरी महारानीको मोहिनी रूप वास्तविकता हो । निख्खर सत्य हो । मेरी महारानीको एक झल्को दर्शन पाउन्या हो भने महादेव पनि विष्णुको मोहिनी रूपमा लट्ठिएजस्तो पछि लागन्या'थ्या होलान् ।"

महारानी खितखिताइन् । आफूलाई मनाउने महाराजको धम्मरधुस प्रयत्न देखेर आनन्दको अनुभूति भएको थियो । महाराजलाई यथार्थ धरातलमा ओराल्न सधैं केही न केही प्रयत्न गर्नै पर्थ्यो । गफगाफमा सरिक बनाउन गाह्रो थियो । स्वप्नलोकबाट धरातलमा उत्रेपछि भने उत्तिकै गहिरिए मन छाम्ने क्षमता महाराजमा थियो । उनको त्यो विलक्षण खुबीले महारानीलाई सम्मोहित बनाउँथ्यो । मन्त्रमुग्ध बनाउँथ्यो । त्यसैले त

तीन दर्जन वर्षहरू सँगसँगै बिताएको पत्तै भएन । पर्वत दरबार भित्रिएको हिजैजस्तो लाग्दै छ । पाँच-पाँच जना राजकुमारहरू जन्मे, दुई कोरी हिउँद-बर्खाहरू यसैगरी बिते । नियास्रो मान्नुपर्ने दिन कहिल्यै ब्याएन ।

महारानीलाई आफ्नै मनसँग भुलेको देखेर महाराजले वार्तालाप अघि बढाए, "महारानीबाट के सोधनी भयाथ्यो कुन्नि ? कुरो कता बरालियो बरालियो ?"

महारानीका नजर महाराजका अनुहारमा गाडिए । उनको केटाकेटीको जस्तो निर्दोष अनुहारमा 'माफ गर' भन्ने याचनाभाव थियो । महाराजको सरलताले रानीलाई पगाल्यो । अनुहारमा अलिकता मुस्कुराहट ल्याएर रानीले पुनः प्रश्न दोहोराइन्, "महाराज साँच्चैको महाकञ्जुस होइसिन्छ भन्या'को ?"

"होइन, महारानीको कुन इच्छा पूरा गर्न इन्कार गऱ्याँ र मैलै ? मागन्या नै हो भने यो ज्यानैसमेत दिन तयार छु । महारानीबाट माग्याको कुन कुरा दिन कञ्जुस्याइँ भयो मबाट ?"

महाराजले व्यग्रता प्रदर्शन गरे । उनको मनमा साँच्चै आफूबाट अपराध भएछ कि ? कुनै गल्ती भए छ कि ? महारानीको इच्छाको अनादर भएछ कि भन्ने खुल्दुली थियो । परेको र मागेको बेलामा ज्यानै अर्पने भाव प्रदर्शनका लागि महाराजले घुम्लुङ ओढेको छार्काले पाखी पछिल्तिर तर्काएर सग्लो शरीर रानीका हजुरमा समर्पण गरेजस्तो चेष्टा देखाए ।

आफूलाई रिझाउन मनाउन सधैँ सम्पूर्णरूपमा तयार हुने महाराजको त्यही समर्पणभाव महारानीलाई असाध्य मनपर्थ्यो । महाराजको व्यग्र उत्सुकता शान्त गर्न महारानीले भनिन्, "मेरो इच्छा चाहनाको कुरा गऱ्याको होइन महाराज ! मैले त सुमन्त बानियाँको योग्यताको पुरस्कारमा अलिकता कञ्जुस्याइँ भयो कि भन्न खोज्याको मात्र हो ।"

"ए ! कुरो त्यसो पो हो ? कतै मबाट महारानीको आकाङ्क्षा कुल्चन्या, बेवास्ता गर्न्या अपराध भैगएछ कि भनीकन त्राहिमाम भया'को थिएँ म त !"

"ठट्टाको कुरा होइन । दुई-तीन वर्षयता दरबारकन आइपऱ्याको समस्या सल्टाउन्या काममा सुमन्तले जुन लगन र कुशलता देखायाका छन्, त्यसबापत कपर्दारको पद अलि सानो भया'न र महाराज ?"

"सुमन्त उमेर हेरीकन निकै चतुर, व्यवहारकुशल र वफादार छ हगि ?", हारानीको कुरामा महाराजले सहमति जनाए ।

"त्यै त भन्या, काजी, सरदार र भारदारबाट फत्ते हुन नसकन्या काम उनले कुशलतापूर्वक सम्पन्न गर्ने गऱ्याका छन् । उनको कामले सबैकन रिझायाको छ । उनको बुद्धिमत्ता देखेर डाह गर्ने भारदार पनि छन् ?", रानीले नयाँ कुरो कोट्ट्याइन् ।

"सुमन्तकन सबैले सराउँछन् । भारदारहरूकै सम्मति र सल्लाहमा उसकन विशेष जिम्मेवारीमा खटाउन्या गरिया'को हो । कसैले उसको डाह गर्छजस्तो लाग्दैन । उसले के पायाको छ र ? राज्यले उसकन के दियाको छ र डाह गर्नु ? उसले राज्यबाट होइन, राज्यले उसबाट एकोहोरो लियाको छ । उसको आहारिस गर्नुपर्ने कारणै छैन !", राजाले आश्चर्य व्यक्त गरे ।

"देखिसे'न, अस्ति राजसभामा ! युवराजको बिहेको सन्दर्भमा उसले कति राम्रो सुझाव दियाको थियो, त्यो पनि मेरा आग्रहमा । तर उसकन होच्याउन्या गरी काजी अरिभञ्जनले कुरा काट्नुभयो ! केटाकेटी भनेर हेप्नुभयो !"

"होइन महारानी ! काजीको कुराकन अन्यथा अर्थमा लिनु हुँदैन । आफूले देखे जान्याको कुरा स्पष्ट राख्नुपर्छ । 'वादे वादे जायते तत्वबोध' भन्छन् । कुरा फलिने त्यसरी नै त हो । छलफलको सन्दर्भमा आयाका कुराकन अर्कोको कुरा काट्याको भन्नु हुँदैन ।"

"छलफल गर्न्या कुरा एउटा हो, बानियाँका केटाकेटी कुरा भनीकन प्याच्च बोल्नु अर्को कुरा हो । सुमन्तकन तल खसाल्नकै लागि काजीबाट बाउँठे तर्क आयाको हो कि जस्तो लाग्छ मक'न त !"

"हुनदेऊ महारानी ! 'कुकुर भुक्दै गर्छ, हात्ती लस्कँदै गर्छ', सुमन्तको सुझबुझ, ज्ञान, चातुर्यले सबै अवरोधहरू पन्छाईकन निकै माथि पुऱ्याउन्या लक्षण स्पष्ट देखियाको छ । हुने बिरूवाको चिल्लो पात !"

"उसकन कमसेकम अष्याली बनाइसे'को भए भैहाल्थ्यो नि ! किन कपर्दारमै राख्नुपर्थ्यो ? मान्छेको योग्यताको कदर गर्नुपर्छ । गर्न जान्नुपर्छ । महाभारत कथामा कर्णको युद्धकौशल देखेर दुर्योधनले अङ्ग देशको राजतिलक दियाका थिया रे ! सुतपुत्रकन राजा बनाउँदा कसैले कुरा काटेनन् त ?", महारानीले उदाहरण प्रस्तुत गरिन् ।

"हो हगि ! सुमन्तको यथोचित मूल्याङ्कन भया'न क्या रे !", महारानीको तर्कले महाराजालाई घोरिनुपर्ने बनायो ।

"हो त ! त्यसैले कति कञ्जुस्याइँ आयाको हो महाराजकन भन्याको नि ?"

"मेरो मात्र लागन्या भैदियाका भयादेखिन् त सुमन्तकन टपक्क टिपीकन बडाकाजी बनाउँदो हुँ । राज्यको नियम हुन्छ, परम्परा हुन्छ, काइदा हुन्छ । राजाले निर्णय लिँदा सोचविचार गर्नुपर्छ । 'अघि हेर्नु चार हात, पछि हेर्नु बाह्र हात' भनिन्छ ।", महाराजले आफ्नो लाचारी प्रकट गरे ।

"राजाको मुखमा कानुन हुन्छ । राजाले बोले सकियो । राजाकन बाँधन्या कुरा क्या हुन्छ र ?", रानीले असन्तोष प्रकट गरिन् ।

"फुकी फुकीकन पाइला राख्नुपर्छ । राजाले त निद्रामा पनि आँखा खुलै राख्नुपर्छ भनिन्छ !"

"भो भो, पर्वत राज्यको सबै जिम्मेवारी मल्लवंशमै सीमित गर्न्या चलन उति राम्रो छैन है ! अत्तो, गाह्रो, अप्ठ्यारो पर्दा राज्यका सबै रैतीहरूको सहयोग चाहिन्छ । जनता रिझियामात्र दरबार बलियो हुन्छ ।", रानीले थप असन्तोष देखाइन् ।

"महारानीकन काजी र सरदारहरू मल्लवंशमै सीमित गर्न्या पर्वतको परम्परा रुच्याको रह्यान'छ, होइन ?", राजाले सोधे ।

"हो त ! राजाको काम जनताबाट कर उठाईकन खान्यामात्र होइन, जनता रिझाउन्या काम पनि गर्नुपर्छ । राज्यमा सबै नागरिकहरूको अपनत्व हुने गरी पद, प्रतिष्ठा र आयस्रोत बाँड्नुपर्छ । हुन त पर्वतेहरू सोझा छन् । त्यसैले दुई सय वर्ष डोटेली थापाले खाया । अर्को दुई सय वर्ष निसेल बम मल्लहरूले खाइसक्या । गाई पालन्या दुःख नगरीकन गोरस खान पायापछि कसले गाईको स्याहार सम्भार गर्छ र ? सुमन्तकन सित्तैमा कज्याउन पाया पछि पर्वत दरबार मख्ख पऱ्याजस्तो लाग्छ । भोको पेटमा गोरुले कति दिन जोत्छ र ? सोझा पर्वतेहरूले मल्लवंशको ज्युज्यानले चाकडी गऱ्याकै छन् । नरुने बच्चाकन आमाले पनि बेलामा दूध ख्वाउँदिनँ भन्याजस्तो परिस्थिति पो देख्छु मैले त ! थापाहरू असन्तुष्ट छन्, बानियाँहरू पनि दरबारबाट टाढै बस्न थाल्याको दुई-चार पुस्ता बितिसक्याको छ रे ! यसरी त अप्ठ्यारो पर्दा काँध थापन्या रैती नपाइएला है ?", महारानीले चेताइन् ।

"गर्नुपर्न्या क्या थियो त ?", महाराजले जिज्ञासापूर्वक महारानीको अनुहारमा निहारे ।

"मल्ल वंशको त राजा नै हुन्छन् नि ! फेरि थप बडाकाजी, काजी र सरदारहरू पनि उनैकन किन बनाउनुपर्छ र ? बरू मानका लागि जेठाबुढा, चौतरा बनाइदिया भैहाल्थ्यो । काजी र सरदारको पद अरू थरगोत्रबाट योग्य मानिसहरू छानीकन बनाउँदा राज्यमा सबै थर, गोत्र, वंश र जातको अपनत्व बढ्न्या'थ्यो । राज्यकन मल्लवंशको विर्ता नभनी आफ्नो पनि हो भनिठान्दा हुन् । सम्हालन्या काममा दिलैदेखि लाग्दा हुन् । कतैबाट शत्रुले हमला गऱ्याको खण्डमा मल्लवंशले मात्र सामना गर्न सकन्या छैन क्यारे ?", महारानीले निकै गहिरो कुरा उठाइन् ।

"त्यो त हो महारानी ! राजाको समस्या अरू पनि हुन्छन् नि ?", राजाले फेरि पनि आफ्नो विवशता प्रकट गरे ।

"कस्तो अप्ठ्यारो ?", रानीले सोधिन् ।

"पहिलो कुरा त बाघ कस्तो हुन्छ भनीकन जान्नाखातिर बिरालो हेर्नु, शत्रु कस्तो हुन्छ भनीकन जान्न आफ्नै भाइ हेर्नु भनिन्छ । मल्लहरू सबै दाजुभाइ हुन् । यिनकन रिझाई राख्न सकियान भने राज्यमा धमिरा लाग्न विधिबेर लाग्दैन । भाइहरूकन सधैं आफ्नो नजरका वरिपरि राख्नुपर्छ । नजरबाट ओझेल पर्नासाथ ती अन्यत्र लाग्न सक्छन र जे पनि गर्न सक्छन् । 'भाइ भए भरोसा' भन्ने कुरा भन्नका लागि मात्र हो । तिनैबाट सदा भयभीत रहनुपर्छ । सतर्क रहनुपर्छ । त्यसैले दर्जनै पुगे पनि काजी, बडाकाजी मल्लहरूकन बनाउनु बाध्यता हो । यो त एउटा कारण भयो । अरू पनि छन्, पर्वते राजाकन ठिङ्गुराउन्या कारणहरू !"

"जस्तो ?", महारानीले रूचिपूर्वक जिज्ञासा राखिन् ।

"भूगोल ठूलो भया पनि आयस्रोत कम भयाको राज्य हो हाम्रो पर्वत । खेतीयोग्य जमिन अति थोरै छ । बेनीको बढ्दो व्यापार र खानीहरू खन्न थाल्यापछि बल्ल राज्य अलि हलुङ्गो हुन थाल्या'को हो । यी हेर न, बेनीको बगरमा दरबार बन्याउन्या योजना 'छेपाराको आहान' त्यसै भयाको हो र ? मल्लहरूकन काजीमा थन्काउनुपऱ्या अर्को कारण यो पनि हो ।", राजाले बेलिविस्तार लगाए ।

"मल्लहरूकन काजी बनाउँदा राज्यकन कसरी आर्थिक फाइदा हुन जान्छ त ? मैले अलि कुरो बुझिनँ ?", रानीले स्पष्टीकरण मागिन् ।

"काजी नबनाया पनि राजाका सन्तानहरूकन जागिर दिनुपर्छ । जागिर दिन्या भन्याको ठूला उब्जाउ फाँटहरूको उठ्तिपुठ्ति तिमी खाऊ भन्नुपर्न्या हुन्छ । त्यसरी त सबै उठ्तिपुठ्ति तिनैको भागमा जान्छ । राज्यले पाउन्या केही बाँकी रहँदैन । दरबारको खर्च धान्न मुस्किल पर्छ । त्यस्तै अवस्था आयाको हुनाले सिङ्गाको बगरमा कुलो काटीकन आवाद गर्नु पऱ्याको हो ।"

"ए ! सिङ्गाको खेतमा पानी पटाउन्या कुलोकन 'राजकुलो' भन्याको त्यसैले पो हो रह्या'छ क्यारे !"

"हो त ! पहिले ताकम एउटा खलककन, रनबाङ, दरबाङ अर्कोकन, छिस्वाङ, लुङदी, झादी, अर्वादी, मल्याङ्दी, आँधी अरूकन दिइन्थ्यो । राज्यको हात फुक्का रहन्थ्यो । राजालाई वर्षदिन ढुक्कसँग दालभात खान पनि मुस्किल पर्थ्यो । त्यही अप्ठ्यारोमा सिङ्गाको बगर राजदरबारले आवाद गऱ्याको हो । अँधेरी खोल्सातिर बगन्या पानीपँधेराको पानीकन डाँडाखेतको फाँट चिरीकन सोझै सिँगा झारियाको हो ।"

"ए हो त ! राज्य चलाउन गाह्रो पो रह्याछ हगि ?"

"भित्र छैन खान्या पिठो, बाहिर रातो रुमाल भन्याजस्तै हो पर्वत दरबारको अवस्था ।", महाराजले पर्वत राज्यको आर्थिक नालीबेली खोलेर देखाए ।

कुरै कुरामा दिन बित्यो । महारानी उठेर भान्सातिर लागिन् । मङ्गलीले ल्याएको तातो पेय पनि तुरिएछ । बसेको स्थानबाट उठेर महाराज बाहिर निस्के । यताउति निहारे । आकाश बादल आच्छादित थियो । पानी भरे झर्छ, अहिल्यै झर्छ भनेजस्तो मौसम थियो । उनको मनले युवराजलाई सम्झियो । पढाइको सिलसिलामा राजगुरु रामेश्वर पन्तकै साथमा रहेका राजकुमार भोलि दरबारमा फर्कंदै थिए ।

दश

पुसमासको चिसो मध्यान्तर । दुई-तीन दिनदेखि आकाश खुलेको थिएन । चिसोमा उन्मत्त बैंस चढेको थियो । झमक्क साँझ झरेपछि बल्ल रनबाङबाट बडाकाजी मकरध्वज मल्ल बेनी आइपुगे । उनकै पर्खाइमा पर्वत दरबार प्रतीक्षारत थियो । युवराजसँगै आएका राजगुरु रामेश्वर पन्त हिजैदेखि दरबारको पाहुना लागेर बसेका थिए । जैसी आनन्द रेग्मी पनि दिउँसै आइपुगेका थिए । पर्वत दरबारमा त्यस दिन रात्रिकालीन कचहरी बस्दै थियो । यद्यपि त्यो कचहरी अनौपचारिक थियो तापनि त्यसले गर्ने निर्णय भने औपचारिक हुनेवाला थियो । सुमन्तले पहिलोपटक राजकीय जिम्मेवारीसहित सभामा सहभागिता जनाउने अवसर पाउने भएका थिए । सधैंजसो भारदारसभामा अनौपचारिकरूपमा भाग लिँदै आएका सुमन्तको पहिलो औपचारिक सहभागिता सन्जोगवश अनौपचारिक कचहरीबाट प्रारम्भ हुने भएको थियो । बडाकाजीको उपस्थिति हुनासाथ बैठकको तयारी गरियो । बैठकमा राजारानीका अतिरिक्त बडाकाजी, कुलगुरु र जैसीको उपस्थिति थियो । राजकुमार मले बम बेनीमै भएर पनि सभामा उपस्थित थिएनन् । उनको स्वास्थ्य उति राम्रो थिएन । त्यसमाथि यात्राको थकान मेटिइनसकेको हुनाले बेलैमा आरामकक्षमा जाने अनुमति लिएका थिए ।

कुरिलाखर्कस्थित राजदरबारको बैठक कक्ष । भुइँमा तिब्बती गलैंचा बिछ्याइएको थियो । गोलाकार मृगछालाका चकटीहरू लहर मिलाएर बिछ्याइएका थिए । भित्तामा बाघ, चितुवा, चित्तलका छालाहरू टाँगिएका थिए । भित्ताको एउटा पाटोभर बाघ, भालु, बनेल, चितुवा, जरायो, झारल, नाउरको जीवितजस्तै लाग्ने सुकाइएका टाउकाहरू लहरै टाँगिएका

थिए । गैंडाको खाक र हात्तीदन्तहरू पनि सभाकक्षको शृङ्गारमा उपयोग गरिएको थियो । उत्तरबाट दक्षिणाभिमुख रहनेगरी राजासन सजाइएको थियो । राजआसन महारानीसमेत राजासँगै बस्न मिल्ने गरी फराकिलो थियो । कोठाको चारै कुनामा पित्तलका सुन्दर पानसहरूमा दियोबत्तीहरू बाल्ने प्रबन्ध गरिएको थियो । सभाकक्षको बीचमा अतिरिक्त प्रकाशको भैपरी आउने व्यवस्थाका लागि फलामे ठडेरो राखिएको थियो । ठडेरोमा बाल्नका लागि सल्लाको खोटो राखिएको थियो ।

बैठककक्षभित्र आउजाउ गर्न तीनवटा ढोकाहरू राखिएका थिए । एउटा बार्दलीबाट भित्र छिर्ने मूल ढोका, राजदरबारको आन्तरिककक्षमा प्रवेश गर्न मिल्ने एउटा अर्को ढोका र तेस्रो ढोका भान्साकोठातिर आउजाउ गर्नका लागि बनाइएको थियो । तीनैतिरका ढोकाहरू अवरुद्ध नहुनेगरी कोठाको तिनतिर चौकीहरू राखिएका थिए । ती चौकीहरूमा कस्तुरीको भुवाँ राखेर तगिएका नरम चकटीहरू थिए, त्यसमाथि समान आकारका चतुष्कोणी गलैंचाहरू सजाइएका थिए । आजको सभामा सहभागीहरूको सङ्ख्या थोरै थियो । त्यसैले राजारानी र भारदारहरू आमने-सामने रहने गरी बस्ने व्यवस्था मिलाइएको थियो । सभा अनौपचारिक भएको हुनाले सहभागी सबै भारदारहरूलाई दरबारका पाहुना मानेर समान मान्यता दिइएको थियो । ओहोदाको हैसियत मिलाएर बस्नुपर्ने बन्देज थिएन । त्यसैले बडाकाजी मकरध्वज, कुलगुरु रामेश्वरसँग समान आसनमा भर्खरै कपर्दारमा नियुक्त भएका सुमन्तको बस्ने व्यवस्था मिलाइएको थियो ।

छलफलको विषय युवराजको बिहे थियो । यद्यपि २० वर्षको आयु कटेपछि युवराजको बिहे गर्नु शुभ हुनेछ भन्ने दरबारी ज्योतिषी चामु पाध्याको रायसँग जोतिष-विशारद आनन्द रेग्मी पनि सहमत थिए तापनि दुईवटा नरिवल आइसकेको र थप विलम्ब गर्ने हो भने अन्य ठाउँबाट पनि कन्याको प्रस्ताव आउने सम्भावनाले पर्वत दरबारलाई अत्याएको थियो । जति ढिलो गर्‍यो, उति समस्या थपिने र कैयौं मित्र राज्यहरूको मन कुँडिने परिस्थिति निर्माण हुन सक्ने सम्भावनाले यथाशीघ्र निर्णय लिनुपर्ने अवस्था आएको थियो । हतारिनुपर्ने बनाएको थियो । पर्वत दरबारमा एकसरो छलफल भएको थियो । युवराजको बिहेको हल्लाले राज्यको सीमा

नछिचोल्दै निर्णय लिनु उपयुक्त हुनेछ भनेर त्यस दिनको मन्त्रणा बैठक आयोजना भएको थियो ।

पानी, बत्ती, ओढनीलगायतको व्यवस्था मिलाएर कामदार सुसारेहरू कक्षबाट बाहिरिएपछि सबै ढोकाहरू बन्द गरिए । दुईवटा ठूलठूला आँखीझ्यालहरूमा पनि भित्रबाट बन्द गर्ने व्यवस्था थियो । चिसो मौसम भएकोले ती झ्यालरू पनि बन्द गरिए । झ्यालहरूबीचको भित्ताको अलि माथितिर गोलो आकारको ठूलो प्वाल राखिएको थियो । त्यो प्वाल कुन प्रयोजनका लागि थियो भन्ने कुरा कसैको जानकारीमा नभए पनि त्यस दिन भने त्यसले कक्षमा आवश्यक अक्सिजनको आपूर्ति गरिरहेको थियो । झ्यालढोकाहरू पूरै बन्द भए पनि मानवदेह छिचोलेर मुटु कमाउन सक्ने चिसो भित्रिएकै थियो । त्यसैले राजारानीलगायत भारदारका लागि ओढनीको प्रबन्ध गरिएको थियो । सबै सभासद्हरूले आ–आफ्नो स्थान ग्रहण गरिसकेपछि राजाबाट छलफलकको विषय र त्यस सम्बन्धमा आजसम्म भएको प्रगतिको समीक्षा राख्दै सभासद्तिर हेरेर आज्ञा भयो, “विषय र राजसभाको रायको विवरण यही हो । पण्डितश्री थलाहारीज्यू र कपर्दार सुमन्त त छलफलमा उपस्थित भईकन आ–आफ्नो राय दिइसक्नु भयाको छ । सभामा बडाकाजी र राजगुरुज्यूको उपस्थिति हुन नसक्याकोले विषयलाई टुङ्गोमा पुऱ्याउन्या कार्यमा यहाँहरू दुवै जनाको अमूल्य रायसुझाव आओस् भनी आजको भलाकुसारीको आयोजना गरिया'को हो । के गर्दा उचित होला, परिपक्व सुझाव सल्लाहको अपेक्षा दरबारले राख्या'को छ । दुवै जनाको राय आवस् !”

महाराजबाट सुझावको लागि आग्रह आएपछि बडाकाजीले एकछिन गमखाएर बोल्न शुरू गरे, “काजी अरिभञ्जनको भनाइ ठीकै हो । विवाह हैसियत मिलाएरै गर्नु राम्रो हो । मकन त गोरखासँग दोस्ताना सम्बन्ध कायम गर्नु राम्रो हुन्या'थ्यो जस्तो लाग्या'को हो तर लमजुङे महाराजबाट हुँदैन भन्न्या सल्लाह आइसक्यापछि बर्खिलापमा जान सकिन्या स्थिति रह्या'न । तनहुँ र पाल्पाको पनि लमजुङको जस्तै सोच नहोला भन्न सकिँदैन । गोरखासँग नजिक हुनखोज्दा तीन-तीनवटा मित्र दरबारसँगको सम्बन्ध अमिल्याउनु बुद्धिमानी हुँदैन । पुस्तैनी मित्रता गिजोलिन्यागरी सम्बन्ध गाँस्नु

राम्रो हुँदैन । त्यसैले सुमन्त बाबुको रायअनुसार चल्नु यतिखेरका लागि सबैभन्दा उत्तम होलाजस्तो लाग्याको छ । गुरुजी के भन्नुहुन्छ ?", काजी मकरध्वजले राजगुरु रामेश्वरको राय जान्ने इच्छा राखे ।

"जुम्ला, गोरखा, कास्की, तनहुँ, पाल्पासमेत छोडीकन अन्तै कुटमेरो चलाउन्या सम्भावना के रह्या'छ त जैसीज्यू ?", रामेश्वरले आनन्द रेग्मीतिर कुरो लर्काए ।

"छनोट गर्नका लागि सम्भावना उति धेरै देखियाका छैनन् । खाँची र देउपुरबाट नरिवल आइसक्याको छ । रोजी छाँट्ने तिनै दुईबाट हो ।", आनन्द रेग्मीले परिस्थितिको खुलासा गरे ।

"राजकुमारले सामान्य जीवन बिताउन्या कुरामात्रै यो होइन । भविष्यकी महारानीसँग राज्य र दरबारको पनि भविष्य जोडिन जान्या कुरा हो । राम्रोसँग हेरकोर, जाँचबुझ गरी ग्रह नक्षत्रसमेत मिलाईकन विवाह गर्नु राम्रो होला । नरिवल आइसक्या'को हो भन्या चिना चिर्कटा पनि आयाका होलान् । चिना चिर्कटो भिडाउँदा जुन उपयुक्त निस्कन्छ, त्यसै अनुसारको निर्णय गर्नु बेस होला ।", रामेश्वर पन्तले राय व्यक्त गरे ।

"हो, गुरुजीले राम्रो कुरो गर्नु भयो । हुन त ठकुरी समाजमा चल्याको डोला दिन्या चलन चिना चिर्कटो ग्रहनक्षत्र नभिडाईकन विवाह गर्न्या परम्परा हो । चिना आयाको छ भन्यादेखिन् हेरकोर गर्‍याकै राम्रो ।", मकरध्वज काजीले रामेश्वरको समर्थन गरे ।

"दुवैको चिना आया'को छ । किन विलम्ब गर्न्या हो र ? म लिई आउँछु ।", महारानी खोपीतिर छिरिन् ।

सुन्दर रुमालमा पोको पारिएका दुई राजकुमारीहरूको चिनासहित राजकुमारको चिना रहेको सम्पुटक पनि महारानीले लिएर आइन् । अरू सुसारे कामदारहरूको उपस्थिति नभएको हुनाले सुमन्तले ठडेरोमा रहेको खोटो जलाए । ठडेरो दन्केर धुँवाको ठूलो कालो मुस्लो छोड्दै सभाकक्ष उज्यालो बनायो । पण्डित ज्योतिषीहरूको चौकी अगाडि थप एक-एकवटा चौकीहरू सर्काइदिए । महारानीको हातबाट जन्मपत्रीहरू लिएर चौकीमाथि राखिदिए । मङ्गलवाचनसहित आनन्द रेग्मीले सम्पुटी खोले । युवराजको चिना निकालेर चौकीमा फिजारे । रामेश्वर पन्तले राजकुमारीहरूमध्येको

एउटा चिना फोए । खाँचीकी राजकुमारी महल वसन्ताको परेछ । नाम, राशि र नक्षत्र पनि युवराज र खाँचीकी राजकुमारीको ठ्याक्कै एउटै रहेछ । ग्रह नक्षत्रहरूको पनि विपरीत गति देखिएन । ज्योतिषीय मान्यताअनुसार विवाह गर्न उपयुक्त ठानियो ।

खाँचीकी राजकुमारीको चिना थन्काएर देउपुरकी राजकुमारीको चिना निकालियो । निकै गौर गरेर ग्रहनक्षत्रहरू भिडाउन थालेपछि दुवै पण्डितहरूको अनुहारमा विष्मयभाव देखियो । दोहोऱ्याई-तेहऱ्याई औंला गनिगनी दुवै पण्डितहरूले छलफल गरेपछि राजगुरु रामेश्वरले भने, "यी दुई चिनामा विलक्षण समानता देखियो । बत्तीसका बत्तीसै लक्षणहरू आपसमा मिल्दा रह्याछन् । दैवले नै यी दुईलाई एक-अर्काका लागि बनायाको हो भन्न सकिन्छ । नरिवल आइसक्याको हुनाले विवाह हुने नै भो । यति राम्रो चिना मिल्याकी वधू छोडन्या कुरै भएन । दैवले जुटायाको भन्नुपर्छ । यी दुईका बीच कृष्ण-रुक्मिणीको जस्तो प्रेम हुन्या जोग देखिन्छ । यो जोडी अमर हुन्या जोग पो देखिन्छ !"

"त्यसो हो भन्या, शुभ काममा किन ढिलो गर्न्या । ग्रहणक्षत्रले बाटो रोक्दैन भन्या राम्रो लगन हेरीकन डोला मगाया भैहाल्यो । बरु दुवै कन्याको ग्रहगोचर युवराजका लागि सहयोगी नै हुन्या देखिन्छन् भन्या दुवै राजकुमारीसँग युवराजको एउटै मण्डपमा विवाह गरिदिंदा कसो होला ?", मकरध्वज काजीले राय दिए ।

नरिवल आइसकेको हुनाले कसलाई फर्काउने कसलाई स्वीकार्ने, बरु दुवैलाई भित्र्याउनु मनासिव होला कि भन्ने सल्लाह राजारानीबीच भइसकेको थियो । बडाकाजीको राय राजदम्पतीको मनसायसँग मेल खायो । त्यसले महारानीको अनुहारमा खुशीको मिहीन आभा पोतियो । मकरध्वज काजी अरिभञ्जन काजीकै पङ्क्तिमा उभिदिएका भए पनि उनलाई सहमत गराउन उति कठिन हुने थिएन । पहिलो कुरा त बडाकाजीलाई उमेरले व्यावहारिक र परिपक्व बनाएको थियो । त्यसमाथि राजदरबारको मनोविज्ञान बुझेरै राय दिने उनको बानी थियो ।

"एउटै लगन र मण्डपमा एकैसाथ दुईवटा विवाह गर्नु ठीकै होला ?", महाराजले प्रश्न राखे ।

“हुन्छ, किन नहुनु । एकैसाथ एकभन्दा बढी कन्याहरूको पाणीग्रहण गर्‍याका उदाहरणहरू इतिहास पुराणमा अनेक छन् ।”, आनन्द रेग्मीले बडाकाजीको कुरामा समर्थन जनाए ।

“राजाको बिहे एकैपटकमा धेरै कन्यासँग हुन सक्छ र ग्रहनक्षत्र जुराउनु पनि पर्दैन । परापूर्व कालदेखि नै राजाको बिहेमा चिना चिर्कटो र ग्रहनक्षेत्र भिडाउन्या चलन रह्याको देखिँदैन । अधिकांश राजकुमारीहरूको स्वयंवर आयोजना गरिन्या र राजकुमारीले जसलाई वरमाला पहिर्‍याउँछन्, उसैसँग बिहा गरिदिन्या चलन रहँदै आया'को छ । कुनै कुनै स्वयम्बर समारोहमा राजकुमारको बल, पौरख र बुद्धिचातुर्यको परीक्षणका लागि केही समस्या राखन्या र जसले समस्या समाधान गर्न सक्छ उसैसँग राजकुमारीको बिहे गरिदिन्या गर्‍याको देखिन्छ ।

ग्रह नक्षत्र भिडाउन्या चलन त निकै नयाँ पो हो कि जस्तो लाग्छ । हुन त एकभन्दा बढी विवाह गर्न्या सहुलियत भयापछि एउटा विवाह तलवित्तल पर्‍यो, काम लाग्या'न भन्या पनि जीवन बर्बाद हुन्छ कि भनीकन डराउनु पर्न्या अवस्था आउँदैनथ्यो । कृष्ण भगवान्ले समेत आठ-आठवटा औपचारिक बिहे गर्‍याका थिया रे ! चिना चिर्कटो भिडाइरहनुपर्न्या परम्परा होइन । हामीले भिडाइ हेर्‍यौं । नोक्सानदायक ग्रह नक्षत्र देखियानन् । कथम् त्यस्तो पर्‍याकै भया पनि असर पन्छाउन्या विधिव्यवस्था शास्त्रले सुझायाको हुन्छ । त्यसैले बडाकाजीले भन्याजस्तै नरिवल आइसक्या'का कन्याहरूको डोला मगाऊ । भैगो !”, रामेश्वर पण्डितले राजपरम्पराको कथा सुनाउँदै राय दिए ।

“हो । हेरकोर गर्‍याकै राम्रो भयो । मन सन्तुष्ट भयो । अनिष्टको शङ्का दूर भैगयो । युवराजको जीउज्यानमा खति पुर्‍याउन्या र उन्नति-प्रगतिमा बाधा पुर्‍याउन्या ग्रहनक्षत्र देखियाका भया इन्कार गर्न सकिन्या'थ्यो । आइहाल्याको नरिवल किन फर्काउन्या भन्न्या कुरो हुँदैनथ्यो । सबै कुरा ठीकठाक देखियाको हुनाले डोला मगाउनु उचितै हुन्या देखियो । परिस्थितिले अत्यायाको पनि छ । युवराजको पढाइ तुरियाको छैन भन्न्या गुरुको भनाइ रह्या'छ । ग्रहदशाले पनि दुई वर्षपछिमात्र विवाहयोग्य लगन देखाया'को छ । त्यसैले डोला भित्र्याई राजकुमारीहरूकन आवश्यक

शिक्षादीक्षाको प्रबन्ध गरौं । भविष्यका महारानीहरूका लागि दरबारिया धर्म, संस्कृति, अदव, काइदा, अनुशासन सिकाउन्या गुरुको बन्दोबस्त गर्नु राम्रो होला ।", आनन्द रेग्मीले थप सुझाव प्रस्तुत गरे ।

राजगुरु र जैसीको कुरो ध्यानपूर्वक सुनेपछि राजाले सहमति जनाए । उपयुक्त लगन हेरेर डोला पठाउनका लागि देउपुर र खाँची दरबारलाई खबर गर्ने निर्णय भयो । भोजन तयार भैनसकेको र मुख्य विषयको टुङ्गो लागेको हुनाले उपस्थित भारदारहरूबीच अरू विषयमा कुराकानी शुरु भयो ।

आफू माइतीको डोला चढेर पर्वत दरबार भित्रिएकी महारानी गुलवदनलाई आफ्ना बुहारीहरू पनि डोलामै भित्रिने कुराले अचम्भित बनायो । त्यही प्रश्न महाराजसँग उनले कुनै प्रसङ्गमा उठाएकी पनि थिइन् । महाराजले सुमन्तसँग जानकारी लिने आश्वासन दिएका थिए । बडाकाजी, कुलगुरु, पण्डित र सुमन्तसमेत उपस्थित भएको मौकामा जिज्ञासा राख्दा वास्तविकता खुल्ने जस्तो लागेको हुनाले महारानीले सोधिन्, "राजाको बिहेमा डोली मगाउनुपर्न्या कारण क्या होला ? जन्ती लिईकन कुटुम्बको घरमा जान नहुन्या हो कि कसो ?"

"बाईस्या-चौबीस्या राज्यहरूमा यो प्रचलन निकै अगाडिदेखि अभ्यासमा रह्या'को छ । कारण त मकन पनि जानकारी छैन । किन भनीकन कहिल्यै सोधीखोजी गरिया'न । राजगुरुजीकन जानकारी थियो कि ?", महाराजले रामेश्वरतिर हेरेर अनभिज्ञता जाहेर गरे ।

राजाले जवाफको अभिभारा आफ्नो टाउकोमा राखिदिएपछि रामेश्वरले सम्वन्धित परिवारका पाका मानिस बडाकाजीतिर सर्काए । कुनै कुरामा पनि झट्टै बोलिहाल्ने, रायदिने बानी बडाकाजीको थिएन । अरूका कुरा सुनेर मात्र आफ्नो सन्तुलित राय राख्ने अभ्यासमा पोख्त थिए । यो विषय भने कुनै निर्णय दिनुपर्ने वा पक्षविपक्षमा तर्क राख्नुपर्ने खालको थिएन तापनि उनले आफ्नो अभ्यस्त स्वभावअनुसार सुमन्ततिर प्रश्न तेर्स्याए, "इतिहास पुराणमा बानियाँ बाबुको निकै रुचि र जानकारी छ । आफू त बुढै भैसकियो । कैयौं महत्त्वपूर्ण कुराहरू चाहियाको बेलामा सम्झनै सकिन्न । बोल्दाबोल्दै कुरा लर्बरिन थाल्छ । स्मरण स्मृति कमजोर हुँदै गयाको छ । बाबु तत्नेरी छन् । 'स्वस्थ काया, ताजा दिमाग' भन्छन् ।

यस्ता विषयमा विशेष रुचि पनि राख्छन् । ल बाबु राजारानीको जिज्ञासा सम्बोधन गरिदेऊ त !"

प्रश्न घुम्दैफिर्दै आफ्नो टाउकोमा आएपछि आफूले जानेसुनेको कुराको नालीबेली सुनाउनै पर्‍यो । सुमन्तले एक नजर आनन्द रेग्मीतिर लगाए । उनको अनुहारको भावले आफूलाई बोल्न प्रेरित गरेजस्तो लाग्यो । पुसको चिसोमा पनि एक घुड्को पानीले मुख भिजाएर सुमन्तले इतिहास बखान्न थाले, "खस राजा प्रताप मल्लको राज्यकालको कुरा हो रे ! जुम्लाका एकमात्र राजकुमारको बिहे काश्मीर राज्यकी राजकुमारीसँग छिनिया'को रह्या'छ । शुभ लगन हेरीकन जन्ती काश्मीरतिर लाग्या'छन् । चारपाँच दिन पैदल हिँडीकन पुग्नुपर्न्या ठाउँ । मौका ढुकेर बस्याका डाँकाहरूले बीचबाटोमा रातको मौका पारी बरियातमाथि हमला गर्‍या'छन् । भिडन्तमा दुलहाको ज्यानै गया'छ । बीचबाटोमा भयाको दुर्घटनाको खबर काश्मीरसम्म पनि पुग्या'छ । जुम्ला दरबारकन वाग्दान भैसक्याको हुनाले राजकुमारको हत्या भया पनि चाहना हुन्छ भन्या बूढा राजाले हाम्री राजकुमारी भित्र्याउन् भन्ने खबर काश्मीरले पठाया'छ । जुन राजकुमारीका नाममा आफ्ना एकमात्र पुत्रको ज्यान गयो उसैकन आफूले रानी बनाउन जुम्ली राजाले इच्छा राख्यानछन् । बरियात बीच बाटोबाटै जुम्ला फर्क्या'छ ।"

"राजउत्तराधिकारीको मृत्यु भयाको र राजाका भाइहरू पनि नभयाका हुनाले राजाकन विवाह गर्न्या सल्लाह भाइभारदार र आफन्तहरूले दियाछन् । राजाले स्वीकार्‍यान'छन् । बरू आफ्नी छोरीको बिहे कुनै योग्य वर खोजिकन गरिदिन्या र उनैकन आफ्नो उत्तराधिकारी बनाउन्या मनसुवा राख्याछन् । पछि आफ्नी छोरीको विवाह खसवंशी पुण्य पालसँग गरिदियाछन् र ज्वाइको थर फेरीकन मल्ल राखिदियाछन् । अर्थात् नागवंशी अन्तिम राजा प्रताप मल्लका ज्वाइँ पुण्यपाल जुम्लाका नयाँ राजा बन्याछन् । त्यसरी रक्तवंश टुटे पनि मल्लवंशले भने जुम्लामा निरन्तरता पाया'छ ।"

"हो, त्यही बेलादेखि त्यस्तो दुर्घटना फेरि फेरि नदोहोरियोस् भन्नाखातिर राजाले डोली मगाउन्या, बरियात लिईकन कुटुम्बकहाँ नजान्या परम्परा खस दरबारमा चल्याको हो भनिन्छ । आजकल सामान्यतः सबै ठकुरी परिवारमा त्यस्तो अभ्यास रह्याको देखिन्छ । खस साम्राज्यको पतनपछि

बाईस्या-चौबीस्या राज्यहरू जन्मियाका हुन् । धेरै राज्य भयापछि आपसमा काटमार र दगाधरी पनि बढ्यो । काटाकाट र लुटपाट चल्यो । त्यसैले सबै राज्यहरूमा युवराजको बिहेमा बरियात लिजान्या चलन रोकिन गयाको हो । बाईस्या-चौबीस्या राज्यहरूमा आपसी विवाद सधैं रहन्या हुनाले जुनसुकै बेला अप्रिय घटना घट्न सकन्या सम्भावना हेरीकन डोला मगाउन्या परम्परा बसालियाको हो । बरियातमाथि शत्रुबाट हमला हुनसक्न्या र बरियात अर्को राज्यमा गयाको मौका छोपी शत्रुले राज्यमाथि हमला गर्न्या र कब्जा गर्न्या खतरा पनि उत्तिकै रहन्या हुनाले डोली माग्नु उत्तम र सुरक्षित ठानियाको होला । मैले जान्याको सुन्याको कुरा यही हो । अरू कारण रह्याका छन् भने बडाकाजी र गुरुजीहरूले बताउनु होला ।", सुमन्तले आफ्नो भनाइ टुङ्ग्याए ।

पण्डित र बडाकाजीहरूले सम्मतिमा टाउको हल्लाए । महारानीको मनभित्र वर्षौंवर्षदेखि रहेको उत्सुकता र जिज्ञासाले जवाफ पायो । भान्सा तयार भएको समाचार आइसकेको थियो । राजा, बडाकाजी, गुरुजीहरूसँग एउटै भान्सामा भोजन गर्ने अवसर सुमन्तलाई जीवनमै पहिलोचोटि त्यस दिन मिल्दै थियो ।

एघार

माघको १५ । श्रीपञ्चमी । यो पर्वलाई वसन्त पञ्चमी पनि भनिन्छ । धितो बन्धकी रकम फिर्तागर्ने अन्तिम हदम्याद । साहुको ऋण, धन, सावाँ-ब्याजसमेत तिर्ने भाका । लेनदेनको बाचा कबुल, करारनामा, तमसुक, भर्पाइ लिनदिन गरिने मिति । कमाराकमारी खरिदबिक्री गर्ने दिन । हली, गोठाला, खेतालाको हिसाब किताब र नयाँ सम्झौता गर्ने दिन । बिद्याध्यन प्रारम्भ गर्ने शुभ साइत । सरस्वतीपूजा गरिने दिन । विवाह आदि शुभकार्यका लागि लगन जुराउनु नपर्ने तिथि मुर्हूत । थारु समाजको माघी र तत्कालीन पर्वत राज्यको सेरोफरोको श्रीपञ्चमी उस्तै-उस्तै शुभदिन मानिन्छन् ।

एकाबिहानै सातै घडीको शुभमुहूर्तमा दरबारको शिलान्यासको साइत जुरेको थियो । जग राख्नका लागि अघिल्लै दिन बेनीको मध्यभागमा, दुवै नदीले हानिनोक्सानि नपुऱ्याउने ठाउँ हेरी, पूर्वोत्तर कुनामा खाडल खनिएको थियो । राजपुरोहित हरेराम सुवेदीलाई लिएर महाराज घनश्याम, युवराज मले बम, पण्डित रामेश्वर पन्तसमेत जग राख्ने स्थानमा पुगे । आवश्यक पूजासामग्री राजसेवक अङ्गरक्षकहरूले बोकेका थिए । प्रथम शिला स्थापनाको लागि चारवटा इँटा चारतिरबाट जोडेर चतुष्कोणी खाना बनाइयो । नागलाई मन्साइयो । धजा बाँधियो । गाईको दूध र धानका फूला चढाइयो । कुलदेवतालाई धजा उठाइयो । खाडलमा धूप, अक्षताले वास्तु पूजा गरियो । इँटा जोडेर बनाइएको चतुष्कोणी आकारमा महाराजका बाहुलीबाट थप चारवटा इँटा थपियो । एउटा असर्फी र तीनवटा तामाका सिक्का बीचमा राखियो र एउटा सानु आकारको फलामे त्रिशूल पनि राखियो । त्यसमाथि बालुवा र माटो भरेर पुरियो ।

पुरेतले मन्त्रवाचन गरे, राजाले धूप, अक्षता, अबिर, चन्दन र फूल अर्पण गरे । पूजाविधि सकियो । पण्डित पुरेतहरूलाई टीका दक्षिणा दिइयो । शिलान्यासको औपचारिकता पूरा भयो ।

राजदरबार निर्माणका लागि गल्कोटबाट कालिगढहरू झिकाउने प्रबन्ध भएको थियो । काठको जिम्मा मल्लाज, धाइरिङ र वनौतिरका भद्रभलादमीहरूलाई दिइएको थियो । अघिल्लै वर्षदेखि अर्थुङेको पाखोबारीमा इँटा निर्माण थालिएको थियो । छानो छाउने झिङ्गटी निर्माणको साँचो तनहुँबाट मगाइएको थियो । सबै सामग्री तयार भैसकेको हुनाले मौसमी वर्षाले बिथोलेन भने असारभित्रै दरबार निर्माण कार्य सम्पन्न हुने गरी व्यवस्था मिलाइएको थियो । दरबारका लागि आवश्यक पर्ने झ्यालढोकाका चौकोस र खापाहरू अघिल्लो वर्षदेखि नै बनाउन थालिएको थियो । पोखरेल माहिलो भनेर चिनिने पुलाको सिमखेत निवासी मुन्द्रे मिजारको नेतृत्वमा काठ तथा फर्निचरहरूको निर्माण चलिरहेको थियो । आवश्यक पर्ने आधाआधी इटाहरू विगत वर्ष नै तयार भैसकेका थिए ।

दरबार तथा दरबारहाता निर्माणका लागि आवश्यक पर्ने अनुमानित कच्चा इटा तयार भैसकेका थिए । इटा पोल्ने दाउराको पनि जोरजाम भैसकेको थियो । झिङ्गटी निर्माणको लागि चाहिने साँचो अर्थात् काठको ढाँचा तनहुँबाट भर्खर मात्र आइपुगेको हुनाले निर्माण कार्य थालनी भैसकेको थिएन । हिजै काजी अरिभञ्जन मल्लले उक्त कामको निरीक्षण गरेर महाराजका हजूरमा जानकारी गराएका थिए । आउन त काजी कुहुँ उक्लेर मने आरनेले तयार गरेको भरुवा बन्दुक लिएर महाराजलाई देखाउनका लागि आएका थिए । त्यही मेसोमा निर्माण सामग्रीको अवलोकन निरीक्षण गर्न भ्याएका थिए । मने आरनेले पहिलोपटक निर्माण गरेको बन्दुकको परीक्षण हिजै गरिएको थियो । युवराज मले बमले बराह पाखोको कान्लोको तिजुको रुखको पनि सबभन्दा माथिल्लो टुप्पोमा बसेको बाँदरलाई हानेका थिए । युवराजको कुशल निशानाबाजीको सिकार ढेडु बाँदर बनेको थियो ।

“कस्तो रह्यो बन्दुकको परीक्षण ?”, युवराजलाई महाराज घनश्यामबाट सोधनी भयो ।

"एकदम राम्रो ! पोहोर बनारसबाट झिकाइयाको देशी बन्दुकभन्दा फरकै छैन । हेर्दा मात्र अलिकता नराम्रोजस्तो देखिन्या हो ।", युवराजले अनुभव सुनाए ।

"बन्दुक बनाउन्या कालीगढसमेत हाम्रै राज्यमा जन्म्यापछि भविष्यको लागि चिन्ता गर्नुनपर्न्या भो । अब अरू आरनेहरूकन पनि त्यस काममा लगाउनुपर्छ । दरबार तयार भयापछि बेनीमै हतियार निर्माणखाना खोल्नुपर्ला ।", महाराजले भावी योजना सुनाए ।

"हतियारका लागि अब मुग्लानको मुख ताक्नु नपर्न्या भो । बरू हाम्रो इलाकामा फलाम खानी पनि छ कि ? प्युठानबाट आग्रीहरू झिकाईकन खोजतलास गर्नुपर्न्या हो कि ?", युवराजले नयाँ सम्भावनातिर औंल्याए । महाराजले टाउको हल्लाएर सम्मति जनाए ।

त्यो बेलासम्म पर्वतमा बन्दुक बनेको थिएन । बनारसतिरबाट झिकाउनुपर्थ्यो । तीन-चारवटा राज्यसीमा छिचोलेर ल्याउनुपर्ने हुनाले ठूलो मात्रामा बन्दुक ल्याउन सजिलो थिएन । उतैबाट ल्याइएको बन्दुकलाई गुरुथापेर निर्माण प्रविधिको अनुकरण स्थानीय आरनमा गरिएको थियो । पहिलो पटकमै मने आरने बन्दुक बनाउन सफल भएको थियो । स्थानीय आरनमै बन्दुक बनाउन सकिने ठहरिएपछि बेनीमा शस्त्रनिर्माणशाला बनाउने योजना महाराज घनश्यामले बनाएका थिए । स्थानीय साधनश्रोतको उपयोग गरेर बन्दुक बनाउने कोशिश गर्ने युवराजको प्रस्ताव उनलाई राम्रो लाग्यो । प्युठानी फलामको उपयोग गरेर स्थानीय कालिगढहरू बन्दुक बनाउन सफल भएको कुराले महाराजलाई उत्साहित बनाएको थियो । पहिलोपटक बन्दुक निर्माण गर्ने मने आरनेलाई विशेष पारितोषिक दिएर सम्मान र प्रोत्साहन गरिने सल्लाह दरबारमा भएको थियो ।

"शिल्यान्यासको काम सकिगयो । अब बिदा पाऊँ महाराज ! युवराज साथ लिईकन म घरतर्फ लाग्छु ।", पण्डित रामेश्वरले बिदा हुने अनुमति मागे ।

"हवस्, गुरुजी !", महाराजबाट अनुमति मिल्यो ।

युवराजले पनि बिदा हुने अनुमतिका लागि महाराजसमक्ष टाउको झुकाए । युवराजको शिरमा हात राखेर महाराजले आशीर्वाद दिँदै भने,

“आरामविरामको ख्याल गर्नू । मन लगाईकन पढ्नू । गुरुआज्ञाको अनादर नगर्नू । चारै विद्यामा निपुण युवराजको चाँडै स्वागत गर्ने शुभघडीको प्रतीक्षामा पर्वत राज्य रहन्या छ ।”

“हवस्, बुबा महाराज !”

युवराज घोडामा सवार भए । उनको घोडाले पैयाँ लिइसकेको रामेश्वरको घोडालाई पछ्यायो । कोटसाँघुमा काठेपुल निर्माण भैसकेको हुनाले दुवै घोडा त्यतैतिर हानिए ।

युवराजको प्रस्थानपछि पुरेत पण्डित हरेरामलाई साथ लिएर महाराज घनश्याम पैदलै कुरिलाखर्कतिर लागे ।

बाह्र

उही वर्ष, उही दिन । यस वर्षको श्रीपञ्चमीले पर्वत दरबारमा एकैसाथ अनेक खुशीका अवसरहरू लिएर आएको छ । एकातिर वर्षौंदेखिन् विलम्बित रहेको बेनीमा राजदरबार निर्माण गर्ने योजनाको श्रीगणेश भयो । अर्कोतिर यही तिथिमा दरबारमा नववधूहरूको आगमन हुने भएको थियो । अर्थात् युवराजको विवाहका निमित्त खाँची र देउपुरका राजकन्याहरू भित्र्याउने तयारी हुँदै थियो । युवराज्ञीहरूको स्वागतका लागि दरबारको विशेष शृङ्गारपटार गरिएको छ । देउपुर र खाँचीबाट एकैसाथ झिकाइएका डोलाहरू हिजै पारिबेनी आइपुगेका छन् । श्रीपञ्चमी तिथिलाई विवाहका लागि लगन जुराइरहनु नपर्ने शुभमुहूर्त मान्ने चलन छ । त्यस दिनलाई विवाहको स्वाभाविक लगन मानिन्छ तर पर्वत दरबारले भने डोलामात्र भित्र्याउने तयारी गरेको हो । भविष्यका महारानीहरूको स्वागत गर्ने भएको हो । यतिखेरै विवाह सुसम्पन्न हुने होइन ।

डोलादिने प्रथा खास गरेर, नेपालको ठकुरी समाजमा प्रचलित छ । फुपूचेला मामाचेलीबीच बिहेबारी चल्ने भएकोले त्यस्तो चलन चलाइएको हुनुपर्छ । विवाहयोग्य उमेर पुगेर पनि कुनै खण्डखातिरबस विवाहको आयोजना गर्न नसकिने भयो भने विवाह नरोकियोस् भनेर डोलाप्रथा चलाइएको हुन सक्छ । मामाले भाञ्जाको घरमा छोरी पुऱ्याइदिने चलनको अर्को नाम डोलाप्रथा हो, जसलाई बोलीव्यवहारमा 'डोलिदिने' भनिन्छ । मामाफुपूका चेलाचेलीबीचमा आपसमा विवाह हुने सामाजिक परम्पराको कारणबाट उनीहरू जन्मँदै श्रीमान्श्रीमती मानिन्छन् । मामाचेलीमा फुपूचेलाको हक लाग्छ भन्ने चलन छ । मामाले आफ्नी चेलीलाई

भाञ्जाको नासो सम्झेर पालनपोषण गर्ने र उमेर चढेपछि नासो बुझाउन लैजाने चलन हो, डोलाप्रथा । 'नरिवल पठाउने' भनेको ठ्याक्कै मामा भाञ्जाको साइनो नपर्ने तर कुटुमेरो चल्ने घरमा "मेरी छोरी तिमीलाई दिन्छु" भनेर सन्देश वा प्रस्ताव पठाउने रीत हो ।

देउपुर र खाँचीका भुरे दरबारहरूबाट निकै अघि नै पर्वत दरबारमा नरिवल आएको थियो । पर्वतको भारदारी सभाले आएका दुवै प्रस्ताव स्वीकार्ने निर्णय लिएको जानकारी पठाएपछि विवाहको उत्तम लगन मानिने श्रीपञ्चमीको अवसरमा पर्वत दरबारमा भित्रिनेगरी उतैबाट डोला पठाइएका थिए । राजकुमारीहरूलाई तामदानमा राखेर पर्वत दरबारमा पठाइएको हो । दुवै डोलाहरू हिजै बेलुका पारिबेनी आइपुगेका हुन् । विवाहको शुभ लगन श्रीपञ्चमी आज परेकोले दरबारमा दुई राजकुमारीहरू भित्र्याउने व्यवस्था मिलाइएको हो ।

विवाहको उत्तम लगन जुराएर डोला भित्र्याए पनि राजकुमारसँग औपचारिक विवाह भने तत्काल हुने होइन । ज्योतिषगणितले २० वर्ष नकटीकन राजकुमार मले बमको विवाह गर्नु शुभ हुँदैन भनेकोले डोलामा भित्रिएका राजकुमारीहरू र युवराजले विवाहबन्धनमा बाँधिन पूरै दुई वर्ष कुर्नुपर्नेछ । त्यतिन्जेल असल शिक्षकहरूको बन्दोबस्त गरेर राजकुमारीहरूलाई आवश्यक शिक्षा, दीक्षा, सीप, दरबारिया मान-मर्यादा, चालचलन र अदब काइदाबाट प्रशिक्षित गरिनेछ । राजकुमार मले बमको उमेरले २० वर्षको नेटो काटेपछि बल्ल औपचारिक विवाह सम्पन्न हुनेछ । त्यतिन्जेल राजकुमारीहरू रानीवासमा रहनेछन् । रानीवासमा लोग्ने मान्छेको नाममा महाराज एक जनालाई मात्र प्रवेशको अनुमति हुन्छ । आवश्यक सेवक सुसारेहरू पनि सबै महिलामात्रै रहन्छन् ।

"डोला भित्र्याउन्या प्रबन्ध सबै ठीकठाक भैगयो नि गुरुजी ?", महाराज घनश्यामले बन्दोबस्तीमा लागेका दरबारका पुरोहित हरेराम पण्डितलाई सोधे । यद्यपि हरेराम दरबारका पुरोहित थिए । पण्डित थिए । गुरु थिएनन् तापनि सम्मानस्वरूप पुरेतलाई पनि पर्वतदरबारमा गुरु भनेर सम्बोधन गर्ने चलन थियो ।

"सबै तयारी पूरा भैसक्याको छ महाराज ! साह्रै ठूलो तयारी गर्नुपर्न्या के छ र ? डोला भित्र्याउन्या मात्र हो । विवाहको विधि पुर्‍याउनुपर्न्या होइन क्या रे ! बरू डोलाको स्वागतका लागि बोलाइया'का दर्शनेहरू आइपुग्याका छैनन् । आउँदै होलान् । मैले गर्नुपर्न्या अरू तयारी गरिसक्या'को छु ।", हरेरामले जानकारी गराए ।

शुभकार्यमा बाजा बजाउनेहरूलाई पर्वतको सेरोफेरोमा 'दर्शने' भनिन्थ्यो ।

"डोलासँग सुसारेहरू नि आयाका होलान् ! कति आयाका छन् ? राजकुमारीहरूका लागि अलग खोपी र सुसारेहरूका लागि अलग कोठाचोटाको प्रबन्ध भैसक्यो महारानी ?", यसपटक महारानीतिर हेरेर महाराजले जानकारी लिन खोजे ।

"उत्तरपट्टिको लङ्मा खाँचीको राजकुमारी र पूर्वी लङ्मा देउपुरकी राजकुमारी र उनीहरूका सुसारेहरूसमेत रहनेबस्ने प्रबन्ध भैसक्या'को छ ।", महारानीले जानकारी गराइन् ।

यद्यपि त्यस दिन विवाहको आयोजना थिएन तापनि दरबार दुलहीझैं सिङ्गारिएको थियो । चारैतिर ध्वजापताका र तोरणहरू टाँगिएका थिए । राजदरबारको मूलढोकादेखि बाहिर आँगनसम्म १०८ जलघडाहरू दोहोरो पङ्क्तिमा सजाइएको थियो । घडाको लहरको समाप्तिसँगै सटाएर विशेष स्वागतद्वार निर्माण गरिएको थियो । धुपीका सुगन्धित हरिया स्याउला र फूलमालाले कलात्मकरूपमा स्वागतद्वार सिङ्गारिएको थियो । द्वारको दुवैतिर फल लागेको केराको एक/एक घारी ठड्याइएको थिए । केराको बुङ्गो चोबिने गरी केराको थामसँग सटाएर सिङ्गारिएका ठूलठूला जलपूर्ण कलात्मक रोचेहरू राखिएका थिए । दुवै स्तम्भहरूमा राजकीय ध्वजा फर्फराइरहेका थिए । दुई ध्वजाहरूको बीचमा रातो वस्त्र टाँगिएको थियो । त्यसमा कुनै अक्षर भने कोरिएको थिएन अर्थात् त्यो रक्तवस्त्र द्वारलाई सुन्दर बनाउने प्रयोजनका लागि मात्र जडिएको थियो । स्वागतद्वारदेखि बाहिरपट्टि सबै आमन्त्रित इष्टमित्र, आफन्त, रैतीप्रजा र तमासे दर्शकहरू बाटोको दुवैतिर उभिनुपर्ने व्यवस्था मिलाइएको थियो । स्वागतमा उपस्थित कसैलाई पनि फूलमाला दिने अनुमति भने थिएन । राजकुमारीहरू डोलामा आउने भएको हुनाले फूलमाला दिनेलिने सुविधा नहुन सक्छ भन्ने कुरालाई ख्याल गरिएको थियो ।

दिन घर्कनै लाग्दा पुरुण्डी र घतानबाट एक/एक जोली दर्शनेहरू आइपुगे । नौमती बाजा भने पनि सामान्यतः ११ बाजा बजाइन्छ । त्यही ११ जनाको वाद्यवादक टोलीलाई एकजोली दर्शने भन्ने चलन छ । यतिञ्ज्याल उनीहरूलाई नै कुरिएको थियो । आइपुग्नासाथ दर्शनेहरूलाई पछिलगाएर पुरेत हरेराम पारीबेनीतिर हिंडे । रमिते केटाकेटीहरू पनि लस्कर लागेर दगुरे । कालीगण्डकी वारपार गर्नका लागि तुइनको व्यवस्था थियो । मानिस बस्नका लागि तुइनमा चोयाको कोक्रो जडान गरिएको थियो । राजकुमारी, डोले र सुसारेहरूलाई पालोपालो गरेर नदी तार्दा निकै समय खर्चियो । नदीतार्ने काम सकिएपछि दर्शनेहरू नगरा दिँदै अघि लागे । पुरोहितको पछि डोला, डोले र सुसारेहरू लागे । केटाकेटीहरू कोही अघि, कोही पछि गरेर दौडन थाले । करिब आधा घण्टाको यात्रापछि लस्कर कुरिलाखर्कमा आइपुग्यो । बाटोको छेउमा उभिएका दर्शनाभिलाषी सर्वसाधारणहरूले ताली बजाएर भावी युवराज्ञी राजकुमारीहरूको स्वागत गरे । पारदर्शी झ्यापनबाट मन्द मुस्कुराहटसहित राजकुमारीद्वयले अभिवादन ग्रहण गर्दै अघि बढे ।

स्वागतद्वारछेउ पुगेपछि डोलाहरूबाट राजकुमारीहरूलाई भुइँमा उतारियो । अघिपछि गरेर दुवै राजकुमारीहरूलाई हिंडाएरै दरबारको मूलढोकासम्म पुऱ्याइयो । ढोकाबाहिर पूजासामग्रीसहितको पूजाथाली लिएर महारानी उभिएकी थिइन् । राजकुमारीहरू नजिक आएपछि पुरेतले मन्त्र पढे, महारानीले पूजा गरिन्, आरती उतारिन् । पाउ छुन झुकेका राजकुमारीहरूलाई समातेर गला लगाइन् र पहिले दाहिने पाउले सङ्घारभित्र टेकेर दरबार भित्रिन अह्राइन् । ढोकाबाट भित्र छिरेपछि तोकिएका सुसारेहरूले बाटो देखाउँदै तोकिएका खोपीतिर राजकुमारीहरूको सवारी चलाए ।

डोला भित्र्याउने कार्य समाप्त भयो ।

भोलिपल्ट बिहान राजकुमारीहरूसँग यतै रहने सुसारेबाहेक अन्य परिचारिका र डोलेहरू सबैलाई दरबारका तर्फबाट यथेष्ट दक्षिणा दिइयो । बाटोमा लाग्ने अनुमानित खर्च अलग दिइयो र काली तारेर आ-आफ्ना राज्यतर्फ रवाना गराइयो ।

तेह्र

डोला भित्रिएको दुई दिनपछिको कुरा हो । तामदानको लामो यात्राले राजकुमारीहरूलाई निकै थकाएछ । दुई दिन पूरै सुतायो । राजकुमारी र उनीहरूसँग दाइजोमा आएका सुसारेहरूमध्ये कोही एक जना पनि दुई दिनसम्म दरबार परिसरबाट बाहिर निस्केन । देउपुरकी राजकुमारीसँग एक जनामात्र सहायक आएकी थिइन्- रम्भा । खाँचीबाट दुईवटी केटीहरू आएका थिए, चपली र वैजन्ती । चपली र वैजन्ती राजकुमारीका समवयीजस्ता लाग्दथे । बीस नकटेका । रम्भा भने अपेक्षाकृत अलि पाकी देखिन्थिन् । बाईस/पच्चीसकी । देउपुरकी राजकुमारीको उमेर अलि कम भएकोले अभिभावकीय जिम्मेवारीसमेत निभाउन सक्नेगरी सुसारे छानिएको हो कि जस्तो अनुमान गर्न सकिन्थ्यो ।

दुई दिनको पूर्ण विश्रामपछि राजकुमारीहरू स्वस्थ तन्दुरुस्त भए । तेस्रो दिन नुवाइधुवाई गर्ने इच्छा राखेको कुरा महारानीका हजूरमा सुसारेहरूले जाहेर गरे । बिहानको खानापछि धारातिर जाने व्यवस्था मिलाइने जानकारी महारानीले दिइन् ।

खानपिनपछि महाराज घनश्याम नयाँ बन्दुकको परीक्षण गर्ने उद्देश्यले म्याग्दीपाररितिर लागे । महारानीले आफ्नी खास सुसारे मङ्गलीलाई राजकुमारीहरूको सरसफाइ नुवाइधुवाइको प्रबन्ध मिलाउने आदेश गरिन् ।

कुरिलाखर्क दरबारबाट अलिकता पूर्वतर्फ करिब आधा फर्लाङ पर गएपछि जङ्गलको बीचमा सानो गोलाकार हरियो चौर थियो । चौरको दक्षिणी किनारतिर एउटा सुन्दर ढुङ्गे चौतारी थियो । चौतारीमा छन्द मिलाएर काँटछाँट गरिएजस्तो ससानो थुम्के पिपलको रूख थियो ।

चौतारी बनाउँदा अलि विचार नपुऱ्याइएको हो कि जस्तो लाग्दथ्यो । किनकि चौरको माथिल्लो कुनातिर बनाइएको सानो चौकुने पोखरीभन्दा माथि रहेका धाराहरूसम्म बेलुकीपख पिपलको छायाले छोप्दथ्यो । नुहाउने लुगाधुनेहरूलाई सियालले चिसो बनाइदिन्थ्यो । बिहानदेखि मध्यदिनसम्म मात्र जाडोको याममा नुहाउन सकिन्थ्यो । दिन घर्केपछि चिसो बढ्थ्यो ।

लहरै तीनवटा ठूलठूला धाराहरू । तामाका गोमुखी जडिएका धाराका टुटीबाट निरन्तर झर्ने जलधाराहरूले हिउँदबर्खा एकनासको एकसुरे आवाज निकाल्थे । ढङ्ग मिलाएर बनाइएको चौतारी, चिटिक्कको पोखरी, बाटुलो पीपलको रूख र हरियो चौरको प्राकृतिक सुन्दरतामा धाराको एकसुरे झङ्कारयुक्त पार्श्व सङ्गीतले थप मादकता थप्दथ्यो । चौतारी पोखरीको सुरम्यतासँग धाराको सङ्गीतको अनौठो तालमेल मिलेजस्तो लाग्थ्यो । धाराहरूले निकाल्ने आवाजले वरिपरिको वातावरणलाई सङ्गीतमय बनाउँथ्यो । धाराहरू उति धेरै अग्ला थिएनन् । नुहाउँदा अलिकता झुक्नुपर्ने हुन्थ्यो । धाराको तलमाथि दुवैतिर ठूलठूला छपनीहरू छापिएका थिए । तीनतिर पेटी छोडिएको थियो । उसो त मानिसहरू आउजाउ गर्ने मूलबाटोभन्दा अलि माथि अजकिलो ठाउँमा रहेको धारापोखरीमा बिनाकामको मानिस वा बटुवाका आँखा पर्ने सम्भावना रहँदैनथ्यो तापनि दरबारको परम्पराअनुसार दरबारका कामदार कमाराहरूले धाराको चारैतिर बाँसका किला ठोकेर महिलाले लगाउने धोतीहरूले चारैतिरबाट बार लगाइदिएका थिए । रानीवासका महिलाहरू सबैले नुहाउने लुगा धुने बेलामा सधैं त्यसरी नै बार लगाइन्थ्यो । धारामा महिलाहरूको नुवाइधुवाइ चलिरहेको छ भन्ने सार्वजनिक सङ्केत थियो त्यो ।

"राजकुमारीहरूको नुवाइधुवाइको प्रबन्ध भयो । धारासम्म पुऱ्याईकन आयाँ ।", मङ्गलीले महारानीलाई जानकारी गराई ।

"राजकुमारीहरूले नुहाउन थाल्यापछि खबर गर्न्या मानिस खटायाकी छस् कि नाइँ ?", महारानीले खै गरिन् ।

"मनकली बस्याकी छे ।"

"तँ पनि नुहाउन्या धुन्या सर्जाम तयार गरीकन बसिराख, मनकली आउनासाथ उता लाग्नुपर्छ ।"

“हस्, महारानी !”

एकैछिनपछि लामो लामो पाइला हाल्दै मनकली आइपुगी । ऊ दरबारमा आइपुग्नासाथ हतारोमै मङ्गलीलगायतका केही सुसारेहरू साथ लिएर महारानी धारातिर लागिन् ।

राजकुमारीद्वयको स्नान चलिरहेको बेलामा अकस्मात महारानीको आगमन भयो । राजकुमारीहरूका लागि महारानीको उपस्थिति अनपेक्षित थियो । आफ्ना सहयोगी सुसारेहरूका बीच निर्धक्क स्नान गरिरहेका राजकुमारीहरू सकपकाए । खुम्चिए । स्वाभाविक नारीलज्जा उनीहरूका अनुहारमा पोतियो । वास्तवमा महारानी त्यही अवसर छोप्न आइपुगेकी थिइन् । राजकुमारीहरूलाई धीतमर्ने गरी हेर्ने अवसर रानीलाई मिलेकै थिएन । उसै पनि दुई दिनसम्म कोठाभित्रै रहेका राजकुमारीहरू बाहिर निस्के पनि घुम्टोमै रहेका थिए । आफ्ना बुहारीहरूको सौन्दर्य निहार्ने लालसाले रानीलाई अधीर बनाएको थियो । बुहारीहरूको शारीरिक ढाँचा बनोटको गहिरो रेखाचित्र मनमा उतार्ने मनसुवाले महारानी आएकी थिइन् । शारीरिक मानसिक सौन्दर्यको परख गर्ने इच्छाले महारानीका गोडाहरू धारातिर तानिएका थिए ।

आफ्नो आकस्मिक उपस्थितिबाट राजकुमारीहरूले असहजताको अनुभव गरेको कुराबाट महारानी बेखबर थिइनन् । त्यसैले परिस्थिति सहज बनाउनका लागि उनले मुख खोलिन्, “दिन अलिकता घर्कन थाल्यो भन्या पिपलको छायाले धाराकन छोपिहाल्छ । चिसो हुन्छ । नुहाउने आँट नै आउँदैन । त्यसैले घञ्चमञ्च नानीहरूसँग म पनि नुहाइहालूँ भनीकन आ'की ।”

महारानीले बाहिरी वस्त्र उतारेर नुहाउन अघि सरिन् । अब लहरै रानी र राजकुमारीहरू एक-एकवटा धारा ओगटेर नुहाउन थाले । महारानीको चेष्टाले राजकुमारीहरूलाई सहज बनायो । उनीहरूले पनि खुलेर नुहाउन थाले । महारानीका कर्के नजर भने राजकुमारीहरूको शारीरक बनोट निहार्न र आङ्गिक सुन्दरता नापजोख गर्नमै तल्लीन थिए । उनलाई राजकुमारीहरूको सूक्ष्म निरीक्षण गर्नु थियो । त्यसैले नुवाइधुवाइमा महारानीले अनपेक्षित विलम्ब गरिरहिन् ।

आफ्ना नजरहरूको दूरविक्षण आशय राजकुमारीहरूलाई नबिझाओस् भनेर पनि महारानी सतर्क थिइन् । शरीर मालिस गरिमाग्ने नाउँमा पोखरीतिर फर्केर छपनीमा फ्यात्त जीउ छोडेर बसेकी महारानीका नजरहरू भने राजकुमारीहरूका शरीरमै गाडिएका थिए । राजकुमारीहरूका सुकुमार कायाहरूको दर्शनले महारानीलाई आफ्नो किशोरवयको स्मरण गरायो । खासगरेर, देउपुरकी राजकुमारीमा उनले आफ्नो प्रतिरूप देखिन् । तुलना गरिन् । भर्खर फक्रन लागेको कमलको फूलजस्तो यौवन, सुन्दर कलात्मक शारीरिक ढाँचा, व्यवहारमा छरितोपन र बोलीमा कोकिलकण्ठे मधुरताले रानीलाई मुग्ध बनायो । सन्तुष्ट बनायो । प्रफुल्ल बनायो । गौरवको अनुभूति गरायो । साँचै देउपुरे राजकुमारीको मनमोहक रूपलावण्य गौरवगर्न लायक थियो ।

उसो त खाँचीकी राजकुमारीमा पनि कुनै खोट दोष थिएन तापनि विकल्प भएपछि तुलना भैहाल्छ । हेर्ने बुझ्ने दृष्टिकोण फरक रहे पनि "यो भन्दा ऊ" भन्ने छनोटभाव अव्यक्त रूपमै विकसित हुन्छ । स्वभावतः महारानीमा पनि त्यस्तो भाव उत्पन्न भयो । दुईमध्ये एक रोज्नुपर्ने खण्ड उपस्थित भैदिएका भए देउपुरे राजकुमारी छनोटमा पर्ने कुरामा कुनै संशय रहेन । फरक उन्नाईस-बीसकै भए पनि देउपुरे राजकुमारी बीस थिइन् । कमसेकम महारानीको मूल्याङ्कनको निष्कर्ष त्यस्तै बन्यो ।

नुहाइ सकियो । धुवाइको काम सुसारेहरूलाई जिम्मा लगाएर महारानी दरबारतिर लाग्ने सुरसारमा लागिन् र राजकुमारीहरूतिर हेरेर प्रस्ताव गरिन्, "नानी सुसारेहरूले नुहाइधुवाइ सकीकन आउँदै गर्लान् । हामी दरबारतिर लागौं । बिनासित्तैमा पँधेरामा किन टङचिनु र !"

हुनेवाला सासूआमाको प्रस्ताव । नाइँ भन्न सक्ने कुरै भएन । दुवै राजकुमारीहरूको कोकिलकण्ठबाट एकैसाथ 'हवस्' भन्ने स्वीकृतिसूचक ध्वनि निस्क्यो ।

"तँ अघि हिंड् मङ्गली !", महारानीले जानीबुझीकन मङ्गलीलाई अघि लगाइन् अनि उसका पछिलाग्न राजकुमारीहरूलाई इशारा गरिन् । राजकुमारीहरूले आज्ञाकारी बनेर मङ्गलीलाई पछ्याए । त्यसपछि महारानी उनीहरूसँग अलिकता दूरी राखेर पाइला चलाइन् । उनको उद्देश्य राजकुमारीहरूको चालढाल र हिंडाइको निरीक्षण गर्नु थियो ।

दुवै राजकुमारीहरू हलगोरुझैं जोडा मिलाएर बाटोमा हिंडिरहेका थिए । महारानीका नजर भने बाटोमा होइन, राजकुमारीहरूका शरीर र गोडाको गति, शरीरको लचक निहार्नमै लागेका थिए । दुवै राजकुमारीहरू रजहाँसको गतिमा अघि बढिरहेका थिए । महारानी मन्त्रमुग्ध भएर उनीहरूलाई पछ्याइरहेकी थिइन् । फेरि पनि महारानीको नजरहरू देउपुरकी राजकुमारीमा केन्द्रित भए । हिउँजस्तो गोरो वदन, उन्नत नासिका, ठूलठूला र गहिरा आँखा, सिपालु कलाकारले ढङ्ग मिलाएर कोरेजस्ता सुन्दर आँखीभौं, उन्नत वक्ष, दबिएको पेट, धसिएको नाभी, विकसित नितम्ब, सुन्दर गोडा, मिलेका औंला, सुन्दर नङ, नितम्ब छोप्ने सुन्दर कालो र घना केशराशिले कथामा वर्णित अप्सराको रूपलाई माथ गर्दथ्यो । सुन्दर मृगनयनी किशोरीहरूमा किशोरवयको चञ्चलता छचल्किएको थियो ।

महारानीले आफ्नो गोडाको गति अलि बढाइन् । राजकुमारीको नजिक पुगेपछि प्रश्न गरिन्, “दरबारको नुहाउन्या व्यवस्था कस्तो लाग्यो मैयाँहरूकन कुन्नि ? म आइदिनाले असुविधा भयो कि ?”

खाँचीकी राजकुमारी शायद मितभाषी थिइन् कि ? उनले झट्ट बोलिहाल्ने तत्परता देखाइनन् तर देउपुरकी राजकुमारीले भने जवाफ फर्काइहालिन्, “होइन, त्यस्तो केही लागेन । हजुर त आफ्नै मुवाजस्तै लाग्यो । हजुर साथमा हुँदा मन ढुक्क भयो । बरू नुहाउँदा कोरा बाऱ्याजस्तो गऱ्या पर्वतको चलन भने अनौठो लाग्यो ।” उनको आवाजमा विणाको जस्तो मधुरता थियो ।

झट्ट बोलिहाल्ने वालस्वभावले ‘कोरा’ उच्चारण गरे पनि महारानीलाई नमिठो लागेन । रूप, गुण, वाणी र व्यवहारले देउपुरे राजकुमारी बत्तीसै लक्षणबाट युक्त भएजस्तो लाग्यो । महारानीले थप प्रश्न गरिन्, “उता देउपुरमा दरबारभित्रै नुहाउन्या व्यवस्था हुन्छ ?”

“छैन । हाम्रोमा दरबारका लागि छुट्टै धारो-पँधेरोको व्यवस्था छैन । सबैले साझा धारामै नुवाइधुवाइ गर्छन् । राजपरिवारले नुहाउँदा अरूलाई बन्देज लगाउन्या चलन पनि छैन ।”

“ए ! यता यस्तै चलन छ । माथि ढोलठानामा पनि राजपरिवारको लागि अलगै धाराकुवाको व्यवस्था छ । यहाँ पनि यो धारामा सर्वसाधारणहरू

प्रायः आउँदैनन् । कसैलाई बन्देज लगायाको त होइन, बस्तीका लागि उति पायकमा पनि छैन र मानिसहरू यहाँ आउन रुचाउँदैनन् वा दकस मान्छन् कि कुन्नि ?", महारानीले स्पष्टीकरण दिइन् ।

प्रस्तावित सासू-बुहारीद्वयबीच यति वार्तालाप हुँदासम्म खाँचीकी राजकुमारी बिलकुल चुपचाप रहिन् । एकोहोरिएर भुइँमा हेरेरै बाटो काटिन् । उनको मनमा कुनै कुरा खेलिरहेको थियो अथवा कुनै कल्पनामा डुबेकी थिइन् कुन्नि ! प्रस्तावित सासू महारानीले के सोच्लिन् भन्ने कुराको पनि ख्याल राखिनन् वा त्यो कोणबाट सोच्दै सोचिनन् । दरबारको प्राङ्गण आइपुगेको थियो । राजकुमारीहरू आ-आफ्नो कोठीभित्र छिरे । खाजाको प्रबन्धको निरीक्षण गर्न महारानी भान्सातिर लागिन् ।

चौध

नयाँ बन्दुकको परीक्षणका लागि म्याग्दी नदी तरेका महाराज घनश्याम साँझ निकै ढिलोगरी कुरिलाखर्क दरबारमा आइपुगे। कालिज हान्न खोज्दा दिनभर ढुक्नु परेछ। साँझ परेपछिमात्र बासमा फर्कने हुनाले कालिजको निवास फेला परेर पनि झमक्क साँझ नपर्दासम्म कुर्नु परेछ। कुनै बिघ्नबाधा नपुगुञ्ज्याल अर्थात् सिकारी, मलस्याप्रो, वन बिरालो, चितुवा वा फ्याउरोले नचम्काउँदासम्म कालिजको बथानले हरेक दिन निश्चित ठाउँमा रात बिताउने गर्छ। हल्लेगौडाका रने घर्तीले दूधेखोला पारिपट्टि डोकेडाँडाको फेदीमा कालिजको बास पहिल्याएर दरबारमा खबर पठाएका रहेछन्। उनै घर्तीको पथप्रदर्शनमा झमक्क साँझपरेपछि झ्याम्म परेको घुरियोको झाङमा वास बसेको बथानलाई लक्षित गरेर महाराज घनश्यमाले चलाएको बन्दुकको छर्राको सिकार आधादर्जन कालिजहरू भएछन्।

आजको रात्रिभोजनमा ढिलोगरी आइपुगेका कालिजको परिकारसमेत थपिएको हुनाले खानपिन अलि विलम्ब गरी सकियो। खानपिन सकिनासाथ सबै दरबारियाहरू आ-आफ्ना खोपीभित्र छिरे। महारानीको नियमित बत्ती कात्ने कामले पनि आज निरन्तरता पाएन। माघ महिनाको छोटो दिन, खानपिन गर्दासम्म झमक्क रात ओर्लिसकेको थियो। त्यसैले बत्ती कात्न आवश्यक पर्याप्त प्रकाशको आपूर्तिका लागि बालिने दियालो आज महाराजको कोठामा बलेन। ठडेरो आजको रात नागा बस्ने भयो। महाराज घनश्यामको शयनागारमा दियोको मधुरो बत्ती धिपधिपाइरहेको थियो। टिमटिमाइरहेको दियोले घिउको सुगन्ध कोठाभरि छरिरहेको थियो। झ्यालढोकाहरू सबै बन्द गरिएको हुनाले कोठाभित्र थुनिएको

घिउको सुगन्धले पनि उकुसमुकुस वातावरणको अनुभूति गरेको थियो होला । थुनुवा कैदीझैं निसास्सिएको हुँदो हो शायद !

वाचाल स्वभावकी महारानी गुलवदन आज चुपचाप थिइन् । दिनभरको दौडधुप र पट्यारलाग्दो सिकार ढुकाइबाट महाराज थकित र गलित भएका होलान् । "आराम गर्नु दिऊँ" भन्ने महारानीको मनसाय थियो शायद ! महाराजलाई भने महारानीको सुमधुर स्वर अलिकबेर श्रवण नगरीकन निद्रा नै नपर्ने बानी परिसकेको थियो । कतिखेर महारानीले नयाँ कुरा सुनाउन शुरू गर्लिन् भनेर महाराजका कानहरू सतर्क थिए । तम्तयार भएर व्यग्रतापूर्वक प्रतीक्षा गरिरहेका थिए । महारानी भने चुपचाप पलङमा लेटिन् । महारानीको मुकचेष्टाले महाराजलाई आश्चर्यचकित बनायो । कुनै कुराले महारानीलाई रिस उठाएको पो हो कि ? त्यसको कारण आफैं पो हुँ किजस्तो लाग्यो । दरबारमा नयाँ पाहुना आएका बेलामा आफ्ना कारणले उनीहरूको भोक निद्रा बिथोलियो भनेर पो रिसाएकी हुन् कि अथवा अञ्जानमै महारानीको चित्त दुःखाउने कुनै काम आफूबाट भएको हो कि भन्ने आशङ्का महाराजका मनमा उडेलिन थाल्यो । शयनागारको निष्तब्धता भङ्ग गर्ने उद्देश्यले परम्पराविपरीत आज महाराजले मुख खोले, "महारानीको गाथमा आराम छैन कि कसो ?"

"सञ्चै छ । किन सोधिस्या महाराज ?"

"मेरी चाँचरीजस्ती महारानी चुप देख्यापछि शङ्का गर्नु पर्‍या'न त ?"

"आज किन कचकच गरिन भन्न्या लाग्याको हो कि महाराजकन ?"

"नियमित भजनकीर्तन वा पुराणकथा सुन्न्या बानी लाग्यापछि नसुनीकन कहाँ निद्रा पर्छ त ? सुत्न्या बेलामा आमाबाबुबाट कथा सुन्न्या बानी लाग्याको बालकजस्तै पो भयाको छु म त !"

"बोलिरहनुपर्न्या मेरा बानीले महाराजमा कष्ट पुऱ्यायाको पो रह्याछ, होइन त ?"

हुन त हो । महारानीको एकोहोरा बोलिरहने बानीले महाराजलाई कहिलेकाहीं झर्को लाग्ने गर्थ्यो । सोच, विचार र चिन्तनमा मस्त रहने महाराजको ध्यानभङ्ग गर्ने कारण बन्थ्यो । शुरू-शुरूमा त दिक्क पनि बनाउँथ्यो तर अब भने त्यो नियमित चर्या नै बनेको थियो । त्यसैले

महारानीको चित्तदुखाइ साम्य पार्नको लागि महाराजले आफ्नो आवाजमा अलिकता मिठास घोलेर स्पष्टीकरण दिए, "होइन, त्यसो होइन महारानी ! बुढेस पनि लाग्यो । उमेरले नेटो काट्न थाल्यापछि भोक र निद्रा दुवै कम हुँदै जाँदो रह्या'छ । बेलुका अलिकता चाँडो निदायो भन्या अर्धरात्रिमै निद्रा खुल्छ । बिमारीमा चटपटियाझैं कहिले दिशा फुक्ला भनीकन छटपटाउनुपर्छ । बिस्तरा बिझाउन थाल्छ, हर पाटियाको अनुभव हुन्छ । ओल्लो कोल्टो, पल्लो कोल्टो गरीकन बाँकी रात काट्न कम्ति गाह्रो हुन्छ ? बरू यताउताका कुरा गरीकन भुलियो भन्या झट्टै निद्रा पर्दैन । भाते निद्रा टर्छ । ढिलोगरी निद्रा पऱ्यो भन्या अनिद्राको कष्टबाट मुक्त भइन्छ । त्यसैले महारानीको सुमधुर स्वरलहरी त मेरा लागि महाऔषधि अमृत सावित पो भयाको छ त ?"

महाराजको स्पष्टीकरणले महारानीलाई प्रफुल्लित बनायो । वास्तवमा महारानीलाई रिस उठिहालेको भने थिएन । महाराजको गम्भीर ठट्टा गर्ने बानीबाट उनी पनि अभ्यस्त भैसकेकी थिइन् । उनले जानीजानी अलिकता मान खोजेकी थिइन् । आफ्नो वाचाल प्रवृत्तिविपरीत एक शब्द नबोलीकन चुपचाप सुत्न उनको मनले मानेको पनि थिएन । मनभित्र अनेकौं कुराहरू खेलिरहेका थिए । तँछाड-मछाड गरेर बाहिरने प्रतिस्पर्धा गरिरहेझैं लाग्दथ्यो । मनभित्र हुँडलिएर माथितिर उम्लन खोज्दै थिए । घटना र कुराहरू आपसमा छुत्ती खेलिरहेका थिए । महाराजको निद्रा बिथोलिएला कि भन्ने चिन्ताले मात्र जबर्जस्ती मुख बन्द गरेकी थिइन् । महाराजको उक्साहटले बाँध खोलिएको पानीको प्रवाहझैं कण्ठबाट बोली बाहिरिन शुरू गरिहाल्यो, "युवराजको पढाइ नसकियाको पनि ठीकै भयाछ । धन्न गुरुका साथ लागेर अस्ति नै बागलुङतिर लाग्या र पो नत्र... ?"

महारानीको अधुरो र अस्पष्ट कुराको स्पष्टीकरण माग्दै महाराजले जिज्ञासा राखे, "होइन, युवराजको पढाइ बेलैमा नसकिनु कसरी ठीक भयो भन्न मिल्छ र ? आफूकन कहिले छोरो तन्नेरी होला र राजकाजको बोझ उसको काँधमा राखीकन विश्राम लिन पाइएला भन्न्या तृष्णा छ ? आफ्ना काख छोडीकन छोरा अन्यत्र लाग्याको कुरो राम्रो भनीकन खुशी मान्न आमाले कसरी सक्याको हो कुन्नि ?"

"युवराजको माया नभा'को हो र ?"

"युवराजको पढाइ नसकिनु राम्रो हुन्या कुरामा कुन गुढ रहस्य छिप्याको छ त महारानी ?"

"ढिलोगरी बागलुङतिर लाग्याका भए युवराजको मनचित्त पढाइमा लाग्दैनथ्यो कि पो भन्याकी हुँ मैले ?"

"ढिलोगरी बागलुङतिर लाग्दा पढाइ बिथोलिनु पर्न्या कारण के थियो ?"

महाराजले आफ्नो इशारा नबुझेकामा रानीलाई आनन्द लाग्यो । आफूलाई लागेको कुरा सविस्तार ओकल्न महारानीलाई हुर्तुरी भएकै थियो । त्यसैले तुरुन्त विषय प्रवेश गरिन्, "डोला नभित्रिँदै युवराज बागलुङतिर गए । डोला भित्रिसक्यापछि उता जान्या कार्यक्रम भैदियाका भया राजकुमारीहरूको रूप, लावण्य र सुन्दरताको मोहनी पो लाग्थ्यो कि ? पढाइमा दिल लगाउन नसकन्या अवस्था पो उत्पन्न हुन्या'थ्यो कि भन्याको पो हो त मैले ।"

"ए, हो त नि ! पुराणकथाहरूमा अप्सराहरूको रूप मोहनीको प्रयोग गरीकन देवताहरूले कति बिघ्नबाधाहरू पन्छायाका कुरा पऱ्याका छन् ।"

"आगोको छेउमा रह्याको नौनी नपग्लन्या कुरै हुँदैन नि ! त्यसमाथि सुन्दर फूल देख्दा नलोभिन्या कुन भँवरो हुन्छ र ?"

"हो त नि ! शुम्भ, निशुम्भ र महिषासुरजस्ता वीर बलशाली राक्षसहरूबाट हार खायाका देवताहरूले आफ्नो दुनो सोझयाउन देवीहरूकन प्रयोग गऱ्याका कथा उसै कथिएका हुन र भन्या ?"

"देवीका कथा असत्य होलान् र ?"

"देवी र दानवका कथा सत्य होलान् तर घटनावलीमा भने फूलबुट्टा हालियाको होइन होला भन्न सकिन्न ।"

"मैले कुरा बुझिनँ महाराज !"

"एक जना विद्वान् पण्डितले भन्याका थिए, महिषासुरको बल पौरखबाट कायल भयाका देवताहरू ऋषिवर कात्यायनपुत्री नगरवधू कात्यायनीको मायाजालमा फसाई महिषासुरकन शयनागारमै हत्या गराउन सफल भयाका थिए रे !"

"देवताले पनि धोका, फरेब र षड्यन्त्र गऱ्या होलान् र ? कात्यायनीकन अष्टमात्रिका देवीमध्येकी एक भनी मानिन्छ । भगवतीको बारेमा अन्यथा सोच्नु पाप लागन्या कुरा ?"

"मैले आफैँ कथा रचीकन भन्याको हो र ? एक जना विद्वान् पण्डित बनारसदेखि पुलस्त्यपुलह आश्रमको दर्शनका लागि आयाका रह्याछन् । उनैले त्यो रहस्य खोलिदियाका हुन् । ऋषिमुनि भन्न मिलन्या विद्वान् पण्डितले भन्याको कुरा असत्य कसरी मान्नु ? महिषासुरमर्दिनी कात्यायनीकन 'देवी' मान्याको कारण त्यही हो रे त ! देवी देवता भन्याका पनि समाजको भलो गर्न्या मानिस नै हुन् भन्थे उनले ।"

"होला, राजकुमार ध्रुवले भगवान्का कृपाबाट आकाशको नक्षत्र भईकन बस्न पाया भन्याजस्तै असल गुणी मान्छेले देवलोक पाउँछन् भनिन्छ । मर्त्यलोकमा बसन्यालाई मानिस भन्याजस्तै पुण्यकर्मका प्रतापले देवलोकमा बस्न पाउन्या मानिसकन 'देवता' भनियाको होला । देवी भन्याका पनि त्यस्तै होलान् ।", महारानीले पनि सहमति जनाइन् ।

"ए, हाम्रा बुहारी राजकुमारीहरू पनि मानिसको मनै लोभिन्या खालका सुन्दरी रह्याछन् हगि ?", महाराजले कुरोको प्रसङ्ग फेरि जोड्न खोजे ।

महारानीले अपेक्षा गरेको प्रश्न बल्ल महाराजका मुखारविन्दबाट झऱ्यो । महारानीले आज आफूले कसरी राजकुमारीहरूको अङ्गप्रत्यङ्गको सूक्ष्म निरीक्षण गर्ने अवसर जुटाइन् भन्ने कुराको बेलिविस्तार लगाइन् र थपिन्, "दुवै राजकुमारीहरू स्वर्गका अप्सराजस्ता छन् । त्यसमाथि पनि देउपुरकी राजकुमारीकन कतै चौतारी, चौबाटोमा उभ्याउन्या हो भन्या त्यो बाटो आउजाउ गर्ने मानिसहरूले आफ्नो गन्तव्य बिर्सन्याछन् जस्तो लाग्छ !"

"ए ! रम्भा, तिलोत्तमासरी छन् हगि ?"

"ब्रह्माजीले फुर्सदमा बनायाकी जस्ती, सिपालु चुनराले कुन्याकी जस्ती ! खुट्टाको नङदेखि शिरको कपालसम्म कतै खोट दोष लगाउन्या ठाउँ नै छैन । त्यति भङ्गी पऱ्याको काया त मैले आजसम्म देख्याकै थिइनँ !"

"बत्तीसै लक्षणले युक्त भयाकी भनीकन साँचै भन्याका रह्याछन् पण्डित आनन्दले उसो भया !"

"हो त ! नापेर जोखेर बनायाजस्तो ठीकक्को कद, सुन्दर अनुहार, तिखो नाक, मृगकाजस्ता ठूलठूला गहिरा आँखा, धनुषजस्ता आखीभौं, गुलाबका रक्तपत्ताजस्ता ओठ, अनारदानाझैं टम्म मिल्याका सेता दन्तलहरी, सुराहीजस्तो सुलुत्त पऱ्याको गर्दन, गढेको नाभी, सुपुष्ट नितम्ब, हात्तीका सुँढजस्ता तिघ्रा, नितम्ब छोप्ने नागबेली पऱ्याका रेशमी केशलहरी ! बोल्दा वीणा बज्याजस्तो सुमधुर झङ्कार निस्कन्या आवाज, हेर्दै लोभ लागन्या, डाह लागन्या, इर्ष्या गर्न मन लाग्न्या रूप छ उनको ।"

"ए ! दुरुस्त तिमीजस्तै रह्याछिन् त उनी !"

"आ... भनिसेको होला ? हामीजस्ता आइमाई त उनका अगाडि फिक्का लागन्या छन् ।"

"उमेरमा त तिम्रो रूप सौन्दर्यबाट नजर हटाउनै गाह्रो थियो नि त !"

"होला । उमेरमा म पनि फालिहाल्दी थिइनँ होला तर उनको अगाडि म राम्री थिएँ भन्न मिल्दैन । तुलना गर्नै सकिन्न । कथामा वर्णन गरियाका देवी र अप्सराहरूको काटीकुटी प्रतिमूर्ति छन् उनी !"

"तिमीले पनि हतियार फ्याँकी आत्मसमर्पण गरेपछि मेरो के लागन्या भो र ? तैपनि म त भन्छु तिमी पनि स्वर्गकी परीजस्तै थियौ । अझैसम्म पनि गौरव गर्न लायक काया यथावत् छ ।", महाराजले महारानीको रूप प्रशंसामा अलिकता चिल्लो घसे ।

"मकन त अलिकता डर लाग्न थाल्याको पो छ त ?"

"के को डर ? कस्तो डर ? डर मान्नुपर्न्या कारण के छ र ? रानीको रूप पनि कहीं डरको कारण बन्छ र ?"

"हुन त दुवै राजकुमारीहरू उस्तै-उस्तै छन् । तैपनि देउपुरकी राजकुमारीको उमेर पनि अलि सानो छ, रूप नि तुलनात्मक रूपमा राम्रो छ । लोग्ने मान्छेको जात रूपको पछि कुदन्या त हो । युवराज पनि एउटीतिर एकोहोरिन गयाछन् भन्या खाँचीकी राजकुमारी अन्यायमा पर्न्याछिन् ।", महारानीले मनभित्रको शङ्का पोखिन् ।

"दुवै राजकुमारीहरू जोडतोडकै छन् भन्यापछि तलमाथि होला कि भनीकन क्यान शङ्काले मनको लङ्का डढाउनु व्यर्थैमा ?", महाराजले आश्वस्त बनाउन खोजे ।

“आकर्षण विकर्षण भन्न्या कुराकन ठूलो कारण चाहिँदैन । जति नै बुद्धिमान मान्छेले पनि नारी सौन्दर्यका अगाडि विवेक गुमाउँछ भन्छन् ।”, महारानीले थप शङ्का गरिन् ।

“दुई-चार बिहे नगर्न्या कुन राजा हुन्छ र ? मैले पनि दुईवटी बिहे गर्‍याकै हुँ क्या रे !”

“त्यही त शङ्का गर्‍याको हो नि मैले ! कान्छी महारानी उसै माइती बस्याकी होलिन् र ?”

“खोइ ! मैले त जानीबुझीकन कुनै विभेद गर्‍याजस्तो लाग्दैन ।”

“हजुरकन लागन्या कुरा एउटा हो, स्वयम् भुक्तभोगीले अनुभूत गर्न्या कुरा अर्को हो । कुनै नमीठो अनुभवले त बहिनीकन पर्वतदरबार त्याग्न बाध्य पार्‍याको होला नि !”

महाराज घनश्यामले त्यो कोणबाट कहिल्यै सोचेका थिएनन् । त्यस्तो आवश्यकता कहिल्यै देख्दै देखेनन् । गर्भ जेठो मेरो छ, छोरा भैहाल्यो भने राजा हुने उही हो भन्ने दम्भले कान्छी रानीलाई माइतीमा पुर्‍याएको हो भन्ने उनलाई लागेको थियो । बिहेपछिका दुई वर्ष उनले पर्वतदरबारमा बिताएकै हुन् । पहिलो गर्भ धारण गरेकी हुनाले आफ्नै सन्तान राजा हुनेछ भन्ने विश्वासले अलिकता घुर्की देखाउन जुम्लातिर लागेकी थिइन् बिचरा ! भाग्यले उनलाई नराम्रोसँग ठग्यो । महारानी गुलवदनको गर्भबाट सातै महिनामा मले बमको जन्म भैदियो । गर्भले जेठो भएर पनि जन्मले भद्रि बम माहिला बन्न पुगे । राज उत्तराधिकारीसहित ससम्मान पर्वतदरबार फर्कने महारानी जयन्तीको सपना तुहियो । उनी फर्केर पर्वत आउँदै आइनन् । आफ्ना हतभागी सुपुत्र भद्रि बमको पालनपोषण गरेर उतै बसिन् । गएको वर्ष जुम्लामा फैलिएको आँठेले उनको ज्यान लिइदियो ।

“नभया पनि नहुन्या, भयाका आइमाई रत्याउन पनि गाह्रो । मानिसहरूबीच मनमुटाव, दुश्मनीको कारण बन्या पनि आइमाई नै ! महिषासुरको ज्यान पनि महिलाकै कारणले गयाको रह्या’छ । रावणको ज्यान खाने कारण पनि त्याही थियो । आइमाईकै कारणले ज्यानमाथि खतरा आइलाग्यो, ज्यान रक्षा गरी पाऊँ भन्या बिन्ती मल्लाजी कार्कीको तर्फबाट आयाको छ भन्थ्यो द्वारेले ।”, महाराजले नयाँ प्रसङ्गको स्मरण गरे ।

“जारीखतको झगडा हो कि कसो ?”

“हो ।”

महाराजले हाई काढे । कोल्टो फर्केर सुते । महाराजलाई निद्राले च्याप्यो भन्ने अड्कल गरेर महारानी पनि चुप लागिन् । राजारानी दुवैले आँखा चिम्लिए पनि दियो भने आँखा झिमिक्क नगरीकन रातभर जागा रहिरह्यो । राज शयनागारको रखवारी गरिरह्यो ।

पन्ध्र

श्रीपञ्चमी पर्वको चटारोको कारणले यसपटक नियमित दरबार बस्न सकेको थिएन । त्यसैले तेस्रो साता अर्थात् महिनाको तेस्रो बुधबार पर्वतदरबार बस्ने भएको थियो । औपचारिक अनौपचारिक भारदारहरूको सङ्ख्या निकै ठूलो हुने भएकोले आजको सभाको आयोजना पनि अतिथिशालाको प्राङ्गणमा गरिएको थियो । जाडो ननिखिस्रसकेको र जारी मुद्दाका सरोकारवाला दुवै पक्षको समेत उपस्थितिलाई ख्याल गरेर अतिथिशालाको प्राङ्गणमै दरबार बस्ने प्रबन्ध मिलाइएको थियो ।

आज पनि सधैंझैं पूर्व फर्काएर राजआसन र राजआसनको देब्रेतर्फ द्वारेको आसन यथावत् राखिएको थियो । उत्तर र दक्षिणतर्फका दुई लहरमा भारदारहरूका लागि आसन सजाइएका थिए । पश्चिमाभिमुख गरेर अर्थात् पूर्वबाट राजआसनतिर फर्काएर जारी मुद्दा सम्बन्धित मानिसहरूका निमित्त बस्ने व्यवस्था मिलाइएको थियो ।

माघ महिना बित्दा नबित्दै गर्मी शुरू हुने भएको हुनाले उन्ताका माघ १५ लाई घमाउने दिन भनिन्थ्यो । पुस महिनाभर मल्लाजको गिद्ध बस्ने धुरीतिरबाट बेनीमा घाम झुल्कन्थे । त्यतिखेर भने दक्षिणतिर सर्दै गएर सूर्योदय धाइरिङको टुप्पोबाट हुन थालिसकेको थियो । सर्दै गएर जेठ असारताका वनौको धुरीबाट सूर्य उदाउँछन् । पुस महिनाभर तोराखेतको धुरीबाट अस्ताउने घाम दूधेखोलाको शिरबाट अस्ताउन थालिसकेको हुनाले दिन पनि निकै लम्बिइसकेका थिए ।

सूर्यनारायण निकै माथि चढिसकेपछि भारदारहरू जम्मा भए । महारानीसमेत महाराजको उपस्थिति भएपछि अभिवादन स्वागतको औपचारिकता सम्पन्न

भयो । सबै सभासद्हरूले आसनग्रहण गरिसकेपछि द्वारे ताराचन भण्डारीले आज छलफल गरिने विषयहरूको नामसूची प्रस्तुत गरे । नयाँ दरबारको जग खन्ने काम सम्पन्न भएर पनि शिलान्यास भैसकेको जानकारी सभालाई गराइयो । इटाको पर्खाल उठाउने सिपालु कामदारहरू तनहुँबाट आइसकेका थिए । अर्थुङ्गेमा तयार गरिएका इटा बोकाउने कामको जिम्मेवारी कपर्दार सुमन्तले लिएका हुनाले आजको सभामा उनको उपस्थिति हुन नसक्ने कुरा पनि जानकारी गराइयो ।

अर्थुङेबाट बेनीमा इँटा झार्ने कामका लागि घतान र पुलाका रैतीहरूलाई घरगन्य एक हप्ताको झारा लगाउने अनौपचारिक निर्णय भएको कुरा पनि सुनाइयो । दुई गाउँको सातादिनको ढुवानीबाट इटा ओसार्ने काम नसिकएको खण्डमा मात्र कुँहुँ, ज्यामरुककोट, भकिम्ली र झीं पातलेखेतबाट समेत झारा उठाइने र इटा बोक्ने काम सकिएको खण्डमा दारपात र ढुङ्गे छपनी ढुवानीमा लगाइने सरसल्लाह भएको कुरा सभामा सुनाइयो । त्योभन्दा टाढाका मानिसहरूलाई आउजाउ गर्न गाह्रोपर्ने भएको हुनाले दरबार निर्माणका लागि प्रतिघर तीन पैसाका दरले रकम उठाउने निर्णय भएको कुरा अनुमोदनका लागि सभामा प्रस्तुत गरियो । अर्थात् झारा तिर्न सक्नेले श्रमदान गर्ने र श्रमदान गर्न नसक्ने वा नभ्याउनेहरूका लागि नगद तिर्नुपर्ने व्यवस्था गरिएको थियो ।

सानातिना राजकीय मामलाका निर्णयहरू सकिएपछि आजको मूल विषयमा द्वारेले प्रवेश गरे, "कालीपार मल्लाज निवासी शूरवीर कार्कीले राखु सियाल गाउँका उद्दिम भण्डारीकी विवाहिता श्रीमती नन्दकलीसँग जारीबिहे गऱ्याका रह्याछन् । मल्लाज माझफाँट निवासी नन्दकलीका बाबु हेमन्त बरुवालको पहलमा उद्दिम भण्डारीकन धनमालसहित जारी बुझिलिन पटक-पटक अनुरोध गरियाको पनि रह्याछ तर उद्दिम भण्डारीले धनमाल र जारी बुझिलिन नमान्याको मात्र होइन, समाजको परम्परागत चलनअनुसार 'जार काट्न्या' मनसुवा प्रकट गऱ्याको र शूरवीरको ज्यान लिन्या प्रयत्न गर्दै आयाका हुनाले निज भण्डारीकन झिकाई धनमान, विवाह खर्च र जारीखत बापतको रकम बुझाइ पाऊँ भन्ने अर्जी पर्न आयाको हुनाले निज उद्दिम भण्डारी र अर्जीवाला शूरवीर कार्कीलगायत हेमन्त बरुवालसमेतका

दुवैतर्फका भद्रभलादमी बोलाइयाको छ । निजहरूबीच छलफल गराई समस्या समाधान खोज्नाखातिर सम्बन्धित दुवै पक्षकन सभामा उपस्थित गराउन्या आज्ञाका लागि महाराजका हजुरमा बिन्ती गर्दछु ।"

महाराजबाट स्वीकृति पाएपछि बाहिर पालो कुरिरहेका दुवैथरीलाई सभामा उपस्थित गराइयो । झगडिया र साक्षीका रूपमा उपस्थित भद्रभलादमीहरूले झुकेर सभालाई अभिवादन गरे । राजाज्ञा प्राप्त गरेपछि तोकिएको ठाउँमा लहरै दुई समूह बनाएर बसे । दाहिनेपट्टि बसेका अर्जीवालाहरूतिर हेरेर द्वारेले शूरवीर कार्कीको नामोच्चारण गरेपछि बाँकटे भोटोमाथि छोटो इष्टकोट, लामो मलमलको धोतीमा सजिएको एउटा २५/३० वर्षको गोरो, राम्रो ठिटो दुवै हात जोडेर आफ्नो ठाउँमा उभियो ।

आजको सभामा सरदार कृष्ण मल्ल पनि उपस्थित थिए । उनी चतुर र वाचाल पनि थिए । हात जोडेर उभिएको शूरवीरतिर हेरेर उनले कुरा शुरू गरे, "यति राम्रो छन्द पऱ्याको मान्छेले बिहे गर्नाकन कन्या कुमारीहरू रोजीछाँटी पाउँथिस् होला ? कि घरमा एउटी श्रीमती हुँदाहुँदै अर्काकी श्रीमती उछिट्याायाको होस् ?"

"होइन, सरकार ! मेरो पहिलो बिहे त १८ वर्षको उमेरमै भयाको हो । मेरी जेठी श्रीमती दुई वर्षको छोरो छोडेर परलोकबासी भयाकी हो । माईको महामारीले उसकन बैंसमै टपक्क टिपेर लगिदियो । उसकन दैवले हऱ्याको पनि दुई वर्ष भइसक्यो ।", कार्कीले जवाफ फर्काए ।

"ए ! विधुर पो होस्, त्यसो भए । जोई बित्यापछि अर्को बिहे त गर्नै पऱ्यो । बिहे गर्नाकन कन्या केटी पाइनस् त ?", सरदारले पुन प्रश्न गरे ।

"खोज्याको भयादेखिन् कन्याको खाँचो पर्दैनथ्यो होला तर दैवले जता डोऱ्यायो, उतै लतारिनु पर्न्या रह्या'छ । नन्दकलीको बिहे भैसक्याको भया पनि दुई-तीन वर्षदेखि माइतीमै थिइन् । एउटै गाउँ, घाँसदाउरा गर्दा सँगै भइने, मेलापात, अरिमपरिममा पनि सँगसँगै । जोई मऱ्याको लोग्ने म, लोग्नेको घर गरिखान नसक्याकी नन्दकली, बालकैदेखिको चिनजान, हिमचिम । हाम्रो मन मिल्यो । बिहे गरियो ।"

"अर्काकी जोई जारी गर्नु भन्याको घर फोर्नुजस्तै अपराध हो भन्न्या कुराको ज्ञान थियान तँक'न ?"

"थाहा त थियो तैपनि नन्दकली बिहेघर नजान्या अड्डि लिई बस्याको तीन वर्ष भैसक्याको थियो । उनको लोग्नेले अर्को बिहे गरिसक्याको छ रे भन्न्या पनि सुनियाको थियो । मेरा घर रित्तो, उनको मन रित्तो । उस्तै-उस्तैबीच माया पिरिम बस्यो । मायाले खतवात नहेर्दो रह्या'छ ।"

"अर्काकी जोई जारी गऱ्यापछि धनमाल फर्काउनु पर्दैन, जारी तिर्नु पर्दैन ?"

"पर्छ सरकार ! पटकपटक तिर्न्या कोशिश गरियाकै हो । माइती गुहाऱ्याको छु । घरगाउँका भद्रभलाद्मीकन पुकाऱ्याको हुँ । उसले लिनै मान्दैन । म के गरूँ ?"

"लिन मान्दैन भन्यादेखिन् झन् हाइँसञ्चो भो, होइन त ?"

"कहाँ हुनु ? जार काट्छु भनीकन धम्की पठाउँछ । मेलापर्वमा जान पनि डर भो । एक्लै दुक्लै घरगाउँ, खेतबारी, वन, गोठ गर्न पनि डरै भो ।"

"जारी तिर्न तयार छस्, त्यसो भया ?"

"हो, लाग्याको जारीखत तिर्न तयार छु, सरकार !"

सरदार कृष्ण मल्लले द्वारेतिर हेरेर विपक्षीलाई बोलाउन इशारा गरे ।

"उद्दिम भण्डारी !", द्वारेले पुकारे ।

उमेरले ३०-३५ को निकै गठिलो शरीरको, बाँकटे भोटो र कोराको कछाडमा कसिएको । अल्लो पुवाको खस्रो भाङ्ग्रामा ठाँटिएको रातोपिरो, खाइलाग्दो ज्यानको भण्डारी सभासमक्ष हात जोडेर उभियो । उसको भृकुटी खुम्चिएको थियो, रिसले अनुहार रातिएको थियो । शायद अत्यधिक रिसको कारणले होला उसको शरीर नजानिँदो गरी कामेजस्तो देखिन्थो ।

"नन्दकलीको पहिलो लोग्ने उद्दिम तँ नै होस् ?", सरदारले सोधे ।

"हो, हजुर !", टर्रो र रूखो आवाज उद्दिमको गलाबाट निस्क्यो ।

"जोइ पोइल हिँड्याको कुरा तँकन थाहा छ, होइन ?"

"हो, थाहा पाइयो ।"

"जोइ पोइल हिँड्यापछि अर्को बिहे गऱ्याको छस् कि नाइँ ?"

"पहाडको खेती आइमाईको भर भन्छन् । आइमाईबिना व्यवहार कसरी चल्छ र ? बिहे त गर्नै पऱ्यो ।"

"जोइ पोइल हिँड्याछि बिहे गऱ्याको हो कि पहिल्यै ?"

"बिहे गऱ्याको दुई वर्षसम्म घरमै नआइदियापछि माइत बस्याकी जोई कुरीकन बसन्या कुरो भयान । पोइल जानुभन्दा अगाडि नै दोस्रो घरबार गऱ्याको हो ।"

"ए ! पहिलीतिरबाट घरबार हुँदैन भनीकन अर्को बिहे गऱ्याको हो त्यसो भया ?"

"हो, हजुर !"

"आफूले अर्को बिहे गऱ्यापछि पहिलेकी जोई पोइल गई भनीकन किन अर्घेल्याइँ गऱ्याको हो त ? कार्कीले त जारी बुझिदिया'न, बुझाइ पाऊँ भनेर दरबारमा फिराद गर्न आयाको रह्याछ त ?"

"स्वास्नीबेचीकन खानुपर्ऱ्या मान्छे म होइन, जारी क्यान लिन्या मैलै ?", उद्दिमले उल्टै सरदारतिर प्रश्न तेर्स्यायो ।

"साँचै जारी नलिन्या मनसाय हो त तेरो ?"

"हो ।"

"तेरो कुरा पनि राम्रो हो तर जार काट्छु भनीकन सधैं कम्मरमा खुकुरी भिरीकन हिंड्छस् रे त ! तर्साउन्यामात्रै हो कि ज्यानै लिन्या सुर हो ?"

"जारकाटन्या सनातन परम्परा हो । हिम्मत हुन्याले जार काट्याकै छन् । मैले पनि फेला पाऱ्याको खण्डमा गिँडिदिन्या हो । फेला पऱ्यानछ भन्या पनि सधैं मेरा डरले थर्कमान परोस् । अर्काकी जोई जारी गर्नु गल्ती भयाछ भन्ने चेत पलावस् भनीकन त्यसो गऱ्याको हो मुइले ।"

"महाराजका दरबारमा अर्जी परिसक्यापछि कसैकन जार काटन्या अनुमति दिन मिल्दैन । तैंले जारी बुझिलिनुपर्छ ।"

"अहँ, मरिगए लिन्या होइन । त्यो कार्कीकन दुई ठुन्का पारीछोडन्या हो । कतिञ्ज्याल लुकेर भागेर जोगिंदो रह्याछ, म पनि हेरूँला ।"

सरदार कृष्ण मल्लले उद्दिम भण्डारी पक्षका भलादमीलाई बोलाउन द्वारेलाई अह्राए ।

"तिमी बस उद्दिम ! तिम्रा तर्फको भलादमीलाई उठाऊ ।", द्वारेले आज्ञा सुनाएपछि आँखीभौंसमेत सेतै भएर फुलेको चिम्से आँखा भएको दुरुस्तै उद्दिमकै कदकाँठी र छाँटकाँटको एउटा बूढो मानिस उठेर हात जोड्यो ।

"तिमी को हौ ?", सरदारले प्रश्न गरे ।

"म झक्कड भण्डारी । उद्दिमेको जेठो बाबु । गाउँबुढो पनि हुँ सरकार !", बुढाले आफ्नो परिचय दिए ।

"नन्दकलीले घर खान नसक्यापछि उद्दिमेले अर्को बिहे पनि गरिसक्याको रह्याछ । उसकन सम्झाइवरी जारी बुझिलिनु पर्दैनथ्यो त ?"

"मैले सम्झायाकै हो । मान्दै मान्दैन । मल्लाजी कार्कीहरू हाम्रा पुराना कुटुम्ब हुन् । एउटा बिहे तलबितल पर्‍यो भन्दैमा कुटुम्ब हडकिन्या कुरा हुँदैन । हामी उनीहरूका द्वारमा फेरि पनि हात थाप्न जानुपर्छ । उनीहरू पनि हामीकहाँ आउनुपर्छ । सदाकाल रिस र इख लिइसाध्य चल्दैन । रिस खा आफू, बुद्धि खा अर्को भन्छन् । तर के गर्नु ? उद्दिमेले हाम्रो कुरा खाँदैन, सुन्दै सुन्दैन ।"

"उताबाट जारी बुझाउन त आयाकै हुन् नि ?"

"मैले त सुलह भैहाल्छ कि भनीकन उताकालाई जारी बुझाउन आऊ भनी समाचार पठायाको हुँ । उताबाट जारी तिर्न्या मनसुवा देखाइयाको हो । उद्दिमेको ढिपीले कुरो अड्कियाको हो सरकार !"

द्वारे ताराचन भण्डारीले मल्लाजी भलादमीहरूतिर हेरेर राय राख्ने अनुरोध गरेपछि शूरवीरजस्तै सफा सुग्घर कपडा पैरिएको तर अलि दुब्लो पातलो र पाको मानिस हात जोडर उभियो ।

"तिमी को हौ ?", सरदारले सोधे ।

"म भक्ते अधिकारी । मल्लाजको गाउँबुढो ।", उसले आफ्नो सङ्क्षिप्त परिचय दियो ।

"शूरवीर जारी बुझाउन त तयार छ, होइन ?"

"विराम गर्‍यापछि दण्ड नतिरी सुख ? उद्दिमेले नौमती बाजा बजाई भित्र्यायाकी जोई शूरवीरले जारी गर्‍याकै हो । अर्काको धनमालमा हात लामो गर्‍यापछि होइन छैन भन्न मिल्दैन । अर्काको घर फोर्‍यापछि दण्ड सजाय लागन्या नै भो । हामीले जारी तिर्न हुटहुटी खेलायाकै हौं । शूरवीरे पनि तयार छ । रखालेले नबुझिदियापछि मञ्जुरीबेगर उसको आँगनमा धनमाल फ्याँकीकन हिंड्नु भयान । हिकमत दाइकन साथ लिई म आफैं राखु दुई-दुईपटक पुगिसक्याँ । भण्डारीकन मनाउन सकियान । जारी लिन्न भन्या मात्रै त केही थियान, जार काट्न्या धम्की दिंदै हिंड्यापछि

अलि अप्ठ्यरो पऱ्यो । कतै तलबितल परिहाल्ला कि भनीकन चनाखो हुनै पऱ्यो । त्यसैले दरबारमा पुकारा गर भनीकन हामीले नै भन्नु पऱ्याको हो । हामुर्को केही सीप लाग्या'न । पर्वत दरबारले नै जारी बुझाइदेओस् र शूरवीरेको टाउको माथि झुन्डियाको तरबार हटाइदेओस् भन्न्या पुकारा हामुर्को पनि हो सरकार !"

"ए ! उद्दिमे ! गाउँका भद्रभलादमीहरूले पनि सम्झायाकै रह्याछन् । खतुकी पक्ष पनि जारी तिर्न तयार रह्याछ । एकोहोरो जिद्दी छोडिदे । जारी बुझ् । हुँदैन ?", सरदार कृष्ण मल्ले उद्दिमतिर हेरेर सुझाए ।

"अहँ, जारी त ज्यान गए बुझ्दिनँ !", उद्दिमले बसेको ठाउँबाटै जिद्दी गऱ्यो ।

"जारी नलिन्या हो भन्या पनि जार काटन्या छैन भनीकन राजासमक्ष वाचा गर् त्यसो भए ।"

"जार काट्न पाउन्या रीति नै हो । मेरा सक्या गिँड्छु, उसको सक्या जोगिई हिँडोस् ।"

उद्दिम भण्डारीले आफ्नो एकोहोरो ढिपी नछोडेपछि अष्याली चिन्तामणि घर्तीतिर महाराज घनश्याम सम्बोधित भए, "ए चिन्तामणि ! मामला तिम्रो गाउँको रह्याछ । तिमीले घरसारमै सुलह गराउन्या कोशिश गरेनौ त ?"

"मैले कोशिश गऱ्याकै हो महाराज ! शूरवीरलाई सम्झाइबुझाई जारी तिर्न पठायाकै हो । रखालेले लिन मान्यानछन् । म आफैँले रखालेहरूकन मल्लाज आऊ भनी समाचार पठायाको पनि हो । टेरपुच्छर लगायानन् । मेरा कुरा खाइदियाका भए दरबारसम्म कुरो आउँदैनथ्यो । उतै सुलह भैजान्थ्यो ।"

मल्लाजका अख्याली चिन्तामणिले असमर्थता जाहेर गरेपछि उद्दिमलाई सम्झाउने जिम्मा महाराजबाट बडाकाजी मकरध्वजलाई मिल्यो । बडाकाजीले उद्दिमलाई एकान्तमा लगेर सम्झाउने प्रयत्न गरे । भण्डारी टसकोमस भएन । हार खाएका मकरध्वजले सभामा फर्केर जाहेर गरे, "महाराज ! ढुङ्गो बरू पग्लेला भण्डारी त पटक्कै गल्दो रह्यानछ । एकोहोरो जिद्दी गऱ्याको गऱ्यै गर्दो रह्याछ । जार नकाटी छोडदिन भन्छ । मैले सम्झाउन सकिनँ महाराज !"

यसपटक महारानी गुलवदन बोलिन्, “हैन ए उद्दिम ! जोई रत्याईकन राख्न पनि नसकन्या, अर्कासित पोइल गई भनीकन उसको लोग्नेको ज्यान लिन्छु भन्न मिल्छ ?”

“क्यान नमिल्नु, मर्द छोराले जार काटन्या गऱ्याकै छन् ।”, उद्दिम रानीसँग पनि उस्तै ठाडो सवालजवाफमा उत्रियो ।

“मान्छे काटीकन बहादुर हुन्या त जुद्धेमा मात्रै हो । घरव्यवहारमा पनि मान्छे काट्न थालन्या हो भने समाज कसरी चल्छ ?”

“म त काटन्या हो, मेरो घरफोरी धनमाल चोरी गर्न्यालाई पटक्कै छोडन्या होइन ।”

“तिम्रा घर फोरी मालसामान चोर्न्याकन ज्यान सजाय दिन्छौ त ?”

“त्यो त खत हेरी दण्ड हुन्या हो नि ! मल्लाजी कार्कीले मेरी जोई उछिट्याायाको हो, धनमाल चोऱ्याको हो ।”

“स्वास्नीकन पनि धनमाल भन्न मिल्छ र ?”

“पैसा खर्च गरीकन, झ्याइँझ्याइँ बाजा बजाई बिहे गरिल्याकी जोई आफ्नै सम्पत्ति त हो नि !”

“दोस्रो बिहे गऱ्याका छौ कि नाइँ ?”

“गऱ्याको छु ।”

“दोस्री जोई मन पऱ्यान भन्यापछि क्याछौं त ?”

“चारपाटा मुडीकन लखेट्छु र अर्की भित्र्याउँछु ।”

“तिमीकन जोई मन पऱ्यान भने त्यागन्या अधिकार भयाजस्तै तिमी मन नपऱ्यापछि जोईले तिमीकन त्याग्न किन नपाउन्या ? नन्दकलीले तिमीकन छोड्याकोमा कुनै गुनासो छ ?”

“छैन । त्यो पातर्नी जतासुकै मरोस् ।”

“नन्दकली फर्केर आउँछु भनि भन्या तिमी स्वीकार्छौं ?”

“पोइल गयाकी जोई फेरि फर्काउनुभन्दा त जिन्दगीभर एक्लै बस्नु बेस !”

“उसको माया लाग्दैन ?”

“केको माया लाग्नु, भेटे मुखमा थुक्दो हुँ, जगल्टयाउँदो हुँ ।”

“अब तिम्रा लागि नन्दकली काम नलाग्ने वस्तु भई होइन त ?”

“हो ।”

"फलामको कुँडे फाट्यो भन्या क्याछौं ?"

"फ्याँकी दिन्छु ।"

"नन्दकली पनि अब तिम्रा लागि फाट्याको कुँडेजस्तै होइन त ?"

"हो ।"

"त्यसको माया पनि छैन, लोभ पनि छैन । होइन त ?"

"छैन ।"

"तिमीले फ्याँक्याको थोत्रो कुँडे कसैले टालटुल पारिवरी काम चलाउँछु भनीकन लग्यो भन्या तिमीकन रिस उठ्छ ?

"उठ्दैन ।"

"क्यान मेरो भाँडो लगिस् भनीकन गाली गर्छौ कि नाइँ ?"

"क्यान गर्नु ? गर्दिनँ ।"

"हो, नन्दकली पनि तिम्रा लागि काम नलागन्या भाँडोजस्तै हो । फाट्याको कुँडेजस्तै हो । काम नलाग्न्या भनीकन फ्याँकियाकी नन्दकली शूरवीरले लगेपछि क्यान त्यति सारो रिस देखाउन्या हो र ?"

यसपटक उद्दिमे भण्डारी बोलेन । घोसेमुन्टो लगाएर चुपचाप बसिरह्यो ।

"थोत्रो, काम नलागन्या, फ्याँक्नुपर्न्या वस्तु कसैले उठायो, टालटुल पारीकन काम चलाउँछु भन्यो भन्या त्यसमा रिस राग गर्नुपर्न्या कारण हुँदैन उद्दिम रुफाल्याको थोत्रो वस्तु सम्झ नन्दकलीकन पनि । त्यसो गर्‍यापछि तिम्रो रिस मर्छ ।"

महारानीसँगको लामो संवादपछि उद्दिम अलि नरम बन्यो तैपनि यतिका वर्षदेखि गर्दै आएको जिद्दी छोडिहाल्न सकेन । हिजैसम्म जार काट्छु भनेर गुड्डी हाँक्दै हिंडेको मान्छे दरबारमा गएपछि लुत्रुक्क परेर फर्केछ भन्लान् जोरीपारीले भन्ने डर लाग्यो । जार काट्ने कुरा उति ठीक होइन रहेछ भन्ने कुरा धेरथोर बुझ्यो पनि र शूरवीरको ठाउँमा आफू भैदिएका भए र शूरवीरले पनि आफूलेजस्तै जिद्दी गरेको भए आफू केकसो गर्दो हुँ भन्ने कोणबाट पनि विचार गर्‍यो । जारी बुझौं-बुझौं लाग्यो । हुन्छ भनिहाल्न भने सकेन ।

यतिञ्ज्यालको संवाद र उद्दिमको मनोविज्ञानको अध्ययन गरिरहेका राजा घनश्यामले मुख खोले, "ए भण्डारीबाबु !"

“हजुर, सरकार !”, महाराजको बोली सुनेपछि उद्दिम हडबडाउँदै उठ्यो र हात जोरेर उभियो ।

“हेर उद्दिम ! समाजमा जार काटन्या परम्परा चलिआयाको कुरा साँचो हो । कैयौँले काट्याका पनि छन् । जार काट्याबापत ज्यानखतको सजाय गर्न्या चलन छैन । शूरवीरेले तिम्री जोई लग्याको पनि वर्षदिन भैसक्याछ । यतिका दिन बितिसक्दा पनि तिमीले जार काट्न सक्यानछौं । तिमीले काटिहाल्याका भए कुरै सकिन्या'थ्यो । शूरवीरको ज्यान जान्याथ्यो, तिम्रो रिस मर्न्याथ्यो । तिमिले काट्न नसक्याकै कारणले शूरवीरको ज्यान जोगियाको होइन त ?”

“हो सरकार ! काट्छु त भन्याकै हो । कैयौं मेला, जात्रा र बिहे पूजामा घत हेर्‍याकै पनि हो । फेला पार्नै सकियान । त्यसको काल नआयाको हो कि मेरा बुता नचल्याको हो कुन्नि ?”, उद्दिमले साँचो कुरा ओकल्यो ।

“हो, तिमीले काटन्या कोशिश गर्‍यौं, शूरवीरले जोगिन्या कोशिश गर्‍यो ।”

“हो सरकार !”

“तिमीले जार काट्छु भन्याकै हो । खुकुरीमा शान लगाईकन हिंड्याकै पनि हौ । दुनियाँले देख्याकै पनि हुन् । तिमीले शूरवीरेको टाउको छिन्याल्या पनि नछिन्याला पनि तिमीकन बहादुर मर्द भनी समाजले मान्याकै छ, होइन र ?”

“हो सरकार ! भण्डारीकी जोई स्याहार्‍यादेखि खायाको आङ नलागन्या गरी लगौटीमा मुत तुर्क्याउँदै हिंड्यो मल्लाजी कार्की बिचरो भन्याकै छन् मान्छेले ।”

“डराएर भागेकैले कार्कीको ज्यान जोगियाको हो भन्छ समाजले, होइन त ?”

“हो सरकार !”

“कसैले तिमीकन नामर्द हुतीहारा त भन्याको छैन नि ?”

“कसले भन्न सक्छ मलाई नामर्द ?”, छाती तन्काएर उद्दिमेले भन्यो ।

“हो, तिमीकन समाजले मर्द ज्वान नै ठान्याको छ । शूरवीरको ज्यान लिईकन आफूकन बा'दुर सावित गर्नुपर्न्या जरूरत छैन । फेरि तिमीले आज बिहानसम्म कार्कीकन ठुन्क्याउन सक्याको भया कुरै सकिन्याथ्यो ।

तिमीले सक्यानौ । शूरवीर मेरा शरणमा आयाको छ । राजाले शरणको मरण गर्न हुँदैन भनीकन शास्त्रमा लेखियाको छ । शूरवीरको ठाउँमा तिमी भया पनि मैले अभयदान दिनुपर्थ्यो । आफ्नो ज्यान दिई तिम्रो रक्षा गर्नुपर्थ्यो । मकन बाँध्याका धर्मको डोरी शूरवीरले समात्याको छ । मैले उसको ज्यान रक्षा गर्नुपर्न्या भयाको छ । तिमीले शूरवीरकन छप्काउन खुकुरी उजायौ भन्या म बीचमा उभिनुपर्छ । तिमीले ममाथि खुकुरी त चलाउँदैनौ नि, होइन ?"

"जोई लान्या कार्की, महाराजमाथि किन चोट छोडन्या मुइले ?"

"शूरवीरले दरबारमा अर्जी हाल्यापछि म राजधर्मले बाँधिएँ । म उसको ढाल बन्नुपर्न्या भो । जोद्धाको तरबारको पहिलो चोट ढालमा नै पर्न्या त हो । होइन र ?"

उद्दिमे पक्क परेर लाटोले झैं महाराजका अनुहारमा हेरिरह्यो ।

"कुरो बुझियो नि भण्डारीबाबु ?"

उद्दिमे अलमलियो ।

"शूरवीरले बुद्धि पुऱ्यायो । मकन अर्जी गऱ्यो । अभयदान लियो । अब राजाको हैसियतले उसको ज्यान बचाउनु मेरो कर्तव्य भयो तर म सधैंभरि शूरवीरको आठपहरिया भईकन हिँड्न त सक्तिनँ । उसको रक्षा गर्न्या राज्यको नियम कानुनले हो । राजाले बाँध्याको नियममा "ज्यानखत वापत ज्यान सजाय दिनु" भन्याको छ अर्थात् तिमीले अलि ढिलो गऱ्याको हुनाले अब उप्रान्त शूरवीरको ज्यान लियौं भन्या तिम्रो ज्यान मैले लिनुपर्न्या हुन्छ । तिमीले जार काट्याको होइन, ज्यानखत गऱ्याको ठहर्छ । ज्यान खतबापतको सजाय मैले गर्नुपर्न्या हुन्छ ।"

बल्ल उद्दिमेको घैंटोमा घाम लाग्यो । राजाकोमा उजुरी पर्नुभन्दा पहिले शूरवीरको ज्यान लिन सकेका भए ज्यानखतको बापत लाग्दो रहेनछ । शूरवीरले राजाकोमा अर्जी हालेपछि राजधर्मबाट राजा बाँधिएछन् । अब शूरवीरको ज्यान लिने हो भने सजायभागी हुनुपर्ने भएछ । कुरो बुझेपछि उसलाई थकथकी लाग्यो । आफैंसित रिस उठ्यो । अब आफ्नो ज्यानको मूल्यमा शूरवीरको ज्यान लिनु महँगो पर्ने भएकोले जिद्दी लिनुको अर्थ छैन भन्ने उसले बुझ्यो र शान्त भएर बस्यो ।

"छोराछोरी सानै होलान् । आमाबाबु वृद्ध होलान् । तिनको जिम्मेवारी तिम्रो काँधमा होला । छोराछोरीकन सानैमा टुहुराटुहुरी बनाउन्या कुरा क्यान गर्न्या ? वृद्ध आमाबाबुको काख रित्तो क्यान बनाउन्या ? तरुनी जोईको सिउँदो बैंसमै क्यान पुछिदिन्या ? त्यस्तो मूर्खता अवश्य गर्न्या छैनौं । शूरवीरको ज्यान लियौं भन्या तिम्रो ज्यान पनि रहन्या छैन । मैले मेरो धर्म छोड्न मिल्दैन । मैले धर्मनिर्वाह गर्दा तिम्रो ज्यानको नास हुन्या छ । त्यसैले अब जिद्दी छोडिद्यौ र जारीखत बुझिलेऊ ।"

राजाको कुरा सुनेपछि उद्दिमे लाचार भयो । परिस्थितिले शिथिल बनायो । उत्तेजना समाप्त भयो । जार काट्ने उत्साह ठण्डा भयो । स्वीकृतिसूचक मुन्टो हल्लायो ।

दुवै पक्षका भद्र भलादमीहरूलाई आपसमा छलफल सल्लाह गरेर लेनदेनको कुरो मिलाउन लगाउने आदेश राजाबाट द्वारेले पाए । द्वारेले दुवैथरीलाई कुरो सम्झाए । सुनचाँदी, गरगहना र बिहेखर्च समेतको मसिनोगरी हिसाबकिताब गरियो । गरगहनाको पोको खोलेर उद्दिमेलाई देखाइयो । गनिटिपी गरेर त्यत्ति नै हो भन्यो । देशी मोहर बीस रुपैयाँ जारी लिनेदिने चलन । उद्दिमेले थप १० रुपैयाँ माग्यो । मल्लाजीहरू पनि गरगहना र नगद तीस रुपैयाँ बुझाउन तयार भए । द्वारेको रोहवरमा जारीखत लेनदेनको कागज गरियो । लिनेदिने र साक्षीहरूको सहीछाप गराइयो । लिखत र धनमाल रुपैयाँसमेत लिनदिन गरियो ।

दरबार उठ्यो ।

सोह्र

मङ्सिरसँगै बिसाएको वर्षा चैतलाग्दासम्म पुनः बिउँतेन । आकाशमा पानीको भण्डारै रित्तिएको हो कि जस्तो भयो । पानीको लागि अखण्ड कीर्तन गर्नुपर्ने चर्चा समाजमा चल्न थाल्यो । कीर्तनका पक्षपोषकहरूलाई पनि त्यस्तो चेष्टाले पानी पार्दैन भन्ने तथ्यको जानकारी हुँदो हो शायद । कीर्तन गर्दागर्दै पानी पर्नु विशिष्ट संयोगमात्र हो भन्ने कुराबाट उनीहरू अनभिज्ञ हुँदैनन् होला । त्यसैले मनसुनको मुखैमा अर्थात् जेठ महिनाको आखिरीतिर मात्र कीर्तनको लगन जुराउँछन् । हिउँदभर पानीको थोपोछिटो नपरिदिनाले चैत महिना लाग्दा नलाग्दै गर्मी अचाक्ली बढेको छ । दिनको धुप खप्न गाह्रो पर्न थालिसकेको छ । त्यसैले बेनीबाट राजबास ढोलठाना सर्ने तरखरमा छ । ज्योतिषीले चैत्र १५ गतेको दिनलाई शुभ ठहऱ्याइदिएका हुनाले मात्र हो, नत्र त्यसअघि नै पर्वतदरबार लेकतिर लागिसकेको हुन्थ्यो होला । शुभ साइत १५ को निस्केको भए पनि आवश्यक सामलतुमल उकाल्न शुरू भैसकेको छ । दरबार निर्माणको कार्य चलिरहेको हुनाले महाराज घनश्यामका लागि भने १५ गते जुरेन । व्यवहारले बाँध्यो । आवश्यकताले साइत पनि भन्दैन, लगन पनि भन्दैन । तैपनि ज्योतिषिले जुराएको साइत उल्लङ्घन गर्ने आँट दरबारियाहरूमा छैन । त्यसैले १५ गते पाइतो सारेर उपयुक्त दिनमा उक्लने कुरा तय भएको छ ।

युवराज मले बमले गुरुकुलबाट बिदा पाइसकेका हुनाले अघिल्लै हप्ता बेनी आइपुगेका थिए । राजगुरु रामेश्वर पन्त स्वयम आफैं युवराजलाई दरबारमा बुझाउन उपस्थित भएका थिए । ज्योतिषिले ठहऱ्याएको ढोलठाना

उक्लने शुभसाइतको दिन युवराज र प्रस्तावित युवराज्ञीहरूबाट छोपिने निधो भयो । महाराज महारानीलाई बेनीमै छोडेर राजकुमार राजकुमारीहरू ढोलठाना उक्लने भएका थिए ।

चैत्र १५ गते । बिहानको खानापछि युवराजको सवारी चलाउने प्रबन्ध मिलाइयो । तीनवटा घोडा कसिए । तीनैजना सयशहरू घोडाको लगाम समात्न खटाइए । सधैंझैं युवराज उनको मन परेको रातो तारेघोडामा सवार भए । राजकुमारीहरूका लागि अलि सज्जन मानिएका एक-एकवटा घोडाको छनोट गरियो । राजकुमारीहरूका लागि ओलिङ्गाठको प्रबन्ध गर्ने हो कि भन्ने चर्चा दरबारमा चलेको थियो । देउपुरे राजकुमारीले घोडाको सवारी गर्ने इच्छा देखाइन् । खाँचीकी राजकुमारीको कुनै विशेष रोजाइ रहेन । यद्यपि घोडचढीको अभ्यास राजकुमारीमा थिएन तापनि देउपुरकी राजकुमारीको रोजाइ उनको पनि रोजाइ बन्यो । विश्वप्रभाको मुखारबिन्दबाट 'घोडा'मा जाने मनसुवा जाहेर भएपछि त्यसको खण्डन खाँचीकी राजकुमारीले गरिनन् । खण्डन गर्नु आवश्यक ठानिनन् । त्यसो गर्नु हीनताबोध हुने ठानिन् कि ? "उसले घोडाको सवारी गर्न सक्छे भने मैले किन नसक्ने" भन्ने प्रतिस्पर्धीभावले काम गऱ्यो होला शायद !

राजकुमार राजकुमारीहरू घोडामा सवार भएपछि कुरिलाखर्कबाट पश्चिम लागेर छापबाट उकालो बाटो शुरू भयो । उनताका लेकबेसी गर्ने मुख्य डोरेटो त्यही थियो । उकालो शुरू भएपछि युवराजको घोडा अघि लाग्यो । त्यसपछि सयशहरूले राजकुमारीहरूका घोडाको लगाम समातेर उकालोमा डोऱ्याउन थाले । उकालो शुरू भएपछि युवराजको घोडा निकै अघि गयो । देउपुरे राजकुमारीले घोडाको लगाम आफैं लिइन् । लगाम दुवै हातले समातेर खिचिन् । दुवै कुर्कुच्चाले घोडाको पेटमा दुईपटक हानिन् । उनको घोडाले गति लियो । वित्यास पर्छ कि भनेर तर्सेको सयश घोडाको पछि दगुर्ने कोशिश गऱ्यो । उकालो बाटो, एकै क्षणमा उसको मुखभरि सास हुन थाल्यो । आरनको खलाँतीझैं फोक्सो छिटोछिटो चल्न थाल्यो । गोडाहरू गले । घोडाको पछि कुद्ने हिम्मत हरायो । राजकुमारीले पछि फर्केर हेरिन् र बिस्तारै आउने इशारा गरिन् । राजकुमारीको घोडाले निमेषभरमै राजकुमारको घोडालाई भेटायो । दुवै

घोडाले तेस्रो घोडालाई निकै पछि छोडे । खनाराको डिलमा उक्लेपछि तलकाले माथि र माथिकाले तल देख्न छोडे ।

मध्यदिन, सूर्यको तेजिलो राप, उकालो बाटो, घोडाहरू पसिनाले निथ्रुक्क भैसकेका थिए । राजकुमार राजकुमारीको पिठ्युँ पनि नराम्रोसँग तातेको थियो । गर्मीले उकुमुकुस बनाएको थियो । सिमको धारामुनिको समीको छायामा युवराजले आफ्नो घोडा रोकेर ओर्लिए । जमिनबाट बाहिर निस्केको समीको जरामा लगाम बाँधे । राजकुमारीको घोडा पनि रोकिएको थियो । राजकुमारीलाई घोडाबाट ओर्लन राजकुमारले सघाए । अर्को जरामा घोडा बाँधेर तेस्रो घोडाको प्रतीक्षा गर्न थाले । मध्यदिनको प्रचण्ड धूप, समीवृक्षको सियालले स्वर्गीय आनन्दको अनुभूति गरायो । एकैछिन सुस्ताएपछि नजिकैको धारामा पुगेर दुवै जनाले हातगोडा धोए । रुमाल भिजाएर अनुहार पुछे । राजकुमारले धाराको पानी पानीदानी (तुम्लेट) मा भरेर राजकुमारीलाई दिए । यतिञ्ज्यालसम्म दुई जनाबीच संवाद आदानप्रदान भएकै थिएन । संवादशून्यताको स्थिति चिर्दै राजकुमारीले आग्रह गरिन्, "हजुरले लिइस्यो न पहिले !"

युवराजले राजकुमारीको अनुहारमा निहारे । अलिकता लज्जाभाव राजकुमारीको अनुहारमा पोतियो । धूपले सेकिएको अनुहारमा लालिमा थपियो । गालाबाट रगत चुहएिलाजस्तो भयो ।

"राजकुमारीले लिनुहोस् । म त धाराबाटै पिउँछु ।"

राजकुमारले टुटीबाट एकनाससँग झरिरहेको जलधारामा अञ्जुली थापेर कुहिनाबाट पानीको धारा चुहाउँदै घटघट पानी पिए । राजकुमारीले अनौठो मानेर हेरिरहिन् । तुम्लेटबाट पानी पिउन पनि बिर्सिन् । त्यसरी धाराबाट कसैले पानी पिएको उनले आजसम्म देखेकै थिइनन् । त्यसरी नै पानी पिउन मनलागे पनि त्यसो गरिहाल्न सकिनन् । त्यस्तो अभ्यास थिएन । ढकनी खोलिएको तामाको तुम्लेट मुखमा जोतेर घटघट पानी पिइन् । चौपट्टै सुस्वादु लाग्यो । साँचै पानीको स्वाद नै मीठो हो कि चैतमासको चढ्दो धूपको यात्राबाट खरिएको ज्यानलाई त्यस्तो लागेको हो भनेर छुट्ट्याउनै गाह्रो पऱ्यो । सिमको पानीको स्वाद उनले पहिलोचोटि लिएकी थिइन् ।

तुम्लेटको पानी तुरिएको थिएन । राजकुमारीको पानीको तिर्खा भने मेटिएको थियो । राजकुमारले तुम्लेट लिएर बाँकी पानी जमिनमा घोप्ट्याए । धोइपखाली गरेर पुनः पानी भरे । बिर्को बन्द गरेर आफैँले समाते अनि "जाऔँ" भने । राजकुमारीलाई भने पानी पँधेरामाथिको झ्याङकाँडो भनिने जङ्गली गुलाफको फूलले आकर्षित गरेको थियो तैपनि आज्ञाकारी बालकझैं राजकुमारको पछि लागिन् । बिनबाजाको धुनमा लट्ठिएको सर्पझैं चुपचाप राजकुमारीका सुकुमार गोडाले युवराजलाई पछ्याए । दुवै जना समीको छायामा बसे । अझै पनि तेस्रो घोडा घर्सनचौरको डिलमा उक्लिसकेको थिएन । दुवै जना चुपचाप बसिरहे । वास्तवमा दुवै जनालाई दीर्घ मौनता बिझाइरहेको थियो । केही बोलूँबोलूँ लागेको थियो तर बोल्ने विषय सुझेको थिएन । आखिर राजकुमारले मौनता भङ्ग गर्ने अग्रसरता लिए, "राजकुमारीको शुभ नाम क्या होला कुन्नि ?"

यद्यपि राजकुमारीको नामको राजकुमारलाई जानकारी थियो । बोल्ने अर्को निहुँ नपाएर मात्र त्यो प्रश्न गरेका थिए । राजकुमारीलाई त्यो कुरा राम्रोसँग थाहा थियो । पहिलोपटक आपसमा वार्तालाप शुरू गर्ने राजकुमारको तरिका उनलाई पनि मीठो लाग्यो । उनले तुरुन्त जवाफ फर्काइन्, "विश्वप्रभा ! चिनाको नाम विश्वप्रभा ! बुबाहजुर, मुमाहजुरहरूले 'विनु' भनी बोलाइसिन्छ ।"

"मैले कुन नाउँले बोलाऊँ त ?"

"मर्जी हजुरको !"

"राजदुलारीकन कुन नामले बोलायाको मनपर्छ ?"

"दुवै नाम उत्तिकै मनपर्छन् । बोलाउन्याकन शायद, विनु छरितो लाग्छ होला ।"

"त्यसो हो भन्या म पनि विनु भनेरै बोलाउन्याछु ।"

"हस् हजुर !"

खाँचीकी राजकुमारीको घोडा अझै आइपुगेन । युगल जोडीबीचको वार्तालापको तार पुनः टुट्यो । बोल्ने मन भएर पनि बोल्ने विषय दुवै जनालाई सुझेकै थिएन । एकापसमा बारम्बार नयनहरू लडिरहन्थे र आफैं न त हुन्थे । पछारिन्थे ।

"उः त्यो पानीको छहरो सुकेछ ! हामी आउँदासम्म त कति राम्रो देखिन्थ्यो ।"

यसपटक राजकुमारी विश्वप्रभाले पारिपरट्टिको उड्ने छहरोतिर औंलाले देखाइन् । छहरातिर इङ्गित गर्ने चेष्टा गर्दा उनको नाडीका चुडीहरू खनखनाए । हल्का मुठी परेको हातको चोर औंलो तेर्सिएको दृश्य श्वेत सारसको उड्ने चेष्टाजस्तै लाग्थ्यो । सुडौल नाडी, सुपुष्ट हथेली, सुन्दर बान्की परेका औंलाहरू ! एकै नजरमा राजकुमारले ती सबै कुराको जायजा लिए ।

"बर्खे झरना हो, त्यो । हिउँदमा ससानो पानी हुन्छ तर टाढाबाट देखिँदैन ।"

"बाह्रैमहिना ठहर्ने भैदियाको भए कति राम्रो हुन्थ्यो ।"

राजकुमारीको सौन्दर्यचेतले राजकुमारलाई प्रभावित बनायो । साँच्चै आफूले त्यसरी नसोचेकोमा आफैंलाई आश्चर्य लाग्यो । कल्पनाशीलता भन्ने कुरा प्रकृतिकै उपहार हुँदो रहेछ शायद । सबैले त्यो अनुपम उपहार पाएका हुँदैनन् । राजकुमारले पनि आफू त्यो विशिष्ट गुणबाट वञ्चित भएको अनुभूत गरे । होस सम्हालेदेखि नै सालिन्दै त्यो छहरा उनका आँखामा पर्दै आएको थियो । हरेक साल करिब आधा वर्ष त्यो छहरा दृश्यबाट हराउँथ्यो तर उनको आँखाले त्यसको हेक्का राख्ने गरेकै थिएन । छहराको निरन्तरताको आवश्यकताबोध कहिल्यै उनको मनले गरेन । 'नजिकको देउता हेला' भनेजस्तो झरनाको जन्ममृत्यु र पुनर्जन्म ठ्याक्कै कहिले हुन्छ भन्ने कुराको हेक्कासमेत उनलाई थिएन । अस्तित्वमा हुँदा हेर्थे, राम्रो लाग्थ्यो । हराउँदा पनि कता गयो भन्ने खोजी उनको चेतले गर्दैनथ्यो । त्यति गहिरो गरी छहराको जीवनको बारेमा सोचेकै थिएनन् ।

"उः दिज्यूको घोडा आइपुग्यो !"

राजकुमारीको आवाज सुनेर आफ्नै मनसँग अल्झिएका राजकुमार झसङ्ग भए । हो त, खनाराको डिलमा घोडा उक्लिसकेको रहेछ । साथीलाई देखेर राजकुमारको घोडा हिनहिनायो । 'थुरुरुरु' गरेर अर्को घोडाले ओठ-नाक बजायो । साथीको दर्शन पाउँदा मुक पशुहरू खुशी भए । शायद उनीहरूले पनि व्यग्रतापूर्वक साथीको प्रतीक्षा गरिरहेका रहेछन् ।

समीको फेदमा आइपुगेपछि तेस्रो घोडा रोकियो । सयशहरूले राजकुमारीलाई घोडाबाट ओर्लन सघाए । तलैबाट सिमको धारा एकोहोरो 'ग्वारा...रा...रा... रा...' गरेको आवाज सुनिन्थ्यो । राजकुमारी महलवसन्ताका आँखा धारामा परे । पानी पिउने इच्छा जाहेर गरिन् । राजकुमारले तुम्लेट टक्र्याए । राजकुमारीले सम्मानपूर्वक ग्रहण गरिन् तर तुम्लेटबाट पानी पिइनन् । उनी तुम्लेट समातेरै धारातिर लागिन् । उनका पछि सुसारे र सयशहरू पनि लागे । धारामा पुगेर हातगोडा धोइन्, रूमाल भिज्याएर जतनपूर्वक अनुहार पुछिन् । गर्दन मुसारिन् । तुम्लेटको पानी घोप्ट्याएर पुनः भरिन् । अनि तुम्लेटबाट धीतमरुञ्ज्याल पानी पिइन् । बाँकी पानी धर्तीमातालाई चढाइन् । सुसारे सेवकहरूलाई पुनः पानी भर्न अह्राइन् ।

समीको छायामा बसेका राजकुमारले राजकुमारीको गतिविधि नियालिरहेका थिए । आफूले प्रेमपूर्वक दिएको पानी राजकुमारीले जमिनमा घोप्ट्याएको कुरा अलिकता बिझायो तैपनि त्यसलाई मनमा लिनुपर्ने कुरा ठानेनन् । मानअपमानको विषय बनाउनु हुँदैन भनेर उनको विवेकले सम्झायो । रूखमा लटरम्मै आँप पाकेको देखीदेखी रूख चढ्ने हिम्मत हुने मानिसले भुइँमा झरेको आँप टिपेर खाँदैन भनेजस्तै नजिकै प्राकृतिक पानीधारा छँदाछँदै तुम्लेटको तातो पानी राजकुमारीले नपिउनु अस्वाभाविक थिएन ।

सबै जनाले एकाध घण्टा समीको शीतल छहारीको आनन्द लिए । राजकुमारले उठेर "अब जाऊँ" भनेपछि सयशहरूले घोडा फोए । राजकुमार राजकुमारीहरू सवार भएपछि घोडा चटपटाउन थाले । घोडाको गति रोक्न राजकुमारले फनक्क एक फन्को चक्कर काट्नुपर्‍यो । यसपटक खाँचीकी राजकुमारीको घोडा अघि लगाएर टोली उकालो लाग्यो । महलवसन्ता सवार घोडाको लगाम समातेर सयश अघिअघि हिँड्यो । ध्वाँखोला, गलेबिसौना हुँदै पुलाको डाँडामा टोली उक्लियो । त्यताबाट उत्तरपश्चिम दिशा समातेर ढोलठाना दरबार परिसरमा पुग्यो । राजकुमारीहरूको स्वागतका लागि ढोलठाना दरबारमा विशेष तयारी गरिएको थियो । कुरिलाखर्कको दरबारमाजस्तै बाजागाजासहित राजकुमारीहरूलाई दरबारमा भित्र्याइयो ।

सत्र

'लाज मानेर काज चल्दैन !'

घोडाको सवारी कहिल्यै गरेकी छैन भन्न लाज मान्नाले खाँचीकी राजकुमारीलाई निकै कष्ट उठाउनुपऱ्यो । पहिलो घोडसवारीले उनलाई नराम्रोसँग थकायो । भोलिपल्ट बिहान आँखा खुल्दा शरीर पिलोझैं दुखिरहेको थियो । ओछ्यान छोड्न सकिएलाजस्तो लागेकै थिएन । ज्यान दुख्यो भन्ने हिम्मत पनि थिएन । उठ्नै पऱ्यो । निकै ढिलो गरेर उठिन् । नित्यकर्मबाट निवृत्त हुँदानहुँदै राजकुमारले बिहानको खाजाका लागि राजकुमारीहरूलाई पर्खिबसेको सूचना आयो । हिजो साँझको भोजनपछि राजकुमारसँग छुट्टिएका राजकुमारीहरूलाई रानीवासमा पुऱ्याइएको थियो । विवाह नभैसकेको हुनाले न राजकुमारीहरूलाई राजदरबारमा रात बिताउने छुट थियो, न राजकुमारलाई रानीवासमा पाइलो राख्ने छुट थियो । खानपिन, बसउठ सँगै भए पनि रात अलगै बिताउनुपर्ने बाध्यता थियो ।

राजकुमारीहरू तयार भएर दरबारमा आइपुग्दा राजकुमार उत्तरपूर्वी कौसीमा एक्लै उभिएर हिमशृङ्खलातिर निहारिरहेका थिए । राजकुमारीहरू आइपुगेको जानकारी आएपछि आफूलाई सहज बनाउने कोशिशमा लागे । बसिरहेको ठाउँबाट उठेर लुगा तानतुन पारेर मिलाए, जुल्फी मिलाए, अनुहार पुछपाछ पारे र प्रतीक्षामा उभिरहे । राजकुमारीहरूले सम्मानपूर्वक शिर निहुऱ्याएर अभिवादन गरे । राजकुमारले पनि दुई हात जोडेर नम्रतापूर्वक झुकेर राजकुमारीहरूप्रति सम्मान प्रकट गरे । राजकुमारले आफ्नो सामुन्नेको आसनीमा दुवै जनालाई बस्न अनुरोध गरे । राजकुमारीहरूले स्थान ग्रहणगरेपछि आफू यथास्थानमा बसे । सेविकाहरूले बिहानको खाजा टेबुलमा सजाइदिएर बाहिरिए ।

राजकुमार आफैंले विशेष पेययुक्त कचौराहरूको ढकनी खोलेर राजकुमारीहरूलाई टक्र्याए। अवचेतन रूपमै उनले पहिलो कचौरा विश्वप्रभातिर बढाए। शायद त्यो उनको अव्यक्त रोजाइको सङ्केत थियो होला। हिजोको यात्रामा सङ्क्षिप्त भए पनि उनीसँग भलाकुसारी भएको थियो, वार्तालाप भएको थियो। सहयात्रा भएको थियो। खाँचीकी राजकुमारीसँग एकै वचन बोल्ने अवसरसमेत मिलेको थिएन। परिचितातिर उनको हात स्वाभाविकरूपमै उठेको थियो होला। कचौरा राजकुमारीहरूका हातमा पहिले थमाइएका भए पनि राजकुमारले पेयको पहिलो सुर्को नलिँदासम्म राजकुमारीहरूले लिएनन्। खाजानास्तासँग एकापसमा चिनाजानी हुँदै गयो। निकटता बढ्यो। आफन्तपनको अनुभूति हुँदै गयो। अपरिचितताको पर्खाल भत्कियो। लज्जाभाव र अप्ठ्यारो पन हराउँदै गयो। यताउताका कुरा हुन थाले। देउपुरे राजकुमारी अलि चञ्चल थिइन्। शायद त्यो उनको उमेरको कारण पनि थियो होला। वाचाल पनि थिइन्। उनले पहिले मुख खोलिन्, "आहा ! कति सुन्दर हिमालीदृश्य ? कपासका पहाडजस्ता चुचुराहरू ! कति निर्मल, कति सफा, कति स्वच्छ ? हिमाल सधैं यस्तै हुन्या हो कि ?"

"होइन, प्रायः बिहानभर हिमालले बादलको घुम्टो ओढेरै बस्छ। आज संयोगले पूरै आकाश खुल्याको हो। राजकुमारीहरूको प्रथम दर्शनका लागि आज हिमाल घुम्टो खोलेर उभियाको हो कि जस्तो छ ?", राजकुमारले हिमाली दृश्यको वास्तविकता खुलाए।

दुवै राजकुमारीहरू खितखिताए। दुवैको कोकिलकण्ठबाट निस्केको हाँसोको आवाजले सुमधुर सङ्गीतको आभास गरायो। युवराजका लागि त्यो नितान्त नयाँ अनुभव थियो। मानिस हाँस्दा पनि बाजा बजेजस्तो सुमधुर ध्वनि निस्कँदो रहेछ भन्ने कुराले उनलाई आश्चर्यचकित बनायो। उनले ट्वाल्ल परेर राजकुमारीहरूका अनुहारतिर हेरिरहे। राजकुमारको अनुहारमा देखिएको आश्चर्यभावले राजकुमारीहरूलाई अलिकता लज्जानुभूति गरायो। दुवैको हाँसो यन्त्रवत थामियो।

दुवैथरीको बसाइ आमनेसामने थियो। बीचमा सानो चौपाइ थियो। हिमशृङ्खलातिर हेर्न अलिकता गर्दन घुमाउनुपर्थ्यो। सबैका आँखा

हिमालतिरै एकोहोरिन खोज्थे । खानेकुरातिर फर्कंदा स्वभावतः एकअर्कासँग आँखा जुध्थे पनि । कुनैबेला तीनै जनाका आँखाहरू हिमालतिर पर्थे । बेलाबेलामा एकअर्कामा पनि पर्थे । कैयौंपटक आफूले हिमालतिर हेरिरहेको बेलामा अर्कोले आफूलाई हेरिरहेको चोरी दुवैतर्फबाट समातिन्थे ।

नास्ताको समाप्तिपछि आसनीबाट उठेका राजकुमार कठबारनेर उत्तर फर्केर उभिए । राजकुमारीहरूलाई पनि आफूछेउ आउन अनुरोध गरे । राजकुमारलाई माझमा पारेर दुवै राजकुमारीहरू दुईतिर उभिए । सङ्कोचबस खाँचीकी राजकुमारी अलि टाढै उभिइन् । देउपुरकी राजकुमारी भने राजकुमारको निकै नजिकै उभिइन् । एकअर्काको शरीरको सुगन्ध दुवैले स्पष्ट अनुभूत गरे ।

देब्रेतिरबाट हिमचुचुराहरूको परिचय दिँदै राजकुमारले वर्णन शुरु गरे, "त्यो धौलाशिर, त्यो नीलगिरि, त्यो माछापुच्छ्रे, त्यो अन्नपूर्ण, त्यो मानापाथी, त्यो मनास्लु... !"

"माछापुच्छ्रे त कार्कीनेटाबाट पनि देखियाको हो, हगि दिज्यु ?", विश्वप्रभाले महलवसन्तातिर हेरेर भनिन् ।

"हो, उता त एक्लै देखिन्थ्यो, यताबाट भने साथीहरूसँग उभियाजस्तो देखिँदो रह्याछ !", महलवसन्ताले पहिलोचोटि खुलेर प्रतिक्रिया जनाइन् ।

त्यतिखेरसम्म सूर्यकिरणहरू हिमालमा पर्न थालिसकेका थिए । सबभन्दा पहिले धौलाशिर हिमालले सुनको टोपी लगाएजस्तो देखियो । धौलाशिरबाट देखिन थालेको सुनको लेपन बिस्तारै-बिस्तारै सबै हिमालमा छरिन थाल्यो । एकैछिनमा सम्पूर्ण हिमशृङ्खला स्वर्णगिरिमा रूपान्तरित भयो । सुनको लेपन लागेजस्तो हिमशृङ्खला धर्तीले शिरमा पहिरिएको स्वर्णजडित मुकुटजस्तो देखियो । राजकुमारीहरूका लागि त्यो दृश्य सर्वथा नौलो थियो । लाटोले केरा देखेझैं पक्क परेर हिमालले रूप परिवर्तन गरेको दृश्य निहारिरहे । जसरी हिमालको पिताम्वर स्वरूप निर्माण हुँदै गएको थियो, त्यसैगरी बिस्तारै-बिस्तारै उत्रन शुरु गऱ्यो । एकै छिनपछि नाङ्गो आँखाले हेर्नै नसकिने गरी हिमालको चाँदीस्वरूप टल्कन थाल्यो । राजकुमारीहरूको आँखामा पानी भरियो । आँचलले आँखा पुछ्दै हिमगिरिबाट राजकुमारीहरूले नजर हटाए ।

"हिमालको सुनौलास्वरूप बेलुकाको पो अझ मनमोहक हुन्छ । सारा पृथ्वीतलबाट सूर्यकिरणहरू गायब भयापछि पनि एकाध घण्टा हिमालमा सूर्यरश्मिहरू टाँसिइरहन्छन् । सूर्यको अँगालोमा हिमाल बाँधिइरहन्छ । वरिपरि साँझको कालिमा व्याप्त भैसक्दासम्म हिमाल भने पूर्णिमाको रातमा रावणको स्वर्णमयी लङ्काजस्तै जगमगाउँछ ।", राजकुमारले हिमशृङ्खलाको मोहनीरूपको वर्णन गरे ।

बिहान-बेलुका नित्य निरन्तर परिवर्तित हुने हिमालको स्वरूपको बारेमा जानकारी पाउँदा राजकुमारीहरू आश्चर्यचकित बने । कहिल्यै सुन्दै नसुनेको र देख्दै नदेखेको कुरा आफ्नै आँखाले प्रत्यक्ष देखेर पनि पत्याउन कठिन भएको थियो । यतिखेरसम्मको अनुभव सपनाजस्तो लागिरहेको थियो । धेरैबेरसम्म हिमालतिर नाङ्गो आँखाले हेरेका कारणले दुवै जनाको दृष्टिशक्ति क्षीण भएको थियो । नयनको दृष्टिक्षमता धुमिल बनेको थियो । बारम्बार आफ्ना सुकोमल हथेलीहरूले आँखा मिचेर दृष्टि फर्काउन गरेको राजकुमारीहरूको चेष्टा हेरेर राजकुमार मन्दमन्द मुस्कुराइरहेका थिए ।

"हिउँमा नाङ्गा गोडाले टेक्नपाया कस्तो हुँदो हो ?", विश्वप्रभाले अनौठो कल्पना गरिन् ।

"हिउँसम्म पुग्न त हेर ! कति डाँडाकाँडा छिचोल्नुपर्न्या हुँदो रह्याछ ?", पहाडका तरेलीहरूतिर चोर औंलाले देखाउँदै महलवसन्ताले भनिन् ।

"राजकुमारीले चिन्ता लिनैपर्दैन त्यसका लागि ।", राजकुमारले आश्वस्त बनाउन खोजे ।

"हिमालसम्म घोडा पुग्न सक्छन् ?"

घोडा हात्तीबाहेक अरू वैज्ञानिक सवारीसाधनको आविष्कार नभैसकेको तत्कालीन जमानामा त्यो भन्दा अरू साधन के हुनसक्छ भनेर राजकुमारीहरूले कल्पना नगर्नु स्वाभाविक थियो ।

"होइन, घोडा हिमालमा पुग्न सक्तैन । त्यहाँसम्म घोडेटो बन्याको हुँदैन । हिउँ खेल्न हिमालमै जान पर्दैन भन्याको मात्र हो ?"

"हिउँ घरमै बनाउन मिल्छ र ?"

विश्वप्रभाको केटाकेटी कुरा सुनेर राजकुमार मुस्कुराए । आफ्नै हतारोको प्रश्नले राजकुमारी विश्वप्रभा आफैंलाई लज्जित बनायो । पानी जमाउने प्रविधिको समेत मानिसले विकास नगरिसकेको जमाना थियो त्यो ।

“हिउँद याममा हिउँ आफैँ हामीकन भेट्न आउँछ ! हिउँदमा हाम्रो यो दरबारसमेत हिउँले पुरिन्छ नि कहिलेकाहीँ त !”

राजकुमारले प्रकृतिको निराला खेलको रहस्योद्घाटन गरिदिए । आफूले जिन्दगी बिताउनुपर्ने दरबारमै हिउँपर्ने कुरा सुनेर राजकुमारीहरू रोमाञ्चित भए । कहिले हिउँद लाग्ला र हिउँ कुल्चन पाइएला भन्ने व्यग्रता मनभित्र उँडेलियो ।

“हिमालफेदीका खेतहरूमा त चैतमासमा पो धान पाक्दो रहृयाछ ?”

चारैतिरका डाँडाखेततिरका फोटापाटाहरू पहेँलै देखिन्थे । तराई, भित्रीमधेस वा मध्येपहाडतिर हिउँदे खेती गर्ने चलन उन्ताका थिएन । कहिल्यै हिउँदमा पहेँलपुर खेती नदेखेकी खाँचीकी राजकुमारीले जिज्ञासा प्रकट गरिन् ।

“डाँडापाखामा पहेँलपुर देखिने धानको खेती होइन नि । त्यो त गहुँ, जौ, जै र तोरी पो हो त ! ती डाँडापाखाका खेतबारीमा धान फल्दैन । हिउँदे खेतीलाई ‘चास’ भन्ने चलन छ यतातिर । मङ्सिरमै चास छरिन्छ, चैत-वैशाखमा चास उठाइन्छ । त्यसपछि मकै कोदो छरिन्छ ।”, राजकुमारले हिमालीभेकको बालीचक्रको वर्णन सुनाए ।

दुवै राजकुमारीहरू गहुँखेतीको मौसमको बारेमा अनभिज्ञ थिए । नयाँ जानकारीले उनीहरूमा बालीनाली नजिकैबाट हेर्ने इच्छा जाग्यो ।

“खेतमै गएर गहुँखेती हेर्नपाया कति आनन्द आउँदो हो ?”, विश्वप्रभाले रहर पोखिन् ।

“दुई-तीन दिनपछि महाराजहरू आइसिन्छ । उहाँहरू आयापछि अनुमति लिईकन गाजनेतिर जाउँला । त्यहीँ नजिकै छ । मानवबस्ती नबस्याको गाजने भन्न्या खेतको फाँटमा यतिखेरसम्म हिउँदेबाली काट्न्या बटुल्न्या बेला भइसक्याको छैन होला । त्यही ठाउँमा जगन्नाथको मन्दिर पनि छ । हाम्रा जिजु डिम्ब बमको समाधि पनि छ । म घुमाउन लैजाउँला ।”

राजकुमारको कुरा सुनेर राजारानी कहिले आउलान् र हिउँदे बाली हेर्न खेतमै जान पाइएला भन्ने व्यग्रता दुवै राजकुमारीहरूका मनमा व्याप्त भयो ।

बिहानको खाजाखाने सन्दर्भमा चलेको गफगाफले समय बितेको पत्तै भएनछ । खाना तयार भएको सूचना आयो । तीनै जना सँगसँगै भान्साघरतिर लागे ।

अठार

पाइतो सारेको पनि हप्तादिन बित्न लाग्यो । राजदम्पतीको सवारी ढोलठानातिर चलेको थिएन । दरबारिया ज्योतिष राम पाध्याले वैशाख १५ को दिन जुराएका हुन् । दरबार निर्माणको कार्य धमाधम चलिरहेको थियो । नीतिनिर्देशन र अरनखटनमा व्यस्त हुनुपरेकोले विलम्ब भएको थियो । भनेकै दिन माथि उक्लने सम्भावना नरहेपछि महाराजको छडी कुरिलाखर्क दरबार बाहिर सारेर "पाइतो सार्ने" चलन थामिएको थियो । त्यसैले पूरै हप्तादिन पछि मात्र आज राजदम्पतीको ढोलठाना उक्लने चाँजोमिलेको थियो । राजाको सवारी चलाउने जिम्मेवारीमा रहेका दिष्याली कृष्ण कार्की बिरामी भएर उपस्थित हुन नसकेका हुनाले त्यो कार्यभार कपर्दार सुमन्तले पाएका थिए । घरबास उतै भएका द्वारे ताराचन भण्डारी पनि सवारीको साथमा थिए । राजदम्पती, सुमन्त, द्वारे, सयश, सुसारे र अङ्गरक्षकहरूको ससानो टोली कुरिलाखर्कबाट दिन ढल्दै गर्दा ढोलठानातिर रमाना भयो । राजा, रानी, सुमन्त र द्वारे घोडामा थिए, बाँकी सबै पैदल ।

रानी चढेको घोडा सबभन्दा अगाडि थियो । सयशले डोऱ्याइरहेको घोडा अगाडि भएको हुनाले यात्राको गति सुस्त थियो । गर्मी मौसम, उकालो बाटो, पैदलयात्रीहरूका लागि यात्रा कठिन हुने नै भयो । त्यसैले दिन घर्काएरै सवारी चलाइएको थियो । कुरिलाखर्क, छाप, सिम हुँदै ध्वाँखोला भएर सवारीलस्कर चनौटेतिर लाग्यो । अगुवा घोडा सरासर हिंडिदिएका हुनाले सवारीमा सामेल कसैले पनि सिमधाराको पानी पिएका थिएनन् । पुलाचौर, पुलाडाँडा, अर्थुङे र भीरमुनितिर लाग्ने ध्वाँखोलाको चौबाटोमा पुगेपछि महारानीको घोडा पुलाचौरतिर लाग्यो । अरू सबैले महारानीलाई पछ्याए ।

महारानीको घोडा चनौटेको पँधेरानेर पुगेर रोकियो । घोडाबाट ओर्लेर महारानीले हातगोडा धोइन्, अनुहारमा चिसो पानीका छिटा मारिन् । मलमलको मुलायम रुमालले हातगोडा, अनुहार पुछिन् । चिसो पानीले पानीदानी सफा गरेर धाराबाट पानी भरिन् र धीत मरुञ्ज्याल पिइन् । अनि नजिकैको पीपलको छहारीमा सुस्ताइन् । द्वारे, कपर्दारसहित राजा पनि चौतारीनेर घोडाबाट उत्रिएर पानी पिइवरी पीपलछायामा बसे । एकछिन यताउताको कुराकानी भए । महारानीले अकस्मात जिज्ञासा राखिन्, "यो धाराकन 'राजाको पँनेरो' भनिँदो रह्याछ ! राजाले बनायाको हुनाले त्यसो भनियाको होला कि ?"

"खोइ ! राजाहरूले बनायाको हो भन्ने सुनियान । बरु डिम्ब महाराजले दैनिक यही धारोमा स्नान गरिसिन्थ्यो रे ! त्यसैले राजाको पँनेरो भनियाको पो होला कि ?", महाराजा घनश्यामले अनुमान सुनाए ।

"ढोलठानाको दरबारदेखि यहाँसम्म दिन नबिराई आउजाउ गर्न त्यति सजिलो छैन । नुहाउनकै लागि घोडाको सवारी गर्न्या कुरा भयान होला । पैदलै दिनदिनै आउजाउ गरीकन डिम्ब महाराजले यै धारामा नुहाइसिन्थ्यो भनीकन पत्याउन मुस्किल पर्छ पो !", महारानीले शङ्का व्यक्त गरिन् ।

"लाग्न त मलाई पनि त्यस्तै लाग्छ । महाराज डिम्बको काया निकै मोटो अछन्न्याइलो थियो भनिन्छ । थुलथुले शरीर भयाको मान्छेलाई नियमित उकालो ओरालो गर्न कठिनै हुनुपर्न्या हो ।", महाराजले सही थापे ।

"राजाले बनायाको पनि होइन, राजाले नित्य स्नान गर्न्या सम्भावना पनि थियान भन्यापछि यसको नाम 'राजाको पँनेरो' कसरी रह्याको होला त ? कुनै कारण त अवश्य होला !", महारानीले फेरि प्रश्न गरिन् ।

"डिम्बमहाराजले दैनिक स्नानध्यान गर्न्या गर्‍याको हुनाले यसको नाम 'राजपनेरो' रह्याको हो भनिन्छ । सम्भव असम्भव, सत्य असत्य जे-जे भया पनि लोकको मान्यता त्यही रह्याको छ ।", महाराजले स्पष्टीकरण दिए ।

"हो, भनाइ त्यस्तै छ । महाराजले बिहान मिर्मिरेमै स्नान गरिबक्सन्थ्यो रे ! त्यसबखतमा आफ्ना आन्द्राभुँडी बाहिर निकालीकन धोइपखाली पनि गरिबक्सन्थ्यो रे ! एक दिन घतानाको एउटा दमैले त्यो घटना देख्याछ रे ! त्यसले नदेख्नुपर्न्या कुरा देख्यो, गाउँभरि हल्ला गर्दै हिंड्ला भनी

त्यसकन ‘लाटो भैजावस्’ भन्ने शराप दिनुभयाछ रे ! जिब्रो बटारीमागेर लाटो भयाको भिउसुने दमाईले इशाराले राजाको पोल खोलिदियाको हो रे ! भन्तेसुन्ते हुँदै आयाको कथा यै हो ।”, द्वारे तारचन भण्डारी बुढाले लोकोक्ति सुनाए ।

“डिम्ब महाराज पनि साधारण मान्छे नै होइसिन्थ्यो । औतारी देवता होइन होला । सामान्य मान्छेमा कसैकन श्राप वा वरदान दिन्या शक्ति थियो भनीकन पत्याउन सकिँदैन । सानू कुराकन ठूलो बनाउन्या चलन समाजमा हुन्छ । डिम्ब महाराजले दिनदिनै यही धारामा स्नान गरिसिन्थ्यो भन्याको कुरा सत्य होला, ढोलठाना दरबारवरिपरि पानीको छेलोखेलो छैन । दमाई लाटो पनि भया होला । रोगव्याधीले मान्छेको बोली खाइदिन सक्छ तर भनिँदै-सुनिँदै आयाको दमाई र महाराजको कथा सत्य होलाजस्तो लाग्दैन है ।”, महाराजले समाजमा प्रचलित लोकोक्तिप्रति आशङ्का व्यक्त गरे ।

“इतिहासको कुरा त सुमन्तकन पो था’ हुन्छ ! वास्तविकता क्या रह्याको होला सुमन्त ?”, महारानीले सुमन्ततिर हेरेर जिज्ञासा राखिन् ।

सुमन्त धर्मसङ्कटमा परे । समाजमा चलेको कथाप्रसङ्गमा राजाले अविश्वास गरे पनि दरबारको वास्तविकता बताउँदा ‘सव्य पर्ने हो कि असव्य’ भन्ने द्विविधा भयो । त्यसैले अलिकता कुरो चपाए, “समाजमा भनिँदै-सुनिँदै आयाको कथा त द्वारे‘बाले भन्याजस्तै हो । समाजले वर्षौंदेखि त्यही कुरा भन्दैसुन्दै आयाको छ, पत्यायाको पनि छ । सारा समाजले मान्याको कुरा होइन किन भन्नु र !”

“जे हो त्यही कुरा बखान गर न सुमन्त ! धक मान्नु पर्दैन ।”, सुमन्तको मनसाय बुझेर राजाले आग्रह गरे, “समाजले पत्याउँछ भनीकन असत्य कुरालाई सत्य भन्नु हुँदैन । सत्य ढाकछोप गर्नु अधर्म हो । यदि सत्य कुराको जानकारी छ भने बताऊ । तिमीले झूटो कुरा गर्दैनौ भन्ने कुरामा मकन भरपत्यार छ ।”

“हो, हो ! महाराजबाट हुकुम भैसक्यापछि वास्तविकता बताऊ न सुमन्त ! इतिहास छिपाउनु हुँदैन क्या !”, महारानीले पनि जोड गरिन् ।

राजदम्पतीको आग्रहले सत्य कुरा ओकल्न सुमन्तलाई प्रोत्साहित गर्‍यो । उनले इतिहास बखान्न थाले, “हो महाराज ! डिम्ब महाराजले

दैनिक यही पनेरामा नुवाइधुवाइ गरिसिन्थ्यो भन्ने कुरा सत्य हो । महाराजको ज्यान निकै भारी थियो । त्यसैले नित्य आउजाउ गर्न गाह्रो थियो तापनि ढोलठानाको राजकुवा बिहानैदेखि राजपरिवारका महिलाहरूको कब्जामा पर्थ्यो । दिन छिप्पिँदासम्म महाराजले पालो पाउन दुर्लभ हुन्थ्यो रे ! त्यसैले अलि टाढा भया पनि यही चनौटेमै स्नान ध्यानका लागि आइसिन्थ्यो रे ! यहाँ पनि दुईतिरका बस्तीमा पानीको पहुल थियान । पहुल पानी खेलाउनुपर्दा गाउँलेहरू यही पनेरामा आउँथे । नुवाइधुवाइ गर्न्या जनानाहरूको ताँती लाग्थ्यो । ढोलठानाबाट महाराज चनौटे आइपुग्दा पुलाडाँडा र पुलाचौरका जनानाहरूले धारो भरियाको हुन्थ्यो रे ! प्रतिदिन महाराजकन निकै अबेरसम्म पालो कुर्नुपर्न्या हुन्थ्यो रे !

सञ्जोगले एक बिहान दरबारका पुरोहित जमदग्नी सुवेदी पनि धारामा आयाका रह्याछन् । महाराजले पालो कुरिबस्याको देख्यापछि उनकन टिठ लाग्याछ र भन्या छन्, “महाराजकन निकै टङ्चिनुपर्नाले कष्ट भयाछ क्या रे ! आज्ञा हुन्छ भन्या महाराजको स्नानध्यानमा बाधा नपुग्न्या जुक्ति गर्न्या थिएँ ।” उनको कुरा सुन्यापछि “पध्यार्नीहरूकन मर्का नपर्न्यागरी त्यस्तो जुक्ति लगाउन सक्छौ भन्यादेखि राम्रो हुन्याथ्यो” भन्न्या आज्ञा महाराजबाट भयाछ ।

“कस्तो जुक्ति लडायाछन् त जमदग्नी पुरेतले ?”, महाराजले जिज्ञासा राखे ।

“घतानको भिउसुने दर्जी पुरुण्डीबाट घर फर्कंदा बाटैमा बिमार भैकन लड्याछ । उसका हातगोडा मात्रै होइन, मुखसमेत नचलन्या भयाछ । घरगाउँ वल्तिरपल्तिरका जान्न्यासुन्न्या धामी, झाँक्री र वैद्यको केही सीप चल्यानछ । रोग खुट्याउनाखातिर मलम्पारबाट एउटा जान्न्या झाँक्री झिकाइयाको कुरा पुरेतकन जानकारी रह्याछ । उनले मलम्पारे धामीकन भेट्याछन् र एकान्तमा मन्तर्‍याछन्, “हेर झाँक्री लामा ! यो भिउसुनेकन असाध्य रोग लाग्याको हो । धामी, झाँक्री, वैद्यले मात्र होइन, भगवान्ले पनि यसकन निको बनाउन सक्न्या होइनन् । पक्षघातको बिमारी निको हुँदैन । ढिलोचाँडो ज्यान लिन्छ, लिन्छ । तिमीले यसकन निको बनाउन सकन्या होइनौ । निको बनाउन नसक्यापछि तिमीमाथिको जनविश्वास उठ्न्या छ । त्यसैले तिम्रो इज्जत बचन्या र साख जोगिन्या तरिका बताउँछु भनीकन एउटा जुक्ति सुझ्याछन् ।”

"कस्तो जुक्ति ?", महारानीले सोधिन् ।

"मलम्पारे धामीले आधा रातसम्म ढयाङ्ग्रो ठोक्याछ, ओखा गायाछ । नाच्याछ, देवी देवता मन्छायाछ, फुफा पनि गऱ्याछ र आखिरमा आङमा झाँक्री उतारीकन भन्याछ– यो बिमारी अब सद्दे हुँदैन । यसकन कालले छोप्याको हो । मैले गर्न सकन्यासम्मको विधि गरिदियाको छु । त्यसैले यो बिरामी मरिहालन्या त छैन तर जीवनभर बोल्न भने सकन्या छैन ।"

पुरोहित जमदग्नीले भन्याजस्तै कथा धामीले सुनायाछ, "आन्द्राभुँडी मुखबाट निकालीकन डिम्बमहाराजले धुँदै गऱ्याको दृश्यमा यो बिमारीका आँखा पऱ्याछन् । देख्नै नहुन्या कुरा यसले देख्याको हुनाले राजाबाट रिसानी भयाछ र यसले मेरो बदनामी गरिदिन्या पो होकि भन्या डरले जिब्रो निमोठिदियाछन् । अब यसको बोली आजन्म फर्कंदैन ।"

"धामीको वचन सबैले पत्याया । त्यही कुरा एक कान, दुई कान, मैदान हुन गयाको हो ।"

"ए ! पुरेतले गजबको कहानी रच्याछन् नि त !", महाराजले आश्चर्य व्यक्त गरे ।

"बिहान सबेरै राजा नुहाउन आउँछन् । मुखबाट आन्द्राभुँडी निकालेर धुन्छन् । कसैले त्यो दृश्य देख्यो भन्या भिउसुनेकन जस्तै श्राप दिन्छन् भन्या हल्ला चारैतिर फैलियो । बिहान सबेरै धारामा आउन पधेर्नीहरू डराउन थाल्याछन् । महाराज नुवाइधुवाइ गरिबरी फर्क्यापछि मात्र पधेर्नीहरू आउन थाल्याछन् । यसरी महाराज डिम्ब र भिउसुने दर्जीको कथा रचियाको रह्याछ !"

राजदम्पतीसहित सबैले सुमन्तको मुखबाट इतिहासकथा सुने । ठीकै होला भनेर पत्याए । राजाले सुमन्तको कुरोमा सही थापेपछि अरूले होइन छैन भन्न सक्ने कुरा भएन ।

सुमन्तपुराण सकियो । पसिना ओभाइसकेका थिए । पैदल हिँड्नेहरूको थकाइ पनि मेटिएको थियो । "अब जाऔँ" भन्ने महाराजको आज्ञा मिलेपछि सबै उठे । द्वारेबुढा भने महाराजसँग बिदा मागेर पुलाचौरतिर लागे । अरू सबले पुलाडाँडातिर लाग्ने तेर्पाएँ उकालो बाटो समाते । यसपटक महाराजको घोडा अघि लाग्यो ।

उन्नाईस

“राजकुमारीहरूले गहुँखेत हेर्न्या रहर गर्नु भयाको छ । घुमाउन लैजाऊँ ?”, बिहानको खाना खाँदै गर्दा युवराज मले बमले अनुमति मागे । महाराजले पुलुक्क राजकुमारको अनुहार हेरे मात्र, केही बोलेनन् । उनको अनुहारमा कुनै प्रतिक्रिया देखिएन । सामान्यतः ससाना कुरामा चासो देखाउने र निर्णय लिइहाल्ने स्वभाव महाराजको थिएन । यस्ता विषयमा महारानीले नै चासो लिन्थिन् । महारानी गुलवदनले राजकुमारीहरूको अनुहारतिर हेरिन् । दुवै राजकुमारीहरू नतमस्तक भएर खानामा एकोहोरिए जस्तो देखाए । दुई-चार दिनकै सरसङ्गतमा राजकुमार राजकुमारीहरूबीच हिमचिम बढेकोमा खुशी पनि लाग्यो । आवश्यकभन्दा अधिक निकटताले कुनै वित्यास निम्त्याउने हो कि भन्ने चिसो उनका मनमा पस्यो । सतर्कता अपनाउनुपर्ने कुरामा सचेत भए पनि राजकुमारको अनुरोध ठाडै इन्कार गर्नु उचित हुँदैनथ्यो । महारानीले अनुमति दिने मनसायले भनिन्, “राजदुलारीहरूको त्यस्तो रहर छ भन्यादेखिन् इच्छा पुऱ्याइदिनू नि ! धेरै टाढा भने नजानू । बाटोघाटो उति सजिलो छैन । राजकुमारीहरूकन आउजाउ गर्न गाह्रो पर्ला । नजिकै गाजनेको फाँट छ । त्यतै जाँदा हुँदैन ? बाटो पनि उति अप्ठ्यारो छैन ।”

महारानीको अनुमतिले तीनै जनाको अनुहारमा गुराँस फुल्यो । खानपिन सकिनासाथ तयारीका लागि आ-आफ्ना खोपीतिर लागे । स्वभावतः युवराज तयार भईवरी प्राङ्गणमा निस्कँदासम्म राजकुमारीहरू खोपीबाहिर निस्केका थिएनन् । शिकारी पोसाकमा ठाँटिएका युवराज प्रफुल्लित देखिन्थे । उनको चालढालमा मनभित्रको व्यग्रता झल्कन्थ्यो । अधीरता लुकाउन आँगनमा वरपर टहल्न थाले ।

निकैबेरको कुराइपछि बल्ल राजकुमारीहरूको आगमन भयो । उनीहरूका साथमा महारानी र सुसारेहरू पनि थिए । महिलाहरूको लस्कर देखेर युवराज खङ्ग्रङ्ग भए । राजकुमारीहरूसँग एकान्त यात्राको योजनामा रमाएका युवराजको मन आशङ्काले गल्यो । अलिकता रिस पनि उठ्यो । सुसारेहरूमात्र साथ भए त केही थिएन, महामहारानी पनि साथलाग्ने हुन् कि भनेर थर्थरी भए । रमाइलो यात्राको सपना तुहिने भयले क्लान्त बनायो । मनको भाव उनको अनुहारमा समेत स्पष्ट देखिन थालेको थियो ।

"ल ! उति टाढाको यात्रा होइन । त्यहीँ पल्तिर हो । नानीहरू कोही साथ जानु पर्दैन । राजकुमार राजकुमारीहरू मात्रै गया हुन्छ । बरु चाँडै फर्कनू ।"

महारानीको उर्दीले राजकुमारको अनुहारमा घाम झुल्क्यो । आफूले व्यर्थै अनर्थको कल्पना गरेछु जस्तो लाग्यो ।

मङ्गलीको हातबाट धजा, धूप, अछेता, फूल समेतको जौको नलबाट बनेको सानो कलात्मक ढक्की लिएर राजकुमारीहरूतिर सर्काइन् र राजकुमारतिर हेरेर थपिन्, "राजकुमारीहरू पहिलोचोटि जगन्नाथ मन्दिरमा जाँदै छन् । भगवान्को मनितो राख्नुपर्छ । जगन्नाथ खुन्याहा छन् । रिसिए दुःख देलान् । धूपबत्ती गरिदिनू, फूलअक्षेता चढाउन नबिर्सनू ।"

दुवै राजकुमारीहरूको गलाबाट एकैचोटि 'हस्' भन्ने स्वीकृतिसूचक शब्द निस्क्यो । ढक्की भने विश्वप्रभाले लिइन् । राजकुमारीहरू तयार भएपछि राजकुमार अघि लागे । राजकुमारीहरू उनका पछि लागे । यसपटक पनि राजकुमारको ठ्याक्कै पछि देउपुरकी राजकुमारी लागिन् । उनको पछि खाँचीकी राजकुमारी हिँडिन् ।

बाटोमै दाहिनेतिर रहेको पर्वतगढी काटेर गुफाडाँडामा पुगे । एकछिन त्यो डाँडोबाट चारैतिरको प्राकृतिक दृश्य नजर गरे । ढोलठाना उत्तरपूर्व मात्र खुल्थ्यो । त्यो डाँडाबाट दक्षिण पश्चिमतिर पनि दृश्यावलोकन गर्न सकिन्थ्यो । एकछिनको विश्रामपछि तीनै जना ओरालो लागे । ओरालो झर्दा दरबारी वस्त्राभूषणले राजकुमारीहरूको हिँडाइमा बाधा पुऱ्यायो । अप्ठ्यारोमा लाज मानेर काम चलेन । विवशताबस दुवै राजकुमारीहरूले अधोवस्त्र दुवै हातले समातेर अलिमाथि सारे अनि राजकुमारलाई पछ्याउन थाले । अधोवस्त्रको घुम्टो उठेका राजकुमारीहरूका सुडौल

र बान्की परेका गोरा गोडाहरूले राजकुमारका नयनहरूलाई आकर्षित गर्नु स्वाभाविक थियो ।

चोरीचोरी त्यो मनमोहक चेष्टा हेर्ने अवसर गुमाउने मूर्खता उनले गरेनन् तर अभद्रता अनावृत्त हुन भने दिएनन् । आँखाहरू पछिल्तिर लोभिए पनि राजकुमारीहरूलाई असजिलो अनुभूत हुनेगरी पछि फर्केनन् । निगुरो र उनिउको पाताल छिचोलेपछि अलिकता समतल जमिन आयो । अलि तल जगन्नाथको मन्दिरसम्म जङ्गल र वनबुट्यान थियो । बाटोदेखि देबेपट्टिको अलिकता होचो जमिनमा भने जौबाली सेताम्मै भएर झुलेको थियो । गहुँबालीजस्तो जौको नलमा पहेँलोपना हुँदैन । राजकुमारीहरू लोभिएको ढोलठानाबाट सुदूर उत्तरपूर्वतिरका खेतवारीको जस्तो पहेँलोपन त्यहाँ देखिँदैनथ्यो ।

"त्यो झुप्रो कसको हो ? जगन्नाथजीको मन्दिर कति टाढा छ ?", विश्वप्रभाले राजकुमारको अनुहारतिर हेरेर सोधिन् ।

"त्यही त हो जगन्नाथको मन्दिर !", मन्द मुस्कानसहित राजकुमारले जवाफ दिए ।

मन्दिर, मन्दिरजस्तो थिएन । काँचो इँटाले बनेको गाह्रो, खरफुसको छाना । छन्द नपरेको कुरूप आकृतिको यस्तो नमुनालाई पनि मन्दिर भनिन्छ होला भन्ने कल्पना राजकुमारीहरूले गरेका थिएनन् । यो जस्तो नमुना मन्दिर आजसम्म कतै देखेका थिएनन् । मन्दिर पनि यस्तो हुँदो रहेछ भन्ने कुराको जानकारी उनीहरूलाई प्रथमपटक भएको थियो ।

"मन्दिर बनाउनका लागि जग राख्यापछि जगन्नाथले सपनामा दर्शन दिईकन 'म माटोको छानामुनि बस्दिनँ' भन्याका हुनाले डिम्बमहाराजले झिङ्टीको सट्टा खरफुसको छाना लगाइबक्सेको रे !"

राजकुमारीहरूको मनको भाव बुझेका राजकुमारले स्पष्टीकरण दिए । मन्दिरको ढोका एउटामात्र थियो । ढोकामा पुगेपछि आफ्ना गोडाबाट छालाका जुत्ता उतारे । राजकुमारीहरूले पनि पाउपोश उतारे । ढोकाको उचाइ निकै होचो थियो । निहुरेर भित्र छिरेका राजकुमारले राजकुमारीहरूलाई भित्र आउन भने । राजकुमारीहरू भित्र पुगेपछि उनले मन्दिरको भित्री व्यवस्थाको जानकारी गराए, "उः त्यो सानो ढिस्को

महाराज डिम्ब बमको समाधि हो । महाराजको इच्छानुसार जगन्नाथको नजिकै समाधिस्थ गरियाको हो भन्छन् । उः त्यो सेतो फेटा गुथाइएको मौलो जगन्नाथको स्थापना हो ।"

"लास जलाउन्या चलन पर्वतमा छैन र ?", विश्वप्रभाले तत्क्षण प्रश्न गरिन् ।

"आजकल त लास भष्म गरिन्छ । हाम्रा पुर्खाहरू निसीमा छँदा लास नदीकिनारमा लगेर जलाउन्या चलन थिया'न रे ! जलाइहाले पनि गाउँभन्दा अलि माथिको चिहानडाँडामा लगेर भष्म गरिन्थ्यो रे !", राजकुमारले पुर्ख्यौली चलन बखाने ।

आफूसँग लिएर आएको पूजासामग्री निकालेर राजकुमारीहरू पहिले जगन्नाथतिर लागेको देखेपछि राजकुमारले भने, "होइन, त्यता होइन । पहिलो पूजा डिम्बको गर्न्या परम्परा छ । डिम्बको पूजा गरिसक्यापछि मात्र जगन्नाथको पूजा गर्नुपर्छ ।"

देवताभन्दा मानिसलाई पहिले पूजा गर्ने पर्वतको चलन देखेर राजकुमारीहरूलाई आश्चर्य लाग्यो । किन भन्ने प्रश्न मनभित्र भए पनि प्रकटमा गाइड बनेका राजकुमारले जसोजसो भने उसैगरी पूजा गरे । पूजारी थिएनन् । राजकुमारले शङ्ख उठाएर फुके । राजकुमारीहरूले पनि एक-एकवटा घण्ट उठाएर बजाए । मन्दिरभित्र कुनै मूर्ति स्थापना गरिएको थिएन । धातुमूर्ति निर्माणकलाको विकास नभैसकेका भए पनि प्रस्तर मूर्ति हुनुपर्ने हो । डिम्बको नभए पनि जगन्नाथको मूर्ति हुनुपर्ने हो । थिएन । देवताको नाममा गाईगोरु बाँध्न ठोकिएको जस्तो एउटा पैयुँको किलोमात्रै थियो । त्यही किलोमा सेतो कपडाको पगडी बाँधिदिइएको थियो । देवताको त्यो रूप राजकुमारीहरूका लागि नितान्त नौलो थियो ।

राजकुमारीहरूको मनोविज्ञान बुझेका राजकुमारले स्पष्टीकरण दिने प्रयत्न गर्दै भने, "यतातिर देवताको रूपमा किलो पूजन्या चलन छ । किलो 'लिङ्ग'को प्रतीक हो कि कुन्नि ? हाम्रातिर देवीको प्रतीक मानीकन 'मौलो' पूजन्या चलन पनि छ । कोटहरूमा मौलो पुजिन्छ । बागलुङमा भने देवीको मूर्ति स्थापित छ । बलि भने त्यहाँ पनि बाहिरको मौलोमै दिइन्छ । जगन्नाथलाई शिवरूप मानिँदैन । विष्णु पनि मानिँदैन । यस मन्दिरमा मूर्ति स्थापना गरियाको पनि छैन, लिङ्ग पनि छैन । किन छैन भन्ने इतिहासको जानकारी मकन छैन । कुनै दिन मेसो मिल्यो भन्या

सुमन्त बानियाँबाट जगन्नाथको इतिहासकथा सुनौंला । जगन्नाथको यो सानो मौलो चन्दनको काठबाट बन्याको हो भनिन्छ ।"

पूजारी नभएको हुनाले जगन्नाथको टीकाप्रसाद राजकुमारले बाँडे । राजकुमारीहरूले ग्रहण गरे । जगन्नाथको दर्शनपूजापछि मन्दिर प्राङ्गणको डिलमा निस्केर तलतिर निहारे । लटरम्म तरेली परेर झुलेका जौ, गहुँ र जैको बालीमा हावा बयली खेल्दै थियो । एकै तालमा सिङ्गो बाली कहिले पूर्व र कहिले पश्चिमतिर एकनासँग झुक्दै जाँदा सिपालु नर्तकहरूको चेष्टाजस्तो लाग्थ्यो । तलाउमा ढुङ्गा फ्याँक्दा उत्पन्न हुने जललहरीको तरङ्गजस्तो देखिन्थ्यो । हावाको तालमा सिङ्गो खेती आनन्दले झुलिरहेको थियो । मानिस वा चौपायाहरूको कतै नामोनिशान थिएन । बालीको सुन्दर नृत्यको मनमोहक दृश्यावली देखेर राजकुमार राजकुमारीहरू मोहित भए । गाजनेको सिङ्गो खेतबारी भविष्यका राजारानीको स्वागतका लागि नृत्य प्रदर्शनमा निमग्न रहेको भान हुन्थ्यो ।

मन्दिर प्राङ्गणबाट तलतिर लाग्ने गोरेटो थियो । राजकुमारले आफ्ना गोडा त्यतैतिर चलाए । यन्त्रवत् राजकुमारीहरू पछि लागे । थोरै तलतिर पुग्नासाथ गोरेटोका दुवैतिर गहुँबाली झुलिरेहको थियो । गहुँ कतै-कतै रातो हल्का गुलावी रङको पनि देखिन्थ्यो । कतै निख्खर सेतोखैरो । कतै लामा लामा जुँगासहितको बाली, कतै नाङ्गो ! कतै सिनित्त जुँगा खौरेजस्तो । त्यो दृश्य देखेर राजकुमारी विश्वप्रभा खितखिताइन् । राजकुमारले पछि फर्केर हेरे ।

"किन हाँस्या ?", राजकुमारी महलवसन्ताले सोधिन् ।

हाँसो रोकेर विश्वप्रभाले जवाफ फर्काइन्, "गहुँबाली भालेपोथी हुँदो रहेछ नि त ! यी एकथरीको जुँगादारी पलायाको छ, अर्को एकथरीको नाङ्गो अनुहार छ ।", राजकुमारी फेरि हाँस्न थालिन् ।

राजकुमारीको कुराले राजकुमारलाई पनि हाँसो उठ्यो । एकछिन उनी मन खोलेर खितखिताए । हरेक विषयलाई भिन्न दृष्टिकोणबाट हेर्ने राजकुमारीको तरिका उनलाई चौपट्टै मनपर्‍यो ।

"जुँगासहितको गहुँलाई 'टुँडेगहुँ' भनिन्छ । टुँडा भएको नभएको दुवै खालको गहुँ हुन्छ तर जौ र जै भने टुँडा नभएको हुँदैन ।", राजकुमारले गहुँको प्रजातिहरूको बयान सुनाए ।

राजकुमार अझै तलतिर लागे । राजकुमारीहरूले उनलाई पछ्याए । हिंड्दैगर्दा कौतुकबस दुवै हत्केला दुईतिरका गहुँवाली माथि लतार्दै पङ्ख फैलाएर चरा उडेझैं हिंडेकी विश्वप्रभाका गोडा अकस्मात् रोकिए र उनको मुखबाट "ए... !" भन्ने आवाज निस्क्यो । राजकुमारीको अनौठो आवाजले राजकुमारको गति पनि रोकियो । उनले पछि फर्केर हेरे । राजकुमारी विश्वप्रभा दुवै हातले दुईतिरका बालीहरू सहलाइरहेकी थिइन् ।

"के भयो ?", यसपटक पनि राजकुमारी महलवसन्ताले सोधिन् ।

"जुँगा पनि दुई किसिमका पो हुँदा रहेछन् त ! नपत्याए हजुरले छामिस्यो त ! दाहिनेतिरको बालीका जुँगा नरम छन् । देब्रेतिरका बालीका जुँगा भने खस्रा र कडा छन् !", विश्वप्रभाले आश्चर्य व्यक्त गरिन् ।

महलवसन्ताले दुवै हातहरू दुईतिर फैलाएर आफ्ना नरम हथेलीहरू गहुँबालीका जुँगामाथि बिस्तारै चलाइन् । मुसारिन्, "हो त साँच्ची ! एकतिरका नरम र अर्कोतिरका कडा रछन् त !"

राजकुमारीहरूको लागि हिउँदे चास विलकुलै नयाँ थियो । त्यसैले बाली आठौं आश्चर्यको विषय बनिरहेको थियो । राजकुमारीहरूको जानकारीका लागि राजकुमारले जुँगाको विश्लेषण सुनाए, "दाहिनेतिरको बाली जौको हो । जौ अलि ढिलो पाक्छ । त्यसैले जुँगा पनि नरम छ । उसै पनि जौको नल गहुँको भन्दा नरम हुन्छ । राजकुमारीले पूजा सामग्री राखेर ल्यायाको ढक्की त्यही जौको परालबाट बन्याको हो । देब्रेतिरको बाली गहुँको हो । रातो गहुँ अलिकता चाँडै पनि पाक्छ । पाकेको बालीको टुँडो पनि अपेक्षाकृत कडा लाग्छ । भालेपोथी पनि होइनन् । कडा र नरम पनि होइनन् ।"

तीनै जना खेतबारी छिचोलेर खुला चौरमा पुगे । चौरको डिलमा पुगेर राजकुमार थ्याच्च भुइँमा बसे अनि राजकुमारीहरूलाई बस्न इशारा गरे ।

दुवै राजकुमारीहरू राजकुमारको दुईतिर बसे । शायद दुवैलाई राजकुमारको नजिक बस्ने अव्यक्त इच्छाले डोराएको थियो । स्वाभाविक लैङ्गिक चुम्बकत्वले तानेको थियो ।

निकै लामो समयसम्म तीनै जना म्याग्दी नदीको नागबेली स्वरूप हेरेर लट्ठिए । म्याग्दी नदी नीलवर्णी नागकन्याजस्तै देखिन्थ्यो । दुईतिर किनाराको सेतो बगरबीचमा नीलो नदी । कल्पनाशील मान्छेहरूका लागि कल्पना

गर्ने अनेक विषय थिए । कालीदासले मेघदूतमा '...सलिल वसनां, मुक्तरोधो नितम्वम्' भनेर गरेको सुन्दरीको अर्धनग्न स्वरूपको वर्णन यथार्थमा परिणत भएजस्तै लाग्दथ्यो । राजकुमारले त्यहाँबाट देखिने आफ्नो राज्यको पश्चिम सीमादेखि यताका गाउँठाउँहरूको क्रमैले परिचय दिए ।

"एकैछिन् है" भनेर उठेका राजकुमार मले बम गहुँबालीभित्र छिरेर एक अँगालो केराउका झ्याम्टा बोकेर निस्किए । लटरम्मै फलेका केराउका कोसा टिपेर तीन जनाले खान थाले । केराउकोसाको स्वादबाट परिचित भए पनि त्यसरी फल्छ भन्ने कुराको ज्ञान राजकुमारीहरूमा थिएन । केराउको ताजा दानामा त्यति गुलियो स्वाद हुन्छ भन्ने कुराको जानकारी थिएन । त्यस्तो अनुभव गर्ने अवसर जुटेकै थिएन । यतिञ्ज्याल घुम्दा र गफगाफ गर्दा भोक लागेको पत्तो थिएन । केराउदाना देखेपछि बल्ल उनीहरूको भोक जाग्यो । एउटा कोसा पनि बाँकी नरहने गरी टिपटाप पारेर चबाए । तुरिने बेलातिर एक-एक कोसाको लागि तीन जनाबीच खोसाखोस चल्यो ।

प्राकृतिक खाजा-नास्तापछि राजकुमारले "अब फर्कौं" भने । राजकुमारीहरू उठे । अलिकता माथि बाटोमै पानीको प्राकृतिक स्रोत थियो । जलुकाको पातमा भरेर सबैले पालैपालो पानी पिएर उकालो लागे ।

"पानीमा पनि कर्कलो उम्रदो रहेछ यहाँ त ?", विश्वप्रभाले आश्चर्य व्यक्त गरिन् । उनलाई आफूले पानी पिउन प्रयोग गरेको पात कर्कलाकै हो जस्तो लाग्यो ।

"कर्कलो होइन, त्यो जलुको हो । कर्कलाको गुभोजस्तै जलुकाको गुभोको तरकारी खाइन्छ । कर्कलोमा जस्तै जलुकोमा पनि कोक्याउने गुण हुन्छ । शायद यी दुई भाइभाइ पो हुन् कि ?", राजकुमारले जलुकाको परिचय दिए ।

"ए ! मैले पनि कर्कलो नै हो भनिठान्याकी थिएँ त !", राजकुमारी महलवसन्ताले पनि आश्चर्य व्यक्त गरिन् ।

बीस

वैशाख निखिसकेको थियो । ढकमक्क फुलेका गुराँसले डाँडापाखाहरू लपक्कै छोपिएर राताम्मे भएका थिए । काफल, ऐंसेलु, चुत्रो, जन्मान्द्रो र गुयँलीजस्ता वनैया फलफूलहरू पाक्न थालिसकेका थिए । फलफूलको प्रचुरता र गर्मीका कारणले लेकतिर बसाइँ सरेका अनेकवली र बान्कीका चराचुरुङ्गीहरूको चिरीबिरीले लेकाली वनबुट्यानहरू गुञ्जायमान हुन थालेका थिए । कोइली, कुक्कु र काफलपाक्यो जस्ता कोइलीका भिन्न प्रजातिहरूका समवेत आवाजहरू वनपाखाहरूमा गुञ्जन थालेका थिए । त्यही मनोरम मौसममा दरबारिया ठिटाठिटीहरूले पारिवारिक वनभोजको आयोजना गरे । राजकुमार, राजकुमारीहरू, केही तन्नेरी भारदार, भान्से, सेवक र सुसारेहरूको ठूलै टोली ढोलठानाबाट सबेरै सामलतुमल बोकेर पश्चिमतिर लाग्यो ।

पर्वतगढी, गुफाडाँडा हुँदै डढेकोटमा पुगेर टोलीले सामलतुमल बिसायो । भान्से सेवकहरू चुलोचौको तयार गरेर खानपिनको प्रबन्ध गर्ने काममा जुटे । केही सुसारेहरूलाई साथ लिएर राजकुमार, राजकुमारीहरू र कपर्दार सुमन्त डडुवाको जङ्गलतिर लागे । राजकुमारीहरूका साथमा पठाइएकी महारानीकी खास विश्वासपात्रा सुसारे मङ्गली पनि साथ लागिन् । वनैया फलफूल टिपेर खाने र हातलाग्यो भने स-सानै भए पनि सिकार गर्ने मनसाय राजकुमारको थियो । डडुवा वनको मध्यभागतिर एउटा सानो खुला ठाउँ थियो । शायद ठूलो रुख लडेर वा काटिएका कारणले त्यो ठाउँ खुला रहन गएको हुनुपर्छ । गाई, भैंसी, भेडा, बाख्रा र गोठालाहरू थुप्रने खेल्ने ठाउँ बनेको थियो । दरबारको टोली त्यही पुगेर रोकियो ।

सुमन्तलाई रमाइलो गर्न मनलाग्यो । मनोरञ्जन पनि हुने राजकुमार राजकुमारीहरू पनि रिझिने युक्ति निकाल्ने कलामा उनी सिपालु थिए । आफूले साथमा लिई आएको तामाको पानीदानी उनले खाली गरे । नजिकैको फलाँटको रूखबाट सानो हाँगो कम्मरको खुकुरी थुतेर काटिवरी गजो बनाए । गजोले खाली पानीदानी बजाएर हेरे । उति ठूलो आवाज निस्केन । पानीदानीको बिर्को खोलेर पुनः बजाएर हेरे । अब आवाज निकै ठूलो र परपरसम्म सुनिने गरी आयो । त्यसरी बजाएको आवाज निकै परसम्म सुन्न सकिन्छ भन्ने लागेपछि उनले योजना सुनाए, "मङ्लीदी ! तपाईं पाकी मान्छे । जङ्गल चहार्न सक्नुहुन्न । यहीं छायामा बसिरहनुहोस् । केहीबेरपछि यो तुम्लेट बजाउन शुरू गर्नुहोला र हामी सबै फर्केर नआउँदासम्म बजाइरहनुहोला !"

"मङ्लीदीलाई यहाँ एक्लै छोडेर हामी सबै कता जान्छौं ?", राजकुमारी विश्वप्रभाले सोधिन् ।

"हामी एक्लाएक्लै वा डर लाग्छ भने दुई-तीन जना मिलेर अलग-अलग चौदिशा लाग्छौं । वनमा काफल, चुत्रो, जनमान्द्रो, गुयँली, ऐंसेलु आदि अनेक जातका फलफूलहरू पाकन्या बेला हो यो । आफू गयाको वनतिर जुन फल भेटिन्छ, त्यही टिपेर हामी सबै यहीं जम्मा हुन्छौं । जङ्गल निकै बाक्लो र अप्ठ्यारो छ । बाटो बिराउन सकिन्छ, जङ्गलमा हराउन पनि सकिन्छ । त्यसैले मङ्लीदीले बजाएको तुम्लेटको आवाजले हामीकन आफू फर्कनुपर्ने दिशाको ज्ञान गराउन्या छ ।"

सुमन्तले आफ्नो योजना सुनाए । सबैलाई उनको योजना मनपऱ्यो । सबै जना छरिएर चार दिशा लाग्न तयार भए । कोही एक्लै हिंडे, कोही साथीहरूसँग मिलेर हिंडे ।

"मलाई यहाँ एक्लै बस्न डर लाग्छ ।", काँतर आँखाले सबैतिर हेरेर मङ्लीले बिन्ती बिसाइन् ।

"साना राजकुमारहरू मङ्लीदीका साथी बनेर बस्ने है त !", राजकुमार मले बमले आफ्ना भाइहरूलाई उर्दी गरे ।

एकाध घण्टापछि मङ्लीले पानीदानी बजाउन थालिन् । एकैछिनपछि एक-एक गरेर वनभित्र छिरेका मानिसहरू फर्केर आउन थाले । कसैले

चुत्रो, कसैले जन्मन्द्रो, कसैले काफल, जजस्ले जे-जे फेला पारे, त्यही लिएर आउन थाले । रित्तो हात कोही आएन । सुमन्त आफूले पनि एक भाङ्ग्रा काफल लिएर आए । राजकुमारीहरूले भुइँबाटै टिप्न सकिने चुत्रो र जन्मन्द्रो लिएर आएका थिए । काँडासँग छलिने अभ्यास भएका सुसारेहरू कोहीले ऐंसेलु लिएर आए । सबै जना आइपुग्दा पनि राजकुमार मले बम र राजकुमारी विश्वप्रभा भने आइपुगेका थिएनन् । यद्यपि उनीहरू एकैसाथ एकै दिशातिर गएका भने थिएनन् ।

एकनाससँग तुम्लेट बजाइरहेकी मङ्लीले अझ जोडसँग बजाउन थालिन् । मङ्लीका हात गले होलान् भन्ने विचार गरेर सुमन्तले उनको हातबाट तुम्लेट लिएर आफैं बजाउन थाले । युगल जोडी भने अझै आइपुगेन । खोज्न जानुपर्ने कुरा चल्यो । विश्वप्रभाकी सुसारे रम्भा निकै चिन्तित भइन् । 'खोज्न जाऊँ कि जाऊँ' भनेर जोड गर्न थालिन् । सुमन्तले सबैलाई धैर्य गर्न भने । उनलाई कुनै दुर्घटनाको शङ्का थिएन । एकपटक त बाघसँग जम्का भेट भए पनि उम्कन सक्ने सामर्थ्य राजकुमारमा थियो । कस्तै कठिन परिस्थितिको पनि सामना गर्ने बलवर्कत युवराजसँग छ भन्ने कुरामा ढुक्क थिए । डराउनुपर्ने कारण थिएन । बरू हातमा बन्दुक लिएर गएका राजकुमारले कुनै सिकारको पिछा गर्दै पो होलान् कि भन्ने लाग्यो ।

बन्दुक दागेको आवाज सुनिएको थिएन । युवराजसँगै राजकुमारी विश्वप्रभा पनि नफर्केकी हुनाले दुवै जना साथमा हुनुपर्छ भन्ने अनुमान उनले गरे । खोज्न जाँदा कतै अमर्यादित अवस्थामा फेला परे भने दरबारको मानमर्यादामा दक्खल पुग्न जाने कुराप्रति उनी सचेत थिए । त्यसैले अरूका कुरा सुन्नुभन्दा मच्चीमच्ची तुम्लेट बजाएरै समय बिताउन उपयुक्त लाग्यो । उनले गुराँसको रुखमा चढेर तुम्लेट बजाउन थाले । त्यति गर्दै 'ढ्वाङ' गरेर बन्दुकको आवाज आयो ।

"उः राजकुमारले सिकार हानिबक्स्यो ।", सुमन्तले खुशी प्रकट गरे ।

उता फरक दिशा समातेर जङ्गल छिरेका राजकुमार मले बम र राजकुमारी विश्वप्रभाको अकस्मात् मध्यजङ्गलमा जम्काभेट भयो । फलफूलको खोजीमा हिंडेकी राजकुमारीले निकै परपरसम्म फैलिएको निगालाको घारीनेर एउटा ससानो रुखमा लटरम्मै गुयँली पाकेको

देखिन् । रसदार फलहरू आफ्नै हातले टिप्ने रहर लाग्यो तर न रुख चढ्ने ह्याउ थियो न सिप थियो न अभ्यास । अङ्गुरको झुप्पो देखेर लोभिएको कथाको स्याल झैं त्यही रुख हेरेर उभिरहेकी थिइन् । दिनको गर्मी छल्न निगालाको झाँङमा छिरेका कालिजहरूको खोजीमा भौतारिँदै राजकुमार टुप्लुक्क त्यही आइपुगे । राजकुमारीको चेष्टा देखेर मनोविज्ञान बुझेका राजकुमारले आफूले भिरेको भाङ्ग्रा राजकुमारीलाई लगाइदिए र रुखमा चढ्न सघाए । आफू भने फेरि निगालाघारीभित्र छिरे ।

निकै पर पुगेपछि झ्याम्म परेको निगालाको घारीभित्र सुस्ताएका एकजोडी कालिजमा राजकुमारका आँखा परे । घत हेरेर बन्दुक चलाए । दुवै कालिजको एकैचिहान भयो । बन्दुकको आकस्मिक आवाजले रुख चढेकी राजकुमारी तर्सिइन् । उनका गोडा लगपकाए, मुटुले ठाउँ छोड्यो, आँखा धमिलो भएजस्तो भयो । हाँगालाई बलियोसँग च्यापेर रुखको कापमा बसिन् । एउटा हातमा बन्दुक र अर्को हातमा दुइटा कालिज झुन्ड्याएर राजकुमार त्यही बाटो फर्के । राजकुमारी रुखको कापमै बसिरहेको देखेर राजकुमारले मन्द मुस्कानसहित भने, "ओर्लनुस् जाउँ, सबै जना जम्मा भैसके होलान् । घण्टी झन्झन् चर्को बजाउन थाल्याका छन् ।"

राजकुमारीले गादोभरी गुयँली टिपेकी थिइन् । गादोसँगै रुखबाट ओर्लने चेष्टा गरिन् । गाह्रो भयो ।

"भाङ्ग्रा निकालेर पोको बनाउनुस् र तल फ्याँकेर ओर्लनुस् ।" राजकुमारले जुक्ति सिकाए ।

बन्दुकको आवाजबाट तर्सेकी राजकुमारीका गोडा अझै काम्दै थिए । रुख चढ्ने अभ्यास थिएन, ओर्लने ढङ्ग पनि थिएन । गादो उताछुँ भन्दा हतारोमा रुखको डाली समातेका दुवै हात एकैसाथ छोडेकी राजकुमारीको शरीरले सन्तुलन गुमायो । राजकुमारी रुखबाट खसिन् । धन्न राजकुमारले हातथाप्न भ्याए । जमिनमा पछारिनबाट जोगिइन् । सानो नानीझैं राजकुमारको हातमा परेपनि राजकुमारीको आधा होस गुमिसकेको थियो । उनका आँखा बन्द थिए । हातगोडा शिथिल ! राजकुमारीले राजकुमारको काखबाट उत्रने चेष्टा गर्दै गरिनन् । भुइँमा राखिदिने हतारो राजकुमारले गरेनन् ।

राजकुमारीले आँखा चिम्लेर ज्यान खुकुलो छोडेकी थिइन् । आफ्ना बाहुमा लम्पसार परेर आँखा चिम्लेकी राजकुमारीको अनुहारमा राजकुमारले निर्निमेष निहारिरहे । शायद त्यति नजिकबाट राजकुमारीको सुन्दर अनुहार हेर्ने अवसर यसअघि उनलाई मिलेकै थिएन । राजकुमारीको बान्की परेको कोमल शरीरको जादुमय स्पर्शको पहिलो अनुभव थियो । निकै समयपछि राजकुमारीले आँखा खोलिन् । आँखा खुले पनि कहाँ कुन अवस्थामा छु भन्ने जानकारी नभएरै हो कि अथवा जानीजानी हो, आफ्नो शरीर त्यसरी नै राजकुमारको काखमा रहन दिइन् । राजकुमारको अनुहार बिस्तारै-बिस्तारै आफूतिर नजिकिँदै आएको देखेपछि आफ्नो अनुहार र राजकुमारका बीच हत्केला राखिन् र बिस्तारै पर धकेलिन् । राजकुमारको आँखामा 'किन' भन्ने प्रश्नभाव पढेकी राजकुमारीले भनिन्, "आफ्ना लागि तयार पारियाको मिष्ठान्न भोजन भान्सेले थालीमा पस्किएर नटक्र्याउँदासम्म खाने हतारो गर्नु हुँदैन । बुद्धिमान मानिसले पकायाकै भाँडोमा खाइहाल्छु भन्दैन ।"

राजकुमारीको इशारा बुझेका राजकुमारले उनलाई बिस्तारै जतनसँग भुइँमा राख्ने चेष्टा गरे । राजकुमारी यतिञ्ज्याल शायद जानेरै राजकुमारको हातमा काखेनानीझैँ च्यापिएकी थिइन् । उनले झटपट आफ्ना खुट्टाहरू भुइँमा टेकिन् र राजकुमारतिर हेरेर मुस्कुराइन् । राजकुमार पनि मुस्कुराए । यतिखेर राजकुमारको अनुहारमा नजानिँदो गरी लज्जा पोतिएको थियो ।

दुवै जना घण्टीको आवाज आएको दिशातिर लागे । एकैछिपछि उनीहरू जम्मा हुनुपर्ने ठाउँमा आइपुगे । राजकुमारले पहिरिएको भाङ्ग्रा राजकुमारीको शरीरमा औधी सुहाएको थियो । निकै ढिलो गरेर फर्केको जोडी देखेर प्रतीक्षामा बसेका साथीहरूका अनुहारहरूमा भने विभिन्न भावहरू रेखाङ्कित भएका थिए । रम्भा निकै खुशी देखिन्थिन्, मङ्गलीको अनुहारमा संशयभाव थियो । राजकुमारी महलवसन्ताको टोलीमा इर्ष्याभाव थियो । सबैले आ-आफ्नै सोचअनुसारको कल्पना गरे होलान्, अनुमान लगाए होलान् । युगलजोडी भने निश्चिन्त देखिन्थ्यो ।

जम्मा भएको फलफूलको स्वादलिँदै टोली डढेकोटतिर फर्क्यो । यता भोजन तयार भइसकेको थियो । राजकुमारले मारेका सिकार तत्काल

काटकुट गरेर तयार पारियो । पारिवारिक भोजमा कालिजको परिकार थपियो । खानपिन सकिएर फर्कने तयारी गर्दै गर्दा राजकुमारी विश्वप्रभाले जिज्ञासा राखिन्, "यो ठामलाई डढेकोट किन भनियाको होला ?"

राजकुमारले सुमन्ततिर हेरे । राजकुमारको आशय बुझेका सुमन्त फर्माए, "महाराज डिम्ब बमले कालीगण्डकी पश्चिमको थापाहरूको चार हजार पर्वत पूरै डोलायापछि राजधानी ताकमबाट पुलामा सारिबक्सेछ । यता आयापछि यहीं ठाउँमा पहिलो दरबार बनाइबक्सेछ । दुर्भाग्यबस वज्र परेर दरबार ध्वस्त भयाछ । मानिसहरू पऱ्याछन् । महारानी सुनयनाको पनि त्यही दुर्घटनामा मृत्यु भयाछ । दरबार ध्वस्त भयापछि ढोलठानामा नयाँ दरबार बन्यो । यी हेरिबक्स्योस्न ! अझैसम्म पनि दरबारको ढुङ्गे पर्खाल बाँकी छ । जग साबुतै छ । चट्याङ परी आगलागी भईकन दरबार ध्वस्त भयाको हुनाले यसलाई 'डढेको दरबार' भन्न थालियो । आजकल डढेकोट भनिन्छ ।

चट्याङले महारानीलगायत दरबारियाहरूको ज्यान लिएको कुराले सबैलाई दुःखी बनायो । कसैको बोली फुटेन । केही क्षणसम्म सबै जनाले मृतकका नाममा अघोषित मौनधारण गरे ।

एक्काईस

श्रावण शुक्ल द्वादशी । जगन्नाथको मन्दिरमा सालिन्दै भोग (भोज) लगाउने तिथि । यो तिथि कुनै पर्वविशेष भने होइन । जगन्नाथ स्थापना दिवस हो भन्ने कुराको ऐतिहासिक प्रमाण छैन । सम्भवतः यो तिथि महाराज दिलीप बमको पुण्यतिथि हुन सक्छ । डिम्ब बम भनेर लोकपरिचित राजा दिलीप बमले यही ठाउँमा समाधि लिएका थिए भनेर मानिन्छ । उनको समाधिको नमुनावशेष मन्दिरभित्र छ ।

कारण जेसुकै होस्, पुस्तौंपुस्तादेखि यही तिथिमा जगन्नाथमा सार्वजनिक भोजको आयोजना गर्ने परम्परा निरन्तर चलिआएको छ । वरिपरिका गाउँघर र गोठहरूबाट दूध सङ्कलन गरिन्छ, पायस बनाई जगन्नाथलाई चढाइन्छ र त्यही परिकार जगन्नाथको प्रसादको रूपमा उपस्थित सबै जनसाधारणलाई वितरण गरिने रीति चल्दै आएको छ । डिम्ब महाराजले जगन्नाथको स्थापना गरेको हो भनेर मानिन्छ र स्थापनाकालेखि नै जगन्नाथमा भोजको आयोजना गर्ने परम्परा चलाइएको हो भनिन्छ । घरगोठहरूबाट दूध सङ्कलन गरिए पनि चामल भने जगन्नाथको गुठीबाटै उपलब्ध हुन्छ । गुठियारहरूले नित्यपूजाका लागि आवश्यक पर्ने अक्षेता समेत पुऱ्याउनुपर्ने परम्परा छ । भोग लगाउने दिनमा खर्च हुने धानचामल पनि गुठियारहरूले नै पुऱ्याउने चलन छ । अछेता र भोगका लागि अलगअलग गुठीको व्यवस्था गरिएको छ ।

भोग लगाउने पर्वमा जनसाधारणको उपस्थिति अनिवार्य मानिँदैन । इच्छा हुनेहरूमात्र पूजामा सामेल हुन्छन् तर पर्वत राज्य अस्तित्वमा रहुञ्ज्याल भने दरबारको प्रतिनिधिको उपस्थिति अनिवार्य मानिन्थ्यो ।

राजा, राजा नभए राजपरिवारको कुनै सदस्य, त्यो पनि नभए राजाबाट पठाइएको प्रतिनिधिको उपस्थिति अनिवार्य हुन्थ्यो ।

त्यस वर्षको पूजामा भने सिङ्गो राजपरिवारको उपस्थिति थियो ।

पूजाको तयारी पूरा भएपछि पूजारीहरूले पूजा शुरू गरे । प्रसाद बनाउनेहरू आफ्नो काममा लागे । बुढापाकाहरू राजालाई घेरेर आ-आफ्ना दुःखपिराउ सुनाउन थाले । राजा-रङ्क सबै एकै ठाउँमा जम्मा भएर पूजा गर्ने, सहभोज गर्ने र दुःखसुखको भलाकुसारी गर्ने पर्वत राज्यको परम्परा डोलामा आएका राजकुमारीहरूलाई निकै जँच्यो, राम्रो लाग्यो । राजकुमारीहरू यसअघि नै यो भेकमा आइसकेका र घुमफिर गरिसकेका हुनाले धेरथोर परिचित भैसकेका थिए । उनीहरूलाई गुफा डाँडाबाट देखिने वरिपरिको प्राकृतिक दृश्यले मोहनी लगाएको थियो । त्यसैले पूजा चलुञ्ज्याल माथि डाँडामा उक्लेर बस्ने इच्छा जाहेर गरे । साना-ठूला सबै राजकुमारहरू र राजकुमारीहरूसँग आएका खास सुसारेहरूसहितको टोली राजाज्ञा लिएर हलहलेबाट उकालो लाग्ने भयो । राजकुमारी विश्वप्रभाले सुमन्त बानियाँलाई पनि साथ लिएर जाने आग्रह राजकुमार मले बमसँग गरिन् । बानियाँ साथमा हुँदा पुराण इतिहासको जानकारी पाउन सकिने भएकोले राजकुमारीहरूको इच्छा मले बमलाई उचितै लाग्यो । राजकुमारहरूको टोलीमा अब सुमन्त बानियाँ पनि थपिए ।

माथि पुगेपछि चारैतिरको मनोरम दृश्यहरू निहार्दै यताउताका गफ चले । कुनै प्रसङ्गमा राजकुमार मले बमले जगन्नाथ स्थापनाको बारेमा मौका पर्दा सुमन्तबाट जानकारी लिउँला भनेको कुरा राजकुमारी विश्वप्रभाको स्मरणमा आयो । जगन्नाथको कथा सुन्ने जान्ने उत्सुकता उनको मनमा गढेर रहेको थियो । मौकाको फाइदा उठाउने मनसायले राजकुमारी जिज्ञासा राखिन्, "यत्रो धुमधामसँग जगन्नाथको पूजा गरिंदो रह्या'छ । पूजामा राजा रैती सबै जम्मा हुँदा रह्याछन् । दैनिक धूपबत्ती गर्ने व्यवस्था पनि गरियाको रह्या'छ । न मन्दिर गतिलो छ, न मन्दिरभित्र कुनै देवताको मूर्ति छ । मन्दिर खरफुसले छाउनुको कारण त युवराजबाट जानकारी मिल्याको थियो तर देवताको बारेमा भने सुमन्तसँग सोधपुछ गर्नुपर्छ भनी मर्जी भयाको थियो । लौ आज दाइले जगन्नाथको कथा सुनाउनुपर्‍यो ।"

राजकुमारी महलवसन्ता र राजकुमार मले बमले पनि विश्वप्रभाको कुरामा समर्थन जनाए । साना राजकुमारहरू ढुङ्गामाटोसँग खेल्नमै मग्नमस्त थिए । बाँकी सुसारेहरू, राजकुमारीहरू र युवराजले सुमन्तलाई घेरेर बसे । राजकुमार राजकुमारीहरूको जिज्ञासा शान्त गर्नका लागि सुमन्तले इतिहासवृत्तान्त बखान्न थाले, "महाराज डिम्ब बमले आठ हजार पर्वत डोलायापछि ताकमबाट पुलामा राजधानी सारिबक्स्यो । खासगरेर पुला दुई ठूला नदीको सङ्गममा रह्याको हुनाले शत्रुभय नहुनुका साथै पूर्व र दक्षिणतिर राज्य बिस्तार गर्न्या काम पनि सजिलो पर्न्या विचार गरीकन राजधानी यता सारियाको थियो । डिम्ब महाराजको मनसाय सम्म मिलेको पुलाचौरमा दरबार बनाउन्या थियो रे ! हेरकोर गराउँदा चौरको माटो दरबारका लागि सुभ्यान'छ । त्यसैले माथि डाँडातिर दरबारका लागि ठाउँ खोज्दै जाँदा अलिकता बस्नलायकजस्तो यो गाजनेको माटो पनि सुभ्यान'छ । त्यसपछि हेर्दै, खोज्दै जाँदा डढ्याकोट भन्ने ठाउँ शुभ ठह-याछ । ज्योतिषीले राम्रो र शुभ ठह-यायाको त्यो ठाउँ पनि दरबारका लागि शुभ ठहरेनछ । ठाउँ मन नपऱ्या पनि ज्योतिषले ठम्यायाको ठाउँ भनेर दरबार बनाइया'छ तर त्यो दरबारमा रहुञ्ज्याल राज्यबिस्तारको कामको मेसो मिल्यान'छ । आषाढ महिनाको शुरुमै वज्र परी दरबार ध्वस्त भया'छ । कैयौं सेवक, सुसारे, कामदारसहित महारानी सुनयनाको समेत ज्यान गया'छ ।"

"दरबार ध्वस्त भयापछि ढोलठानामा अस्थाथी दरबार बनाईकन राजकाज चलाउन थालिया'छ । युवराज नाग बम तन्नेरी भयापछि बल्ल राज्य बिस्तार शुरू भया'छ । कालीपार मल्लाजलाई डाँडाकोट भनिन्या रह्या'छ उतिबेला । डाँडाकोटमा लामीछान्या घर्तीहरूको राज्य थियो रे ! डाँडाकोट राज्यमा कास्कीको राकसे गुरुङले कब्जा जमायाको रह्या'छ । मल्लाजका घर्ती र कार्कीहरू पर्वत दरबारमा सहयोग माग्न आयाछन् । बरु मल्लवंशले डाँडाकोटमा राज गरोस्, हामीकन राज्या चाहियान तर गुरुङको अत्याचारबाट मुक्त गराई पाऊँ भनीकन बिन्ती बिसायाछन् । युवराज नाग बमले रतन बानियाँकन साथ लिई गुरुङको राज्यमाथि हमला गऱ्याछन् । गुरुङ राजा ज्यान जोगाई भाग्या'छ । मल्लाज पर्वतमा गाभिया'छ ।"

"युवराज नाग बमले पहलमानी पनि गरिबक्सन्थ्यो रे ! एकपटक बाईस्या-चौबीस्या राज्याहरूबीच ढोरको जनैपूर्णिमा मेलामा मल्लयुद्ध प्रतियोगिता भया छ रे ! जुम्ला, रुकुम, प्युठान, गल्कोट, मुसीकोट, पर्वतसमेतका सातै पहलमानहरूकन चित खेलायाका हुनाले युवराजकन 'मल्ल' उपाधि मिल्या'छ। त्यसपछि मात्र पर्वत्या राजाको थर मल्ल भयाको हो । नत्र भने त्यसपूर्व आनन्द, चन्द्र बम र दिलीप बमसम्म सबै राजाको थर 'शाही' रह्याको देखिन्छ । नागयताका सबै राजाहरूको थर 'मल्ल' रहँदै आयाको छ ।"

"ए, युवराजको पुर्ख्यौली थर त शाही पो रह्याछ ! मेरो बुबामहाराजको थर पनि शाही नै हो । थर नफेरियाका भयादेखिन् राजकुमार र मेरो थर जुद्धो रह्या'छ ।", राजकुमारी विश्वप्रभाले टिप्पणी गरिन् ।

"एउटै थरमा बिहे गर्न हुँदैन भन्छन् नि ?", राजकुमारले सोधे ।

"मेरो माइती थर त सेन हो ।", राजकुमारी महलवसन्ताले थपिन् ।

"थर मिल्न सक्छ, नमिल्नुपर्न्या गोत्र हो । झुक्किएर एकै गोत्रमा बिहेवारी हुन गया'छ भन्या पनि गोत्र फेर्न्या चलन छ ।", सुमन्तले सामाजिक नियमको स्पष्टीकरण दिए ।

"जगन्नाथको कथा नाग बम र थरगोत्रतिर पो लरबरियो !", राजकुमार मले बमले सुमन्तलाई सम्झाए ।

"लरबरियाको होइन, जगन्नाथ स्थापनाको कारण क्या रह्याको थियो भन्ने कुराको रहस्य खोतल्दै थिएँ । त्यति बलियो ज्यान पऱ्याका नाग मल्ल मल्लाज विजयपछि अचानक बिमारी भैबक्स्या'छ । आफू बिमारी भै लडाइँभिडाइमा जान नसकन्या भयापछि रतन बानियाँकन सेनाको जिम्मा लगाई सतहुँ, गरहुँ, कास्की हान्न पठाइबक्सी आफू आराम गर्न काली तरिबक्स्याछ । पुला फर्किबक्स्या'छ । रतन बानियाँले कास्की, सतहुँ, मुसीकोट, बागलुङ र गल्कोटसमेत सरगरीकन फर्क्याछन् । युवराजको स्वास्थ्य भने त्यसपछि कहिल्यै ठीक भयानछ । वैद्यहरूले युवराजको गाथमा 'राजयक्ष्मा' नामको असाध्य रोग लाग्याको हो भन्याछन् । राजा डिम्ब बृद्ध, युवराज नाग बिरामी भयाकोले राज्यबिस्तारको काम स्थगित भयाछ । टाढा-टाढादेखि धामी, झाँक्री, वैद्य, झारफुके मगाई नाग बमको उपचार गर्दा पनि केही सीप लाग्यानछ । मल्लाज हान्याको पाँचै वर्षमा नागमल्लको मृत्यु भयाछ ।"

"मल्लवंश चलाउन्या पहिलो व्यक्ति युवराज नाग बम राजतिलक नभईकन बितिबक्स्याको रह्याछ, होइन ?", राजकुमार मले बमले सोधे ।

"हो, युवराज नाग बमको २५ वर्षकै अल्पायुमा मृत्यु भयापछि वृद्ध राजा डिम्ब बमलाई शोकमाथि शोक थपियाछ । क्यान यस्तो पारिवारिक क्षति आउन गयाको हो भनीकन जान्न्या ज्योतिषीहरूकन देखाइयाछ । हेरकोर गराइया छ । राजाको जन्मपत्रीमा परिवार पिन्र्या जोग, पापी ग्रहनक्षत्रको वास थिया'न रे ! तर महारानी बित्याको केही वर्षपछि नै तन्नेरी युवराजको ज्यान जानुको कारण के होला त भनीकन निकै खोजी गरियाछ । चिनाको दोष नदेखियाको हुनाले अरू कारण के होला त भनी खुट्ट्याउनका लागि रुकुमबाट जान्ने भनी नाम चल्याको लामाझाँक्री बोलाइयाछ । उसले आखत हेरकोर गरीकन जगन्नाथ खुनासिन गयाको हुनाले यस्तो दुर्दशा निम्तियाको हो भन्याछ ।"

"डाइनी, बोक्सी, भूतप्रेत र पिशाचले पो दुःख दिन्छन् भन्ने सुनिया'थ्यो ! देवता रिसिया पनि मान्छेकन दुःखदिन्या रह्याछन् ?", विश्वप्रभाले आश्चर्य व्यक्त गरिन् ।

"जगन्नाथ क्यान, कसरी रिसियाका रह्याछन् त ?", राजकुमार मले बमले जिज्ञासा राखे ।

"जगन्नाथ भन्याको कालीकोटको जैसी दोख रह्याछ । दुई भाइको अंशबन्डाको मुद्दामा राजाबाट आफूलाई अन्याय भयो भनीकन जगन्नाथ नामको दाजु ब्राह्मण झुन्डिमऱ्याको रह्याछ । कालीकोट दरबारकन पनि त्यो दोखले निकै सतायापछि लामाझाँक्रीको सल्लाहमा कालीकोटको 'बाइबीस दरा' भन्या ठाउँमा माडौ बनाई पूजादिई थन्क्यायाको रह्याछ ।"

"कालीकोटको दोखले पुलासम्म आईकन कसरी दुःख दिया'छ त ?", महलवसन्ताले सोधिन् ।

"झुन्डिई आत्महत्या गर्न्या बखतमा वामनपुत्रले 'मऱ्यापछि पनि कालीकोट दरबारका सन्तान दरसन्तानसम्म दुःख दिन्याछु' भन्याको रह्याछ । कालीकोटमा त पूजा दिइवरी थान्कोमा राखियाको रह्याछ । कालीकोटकी राजकुमारी सुनयनाको निसिकोटमा बिहे भयाछ । राजकुमारीको साथ लागिकन दोख यता आयाको रह्याछ । उसैको कारणले दरबार ध्वंश

भयाको रह्याछ । महारानीको ज्यान उसैको कारणले गयाको रह्याछ । युवराजको ज्यान खान्या पनि उही दोख हो भन्याछ लामाले !"

डरलाग्दो दोखको कहानीले सबैलाई स्तम्भित बनायो । कसैको मुखबाट कुनै शब्द निस्केन । सुमन्तले कथा अघि बढाए, "रूकुमे लामाझाँक्रीको आङ्मा उत्रीकन मेरो सेवना नगर्न्या होभन्या अरू हानिनोक्सानि पनि पुऱ्याउन्याछु भनेर बक्याछ । त्यसैले जगन्नाथको पुतला बनाई जमिनमा धसीकन दोख फेरि उठ्न नसकोस् भनी त्यसमाथि पैयुँको किलो ठोकियाको रह्याछ र त्यही किलोमा सालिन्दै पूजा दिई भोग लगाउन्या गरियाको रह्याछ । लामाझाँक्रीले बसालिदियाको त्यही चलनले आजतक निन्तरता पायाको रह्याछ ।"

"किलो पुजन्या कारण त त्यस्तो पो रह्याछ ।", राजकुमारी विश्वप्रभाले आश्चर्य व्यक्त गरिन् ।

"कालीकोटको बाह्रबीसदरा भन्या ठाउँमा उः जमानामा बनाइयाको जगन्नाथको माडौं अझैतक छ । कालीकोटको देवता त्यसरी पुलासम्म आई दरबारकन नोक्सान पुऱ्यायाको रह्याछ ।"

"जगन्नाथको पुतला र डिम्बको समाधि क्यान एउटै मन्दिरभित्र राखियाको रह्याछ त ? त्यसको कारण पनि अवश्य होला । डिम्ब बमको समाधि बन्याको तर त्यसपछिका राजाहरूको समाधि क्यान नबन्याको रह्याछ ? डिम्ब बमको अन्तिम दाहसंस्कार गण्डकीमा किन नभयाको रह्याछ त ?", विश्वप्रभाले पुनः प्रश्न अघि सारिन् ।

"महारानीको चाँडै मृत्यु भयो, युवराजको युवा उमेरमै मत्यु भयो । एकमात्र नाति प्रतापी नारायण तन्नेरी भयापछि नातिकन तिलक दिई महाराज दिलीप बमले सन्यास लिबक्स्यो । त्यति बेला पुलाडाँडामा योगी वरनाथको वासस्थान थियो रे ! महाराज दिलीप बमले वरनाथबाट दीक्षा लिइबक्सी नाम परिवर्तन गरीकन डिम्बनाथ बनिबक्स्यो । आजकल मानिसहरूले महाराजको पुरानो र नयाँ नाम जोडेर सम्झने गर्छन् अर्थात् पछिल्लो नाम डिम्ब र पहिलेको थर बम जोडीकन डिम्ब बम भन्न थालियाको हो ।"

"ए ! डिम्बमहाराजको असली कथा त त्यस्तो रह्याछ ! मलाई पनि डिम्ब बम भन्या नाम अलि नमिल्याको जस्तो लाग्थ्यो । डिम्ब महाराज

यही ठाउँमा अलप भयाका हुन् भन्न्या सुनिन्छ । मलाई त उति पत्यार लाग्दैन । जगन्नाथकै छेउमा समाधि कसरी रहन गयो ? लास त जलाइनुपर्न्या होइन र ?", युवराजले थप प्रश्न गरे ।

सुमन्तले समाधिको कथा सुनाए, "नाथ सम्प्रदायमा योगीको मृत्युपछि दुई खालको अन्तिम संस्कारको परम्परा छ । जल समाधि र थल समाधि । योगीको मृत्युपछि जल वा थलमा अन्तिम संस्कार गरिन्छ । नाथ सम्प्रदायमा अर्को खालको समाधिको परम्परा पनि छ । ठूला महात्मा योगसाधकहरूले योगसाधनाद्वारा मृत्यु साक्षात्कार गर्न सक्छन् भनी मानिन्छ । त्यस्ता महात्माहरूको समाधि जीवितै छँदा सम्पन्न गरिन्छ । जीवितै गरिन्या समाधि पनि दुई किसिमका हुन्छन् । जल समाधि र थल समाधि । दुवै उस्तै हुन्या भया पनि जीवितै समाधिलिन्या योगीहरू जीवित अवस्थामै जलप्रवेश गरीकन समाधि लिन्छन् । थल समाधि लिन्या योगीहरूकन एक जना मानिस बस्न मिल्न्या गरी खाडल खनी लिपपोत गरी पवित्र बनाइन्छ र खाडलमा योगीकन पद्मासनमा राखी माथिबाट ढक्कनले छोपिन्छ । पद्मासनमा बस्याका योगीको मुखमा एउटा नलकीद्वारा दूध पठाउन्या व्यवस्था गरिन्छ । जुन दिन दूध जान छोड्छ, त्यही दिन योगीको मृत्यु भयाको मानिन्छ अर्थात् समाधि लियाको मानिन्छ । स्वेच्छाले जीवित छँदै लिइन्या समाधिलाई इच्छा समाधि भनिन्छ । महाराज डिम्बनाथले जगन्नाथ परिसरमै इच्छा थलसमाधि लिइबक्स्याको रह्या'छ । त्यसकारणले महाराज डिम्बको समाधि जगन्नाथसँगै रहन गयाको हो ।"

सुमन्तले महाराज डिम्बको कथा समाप्त गरे ।

"ए, त्यसकारणले पो जगन्नाथसँगै डिम्बको समाधि रहन गयाको रह्याछ ।", राजकुमारी विश्वप्रभाले भनिन् ।

सुमन्तले डिम्बको कथा समाप्त गर्दा नगर्दै जगन्नाथको मन्दिरमा पूजा समापनको शङ्खघण्ट बजेको आवाज आयो । राजकुमार-राजकुमारीहरूलाई अघि लगाएर सुमन्त पनि मन्दिर परिसरतिर ओरोलो झरे ।

बाईस

लगातार चार दिनको हिँडाइपछि ढोरको पश्चिम पाटोमा टोली आइपुग्यो । पैदलयात्राको त्यो टोलीमा पर्वतका राजकुमार भद्रि बम, कमल जैसीलगायत तीन जना भरिया साथीहरू संलग्न थिए । पर्वत दरबारले आफ्ना राजकुमारलाई पठाइदिनू भनेर ब्राह्मण दूतहस्ते पठाएको सन्देशपत्र पाएपछि भाद्रकृष्ण पञ्चमीमा पर्ने कान्छी महारानी जयन्तीको बरखी उतै गर्ने गरी राजकुमारलाई पठाइदिनु उपयुक्त हुने ठहऱ्याएका जुम्लाका राजा पृथ्वीपति शाहीले कमल जैसीलाई साथ लगाएर पठाएका थिए ।

चार दिनको पैदल यात्रापछि ढोरपाटन आइपुग्दा दिन ढलिसकेको थियो । टोलीसँग छाक टार्ने सामलतुमलको प्रबन्ध पर्याप्त थियो तापनि श्रावणको महिना, बाटोमा कतै पाटीपौवा पनि देखिएनन् । त्यसैले घरगोठको खोजी गर्नुपर्ने भयो । रात बिताउन सकिने पाटीपौवा देखिएका भए दिन बाँकी भए पनि टोलीले विश्राम लिन्थ्यो । पाटीपौवा फेला नपरेका हुनाले शरण खोज्दै एउटा गाईगोठमा पुगे । गोठमा लैना पाडापाडी र बाच्छाबाच्छीहरूमात्रै देखिन्थे । दूध खुवाउनुपर्ने साना बाच्छापाडा सम्झेर लैना वस्तुभाउहरू बेलुका गोठमा फर्केर आउँथे । गोठ त नाममात्रैको थियो । चारैतिर भद्दा ढुङ्गे पर्खालले खोराइएको ससानो ठाउँ । किलो, दाम्लो थिएन । न छप्परको व्यवस्था नै थियो । बर्खा लागेपछि ढोरपाटनमा गाईबस्तु छोडिन्थ्यो र हिउँद लागेपछि खोजेर घर लगिन्थ्यो । मांसाहारी जनावरको सिकार बन्नबाट जोगिएका गाईबस्तुहरू चिसो खप्न गाह्रो पर्न थालेपछि अधिकांश आफैं घर फर्कन्थे । बाटो बिराएर अल्मलिएका गाईभैंसीहरूको खोजी गर्नुपर्ने हुन्थ्यो । खास गरी घोडाहरूको भने खोजी

गर्नैपर्थ्यो । घोडामात्र त्यस्तो घरपालुवा जनावर हो, जसले घर खोजेर फर्कन रुचि देखाउँदैन । जति दिन ढल्कँदै गयो, उति चर्न रमाउने घोडाको बानी हुन्छ ।

राजकुमार भद्रि बमको टोली गोठमा पुग्दा एक जना अशक्त वृद्धमात्रै थिए । टोलीको नेतृत्व गरेका कमल जैसीले एकरातका लागि आसरा माग्ने मनसायले वृद्ध गोठालासँग अनुरोध गरे, "हामी निकै टाडोदेखि आयाका फिरन्ता हौं । दिन ढलिसक्यो । कतै पाटीपौवा धर्मशाला पनि देखियानन् । नजिकै अर्को घरगाउँ गोठ पनि देखिँदैन । बर्खाको याम, कुन बेला पानी पर्छ भन्नै नसकिन्या । कतै बीचबाटोमै अलपत्र परिएला कि भन्न्या डर । त्यसैले आजको रात तपाईंकै आसरामा बिताउन पाया जाती हुन्याथ्यो ।"

"कताका मान्छ्या हौ, कता जान आया हौ ?", वृद्ध गोठालाले खै गरे ।

"जुमलादेखि आया हौं । पर्वततिर जान्या हो ।", कमल जैसीले जवाफ फर्काए ।

"साँझको पाहुना । टाढोदेखि आयाका बटुवा । क्यान हुँदैन, छैन भनुँला र ? तर म बूढोले गर्न केही सकन्या होइन । गोठ कुऱ्याको मात्रै हो । नानी सम्झेर गाईभैंसी आया पाडा बाच्छा फोइदिन्या मात्रै हो । दूध दुहुन पनि तागत पुग्दैन । खाना बनाइवरी खान गाह्रो छ । सातु, सामल त होला, बनाइतुल्याई खुवाउन सक्तिनँ । साँझका पाहुनाकन भोकै कसरी राख्नु ?", बुढाले विवशता पोखे ।

"खानापिनाको चिन्ता गर्नुपर्दैन । हामीसँग सामलतुमल छ । आफैं बनाई खाउँला । शिर ओतन्या ठाम भए पुगी गो ।"

"पाहुनाकन भोको कसरी राख्नु भन्न्या पिर हो । आफैं बनाइतुल्याई खान्छौं भन्यादेखिन् बस ! एकै रातका लागि भया'नि मकन साथी हुन्या भयौं । राम्रै भो !", बुढाले मञ्जुरी जनाए ।

"यति वृद्ध मान्छ्या किन एकलै गोठमा बस्याको हो त ? तन्नेरी छोरानाति छैनन् र ?"

"छन् नि ! किन नहुनु ? घरगोठ उनीहरूले नै सम्हाल्छन् । म त गोठ ढुकन्या मात्रै हो । पूर्णेको जात्रामा उत्तरगङ्गा गयाका छन् सबै ।"

"उत्तरगङ्गा भन्याको त यही ढोरको बीचबाट बगन्या गाड होइन र ?"

"हो, यही हो उत्तरगङ्गा । मेला लाग्न्या ठाम अर्नाकोटको भेकतिर पर्छ । हामी बस्याको यो ठाउँ रुकुमको इलाका हो ।"

"ठूलो मेला लाग्छ कि क्या हो ?"

"हो, ठूलो मेला लाग्छ । पाँच-सातवटा राज्याका रमितेहरू जम्मा हुन्छन् । बाईस्या र चौबिस्याको मध्येमा पर्न्या ठाउँ हो यो ढोर । भोलि पूर्णे, आजै बेलुकादेखि मान्छ्याहरू भेला हुन्छन् । रातभर रामरमाइलो गर्छन् । भोलि मल्लजुद्ध हुन्छ । छेलो फालन्या खेल हुन्छ । मेरा छोरा नातिहरू त्यतै गयाका छन् ।"

"कति टाढा छ ह्याँदेखिन् ?"

"चार-पाँच घडी लाग्छ त्याँपुँडो पुग्न ।"

"नजिकै हुँदो हो ता उतै मेलातिर लाग्दा पनि हुँदो हो ।"

"टाढादेखि आयाका हौं भन्छौं, गोडा गल्याका होलान् । भैगयो आराम गर । भोलि बिहानै हिँड्यो भन्या पनि मेलाको बैंस नचढ्दै पुगिन्छ । व्यापार धन्दाका लागि हिँड्याका हौ कि ?"

"हो, त्यस्तै हो ।"

"जुम्लादेखि याँसम्म आइपुग्न चार-पाँच दिन खर्च भैगयो होला । रातको बेला छ, थाक्याको ज्यान लिईकन क्यान हिँड्छौं । भोलि ब्यानको खान्गी खान जात्रामा पुगिहालिन्छ । यतै बस भो । खानपिनको बन्दोबस्त गर । ऊ त्यो झ्यापमा खान्या कुरा होला । निकाल, बनाऊ, तुल्याऊ । खाइपिई आराम गर । थकाइ मार । भोलि बिहान बाटो लागौला ।", बुढाले सल्लाह दिए ।

झमक्क साँझ नपर्दै चारपाँचवटा गाईभैंसीहरू कराउँदै, डुड्डाउँदै गोठमा आइपुगे । बुढाले पालैपालो बाच्छापाडा फोए । नयाँ मानिस छेलिने गरी चौपायाहरूको टाउको कन्याए, मुसारे । भद्रि बमसँग आएका भरियाहरूले ठेकीमा थोरैथोरै भए पनि दूध दुहे । थोरैथोरै गर्दा पनि झन्डै पाथीभर दूध जम्मा भयो । ठूलो फलामे कुँडेमा खन्याएर बूढाबाले अँगेनामा बसाले । आगन्तुकहरूसँग जुम्ली मसिनो चामल थियो । उम्लँदो दूधमा चामल राखेर निकैबेर घोटेपछि खिर तयार भयो । टिम्मुर र भाँगोको

चटनीको डिब्बा बुढाले पाहुनाहरूका अगाडि राखिदिए । खानपिनपछि गोठको मध्यमा बनाइएको अँगेनाको वरिपरि ढलेर सबैले रात बिताए ।

भोलिपल्ट सबेरै गोठबाट बिदाभै हिंडेको टोली बिहानको खाना खान मेला लाग्ने ठाउँमा आइपुग्यो । खाना खाइवरी मेलामा घुम्न रमाउन थाले । लेकबेसीमा बनाइएका किसिम-किसिमका चीजवस्तुहरूको सटही व्यापार गर्ने ठाउँ रहेछ । मधेस र हिमाललाई जोड्ने हाटबजार रहेछ त्यो । मध्यदिनतिर कुस्तीको खेल समाप्त भयो । सबै कुस्तीबाजलाई पछार्ने पहलमानलाई ढोरो (फेटा) गुथाएर मेलामा घुमाइयो । कुस्तीपछि छेलो प्रतियोगिता शुरू भयो । विभिन्न ठाउँका बलिया पाखुरे युवकहरूले भाग लिए । रुकुम र ताकमका मालहरूबीच निकै घम्साघम्सी चल्यो । दुईबीच हारजित नहुँदै निसीको माल आइपुग्यो । २४-२५ वर्षको तन्नेरी डिल्ली भुजेलले छेलो लिएर दगुर्‍यो, बीचमा राखिएको साँध (छपनी) मा टेकेर हुइँक्यायो । ताकम र रुकुमे मालहरूलाई चार-पाँच हातले पछि पार्‍यो । दुई-चारपटक कोशिश गरिहेरे । उनीहरूको पिताम चलेन । ती दुई जना मालहरूले हार मानेपछि सबैले सुन्ने गरी आयोजकमध्येको एक जनाले चिच्याएर भन्यो, “निसीको मालले सबैलाई उछिन्याको छ । कोही कसैकन म पनि विचार गरूँ भन्न्या लाग्याको छ भने अघि सर । होइन भन्न्या निसीको माल यो वर्षको जितार भयो । उसैले साफा गुथन्या छ । पछि मैले छेलो हान्न पाइन भन्न पाइन्या छैन ।”

भद्रि बमलाई छेलो हान्न मन लाग्यो । कमल जैसीसँग “म हानूँ है त” भनेर सोधे । उनले अनुमति दिएपछि भीड छिचोलेर भित्र छिरे र सबैले सुन्ने गरी भने, “मैले छेलो हान्न मिल्छ ?”

“क्यान नमिलन्या ? तिमी पनि जात्रु, हामी पनि जात्रु । कोस्ले हान्न मिलन्या, कोस्ले हान्न नमिलन्या कुरा पनि हुन्छ र ? बरू कहाँका माल हौ तिमी ?”, कसैले भीडबाट सोध्यो ।

“म माल त हैन । जुम्लाबाट आयाको हुँ । त्यसैले सोध्याको नि ?”

“पाखुरीमा बलवर्कत हुन्याले हान्न्या हो । हान्न्या हिम्मत छ भने हान । आफ्नो तागत देखाऊ ।”

खेल व्यवस्थापनको नाइकेजस्तो मान्छेबाट अनुमति पाएपछि एक जना जुम्लीले छेलो उठाएर भद्रिको हातमा थमाइदियो । भद्रिले सर्वप्रथम दुई

हात तल झुन्ड्याएर ढुङ्गाको तौल नापी हेरे । ढुङ्गोलाई एकपटक दुवै हातले टाउको माथि आकाशतिर उचालेर जोखे । दुवै हातको हथेलीमा पालैपालो राखेर कुमसम्म उचालेर तलमाथि गराए । अनि छेलो फाल्दा टेक्नुपर्ने ढुङ्गे छपनीभन्दा अलि अगाडि २०-२५ मिटर टाढा पर पुगेर उभिए । उत्तानो हत्केलामा राखिएको ढुङ्गोलाई दाहिने काँधसम्म उचाले, देब्रे खुट्टाले भुइँ छोडेर अलिकता दाहिनेतिर झुके, आँखाको निशान ढुङ्गो फ्याक्दा टेक्नुपर्ने छपनीतिर सोझाए । एकचोटि बुर्लुक्क उफ्रेर खुरखुर छोटी कदम लिएर दगुरे । दौडको गति बढाउँदै गएर दाहिने खुट्टाले छपनीमा बलियोसँग टेकी उफ्रेर ढुङ्गो फ्याँके । निसीको मालको निशानीस्वरूप गाडिएको हरियो स्याउलाको टुप्पो छोएर ढुङ्गो करीब एक हात पर खस्यो ।

निसीको मालसँग हार्ने पक्षहरू खुशीले उफ्रन थाले । “हो ! बल्ल आयो असली माल । यसले पो निसेलको जोरी पुऱ्याउन्या भो” भनेर चिच्याउन सुसेल्न थाले । कसैले त भद्रिलाई काँधमा बोकेर उफार्न थाले । एउटा बलियो मान्छेले उनलाई जुरुक्कै काँधमा बोकेर खेल मैदानभर घुमायो । काँधबाट तल झरेर भद्रिले पुनः ढुङ्गो उठाए, दोहोऱ्याएर फ्याँके । निसीको माललाई दुई हातले पछि पारे ।

त्यसपछि निसीको माल भनेर चिनिएको डिल्ली भुजेलले ढुङ्गो फ्याँक्न थाल्यो । तीन-चारपटकको कोशिशपछि बल्ल भद्रिलाई भेटायो । पाँचौं पटकमा भद्रिलाई पछि पाऱ्यो । फेरि भद्रिले फ्याँके । फेरि डिल्लीले फ्याँक्यो । दुवै जनाले पचासौंपटक ढुङ्गो फ्याँके तर हारजित हुनै सकेन । दुवै जना थाकेर हत्तु परे । अघि जाँदा पनि बराबर, शक्ति कम हुन थालेपछि लत्रिँदा पनि बराबर ! दुवै जना “अब नहान्ने” भनेर बसे । दुवै जनालाई सगोलमा विजेता घोषणा गरियो । ढोरो गुथाइयो । काँधमा बोकेर मेलाभर घुमाइयो, अबीरजात्रा गरियो । अन्तमा छेलोखेलमा बराबर भएका हुनाले ‘मीत’ लगाउनुपर्ने प्रस्ताव गरियो । धूमधामसँग पगडी साटेर, बाँह जोडेर, खानपिन गरेर मीत लगाइयो । मेलाको छेलोले जिन्दगीमा अघि कहिल्यै भेटघाट र चिनाजानी नभएका दुई जनालाई नातामा बाँधिदियो ।

आफ्नो गन्तव्य र उद्देश्य बिर्सेर मेला चलिञ्ज्याल जुम्लीहरू जात्राको रमाइलोमा रमाए । जुम्ला दरबारले कमल जैसीलाई विशेष जिम्मेवारीमा

खटाएको थियो । भद्रि बम गर्भले जेठो भएको हुनाले पर्वतको राजगद्दीमा दाबी प्रस्तुत गर्ने र वरपरको समेत सम्मति सहयोग जुटाउने कोशिश गर्ने, त्यसका लागि निसी, अर्नाकोट, गलकोट र ताकमका भैभलादमी, पुराना राजखलक थापाहरूसँग सम्बन्ध बिस्तार गर्ने जिम्मेवारी दिइएको थियो । दैवले जुटाएको अजिङ्गरको आहाराजस्तो बनेर डिल्ली भुजेल आइपुग्ने संयोगलाई कमल जैसीले शुभ लक्षण ठानेर उत्साहित बने । मेला सकिएपछि बिदा हुने बेलामा डिल्लीसँग कमल जैसीले एकान्त वार्ता गरे । आफ्नो आगमनको भित्री उद्देश्यको जानकारी गराए ।

संयोगले आफूसँग मितेरी साइनोमा गाँसिन आइपुगेको मान्छे पर्वतको सम्भावित राजा रहेछन् भन्ने कुराले डिल्लीको खुशीको ठेगाना रहेन । कमल जैसीको योजनामा भुजेलले निकै रुचि देखायो । उसले ताकमका थापा र पुलाका बानियाँहरू पर्वत दरबारसँग असन्तुष्ट रहेको जानकारी जैसीलाई दियो । ती दुई वंशका मुखियाहरूसँग छलफल गरेर पर्वत दरबारमाथि दबाब बढाउन सकिने अनुमान गरियो । त्यसका लागि योजना बनाउने सल्लाह भयो । भद्रिलाई पर्वत दरबारमा बुझाएर फर्कँदा ताकममा भेट हुने । कुनै किसिमले बानियाँको प्रभावशाली व्यक्तिलाई मनाएर वा झुक्याएरै भए पनि ताकमसम्म लिइआउने अनि भावी योजनाको बारेमा विचारविमर्श गर्ने सल्लाह गरेर बिदावारी भए । भद्रि बमको टोली पर्वततिर लाग्यो । डिल्ली भुजेल निसीतिर लागे ।

तेईस

भाद्र महिनाको पहिलो दिन । आकस्मिक रूपमा पर्वत दरबारको बैठक बोलाइएको थियो । दोस्रो साता बस्ने नियमित बैठकसम्म जुम्लाका दूत कमल जैसी अडिन मानेनन् । दरबारमा सबै भाइभारदार र काजीहरूसमक्ष जुम्ला दरबारको सन्देश सुनाउने अड्डी पनि छोडेनन् । त्यसैले उनैका लागि दरबार बस्ने भएको थियो ।

गएरातिदेखि नै दर्के झरी परिरहेको थियो । वारिपारिका खहरेहरूमा मत्त बैंस चढेको थियो । 'को भन्दा को कम' भनेझैं गरी गडगडाइरहेका थिए, खहरेहरू । डाँकोले पृथ्वी कम्पयमान बनाइरहेका थिए । तेजिलो वर्षाका थोपाहरू रुखपातमा परेको समवेत आवाजले वातावरणलाई थप डरलाग्दो बनाइरहेको थियो ।

विशेष बैठक भएको हुनाले सबै भाइभारदार स्याखु, छतरी, घुम आदि ओढेरै भए पनि दरबारमा जम्मा हुँदै थिए । भाइभारदारहरूलाई विषयको पूर्व जानकारी गराइएको थियो । जुम्ला दरबारबाट कस्तो सन्देश आएको होला भन्ने उत्कट जिज्ञासा सबैमा थियो । सबै उत्सुक थिए । स्वयम् महाराजलाई पनि विषयको जानकारी थिएन । बागलुङ ढिकीचौरबाट राजगुरू रामेश्वर पन्त पनि आइपुगे । गतवर्ष चुत्रेनीमा बनाइएको काठेपुल म्याग्दीले अझसम्म बगाइनसकेको हुनाले राजगुरुलाई आउन कठिन भएन । राजगुरुसमेत आइपुगेपछि महाराजबाट सभा बस्ने प्रबन्धका लागि आज्ञा भयो । भाइभारदारहरूले सभाकक्षमा छिरेर आ-आफ्नो स्थान ग्रहण गरे । महाराजबाट विषय प्रस्तुत गर्न द्वारेलाई आज्ञा भयो ।

ताराचन भण्डारी आफ्नो स्थानबाट उठेर महाराज, महारानी, युवराज र सभालाई क्रमैसँग अभिवादन गरे र विषय प्रवेश गराए, "जुम्लामै हुर्की बढ्याका पर्वतका माहिला राजकुमार दरबारमा आइबक्स्याको छ । राजकुमारको सवारी चलाई आयाका दूत कमल जैसीले जुम्ला दरबारको सन्देश पर्वत दरबारसमक्ष राखन्या चाहना व्यक्त गर्‍याका हुनाले आजको यो दरबार बोलाउन्या आज्ञा महाराजबाट भयाको हो । सभामा उपस्थित भैकन सन्देश सुनाउनाकन दूतश्री कमल जैसीकन आदेश बक्सन महाराजका हजुरमा बिन्ती चढाउँछु ।"

महाराजबाट आज्ञा प्राप्त भएपछि कमल जैसीलाई भित्र बोलाइयो । अतिथिका लागि व्यवस्था गरिएको विशेष आसनमा सम्मानका साथ विराजमान गराइयो । द्वारेलाई कार्यक्रम अघि बढाउने आदेश राजाबाट भयो । राजाज्ञाअनुसार द्वारेले कमल जैसीतिर हेरेर भने, "महाराजबाट आफ्नो सन्देश सभासमक्ष राख्नका लागि हुकुम बक्स्याको छ । राजजैसीज्यूकन आफ्नो सन्देश सुनाउन बिन्ती भन्दछु ।"

द्वारेबाट अनुमति पाएपछि कमल जैसी आफ्नो स्थानबाट उठे । महाराज, महारानी, राजकुमार र सभालाई झुकेर पालैपालो अभिवादन गरे अनि बोल्न शुरू गरे, "पर्वत महाराजधिराज, महारानी तथा राजकुमारहरूलगायत सम्पूर्ण सभासद्हरूमा विनम्रतापूर्वक ओहोदाअनुसारको अभिवादन टक्र्याउँछु । म जुम्लाको राजजैसी हुँ । मैले राजकुमार भद्रि बमलाई पर्वताधिराजको इच्छाअनुसार बुझाउन आयाको हुँ । पर्वत दरबारमा सुनाउनाकन जुम्ला दरबारले सन्देश पनि दिइपठायाको छ । यस दरबारसमक्ष जुम्लाको सन्देश जस्ताको तस्तै राख्न्या अनुमति माग्दछु । सन्देश जुम्लाका महाराज श्री पृथ्वीपति शाहीज्यूको हो । त्यसमा मेरो निजी मनसाय मिस्याउन्या छैन । दूतका हैसियतले सन्देश जस्ताको तस्तै इमान्दारीपूर्वक सभासमक्ष राख्न्या छु । उचनिच पर्न गयाछ भन्या पनि दूतः जानीकन क्षमा हुन्या छ भन्ने विश्वास लियाको छु ।"

कमल जैसीले महाराजको आसनतिर आँखा लगाए । महाराजबाट सन्देश सुनाउने आज्ञा भयो, "जुम्ला दरबारको सन्देश सुनन्या उत्सुकताले पर्वत दरबारकन अधीर बनायाको छ । सन्देश अवश्य लाभदायक र

फलदायक होला भन्न्या विश्वास हामीकन छ । दूतको धर्म क्या हो भन्न्या कुरामा यो दरबार जानकार छ । तीतोमिठो, जस्तो भया पनि निर्धक्क सन्देश सुनाउनुहोस् । सन्देशमा कटुवचन पऱ्याका रह्याछन् भन्या पनि त्यस कुरासँग जैसीज्यूको व्यक्तिगत सम्बन्ध रहन्या छैन भन्न्या जानकारी हामीकन छ । निर्धक्क सुनाउनुहोस् । दूतका हैसियतले यो दरबार अभयदान प्रदान गर्दछ ।"

राजाबाट अभयदान मिलेपछि कमल जैसीले सन्देश सुनाए, "पर्वताधिराजमा महारानीलगायत राजकुमारहरूमा जुम्ली राजाका तर्फबाट शुभाशिष, मङ्गलको शुभाकामना । राजा र राज्या दुवैमा सदासर्वदा सुख सन्तोष रहोस्, प्रजा सुखी रहून् भनीकन चन्दननाथका हजुरमा बिन्ती बिसाउँछु । काजी, भाइभारदारसहित सबै मान्यगन्यजनमा यथोचित । समा-सट्याको राज्य पर्वतसँग जुम्लाको जुगजुगदेखिको मैत्री सम्बन्ध रह्याको छ । जुगजुगसम्म सुमधुर सम्बन्ध अविछिन्न रहन्या छ भन्ने अपेक्षा राख्याका छौं । महाराजबाट आफ्नो सन्तानको खोजी गरिबक्स्याकोमा अति हर्षित छौं । जुम्लामा आफ्नो सन्तान जन्म्याको छ, हुर्कंदै छ भन्न्या हेक्का महाराजमा रहनु हाम्रो अहोभाग्य हो भनि सम्झयाका छौ । पर्वत्या राजकुमारकन आफ्नै राजकुमार ठानी राजोचित शिक्षादीक्षा दिई राजकुमारकै हैसियतमा हुर्काउन्या कर्तव्य पूरा गरियाको छ भन्न पाउँदा खुशी लाग्याको छ । नासो सम्झी हुर्कायाको, संरक्षण गऱ्याको राजकुमार सकुशल पर्वत दरबारमा बुझाउन्या जिम्मेवारी हाम्रा राजजैसी कमलकन दिइपठायाका छौं । बुझी लिबक्सेला । आफ्ना राजकुमारकन पठाइदिन्या महाराजको सन्देश पायापछि पठाउनै पर्न्या कर्तव्य मेरो हुन गयो । पठाउनै पर्न्या अवस्था आयापछि हाम्री स्वर्गीया राजुकमारीको पुण्यतिथि त्यतै मन्याउन्या गरी पठाउनु उपयुक्त लाग्याकोले बर्खायाम नभनीकन हतारमै पठाइयाको हो । हाम्रा जैसीकन उक्त तिथिसम्म पर्वत दरबारमा रहन्या अनुमति मिलन्या छ भन्ने आशा गऱ्याका छौं । बरखी सम्पन्न भयापछि दूतकन फिर्ता पठाइबक्सेला ।"

अघिदेखि आफूसँगै छेउमै बसिरहेका भद्रि बमलाई कमल जैसीले उठ्ने इशारा गरे । भद्रि बम उठेर सबैलाई अभिवादन गरे । राजकुमारको

परिचय सभासँग भैसकेपछि काजी र भारदारहरूकै पंक्तिमा उनको बस्ने व्यवस्था भयो ।

राजकुमारले स्थान ग्रहण गरेपछि पनि कमल जैसी आफ्नो स्थानमा उभिएकै थिए । महाराजबाट पुनः हुकुम भयो, "राजकुमारको पालनपोषण गरी उचित शिक्षादीक्षा दिई हुर्काउन्या कृपा गऱ्याकोमा जुम्ला दरबारप्रति कृतज्ञ छौं । पर्वत राज्य सदा ऋणि रहन्या छ । सुनाउन बाँकी सन्देश छ भन्या पनि सुनाउनुहोस जैसीज्यू !"

राजाज्ञा प्राप्त भएपछि कमल जैसी पुनः बोल्न शुरू गरे, "महाराज, महारानी तथा सभासद्हरू ! बिहेदान गरी पठाइयाकी छोरी माइतीघर फर्क्यापछि होइन, छैन भनीकन लगार्न हुँदैनथ्यो । राखियो । पालनपोषण गरियो । राजकुमारीले पर्वत फर्कन्या इच्छा नराख्यापछि जबर्जस्ती धपाउन सकियान । दोजिया राजकुमारी घरछोडी हाम्रा शरणमा आउनुपर्ऱ्या अवस्था हाम्रा लागि उति रूचिकर लागन्या कुरा थियान । राम्रो नलाग्या पनि राख्नै पऱ्यो । शरण दिनै पऱ्यो । त्यताबाट खोजी नगरियापछि यतैबाट पठाउन्या काम गरियान । हाम्री अल्पायु राजकुमारीको मृत्यु यतै हुन गयो । जन्मदाता बाबु आमाकै काखमा प्राण बिस्याउन्या इच्छाले जुम्ला ल्यायाको रह्याछ भनी साखुम गरियाको छ ।"

"जे नहुनु पर्ऱ्या हो, त्यो भैगयो । त्यसलाई हुन्या हुनामी ठानीकन चित्त बुझाउनुबाहेक अरू गर्न सकिन्या कुरा पो के छ र ? अन्तमा महाराजकन तितो-नमीठो लाग्या पनि एउटा कुरा भन्नै पर्ऱ्या ठान्याको छु । पर्वत महाराजबाट पतिधर्म निर्वाहमा कमजोरी भया पनि पितृधर्म अवश्य निर्वाह हुन्या छ भन्ने विश्वास हामीकन छ । आफ्ना सन्तान भद्रिकन कुनै अन्याय हुन्या छैन, गरिन्या छैन भन्न्या आशा राख्याका छौं ।"

"पर्वत दरबारकन सम्झाउनुपर्ऱ्या मुख्य विषय क्या रह्याको छ भन्या- भद्रि गर्भले जेठा हुन् । राजकुमार मले बम पहिले जन्मनु एउटा दुर्घटना हो । दुर्घटनामा देवताले हात थापिदिया । खण्डखातिरबस धर्तीमा पछि पाइलो राख्या पनि भद्रि पर्वत दरबारका पहिलो सन्तान हुन् । त्यस अर्थमा भद्रिको पर्वत गद्दीमा हक लाग्छ । पर्वतका युवराज उनै हुन् । उनलाई माहिलो भनीकन राज्यच्यूत गर्ऱ्या अन्याय पर्वतबाट हुन्या छैन

भन्ने विश्वास हामीकन छ । विवाहिता रानीको जेठो गर्भबाट जन्म्याका राजकुमारको अपमान गर्नु राजा स्वयम्ले आफ्नो विर्ज्याको अपमान गर्न्या काम हुन्या छ । त्यस्तो हुनु हुँदैन । हुन्या छैन । धर्मनाश, न्याय नाश हुन्या काम पर्वताधिराजबाट अवश्य हुन्या छैन । आमा परित्यक्ता पत्नी भया पनि परित्यक्त पुत्रको नियति छोराले भोग्नु नपरोस् । ज्यादा किन ? जान्या, सुन्या, धर्मज्ञ, नीतिज्ञ आफैं महाराज होइबक्सन्छ । पर्वत दरबारको सदा जय होस् ।"

पुनः अर्को एकपटक झुकेर सभाप्रति सम्मान प्रकट गर्दै कमल जैसीले आफ्नो आसन ग्रहण गरे । उनको वक्तव्य समाप्त भएपछि सभामा कल्याङकुलुङ आवाज आउन थाल्यो । भाइ भारदारहरूले एकापसमा गरेका साउती पनि सिङ्गै बैठककक्ष गुञ्जायमान बनाउने विषय बन्यो । कमल जैसीले सुनाएको सन्देशले महाराज घनश्याम र महारानी गुलवदनलाई गम्भीर बनायो । बडाकाजी पनि शोचपूर्ण मुद्रामा देखिए ।

एकैछिनको मौनतापछि महाराजबाट सम्बोधन भयो, "जुम्ला दरबारको सन्देश सुनाउन्या कृपा गर्नु भयाकोमा कमल जैसीज्यूकन साधुवाद ! अभिभावकका हैसियतले हामीकन दिइबक्स्याको सन्देशका लागि जुम्ली महाराजमा आभार व्यक्त गर्दछौं । महाराजको सन्देश मैले मात्र होइन, सिङ्गो सभाले ग्रहण गर्‍याको छ । यस विषयमा सभा फेरि बोलाइन्या छ । सभाले सोचविचार गरीकन उचित निर्णय लिन्या नै छ । धर्म-परम्पराअनुसार निर्णय लिइन्या छ । न्यायनिसाफ ढोकन्या काम गरिन्या छैन । अन्याय कसैमाथि पनि हुन दिइन्या छैन । यस विषयमा जुम्ला दरबारले चिन्ता लिनुपर्न्या छैन । भद्रि बम हाम्रा सन्तान हुन् । पर्वतका राजकुमार हुन् । हातका पाँचै औंला बराबर । कुनै उचनिच हुन्या छैन, भेदभाव गरिन्या छैन । धर्म, रीति र कुल परम्पराका साथै नीतिले जे भन्छ, त्यही गरिन्या छ । कसैप्रति विशेष मुलाहिजा राखिन्या छैन भन्न्या सन्देश जुम्ला दरबारमा पुऱ्याइदिन्या काम जैसीज्यूबाट हुन्या नै छ । आजलाई उठौं ।"

महाराज आसनबाट उठ्नै लागेको बेलामा कुलगुरु रामेश्वर पन्त उठेर आफ्नो कुरा राख्ने अनुमति मागे ।

"भन्नुहोस् गुरु ! हजुरको के कुरा छ ?", महाराजबाट आज्ञा भयो ।

"महाराज ! हजुरको आज्ञाअनुसार राजकुमारीहरूकन आवश्यक शिक्षादीक्षाको लागि एक जना 'गुरु' लिई आयाको छु । घरबारबाट निवृत्त भै फकिरजस्तो जिन्दगी बिताउँदै आउनुभयाका पण्डित वासुदेव दरबारकै आसरामा बस्नु हुन्याछ । निजकन सपत्निक खानेबस्ने व्यवस्था गरिदिया पुग्छ।"

गुरु रामेश्वरको कुरा सुनेपछि राजकुमार मलेबमाले प्रस्ताव राखे, "त्यस्तो गुरु फेला पऱ्याका हुन् भने सभासमक्ष एउटा प्रस्ताव राख्दछु । गुरुले बिहान दरबारमै उपस्थित भईकन राजकुमारी र राजकुमारहरूकन पढाउनु हुन्याछ र दिनमा शिक्षा लिन चाहन्या भाइभारदार, भद्रभलादमी र सर्वसाधारणका केटाकेटीहरूकन समय दिनुहुन्याछ । दरबार बेनी झर्दा पाठशाला पनि बेनीमै चलन्याछ र उक्लँदा ढोलठानामै रहन्या छ । गुरुको सम्पूर्ण खर्च दरबारले व्यहोर्न्या छ । सर्वसाधारण कसैकन कुनै किसिमको दान, चन्दा वा शुल्क तिर्नु पर्न्याछैन ।"

राजकुमारको प्रस्ताव सबैलाई राम्रो लाग्यो । सबैले सहमति जनाए । सबै खुशी भए । सर्वसम्मतिमा राजकुमारको प्रस्ताव पारित भयो ।

राजाबाट सभा विसर्जन भयो । राजा, रानी सभास्थलबाट निस्केपछि भाइभारदारहरू पनि निस्कन जऱ्याकजुरुक उठे । द्वारेले सबैलाई एकछिन यथास्थानमा बसिरहन अनुरोध गरे । एकैछिनपछि दरबारका सेवक-सुसारेहरूले सभासद्हरूका निमित्त खाजा लिएर आए । सबैले आ-आफ्ना स्थानमा बसेर मुख चलाउन थाले । क्षुधा शान्त पार्न थाले । दरबारी मिष्ठान्नको रसास्वादन गर्न थाले । वर्षा थामिइसकेको थियो । भद्रि र कमल जैसी बैठककक्षबाट बाहिरिइसकेका थिए ।

चौबीस

भाद्र कृष्ण पञ्चमीका दिन विधिवत् स्वर्गीया महारानी जयन्तीको बरखी सम्पन्न गरियो । ब्राह्मणहरूलाई शिरपाउ दिइयो । दानदक्षिणा गरियो । वरपरका रैती प्रजाहरूलाई समेत आमन्त्रण गरेर भोजन गराइयो । विशेष ब्राह्मण भोजनको आयोजना गरियो । बरखीको भोलिपल्ट कमल जैसीले पर्वत दरबारबाट बिदा लिए । उनलाई घोडा दिइयो । भरिया साथीहरूलाई समेत मनग्गे पुग्नेगरी बाटोखर्च, रसदपानी र उपहार दिएर बिदा गरियो ।

कमल जैसीले पर्वत छोडे पनि उनले दिएको सन्देशले पर्वतलाई जरैदेखि हल्लाइदिएको थियो । भद्रि बमका तर्फबाट जुम्ला दरबारले राज्यमा हक मागेको थियो । हकमात्र होइन, गद्दीमा दावा गरेको थियो । निकै सोची विचारी जुम्ला पनि नबिच्कने र भद्रिलाई पनि अन्याय नहुने गरी निर्णय लिनुपर्ने अवस्था थियो । भदौको महिना झरी, बादल, बाढी, पहिरोले आवागमन सजिलो थिएन । भाइभारदारहरूलाई जम्मा हुन पनि कठिन भएकोले नियमित दोस्रो साताको दरबार नबस्ने भएको थियो । दरबार बस्न नसके पनि खासखास भाइभारदारहरूबीच राजमुकाम बेनी झर्नुभन्दा पहिले नै सरसल्लाह गर्नु उपयुक्त हुने ठहऱ्याएर अनौपचारिक बैठकको आयोजना गर्ने निर्णय लिइएको थियो ।

भाद्रपद आश्विन कृष्णपक्ष । सोह्र श्राद्धको पाक्षिक पर्व । श्राद्धको निम्तो खासखास भारदारहरूलाई मात्र दिइएको थियो । काजीहरू, गुरुपुरोहितहरू, दरबार निकटका बासिन्दा भएको हुनाले द्वारे ताराचन र कपर्दार सुमन्तलाई बोलाइएको थियो । श्राद्ध पिण्डदानको औपचारिकता सकियो, टीकोटालो,

खानपिनलगत्तै अनौपचारिक बैठक बस्यो । यस्ता बैठकहरूमा सधैं युवराजको उपस्थिति रहने गरेको भए पनि यसपटक उनलाई सामेल गरिएन । भद्रिलाई कुनै महत्त्वपूर्ण निर्णय हुँदै पो छ कि भन्ने शङ्का नपरोस् भनेर सतर्कता अपनाइएको थियो । छलफलको विषय उही राजउत्तराधिकारीको थियो ।

महाराज घनश्यामले विषय प्रवेश गरे, "कमल जैसीले निकै पेचिलो कुरा सुनाईकन गयाका थिए । गर्भले जेठा भद्रि नै हुन् । दुर्भाग्यबस उनी माहिलो सन्तान बन्न गयाका हुन् । उनकन दैवले ठग्याकै हो । दैवसँग कसको के लाग्छ र ? गर्भले कान्छो हो भनीकन मले बमकन राजगद्दीबाट वञ्चित गर्न धर्म परम्पराले दिँदैन । त्यसमाथि युवराज घोषणा गरिसकियाको छ । युवराजकन राजपाठबाट हटक गर्न्या कारण हुनुपर्‍यो । भद्रिको चित्त नबुझायापछि उनी चुप लाग्न्या छैनन् । भविष्यमा भाइहरूबीच रिस, राग, द्वेष र शत्रुता बढ्न सकन्या सम्भावना इन्कार गर्न सकिँदैन । राजगद्दीमा तेरो पहिलो हक छ भन्न्या कुरा जुम्लाले भद्रिकन घोकाई पठायाको होला । होइन, छैन भन्दा भद्रि भड्किन सकन्या सम्भावना छ । उनी भड्किँदा विग्रह निम्तन सकन्या खतरा हुन्या छ । जुम्लाजस्तो बलियो शक्तिले सधैं उनको पीठ ठोकन्या छ । उक्साउन्या छ । कुरो गम्भीर पर्न गयो । ठन्डा दिमागले सोचविचार गरीकन निर्णयमा पुगनुपर्न्या अवस्था उत्पन्न भयाको छ । राजकुमारहरूबीच मनमुटाव उत्पन्न नहुन्या र राज्यको हित हुन्यागरी विषय बैठ्याउन सकियान भने महाभारत निम्तन्या छ । त्यसैले बेलैदेखि यसबारेमा सोचविचार, छलफल गर्दै रहनु उपयुक्त हुन्या छ भनीकन आजको यो जमघटको सदुपयोग गर्न्या मनसुवा मेरो रह्याको हो । विषयको गहिराई सबै भाइभारदारहरूकन ज्ञात छ । त्यही विषयमा आ-आफ्ना ब्रह्मले देख्याको कुरा राखौं र विचार विमर्श गरौं । सुरक्षित समाधान पहिल्याउन्या कोशिश गरौं ।"

महाराज चुप लागे । सभामा निष्तब्धता छायो । त्यस दिन सरदार कृष्ण मल्लको उपस्थिति थिएन । उनको उपस्थिति भैदिएको भए कुराको शुरुवात उनैले गर्थे होला । महाराजले सबैतिर आँखा लगाए । उनको अनुहारमा "लौ न केही त बोल" भन्ने भाव स्पष्ट झल्कन्थ्यो । अरू कोही

बोल्न अघि नसरेपछि काजी अरिभञ्जन मल्लले आफ्नो कुरा राख्न शुरू गरे, "जुम्लाले भन्याको छ भनीकन हामीले खुरुक्कन त्यही स्वीकार्नु पर्न्या कारण छैन । जसले पहिले धर्ती टेक्छ उही जेठो हुन्छ । गर्भले जेठो हो भन्ने प्रमाण के हुन्छ र ? राजाको जेठो छोरा राजा हुन्या सनातन परम्परा हो । जेठा राजकुमार मले बम नै हुन् । राजगद्दीको हकदार भद्रि हुन सक्दैनन् । त्यसमा धेरै विचार विमर्श गर्नुपर्न्या र चिन्ता लिनुपर्न्या कारण देखिँदैन ।"

"हो, विशेष खण्डखातिर पर्नआयाको अवस्थामा बाहेक अरूबेला गद्दीमा पहिलो हक जेठो छोराकै हुन्या हो । रीति, परम्परा त्याही हो, नीतिले त्याही भन्छ ।", बडाकाजी मकरध्वजले थपे ।

"हजुरको भनाइको त कुनै खण्डखातिर पर्दा जन्मले जेठो भया पनि गद्दीबाट वञ्चित हुन सक्छ भन्या अर्थ लाग्यान र ?", अरिभञ्जनले जिज्ञासा राखे ।

"जन्मले जेठो भया पनि शारीरिक मानसिक कमजोरी देखियापछि जेठाले गद्दी पाउँदैन । महाभारतकथामा जन्मान्ध भयाकोले जेठो भया पनि धृतराष्ट्रले गद्दी पायानन् भनी लेखियाको छ । माहिला पाण्डुले हस्तिनापुरको राजगद्दी पायाका थिया ।", राजपुरोहित हरेराम सुवेदीले बडाकाजीको समर्थनमा प्रमाण अघि सारे ।

"पुरानो वचनका कारणले अयोध्यानरेश दशरथले जेठा छोरा रामकन वनबास पठाई माहिला भरतकन राजा बनायाका थिया । जेठो पुत्र हुँदैमा गद्दीको हकदार हुन्या होइन रह्याछ । राजगद्दीमा कसकन राखन्या, कसकन राजतिलक दिन्या भनीकन अन्तिम निर्णय दिन्या राजाले नै हो । जेठै छोरो राजा हुन्या भन्या त सामान्य अवस्थाको कुरो हो ।", पण्डित आनन्द रेग्मीले पनि त्यस्तै तर्क प्रमाण अघिसारे ।

"उसो त यो पर्वत राज्य पनि माहिला राजकुमारको अंशभाग हो भन्छन् । महाराज प्रतापीनारायण मल्लले जेठा छोरा जितारीकन गलकोट, कान्छा कल्याणकन कास्कीकोट र माहिला राज बम मल्लकन पर्वतको राजगद्दी बन्डा लगाइबक्स्याको हो रे ?", कपर्दार सुमन्तले इतिहासको स्मरण गराए ।

“त्यो विशेष परिस्थितिको कुरा होला । प्रतापीनारायण महाराजले त आफ्नो राज्य तीन भाइ छोराहरूबीच मात्रै होइन, नातिहरूकन समेत भागबन्डा लगाइबक्स्याको थियो रे !”, द्वारे तारचन भण्डारीले सुमन्तको भनाइमा थपथाप गरे ।

“हो, त्यसबखत राज्य विभाजन भयाको हो र त्यो गल्ती भयाकै हो । विशाल राज्यको अंशबन्डा गरीकन बिलो लगाउन्या कामले राज्य खण्डित भयो, कमजोर बन्यो । राज्यको सीमा बढाउँदै लग्नुपर्न्यामा झन् आफैंले काँक्रो चिर्‍याझैं चिरा पार्न्या नकाम भयाकै हो । त्यसबखतको गल्तीका कारणले पर्वत राज्यमा कसैले आफ्ना बलबुता र पाखुरीले राज्यबिस्तार गर्न खोज्याछन् भने पहिले आफ्नै दाजुभाइसँग लड्नुपर्न्या अवस्था आयो । त्यो ऐतिहासिक भूल थियो । भूललाई उदाहरण बनाउन्न्या गल्ती गर्नु हुँदैन ।”, बडाकाजीले चेताए ।

“बडाकाजीले मेरो मनको कुरा गरिबक्स्यो । रीति-परम्पराले जेठो सन्तान गद्दीको हकदार हुन्छ । हाम्रा राजकुमारमा कुनै खोटदोष छैन । गर्भले कान्छो भनीकन गद्दीबाट वञ्चित गर्न्या कुरो हुँदै हुँदैन । जन्मले जेठो एउटा, गर्भले जेठो अर्को भनीकन राज्य विभाजन गर्न्या कुरा गर्न पनि हुँदैन । राजाले न्यायनिसाफ गर्न्या हो । अंशबन्डा गर्न्या होइन । जन्मँदै भाग्य साथलिकन आउन्या हो । भाग्य अंशबन्डामा मिलन्या कुरा होइन । दुवैलाई न्याय गर्छु, मेरा लागि दुवै बराबर भनीकन राजाबाट मिलिजुली खाऊ भन्न्या नरम नीति लिन्या हो भन्या त्यसले राज्यकन कमजोर बनाउन्या छ । कमजोर राज्यको अस्तित्व सङ्कटमा पर्छ । कमजोर राज्यमाथि बलियाको कुदृष्टि पर्छ भनीकन नीतिले भन्याको छ । त्यसैले जुम्लाले भन्याको छ भन्दैमा हामीले रीतिस्थिति, कुलपरम्परा र धर्मको डोरो छोड्नु हुँदैन, तोड्नु हुँदैन । त्यसले बेथिति जन्माउन्या छ ।”, राजगुरू रामेश्वरले आफ्नो तर्क राखे ।

यतिञ्ज्याल चुपचाप बसेर अरूका कुरा सुनिरहेका पण्डित प्रेमनिधि पन्तले भने, “अप्ठ्यारो समस्या पर्न आयो भनी हतारिईकन निर्णय लिन हुँदैन । शास्त्रले के भन्छ, नीतिले के भन्छ, रीति परम्परा कस्तो रह्याको

छ भनीकन राम्रोसँग विचार गर्नुपर्छ। भद्रिले दाबी गर्नु अस्वाभाविक होइन। हकदाबी गर्नलाई सानो नै भए पनि उनीसँग कारण छ । टेक्ने-समाउने ठाउँ छ । घत हेरीकनै जुम्लाले कुरा उठायाको हो । भद्रि पर्वते राजाका सन्तान हुन् । विवाहिता रानीतिरका पुत्र हुन् । गर्भले जेठा पनि हुन् । राजाको छोराले राजै हुन खोज्छ। त्यसलाई अन्यथा ठान्नु हुँदैन। बाघको डमरुले सिकार गर्न खोज्यो भनीकन आश्चर्य मान्नु हुँदैन । सजिलै नपाए, रीति परम्पराहरूले नदिया पनि पुरुषार्थी ज्वानले आफ्नै बाहुबलले राज्य आर्जन गर्छ । गद्दीमा बसिछोड्छ । जुम्लाले अप्ठ्यारो पार्नाखातिर गद्दीमा दाबी गऱ्याको हो कि भनीकन पनि सोचविचार गर्नुपर्छ । उसले आफ्नी राजकुमारीमाथि अन्याय भयो भनीकन खुइनो काड्याको मात्र पनि हुनसक्छ । दाबी गर्दैमा तर्सिहाल्नु पर्दैन । रीति, परम्परा, इतिहासका उदाहरण प्रमाण हेरीकन उसकन मनाउन सकिन्छ। हाम्रो निर्णय न्यायसङ्गत रह्यापछि उसलाई सहमत हुन करै लाग्छ।"

"पहिले आफूसँग उचित जवाफ त तयार हुनु पऱ्या'न र ? यसकारणले यस्तो निर्णय गर्नुपऱ्याको हो भनीकन चित्तोबुझ्दो जवाफ दिन्या तयारी त हुनु पऱ्यो नि !", महाराजले विमर्शको औचित्य प्रष्ट्याए ।

"हो महाराज ! अघि नै महाभारत कथाको उदाहरण आइसक्याको छ । जन्मले जेठो हुँदैमा धृतराष्ट्रले हस्तिनापुरको गद्दी पायानन् । जेठा विकलाङ्ग भयाको हुनाले माहिला राजकुमार पाण्डुकन हस्तिनापुरको राज्य मिल्यो । हाम्रा राजकुमार मले बममा राजा हुनाखातिर अयोग्य ठहरिन्यागरी कुनै शारीरिक मानसिक खोट दोष देखियाको भयादेखिन् जेठा हुन् भन्दैमा राजा बनाउनु उचित हुँदैनथ्यो । अर्को विकल्प नभएमात्र खोटी दोषीले अर्थात दिव्याङ्गवाला राजकुमारले राजा बन्न्या अवसर पाउन्या हो। हाम्रा युवराजमा कुनै खोटदोष छैन र जन्मले पनि जेठा भयाको हुनाले गद्दीबाट वञ्चित गर्न मिल्दै मिल्दैन। स्वयम् जुम्ली महाराज पृथ्वीपति शाहीकन यस कुराको छिनोफानो गर्न्या बिंडो सुम्पन्या हो भन्या पनि अन्यथा निर्णय गर्न सकन्या अवस्था छैन । समस्याले आफूसँगै समाधान पनि लिईकन आयाको हुन्छ भनिन्छ । त्यसलाई

अलि गहिरोगरी खोजन्या तलासन्या काम गर्नुपर्छ । यसपटक हामीले के गर्न्या हो भन्न्या विषयको उत्तर पनि कौरव-पाण्डवकै कथाले दिन्छ । जसरी गीताकन धर्मको आधार मानिन्छ, त्यसै गरी विधि व्यवहारमा पनि महाभारतकथाले नै दिग्दर्शन गर्दछ ।"

"कसरी ?", काजी अरिभञ्जनले जिज्ञासा राखे ।

"पाण्डुको मृत्युपछि विकलाङ भया पनि धृतराष्ट्र राजा भए । उनले राजगद्दी प्राप्त गर्नुको कारण 'अड्को पड्को तेलको धुप' भन्याजस्तै थियो । राजगद्दी पायाका माहिला भाइको मृत्यु भयो । अर्का भाइ विदुर दासीपुत्र हुनाले राज्यको हकदार मानियानन् । धृतराष्टकन भवितव्यले राजा बनायो । उनकन पूर्ण राजा होइन, पाण्डुको छोराको सहयोगीको रूपमा गद्दी मिल्याको थियो । अभिभावकमात्र बनाइयाको थियो । जब पाण्डुपुत्रहरू तन्नेरी भैगए, शिक्षादीक्षा सकियो, युवराज घोषणा गर्ने बेला आयो, त्यतिखेर किचलो पऱ्यो । राजाको छोरो राजा हुन्या परम्पराले धृतराष्ट्रपुत्र दुर्योधनकन युवराज बनाउनुपर्न्या हुन्थ्यो । त्यसो गरियान । गर्भले जेठा पनि उनै थिए तर जन्मले जेठा भयाका हुनाले पाण्डुपुत्र युधिष्ठिरकन युवराज घोषणा गरियो । महाभारतको यो उदाहरणले हामीकन पनि स्पष्ट बाटो देखाउँछ । निर्णय लिनमा सहयोग पुऱ्याउँछ । राजकुमार मले बममा कुनै खोट दोष छैन । जन्मले पनि जेठो होइबक्सन्छ । त्यसैले गद्दीमा पूर्णतः हक मले बमकै लाग्छ । युवराजकन गद्दीबाट वञ्चित गर्नु न्यायसङ्गत हुँदैन ।", प्रेमनिधि पन्तले आफ्नो निचोड सुनाए ।

"यस्तै पेचिलो परिस्थिति उब्ज्याको हुनाले त होला नि धृतराष्ट्रले पाण्डवहरूकन इन्द्रप्रस्थको राज्य दियाको पनि ।", महाराज घनश्यामले थपे ।

"एकातिर कौरवपक्षको दवाब अर्कातिर जन्मले जेठा युधिष्ठिरकन गद्दीबाट वञ्चित गर्न नहुन्या परिस्थितिले धृतराष्ट्र त्यस्तो निर्णय गर्नाकन बाध्य बन्याका हुन् । यहाँ त्यस्तो अवस्था छैन । जन्मले जेठा मले बम स्वभावतः पर्वत राजगद्दीको पहिलो हकदार होइबक्सन्छ । त्यसबाट यताउता गर्न्या अधिकार कसैकन छैन । स्वयम् महाराजबाट पनि त्यसो गर्न सकिबक्सन्न ।", राजगुरु रामेश्वरले जोड दिए ।

“यस समस्याकन हलुङो गरी बुझ्नु हुँदैन । राजउत्तराधिकारको मामला हो । जटिल हुन्छ । अप्ठ्यारो हुन्छ । संवेदनशील हुन्छ । शास्त्रप्रमाण, रीतिस्थिति, परम्पराको उदाहारण देखाएर निर्णयमा पुगिहाल्नु हुँदैन । हाम्रा कुरामा भद्रिकन पनि सहमत गराउनुपर्छ । निर्णय लिइहाल्ने हतारोले पछि पछुताउनुपर्ऱ्या अवस्था आउन सक्छ । त्यसैले उत्तराधिकारीको निर्णय लिइहाल्ने हतारो नगरौं । विवाहका लागि आयाका डोला थन्कियाकै छन् । उत्तराधिकारी घोषणा गर्ऱ्या कुरा पनि केही समयका लागि थान्कोमा राखौं । थाति राखौं ।

पहिले दरबारमा, परिवारमा, भाइभारदारहरूबीच भद्रिकन घुलमिल हुन्या अवसर दिऊँ । प्रशस्त माया र आफन्तपनको अनुभूति गराउन्या कोशिश गरौं । आदरसम्मानको व्यवहार गरौं । उनी जन्मी हुर्क्याको र खाइखेल्याको स्थान र परिवेश फरक छ । उनकन पर्वतको वातावरणमा घुलमिल हुन्या अवसर दिऊँ । भिज्न दिऊँ । बुझ्न दिऊँ । उनकन मेरो परिवार यही हो भन्न्या अनभूत गराऊँ । मैले जीवन बिताउनुपर्ऱ्या ठाउँ, समाज र परिवार यही हो भन्ने महसुस गराऊँ । उनका हरेक इच्छा चाहना पूरा गरिदिन्या कोशिश गरौं । राजकाज र घर व्यवहारमा उनीसँग सरसल्लाह गर्ने गरौं । मान दिऊँ । त्यतिञ्ज्याल मले बमकन दाजु भन्ने बानी पार्ऱ्या कोशिश गरौं । दुई भाइबीच सम्बन्ध सुमधुर र बलियो बनाउन्या प्रयत्न गरौं । सकभर कसैकन बीचमा खेलन्या अवसर नदिऊँ । त्यसपछि बिस्तारै-बिस्तारै रीतिस्थिति, परम्परा, शास्त्रप्रमाण आदिको उदाहरण अघि सारीकन हाम्रो निष्कर्षमा सहमति जुटाउन्या कोशिश गरौं । भद्रिले हाम्रो कुरा स्वीकाऱ्यापछि जुम्लाले खेल्न पाउन्या छैन ।”, बडाकाजीले प्रस्ताव गरे ।

बाडाकाजीको व्यावहारिक प्रस्तावमा कसैको असहमति रहेन । त्यसपछि सुमन्त बानियाँतिर हेरेर बडाकाजीले थपे, “सुमन्त बाबु ! राजकुमार भद्रि अब तिम्रो जिम्मा । उनको हजुरिया तिमी । इतिहास-शास्त्रको ज्ञान भयाको मान्छे । राजकुमारसँग उमेर नमिल्या पनि दामलछिमल । राजकुमारको हजुरियाभन्दा पनि साथीको व्यवहार गर्नू । व्यवहारज्ञान, शास्त्रज्ञान र

इतिहासज्ञान भयाको मान्छे । राजकुमारकन बिस्तारै-बिस्तारै रीतिस्थिति र पम्पराको जानकारी गराउँदै जान्या र राजगद्दीको असली हकदार मले बम नै हुन् भन्न्या कुराको महसुस गराउन्या जिम्मेवारी तिम्रो । उनकन एक्लोपनको महसुस हुन्या परिस्थिति निर्माण हुन नदिन्या काम तिम्रो । आजैदेखि तिमीकन राज्यले भद्रि बमको सेवामा खटायाको छ भन्ने बुझ्नू र हरदम उनका साथमा रहनू। उनकन एक्लो नछोड्नू। जहाँ जानुपर्‍या पनि साथ लाग्नू । त्यसबाट उनकन कताबाट कस्तो सल्लाह सुझाव आयाको छ भन्ने कुरा पनि खुलन्या छ । उनको मनोविज्ञान कस्तो छ भन्ने कुराको भेउ पनि तिमीले पाउन्या छौ ।"

बडाकाजीको सुझाव महाराजसमेत सबै उपस्थित भारदारहरूलाई मन पर्‍यो, चित्त बुझ्यो । काजी अरिभञ्जनले पनि सहमति जनाए । त्यस दिनदेखि सुमन्तले बिलकुल नयाँ जिम्मेवारी पाए ।

पच्चीस

सधैंझैं त्यो वर्ष पनि तिहार बेनीमा मान्ने गरी राजपरिवार औल झऱ्यो । बेनीबजारको नवनिर्मित दरबारको रङरोगन, शृङ्गारपटार र सुरक्षा पर्खाल निर्माण कार्य अधुरै भएकोले कुरिलाखर्क दरबारमै राजमुकाम र राजपरिवारको बसोवासको प्रबन्ध गर्नुपर्ने भयो । दरबारमा भद्रि बमसमेत थपिन गएकोले अलि अप्ठ्यारो भएको थियो । भद्रिलाई अतिथिशालामा बस्ने प्रबन्ध मिलाइएकोले पाहुनापाछा आइलाग्दा राख्ने ठाउँको अभाव भएको थियो । त्यसैले बेनी दरबारको शृङ्गारपटारमै दरबारको सम्पूर्ण ध्यान केन्द्रित गर्नुपर्ने भयो । जति नै ताकेता लगाए पनि सिङ्गो हिउँद दरबारको लिपपोतमै बित्यो । फागुन महिनाको अन्ततिर मात्र राजपरिवारको नयाँ दरबारमा गृहप्रवेश सम्भव बन्यो ।

नयाँ दरबारमा बसाइँ सरेपछि बल्ल दरबारियाहरूले यताउता चिहाउने अवसर पाए । राजपरिवारका सबै सदस्यहरू दरबारको शृङ्गारपटारमा खटिनु परकोले स्वभावतः राजकुमार राजकुमारीहरूबीच निकटता बढ्यो । युवराज मले बम र राजकुमार भद्रि बमबीच हरेक ससाना विषयमा विचारविमर्श हुने र साथसाथै मिलेर काम गर्ने, एकअर्कालाई मनैदेखि सघाउने, दरबारभित्र कुनै विषयमा मतभेद हुँदा एक भाइले अर्को भाइको पक्ष लिने, समर्थन गर्ने, एक भाइले अर्को भाइको ख्याल गर्नेजस्ता व्यवहारको विकास भएको देखेर महाराज घनश्यामलाई निकै खुशी बनाएको थियो ।

कैयौं कुराहरूमा जानीजानी युवराजको मनसाय विपरीतको राय व्यक्त गरेर भद्रि बमको मनोविज्ञानको परीक्षा महाराजले लिन्थे । मले बम

छलफलमा उत्रन्थे । भद्रिले युवराजको पक्ष लिँदिन्थे । राजकुमारहरूको साझा राय "त्यस्तै हो भने म के भन्छु र" भनेर महाराजले पराजय स्वीकारेको अभिनय गर्दथे । बितेका छ-आठ महिनाको अवधिमा दुई राजकुमारहरूबीच यति घनिष्टता बढेको थियो कि एक भाइबिना अर्को भाइ भागै नबस्ने अनौठो अनुराग विकसित भएको थियो । भद्रि बमले मले बमलाई 'युवराज' भनेरै सम्बोधन गर्दथे । मले बमले भद्रिलाई 'भाइ' भनेरै बोलाउँथे । भद्रिले त्यसलाई सामान्यरूपमै लिन्थे । अरुचि प्रदर्शन गर्दैनथे । मले बम र भद्रिको जोडी रामलक्ष्मणको जस्तै बन्दै जानु पर्वत दरबारको लागि खुशीको विषय बनेको थियो ।

दरबारले खटाएको हुनाले सुमन्त सधैं राजकुमार भद्रि बमको साथमै रहन्थे । अघिपछि गर्दथे । एक्लो पटक्कै छोड्दैनथे । युवराजको गाथ अलि आराम नभएको हुनाले भद्रि पनि युवराजसँग अन्तपुरमै थिए । गर्मी निकै चढिसकेको थियो । दरबार भित्रै पनि भद्रिले पसिना काढिरहेका थिए । उनको अवस्था बुझेका मले बमले सहानुभूति र माया पोख्दै भने, "भाइ ! लेकमा हुर्क्याको मान्छे, बेनीको गर्मी पचाउन गाह्रो भयाजस्तो छ । निधारमा पसिना देखिन थाल्यो । म ठीकै छु । कुरिरहनु पर्दैन । जाऊ, वराहपाखाको धारामा नुहाऊ । वरिपरि रुखबिरूवा छन्, चिसो हावा चल्छ, शरीरको गर्मी मेटेर आऊ । ए सुमन्त ! भद्रिलाई धारातिर लगेर जाऊ ल !"

"हस सरकार !"

साँच्चै नै भद्रिलाई गर्मीले अत्याइसकेको थियो । युवराजलाई छोडेर नुहाउन वा पौडन जान्छु भन्न मात्र सकेका थिएनन् । आज्ञा पाएपछि हिँडिहाल्न तयार भए । भद्रिको सवारी सुमन्तले वराहपाखोको वनतिर चलाए । भद्रि बमले नुवाइधुवाइ गरुञ्ज्याल सुमन्त चौतारीमा बसेर रुँगी रहे । राजकुमारको जलक्रिडा समाप्त भएपछि उनको आज्ञा लिएर सुमन्तले नुहाउन थाले । सुमन्तले नुहाउन थाल्नासाथ कतैबाट एक जना जुम्ली व्यापारी भद्रिछेउ आएर चौतारीमा बस्यो । भद्रिसँग कुराकानी गर्‍यो । सुमन्तसम्म उनीहरूको बोलीको आवाज आइपुगे पनि कुरो भने बुझिँदैनथ्यो । त्यसमाथि शायद कुराकानी जुम्ली भाषामै भएको थियो होला । सुमन्तले त्यसलाई सामान्य घटना मानेर वास्ता गरेनन् । जडीबुटी,

खसी, पाठा, घुम, राडी, काम्लाको व्यापारको सिलसिलामा आइपुगेको जुम्ली वा डोल्पाली होला । पानी पिउन धारामा आएको होला भन्ने ठाने । लवाइको ढाँचाले जुम्ला डोल्पातिरको मानिस भनेर चिने होलान् र भद्रिले बोलाए होलान् भन्ने अनुमान गरे । सुमन्तले नुहाइ सक्दानसक्दै नवागन्तुक जुम्ली बाटो लागिसकेको थियो ।

सुमन्त नजिक आएपछि आगन्तुकको बारेमा भद्रिले नै जानकारी गराए, “व्यापारको सिलसिलामा हिंडेको सिंजाली रह्याछ । पर्वततिर आउन्या जानकारी पायाकोले कमल जैसीले आराम विराम सोधी पठायाका रह्याछन् ।” खल्तीबाट चिठी निकालेर देखाए । चिठीमा के लेखिएको थियो भनेर सोध्न मिलेन । चिठी मागेर पढ्न पनि मिलेन ।

“चिठीको जवाफ लेखिबक्सेन त हजुरले ?”, सुमन्तले यतिमात्रै सोधे ।

“व्यापारको सिलसिलामा घुम्दै फिर्दै जान्या होला । जुम्ला फर्किहालन्या भया पो चिठी लेख्नु ? जुम्ला पुग्यापछि मैले भेट्दा राजकुमार आरामै थिया भनिदिनु भनिपठाएँ ।”

भद्रिको भनाइ सुमन्तलाई जच्यो । राजकुमारको भनाइमा अविश्वास गर्नुपर्ने कारण थिएन । जुम्लीहरू हिउँदभर व्यापार र कामको सिलसिलामा मधेस झर्थे, बर्खा लागेपछि मात्र घर फर्कन्थे । व्यापारी मान्छे कताकता घुमेर कहिले बल्ल जुम्ला पुग्ने हो । चिठीपत्र लेख्नुको कुनै अर्थ थिएन । उति धेरै चासो लिनुपर्ने विषय होजस्तो पनि लागेन । दुवै जना दरबार फर्के । साँझ सुमन्त घरतिर उक्ले ।

जुम्ली व्यापारी र भद्रिको भेटघाटको बारेमा दरबारमा जानकारी गराउनुपर्ने आवश्यकता सुमन्तले ठानेनन् । त्यसलाई सामान्य घटना माने । आकस्मिक संयोग माने । व्यापारीलाई भेटेपछि पनि भद्रिको व्यवहारमा कुनै परिवर्तन आएको थिएन । उनको व्यवहार स्वाभाविक र पूर्ववत् रह्यो । उनको मनभित्र कुनै कुरा खेलिरहेको छ भन्ने कुरा कसैले भेउ पाएन । न मले बमले न सुमन्तले कुनै परिवर्तनको अनुभूति गरे । भद्रिले त्यस्तो अवसरै दिएनन् ।

करिब दुईवटा साता उसैगरी बिते । मले बमलाई निको हुन निकै समय लाग्यो । वैद्य र झारफुकेहरूको उपचारले काम गर्न निकै समय

लियो । दुई-तीन हप्तासम्म दरबारबाट बाहिर निस्केनन् । मले बमबिना पनि सुमन्तलाई लिएर दिनभर भद्रि यताउता लाग्थे । फर्केर साँझ दरबार फर्कन्थे । कहिले कालिज हान्न सियाँले जान्थे, कहिले डोकेडाँडातिर जान्थे । कहिले म्याग्दी नदीमा जाल खेल्न जान्थे । कहिले पौडी खेल्थे । दुई भाइबीचको सहचर्या पछिल्ला दुई-तीन हप्तातिर भने निकै पातलियो ।

बागलुङको बाङ्गेचौरछेउको हात्तीसुँढे वनमा कालिकाको स्थापना भएदेखिन् नै चैत्राष्टमीमा विशेष पूजा हुन्थ्यो । मानिसहरू भाकल, पञ्चबली लिएर टाढाटाढाबाट जम्मा हुन्थे । यसपटकको चैत्रअष्टमीको कालिका पूजा हेर्न जाने इच्छा भद्रि बमले महाराजसमक्ष जाहेर गरेछन् । सुमन्त भीरमुनिबाट तल ओर्लेपछि युवराज मले बमले सुमन्तलाई अह्राए, “भद्रिले चैतेदशैंको कालीकापूजा हेर्न्या इच्छा राख्याका छन् । पूजामा सालिन्दै दरबारको प्रतिनिधि पठाउन्या चलन छ । महाराजबाट भद्रिकन पूजामा सामेल हुन्या अनुमति बक्स भयाको छ । तिमीले भाइकन घुमाई, देखाई ल्याऊ । राम्रो खयाल गर्नू । नयाँ मान्छे, नचिन्या नजान्याको ठाउँ । नचिनेर भद्रिको मनमा ठेस पुग्न्या कुरा कतैबाट नआवस् भन्न्या कुरातिर चनाखो रहनू । मन्दिरको पुजारीसँग भद्रिको परिचय गराइदिनू । यतिखेर चामु खड्काले पूजारीको काम गर्छन् क्या रे ! देवीको नाममा उडाउनका लागि सातजोली परेवा मुमा महारानीबाट पेरुङ्गामा राखेर तयार गरिदिबक्स्याको छ । पूजा सामान लिई सेवक तुलु घर्ती बिहानै बागलुङतिर हिँडिसक्याको छ ।”

“हवस्, सरकार !”, सुमन्तले आज्ञा शिरोपर गरे ।

सुमन्तले आफ्नो घोडा लिएर आएका थिए । राजकुमार भद्रिका लागि एउटा अर्को घोडा तयार गर्ने आदेश सयशलाई दिइयो । सयशलाई मले बमले अह्राए, “भाइको लागि मेरो घोडा तयार गरिदिनू !”

दरबारमा पालिएका घोडाहरूमध्ये सबभन्दा राम्रो, बलियो र पानीदार घोडा युवराजले चढ्ने गर्थे । मले बमले थप सुझाव दिए, “आज सप्तमी भो । अष्टमी र नवमीमा पूजा हुन्या हो । भोलि बिहान सबेरै हिँड्या पनि हुन्छ । सुमन्त आज यतै बस । भोलि बिहान सबेरै जाँदा हुन्छ । ए सुमन्त ! सालिन्दै चैत्राष्टमीको कालिका पूजामा सामेल हुन दरबारबाट

प्रतिनिधि पठाउन्या चलन छ । पाल्पा दरबारबाट दाइजो मिल्याको देवी हुन् भन्न्या सुनिँदै आयाको छ । दाइजोमा आयाको देवता पुलाको सट्टा क्यान बागलुङमा राखियाको होला ? उन्ताका बेनीमा हिउँदे दरबार रहन्या चलन पनि थियान । यो ठाउँ खाली नै थियो । यहीं राख्याको भया पनि हुँदो हो । नजिकै किन नल्याइयाको रहृयाछ ?"

"देवी बोकी ल्याउन्या भरियाहरूले बागलुङ ल्याइपुऱ्यायापछि बिसायाछन् रे ! भोलिपल्ट फेरि देवीको डोली उठाउन खोज्दा उठ्यान'छ रे ! त्यसैले उहीं मन्दिर बनाई स्थापना गरियाको हो रे भन्छन् !", सुमन्तले समाजमा प्रचलित किंवदन्ती सुनाए ।

"त्यो भनाइ त मैले पनि सुन्याकै हो तर उति पत्यार लाग्दो छैन । सत्यतथ्य तिमीकन जानकारी छ कि भनी सोध्याको हो । राजगुरुले पनि यो राज, राजै रहोस् भन्नुभयो । भेद खोल्न रुचाउनु भयान । तिमीले पनि सत्य साँचो कुरा बतायानौ । देवी उनै, बोकन्या भरिया उनै, अघिल्लो दिनसम्म बोकी ल्याउन्याहरूले भोलिपल्ट उठाउनै सक्यानन् भनेर कसरी पत्याउन्या ? उनीहरू थाक्याका भया अरू भरिया पनि पाइँदा हुन् ? त्यसैले बागलुङमै देवी राख्न्या विशेष कारण हुनुपर्छ ? जानकारी छ भन्यादेखि साँचो इतिहास भन न ! हामी तीन जनाबाहेक अरू को छ र सुन्न्या ?"

युवराजले थप आग्रह गरे । युवराजले आग्रह गरेपछि आफूले जाने सुनेको देवी कालीकाको सत्य इतिहास बताउन सुमन्तलाई कर लाग्यो । उनले इतिहासको वास्तविकता खोले, "जन्ती अन्माउन्या बेलामा राजकुमारीले माझकी देवीको मूर्ति आफूले साथै लैजान्या इच्छा जाहेर गऱ्याकी हुनाले पाल्पा दरबारले दिइपठाया'छ । मूर्तिसँगै नित्य पूजा गर्न्या एक जना खड्का थरका पूजारी चक्र पुवाँर पनि जन्तीको साथै पठाइदिया छन् । खड्काले देवीको खड्ग बोक्याछन् । मगरहरूले देवीको डोली बोकी खड्काको पछि लाग्याछन् । डिम्ब महाराजकन अप्ठ्यारो पऱ्याछ । पाल्पा दरबारले दाइजोस्वरूप दियाको देवता लैजान्न भन्न मिलेन । ल्याउनै पऱ्यो । पर्वत दरबार भने देवता आफ्नो राज्यमा ल्याउन चाहँदैनथ्यो ।"

"किन देवता ल्याउन नरुचायाको होला ?"

"अघि चौबीसी पर्वतमा देवी मान्या चलन थियान । कोटहरूमा हतियार पूजा हुन्थ्यो । निशानपूजा भनिन्थ्यो । कुलदेवताबाहेक अरू कुनै देवता मानिँदैनथे । माईपूजा हुन्थ्यो, समयपूजा हुन्थ्यो । गोठधूप हुन्थ्यो । भिउसुन पूजिन्थ्यो । झाँक्री, वायु पुजिन्थ्यो । कतैकतै देउती पूजिन्थ्यो तर अरू देवी देवता पूजन्या चलन थियान । बाध्यताले जगन्नाथको स्थापना गर्नुपर्न्या भयाको हो । जगन्नाथले दरबारकन ठूलो क्षति पुऱ्यायाको मानिन्या हुनाले त्यसपटक अर्काकी देवी ल्याउँदा पूजाविधिमा कमी कमजोरी होला । देवी खुनासिनिन् र अर्को विघ्न आइलाग्ला भन्न्या डर मानीकन महाराज डिम्बले देवीकन पुला नलैजान्या निर्णय गरिबक्सेछ र काजी भारदारहरूसँग सल्लाह गरीकन व्यवस्था मिलाइबक्स्याको रह्या'छ ।"

"कस्तो व्यवस्था ?"

"देवीको डोली उठ्यान भनीकन बागलुङमै राखिया'छ । दुलहीमात्र लिईकन जन्ती ढोलठाना पुग्याछन् । पाल्पाली राजकुमारीको चाहनामा देवी ल्याइयाको हुनाले ढोलठानामा नलैजाऊँ भन्दा नराम्रो ठान्लिन् भनी भरियाहरूकन मन्तरीवरी देवी उठाउनै सकियान भन्न लगाइयाछ र जान्यासुन्या पण्डितहरूकन देवीले यतै रहन्या इच्छा राख्याकी हुन् भन्न लगाइया'छ । देवीको आउन्या इच्छा छैन भन्यादेखि ठीकै छ, त्यहीँ राख्या भो भनीकन राजकुमारीले मञ्जुरी दियाकी हुन् भनिन्छ । देवी बोकी आउन्या मगरहरूकन लुङ्गाउँमा घरवासगरी बस्न्या व्यवस्था गरियाछ । राजकुमारीको चित्त बुझाउनका निमित्त देवीको डोली नउठ्याको भन्न्या निहुँ पारीकन बागलुङको हात्तिसुँढे जङ्गलमै राख्न्या व्यवस्था गरिया'छ र राजकुमारीको इच्छाअनुसार चैत्राष्टमीमा हुन्या पूजामा दरबारबाट प्रतिनिधि पठाउन्या, पूजा सामग्री पठाउन्या चलन बस्याको हो भन्छन् ।"

"ए ! बिघ्न निम्तन्छ कि भनीकन देवीलाई दरबारबाट निकै टाढा राखियाको पो रह्याछ !"

"मैले जान्याको, सुन्याको कुरा त्याही हो सरकार !"

"सत्यतथ्य त्याही हुनुपर्छ । मकन पत्यार लाग्यो ।"

दिनभरि भद्रि र सुमन्त युवराजसँगै रहे । साँझ दुवै जना कुरिलाखर्कको दरबारतिर लागे ।

भोलिपल्ट बिहान सबेरै सुमन्त र भद्रि बागलुङतिर लागे । उनीहरू बागलुङ पुग्दा मन्दिरमा पूजा शुरू भैसकेको थियो । दुवै जनाले देवीको दर्शन गरे । सुमन्तले पुजारीसँग राजकुमार भद्रि बमको परिचय गराइदिए । दरबारको प्रतिनिधि स्वयम राजकुमार पूजामा उपस्थित भैदिएकोमा पुजारी खुशी भए । भद्रिका हातबाट कालीकाको विशेष पूजा गराए । टीकाप्रसाद अर्पण गरे । भद्रिले देवीका नाममा दरबारका तर्फबाट सातजोली परेवा उडाए । भद्रि र सुमन्त मन्दिरबाट बाहिर निस्कँदा टुप्लुक्क कमल जैसीसँग भेट भयो । ढोगभेटपछि "म पनि देवीको प्रसाद लिऊँ" भन्दै जुत्ता खोलेर कमल जैसी मन्दिरभित्र पसे । उनी बाहिर ननिस्कँदासम्म भद्रि र सुमन्तले चौतारीमा बसेर कुरिरहे । मन्दिरबाट निस्केपछि कमल जैसीले प्रफुल्ल मुद्रामा सोधे, "राजकुमारकन कुशल मङ्गल त छ नि ?"

"बिलकुल स्वस्थ छु ।"

"हो त ! राजकुमार कति गोरो पो भैसेछ त ? पर्वतको हावापानी राजकुमारकन फाप्या जस्तो छ !", कमल जैसीले राजकुमारको अनुहारमा हेरेर भने ।

"जुम्लामा हिमाली सिरेटोले हानेर अनुहारको छाला नै उडाइदिन्छ । अनि घामको तापले पातलो छाला डढीकन कालोनिलो हुन्छ । यता त्यस्तो हुँदो रहेनछ । हावापानी राम्रो । खाना मीठो भन्या जुम्लाकै हुन्छ ।"

"लेकको त पानी नै मीठो नि ! लेकको जस्तो मीठो औलमा कहाँ हुन्छ त ?", सुमन्तले थपे ।

"बेनीभन्दा ढोलठानाको पानी पनि मीठो, अन्नको स्वाद पनि रसिलो । जुम्लाको जस्तै ।", भद्रिले तुलना गरे ।

"राजजैसीज्यू पनि कालीकाको दर्शन गर्न आउनु भएछ त ?", भद्रिले सोधे ।

"जुम्ला दरबारको सन्देश लिकन गल्कोट आयाको थिएँ । मेरो कामै त्यस्तै हो । कहिले कहाँ, कहिले कहाँ । ढुक्कले थातवासमा हप्तादिन पनि बस्न पाइँदैन ।"

"हो त ! आनन्द गुरु पनि देश देशान्तर चहारिरहनुहुन्छ ।", सुमन्तले समर्थन गरे ।

“गल्कोट महाराज पृथ्वीपति मल्लको दरबारमा बागलुङे देवीको चर्चा चल्यो । शक्तिको महिमा सुनियो । यता आयाको मौकामा दर्शन गरिहालौँ जस्तो लाग्यो । त्यसैले यता आयाको, संयोगबस राजकुमारसँग यतै भेट भयो, तपाईंसँग पनि भेट भयो । राम्रो भो । म त हिजैदेखि आयाको । खड्का काजी सहस्रमनिको घरमा खान्या बस्न्या प्रबन्ध मिलायाको छु । जाऊँ उतै । भलाकुसारी गरौँ, खानपिनको थप प्रबन्ध पनि गर्नुपऱ्यो ।”

कमल जैसी अघि लागे । भद्रि र सुमन्त उनका पछि लागे । बाङ्गेचौरमा निस्केर उकालो लागे । डिल उक्लेर अलिकता चौर काटेपछि गुठी आइपुग्यो । गुठीमै रहेछ सहस्रमणि खड्काको भव्य घर । कमल जैसीले आफ्नो भान्से बाहुनसमेत लिएर आएका रहेछन् । राजकुमारहरूका लागि समेत भोजन तयार गर्न अह्राए । आँगनकै छेउमा ससानो फल नदिइसकेको आँपको रूख थियो । त्यसैको छहारीमा ससानो चौतारो बनाइएको थियो । त्यही चौतारीमा गलैचा बिछ्याएर सबै जना बसे । घरपतिसँग राजकुमारको परिचय गराए । आफ्नो घरआँगनमा पर्वतराज्यका राजकुमारले पाइलो राखिदिएकोमा खड्काकाजी दङ्ग परे । कृतज्ञता जाहेर गरे । प्रफुल्लित बने ।

निकैबेर यताउताका कुरा भए । कमल जैसीले आफ्नो यात्रा कथा सुनाए । खानपिनपछि घर फर्कने बेला भयो । सुमन्तले कमल जैसीसमक्ष प्रस्ताव राखे, “गल्कोटतिरबाट आउनु भयाको रह्या’छ, अब पर्वत भईकन जुम्ला फर्कन्या त होला नि राजजैसीज्यू !”

“होइन, बानियाँ काजी ! यसपटक म पर्वततिर लाग्न पाउँदिनँ । मुसिकोट भैकन प्युठान छिर्नु छ । त्यता’ट जुम्लातिर लाग्छु । राजकुमारसँग भेट नभयाका भए शायद बेनी जान्याथियाँ होला । भेटघाट भैहाल्यो । मेरा काम उता छ, पर्वत उल्टो पर्छ । तपाईंहरू जानुहोस् । म दक्षिणतिर लाग्छु । महाराजकन मेरो नमस्कार सुनाइदिनुहोला ।”, कमल जैसीले पर्वत जान नसक्ने कारण खोले ।

बिदावारी हुनुपूर्व एकैछिन कमल जैसी र भद्रि बमबीच एकान्तवार्ता भयो । सुमन्तको चतुर मनले अनेक लख काट्यो । एक मनमा जुम्ला दरबारको खास सन्देश होला भन्ने अनुमान गऱ्यो । अर्को मनले

वराहपाखोमा टुप्लुप्किएको जुम्ली व्यापारी, राजकुमार भद्रिको चैत्राष्टमी पूजा हेर्ने अकस्मात् जागेको इच्छा र कमल जैसीको बागलुङ आगमनबीच कुनै कडी पो छ कि भन्ने पनि लाग्यो ।

"राजकुमारी नलिनीको सन्देश थियो ।", कमल जैसीले स्पष्टीकरण दिए ।

पर्वत आउनुपूर्व जुम्ली राजकुमारी नलिनीसँग आफ्नो बिहेको कुरा चलेको थियो भनेर भद्रिले सुमन्तलाई सुनाएका थिए । कमल जैसीको कुरामा सुमन्तलाई विश्वास लाग्यो ।

कमल जैसी भने विशेष सन्देश भद्रि बमलाई दिनकै लागि बागलुङसम्म आफैँ आएका थिए । उनैले जुम्ली व्यापारीहस्ते बागलुङसम्म आई आफूलाई भेट्ने सन्देश पठाएका थिए । कमल जैसीको सन्देश पाएकैले कालिकाको पूजा हेर्ने निहुँ बनाएर भद्रिले बागलुङ जाने अनुमति राजाबाट लिएका थिए । सुमन्त भने ती सबै कुराबाट अनभिज्ञ थिए । बेखबर थिए । राजकुमारीको प्रसङ्गले उनको मनभित्र उब्जेका सबै शङ्काहरू निवारण गरिदिएको थियो ।

छब्बीस

धौलाश्री हिमालको दक्षिणी काख कुइनेको पहरामा तामाको खानी फेला परेको समाचार लिएर दरबारमा सूचित गर्न मच्छिमका जयन्त छन्त्याल आएका थिए । खानीको परिमाण निकै ठूलो भएको अनुमान गरिएको हुनाले खनकहरूको बस्ती नै त्यतै बसाल्नुपर्ने उनको प्रस्ताव थियो । बस्ती बसाल्नको लागि जङ्गल फँडानी गर्नुपर्थ्यो । त्यही अनुमतिका लागि निवेदन गर्न उनी आफैँ पर्वत दरबारमा उपस्थित भएका थिए । कति जङ्गल फाँड्ने, कति घर झुप्राहरू बसाल्ने भनेर दरबारले जमिन छुट्टयाइदिनु पर्थ्यो । बस्तीको लागि अनुमति दिनुपर्थ्यो ।

जयन्तको सूचना पाएपछि पर्वत दरबारमा अनौपचारिक छलफल भयो । नयाँ खानी फेलापर्नु राज्यका लागि खुशीको कुरा थियो । खानी खनकहरूको रस्तिबस्तीका लागि कति जङ्गल फडानी गर्ने भनेर छुट्टयाउन दरबारको प्रतिनिधि जानुपर्ने हुन्थ्यो । काजी सरदारहरूलाई तत्काल फुर्सद थिएन । युवराज मले बमको स्वास्थ्य उति राम्रो भैसकेको थिएन । फुर्सदिला भए पनि भद्रि बम पर्वतको भूगोलसँग उति परिचित थिएनन् । कसलाई जिम्मेवारी दिएर पठाउने भन्ने समस्या उपस्थित भएको थियो । भद्रिका लागि भने त्यो सुवर्ण अवसर थियो । मौकामा चौका हान्नुपर्छ जस्तो उनलाई लाग्यो । अवसरको फाइदा उठाउने विचारले उनले आफू कुइने जान इच्छुक रहेको जानकारी गराए । भद्रिको साथमा सुमन्त पनि रहने भएकोले राजा घनश्यामले भद्रिको प्रस्ताव उचितै ठानेर अनुमति दिए । आफ्नो काम सजिलैसँग भएकोमा खुशी भएका भद्रिले जयन्त छन्त्यालसँग कुराकानी गरे, "कुइने जान्या बाटो ताकम मच्छिम भएरै हो कि अर्को पनि छ ?"

"पाखापानीतिरबाट जाँदा बेनीको लागि अल्लि नजिक पर्छ होला ।", जयन्तले जवाफ दिए ।

"यतैबाट कुइने जान्या हो कि तिमीकन मच्छिम जानुपर्छ त ?", भद्रिले पुन खेराए ।

"होइन, मच्छिम जानुपर्छ । दुई-चार जना पाका मान्छेहरू साथ लग्नुपर्न्या होला नि !", जयन्तले जवाफ दिए ।

"मच्छिम भैकन कुइने आइपुग्न कति दिन लाग्छ ?"

"एक डेढ दिन मच्छिम पुग्नै लाग्छ, त्यति नै समय मच्छिमबाट कुइने पुग्न पनि लाग्छ ।"

"कुइने जानाकन पाखापानीतिरबाट कति दिन लाग्छ त ?"

"पाखापानी, ठाडाखानी, उमी देउराली हुँदै एक-डेढ दिनमा पुग्न सकिन्छ ।"

"घोडा जाँदैन ?"

"पाखापानी ठाडाखानीसम्म जान्छ । त्यसउता भने अलि गाह्रो पर्छ । पैदलै हिंड्नुपर्न्या होला ।"

एकछिन गम खाएपछि भद्रिले पुनः जयन्तसँग सल्लाह गरे, "आज आइतबार । अर्को आइबार सोमबारतिर मच्छिमबाट हिंड्नू । मङ्गलबार कसैगरी हामी यताबाट आइपुग्न्या छौं । अर्को मङ्गलबार कुइने उक्लने गौंडोमा भेट्नेगरी आउनु है त !"

"हवस् सरकार !", भनेर जयन्त मच्छिमतिर लागे ।

जयन्त पश्चिमतिर लागेको अर्को साताको सोमबार दुई जना भरियालाई सामलतुमल बोकाएर कपर्दार सुमन्त र राजकुमार भद्रि बम कुइनेका लागि बेनीबाट प्रस्थान गरे । सोमबारको बेलुका ठाडाखानी पुगेर बास बसे । भोलिपल्ट बिहान चाँडै खानपिन गरेर कुइनेतिर हानिए । डोऱ्याउँदै भए पनि घोडाहरू साथै लगे । कुइने पुग्दा जयन्त अरू चार-पाँच जना खनकहरूलाई लिएर आइपुगेका रहेछन् । बस्ती बसाल्न योग्य, ओभानो र प्युने पानीको स्रोत भएको ठाउँ हेरीकन जङ्गल फँडानी गर्ने चौकिल्ला तोकिदिए । ठाडाखानीबाट लिएर आएको महमा मुछेर डल्ला बनाइएको जौको सातु र उसिनेको आलु टिम्मुरको चटनीसँग खाए । नजिकैको पानी

तुम्लेटमा भरेर पिए । त्यसपछि फर्कने कुरा चल्यो । फर्केर ठाडाखानी बासबस्न आइपुग्ने समय थियो तर भद्रिले अचानक नयाँ प्रस्ताव अघि सारे, “सुमन्त ! पर्वतको भूगोल मेरा लागि नयाँ छ । जता हेऱ्यो, उतै नौलो, रमाइलो लाग्छ । त्यसैले हिजो आयाकै बाटो क्यान फर्कन्या हो र ? त्यताका गाउँठाउँ त हेरियो । आयाको मौकामा नयाँनौला ठाउँ हेर्न्या अवसर क्यान गुमाउन्या ?”

“अर्को बाटो फर्कन्या मनसुवा हो राजकुमारको ?”, सुमन्तले सोधे ।

“हो, नयाँ बाटो फर्कौं, नयाँ ठाउँ हेरौं ।”

“त्यसो भया यहाँबाट गाईबस्तु हिडन्या डोरेटो पहिल्याईकन पूर्वतिर जङ्गलैजङ्गल हिंडन्या हो भन्या बेलुकासम्म चौरखानी पुगिन्याछ । भोलि त्यताबाट रायखोर हुँदै पाखापानी निस्कौंला ।”, सुमन्तले प्रस्ताव गरे ।

“होइन, त्यही एउटा चौरखानी हेर्नैका लागि दिनभर जङ्गलको यात्रा क्यान गर्नु ? हामी पनि जयन्तहरूसँगै मच्छिमतिर लागौं । हुँदैन र ?”

“हुन त नहुन्या कुरो के छ र ? महाराजबाट आज्ञा बक्साइया'न । रिसानी हुन्या हो कि ?”

“क्यान रिसानी हुन्या । रिसिनुपर्न्या कारण के छ र ? एक-दुई दिन बढी लागन्या न हो । महाराजकन म मनाउँला । भरियाहरूकन पठाइदिऊँ । सामतुमल बोकी हिंड्न सघाउन्या जयन्तहरू छँदै छन् । उनोरूसँग हामी पनि ताकमसम्म पुगेर फर्कौं । हाम्रा पुर्खाले सबभन्दा पहिला आर्ज्याको ताकम निकै राम्रो ठाम छ रे ! अस्तिको पटक पुलातिर लागिहाल्ने हतारोले राम्रोसँग हेर्न च्याउनै पाइया'न । ताकमजस्तो राम्रो ठाम छोडीकन डिम्ब महाराज क्या'न ढोलठानामा सऱ्याका होलान् भन्थे कमल जैसीले । मकन फेरि एकपटक ताकम पुग्न मन लाग्याको छ ।”, भद्रिले आग्रह गरे ।

“दरबारबाट अनुमति लिइया'न । कति दिन लागन्या हो ? दरबारबाट नबक्साईकन आफूखुशी हिंड्दा रिसानी हुन्या हो कि ?”, सुमन्तले मनको त्रास पोखे । अनकनाए ।

“हामी मच्छिमतिर लाग्यौं भनीकन भरियाहस्ते खबर पठाया भैहाल्यो । चिन्ता गर्नै पर्दैन । रिसानी भैहाल्या'छ भन्या पनि मकन ठाम हेर्न्या रहर

जाग्याको हुनाले ताकमतिर जान्या गुस्ताखी गऱ्याको हुँ भनीकन महाराज समक्ष म कहुँला ।", भद्रिले आश्वस्त बनाउने कोशिश गरे ।

भरियाहरूलाई बेनीतिर पठाएर जयन्तको टोलीसँग राजकुमार भद्रि बम र सुमन्त पनि पश्चिमतिर लागे । कतै घोडामा, कतै पैदलै हिंड्दै मल्कवाङ्, मलम्पार, बुग्ल, ममराङबेसी हुँदै म्याग्दी तरेर मुना उक्ले । मुनाबाट मच्छिम । कुइनेबाट मच्छिम आइपुग्न पूरै दुई दिन लाग्यो । भोलिपल्ट जयन्तहरूलाई मच्छिममै छोडेर एक जना अगुवा लिई सिवाङ् हुँदै ताकम पुगे । उनीहरू ताकम आइपुग्दा धारापानीबाट एक जना मानिस लिन आएको रहेछ । आफूहरू आज यति बेला ताकम आइपुग्ने खबर कालु थापाले कसरी पाएछन् भन्ने कुराले सुमन्तलाई आश्चर्यचकित बनायो । भद्रिलाई भने कुनै अनौठो लागेन । लाग्ने कुरै थिएन । कमल जैसीले दिएको कार्यतालिका अनुसार बेनीबाट हिंडेर उनी ताकम आइपुगेका थिए । बेनीबाट राहुगाडतिर लागेर धौलाश्रीको कछारैकछार कुइने हुँदै ताकम आइपुग्न कति समय लाग्छ भन्ने कुरा कमल जैसीले उनलाई राम्रोसँग जानकारी गराएका थिए । सिकार खेल्न जाने निहुँ बनाएर उपल्लो बाटो धौलाशिरको काखैकाख ताकम फलानो दिनमा जसरी पनि आइपुग्नु भनेर तिथिमिति सम्झाएका थिए ।

भद्रिलाई सिकारको निहुँ बनाउनु परेन । कुचोले बढार्नुपर्ने काम हावाले गरिदियो । खानी फेलापरेको जयन्तको सूचनाले काम गऱ्यो । मले बमको बिमारले पनि उनलाई सजिलो बनायो । अवसर दियो । दरबारको जिम्मेवारी लिनमा उत्साह प्रदर्शन गरेजस्तो देखाउने अवसर मिल्यो । कसैले किन त्यता जाने भनेर प्रश्न उठाउने, शङ्का गर्ने ठाउँ नै रहेन । अवसर छोप्ने गजबको योजना भद्रिले कुशलतापूर्वक कार्यान्वयन गरेका थिए । उनले जानीजानी अनजान बनेर कुइनेतिर जाने अर्को बाटो छ-छैन भनेर सोधेका थिए । भद्रिको चेष्टाले सुमन्तको मनमा भने चिसो पस्यो । कतै केही रहस्य अवश्य छजस्तो लाग्यो । राजकुमारसमक्ष प्रश्न गर्ने हिम्मत भने गरेनन् ।

सत्ताईस

अगुवाले धारापानीस्थित कालु थापाको घरसम्म डोऱ्यायो । भद्रिको प्रतीक्षामा रहेका थापाले आगन्तुकहरूको आत्मीयतापूर्वक स्वागत गरे । सुमन्तलाई भने आश्चर्य लाग्यो । माइती मावलीको साइनो जोडिने हुनाले कालु थापाले उनलाई चिन्नु स्वाभाविक थियो । कैयौँपटक घेटघाट र भलाकुसारी भएको थियो । भर्खर छ–आठ महिनाअगाडि पर्वत टेकेका राजकुमार भद्रिसँग पनि पुरानो परिचय भएझैं गरी थापाले आत्मीयता प्रदर्शन गरिरहेका थिए । सुमन्तले दुई जनाबीच परिचय गराइदिनुपरेन । थापाले राजकुमारलाई कसरी चिने ? कहिले चिने ? पुरानै परिचय भए पनि आजै ताकम आइपुग्छन् भन्ने अन्तर्ज्ञान थापालाई कसरी भयो ? भद्रि बमले समाचार पठाए होलान्जस्तो लाग्दैनथ्यो । पर्वत दरबारले समाचार पठायो होला भन्नु भने दरबारबाट कुइनेतिर लाग्दा ताकमको बाटो भएर फर्कने कुरा भएकै थिएन ? थापाको चेष्टा भने आश्चर्यजनक थियो ।

झन्डै दुई-तीन रोपनी जग्गा बारकोर गरेर खोऱ्याइएको जग्गामा लहरै तीन-चारवटा घरहरू बनेका थिए । विशाल आँगन थियो । गाउँभरमा सबभन्दा ठूलो र भव्य घर । पुलाको भिरालो र उवडखाबड भूमिमा जन्मेका सुमन्तका लागि ताकम धारापानीको समथर जमिन तराईझैं लाग्थ्यो । ठाउँ निकै राम्रो थियो तर उनका लागि अपरिचित भने थिएन । तकमेल समाजसँग उनी परिचित थिए । ढोरको समस्या समाधान गर्नमा निभाएको भूमिकाको कारणले त्यतातिर सुमन्त लोकप्रिय बनेका थिए । तर भद्रि आफूभन्दा पनि थापाका लागि निकटजस्तो देखिने कुरा भने उनलाई पचाउन गाह्रो परिरहेको थियो ।

भद्रिले अकस्मात् कुइनेतिर लाग्न रुचि देखाउनु, दिनबारको गन्ति गरीगरी जयन्तहरूसँग कुइनेमा भेट्ने कार्यतालिका मिलाउनु, कुइने पुगेपछि अकस्मात् ताकमतिर लाग्ने प्रस्ताव गर्नु, आफूहरू ताकम आइनपुग्दै धारापानीबाट मान्छे लिन आउनु, धारापानीका गाउँबुढा कालु थापासँग भद्रिको पूर्व परिचय भए जस्तो देखिनु, बागलुङमा कमल जैसीसँग आकस्मिक रूपमा भेट हुनु, भद्रि आफैँले कालिकाको पूजामा सामेल हुने इच्छा प्रकट गर्नु, त्यसभन्दा अगाडि वराहपाखोको पानीधारामा अकस्मात् जुम्ली व्यापारी झुल्कनु र उत्निखरै गायव हुनु सुमन्तको दिमाग चकराउने विषय बनेका थिए । ती सबै घटनाहरू आपसमा सम्बन्धित छन्जस्तो लाग्थ्यो तर त्यसको कारण के हुनसक्छ भन्ने कुरा उनले अनुमान गर्न सकेका थिएनन् ।

भद्रि र सुमन्त धारापानी आइपुग्दा दिन छिप्पिसकेको थिएन । घोडाहरूलाई तबेलामा बाँधेपछि कालुथापाले चारमध्येको सबभन्दा पश्चिमछेउको घरमा लिएर गए । त्यो पाहुनाघर रहेछ । ब्राह्मण वा ठकुरी पाहुनाहरू आउँदा अलगै भातभान्सा गर्नका लागि अलगै भान्छाघरसमेत बनाइएको रहेछ । जुम्लामा हुर्केबढेका भद्रिमा क्षत्रीहरूसँग भातभान्सा बार्ने संस्कार थिएन । त्यसैले कुइनेतिर लाग्दा भान्सेबाहुन साथ ल्याउनुपर्ने आवश्यकता परेन । घरको उपल्लो तलो आरामकक्ष रहेछ । कोठामा पुऱ्याएर "आराम गरिबक्स्यो" भनी छोडेर कालु थापा बाहिर निस्के, ठूलठूलो आवाजमा कसैलाई बोलाएर केही काम अह्राइखटाई गरे ।

थाकेका भद्रि र सुमन्त ओछ्यानमा ढल्नासाथ मस्त निदाए । बिउँझँदा झन्डै दिन ढल्किसकेको थियो । आँखा मिच्दै सुमन्त बाहिर निस्के । पल्लोघरको आँगनमा मानिसहरू कल्याङबल्याङ गरिरहेका थिए । सुमन्तका आँखा त्यतै तानिए । मानिसहरूले खसी ढालेर मासु टुक्र्याउँदै रहेछन् । भद्रि पनि बाहिर निस्के । दुई-तीन दिनको हिँडाइको कारणले शरीरबाट पसिनाको गन्ध आउन थालेको थियो । भद्रिले नुहाउने इच्छा प्रकट गरे । थोरै पश्चिमदक्षिणतिर सार्वजनिक पानीधारो थियो । गाउँको धारापानी भन्ने नाम रहनुको कारण त्यही धारो थियो । खानी खन्न बनाइएको सुरूङबाट निस्केको पानी थियो रे त्यो ! खानी खन्नुभन्दा अगाडि त्यो ठाउँमा पानीको मुल थिएन रे ! शायद खानीको परिमाण उति ठूलो रहेनछ

कि खानी बन्द भएको वर्षौंवर्ष बितिसकेको थियो । नुवाइधुवाइ सकेर घर फर्कंदा राजसी खाजा तयार थियो ।

खाजा खाइसकेपछि कालु थापासँग सुमन्तले सोधे, “मामा ! राजकुमारसँग हजुरको चिनाजानी कहिले भयाको थियो ?”

“ढोरको मेलामा ! हाम्रा मालहरूको सेखी राजकुमारले मज्जाले झारिदिबक्सेको थियो नि त !”

“लडाइँ भयाको थियो कि कसो ?”

“होइन, छेलोमा क्या !”

“ए ! अनि हामी दुई कुइनेबाट ताकमतिर आउँदै छौं भन्न्या कुरा कसरी था' पाउनु भो त ?”

थापा अलमलिए । भद्रिको अनुहारतिर हेरे । शायद, कुनै इशारा पाएकी कुन्नि उनले कुरो बनाए, “जयन्तले भन्याको थियो ।”

‘ढाँटेको कुरा काटे मिल्दैन’ भनेजस्तो वास्तवमा जयन्तले आफू कुइने जाने र राजकुमार पनि आउने कुरा बताएको भए पनि फेरो घुमेर राजकुमार ताकम आउँछन् भनेर कसरी भविष्यवाणी गर्न सक्थे र ! स्वयम् सुमन्त र पर्वत दरबारलाई समेत जानकारी थिएन । चतुर सुमन्तलाई कुरोमा केही रहस्य छ भन्ने ज्ञान भयो । अनुमान भयो । हलेदो भन्ने जानेपछि थप कोट्याउनु आवश्यक ठानेनन् । राजकुमारको ताकम आगमन हुँदै छ भन्ने कुरा कुन सूत्रले थापालाई जानकारी दियो भन्ने कुरा तत्काल खोल्न उपयुक्त ठानिएन भन्ने उनले बुझे अनि कुरोको प्रसङ्ग अन्यत्रै मोड्ने उद्देश्यले सोधे, “गएको बर्खायाममा ढोरमा कुनै समस्या त आइलाग्या'न नि मामा ?”

कालु थापाले लामो स्वास लिए । सुमन्तले थप कुरो कोट्याएर अप्ठ्यारो पार्ने हुन् कि भन्ने त्रास थियो शायद उनको मनमा । सुमन्तले कुरो अन्तै मोडेपछि उनलाई हलुङ्गो भयो । अनि अलिकता हाँसेर सुमन्तको पिठ्युँमा धाप मार्दै भने, “ओहो भानिज ! तपाईंको बुद्धिले त भुजेलहरूकन ठेगान लगाइहाल्यो नि ! केको अप्ठ्यारो पार्न्या हिक्मत हुनु बजियाहरूसँग ? अब त हामी तकमेलहरू उनो'रुका लागि ज्वाइँजस्तै मान्याजन पो भयाछौ त !”

"खनखनी सिर्तो बुझाया'र बुकी चर्नु पनि केको बुद्धिको काम भयो र ?", सुमन्तलाई आफ्नो प्रशंसा रुचेन ।

"सिर्तो पायो त राज्याले पायो । सामन्तको दरबारमा भित्रियो । गोठालाहरूको हातमा भाङबुटी केही पऱ्या होइन ! हामीकन खेदायाको त गोठालाहरूले पो थियो । सालिन्दै सिर्तो पाउन्या भयापछि राज्याले हकाऱ्या होला, दुःख नदिनू, केही विढङ्ग पाऱ्यापछि देखलाउ पखलाउ भनिया होला, भुजेलहरू अब नौनीजस्ता नरम पो भयाका छन् त !", थापा चम्किए ।

"ढोरको मेलामा मामाले नि छेलो हान्नु भयाको थियो कि ?"

"म बुढोले क्याको छेलो हान्नु ? बैंसमा त चारैचौरास बाजी मारियाकै हो । अब त बूढो भैयो । तन बूढो भया पनि मन बूढो नहुन्या रह्या'छ । राम रमाइलो, मेलापर्व भन्या पछि बैस फर्केर पो आउँछ त ! रहरले कुदाउँछ । ढोरको मेला हेर्न म पनि गयाको थियाँ ।"

"छेलो नहान्याको भयापछि राजकुमारसँग कसरी चिनाजानी भयो त मामाको ?"

थापा खङ्ग्रङ परे । तुरुन्तै सम्हालिएर भने, "छेलो जितन्या माल को हो, कहाँको हो भनीकन खोजी गरियो । सोधपुछ भयो । छेलो जितन्या मान्छ्या राजकुमार हुन रे भन्या कुरा उतैबाट सँगै आयाका भरियाले बतायाका हुन् । हामीले चिनियो । राजकुमारले हामीकन त कसरी चिन्नु ?"

थापा फेरि चिप्लिए किनकि कालुले ढोरमा देखेकोले राजकुमार भनेर चिने होलान् रे ! राजकुमारले थापालाई चिन्ने कुरा त भएन । भद्रि बमले भने पूर्व परिचित भएजस्तै सहज व्यवहार देखाएका थिए । राजकुमार भद्रिले सुमन्तलाई अन्धकारमा राखेकै थिए । कालु थापाले पनि त्यस्तै प्रयत्न गरिरहेका थिए । तर 'कहाँ जालास् मछिया, मेरै ढडिया' भनेजस्तै जति लुकाउन खोजे पनि कतै न कतैबाट पोल खुल्दै जान्थ्यो । एकातिर टालटुल पारे पनि अर्कोतिर प्वाल पर्थ्यो । ढिलोचाँडो आफ्नो जानकारी बाहिर पाक्दै गरेको खिचडीको रहस्य खुल्ने कुरामा सुमन्त ढुक्क थिए ।

गफगाफ गर्दागर्दै दिन ढल्यो । घामले डाँडो काट्यो । कति घरभित्र बसिरहनु भनेर तीनै जना घरकम्पाउन्ड बाहिर निस्के । कम्पाउन्डको ढोका मुख्य बाटोसँग सटिएको थियो । घरबाट बाहिर निस्कनासाथ गाउँबीचको

मूल बाटोमा पुगिन्थ्यो । बाटोमा निस्केर तीनै जना पूर्वतिर लागे । थोरै पर चौतारी थियो । चौतारीसँगै ससानो मन्दिर पनि थियो । त्यही चौतारीमा बसेर यताउताका कुरा गर्न थाले । भद्रि भने लगभग चुपचाप थिए । सुमन्त र थापाको बातचितमा पनि उनको उति ध्यान थिएन । त्यतिबेलै अलि टाढा घोडाको घन्टी बजेको आवाज आयो । आवाजतिर सबैका आँखा गए । निकै पर पानीधारातिरबाट एउटा घोडा उनीहरूतिर आउँदै थियो । अलिक नजिक आएपछि आकृति स्पष्ट भयो । घोडचढी त कमल जैसी पो रहेछन् !

कमल जैसी र कालु थापाको पनि पुरानै चिनाजानी रहेछ । कमल जैसी नजिक आउनासाथ कालुले घोडाको लगाम थामे । जैसी घोडाबाट ओर्लेर नमस्कार गरे । कालु थापाले नजिकै उभिएको एक जना गाउँलेलाई बोलाएर घोडा आफ्नो तबेलामा पुऱ्याउन अह्राए ।

अभिवादनको औपचारिकतापछि कमल जैसीले भद्रितिर हेरेर आश्चर्य व्यक्त गरे, "राजकुमार पनि यहाँ ! कहिले किन आइसे'को थियो ?"

"म नि आजै आइपुगेको !", राजकुमारले बेनीबाट कामविशेषले कुइने जानुपरेको र त्यताबाट यता आउने लहड चलेको कुरा सुनाए ।

"दैवले जे गर्छ राम्रै गर्छ । मकन पनि प्युठानबाट निसी हुँदै रूम निस्केर यो बाटो घुम्न मन लाग्यो । राजकुमारसँग भेट हुनु रह्या'छ र फेरो घुम्ने मन आयाको रह्या' छ । राजकुमारकन पनि यतै डोऱ्याया'छ । राम्रै भो । कता बसन्या प्रबन्ध गर्नु भयाको छ ?"

"थापाकाजीले हामीकन लिन ताकममै मानिस पठाउनु भयाको थियो ।", सुमन्तले भद्रिलाई उछिनेर जवाफ फर्काए र प्रतिक्रिया हेर्न कमल जैसीको अनुहारमा हेरे । कमल जैसी अलिकता सकपकाए । भद्रिले भेट हुने योजनाको खुलासा गरिदिए छन् कि भन्ने लाग्यो होला । कमल जैसीको अप्ठ्यारो फुकाइदिनका लागि होला कालु थापाले स्पष्टीकरण दिए, "राजकुमार हिजै मच्छिमतिर उक्लियाको कुरा दरबाङतिर हिंड्याको मुनाले भण्डारी भेनाले खबर ल्यायाका थिया । साथमा सुमन्त भानिज पनि रह्याको कुरा सुन्यापछि कतिखेर भेटूँजस्तो भयो । त्यसैले आज बिहानै मच्छिमबाट आइपुग्नासाथ लिएर आउनु भनीकन एक जना मान्छे ताकम पाठायाको थियाँ ।"

कालु थापाको स्पष्टीकरणले कमल जैसीलाई त ढुक्क बनायो तर आफूलाई अन्धकारमा राखेर कुनै खिचडी पकाइँदै छ भन्ने चतुर सुमन्तको अड्कललाई थप बलियो बनायो । कालु थापाका आपसमा बाझिएका कुराले कुनै कुरा आफूबाट लुकाउन खोजिंदै छ भन्ने अनुमानको पुष्टि गरिदिएको हुनाले उनको अनुहारमा मुस्कुराहट दगुऱ्यो ।

"बानियाँ काजी पनि आउनु भया' छ, आज पुराना काजीहरूसँग रमाइलो गफ गर्ने अवसर मिलन्या भो ।", कमल जैसीले यो भेटघाटलाई अप्रायोजित र आकस्मिक सावित गर्ने प्रयत्न गरे ।

अट्ठाईस

साँझ परिसकेको थियो । कमल जैसी र कालु थापा गफमा मस्त भए पनि उनीहरूका आँखाले कसैको प्रतीक्षा गरिरहेका छन् भन्ने कुरा बुझ्न सुमन्तलाई गाह्रो परेन । कालु थापा र कमल जैसीका आँखा बारम्बार पश्चिमबाट आउने हरेक मान्छेमा पर्थे । सानो आवाज आउँदा पनि उनीहरूका आँखा भने पश्चिमतिरै तानिन्थे । राम्यरुम्मे भयो । पाँच-सात गज उताको मान्छे ठम्याउन नसिकने भयो । थापाले "घर जाऔँ" भने । सबै जना उठेर कम्पाउण्डभित्र छिरे ।

रात झमक्क परेपछि घोडाको घन्टी र घमराहरू बजेको आवाज आयो । बाटो छेउछाउका घरमा पालिएका कुकुरहरू एकैसाथ भुक्न थाले । थापाका कुकुरहरू पनि लम्कीलम्की भुके । बैठक कक्षमा बसिरहेका सुमन्तलाई बाहिर हेर्न मन लाग्यो । बाहिर निस्कँदा अर्को एउटा घोडचढी आगन्तुक थापाको आँगनमा उभिएको थियो । उसको घोडालाई पनि थापाका कामदारले तबेलामा लगेर बाँधिदिए । कालु थापाले आगन्तुकलाई पाहुनाघरतिर लिएर आए । घरबाहिर उभिएका सुमन्तसँग थापाले नवागन्तुकको परिचय गराइदिए । उनी राजकुमार भद्रिका मीत रहेछन् ।

माथि उक्लेपछि भद्रि र नवागन्तुकबीच अभिवादन आदानप्रदान भयो । एकले अर्कालाई "मीतज्यू कताबाट" भनेर सोधी टोपले ।

"म पनि निसीको बाटो आयाको हुँ, तपाईंकन भेटिनँ, त्यसैले एक्लै आया हुँ ।", कमल जैसीले डिल्लीतिर हेरेर भने ।

"म बुर्तिबाङ हुँदै तारखोला निस्केर यता आयाको हुँ । त्यसैले भेट भयान । अलिकता ढिलो पनि भयो ।", डिल्लीले स्पष्टीकरण दिए ।

एकैछिनपछि खाना तयार भएको सन्देश आयो । सबै जना भान्सातिर लागे । खानपिन सकिएपछि तन्नेरी छोराछोरीहरू रोदिघरतिर लागे । कामदार गोठालाहरू आ-आफ्ना ओछयानभित्र छिरे । मूल घरमा बत्ती निभ्यो । पाहुना घरमा भने दियो टिमटिमाइरहेको थियो । कमल जैसीसँग एक जना भान्से साथी पनि थियो । ऊ पनि सुत्यो । कालु थापा, भद्रि, सुमन्त, डिल्ली र कमल जैसीसमेत पाँच जना गफिन थाले । एकछिन यताउताका कुरा भए । त्यसपछि कमल जैसीले सबैको ध्यान आफूतिर आकर्षित गर्न ख्याकखुक गरे । सबैले आफूलाई हेरिरहेको देखेपछि बोल्न शुरू गरे, "सुमन्तजी ! मलाई माफ गर्नुहोला !"

"माफी केका लागि ?", सुमन्तले आश्चर्य व्यक्त गरे ।

"वास्तवमा तपाईंकन साथलिई जसरी पनि आजको मितिमा ताकम आउनु भनेर राजकुमारकन मैले बागलुङमै अह्राई पठायाको थिएँ तर तपाईंसँग कुरो नखोल्नु पनि भन्याको थिएँ । डिल्ली आइनपुगेको हुनाले जम्मा हुनुको कारण खोल्नु व्यर्थ छ भनेर अघि भेट हुँदा आकस्मिकरूपमा भेट भयाको हो कि जस्तो स्वाङ पार्‍याको थिएँ । डिल्ली पनि आइपुग्नुभयो । अब कुरा लुकाउनुपर्ने आवश्यकता रह्या'न ।"

अलिकता मुस्कुराउँदै भद्रिले सुमन्तको अनुहारमा हेरे । सुमन्तको अनुहारमा कुनै आश्चर्यभाव थिएन । सुमन्तले प्रत्युत्तरमा भने, "केही कुरा अवश्य लुकाउन खोजिंदै छ भन्न्या अनुमान त मकन भयाको थियो तर किन जम्मा भइयाको हो र मसँग लुकाउनुपर्‍या कारण के छ भन्न्या कुराको भेउ भने पायाको थिइनँ ।"

"बानियाँको चतुर नजरबाट कुरो लुकाउन कहाँ सम्भव हुन्थ्यो र ? लुकाउनुपर्‍या कारण पनि थिया'न तर आवश्यक सबै मानिस जम्मा नभैकन कुरो खुलाउनुको अर्थ पनि थिया'न । नराम्रो नमान्नुहोला ।", कमल जैसीले विशेष अनुरोध गरे ।

"ढिलोचाँडो कुरो खुल्न्या नै थियो । नराम्रो मान्न्या के कुरा भयो र ?", सुमन्तले आश्वस्त बनाएपछि कमल जैसीले रहस्यको पोको खोल्न शुरु गरे, "आज पर्वत राज्यको सम्भावित राजा र भविष्यमा काजीको जिम्मेवारी लिनु पर्‍या तीन जना भलादमीहरूसँग एकै ठाउँमा भेला भईकन

भलाकुसारी गर्न्या अवसर पाउँदा मकन अत्यन्तै खुशी लाग्याको छ । यो दुर्लभ अवसरले भविष्यको कुनै महत्त्वपूर्ण कुराको सङ्केत गऱ्याको पो हो कि जस्तो लाग्याको पनि छ । भोलि हुन्या कुराको अनुमान आजै कसले गर्न सक्छ र ? कुनै बनिबनाउ योजना होइन, सम्भावित भविष्यको बारेमा तपाईंहरूसँग विचारविमर्श र छलफल गर्न मन लाग्याको छ । यो दुर्लभ अवसर क्यान त्यसै खेर फाल्न्या ? होइन त ?"

सबैले कमल जैसीलाई हेरिरहेमात्र । कुनै प्रतिक्रिया दिएनन् ।

"निद्रा त बिथोलिँदैन नि ?", कमल जैसीले पुनः सोधे ।

"आ... यति चाँडै केको निद्रा लाग्नु ? भन्नुहोस् न, सुनौं ।", कालु थापाले उत्सुकता प्रदर्शन गरे ।

कमल जैसीले भविष्यको सम्भावित योजना सुनाउन थाले, "जनै पूर्णेको ढोरको मेलाबाट हानिँदै पर्वत दरबारमा पुगियो । झन्डै तीन साता डोलठाना दरबारमा बस्ने अवसर मिल्यो । जुम्ली राजकुमारी, पर्वतकी कान्छी रानी, राजकुमार भद्रिकी मुमाहजुरको बरखी सिध्याईकन बल्ल जुम्ला फर्कन्या अनुमति मिल्यो । दुई साता पर्वत दरबारमा बस्दा धेरै कुराको जानकारी लिन्या अवसर मिल्यो । पर्वत दरबारको मुटु छामन्या मौका मिल्यो । बज्रले हान्याको पहरोझैं पर्वत दरबार हल्लिन्यागरी एउटा मन्त्र सुनाई फर्क्याको थियाँ । त्यसको असर कस्तो रह्यो सुमन्त बाबु ?", कमल जैसीले सुमन्ततिर जवाफको लागि हेरे ।

"खोइ ! मलाई उति धेरै जानकारी छैन । महाराज, महारानी र काजीहरूबिच छलफल भयाको होला ।", सुमन्तले आफू छलफलमा सहभागी भएको कुरा लुकाए ।

"दरबारै थर्काउन्या कस्तो वज्र छोड्नु भयाको थियो र जैसीज्यू ?", कालु थापाले जिज्ञासा राखे ।

"गर्भले जेठो भयाको हुनाले पर्वतको राजा हुन्या पहिलो हक राजकुमार भद्रिको हो भनीकन पर्वत दरबारमा कुरा राख्याको थियाँ ।", कमल जैसीले राजकुमार भद्रितिर औंलाले देखाएर खुलासा गरे ।

"केरे ? के रे ? राजकुमार केमा जेठो रे ?", कालु थापाले स्पष्टीकरण खोजे ।

"पर्वतकी कान्छी रानीको गर्भ जेठो थियो । जेठी रानीको गर्भ कान्छो । गर्भ लिएरै कान्छी रानी जुम्ला गइबक्स्याको हो । उतै मास पूरा भयापछि राजकुमार भद्रि बमको जन्म भयो । यता पर्वतमा जेठी रानीको गर्भबाट सातै महिनामा राजकुमार मले बम जन्म्या छन् । गर्भ कान्छो भया पनि पहिलो जन्म मले बमको भएको हुनाले पर्वतले उनैलाई युवराज बनायाको रह्या'छ । गर्भ आर्स्यापछि जीवन शुरू भैहाल्यो । जुन गर्भ पहिले आर्स्याको हो, त्यही जेठो हुन्छ भनीकन राजगद्दीमा हकदाबी गरियाको हो । राजाबाट पनि कसैकन अन्याय नहुन्यागरी विवेक पुऱ्याइन्या छ भनीकन सभासमक्ष घोषणा गरिबक्स्याको छ । त्यसैले आज यसरी तपाईंहरूको छेउमै सँगै बसिरह्याको मान्छे भोलि पर्वतको राजा हुन्या सम्भावना छ है !"

"जेठोकान्छो छुट्याउन्या तरिका त्यस्तो पनि हुँदो रह्या'छ हगि ?", कालु थापाले आश्चर्य व्यक्त गरे ।

"राजाबाट न्याय गरिन्या'छ भन्न्या जमान गरिबक्स्याको भया पनि कुरो त्यति सजिलो भन्या होइन । भद्रि बमभन्दा मले बम पहिले जन्मियाका हुन् । दुनियाँले देख्या जान्याको कुरा त्यही हो । मले बमकन युवराज घोषित गरिसक्याको पनि छ । हाम्रो त दाबी हो । जेठा मले बमकन मान्या पनि हाम्रा राजकुमारकन अंश दिन्न भन्न चाहिँ मिल्दैन ।"

"राज्यको नि अंशबन्डा हुन्छ र ?", डिल्ली भुजेलले सोधे ।

"किन नहुनु ? प्रतापीनारायण मल्लले जेठा राजकुमारकन गलकोट, कान्छाकन कास्कीकोट र माहिलाकन पुलाकोट अंशभाग गरिदियाका रह्याछन् नि त ? त्यसरी अंशबन्डा नगरिदियाको हुन्थ्यो भन्या त पर्वत राज्य ठूलो पो रह्याछ नि !", यसपटक सुमन्तले पर्वतको ऐतिहासिक घटना सुनाए ।

"हो, यसपटक पनि हामीले दरो खुट्टोगरी अडिन्या हो भन्यादेखिन् पर्वतको अंशबन्डा हुन्या परिस्थिति छ ।", कमल जैसीले भविष्यको सम्भावनातिर सङ्केत गरे ।

"ओहो ! अहोभाग्य ! भविष्याको राजाको स्वागत आफ्नै घरमा गर्न पाउन्या म कति भाग्यमानी रह्याछु ?", कालु थापाले खुशी व्यक्त गरे ।

"थापा काजी ! तपाईं स्वयम् राजखलकको सन्तान हो । राज्य गुम्या पनि काजी हुन्या ल्याकत राखन्या मान्छ्या हो । काजीको घरमा राजाको पाउ पर्‍या कुन ठूलो कुरा भयो र ?", कमल जैसीले थापालाई उचाले ।

"कुरो त हो भन्छन् क्या रे ! सयौं वर्ष अघिको कुरा । आफू त गोठालाकै घरमा जन्मिइयो, गोठालो भईकन जीवन बिताइयाको छ ।", थापाले वास्तविकता ओकले ।

"थापाको राज्य हडप्याको मल्ल वंशले हो । काजी बनाउन्या वाचा गर्‍याको पनि हो । वाचा तोडन्या बेइमानी गर्‍याको पनि हो । वाचा नतोडियाको भयादेखिन तपाईं पनि काजी हुन्या मान्छ्या हो नि ?", कमल जैसीले पुरानो चिहान उधिने ।

"हो भन्या'र मात्र क्यार्नु खोइ ? कल्पीकल्पी मर्नु भया'न । आखिर म त गोठालो नै हुँ ।", कालु थापा खितखिताएर हाँसे ।

'टुहुराको भाग्य, पिठ पछाडि' भन्याजस्तो तपाईं काजी हुन्या जोग आउँदै पो छ कि ?" डिल्ली भुजेलले सम्भावना देखाए ।

"दिउँसै सुइना क्यान देख्नु ?", थापाले अविश्वास प्रकट गरे ।

"त्यसो होइन थापाकाजी ! सम्भावना छँदै छैन भन्न मिल्दैन । सम्भावना छ तर भाग्यमा छ भनीकन डोकोमा दूध अडिँदैन, बैला भैंसीले दूध दिँदैन । दूध थाप्ने ठेकी चाहियो । बैला भैंसी सा'जान्या तारतम्य मिलाउनुपर्‍यो ।"

"मैले कुरो बुझिन ।", थापा अलमलिए ।

"मल्ल राजाले निसीकन लात हान्याको हो । थापाहरूकन पनि थाङ्नामा सुतायाकै हो । बानियाँहरूकन पनि धोका दियाकै हो ।", कमल जैसीले इतिहासको पत्र केलाए ।

"कसरी ?", डिल्ली भुजेलले सोधे ।

"भुजेलहरूले आनन्द बमकन रुकुमबाट ल्याई राजा बनायाका हुन् भनिन्छ । पर्वत राज्य डोलायापछि गल्कोटको राज्य जेठा छोराको बन्डामा पारीकन निसीकन गल्कोटबाट अलग फालिदिया छन् । थापाका सन्तान दरसन्तानकन काजीपद दिन्या भनीकन धर्मपत्र गर्‍याको रह्याछ तर आफू पुलाकोट सरीकन बस्यापछि थापाकन बिर्स्याछन् । बेइमानी गर्‍याछन् । बानियावंशको पाखुरीको बलमा कालीपूर्व र म्याग्दीदक्षिणको बाह्र हजार

पर्वत डोलायापछि आफ्ना छोरा सन्तानकन अंशबन्डा गरिदिया छन् । बानियाँकन एकवचन सोधनी पनि गर्‍यानछन् ।"

"बलियाले जेगर्दा पनि हुन्छ । संसारको नियमै त्यस्तै हो । ठूलो माछाले सानो माछाकन निल्छ ।", थापाले व्यावहारिक अनुभव सुनाए ।

"त्यसो होइन । घत हेरीकन बस्न्या हो भन्या एक दिन पालो आउन सक्छ । गौँडो कुर्‍यापछि हात्तीकन धाप मार्न पाइन्छ भन्छन् तर गौँडो कुर्न्या धैर्य हुनुपर्‍यो । मौकामा चौका हान्या हिम्मत र चतुर्‍याइँ हुनुपर्‍यो ।"

कालु थापाले लाटोले झैं कमल जैसीको अनुहारमा हेरिरहे ।

कमल जैसीले थप स्पष्ट गरे, "डेढ-दुई सय वर्षदेखि तपाईंहरूले पर्वतको बिज्याइ सह्यारै बस्नुभयाको छ । अन्याय सहनुभयाको छ । धैर्यपूर्वक गौँडो कुर्नुभयाको छ । अब तपाईंको भाग्या जागन्या जोग आयाजस्तो छ । पुर्खाले गुमायाको वैभव फिर्ता लिन्या मौका छ ।"

"कसरी ?", थापा निकै जिज्ञासु देखिए ।

"हामीले पर्वतको गद्दीमा हकदाबी गर्‍याका छौं तर सजिलैसँग गद्दी मिलिहाल्छ भनीकन ढुक्क छैनौं । नरुन्या नानीकन आमाले दूध पनि समयमा ख्वाउँदिन भनिन्छ । हामीले 'दूध खान पाऊँ' भनीकन अर्जी हाल्याका छौं । पर्वतको गद्दी त दिन्या छैनन् । बल पुग्यो भन्यादेखिन् पुरानो ताकम राज्य अंश चिरीकन लिन सकिँदैन भन्न मिल्दैन ।"

"मतलब पर्वतबाट ताकम अलग हुने भो ।" थापाले थप प्रश्न गरे ।

"सोझो औंलोले घिउ आयान भनेदेखिन् बाङ्गो गर्न जान्नुपर्छ । पर्वतको गद्दीमा हकदाबी गर्नुको अर्थ अंशहक माग्याको हो । सबै दिँदैनौ भने सौतेनी अंश देऊ, आधा राज्य देऊ भन्न्या हो । सजिलै अंश मिल्या'न भनेदेखिन् बल पनि पुर्‍याउनुपर्‍यो ।"

"लडीकन पनि राज्य लिइछोडन्या मनसुवा हो ?", थापाले जुम्लाको योजना बुझ्न खोजे ।

"राजाको जेठो छोरा राजा हुन्या हो । हाम्रा राजकुमार जेठा होइनन् भन्न मिल्दैन । जेठो गर्भबाट राजकुमार भद्रिको जन्म भयाको हो भन्न्या कुरा राजा, रानी, भारदार, जनता सबैकन जानकारी छ । 'सकभर आमाले

खुदो राखिदेलिन् नभया पनि खट्टे सेलाउनन्' भन्याजस्तो सके त पर्वतको राजगद्दी मिल्ला । बल गर्नुपऱ्यो । भएन भन्या पनि भाइअंश त मिल्ला । अंश पनि नदिन्या देखियो भन्यादेखिन् बलपूर्वक लिन्या हिम्मत गर्नुपऱ्यो ।"

"कुरा त गहिरो पो गर्नुभयो ।"

"सजिलै पर्वतले अंश दिया'न भन्या बलैले भया पनि आफ्नो नातिकन न्याय दिलाउन्या मनसुवा जुम्ली महाराजको छ । बल प्रयोग गर्नुपर्न्या अवस्था आयो भन्या थापा, बानियाँ र भुजेलहरूको सहयोग चहिन्या छ । वरपरका अन्य राज्य रजौटाहरूको सहयोग समर्थन पनि चाहिन्या छ । त्यही सल्लाहको लागि म गल्कोट दरबारमा पुगीकन आयाँ, प्युठानसँग पनि सम्बन्ध बढाईकन आयाको छु ।"

"गोरुको जुद्दान, बाच्छाको मिचान् भन्याजस्तो हामी जनताहरू पिसिन्या त होला नि !", थापाले सम्भावित दुर्भाग्यको कल्पना गरे ।

"जुद्दे पर्न्या अवस्था आयो भन्यादेखिन् अलिकता खुनखराबी त हुन्या नै भो । ओइरो नहालीकन घट्टबाट पिठो उसै कहाँ झर्छ र ? लड्नै पऱ्यो भन्यादेखिन् पर्वतको जरो उखेलन्या तागत जुम्लासँग छ तर त्यस्तो अवस्था नआउला । भद्रिकन निसेल र तकमेलको समर्थन र सहयोग छ भन्या पर्वतकन लाग्यो भन्या अंशबन्डा गर्न तयार हुन्या छ । त्यस्तो अवस्था आयो भन्यादेखिन् पुरानो अर्नाकोट, सर्पकोट र ताकमकोटको राज्य बिउतन्या जुक्ति लगाउनुपर्छ ।"

"त्यसो भैदिन्या हो भन्यादेखिन् त ढोरको समस्या फेरि उकल्चिन्या हो कि भनीकन त्राहीमाम हुन पर्दैन्थ्यो ।", कालु थापा उत्साहित देखिए ।

"त्यति मात्रै किन ? थापा र भुजेलकन काजी बनाउन्या धर्मपत्र गरौंला । पऱ्याको बेलामा सहयोग गर्नुभयो भन्यादेखिन् 'खोलो तऱ्यो, लौरो बिर्स्यो' गरिन्या छैन ।" जैसीले उल्क्याए । एकछिन बिसाएर कमल जैसीले थपे, "बानियाँ वंशकन पर्वतले उचित इज्जत र सम्मान दियाको देखियान । सुमन्त बाबुले पनि बूढापाकासँग सल्लाह गरीकन हामीकन सघाउनुपर्छ । पर्वत दरबारले सुमन्तकन भद्रिको साथ लगाइदियाको कुरा एउटा शुभ सङ्केत हो भनि ठान्याको छु । बानियाँवंशको सहयोग हुन्या हो भन्यादेखिन् हाम्रा राजकुमारकन राजगद्दी हासिल गर्न पटक्कै गाह्रो पर्न्या छैन ।

राजकुमारले पनि बानियाँको गुन बिर्सनुहुन्या छैन । सुमन्तमा योग्य काजी बन्न्या ल्याकत छ भन्ने मैले राम्रोसँग ठम्यायाको छु ।", कमल जैसीले सुमन्तलाई पनि लोभ्याउने कोशिश गरे ।

"त्यो त हो ।", कालु थापाले सही थापे ।

"खोइ ? आफूले त्यति ठूलो सपना देखियाको छैन । पर्वत दरबारमा छिऱ्याको हाम्रो वंशकै म एउटा हुँ । हाम्रा पुर्खाहरूले दरबारसँग व्यवहार गर्न छोड्याको धेरै भैसक्याको थियो । हो, पर्वत दरबारले बेइमानी गऱ्याकै हो । बैगुनीलाई गुनले मार्नु भनीकन म दरबारको सहयोगमा उत्रियाको हुँ । जोजो राजा भया पनि हामी हुन्या भन्याको सेवकै हो । जसले जित्छ, उही हाम्रो भाले । जो राजा हुन्छ, उसैको सेवा गर्न्या हो । को, कसरी, कहाँ, कहिले राजा हुन्छ, भैरहोस् । हाम्रो समर्थन वा विरोध केही हुन्या छैन ।", सुमन्तलाई त्यति भन्न करै लाग्यो ।

"त्यस्तो कुरा हो भन्यादेखिन् मेरो पूरै समर्थन र सहयोग रहन्या छ । पर्वतले हामीकन गल्कोटबाट अलग्यो, पर्वत दरबारले भाउ दिन छोडेको छ ।", डिल्ली भुजेल पनि उत्साहित बने । काजी बन्ने सम्भावनाले उनलाई लोभ्यायो ।

"तपाईंहरूले होस्टे भन्नुहोस्, हामीले हैसे भनौंला । काजी हुन्या सपना त टाढैको विषय हो । कमसेकम ढोरपाटन हाम्रो हुन्या कुराले हामी तकमेलीकन हौस्याउन्या छ ।", कालु थापालाई पनि कमल जैसीको भनाइले आकर्षित गऱ्यो ।

"सकभर खुनखराबी गर्नुपर्न्या अवस्था नआओस् भनीकन प्रयास गरिन्या छ । बरु थोरैमा सन्तोष गरौंला । पाण्डवहरूले झैं पाँचै गाउँमा चित्त बुझाउँला तर हक छोडन्या छैनौं । राजकुमार कच्चै उमेरको होइसिन्छ । व्यवहारमा नपऱ्याको मान्छे राजनीतिको बाङ्गोटेडो दाउपेचको जानकारी छैन । सुमन्त बाबुले राम्रोसँग डोऱ्याउनुपऱ्यो । म सधैं यता रहन सक्दिनँ । डिल्ली बाबुले पनि साथ दिनुपऱ्यो । त्यही काममा सजिलो पर्ला भनीकन मित्यारी गाँस्याको हो । श्रीकृष्णले अर्जुनको रथ हाँक्याजस्तै दुई जना मिलि युवराजकन डोऱ्याउनुपऱ्यो । बाटो देखाउनुपऱ्यो । सघाउनुपऱ्यो । सहयोग गर्नुपऱ्यो ।", कमल जैसीले डिल्ली भुजेलसँग अुनरोध गरे ।

"राजकाजको कुरो उतिधेरै जानिँदैन । पर्वतले निकै विश्वास गर्न थाल्याको छ । हैसियतभन्दा ठूलो जिम्मेवारी दिन्या गऱ्याको छ । बेइमानी गरिहाल्नु पाप होला । मैले देखेजान्याको कुरा राजकुमारकन सुझाउन्याछु तर दरबारले बेइमान भन्न पाउन्या अवस्था सिर्जना गर्न्याछैन । त्यस्तो भुँमरीमा यताबाट पारिदिनु पनि भयान ।", सुमन्त जोगिन खोजे ।

"अब म मीतज्यूसँगै पर्वतमै बसन्या भयाँ । घत हेरीकन कदम चालन्या कुरामा धेरथोर सहयोग पुऱ्याउन्या छु ।", डिल्ली भुजेलले आफ्नो योजना सुनाए । शायद त्यस्तो सल्लाह कमल जैसीसँग भैसकेको थियो होला ।

"संयोगबस आज यति महत्त्वपूर्ण कुरा गर्न्या अवसर मिल्यो । औधी खुशी लाग्यो । यो अवसर अवश्य दैवले जुरायाको हो । आज हाम्रा बीचमा भयाको कुराकानी कतै फयल हुनु भयान । फुकीफुकी कदम चलाउनु पर्न्या हुन्छ । सतर्क र सचेत रहनुपर्छ । भित्ताको पनि कान हुन्छ भन्छन् । एउटा कानमा पऱ्याको कुरा मैदान हुन विधिबेर लाग्दैन । सबैले यो कुरा ख्याल गर्नुहोला । छाती खोलेर काम गर्नुहोला, मुख भने बन्द राख्नुहोला । म फेरिफेरि आउन्या छु । पछिको कुरा पछि नै गरौँला । रात पनि निकै छिप्पियो । भोलि बाटो लाग्नुपर्न्या होला । अब सुतौँ ।", कमल जैसीले वार्तालापको सिलसिला टुङ्ग्याए । सबै जना आ–आफ्ना ओछ्यानमा पल्टिए ।

उनन्तीस

राति अबेरसम्म बसेका हुनाले जुम्ली र पर्वतेहरू बिहान निकै ढिलोगरी उठे । उनीहरू नित्यकर्मबाट निवृत्त हुँदासम्म कालु थापाको भान्सामा खाना तयार भैसकेको थियो । खानपिनपछि जहानपरिवारहरू आ–आफ्ना दैनिक धन्दामा लागे । कालु थापा पाहुनाहरूसँग गफिन थाले । कमल जैसीलाई बाटो लाग्नु थियो । जुम्लातिर लाग्नुपूर्व भद्रिलाई केही अर्तीसल्लाह दिनुपर्ने पनि थियो । त्यसैले 'गफगाफ अर्कोपटक गरौंला' भनेर बिदा हुन खोजे, "थापा काजी ! म त बिदा हौं क्या रे ! आज ढोरपाटनको पल्लो कछारसम्म पुग्न सकियो भन्यादेखिन् बाटो सोझिन्याछ । ढिला भैसक्यो । बरू मेरो भान्सेका लागि एउटा घोडाको बन्दोबस्त हुनसक्या बेस हुन्याथ्यो ।"

"चाहियाकै हो भने दर्जनभर घोडाको बन्दोबस्त गरौंला । त्यसको चिन्ता लिनु पऱ्यान । बरू आज अबेर पनि भयो । मेरा कामदार गोठालाहरू मेलापर्मतिर गैसक्याका छन् । जैसीज्यूबाट ज्ञानगुनका कुरा सुन्न्या धित पनि मऱ्याको छैन । आज यतै बसौं । भोलि सबेरै साइत गर्नुहोला । हुँदैन र ?", कालु थापाले प्रस्ताव राखे ।

"हो, राजजैसीज्यू ! आज यतै बसौं । हिजो मच्छिमबाट सोझै धारापानी झरियो । मकन पुर्खाले पर्वत राज्य विजयको शुरुवात गऱ्याको ताकमगढी हेर्न्या इच्छा छ । बरू त्यतै लागौं, घुमौं, हेरौं ।", भद्रिले थापाको प्रस्तावमा समर्थन जनाए ।

"हो, हो, मकन पनि ताकमकोटमा पुगन्या रहर छ । आज यतै बसौं न त ! थकाइ पनि मऱ्याको छैन । जैसीज्यूले लगातार यात्रा गर्न थाल्याकै कति भैसक्या होला ?", सुमन्तले पनि थपे ।

“आधा जीवन त हिंडेरै बिताइयो भन्दा फरक पर्दैन । नेपालदेखि पश्चिम, कुमाउगढवालदेखि पूर्व, रामेश्वरदेखि उत्तर, कैलास मानसरोवरदेखि दक्षिणको भूभाग मेरा खुट्टाले नापिसक्याका छन् । जति हिंड्या पनि कोलको गोरू जहींको तहीं भन्याजस्तो जति कुद्या पनि आखिर यही धर्तीमै त हो । लौ, यहाँहरू सबैले बसौं भन्नुहुन्छ भन्यादेखि बसौं । दगुरेर स्वर्ग पुग्न सकिँदैन क्या रे ! जेमराजको दया रहुन्ज्यालको जीवन त हो । जीवन यात्रा बिसाउने आखिर उनैको काखमा त हो ।”, कमल जैसीले साथीहरूको प्रस्ताव स्वीकारे ।

चतुर कमल जैसीलाई कालु थापा र डिल्ली भुजेलसँग अन्तरङ मित्रताको गाँठो कस्नु थियो । पर्वतको राजगद्दीमा आफ्नो नातिलाई स्थापित गराउने जुम्ली महाराजको आकाङ्क्षा साकार पार्नमा महत्त्वपूर्ण भूमिका खेल्नका लागि उनीहरूलाई तयार गर्नु थियो ।

“कोटको धुरीसम्मको उकालो गोडाले नै नापौं है । गफ गर्दै हिंड्न पनि पाइन्छ । वरपरको दृश्यावलोकन पनि गर्न पाइन्छ ।”, सुमन्तले प्रस्ताव गरे ।

“हो, हो, भानिजले ठीक भन्नुभयो । हिंडेरै जाऊँ त्यसम्म । जान्या ठाउँ ताकमकोट नै हो, फकर्नुपर्न्या पनि धारापानी नै त हो । क्यान घोडाहरूकन दुःख दिनु ?”, कालु थापाले सकारे ।

“हुन्छ, हुन्छ, किन नहुनु ? हिंड्न नसक्न्या बूढो को छ र ?”, डिल्ली भुजेलले सहमति जनाए ।

“बूढो त जैसीज्यू र म नै हो । तर बाउँठे तन्नेरीसँग पौठेजोरी खेलन्या तागत अझै बाँकी छ यो ज्यानमा ! जैसीज्यू त झन् हिंडेरै खक्कु भैसक्नुभयाको छ ।”, थापाले परिहास गरे ।

ताकमकोटलाई लक्ष्य बनाएर पाँच जनाको टोली धारापानीबाट पातालको डिल ताकेर उकालो लाग्यो । पातालबाट थोरै तलतिर झरेर ताकम पुगे । ताकम गाउँको पल्लो छेउबाट फेरि उकालो शुरू भयो । नमुना डोरेटो, त्यो पनि उकालो । लस्कर लागेर हिंड्नुको विकल्प थिएन । मुखामुख गरेर गफ गर्नका लागि ठाउँ हेरी अडिनुपर्थ्यो । गफ गर्दै हिंड्नुपर्ने भएकोले स्वभावतः गोडाको चाल पनि सुस्त थियो । हिंड्दै जाँदा कालु, डिल्ली र कमल जैसीको एउटा, सुमन्त र भद्रिको दोस्रो टोली बन्यो । उता कमल जैसी बोलिरहेका थिए, यता सुमन्त । बाँकीहरू

भलाद्मी श्रोता बनेका थिए । उनीहरूले बीचबीचमा जिज्ञासा राख्थे । ताकम कोटमा पुगेर सबैले कोट मन्दिरको प्रदक्षिणा गरे । जगन्नाथलाई ढोगे । अन्नापूर्णा देवीको दर्शन गरे । कोटको पर्खाल इटाबाट बनेको देखेर कमल जैसीले सोधे, "उः जमानामा पनि ह्याँ इँटा बनाइँदो रहेछ ?"

"हो, यी इँटाहरू उता दाङमा बनाइएको हो रे !", कालु थापाले पश्चिमपट्टि, ताकमभन्दा अलि उचाइमा लम्पसार परेको राजदाङ र मगरदाङतिर देखाएर इँटा बनाइएको ठाउँको परिचय गराए ।

"ताकमबाट भन्दा दाङतिरबाट बोक्न सजिलो होला भनीकन उता इँटा बनाइएको होला शायद !", सुमन्तले अनुमान लगाए ।

"उः माथिका ती तीनचुले डाँडालाई कालिका, जालपा र मालिका भनिन्छ । बीचको सबैभन्दा अग्लो जुरो जालपाको हो । ती डाँडाबाट गुल्मी, प्यूठानसम्म देखिन्छ ।", कालु थापाले कोटमन्दिरभन्दा पनि उत्तरतिर अझ माथि लस्करै उभिएका डाँडाहरूतिर देखाएर चिनाए ।

निकैबेर ताकमकोटको डाँडाबाट चारैतिरको मनोरम दृश्य अवलोकन गरेपछि टोली बिस्तारै तल झऱ्यो । ताकममा एकछिन बिसाइ फेरेर धारापानी आइपुग्दा लगभग दिन तुरियो । खाजा खाँदाओर्दा दिन ढलिहाल्यो । हिजोझैं खानापछि कमल जैसीबाट देश देशावरका बारेमा अनेक कथा प्रसङ्ग सुन्ने सुनाउने उपक्रम चल्यो । हिजो निकै ढिलोगरी सुतेका हुनाले निद्रा सबैको अधकल्चो रहेको थियो । चाँडै नै सबैले निद्रादेवीसमक्ष आत्मसमर्पण गरे ।

भोलिपल्ट बिहान पाहुनाहरू खानपिन गर्न नअडिने भएकोले खाजाको प्रबन्ध गरिएको थियो । घोडालाई दाना दिइयो, पाहुनाहरूलाई खाजा । खाजा खाइसकेपछि 'एकैछिन' भनेर भद्रिलाई लिएर आँगनको एकछेउको कुनामा बसेर कमल जैसीले गोप्य वार्ता गर्न थाले । कालु थापा पनि जहानपरिवार, कामदार, गोठालाहरूलाई अह्रनखटन गर्नमै व्यस्त भए । सुमन्त र डिल्ली भुजेलमात्र एक ठाउँमा रहे । सुमन्तको स्मरणमा एउटा कुरा अचानक आयो । उनले डिल्ली भुजेलसँग जिज्ञासा राखे, "एउटा कुरा सोधौं है त ?"

"सोध्नुहोस् । सोध्नलाई पनि किन अनुमति चाहियो र ?"

एक जना पण्डितले भन्थे, "दिलीप बम निसीबाट ताकमतिर आउँदा लडाकुहरू त साथ लिईकन आयाका थिया रे तर गुरु पुरोहित साथ थियानन् रे नि ? राजाको साथमा गुरुपुरोहित किन नआयाका रह्याछन् त भनेर सोद्धा उता देवपितृ कार्य गर्न्या चलन थिया'न रे भन्थे ! उता निसीमा राजाहरूले गुरु पुरोहित किन नराख्याका रह्याछन् कुन्नि ?"

"कथा लामो छ, छोटकरीमा बताउँछु है त !"

डिल्ली भुजेलले निसीको पुरानो कथा सुनाउन थाले, "निसी मगर राज्य थियो । राजा पनि मगरै, प्रजा पनि मगरै । निसीको पूर्वपश्चिम उत्तरदक्षिण चारैतिर खस राज्यहरू थिए । पश्चिमका खस राजाहरूले जनै धरिवरी क्षत्री भयाछन् । राजा हुन्या सबै क्षत्रीहरूकन 'ठकुरी' भन्न थालि'या छ । त्यही सिको गरीकन मगरातका कैयौं मगर राजाहरूले पनि जनै हाल्याछन् र आफूकन ठकुरी भनाउन थाल्याछन् । निसीको मगर राजामात्रै जनै नलगायाका बाँकी रह्याछन् । जनै नलगायाका हुनाले चेलीबेटी लेनदेन गर्न गाह्रो हुन थाल्यापछि निसीको राजखलकले पनि जनै लगाउन्या विचार गर्‍या'छ । जनै आफूले मात्र लगायार नहुन्या । राज्यभर मगरै मगरको बस्ती । जनै लगायापछि आचरणमा बस्नु पर्न्या । सबैकन एकैसाथ जनै दिंदा अलि अप्ठ्यारो पर्न्या देखिया'छ । त्यही विषयमा छलफल गर्न भेला बोलाइया'छ । राजघरानाका बुढापाका सबै एकै ठाउँ भेला भैकन विचारविमर्श गर्‍याछन् । राजाले भन्याछन्– पश्चिमका खस सबै क्षत्रीठकुरी भैगया । जनै लगायाका हुनाले जनै काँधमा नभएका हामीसँग बिहेबारी नगर्न्या भया । पूर्वतिरका मगर राजाहरूले पनि त्यही बाटो समात्या छन् । भीरकोटका मगर राजा जनै धरेर 'शाही र शाह' भया छन् । पाल्पा, मकवानपुर, अर्घा, खाँची र तनहुँका मगर राजाहरू 'सेन ठकुरी' भयाछन् । जनै धरीकन ठकुरीमा दरियाका पूर्वेली मगरहरूले हामीसँग चेलीबेटी लिनुदिनु नगर्न्या भए । हामीले त माइती कुटुम्ब नपाउन्या अवस्था आयो । 'देशअनुसारको भेष' भन्याजस्तो हामीले पनि चोला फेर्नुपर्न्या भयो । त्यसैले एउटा वामन पण्डित बोलाईकन गाउँभरिका सबैको एकैसाथ व्रतबन्ध गर्नुपर्न्या भयो, जनै लगाउनुपर्न्या भयो । राजाको प्रस्ताव सुन्यापछि निकैबेर गम खायाका काजीले भन्याछन्– त्यसरी

सबैले जनै हाल्दा कुरो एक कान, दुई कान, मैदान हुनजाला । नयाँ जोगी भनीकन मानिसहरूले कुरा काटन्या छन् । हेपन्या छन् । बरू अन्यत्रजस्तै राजपरिवारले मात्र जनै धर्न्या कि ? राजपरिवारले मात्र जनै धरीकन ठकुरी हुन्या, अरू दाजुभाइ मगरै रहन्या कुरा ठीक नहोला । दाजुभाइले नराम्रो मान्लान् कि ?' राजाले अप्ठ्यारो मानेछन्– त्यसो हो भन्यादेखिन् समाजले गुनासो पनि नगर्न्या राजपरिवारले अप्ठ्यारो मान्नु पनि नपर्न्या जुक्ति गर्दा ठीक होला ।, काजीले प्रस्ताव गरेछन् । 'सर्प पनि मर्न्या, लौरो पनि साबुद रहन्या त्यस्तो जुक्ति के हुन्छ त ?' भनीकन राजाले सोध्याछन् । 'हाम्री जेठी युवराज्ञी रुकुममा छिन् । उनी दोजिया भयाको कुरा जानकारीमा आयाको छ । युवराजले अर्को बिहे गरिबक्स्यो भनीकन रिसिया'र माइती गयाकी हुन् । उनको गर्भबाट बच्चा जन्मँदासम्म कुरौं । हाम्रो भाग्यले राजकुमारकै जन्म भयाछ भन्या एउटा जुक्ति लगाउँला । युवराज्ञीकन सुत्केरी हुनुपूर्व यता बोलाउनु भयान । मन्त्रीले बिन्ती गर्‍याछन् ।"

डिल्ली भुजेलले कथा सुनाउँदै गए, "मास पूरा भयापछि युवराज्ञीको कोखबाट काजीले कल्पना गर्‍याजस्तै छोराको उतै रुकुममा जन्म भया'छ । काजीको सल्लाहनुसार त्यही भुजेलको सन्तानकन रुकुमे राजाको सन्तान हो भनीकन राज्यभर हल्ला फिजाइया'छ । रुकुमबाट राजकुमारसँग एउटा आचार्य थरको पण्डित पनि साथ झिकाइया'छ र बालकको जातकर्म गरिया'छ । न्वारन गरिया'छ । नामकरण गरिया'छ र थर पनि 'शाही' राखियाछ । राजकुमारले बाह्र वर्षमा टेक्यापछि व्रतबन्ध पनि गरिया'छ । जनै लगाइदिइया'छ । रुकुमका राजा पिताम्बरसँग मागीकन ल्याइएको राजकुमार हो भनीकन फैलाइयाको हल्ला समाजले पत्याया'छ । खोजबिन गरी सत्यतथ्य पत्ता लगाउन्या झन्झट कसले गर्न्या ? त्यसरी निसीको मगरपुत्र आनन्द 'शाही ठकुरी' भयाका हुन् रे !"

डिल्ली भुजेलले थपे, "रुकुमबाट ल्याइयाको एउटा ब्राह्मण ! उही पुरोहित थियो, उही राजगुरु थियो । उही राजज्योतिषी थियो । आनन्दका छोरा चन्द्र बमको पालासम्म उही बूढो पुरोहितले काम चलाउँथ्यो रे ! दिलिप बमको पालासम्म बूढा वामन मरिगयाछन् । छोरो उति चतुरो

थिया'न रे ! पत्रम् पुष्पम्, टामलटुमल काम चलाउँथ्यो रे ! ताकम भन्याको ब्राह्मणहरूको पुरानो बस्ती । पढ्या लेख्याका जान्या सुन्या बाहुनको गाउँ ! ढाँटढुँट गरीकन काम चलाउन्या आचार्याकन यता लिइआउनु आफ्नो पोल खुल्न्या कुरा हुन सक्थ्यो । त्यसैले पण्डित पुरेत, गुरुबिना नै दिलिप बम ताकम छिर्न्याका हुन् रे ! यी म अझै मगर नै छु । पर्वतका राजा मल्लहरू मेरा सहोदर दाजुभाइ हुन् । उतै जनै हालीकन शाही ठकुरी भयाका राजा यता आयापछि मल्ल भैसक्याका छन् । हामी भन्या मगरका मगरै छौं । निसीमा न मल्लका सन्तान छन्, न शाहीका !" डिल्ली भुजेलले कथा टुङ्ग्याए ।

"ए ! इतिहासको रहस्य त त्यसो पो रह्या'छ ! हामी खसले पनि जनै पायाको धेरै भयाको रह्यानछ त्यसो भया ?", सुमन्तले जनै गर्दनबाट बाहिर निकालेर सुमसुम्याए ।

"खसले जनै लगाउँदैन'थ्या रे, मगरले पनि जनै नलाउन्या, बिहेबारी सनातन चल्थ्यो रे ! खस राजा गगनीराजले पो खसहरू सबैकन एकमुष्ट जनै बाँड्याका हुन् रे ! जनै बाँड्याको त्यस्तै चार-पाँच सय वर्ष भयो होला भन्छन् हाम्रा बाज्याहरूले । राजाको कुरा मान्याको भया हाम्रो काँधमा पनि आज जनै हुन्याथ्यो, हामी पनि ठकुरी बाउसाहेब भनिन्याथ्यौं । चतुरो भैखायाको काजीको कारणले हामी निसेलहरू मगरका मगरै रह्यौं ।", डिल्लीले जनैको कथा सुनाए ।

जनै र जातको डिल्लीले सुनाएको कथा सकिँदा नसकिँदै कमल जैसी र भद्रि बम पनि उनीहरूको छेउमा आइपुगे । दुई-चार महिनापछि फेरि आउनेछु भनेर कमल जैसी बिदा भएर ढोरपाटनतिर लागे । "म पनि ढोरतिरबाट निसी फर्कुंला" भनेर डिल्ली भुजेल पनि उतै लागे । भद्रि र सुमन्त भने खाना खाइवरी दिन छिप्पिएपछि बाजिकाको ओरालो झरे ।

तीस

यो वर्ष कात्तिक नलाग्दै राजपरिवार बेनी झर्ने योजनामा थियो। त्यसैको लागि तयारी हुँदै थियो। दशैंलगत्तै बेसी झर्ने शुभसाइत राजज्योतिषी चामु पाध्याले जुराइसकेका थिए। दशैं सन्निकट थियो। भाइभारदारहरू सबै दशैंभर पर्वमै व्यस्त हुने अनि राजपरिवार दशैंपछिलगत्तै बेनी झर्ने भएकोले ढोलठाना राजमुकाममा दशैंपूर्व एकपटक दरबार बस्ने भएको थियो। विषय थियो राजगद्दीको उत्तराधिकारको ! कमल जैसीको प्रस्तावले पर्वत दरबारलाई सोच्नुपर्ने बनाएको थियो। टाउको दुखाउनुपर्ने बनाएको थियो। राजकुमार भद्रिको चित्त कसरी बुझाउने भन्ने कुरा राष्ट्रिय चिन्ताको विषय बनेको थियो। भाइभारदार, काजी र महाराज कसैको दिमागमा उपयुक्त उपाय सुझेको थिएन। त्यसैले पर्वत दरबारको दशैंपूर्वको बैठकमा त्यही विषयमा चर्चा हुने भएको थियो। विचार विमर्श हुने भएको थियो।

महाराजसमेत भाइभारदारहरूको उपस्थिति बैठककक्षमा भैसकेको थियो। महाराजको आज्ञा लिएर द्वारे ताराचन भण्डारीले विषय प्रवेश गराए, "दशैं नजिक आइसक्याको छ। कोटपूजाको सारा प्रबन्ध भैसक्याको छ। यस वर्ष दशैंमा सम्पूर्ण राजपरिवारको उपस्थिति ढोलठानामै हुन्या भयाकोले स्वयम् महाराज कोटमा उपस्थिति भई टीकाप्रसाद ग्रहण गरिबक्सन्न्या छ र रैती प्रजाहरूकन निशानपूजाको प्रसाद टीका बक्सन्न्या छ।"

"आजको मुख्य विषय राजगद्दीको उत्तराधिकार रह्याको छ। यद्यपि राजकुमार मले बमकन राज्यले युवराज घोषणा गरिसक्याको हो तापनि माहिला राजकुमार भद्रि बमको तर्फबाट राजगद्दीमा हकदाबीको सन्देश यो सभाकन जुम्ली महाराजको प्रतिनिधिका हैसियतले राजदूत कमल जैसीले

सुनायाको कुरा सबैमा अवगत छ । त्यही विषयमा चर्चा गर्नका निमित्त आजको यो बैठक बोलाइयाको हो । सो विषयमा महाराजबाटै छलफलको प्रारम्भ होस् भनीकन बिन्ती गर्दछु ।"

महाराज घनश्यामले बडाकाजीतर्फ इशारा गरे । महाराजबाट कुरोको थालनी गर्ने आज्ञा पाएपछि बडाकाजी आफ्नो स्थानमै बसेर सुमन्ततिर सम्बोधित भए, "सुमन्त ! तिमीकन विशेष जिम्मेदारी दिई राजकुमार भद्रिका हजुरमा नित्य उपस्थित हुनका लागि खटाइयाको थियो । तिमीबाट आफ्नो जिम्मेवारी कुशलतापूर्वक निर्वाह भयाको होला भन्न्या विश्वास यो दरबारले गऱ्याको छ । त्यस सम्बन्धमा राजकुमार भद्रिको मनसाय क्या-कस्तो रह्याको छ ? केही सङ्केत मिल्याको छ भने सभालाई जानकारी गराऊ ।"

बडाकाजीको आदेश पाएपछि सुमन्त आफ्नो स्थानमा उठेर राजारानी र सभाप्रति शिर झुकाई सम्मान प्रकट गरे अनि रिपोर्ट सुनाउन थाले, "पर्वत दरबारले खटायाअनुसार राजकुमार भद्रि बमको साथमा हरदम रहन्या कोशिश गर्दै आयाको छु । यसबीचमा राजकुमारसँग विभिन्न स्थानमा घुमन्या, यात्रा गर्न्या, सँगै खान्या, बसन्या, कुराकानी गर्न्या अवसर मिल्याको छ । यही विषयमा दोहोरो कुराकानी भने भयाको छैन तैपनि आजसम्मको सहयात्रा र सहकार्यबाट राजकुमारको मनोविज्ञानको अलिकता जानकारी लिन्या, अनुमान गर्न्या अवसर मिल्याको छ । राजकुमारकन राजगद्दीमा दावा गर्न्या र आफ्नो मागमा अडिन्या दबाब जुम्लाबाट पऱ्याको छजस्तो लाग्छ । भद्रि बमको पक्षमा वरिपरिका छरछिमेकी राजारजौटाहरूको समर्थन जुटाउन्या कोशिशमा जुम्ला दरबार निरन्तर लागिरह्याको छ । सके त पूरै पर्वतराज्यको एकलौटी गद्दी नभए पनि आधा राज्यमा दाबी नछोड्न्या मनसुवा देखिन्छ ।"

"माहिला राजकुमार राज बमकन पर्वतको गद्दी सुम्पन्या मनसाय महाराज प्रतापीनारायण मल्लको थियो रे तर जेठा राजकुमारकन अन्यायमा पार्न हुँदैन भन्न्या मत दरबार र भाइभारदारहरूको समेत रह्याको हुनाले उनकन गलकोट अंशभाग लगाइयाछ । जेठा र माहिलाले अंश पाउन्या भयापछि कान्छाकन मात्र किन अर्घेलो सम्झन्या भनीकन उनकन पनि कास्की अंशभाग दिइयाछ । वास्तवमा माहिला राजकुमारप्रतिको

प्रतापीनारायण महाराजको अधिक माया र भरोसाको कारणले पर्वत विभाजनको अवस्थामा पुऱ्यायाको थियो । राज्यको विखण्डन निम्तियाको थियो । राज्यकन कमजोर बनायाको थियो ।"

"त्यसैले यतिखेर पनि जुम्लाबाट दबाब आयो वा भद्रिकन दैवले ठग्यो, माहिलो बनायो भनीकन सहानुभूति राख्न थालियो भन्या पर्वत नामको राज्या रहन्या छैन । फेरि अर्को एकपटक विखण्डित हुन्या छ । यसपटक त झन् राजकुमारहरूको सङ्ख्या आधा दर्जन छ । सबैकन न्याय गर्न्या भनीकन छ टुक्रा पार्न्या हो भन्यादेखिन् पर्वतको अस्तित्व समाप्त हुन्या छ । यदि भद्रिकन राज्य दिन्या हो भने बरू जेठा पुत्र मानीकन सिङ्गो पर्वत दिनु राम्रो होला । राज्य बचन्या छ । होइन, राज्य बाँडन्या हो भन्या अन्य राजकुमारहरूले पनि भाग खोजन्या छन् । कसैकन होइन, छैन भन्न मिलन्या छैन ।", काजी अरिभञ्जनले राय पोखे ।

अरिभञ्जनको रायसँग सिङ्गो सभा सहमत देखियो । सभाकक्षबाट "हो, हो, ठीक हो" भन्ने आवाज आयो । भद्रि बमलाई राज्य दिन हुँदैन भन्ने कुरामा पर्वतको दरबार अर्थात् भाइभारदार र काजीहरू सबै एकमत देखिए तर भद्रिलाई मनाउने दोस्रो तरिका भने कसैसँग थिएन । राजा र सभा दुवैलाई धर्मसङ्कटमा पार्ने कुरा त्यही थियो । युवराज मले बमलाई राज्यवञ्चित गर्नु घोर अन्याय हुन्थ्यो । भद्रिलाई मनाउने त्योभन्दा दोस्रो तरिका भनेको राज्यविभाजन गर्नु हुन्थ्यो । राज्य विभाजनको पक्षमा दरबार थिएन ।

"सुमन्तले दियाको सूचना एकदम सत्य साँचो हो । मैले पनि मेरो तर्फबाट भद्रिको वरिपरि कस्तो वातावरण बनाइँदै छ भनीकन गोप्यरूपमा गहिरो अध्ययन गऱ्याको छु । राजकुमार भद्रिकन पर्वतको राजगद्दी दिलाउन्या धम्मरधुस प्रयत्नमा जुम्ला जुट्याको छ । वरिपरिका छिमेकीहरूकन मन्तऱ्याको छ । पर्वतकन चक्रव्यूहमा फसाउन्या जाल बुनियाको छ । उसले थाप्याको जालबाट उम्कन सकियान भन्यादेखिन् महाभारत युद्धमा कौरवपक्षको चक्रव्यूहमा फसेका अभिमन्युको हालतमा पर्वत पुग्दैन भन्न सकिँदैन ।", राजजैसी आनन्द रेग्मीले आफ्नो जानकारी सभासमक्ष प्रस्तुत गरे ।

"जुम्लाले पर्वत मासन्या चक्रव्यूह बनायाको छ भन्यादेखिन् हामीले पनि त्यसको तोड खोजन्या हो । चक्रव्यूहमा फसिन्या भो भनीकन हात उठाई आत्मसमर्पण गर्न्या कुरो हुँदैन । राज्य भन्याको राजाको मात्र होइन । त्यही गल्ती महाराज प्रतापीनारायणबाट हुनाले राज्य विभाजित भयो । बानियाँ वंश दरबारबाट टाढियाको हो । राज्यकन राजाले आफ्नो एकलौटी सम्झन्या र आफ्ना छोराछोरीकन अंशबन्डा गरी दिन्या कुरामा अब पर्वतका काजी, भाइभारदार र जनता सहमत हुन सक्तैनन् । त्यस्तो चेष्टा महाराजबाट हुन्या छैन । हुनु पनि हुँदैन ।", पण्डित रामेश्वरले आफ्नो राय पोखे ।

"राजाको छोरो हो, अंश माग्यो भनीकन राज्यभाग बन्डा गरीकन दिन्या हो भन्यादेखिन् हामीहरूले पनि भाग पाउनुपर्‍यो । हामी पनि त राजाकै सन्तान हौं ।", तन्नेरी सरदार कृष्ण मल्लले भने ।

"सभाको मनसाय र भावनासँग म पनि सहमत छु । पर्वत राज्य विनासको कारण आफू बन्या कुरा मकन मञ्जुर छैन तर भद्रिको माग बेवास्ता गर्दा निम्तन सकन्या खतरा देख्याको नदेख्यै गर्न सकिन्याजस्तो पनि लाग्दैन । समस्या जटिल छ । यो जटिल समस्या सल्ट्याउनमा काजी, भाइभारदार र युवराजको समेत सहयोग आवश्यक पर्न्याछ ।", महाराज घनश्याम मल्लले आसन्न सङ्कटतिर सङ्केत गरे ।

"राजकुमार भद्रिकन सभामा बोलाई यस विषयमा छलफल गर्नु उचित होला कि ?", अष्याली चिन्तामणि घर्तीले सुझाव राखे ।

"विषय निकै पेचिलो छ । जति पेचिलो भया पनि समाधान त हामीले नै खोजन्या हो । खोज्नै पर्छ । महापण्डित रामेश्वरज्यूले भन्याजस्तो राज्य हामी सबै पर्वत्याहरूको साझा सम्पत्ति हो तर राजा र राज्य हामी सबैको साझा भया पनि राजपरिवार महाराजको आफ्नो हो । परिवार मिलाउन्या प्रथम दायित्व महाराजकै हो । सर्वप्रथम महाराजबाटै यो समस्या समाधानको प्रयत्न गर्नु राम्रो होला । अहिले नै राजकुमार भद्रिसँग भाइभारदार भिडिनु उचित हुन्या छैन ।", पण्डित प्रेमनिधि पन्तले आफ्नो सुझाव राखे ।

पण्डित तथा काजीहरूको कुरा सुनिसकेपछि महाराजले बडाकाजीतिर नजर लगाए । महाराजको आसय बुझेर बडाकाजी मकरध्वजले राय पेश गरे, "राजाको जेठो छोरा राजा हुन्या देवताको पालादेखि चल्याको चलन

हो । सामान्य परिस्थितिमा त्यो परम्परा र रीतिस्थितिबाट यताउता चल्न खोजियो भन्यादेखिन् विग्रह निम्तन्छ । त्यसैले सबभन्दा पहिले जेठो कान्छो को हो ? राजगद्दीको अधिकारी को हो भन्न्या कुराको निर्क्योल हुनपर्छ । राजाको छोरो हुँदैमा राज्यको हकदार कोही हुँदैन । राजाका सबै छोराहरूले राज्यभाग पाउने भैदिएका भए गाउँपिच्छे राजा हुन्या थिए ।", बडाकाजीले राय व्यक्त गरे ।

"बडाकाजीबाट कुरोको चुरो पक्डन्या कुरा आयो । जेठा भद्रि बम हुन कि मले बम भनीकन महाराजबाटै छ्यानब्यान हुनुपऱ्यो । जो जेठो ठहर्छ, उसैको राजगद्दी । त्यसमा महाराजबाट पनि हस्तक्षेप हुन सक्तैन ।", पण्डित रामेश्वरले थप कुरा राखे ।

"राजाको जेठो छोरा राजा हुन्या परम्परा कडाइका साथ नपछ्याउनाले पछि ठूलो समस्या निम्तियाका छन् भन्न्या विषयमा यो सभाले अघिल्लोपटक पनि छलफल गरिसक्याको छ । इतिहास पुराणका कथाहरूका उदाहरण दोहोऱ्याई, तेहऱ्याईकन थप छलफल गर्नु समय खेर फालन्या कुरा हो । मैले जेठो को हो भनीकन सोध्याको न राजासँग हो, न भाइभारदारहरूकन हो । इतिहास परम्पराले युवराज मले बमलाई नै जेठो मान्छ । त्यसैले जेठो को हो भन्या प्रश्न समाधान भैसक्यापछि राजगद्दी कस्को भन्या विवाद नै रहँदैन अर्थात् पर्वतको राजगद्दीमा बसन्या अधिकार युवराज मले बमकै हो । राजवंशको सदस्यका हैसियतले पनि म राज्य बाँडन्या काम गर्नुहुँदैन भन्या पक्षमा छु ।", बडाकाजीले स्पष्ट कुरो राखे ।

"मले बम जेठा हुन् भन्न्या कुरामा त शङ्का छैन । स्वयम् भद्रिले पनि मले बमकन दाजु भनी पुकार्न थाल्याका छन् । त्यसैले जुम्लाले जति दबाब दिया पनि पर्वतको राजगद्दी मेरो भनीकन भद्रि अडिन्याछन् जस्तो त लाग्दैन तर राजगद्दी मागन्या भद्रि, 'हात लाग्यो शून्य' भैकन बस्न मानोइनन् कि भन्न्या शङ्का हो । अधिकतम सहुलियत भद्रिकन कति दिन सकिन्छ भनीकन यो सभाले सीमा किटान गरिदिंदा ठीक हुँदो हो कि ? आफूखुशी राज्य बाँडचुँड, दानबकस् गर्न्या विषय मैले पनि ठान्याको छैन ।", महाराज घनश्यामबाट भविष्यमा आउन सक्ने सम्भावित समस्याको पूर्वानुमान सभासमक्ष प्रस्तुत भयो ।

महाराजको कुरा सुनेपछि बडाकाजी मकरध्वजले सुझाव प्रस्तुत गरे, "उमेरले पनि, नाताले पनि महाराजभन्दा म जेठो छु। म पनि राजपरिवारको सदस्य हुँ। यो राज्य मेरो पुर्खाले आर्ज्याको हो। यो विखण्डन नहोस्, अक्षेत् रहोस् भनीकन मैले पनि सक्याको गर्नुपर्छ। महाराजबाट पनि त्यस्तै आशय व्यक्त भयाको छ। त्यो राम्रो कुरा हो। महाराजबाट हामी भाइभारदारहरू सबैकन समस्याको साझेदार बनाइबक्सेर धन्य बनाइसेको छ। भद्रि बम महाराजका सन्तान हुन्। उनको चित्त बुझाउन्या पहिलो कर्तव्य महाराजकै हो। महाराजबाट राजधर्म निर्वाह गर्‍याको कुरामा चित्त नबुझाई विद्रोह गर्न खोज्याछन् भनेदेखिन् हामीले सम्झाउन्या बुझाउन्या कोशिश गरौँला। पहिले महाराजबाटै परिवारकन साथ राखी वा एक्लै भद्रिसँग विचार विमर्श गर्नु राम्रो होला। राजा र राजकुमारभन्दा पनि बाबु र छोराबीच पहिलो संवाद होस्। त्यसबाट पार लाग्यानछ भने बल्ल हामीले कोशिश गरौँला, निर्णय लिनु पर्‍याछ भने पनि लिउँला। निर्णय लिसक्यापछि आइपर्न्या समस्यासँग जुधन्या हिम्मत पर्वतसँग छ। यसो हुन्छ कि, उसो हुन्छ कि भनीकन अहिल्यै मन सानो बनाउनु उपयुक्त नहोला।"

बडाकाजीको पछिल्लो प्रस्ताव सबैलाई मनपर्‍यो। सबैले सहमित जनाए। महाराजबाटै पहिले भद्रिसँग कुरा बुझ्ने, आवश्यक परे दुई भाइ वा परिवारसँगै राखेर समस्या समाधानको बाटो पहिलाउने प्रयत्न गर्ने र अर्को बैठकमा थप छलफल गर्नेगरी सभा उठ्यो।

एकतीस

दशैंको बेला, महारानीलगायत रानीवासका महिलाहरू सबै पानीधारातिर गएका थिए । लामो समय बिरामी परेर दरबारमै बसेका युवराज मले बम आज 'च्याखुरा हान्छु' भनेर पानीपँधेरातिर झरेका थिए । घरमा कुन्नि के काम पऱ्यो भनेर सुमन्तले पनि आज बिदा लिएका थिए । दरबारमा साना राजकुमारहरू, महाराज घनश्याम र भद्रिमात्रै थिए । उचित मौका ठानेर भद्रिसँग कुरा चलाउने मनसायले महाराजले उनलाई बोलाई पठाए । बैठककक्षमा बसिरहेका महाराजसामु उभिएर भद्रिले टाउको झुकाए । महाराजले आशीर्वादको मुद्रामा शिरमा हात राखिदिए ।

"क्या'न बोलाइ'सेको महाराज ?", भद्रिले विनम्रतापूर्वक सोधे ।

"नयाँ ठाउँ, नियास्रो लाग्याको होला । सुमन्त पनि आज आया'न । ऊ असल साथी बन्याको छ छैन कुन्नि ? मकन यो चाहियो भनीकन तिमीले माग्याका पनि छैनौं । मैले सोध्याको पनि छैन । आज दरबारमा अरू कोही छैन । म एक्लै छु । तिमी नि एक्लै । यसो गफ गरिवरी दिन बिताउँ भनीकन बोलायाको हो ।"

"खाइखेली हुर्क्याका साथी सङ्गीहरूको सम्झना आउन्या नै भो । दरबारमा हुर्क्याको, पढाइलेखाइ पनि दरबारभित्रै भयाकोले उति धेरै साथीसङ्गी त बनाइयाको थिया'न । दाजुहरू, बहिनीहरूको सम्झना आउँछ, नियास्रो लाग्छ । अत्यार लाग्यो, म जुम्ला जान्छु भन्न मिलेन । उता जन्म्या हुर्क्याको भया पनि मेरो घर यही हो । मैले जीवन बिताउनुपर्न्या ठाउँ यही हो । मैले व्यवहार गर्नुपर्न्या मान्छ्या यिनै हुन् । सबैकुरा छोडीकन आफू बानी पर्नै पऱ्यो । सुमन्त असल मान्छे छ । चलाख छ । पढेलेखेको छ । इतिहास,

पुराण, धर्म, संस्कार, परम्परा, रीतिस्थितिको गहिरो जानकारी राख्दो रह्याछ । मेरो साथीमात्रै होइन, असल गुरू पनि बन्याको छ । त्यसमाथि युवराजबाट पनि प्रशस्त माया र सहयोग पायाको छु । मेरो सुख दुःखको ख्यालमा सिङ्गो दरबार जुट्याको देख्दा खुशी लाग्छ । म आनन्दमा छु । कुनै असुविधा छैन ।", भद्रिले परिस्थितिको खुलासा गरे ।

"तिमीकन नियास्रो लाग्याको छैन । खुशी छौं भन्न्या कुरा सुन्न पाउँदा मकन पनि खुशी लाग्यो । उमेरले सत्तरीको नेटो काटिसक्यो । माथिबाट बोलाउन्या बेला भैगयो । टुपी फुल्नु भन्याको यमराजको निम्ता हो भन्न्या चलन छ । निम्ता आयाको धेरै भैसक्यो । छोराहरू तन्नेरी होलान् र उनीहरूको काँधमा राज्यको भारी बिसाईकन हरिनाम जपौंला । परत्र सुधारौंला भन्न्या प्रतीक्षाको घडी अब समाप्त भयो कि जस्तो लाग्छ । साना राजकुमारहरू त केटाकेटी नै छन् । मले बम र तिमी मिलीकन राज्यको भार बोक्नुपर्छ । अब यो बूढो बाबुको बोझ हल्का गरिदिनुपर्छ ।", महाराजले मनको कुरो व्यक्त गरे ।

"महाराजबाट चिन्ता लिंसिनु पर्दैन । जति गरूङ्गो भया पनि राज्यको भारी बोकन्या हैसियत हामीसँग छ ।", भद्रिले बाबुलाई आश्वस्त बनाउन खोजे ।

"हो त नि ! पञ्च पाण्डवहरू दुईवटी आमाका सन्तान थिए । सौतेनी नालका भया पनि उनीहरू एकै हातका पाँच औलाझैं मिलेर बस्याका थिए । त्यसैले महाभारत युद्ध जित्न सफल भए । शत्रु परास्त भए । सुख-ऐश्वर्यको भोग गर्न्या अवसर पाए । उनीहरू बीचमा सौतेनी रिसइवी हुन्थ्यो भन्यादेखिन् 'भाइ फुटे, गवार लुटे' भन्न्या कथन सत्य सावित हुँदो हो ।", महाराजले सम्झाउने कोशिश गरे ।

"युवराजकन मैले भाइ भन्नु कि दाजु ?", भद्रिको आकस्मिक प्रश्नले महाराज घनश्यामलाई खङ्ग्रङै बनायो ।

"गर्भ जेठो कि जन्म जेठो भन्न्या कुरा त झगडा गर्नको लागि हो । धर्तीमा जसको पाइलो पहिले पर्छ नीतिले उसैकन जेठो मान्छ । परम्परा र सामाजिक रीतिस्थिति त्यस्तै छ । कौरवहरू गर्भले युधिष्ठिरभन्दा जेठा थिए तर जन्मले धर्तीमा पहिलो पाइलो युधिष्ठिरले टेकेका हुनाले जति नै

दुष्मनी भया पनि दुर्योधनले युधिष्ठिरकन दाजु भनी खुट्टामा ढोगिदिन्थ्यो। आदर सम्मान गर्थ्यो ।", घनश्याम महाराजले उदाहरण सुनाए ।

"जुम्ली महाराजले त गर्भले मान्छे जेठा-कान्छो हुन्छ भनिसिन्थ्यो त ?", भद्रिले जिज्ञासा राखे ।

"समस्या आइलाग्याको खण्डमा शिख लिन्या पुराण, इतिहास र सामाजिक रीतिस्थितिबाट हो। शास्त्रप्रमाणले के भन्छ भनीकन खोज्नुपर्छ। शास्त्रप्रमाणले तिमीभन्दा मले बम नै जेठा हुन् भन्छ । शास्त्रकन झूठो मान्नुहुँदैन । जन्मले तिमी ठगिएको कुरा सत्य हो । दैवले मले बमकन साथ दियो । तिमीकन धोका ।", महाराजले सहानुभूति देखाए ।

"दैव भन्याको क्या हो ?", भद्रिले सोधे ।

"दैव भन्याको भाग्य नियन्ता हो । परमात्मा परमेश्वर हो ।"

"दैव भन्याको देवता रह्याछन् । देवताले पनि अन्याय गर्छन र ? गर्छन् भने क्यान गर्छन् ? अन्याय गर्दा उनीकन पाप लाग्दैन र ?"

"मान्छेको जन्म-मृत्युको चक्र निरन्तर चलिरहन्छ । 'जसरी जन्मेको मान्छे एक दिन मर्छ, त्यसैगरी मरेको मान्छे फेरि जन्मन्छ' भनीकन गीताले भन्छ । मान्छे धनी-गरिब, मूर्ख-विद्वान्, सज्जन-खराब, कमजोर-बलियो, अग्लो-होचो, राम्रो-नराम्रो हुन्छ। सबै मान्छे एकैनासका हुँदैनन्। अघिल्लो जन्ममा गऱ्याको कर्मको फल यो जन्ममा मिल्छ र त्यसैअनुसारको कर्म वा रूप लिएर मान्छे जन्मन्छ । ठूलो पुण्यप्रतापले मानिसको जन्म राजदरबारमा हुन्या हो। त्यसमाथि राजा हुनका लागि थप पुण्य चाहिन्छ होला । त्यसैले जसको पुण्य बढी हुन्छ, उसैले राजा हुन्या अवसर पाउँछ । शायद तिम्रो वा अन्य भाइहरूको भन्दा पुण्य बढी मले बमको रह्यो होला र उनकन यो धर्तीमा पहिले पठायो । दैवले अन्याय गर्दैन । उसको काम पुण्य फल दिन्यामात्र हो । कसैकन सहुलियत पनि गर्दैन, विभेद पनि गर्दैन ।"

"राजा काटीकन राजा हुन्याहरू पनि हुन्छन रे नि त ? राजा हुन्या योग नभयापछि कसैकन माऱ्या पनि राजा हुनपाउन्या कुरा नहुनुपर्न्या हो। राजा हुन पाउन्या गरी पुण्य आर्जन गऱ्याको मान्छेमात्र राजा हुन्या हो भनेदेखिन् किन काटमार गर्नुपर्न्या हुन्छ होला त ?", भद्रिले जिज्ञासा राखे ।

“राजकुमारले गहिरो कुरो उठायौं । राजा हुन्या जोग पऱ्याको मान्छेकन ईश्वरले नै राजा बनाईकन पठायाको हुन्छ र मारिन्या मान्छ्याको पूर्व जन्मको कमाइमा खोट रहन गयाको हुनाले काटिनुपर्न्या भाग्य लेखिदिईकन पठायाको हुन्छ । त्यसैले दोष काटन्याको होइन, काटिन्याको रहन्छ ।”

“हाम्रै पुर्खा डिम्ब बमले १०-१२ वटा राज्य डोलायाका हुन भन्याथ्यो सुमन्तले । लडाइँमा कति राजा काटिया, मारियाका होलान् । ती निर्बलिया भयाकोले काटियाका हुन् । बलिया हुन्थ्या भने हाम्रै जिजुकन काट्न्याथे होला ?”, भद्रिले शङ्का व्यक्त गरे ।

“ईश्वरले जातधर्म बनायाको हो भनेर गीतामा भनियाको छ । ईश्वरले जुन जातकुलमा जन्म दिन्छ, त्यसैअनुसारको कर्म गर्नुपर्छ । कुलधर्म पालना गर्नु धर्म हो । भगवान् कृष्णले आफ्नो सहोदर मामा कंसलगायत थुप्रै राजामहाराजहरूको हत्या गऱ्याका थिए तर राजा यायातिको श्राप परेको जातिमा जन्म्याको हुनाले कहिल्यै राजा बन्न्या लोभ गऱ्यानन् । होला तिमीले भन्याजस्तै बलियाले निर्धाकन मार्न सक्ला, उसको सम्पत्ति हडप्न पनि सक्ला तर उसको न्याय धर्मराजले गर्छन् । पापकर्मको फलभोग नर्क भोगबाट पनि पूरा हुन सक्यान भन्यादेखि अर्को जन्ममा भोग्नुपर्छ । बलियाबाट मारिने निर्धोले अघिल्लो जुनीको फल भोग्याको हो भनेर धर्मले भन्छ । यसपटक अर्काको ज्यान लिनेले अर्घेल्याई गऱ्याको रह्याछ भने अर्को जुनीमा फल भोग्छ ।”

यसपटक भद्रिले कुनै सवाल उठाएनन् ।

“कमल जैसीले पर्वतमा लगाएको आगो दुई भाइ मिलीकन निभाउनुपर्छ ।”, महाराजले नयाँ प्रसङ्ग उठाए ।

“कस्तो आगो ?”

“‘जेठा तिमी हौ, राजगद्दी तिमीकन दिनुपर्छ भन्याका होइनन् त उनले ।”

“जुम्ली महाराजले अह्राएको कुरा गऱ्याका हुन जैसीले ।”, भद्रिले कमल जैसीको पक्षमा पैरवी गरे ।

“तिमीकन कस्तो लाग्छ ?”, महाराजले सोधे ।

“ठूलाबडा, पाका मानिसले भन्याको कुरा ठीकै होला भन्नै पऱ्यो ।”

"तिमीले पर्वतको गद्दीमा दाबी गर्छौ त ?"

"मागी पाइन्या हो भने किन नमाग्नु ?"

"तिमीले पर्वतको गद्दीमा दाबी गर्दा मले बममाथि अन्याय हुँदैन त ?"

"हजुरले अघि भन्याजस्तै अघिल्लो जन्मको कर्मफल यस जन्ममा भोगनुपर्न्या हो भन्यादेखिन् राज्यबाट वञ्चित हुनु युवराजको पूर्वकर्मकै फल हो भनीकन मान्नु पऱ्या'न र ? यदि अन्याय नै भैगया'छ भन्या पनि त्यसको सजाय अर्को जुनीमा मिल्ला ! अहिल्यै किन चिन्ता गर्न्या ?"

महाराज घनश्यामले आफैंले थापेको पासोमा आफैं परेजस्तो अनुभूति गरे । पाप धर्म र कर्मविपाकको शिक्षा दिन खोज्दा भद्रिले उनैको जिब्रो समातेजस्तो लाग्यो । आफैंले थापेको माकुरी जालोबाट मुक्त हुने कोशिश स्वरूप महाराजले प्रसङ्ग अन्ततिर घुमाए, "यस जुनीमा गरियाको पापधर्मको फलभोग अर्को जुनीमा गर्नुपर्छ भन्ने कुरा मानिसले सधैं ख्याल राख्नुपर्छ । होला अन्यायमा पर्न्याले त अघिल्लो जुनीको कर्मफल पायाको हुन सक्ला तर अन्याय गर्न्याले पनि त भोलि कर्मफल भोग्नैपर्छ । त्यसबाट उम्कन सकिँदैन । हिजो गल्ती गरियो-गरियो, आज भने गल्ती गर्नबाट जोगिनुपर्छ । त्यसैले आफूबाट यो जुनीमा अन्याय र पापाचार नहोस् भनीकन ख्याल गर्नुपर्छ र सदाकाल सदाचार अवलम्बन गर्ने कोशिश गर्नुपर्छ ।"

भद्रि केही बोलेनन् ।

"कमल जैसीको दाबी तिमीकन ठीक लाग्याको छ त ?"

"जुम्ली महाराजको आज्ञाको पालना मात्र कमल जैसीले गऱ्याका हुन् । कमल जैसीकन दोष दिन्या ठाउँ छैन । उनी दूत हुन् । उनले महाराज पृथ्वीपति शाहीको कुरा हजुरहरूकन सुनायाका हुन् । न्याय, अन्याय, पापधर्मको ख्याल गर्नुपर्न्या जुम्ली महाराजबाट हो । पापकर्म हो भन्न्या जानीजानी मेरा लागि किन पापलिन्या काम गरिसिन्थ्यो र ?"

"ईख नभयाको छोरो काम लाग्दैन भनिन्छ । महाराजबाट आफ्नी राजदुलारीमाथि पर्वतले अन्याय गऱ्या हो भन्न्या बुझाइले रिस, इवी देखाइबक्स्याको हो कि ? रिस उठ्याको बेलामा कसले गीता पढ्छ र ?", महाराजले प्रश्न उठाए ।

"त्यस्तो कुरा त मसँग महाराजले कहिल्यै गरिसे'न । नाना हजुरका पनि त चारवटी रानीहरू छन् । युवराज अर्थात् मेरा मामाज्यू साहिँली रानीपट्टिका होइसिन्छ । आफूले गर्दा धर्म, अरूले गरे पाप भन्न त मिल्छजस्तो लाग्दैन ?"

"बिलकुल ठीक कुरा गऱ्यौ । राजाहरूका भित्रिनी हुन्छन्, पटरानी हुन्छन्, रानी हुन्छन् । मेरा त दुईमात्रै हुन् । त्यसमाथि बिहे गऱ्याको १०-१५ वर्षसम्म जेठी रानीतिरबाट जायजन्म नभयापछि मात्र दोस्रो बिहे गरियाको हो ।"

"ए ! त्यो कुरा त मलाई सुमन्तले भन्याको थिया'न !"

"गर्भले जेठो तिमी नै हौ । जन्म पनि पहिले भैदिएका भए र मैले मले बमलाई राज्य दिन खोज्याको भए पो अन्याय हुन्याथ्यो । सातै महिनामा जन्मेर पनि बाँच्याका हुनाले गद्दीको पहिलो हकदार बन्ने अवसर मले बमले पाए । त्यसमा मेरो के दोष छ र ?"

भद्रि बोलेनन् ।

सेविकाहरूले खाजा टक्र्याए । बाबुछोरा खाजा खान थाले । वार्तालाप स्थगित भयो । एकैदिनको कुराकानीबाट टुङ्गो लाग्ने विषय थिएन । भद्रिलाई सोच्ने समय दिनु उपयुक्त हुन्थ्यो । खाजापछि महाराज घनश्यामले फेरि त्यही विषय उप्काएनन् । एकछिन यताउताको कुरा गरेर भद्रि कक्षबाट बाहिरिए ।

बत्तीस

राजारानी दुवै त्यस दिन जगन्नाथ मन्साउन गएका थिए । हरेकपटक बेनी झर्नुपूर्व जगन्नाथका नाममा धूप अक्षेता पठाउने चलन थियो । ढोलठाना उक्लेपछि पनि जगन्नाथलाई धूप अक्षेता मन्साएर मात्र अरू काम शुरु गर्ने दरबारको परम्परा नै थियो । शायद, जगन्नाथको कोपबाट दरबार निकै तर्सन्थ्यो । यसपटक बेनीको मुकामबाट निकै महत्त्वपूर्ण कामहरू सल्ट्याउनुपर्ने थियो । युवराजको विवाह सम्पन्न गर्नु थियो । भद्रि बमलाई मनाउनु थियो । आँटेताकेका कामहरू निर्विघ्न सम्पन्न होऊन्, कुनै विघ्नबाधा नआओस् भनेर जगन्नाथसँग पुकारा गर्न राजारानी आफैं जगन्नाथ मन्दिरमा गएका थिए । साना राजकुमारहरू, राजकुमारीहरू, युवराज मले बम र राजकुमार भद्रिका अतिरिक्त सुमन्तमात्र दरबारमा थिए ।

असोजको महिना, ढोलठाना दरबारमा हिउँदे चिसोले प्रवेश गरिसकेको थियो । त्यसैले सबै जना दरबारको प्राङ्गणमा जम्मा भएर गफ गरिरहेका थिए । त्यतिबेलै सबभन्दा साना राजकुमार सकत बम मल्ललाई के लहड चल्यो कुन्नि युवराज मले बम र राजकुमार भद्रि बमसमेत सबै जना आफूसँग खेल्नुपर्ने जिद्दी गर्न थाले । भाइको आग्रह टार्ने मनसायले युवराजले फकाउने शैलीमा भने, "हाम्रो अलिकता काम छ । तिमा'रू बाहिर खेल है कान्छा !"

"नाइँ, हुन्न, हजुलहलु पनि खेल्नु पल्छ ।", कुम ठोक्दै ठुस्किएर रुञ्चे अनुहार लगाउँदै सकत छेउमै उभिरहे ।

"लौ भन, के खेल्ने ?", उनको जिद्दी पूरा गरिदिने मनसायले युवराजले सोधे ।

दाजुको स्वीकृति पाएपछि फुरुङ्ग परेका कान्छा राजकुमारले हौसिँदै भने, "अँ... लाजालानी खेल्ने ।"

"लौ हुन्छ । को राजा हुने, को रानी हुने ?"

"त्यसको छिनोफानो गर्ने तरिका मसँग छ ।", ठाहिँला राजकुमार धर्मजय बमले आठ-दशवटा स्लेट ढुङ्गाबाट बनाइएका गोला पैसाजस्ता टुक्राहरू खल्तीबाट निकाले । एकान्तमा गएर ती ढुङ्गामा खरीले राजा, रानी, काजी, नोकर आदि कोरेर लहर मिलाएर घोप्टो पारी राखिदिएपछि भने, "यी ढुङ्गाहरूमा एक-एक थोक लेखियाको छ । जसले जुन नाम लेखियाको ढुङ्गो उठाउँछ, त्यो त्यही हुन्छ ।"

"लौ हुन्छ" भनेर सबैले एक-एकवटा ढुङ्गा उठाए ।

मले बमलाई रानी, भद्रि बमलाई राजा लेखिएको चिट्ठा परेछ । युवराजलाई परेको रानीको भूमिकाले सबैलाई हँसायो । साना राजकुमार सकत बमलाई भरियाको भूमिका परेछ । भारी बोक्न सक्तिन भनेर उनी रुन थाले । उनलाई मनाउनका लागि पुनः अर्को एकपटक चिट्ठा तान्ने सहमति बन्यो । फेरि उसैगरी धर्मजयले ढुङ्गाका चक्कीहरू लहरै घोप्टो पारेर राखिदिए । यसपटक साना राजकुमारलाई 'हुक्के' लेखिएको चक्की परेछ । उनको काम राजा हुनेको हुक्काको नली समातिदिनुपर्ने थियो । उनी खुशी भए । त्यसपछि बाँकी सबैले एक-एकवटा चक्की उठाए । यसपटक पनि राजा भद्रिलाई नै परेछ । रानी भने सुमन्तको भागमा परेछ । काजीको भूमिका मले बमको भागमा परेछ । बाँकी अरूलाई नोकर, कमारो, सेवक, चौकीदार आदि परेछ । आखिरी चक्की उठाएका धर्मजयलाई भरियाको परेछ ।

भद्रि बमले टाउकोमा साफा बाँधेर राजाको कुर्चीमा बसे, रानी बनेका सुमन्तले घुम्टो हालेर राजाको छेउमा बसे, युवराज मले बम अलिपर काजीको आसनमा बसे । त्यसपछि एकैछिन काजी, राजा र रानीबीच खासखुस कुरा भयो । सबैले सहमतिमा टाउको हल्लाए अनि राजा बनेका भद्रिले आज्ञा गरे, "ए ! काजी !"

"महाराज !", काजी बनेका मले बम उभिएर हात जोडे ।

"कुवाबाट रानीले नुहाउने पानी ल्याउन सेवकहरूलाई अह्राऊ ।"

“हस् सरकार !” भनेर त्यही आदेश कामदार सेवक सुसारे बनेका पात्रहरूलाई मले बमले सुनाए । कुवाबाट पानी ओसारेर पटाङ्गिनीमा रहेको ठूलो तामाको खड्कुलो भर्ने आदेश गरे । साना राजकुमारहरूलाई निकै समय अल्मल्याउनका लागि त्यस्तो सल्लाह तीन जनाबीच भएको थियो । राजकुमारहरू स-साना भाँडाकुँडा लिएर कुवातिर दगुरे । हुक्काको नली समातेर आफ्नो छेउ उभिएका साना राजकुमारलाई एउटा सानो लट्ठी थमाएर “अहिले तमाखु खाने मन छैन, यी कामदारहरू अल्छी छन् । ढिलो गर्लान् । तिमी ती सबैको मुखिया । सबैलाई खेदाएर काम लगाउने जिम्मा तिम्रो” भनेर कुवातिरै पठाए । सबै केटाकटीहरू केही समयका लागि पन्छिए ।

भद्रि बमले साफा उतारे, सुमन्तले घुम्टो फाले । एक क्षणसम्म प्राङ्गण हाँसोले गुञ्जियो । वातावरण सामान्य बनेपछि सुमन्तले वार्तालाप अघि बढाए, “राजकुमार भद्रि भाग्यमानी पो होइसिँदो रहृयाछ । जतिपटक चिठ्ठा ताने पनि ‘राजा’ले छोड्दै नछोड्ने ?”

सुमन्तको आसय भद्रिले बुझे । बाँकी सबैले भने कुरोको रहस्य नबुझिकन गललल्ल हाँसे । राजकुमारीहरूलगायत युवराजको हाँसोले भद्रिलाई च्वास्स घोच्यो । हाँसोमा उनले आफ्नो उपहासको गन्ध सुँघे । अनि आफ्नो प्रतिरक्षामा मुख खोले, “मानिसको जिन्दगीमा हरेक घटना दुर्घटना तीनपटक दोहोरिन्छ भन्छन् । बल्ल दुईपटक त भयो । अझ अर्को एकपटकमा त साँच्चै राजा नै पो भइन्छ कि ?”

“हो त नि ! भाइले भनेजस्तै समाजमा त्यस्तो मान्यता छ त ! राजाको छोरो राजा बन्न्या सम्भावना त सधैँ रहन्छ नै । भद्रिको भाग्यमा राजा बन्न्या जोग पो छ कि ?”, भद्रिको मनोभावको सूक्ष्म निरीक्षण गरेका मले बमले उनको समर्थनमा तर्क प्रस्तुत गरे ।

“मर्द ज्वानले आफ्नो भाग्य आफैँ बनाउँछ भन्छन् । हिम्मतवालासँग भाग्यले पनि आत्मसमर्पण गर्छ रे !”, भद्रिले सुमन्ततिर हेरेर भने ।

भनूँ कि नभनूँ भन्दाभन्दै सुमन्तको मुखबाट फुत्त झरिहाल्यो, “राजकुमारको राजा हुन्या जोगको तीनतियाली पुगिसक्याको पो हो कि ?”

“कसरी ?”, राजकुमारी विश्वप्रभाले सोधिन् ।

"गर्भले युवराजभन्दा राजकुमार भद्रि बम जेठो हुनुहुँदो रहृया'छ । युवराजको जन्म नहुँदासम्म गर्भमै भया नि राजकुमार भद्रिलाई भविष्यको राजा मानियो होला । उतिखेर एकपटक, यतिखेर दुईपटक गरेर तीनैपटक पूरा भयो होइन र ?", सुमन्तले ठट्यौलो शैलीमा स्पष्टीकरण दिए ।

राजकुमार भद्रि र युवराजबाहेक अरू सबै फेरि एकपटक गललल हाँसे । हाँसो थामिएपछि विश्वप्रभाले मले बमसँग प्रश्न गरिन्, "कमल जैसीले भन्याजस्तै राजकुमार भद्रिले पर्वतको गद्दीमा दाबा गऱ्यापछि के गरिसिन्छ हजुरले ?"

प्रत्युत्पन्नमति मले बमले तत्काल जवाफ फर्काए, "गद्दीको दावा गर्न्या सम्भावित उम्मेदवार राजकुमार भद्रि यहीं उपस्थित छन् । मैले किन कल्पना गर्न्या ? किन काल्पनिक जवाफ दिनुपऱ्यो र ? क्या गर्छौ भनीकन उनैलाई सोध्या भैहाल्यो नि ?"

राजकुमारी महलवसन्ता र विश्वप्रभा दुवै जनाले "भनिस्यो न भनिस्यो" भनेर आग्रह गरेपछि भद्रि बमले निकै गम्भीर मुद्रामा जवाफ दिए, "कसैले जेठमास सुन्तला खान्या हो भनीकन सोध्यो भन्या त्यसको जवाफ दिनुको के अर्थ रहन्छ र ? होइन, कात्तिक-मङ्सिरमा सुन्तला र ज्यामिरमध्ये कुन रोज्छस् भनीकन कसैले सोध्यो भने जसले पनि रोज्ने सुन्तला नै हुन्छ होइन र ?"

"राजकुमारले सुन्तला रोज्छु भनिसेको हो कि ?", विश्वप्रभाले स्पष्टीकरण खोजिन् ।

"आफैं अनुमान गर्नुहोस् अथवा तपाईं आफैंले के रोज्नुहुन्या थियो त ?", भद्रिले शङ्काको लागि ठाउँ छोडेर जवाफ दिए ।

"राजकुमार भद्रिको इशारा स्पष्ट छ । सानो बालककन रोजाउँदा सुन्तला रोज्छ । पाको तन्नेरी मान्छेकन रोजायो भने वरिपरिका मान्छेकन हेर्छ । वरिपरि साना बालक वा वृद्ध रहृयाछन् भने सुन्तला उनीहरूका लागि छोड्छ र आफूले ज्यामिर रोज्छ, आफू समानका मान्छेहरू रहृयाछन् भने दुवै फल बाँडी खाने प्रस्ताव गर्छ । राजकुमार भद्रिकन अबोध बालक ठान्ने गल्ती नगरौं है ।", मले बमले कुरो घुमाए ।

"बाँडीचुँडी खाऊँ भन्या राजकुमारको प्रस्तावमा युवराजले सहमति जनाइसिन्छ त ?", विश्वप्रभाले ठाडो प्रश्न गरिन् ।

"सुन्तला मलाई, सुन्तला मलाई भनीकन हामी दुई भाइ झगडा गरौँला त राजकुमारी ?"

"राज्यलक्ष्मी र गृहलक्ष्मीका लागि लोग्ने मान्छेहरू झगडिन्छन्, ज्यानै हाल्छन् । पाण्डवले पाँच गाउँ माग्दा नदिई कौरवहरूले ज्यान हाल्याको कथा गुरु वासुदेवले सुनाउनु भयाको थियो हिजो ।", महलवसन्ताले गहकिलो उदाहरण प्रस्तुत गरिन् ।

"हामी त्यस्ता होइनौँ, भनिदेऊ राजकुमार ?", मले बमले भद्रिबाट समर्थनको याचना गरे ।

त्यतिबेलै साना राजकुमारहरू "खड्कुलो भरियो, अब रानीकन नुहाइदिनुपर्छ" भन्दै आइपुगे । राजकुमार राजकुमारीहरूबीच चलेको साङ्केतिक वार्तालाप बिथोलियो । भद्रिको जवाफ सुन्ने उत्सुकता उनीहरूमा थियो । स्वयम् मले बम पनि भद्रिको मुखबाट सकारात्मक कुरा सुन्न अधीर थिए । सुमन्तलाई भने भद्रिको जवाफ कस्तो रहनेछ भन्ने कुराको अनुमान थियो । राजा बनेका भद्रिलाई साना राजकुमारहरूले घेरेर बोल्नै दिएनन् । महारानीलाई नुहाउने आदेश गर्नुपऱ्यो भनेर ऱ्याखऱ्याख्ति पार्न थाले । कसैले रानी बनेका सुमन्तलाई "लौ नुहाउनुपऱ्यो, कपडा उतार" भनेर तान्न थाले । भद्रिले राजकुमारहरूतिर हेरेर राजाले झैँ आज्ञा गरे, "रानीलाई दुःख नदेऊ । रानीले सबैका अगाडि लुगा खोल्न र नुहाउन हुँदैन । अलिकबेरपछि रात पर्छ । रातको अँध्यारोमा लुगा खोले पनि कसैले देख्दैन । त्यसैले रातपरेपछि मात्र रानीले नुहाउँछिन् । यो खेल अब सकियो । अब अर्को खेल खेलौँ ।"

राजा बनेका भद्रिको आदेश सबैले स्वीकारे । सुमन्तलाई लुगा खोल्नु परेन ।

तेत्तीस

दशैंलगत्तै ढोलठानाबाट राजमुकाम बेनी झऱ्यो । राजपरिवारका सबै सदस्यसहित सेवक, सुसारे, नोकर, कमाराकमारीहरू पनि तल झरे । कुरुवा र पहरेदारहरूमात्र माथि रहे । भद्रिलाई पनि सबैसँग तल झर्नै पऱ्यो । उनलाई त बेनीको भन्दा ढोलठानाकै हावापानी मीठो लाग्थ्यो । त्यहींको वातावरण रमाइलो लाग्थ्यो । उनको साथमा उनका मीत डिल्ली पनि पर्वतमै थिए । बेनी झरेपछि डिल्लीलाई कुरिलाखर्कस्थित अतिथिशालामै बस्ने खाने प्रबन्ध मिलाइएको थियो । राजाज्ञा लिएर भद्रि पनि अतिथिशालामै बस्न थालेका थिए । खानपिन भने उनको दरबारमै हुन्थ्यो । सुमन्त अधिकांश समय भद्रिसँग रहन्थे । पछिल्लोपटक ठट्टामै भए पनि मले बमले "हामी झगडा गर्दैनौं, मिलिजुली बस्छौं, बाँडेर खान्छौं" भनेको प्रसङ्गले भद्रिलाई उत्साहित बनाएको थियो । यद्यपि त्यो फलफूलको सन्दर्भमा भनिएको हो तापनि त्यसलाई प्रतीकात्मक रूपमा उनले बुझेका थिए ।

मले बमको अहिलेसम्मको व्यवहारले राज्य विभाजनमा उनले अप्ठ्यारो गर्ने छैनन् भन्ने विश्वास भद्रिलाई हुन थालेको थियो । उनले "मले बमको त्यस्तो भनाइको आशय के हुन सक्छ ?" भनेर सुमन्तसँग पनि सोधेका थिए । सुमन्तको अनुमान पनि उनको जस्तै थियो । कमल जैसीको योजना सफल हुने अनुमान सुमन्तको थियो । मले बमको उदार मनसाय रहेको भए पनि बाँकी दरबार राज्य विभाजनको पक्षमा नरहेको कुरा भद्रिलाई सुमन्तले सुनाइसकेका थिए । सुमन्तको कुरा सुनेपछि डिल्लीले पर्वतको गद्दीमै अड्डी लिनुपर्ने सल्लाह दिएको थियो । त्यस्तो अडानले पर्वत दरबारलाई राज्य विभाजनमा तयार हुन बाध्य पार्ने छ भन्ने उसको बुझाइ थियो ।

एक दिन एकाबिहानै दरबारबाट भद्रिलाई बोलाहट आयो । सुमन्त हिजो बेलुका घरतिर उक्लेका थिए । डिल्ली भुजेललाई कुरिलाखर्कमै छोडेर भद्रि दरबारमा उपस्थित भए । भद्रि उपस्थित हुनासाथ विशेष सल्लाहका लागि भनेर महाराज घनश्यामले भद्रि र मले बमलाई दरबारभित्रैको विशेष परामर्श कक्षमा लिएर गए । उक्त कक्ष दरबारभित्रको गोप्य सरसल्लाह गर्नका लागि बनाइएको थियो ।

विशेष पेय पदार्थको बन्दोबस्त मिलाएर सेविकाहरू बाहिरिए । महाराज आफैँले ढोका बन्द गरे । कोठाको मध्यभागमा एउटा निकै ठूलो गोलाकार चौपाई थियो । त्यसको वरिपरि आरामदायी कुर्चीहरू सजाइएका थिए । आफूले आसनग्रहण गरेपछि महाराजबाट राजकुमारद्वयलाई बस्ने इशारा भयो । आफ्नै हातले राजकुमारहरूलाई एक-एकवटा कचौरा थमाएपछि आफूले एउटा लिएर महाराजले एक सुर्को लगाए । राजकुमारहरूले पनि महाराजलाई साथ दिए ।

निकैबेरसम्म कक्ष निःशब्द रह्यो । महाराजले मुख खोलेका थिएनन् । मले बम चुप थिए । भद्रिले पनि किन भनेर सोध्ने आवश्यकता देखेनन् । शायद महाराजले राजकुमारहरूबाट किन बोलाइएको हो भनेर सोधनी होला भन्ने प्रतीक्षा गरिरहेका पो हुँदा हुन् कि ? निकै समयसम्म राजकुमारहरूबाट कुनै जिज्ञासा प्रकट नभएपछि महाराजले भूमिका बाँधे, “महाभारत कथामा एउटा प्रेरणदायी प्रसङ्ग छ, यक्ष प्रश्नको । वनबासको बेलामा वनमा घुम्दै जाँदा एक दिन पाँचै भाइ पाण्डवहरूकन तिर्खा लाग्या'छ । सबैभन्दा पहिले सहदेव, त्यसपछि क्रमैले नकुल, अर्जुन, भीमसेन पानीको खोजीमा निस्क्या'छन् । महाराज युधिष्ठिर एउटा रूखको छायामा भाइहरूको बाटो कुरीकन बस्या'छन् । कोही पनि नफर्क्यापछि भाइहरू कता हराया भनीकन खोज्दै जाँदा युधिष्ठिर एउटा तलाउको छेउमा पुग्या'छन् । उनका सबै भाइहरू त्याही तलाउको किनारमा बेहोस भैकन लड्याका रह्या'छन् । कुन कारणले भाइहरू बेहोस भया होलान् भन्न्या कुराको खोजी गर्दै गरूँला पहिले तिर्खा मेटूँ भनीकन युधिष्ठिर पानी पिउन तयार भया'छन् । त्यतिबेलै कतैबाट आवाज आयाछ– पर्ख धर्मराज ! पहिले मेरा प्रश्नको उत्तर देऊ, त्यसपछि मात्र पानी पिउला ।

हतारो नगर । तिम्रा भाइहरूले मेरो कुरा नमान्याका हुनाले उनीहरूको ज्यान गयो । तिमीले पनि उस्तै मूर्खता अवश्य गर्न्याछैनौं । 'तिमी को हौ ?' भन्न्या युधिष्ठिरको प्रश्नको जवाफ 'म यक्ष हुँ । यो तलाउ मेरो हो । मेरो आज्ञाबिना कसैले यो तलाउको पानी पिउन पाउँदैन । तिमीले पानी पिउन्या हो भन्यादेखिन् मेरो प्रश्नको जवाफ दिनुपर्छ' भनेर एकपछि अर्को प्रश्न सोध्न थालेछ । यक्षले प्रश्न सोध्दै गयो युधिष्ठिरले जवाफ दिँदै गए । आफ्ना प्रश्नहरूको जवाफबाट सन्तुष्ट भएको यक्षले प्रसन्न भैकन भन्याछ– तिम्रो जवाफबाट म सन्तुष्ट भयाँ । ल तिमीले पानी पिऊ र मरेका तिम्रा तीन भाइमध्ये एक जना रोज, म ब्युँझाइदिन्छु ।"

"धितमरुञ्ज्याल पानी पिईकन तलाउबाट बाहिर निस्क्याका युधिष्ठिरले निकैबेर गम खायापछि भन्याछन्– मेरा भाइहरूमध्ये एक जनामात्र ब्युँझाइदिन्या हौ भन्यादेखिन् नकुलकन बिउँझाऊ ।"

"युधिष्ठरको रोजाइले यक्षकन आश्चर्यचकित बनायो । भीमसेन र अर्जुनजस्ता प्रिय र बलवान् भाइहरू छोडीकन सौतेला भाइ नकुलकन माग्लान् भन्न्या कल्पना यक्षले गऱ्याकै थिया'न । यक्षले फेरि सोध्या'छ– वनवासको सर्त पूरा गऱ्यापछि पनि दुर्योधनले तिम्रो राज्य फर्काउन्या सम्भावना छैन । गुम्याको राज्य फिर्ता लिनका लागि कौरवसँग युद्ध गर्नुपर्न्या सम्भावना टड्कारो छ । तिमीले भन्या अर्जुन वा भीमजस्ता बलिया योद्धा छोडीकन नकुल मागन्या कारण क्या हो ?"

"युधिष्ठिरले शान्तभावमा जावाफ दियाछन्– मेरा निमित्त मेरा चारै भाइ उत्तिकै प्रिय छन् । अझ कान्छा सहदेव सबभन्दा प्रिय छन् । युद्ध लडनुपर्न्या सम्भावनाका दृष्टिले भीम वा अर्जुनको अभाव खड्कन्या छ तर माया र आवश्यकता भन्न्या फरक कुरा हुन् । न्याय भिन्न कुरा हो । म राजा हुँ । राजाले न्याय ढोकन्या कुरो गर्नु हुँदैन । समयको आवश्यकता क्या हो भनीकन खुट्याउन्या सामर्थ्य राख्नुपर्छ । हामी पाँच भाइ दुई आमा कुन्ती र माद्रीका सन्तान हौं । कुन्तीको जेठो छोरा म जीवित छु । अब एउटा भाइमात्र जीवित हुन्या हो भन्यादेखिन् आमा माद्रीका जेठा छोरा नकुल जीवित होऊन् भनीकन मैले भन्नैपर्छ । अर्जुन वा भीम माग्नु अन्याय हुन्छ । नकुल जीवित भयापछि मेरा दुवै आमाहरू पुत्रवती रहन्या

छन् । मैले बलिया र आफ्ना सहोदर भाइहरू रोजन्या हो भन्यादेखिन् मरेर स्वर्ग गयापछि आमा माद्रीका अगाडि कसरी मुख देखाउनु ?"

"युधिष्ठिरको न्यायप्रेमबाट खुशी भयाको यक्षले सबै भाइहरूकन बिउँझाइदियाथ्यो रे !"

यति कथा सुनाएपछि महाराज घनश्याम एकछिन चुप लागे । पेय पदार्थ चिसो हुन थालेको थियो । तन्मय भएर पिउनतिर लागे । महाराजलाई चुप देखेपछि युवराजले सोधे, "महाराजबाट महाभारतको कथा क्यान सुनाइसेको हो कुन्नि ?"

"मैले यो कथा सुनाउन्या कारण पनि सुनाउँछु । अब म बूढो भयाँ । राज्यभार छोराहरूको काँधमा राखीकन परलोक सुधार्न्या बाटोतिर लागूँ कि जस्तो लाग्याको छ । पूर्वज दिलिप बम र प्रतापीनारायणहरूले देखायाको बाटोमा हिंड्न्या विचारले मकन उत्प्रेरित गरिरह्याको छ । एउटै खस राज्य विभाजित भैकन बाईस्या-चौबीस्या राज्याहरू बन्याका हुन् । तिनको सङ्ख्या सधैं घटबढ भइरहन्छ । बलियो राजाले निर्धाको राज्य हडप्छ । पर्वत राज्य जो-कोहीले आँखा लगाउन्यागरी कमजोर छैन । यो पूर्खाको नासो जोगाउन्या कर्तव्य उनका वंशज हामी सबैको हो । कुनै खण्डखातिरबस दरबारमा वा भाइहरूबीच विग्रह उत्पन्न भयो भन्यादेखिन् राज्य कमजोर हुन्या छ । 'भाइ फुट्या, गँवार लुट्या' भन्याजस्तो परिस्थिति ननिम्तियोस् भनीकन सदा सतर्क रहनुपर्छ । त्यसका लागि भाइहरूबीच एकता अक्षुण रहनुपर्छ । मेरा पनि दुई नालका ६ भाइ छोरा छौ । पञ्च पाण्डवजस्तै एकताबद्ध भैकन रहनु बस्नु । अरू राजकुमारहरू बालकै छन् । राज्यको जिम्मेवारी उठाउन्या बलिया काँध तिमी दुईकै हुन् । त्यसैका लागि युधिष्ठिर र नकुलको कथा सुनायाको हुँ । जेठाले धर्म र न्याय नछोड्नु भाइहरूले जेठाकन आफ्नै दाजु सम्झनु । यही कुरा दुई भाइकन सम्झाउना खातिर बिहानै बोलायाका हुँ ।"

महाराज चुप लागे । निकै समयसम्म राजकुमारहरू पनि बोलेनन् । लामो मौनतापछि भद्रि बमले मुख खोले, "बुबा महाराजबाट कसलाई युधिष्ठिर भनिबक्स्याको हो ?"

"मैले त अस्ति नै भनिसक्याको छु । मैले अन्याय गर्दिनँ । जन्मले मले बम जेठा भयाका हुनाले नाताले पनि उनै जेठा हुन् ।"

"हजुरले मात्रै भन्याको हो कि भाइभारदारहरूको पनि त्यस्तै राय छ ?"

"बडाकाजी, जैसी, महापण्डितहरूलगायत सबै भाइभारदारहरूको साझा र सर्वसम्मत राय त्यही हो । उनीहरूको रायको सम्मान मैले पनि गर्नुपर्छ ।"

"मेरा नानाहजुरले त्यो कुरा मान्नु हुँदैन त ?"

"पर्वतको राजा म हुँ । उत्तराधिकारी चयन गर्न्या मेरो अधिकार हो । जुम्ली महाराजको सल्लाह सुझावमात्र हो । त्यसको सम्मान गर्छु तर अन्याय गर्न सक्तिनँ । १६ हजार घरपरिवारकन मैले न्याय दिनुपर्छ । घरभित्रै न्याय गर्न सकियान भन्या मैले प्रजाकन कसरी न्याय दिन सकुँला र ?"

"बडाकाजी भाइभारदार समेतको त्यस्तै राय हो भन्यादेखिन् मैले उनीहरूसँग आफ्नो कुरा राख्छु । उनीहरूको निर्णय मेरै कानले सुन्न चाहन्छु । त्यसपछि नानाहजुरसँग एकफेरा सल्लाह गरीकन निर्णयमा पुगौँला । अहिले नै यसै गर्छु भन्न सक्तिन महाराज !"

"हुन्छ, तिम्रो त्यस्तै इच्छा हो भन्यादेखिन् अब बस्न्या दरबारको बैठकमा यो विषयमा चर्चा गरौँला ।"

"हवस् महाराज !", भद्रिले महाराजको प्रस्तावमा सहमति जनाए । मले बमले बाबु छोराको संवाद चुपचाप सुनिरहे । भद्रि सहमतिमा आउँछन् भन्ने विश्वास उनलाई थियो शायद । हतारिएर बहसमा उत्रँदा झन् बिच्कलान् भन्ने उनको ठम्याइँ रह्यो । मले बमले आफ्नो स्थानबाट उठेर भद्रिनजिक गए र उनको हात समातेर भने, "उठ राजकुमार, जाऊँ ! परिवारभित्रको कुरा हुँदै गर्छ । धेरै टाउको दुःखाउनु हुँदैन । हिजो कहाँ थियौँ, आज यहाँ छौँ, भोलि कहाँ जानुपर्न्या हो थाहा छैन । दुई दिनको जिन्दगीमा सम्पत्ति, परिवार, मेरो तेरो भनीकन आपसमा जुद्धे गर्नु राम्रो होजस्तो लाग्दैन । बाँचुञ्ज्याल सबैलाई आफ्नो ठान्न्या हो, हाँसीखुशी जीवन बिताउन्या हो । उठ, भाइ जाऊँ । अर्को दरबार बस्नुभन्दा अगाडि यस्ता कुरामा टाउको नदुखाऊँ ।" मले बमको आग्रह मानेर भद्रि कुर्चीबाट उठे । दुई भाइ अँगालकण्ठ मारेर बाहिरिए ।

राजकुमारहरू बाहिरिएपछि पनि महाराज आफ्नो आसनबाट उठेनन् । राज्यको हकदारले नरम कुरा गरिरहेको थियो । जसलाई दैवले ठगेको छ उसको गद्दीप्रति आशक्ति देखेर महाराजलाई आश्चर्य लाग्यो । सोचमग्न भएर महाराज कुर्चीमा बसिरहेकै थिए महारानीले कक्षमा प्रवेश गरिन् । महाराजको गम्भीर मुद्राले महारानीको मनमा शङ्का उब्जायो । शङ्का निवारणका लागि सोधिन्, "राजकुमार भद्रिले अप्ठ्यारो कुरा गर्‍या कि कसो ?"

"त्यस्तो त होइन तर कमल जैसीको भनाइबाट पछि हट्याका पनि छैनन् । दरबारको राय लिन्या र जुम्ली महाराजसँगको सल्लाहपछि मात्र अन्तिम निर्णय दिन्छु भन्याका छन् ।"

"दरबारले त निर्णय दिइसक्याको छ, जुम्ली महाराजले मानिबक्सेला र ?"

"मान्नुपर्छ । आफ्नो नाति पर्वतको राजा हुन्छ भन्यादेखिन् भैहालोस् भन्या चाहना राख्नु स्वाभाविक हो । राजा त पर्वतले बनाउन्या हो । कुल-परम्पराले बनाउन्या हो । रीतिरिवाजले बनाउन्या हो नि !"

"मकन त कुरो कचल्टिन्या हो कि भन्या डर लाग्छ । बरू पाँच भागको एक भाग राज्य काटीकन दिनु बेस हुँदो हो कि ?"

"तिमीले मैले भन्दैमा हुन्या होइन । दरबारले त्यसो गर्न दिन्याछ जस्तो लाग्दैन । राज्य विभाजनको विपक्षमा दरबार उभिन्या छजस्तो लाग्छ ।"

"सबैले मेरो गोरुको बाह्रै टक्का भन्या हो भन्या देखिन् समस्या कसरी समाधान हुन्छ र ?"

"छलफल गर्दै जाऔँ । देखाजाला ।", महाराज कुर्चीबाट उठे । दुवै जना कक्षबाट बाहिरिए ।

चौँतीस

नयाँ दरबारको विशाल र भव्य सभाकक्षमा पहिलोपटक पर्वतको नियमित बैठक बस्ने भएको थियो । फराकिलो हाता । हाताभित्रको मध्यबिन्दुमा विशाल दरबार । सिङ्गो दरबारको भुइँतल्लाको आधा हिस्सा ओगटेको पश्चिमपट्टिको खण्डमा सभाकक्ष बनाइएको थियो । सभाकक्षमा पस्न निस्कनका लागि पश्चिम र दक्षिणतर्फ ठूलठूला द्वारहरू राखिएका थिए । सभाकक्षमा आउजाउ गर्नका लागि दरबारहाताको पश्चिमतिर ढोका राखिएको थियो । त्यसैले सभाकक्षमा हुने आउजाउले दरबारको जीवनमा कुनै प्रभाव पार्दैनथ्यो । दरबारियाहरूको आउजाउका निमित्त मूलतः पूर्वीद्वारको प्रयोग हुन्थ्यो । दक्षिणतिरको हात्तिसारमा निस्कने ढोका पनि दरबारले नै प्रयोग गर्नेगरी बनाइएको थियो । दरबारको उत्तरपश्चिमी हाता पूर्णरूपमा बन्द थियो । त्यो दिशाबाट दरबार छिर्ने कुनै व्यवस्था थिएन ।

ढोलठाना दरबारमा गरिएको व्यवस्थाभन्दा ठीक विपरीत बेनी दरबारको सभाहलमा राजआसन पूर्वबाट पश्चिम फर्काएर राखिएको थियो । त्यसको कारण शुभाशुभ वास्तु मान्यता थियो । ढोलठानाको जमिनी अवस्थिति उत्तरपूर्वी मोहडा गरेर बसेको थियो, बेनी भने पूर्वीदक्षिण मोहडा परेर बसेको जमिन थियो । राजज्योतिषी चामुले दरबारभित्रको सजावट र बन्दोवस्ती व्यवस्था आफ्नो वास्तुज्ञानअनुसार गर्न लगाएका थिए । स्थान परिवर्तन राजआसनको मात्रै गरिएको थियो । अन्य भाइभारदार र काजी सरदारहरूका आसनको दिशा र क्रम भने उस्तै थियो । आजको बैठकमा सबै सभासद्हरू अर्थात् काजी, सरदारदेखि दिष्याली,

द्वारेसम्मका पदाधिकारी, युवराज, राजकुमार, गाउँठाउँका प्रतिष्ठित व्यक्ति र गाउँबुढाहरूलाई समेत बोलाइएको थियो ।

सभाकक्षमा राजारानीको उपस्थिति भएपछि द्वारे ताराचन भण्डारीले सभा शुरु गरे । सर्वप्रथम दरबार निर्माणमा लागेको खर्च र आम्दानीको विवरण सुनाइयो । प्रति घरकुरीया तीन पैसाको दरले उठाउनुपर्ने रकम दाखिला गर्न छुटेका गाउँबुढाहरूलाई रकम जम्मा गर्न ताकेता गरियो । त्यसपछि राजाज्ञानुसार आज छलफल गरिने मुख्य विषय सभासमक्ष राख्नका लागि बडाकाजीलाई अनुरोध गरे ।

बडाकाजी मकरध्वज मल्ल आफ्नो आसनबाट उठेर राजा, रानी र युवराजमा अभिवादन टक्र्याए । ख्याकखुक गरेर गला सफा गरेर विषय प्रस्तुत गरे, "जन्मले जेठा भयाका हुनाले पर्वत दरबारको सम्मतिमा पर्वताधिराज महाराज घनश्यामबाट राजकुमार मले बमकन युवराज तोकिबस्याको कुरा सबैमा जानकारी छ । तर जुम्ली महाराजबाट जुम्ली राजपुत्री कान्छी महारानी जयन्तीको कोखबाट जन्म्याका राजकुमार भद्रि बम गर्भले जेठा भयाका हुनाले पर्वतको गद्दीको पहिलो हकदार हुन्या दाबी सन्देश पठाइबक्स्यो । सन्देशवाहक कमल जैसीहस्ते महाराजधिराजबाट पर्वत दरबारले विचार विमर्श गरीकन त्यस सम्बन्धमा उचित निर्णय दिन्याछ भन्न्या सन्देश दिपठाइबक्स्याको थियो । जुम्लामै जन्मी, हुर्की बढ्याका राजकुमार भद्रिको आगमन पर्वतमा भैसक्याको र महाराजबाट युवराजकन राजतिलक दिई काशीवास जान्या मनसुवा राखिबक्स्याको हुनाले राजगद्दीको टुङ्गो लगाउनु पर्न्या भयाको हो । त्यसैले आजको यो विशेष सभा बोलाइयाको हो । यस विषयमा हामी सबैले राज्यको हित सर्वोपरी राखीकन निष्पक्ष राय दिनुपर्न्या र निर्णयमा पुग्नुपर्न्या भयाको हुनाले द्वारेले सभासमक्ष राख्न्या सवालउपर छलफल गरीकन राय दिन यस सभाकन अनुरोध गर्दछु ।"

ताराचन भण्डारीले छलफलका लागि सभासमक्ष विषय प्रस्तुत गर्नुपूर्व महाराज घनश्यामबाट थप जानकारी दिँदै आज्ञा भयो, "को जेठो, को कान्छो भन्न्या सम्बन्धमा यस सभाले गर्न्या निर्णय आफ्नै कानले सुनन्या र आफ्नो कुरा पनि पर्वत दरबारसमक्ष राखन्या इच्छा राजकुमार भद्रिबाट जाहेर भयाको हुनाले यो सभा बोलाउनु पर्‍याको हो । सभामा छलफलका

लागि विषय प्रस्तुत हुनुपूर्व आफ्नो कुरा राख्न्या मन छ भन्या पनि राजकुमारले राख्दा हुन्छ ।"

महाराजबाट आज्ञा पाएपछि राजकुमार आफ्नो स्थानबाट उठे । राजपरिवार र सभाप्रति शिर नुगाएर सम्मान प्रकट गरे अनि गम्भीर वाणीमा आफ्नो कुरा राख्न शुरू गरे, "महाराज ! विषय दरबारको जानकारीमा आइसक्याको छ । सभाको निर्णय आउनुपूर्व मैले कहनुपर्न्या विषय केही छैन । सभाको निर्णय आइसक्यापछि मेरो आफ्नो सहमति वा असहमति राखन्या छु । मेरा दाबी प्रस्तुत गर्न्याछु ।"

भद्रिले आसन ग्रहण गरिसकेपछि द्वारे ताराचनले महाराजतिर दृष्टि लगाए । महाराजबाट इशारा पाएपछि उनले विषय अघि बढाए, "राजाको छोरा जेठो हुनु, दुनियाको कान्छो भन्न्या चलन छ । राजाको जेठो छोराकन राजगद्दीको मुख्य हकदार मानिन्छ । पर्वत दरबारले पनि त्यही सनातन रीत पछ्याई राजकुमार मले बमकन युवराज बनायाको हो । तर राजकुमारहरूमध्ये 'को जेठो' भन्न्या प्रश्न उठ्यो । खास गरेर जुम्ला दरबारले राजकुमार भद्रि बमको तर्फबाट त्यस्तो सवाल उठायो । जुम्ला दरबारको तर्फबाट कमल जैसीले पर्वत दरबारसमक्ष त्यस्तो दाबी राख्नु भयाको हो । सोही विषयमा छलफल गर्नुपर्न्या भयाकोले यो सभाको तर्फबाट सर्वप्रथम राजकुमार भद्रिसमक्ष एउटा प्रश्न राख्ने अनुमति चाहन्छु ।" राजाको आज्ञा लिएर द्वारेले राजकुमार भद्रिलाई सोधे, "राजकुमारको मागदाबी कमल जैसीले राख्याको जस्तै हो कि फरक राय छ ? सभाकन स्पष्ट पारिदिन्या कष्ट गरिबक्सनु पर्‍यो ।"

राजकुमार भद्रि आफ्नो ठाउँमा फेरि अर्को एकपटक उठे । चारैतिर नजर डुलाएर सभाकक्षको राम्रो निरीक्षण गरे । सभामा उपस्थित अनुहारहरू सबै अपरिचित थिए । सबैको आँखामा एकै खालको उत्सुकता थियो । सभाको मनोविज्ञान बुझेका भद्रिले सबैले सुन्ने गरी भने, "राजाको जेठो छोरा राजा हुन्या हो । राजाको सन्तान भयाको हुनाले पायासम्म राजा हुन्या मनसुवा मैले राख्नु कुनै अपराध होइन ।" भद्रिले रोकिएर मले बमतिर हेरे । उनबाट 'भन, भन' भन्ने इशारा पाएपछि थपे, "मैले राजनीति बुझ्याको छैन । शास्त्र परम्पराको जानकार पनि होइन । नीतिले क्या

भन्छ, सामाजिक रीतिले क्या भन्छ, राजपरम्परा कस्तो छ भन्न्या कुरा पनि जान्दिन । जुम्ली महाराजबाट सुन्याको कुरा क्या हो भनेदेखिन् 'म गर्भले जेठो हुँ रे' । गर्भले मान्छ्या जेठो मानिन्या हो, त्यस्तो चलनचल्तीमा छ, परम्परा छ भन्यादेखिन् म राजा हुन पाउनुपर्छ । हैन, जन्मले जेठो नै जेठो ठहर्छ भन्यादेखिन् पर्वतको राजगद्दी मले बमकै हो । गर्भले जेठो कान्छो हुनुको कुनै अर्थ नहुन्या भैदियाका भया जुम्ली महाराजबाट त्यस्तो प्रस्ताव किन आउँथ्यो होला ? कमल जैसीजस्ता विद्वान् मान्छ्याले आफैं उल्लु ठहरिन्या कुरा सभासमक्ष क्यान राख्दा हुन् र ? मैले जान्या बुझ्याको कुरा यत्ति हो ।"

भद्रि आफ्नो स्थानमा बसेपछि ताराचन भण्डारीले सभासमक्ष प्रश्न राखे, "रीतिस्थिति, कुल परम्परा र समाजको चलनअनुसार गर्भलाई जेठो मानिन्छ कि जन्मलाई ? सभाले राय दिनुपर्‍यो ।"

भण्डारीले सभासमक्ष जिज्ञासा राखेपछि छलफल शुरु भयो । मानिसहरू आफ्ना वरिपरिका मान्छेहरूसँग एकापसमा परामर्श गर्न थाले । बिस्तारै शुरु भएको सभाको आवाज चर्कंदै गयो । छलफलले निकै लामो समय खायो । कसैले उठेर बोलेन । समय धेरै गएपछि बडाकाजीले सरदार कृष्ण मल्ललाई सभाको निचोड सुनाउने निर्देश गरे । बडाकाजीको आज्ञा पाएपछि कृष्ण मल्ल आफ्नो स्थानमा उभिएर भने, "काजी, भाइभारदार र गुरु पुरोहितको बीचमा यस विषयमा यसअघि गहिरो छलफल भैसक्याकै हो । सभामा चल्याको कुराकानी र छलफल पनि सुनियो । सभाको मनसाय र भाइभारदारहरूको राय समान रह्याको जस्तो लाग्यो । बडाकाजीको आज्ञाअनुसार आजको सभाको मनसाय सुनाउँछु । मैले सुनायाको कुरा अन्तिम निर्णय होइन, महाराजकन सल्लाहमात्रै हो । अन्तिम फैसला महाराजबाटै हुन्या हो । मैले सुनायाको रायमा कसैको विमति रह्यो वा चित्त बुझ्यान भन्यादेखिन् फरक राय राख्न्या सबकन हक रहन्या छ । हाम्रो आफ्नो परम्परा र इतिहास पुराणका उदाहरणसमेत ख्याल गर्दा एउटै आमाको गर्भबाट एकैदिन जन्म्याका जुम्ली भाइहरूमध्ये पहिले धर्तीमा पाइलो राख्न्या भाइकन जेठो मान्याजस्तै मान्छे को जेठो, को कान्छो भनीकन छुट्याउन्या आधार जन्मलाई नै मान्या चलन छ ।

त्यसैले गर्भले जेठा भया पनि राजकुमार भद्रिकन पर्वत दरबारले युवराज मले बमभन्दा कान्छो मान्छ ।"

सरदारले सुनाएको रायमा कसैले विमति राखेनन् । सबैले एकै स्वरमा सरदारको कुरामा सही थापे । सरदार कृष्ण मल्ल आफ्नो स्थानमा बसेपछि काजी अरिभञ्जन आफ्नो आसनबाट उठेर बोल्न थाले, "राजकुमार भद्रिले मै जेठो हुँ, मैले नै गद्दी पाउनुपर्छ भनीकन दाबी गरिसे'को छैन । त्यस्तो दाबी जुम्ला दरबारबाट आयाको हो । तर त्यस्तो मागदाबी अनुचित हो भन्न मिल्दैन । इतिहास पुराणमा त्यस्ता अनेकौं उदाहरण भेटिन्छन् । महाभारत युद्ध निम्तनुको कारण पनि ठ्याक्कै यस्तै थियो । आ-आफ्नो दाबी पाण्डव र कौरव दुवै पक्षले नछोड्नाले कौरवकुलको विनाश निम्तियाको हो । कहिलेकाहीं न्याय गर्दा पनि त्यसको परिणाम नोक्सानदायक बन्न सक्छ । आशा गरौं । राजकुमार भद्रिबाट सभाको निर्णय स्वीकार हुन्या'छ । तर हामी एकैमत भईकन राजकुमार भद्रिको विपक्षमा उभियाको कारणले राजकुमारका मनमा तुष नरहोस् भनीकन यो सभाले ख्याल गर्नुपर्न्या हुन्छजस्तो मकन लाग्याको छ ।"

कैयौं सभासद्हरूले काजी अरिभञ्जन मल्लको कुरा पनि ठीक हो भन्न थालेपछि राजगुरू रामेश्वर पन्त उठेर बोल्न थाले, "राजाको छोरो राजा हुन्छ । तर बिर्सन नहुन्या कुरा क्या हो भन्यादेखिन् राजाको जेठो छोरै राजा हुन्या हो । राजा हुनाकन जेठो हुनुपर्छ । त्यसैले यो सभाले जसकन जेठो ठहऱ्यायाको छ, उही राजा हुनुपर्छ । त्यसमा यताउता गर्न मिल्दैन । नियमले, नीतिले नदियापछि मन दुखाया'र हुँदैन । संसार नियमले चल्छ । बिहान झुल्कनुपर्न्या नियम सूर्य भगवान्ले नमानिदिन्या हो भन्यादेखिन् यो संसार अँध्याराको अँध्यारै रहन्छ । नियम देवताकन पनि लाग्छ । राजाकन पनि लाग्छ । प्रजाकन पनि लाग्छ । राजकुमार भद्रिबाट यो शाश्वत नियम पालना हुनुपर्छ ।"

कपर्दार सुमन्त बानियाँ र दिष्याली कृष्ण कार्कीबीच सुस्तसुस्त छलफल चलिरहेकै थियो । उनीहरूको गुनगुन सुनेर बडाकाजीले आफ्नो कुरा सभासमक्ष राख्न आदेश गरे । बडाकाजीले आग्रह गरेपछि कृष्ण कार्की आफ्नो स्थानबाट उठेर बोल्न शुरू गरे, "पर्वतको इतिहास हेर्दा गद्दीमा

सधैं जेठै सन्तान बस्दै आयाको परम्परा देखिँदैन । प्रतापीनारायण मल्लका जेठा सुपुत्र जितारी मल्लकन होइन, माहिला राजकुमार राज मल्लकन पर्वतको गद्दी मिल्याको थियो । त्यसैले सधैं जेठै राजा हुनुपर्छ, राजा हुन्या हक जेठाको मात्रै हो भनीकन पेलन्या कुरा ठीक नहोला कि ? एकै नालका दाजुभाइ भैदियाका भया जेठा कान्छाको प्रश्नै उठन्या थिया'न । सौतेलो मामलो भयाकै हुनाले यो कुरा उठ्याको हो । कुरो नउठ्नुपर्थ्यो, उठ्यो । उठ्याको कुरा बैठ्याउन बुद्धि पुऱ्याउनै पर्ऱ्या हुन्छ कि ?"

दिष्याली कार्कीको राय सुनेपछि जैसी आनन्द रेग्मीले तर्क राखे, "जेठा राजकुमारमा कुनै खोट दोष भयापछि माहिलाकन गद्दी मिल्याका प्रमाण इतिहासमा भेटिन्छन् । महाभारत कथामा धृतराष्ट्र जन्मान्ध भयाका कारणले माहिला पाण्डुकन हस्तिनापुरको रजाइँ मिल्याको थियो । हामीकहाँ त्यस्तो अवस्था छैन । त्यसैले युवराज मले बमकन गद्दी नदिनुपर्ऱ्या कारण देखिँदैन । हो, राजकुमार भद्रिको चित्त बुझाउनुपर्ऱ्या कुरातिर विचार गर्नै पर्ऱ्या देखिन्छ ।"

पण्डित आनन्द रेग्मीले आफ्नो कुरा सकेपछि ताकमका गाउँबुढा कालु थापा आफ्नो स्थानबाट उठे । उसको भयलाग्दो जीउडालले सबै सभासद्हरूको ध्यान आकर्षित गऱ्यो । एकपटक घाँटी बजाउँदै गला सफा गरेर उनले भने, "राजजैसी आनन्द रेग्मीज्यूको कुरा ठिकै हो । तर प्रतापीनारायण मल्लले १६ हजार पर्वतको गद्दी माहिला राजकुमारकन दिन्या बखतमा जेठा जितारीमा कुनै खोटदोष रह्याको थियो भन्न मिल्दैन । जेठा राजकुमारले पायाको गलकोट राज्य उनले राम्रोसँग थामिकन खायाका थिया र आजसम्म गलकोट राजगद्दीमा उनैका सन्तान बसिआयाका छन् । राजा बन्न योग्य भया पनि अन्य कुनै कारणले उनकन गलकोट फाल्याको जस्तो बुझिन्छ । मनपऱ्याका माहिला राजकुमारकन पर्वतको मूल गद्दी दिया पनि जेठा र कान्छा राजकुमारकन अन्याय गरेको देखिँदैन । उनीहरूको चित्त बुझाउन अंशभाग छुट्ट्यायाको देखिन्छ । राजशक्ति खुनी हुन्छ भन्न्या कुरामा विचार पुऱ्याइया'न भन्या पछि पछुताउनुपर्ऱ्या खण्डखातिर आउन सकन्या कुरातिर विचार पुऱ्याउन राम्रो हुन्याजस्तो लाग्छ ।"

सभाको छलफल धैर्यपूर्वक सुनिरहेका लोहासुर आफ्नो ठाउँबाट उठे । लट्ठीको सहायता लिएर कुप्रेको कम्मर सोझ्याएर बोले, "पर्वत सबैको साझा फूलबारी हो । फूलवारी बनाउन्या, हुर्काउन्या र जोगाउन्या काममा सबै पर्वतेहरूको पसिना बग्याको छ । रगत बग्याको छ । राजाकन माली बनाइयाको हो । फूलबारी पजनी गर्न्या अधिकार मालीकन हुँदैन । राजाले कज्याइ खान्या हो । मासी खान्या होइन । राज्यको अंशबन्डा गर्न्या भन्याको राज्यकन मण्डीमा राख्न्या हो । मण्डीमा राख्याको जिनिस आज हुन्छ भोलि हुँदैन । राजा को हुन्या भनीकन बूढा राजाले तोकन्या हो । प्रजाले राजाको वचन मान्न्या हो । जो राजा भया पनि हामी मानुँम्ला तर धेरै राजा मान्न सकिँदैन । यो सभाले मले बमकन राजा मान्न्या निर्णय लिइसक्याको छ । दोस्रो कोही राजा हुन्या कुरो पर्वतकन मञ्जुर छैन ।"

एक क्षणका लागि सभा शान्त भयो । कोही कतैबाट कुनै कुरा आएन । त्यसपछि बडाकाजी उठेर बोले, "हामी सबैले आ-आफ्ना ब्रह्मले देख्याको कुरा खुलस्त राखिसक्यौं । राजकुमार भद्रिकन मनाउनुपर्न्या कुरा पनि आयो । सम्झाउन्या, मनाउन्या, फकाउन्या भन्याको दोस्रो कुरा हो । पहिलो कुरा त राजगद्दीको हकदार को हो भन्न्या हो । पर्वतको राजगद्दीको हकदार युवराज मले बम होइसिन्छ भन्न्या कुरामा यो सभा एकमत रह्याको देखियो अर्थात् आज यो सभाले महाराज घनश्यामको उत्तराधिकारी चुन्यो । भविष्यको आफ्नो राजाको छनोट गर्‍यो । त्यसबारेमा महाराजको निर्णय आउँदै गर्ला । गद्दीमा हकदाबी गर्न्या राजकुमार भद्रि बमको राय क्या छ त ? उतैबाट कुरा आओस् ।"

सभाको कुरो चाखपूर्वक सुनिरहेका भद्रि प्रफुल्ल देखिए । पर्वतको गद्दी आफूले नपाउने कुराले उनलाई कुनै आश्चर्य लागेन । दुःख पनि मानेनन् भन्ने कुरा उनको भावमुद्राबाट स्पष्ट झल्कन्थ्यो । उनी आफ्नो आसनबाट उठे । मुस्कुराएर सभाको चारैतिर अवलोकन गरे । सभामा आफ्नो मत राख्नेहरूका अनुहार निरीक्षण गरे । राजकुमार भद्रिसँग आँखा जुधेपछि राजगुरु रामेश्वरले मुन्टो निहुर्‍याए । सभाको छलफल र निष्कर्षबाट बिलकुल अप्रभावित भावभङ्गीमामा राजकुमार भद्रिले राय व्यक्त गरे, "पर्वत दरबारले राजकुमार मले बमकन एकमतले आफ्नो युवराज मान्यो ।

त्यसमा मकन कुनै आश्चर्य छैन, दुःख पनि छैन । म जेठो हुँ भन्न्या मेरो दाबी खारेज गरेर यो सभाले ठूलो अन्याय गऱ्यो पनि म भन्दिनँ । सभाले, महाराजले पनि जेठो मान्या पछि मैले मले बमकन 'दाजु' मान्नै पऱ्यो । युवराजकन मेरो तर्फबाट बधाई छ । म पनि राजपुत्र हुँ । दैवले ठग्या पनि म जेठो विर्ज्या हुँ । महाराजबाट आफ्नै विर्ज्याको अपमान, अपहेलना गरिसिन्या छैन भन्न्या विश्वास राख्छु । महाराजकन सजिलो पारिदिनका लागि मैलै पर्वतको गद्दीमाथिको दाबी छोडिदिन्छु ।"

सभाले तररर ताली बजायो ।

भद्रिले थपे, "तर राज्यमा अंशभाग खोजी गर्न्या मेरो हक छ । पर्वतको गद्दी छोड्या पनि हक छोड्याको होइन । पर्वतको गद्दी मले बमकन मिलोस् । धृतराष्ट्रले जेठा पाण्डव युधिष्ठिरकन इन्द्रप्रस्थको राजगद्दी दियाजस्तै राज्यको सौतेनी अंशभाग मैले पाऊँ । पूर्व-पश्चिम, उत्तर-दक्षिण जसरी काट्या पनि मेरो मञ्जुरी रहन्या छ । आधा राज्य मकन चाहियो । यो सभाले यस विषयमा पनि विचार गरोस् ।"

पर्वत दरबार र महाराजका लागि भद्रिको नयाँ प्रस्ताव बिलकुल अप्रत्याशित थियो । सौतेनी अंशभागको उनको मागदाबीले होइन भन्न पनि नसक्ने र हो भनेर समर्थन गर्न पनि नसक्ने अवस्थामा सभालाई पुऱ्यायो । महाराज घनश्याम निकैबेर घोरिए । समस्याको समाधान त खोज्नै पर्थ्यो । त्यसैले राजगुरु रामेश्वर, काजी अरिभञ्जन, सरदार कृष्ण मल्ल, राज जैसी आनन्द रेग्मी र वयोवृद्ध सभासद् लोहासुर विश्वकर्मा समेत पाँच जना भारदारहरूले छलफल विचार विमर्श गरेर राय सभामा प्रस्तुत गर्ने आदेश राजाबाट भयो । केही क्षणका लागि सभा स्थगित भयो । जिम्मेवारी पाएका पाँच जना अर्को कक्षमा छलफल गर्न गए । बाँकी सबैलाई यथास्थानमा बस्न भनियो । महाराज, महारानी, युवराज र राजकुमार भद्रिसँगै उठेर दरबारको अर्को कक्षभित्र छिरे । सभासद्हरूका लागि खाजा आयो ।

पैँतीस

खाजाको अवकाश समाप्त भयो । महाराज, महारानी, युवराज र राजकुमार भद्रि सँगसँगै आएर आ–आफ्ना स्थानमा बसे । एकैछिनपछि भद्रिको माग प्रस्तावमा सभाको राय मस्यौदा गर्न भनेर अर्को कक्षमा गएका पञ्चभलाद्मीहरू पनि सभामा उपस्थित भए । टोलीको तर्फबाट सरदार कृष्ण मल्लले राय सुनाए, "पर्वताधिराज महाराजको आज्ञानुसार हामी पाँच जनाले तयार पाऱ्याको राय प्रस्ताव वास्तवमा यो सभाको साझा हो । त्यही राय म सुनाउँछु । प्रस्तावमा सहमत हुन्याजतिले ताली बजाउनुहोला । असहमत हुन्याहरूले आफ्नो मत राख्नुहोला । पाँचै जनाको सर्वसम्मतिबाट तयार पारियाको राय यस्तो छ– सय वर्षअगाडि पर्वत राज्यको विभाजन भयाको थियो । त्यसले कतै हातखुट्टा चलाउन नमिलन्यागरी पर्वतकन बाँध्याको छ । अप्ठ्यारो अक्करमा पाऱ्याको छ । दरबारबाट भयाको इतिहासको त्यो गल्तीले हामीकन बेलामौका दुःख दिन्या गऱ्याको पनि छ । ढोरको चरीचरनबापत सिर्तो तिर्नुपर्न्या अवस्था आफ्नै गोजीको खट्टे मीतसँग मागीकन खान्या भन्याजस्तो भयाको छ । त्यसैले अब फेरि त्यस्तो गल्ती दोहोऱ्याउनु हुँदैन । राज्यको भागबिलो लगाउन्या राजकुमार भद्रिको प्रस्ताव यो सभाकन मञ्जुर छैन । पर्वत राज्य राजकुमार भद्रिका पुर्खाको कमाइ हो । पुर्खाको कमाइ जोगाउन्या कर्तव्य स्वयम् राजकुमार भद्रिको पनि हो । त्यसैले राज्य भागबन्डा गर्न्या कुरा राजकुमारले फिर्ता लिनुपर्छ र राजकुमारकन रोजीछाँटी मागे जति कज्याई खान्यागरी जागिर दिनुपर्छ ।"

सभाकक्ष तालीले गुञ्जियो । महाराज घनश्यामले राजकुमार भद्रि बमतिर दृष्टि लगाए । महाराजको आशय बुझेर भद्रिले भने, "सभाको फैसलाले मकन न्याय गऱ्या'न । अन्याय स्वीकार्नु पनि अपराधै हो भन्छन् । सौतेनी अंश नभए पनि भाइअंश मैले पाउनुपर्छ । जागिरको मकन खाँचो छैन । जागिरै नलिया पनि पर्वतमै बसन्या हो भन्या मेरो जीविकाको प्रबन्ध अवश्य हुन्या छ । त्यसैले पाण्डवहरूले कौरवसँग पाँच गाउँ माग्याजस्तै मैले भाइ अंशको माग पर्वत दरबार र महाराजसमक्ष गर्दछु ।"

भद्रिको राय सुनेपछि महाराजबाट बडाकाजीलाई राय राख्ने आदेश भयो । बडाकाजीले आफ्नो स्थानबाट उठेर गम्भीर मुद्रामा भने, "हक हुन्याले मागन्या कुरा स्वाभाविक हो । राजपुत्र भद्रिले राज्यको आशा गर्नु र माग गर्नु जायजै हो । राजाको छोरो हुनाले मात्र होइन, गर्भले जेठो र सौतेनीनाल भयाको हुनाले पनि राज्यभाग माग्ने हक राजकुमारकन छ । तर राज्य आर्जन केवल राजाको एउटा पाखुरीको बलमा भयाको हुँदैन । त्यसमा राज्यका सबै प्रजाजनको रगत पसिना पऱ्याको हुन्छ । सानो ठूलो योगदान रह्याको हुन्छ । त्यसैले राजाको छोराको मात्रै होइन, सबै प्रजाजनको समेत राज्यमा बराबरीको हक लाग्छ । हक लाग्छ भनीकन मागन्या जति सबैकन राज्य बाँडचुँड गर्न सकिँदैन । मिल्दा पनि मिल्दैन । म नि राजाकै सन्तान हुँ । महाराज घनश्यामभन्दा उमेरमा जेठो छु । नाताले पनि बाबु पर्छु । त्यस अर्थमा मैले राज्यभाग खोज्न मिल्दैन । राज्य अंशबन्डा गर्न्या कुरा गलत हो । पर्वतले एकपटक त्यो गल्ती गरिसक्याको छ । इतिहासको गल्तीबाट हामीले शिक्षा लिनुपर्छ । पटकपटक गल्ती दोहोऱ्याउनु हुँदैन ।"

"राज्यभाग पाउनै पर्छ भन्न्या राजकुमार भद्रिको माग दाबीसँग सहमत हुन सकिँदैन । सहुलियत के कस्तो दिनुपर्न्या हो, त्यसबारेमा सोच्न सकिन्छ । जागिर चाहिन्या हो भन्यादेखिन् कति चाहिन्या हो ? काजीपद चाहिन्या हो भन्या पनि म बूढो भैसक्याँ । ठाउँ खाली गरिदिन राजी छु । राजकुमार भद्रिकन बडाकाजी बनाउन्या कुरामा काजी अरिभञ्जनको विमति रहन्या छैन । रहनु पनि हुँदैन । यो राज्य हामी सबैको साझा हो ।

राज्यआर्जनमा हाम्रा पुर्खाको परिश्रम पऱ्याको छ । यो भूमिको एक-एक मुठी माटो हाम्रा लागि ज्यानभन्दा प्यारो छ । यो प्यारो भूमिको अखण्डताका लागि हामी सबैले आफूले सक्याको योगदान, त्याग र बलिदान गर्न तयार रहनुपर्छ । राज्य जोगाउनका लागि जो-जसले जे-जति योगदान गर्न सकिन्छ गर्नु कर्तव्य हो । त्यो कर्तव्य मेरो पनि हो, महाराजको पनि हो, युवराजको पनि हो, राजकुमार भद्रिको पनि हो । राज्यको निमित्त मैले बडाकाजीको पद त्याग गऱ्याजस्तै राजकुमारले राज्यभागको माग त्याग गर्नुपर्छ । त्योभन्दा ठूलो पुण्यको काम अरू केही हुँदैन । भूमि भन्याकी आमा हुन् । आमाको शरीर काटकुट पारीकन चोक्टा लाम्टा पार्न्या पापकर्ममा नलागौं ।"

बडाकाजीले दुवै हत्केलाले आँसु पुछे । बडाकाजीको भनाइले सबैलाई एकछिन भावुक बनायो । निकैबेर सभाहल निःशब्द रह्यो । निश्चल बन्यो । केही क्षणको मौनतापछि महाराजले राजकुमार भद्रितिर हेरे । महाराज नबोले पनि इशारा सम्झेर भद्रि बम आफ्नो स्थानबाट उठेर बोल्न थाले, "बडाकाजीको कुराले हामी सबैकन सोच्नुपर्न्या बनायो । एक मनमा त आजैदेखि सन्यासी बनीकन हिंडौं कि जस्तो पनि लाग्यो । दुःखले आर्ज्याको राज्य टुक्रने सम्भावनाले बडाकाजीको चित्त दुखायो । बडाकाजीको चित्त दुखाउन्या कसुरबापत माफी माग्दछु । तर मेरो मनभित्र पनि पीडा छ, अन्यायमा पऱ्याको तुष छ । कुण्ठा छ । राजाको छोरा भैकन पनि अर्काको मुलुकमा भतुवा लागिकन हुर्क्याको हुँ म । पराइको दयामा बाँच्याको मान्छे हुँ म । हिजो के खायो कहाँ सुत्यो भनीकन खोजी नगर्न्या राज्यप्रति मेरा हृदयमा दया माया उब्जनुपर्छ भनेर पर्वतले कसरी भन्न मिल्छ र ? हाम्रो सन्तान हो, त्यसको पालनपोषणको कर्तव्य हाम्रै हो । त्यसकन खोजी गर्नुपर्छ । ल्याउनुपर्छ भनीकन महाराजले नभन्या पनि राज्यकै अभिभावकजस्तो बडाकाजीलाई उति बेला किन ज्ञान आया'न ? पाउनका लागि त दिनु गुमाउनु पनि पर्छ ? पर्वतले आजसम्म मकन क्या दियाको छ र मैले यसको अखण्डताकन ठूलो मानु ?"

भद्रि एकछिन रोकिए र फेरि बोल्दै गए, "राजगद्दीको पहिलो हकदार हुनुपर्न्या मान्छ्याकन दैवले ठग्यो । दैवले त ठग्यो, ठग्यो, जन्मदाता

पिता र संरक्षक मान्नुपर्न्या भाइभारदारबाट पनि ठगिनु पर्दा ममाथि घोर अन्याय भयाजस्तो लाग्याको छ । होला पर्वत सानो होला, ठूलो हुँदो हो भन्या मेरो प्रस्ताव अस्वीकृत हुन्या थियान होला । तर सानो छ भन्दैमा कसैको हक खोसन्या कुरा कसरी न्यायोचित हुन्छ र ? 'मासको गेडो फोडी तिलको गेडो घोटी' भाइअंश लगाउनु भनीकन नीतिले भन्छ । हकले पायाको कुरा छोड्नु निर्बलियाका लागि उदारता होला, बलियाका लागि कायरता हो । मैले हक माग्याको हो । अंशभाग माग्याको हो । सिङ्गै पर्वत माग्याको होइन । पर्वत ठूलो छ कि सानो त्यो पनि मकन जानकारी छैन । पर्वत कसरी आर्जियाको थियो भन्न्या इतिहास पनि जान्दिनँ । मैले जान्न्या बुझ्न्या अवसरै पाइनँ । पर्वतले मकन त्यो अवसरै दिया'न । अनि बडाकाजीमा जस्तो यो माटोप्रतिको मायाको अपेक्षा मबाट यो दरबारले कसरी गर्न मिल्छ र ?"

भद्रि एकछिन रोकिए । सभाको मनोविज्ञान बुझ्ने कोशिश गरे र फेरि भन्दै गए, "मैले दरबार होइन, सानो झुपडी माग्याको हो । दरबारमा बस्नुपर्न्या मान्छ्याले सानो झुपडीमा चित्त बुझाउँछु भन्नु कसरी गलत हुन्छ र ? राज्य छ र न मागन्या हो । पुर्खाको कमाइ थियो र न भागबन्डाको कुरा आउन्या हो । हुँदै नभयादेखि मागन्या कुरो हुँदैनथ्यो । खोजन्या कुरा आउँदैनथ्यो । जहाँसम्म राज्य टुक्रँदा सानो हुन्छ भन्या कुरा हो त्यो आफ्नो पुरुषार्थको कुरा हो । महाराज डिम्ब बमले पुर्खाको राज्यमात्र धानी बस्याका भए आज हामी यहाँ हुँदैनथ्यौं । पर्वत राज्य हुँदैनथ्यो । अंशबन्डाको कुरा पनि उठ्दैनथ्यो ।"

भद्रि आफ्नो मागमा अडिए । दिन ढल्यो । दरबारले विषयको टुङ्गो लगाउन सकेन । बडाकाजीले अरिभञ्जनलाई इशारा गरेपछि काजी आफ्नो स्थानबाट उठेर बोले, "महाराज ! पर्वतका भाइभारदार जनता जनार्दनको राय पर्वत राज्य विभाजन नहोस् भन्न्या रह्याको छ । राजकुमार भद्रिको चित्त बुझाउन्या कर्तव्य महाराजकै हो । महाराजकन सजिलो परोस् भनीकन अरूले विचार, सुझाव-सल्लाह दिन्या हो । हामीले आफ्नो कर्तव्य पूरा गर्‍याका छौं । अन्तिम फैसला महाराजबाटै होस् ।"

महाराज एकछिन घोरिए । भद्रि हिजोभन्दा आज निकै नरम भएको अनुभूति महाराजलाई भएको थियो । उनलाई मनाउन थप समय दिनुपर्ने जस्तो लाग्यो । त्यसैले तत्काल निर्णय दिएर भद्रिलाई बिच्काउनु उपयुक्त हुँदैन भन्ने निर्क्योलमा पुगे । भद्रिका पछाडि जुम्लाजस्तो बलियो शक्ति छ भन्ने कुरा उनले राम्रोसँग बुझेका थिए ।

महाराज आफ्नो स्थानबाट उठे । सभाको एकसरो अवलोकन गरे अनि "आजलाई उठौँ" भने । सभा उठ्यो । राजपरिवार दरबारभित्र छिऱ्यो । सभासद्हरू आ-आफ्ना गन्तव्यतिर लागे ।

छत्तीस

सभा निकै ढिलोगरी उठ्यो । सभासद्हरू आ-आफ्ना गन्तव्यतिर लागे । अबेर भैसकेको हुनाले वृद्ध बडाकाजी दरबारमै रहे । राजकुमार भद्रिको माग सिङ्गो पर्वतदरबारका लागि टाउको दुःखाइको विषय बनेको थियो । महाराज घनश्यामको सरल र उदार स्वभावबाट बडाकाजी राम्रोसँग परिचित थिए । काजी अरिभञ्जनले भने जस्तो महाराजकै जिम्मा समस्या समाधानको एकलौटी जिम्मेवारी दिने हो भने भद्रिको माग सामु कमजोर सावित हुनेछन्, झुक्नेछन्, दरबारले भनेचाहेजस्तो अडान लिन सक्नेछैनन् भन्ने कुरा अनुभवी बडाकाजीले बुझेका थिए । त्यसैले सधैं दरबारको मनसाय बुझेर राय दिने अभ्यास गरेका वृद्ध काजीले यसपटक भद्रिसामु रूखो अडान राखेका थिए । भद्रिको माग सम्बोधन हुनु भनेको पर्वतको दुर्भाग्य निम्त्याउनु हुन्छ भन्ने उनको बुझाइ थियो । आज दरबारको पाहुना बनेर बस्नुपर्ने संयोगलाई थप विचार विमर्श गर्ने र महाराजलाई जुम्लासामु नलत्रिन बल दिने अवसरको रूपमा उपयोग गर्ने विचारले कपर्दार सुमन्तलाई पनि बेनी दरबारमै बस्नु भनेर निर्देश गरेका थिए ।

भाइभारदार, काजी, सरदारहरू सबैले एकै मुखले पर्वतको विखण्डनको विपक्षमा राय दिएपछि भद्रिलाई हतास बनाएको थियो । के गर्ने के नगर्ने द्विविधा उत्पन्न भएको थियो । डिल्ली भुजेल पनि कुरिलाखर्कस्थित अतिथिशालामा व्यग्रतापूर्वक दरबारले लिने निर्णय कुरेर बसिरहेका थिए । भद्रिलाई सरसल्लाह, आडभरोसा र आँट हिम्मत दिने जिम्मेवारी कमल जैसीले उनैलाई सुम्पेका थिए । सभा सकिनासाथ उद्विग्न मनस्थितिमा रहेका भद्रि दरबारको भान्सातिर नछिरीकन कुरिलाखर्कतिर लागे । सुमन्तलाई माथि उक्लने हो-होइन भनेर सोध्ने होस पनि रहेन । यथाशिघ्र

डिल्लीलाई सभाको विवरण सुनाउने हतारमा थिए । आफू दरबारमा रहनुपर्ने भएपछि जानकारी गराऊँ भनेर सुमन्तले भद्रिको खोजी गरे । राजकुमार दरबारबाट निस्किसकेको जानकारी पाए ।

भाइभारदारहरूले दरबारप्राङ्गण छोडिसकेपछि महाराज, महारानी, युवराजलगायत राजकुमारीहरू समेतलाई बैठक कक्षमा उपस्थित हुन बडाकाजीले अनुरोध गरे । सबै जम्मा भएपछि बडाकाजीले नै कुराको थालनी गरे, "कान्छी महारानीकन चाँडै झिकाउनुपर्छ भन्न्या सल्लाह महाराजले अमल गरिसे'न । त्यसको परिणाम समस्या बनेर उपस्थित हुन गयो । सानैदेखि यतै हुर्की बढेका भया आफू पर्वत दरबारबाट उपेक्षित भयाको, हेलाअर्घेलो भयाको अनुभव भद्रिले गर्दैनथे । मले बम गद्दीका असली हकदार हुन् भनी मान्न्या वातावरण बन्थ्यो । जुम्लाले पढाईकन पठायो । ढोटे राजकुमारमा जुम्ला आफ्नो र पर्वत विरानो भन्न्या मनोविज्ञानको विकास भयो । जुम्लाले भन्याको कुरामा उनले आफ्नो हितकल्याण देखे । कमल जैसीजस्ता चतुर खेलाडीले हाम्रो दरबारभित्र छिरीकन खेल्ने मौका पाया ।"

"सग्लो पर्वतको राजगद्दी मागन्या मान्छे आधाभाग हुँदै भाइअंशमा झरेका छन् । त्योभन्दा तल झर्लान् भन्ने आशा त गर्न पऱ्यो तर त्यो जुम्लाको आखिरी दाउ हुनसक्छ । पाइलो राख्न पाया पूरै ज्यान छिराउन सकिन्छ भन्न्या कुटनीति हुनसक्छ । त्यसैले मेरो अनुभव र अनुमानले भद्रि त्योभन्दा तल झर्न्या सम्भावना देख्दैन । यो दुःखद् परिस्थिति हो । त्यसले राज्य कमजोर बनाउन्याछ । पुर्खाको नासो जोगाउन नसकियाको अपराधबोध लिईकन मर्नुपर्न्या पो होला कि भन्न्या चिन्ता लाग्न थाल्यो । भन त सुमन्त ! तिमीकन कस्तो लाग्छ । भद्रिको भित्री आशय बुझौला भनेरै उनको साथमा तिमीकन खटाइयाको हो । क्या बुझ्याका छौ ? डिल्ली भुजेल साथ लाग्याको छ । उसको उद्देश्य क्या हो ? मीतसँग भेटघाट गरिन्या हो, सदाकाल छायाजस्तो बनीकन बस्न्या कारण क्या छ ?"

सबै दरबारियाहरूको आँखा सुमन्तमा केन्द्रित भए । बडाकाजीले सोधेको प्रश्नको जवाफ दिनै पऱ्यो । भद्रिले गरेको आफूप्रतिको विश्वासको मान राख्नु पऱ्यो । दरबारलाई अन्धकारमा राख्नु पनि भएन, आफ्ना कारणले भद्रिलाई

हानिनोक्सानी हुने परिस्थिति आउन दिनु पनि भएन । निकै सोचविचार गरेर सुमन्तले भने, "डिल्ली र भद्रिबीच मेरो सामुन्यामा राजपाठसम्बन्धी कुरा हुँदैनन् । मेरा पीठपछाडि अवश्य सरसल्लाह हुँदो हो । बडाकाजीज्यूले भनिबक्स्याजस्तै डिल्ली भुजेल बिनाकाम पर्वत दरबारमा पाहुना लाग्याका हुन् भन्न सकिन्न । राजकुमार भद्रिले मसँग गर्‍याको कुराकन सत्य हो भनी मान्न्या हो भने आज सभामा राख्याको माग अन्तिम हो । त्योभन्दा तल झर्न्या ठाउँ छैन । त्यति पनि नपाउन्या हो भन्या पर्वतमा क्यान बस्नु ? जुम्ला फर्कन्छु । राजकुमारी नलिनीसँग बिहे गर्छु । उतै दरबारमा पालिन्छु । जन्मी हुर्क्या बढ्याको ठाउँ, जान पहिचान परिचय उतै छ, मानसम्मान पनि उतै पाउन्या छु भन्न्या आशय राजकुमारको रह्याको छ ।"

"यसरी अड्डी लेलान् भद्रिले भन्न्या मकन लाग्याको थिया'न । दुई भाइबीच बढ्दै गयाको हिमचिम र प्रेमपूर्ण व्यवहार देख्दा भद्रि यतै रत्तिने भया भन्न्या लाग्याको थियो ।", महाराज घनश्यामले आश्चर्यभावमा आफ्नो अनुमान व्यक्त गरे ।

"मेरा मनमा त किचकिच गर्नुभन्दा भद्रिको इच्छा पुर्‍याइदिनु राम्रो होलाजस्तो लाग्याको छ । बेलैमा सोच्न सकियान भने पछि सम्हाल्न गाह्रो हुन्छ । महाराजसँग मैले पहिले नै भन्याकी पनि हुँ । बहिनीकन जुम्लामै सदाकाल बस्न दिनु हुँदैन । बोलाई पठाउनुपर्छ । महाराज आफैं गईकन लिआया पनि हुन्छ । त्यसले उनकन आफ्नो मान बढेजस्तो लाग्न्याछ । तुष मेटिन्या छ । महाराजले टेरपुच्छर लगाइसे'न ।", महारानीले गुनासो गरिन् । आफ्नो राय पोखिन् ।

"तिमीले मैले अंश दिन्या मन बनाउँदैमा हुन्छ र ? भाइभारदार काजीहरूले मान्नुपर्‍यो । फेरि काजीहरू वंशबाहिरको कोही हुनुहुन्न । दुवै जना काजीहरू वंशज अंशियार हुनुहुन्छ । उहाँहरूको राय नाघ्न मिल्छ ? मैले पजनी गर्न मिलन्या भैदियाका भएदेखि छोराले अंश माग्यो, दिहालूँ भन्दो हुँ नि त !", महाराजले आफ्नो विवशता पोखे ।

बडाकाजीले युवराजतिर हेरेर राय जान्न खोजे, "युवराज के भनिसिन्छ ? भद्रिकन मनाउन्या केही उपाय छ ? जागिर लिनाकन भद्रि राजी होलान् ? हजुरकन कस्तो लाग्छ ?"

"खोइ म क्या भनूँ ? उनको मनको कुरा कसरी जानूँ ? मसँगको व्यक्तिगत सम्बन्ध र व्यवहार त असाध्यै राम्रो थियो । यसरी अड्डी लिन्छन् भन्न्या त कल्पना पनि गऱ्याको थि'न मैले । हजुरले भन्याजस्तै जुम्लाले पढाइ पठायाको होला ! कदापि नडग्नु, म छु भनीकन पीठ ठोक्याको होला ।"

"भद्रि मान्दै मान्यानछन् भनेदेखिन् अंश दिनुहुन्छ त ? युवराजको राय क्या छ ?", बडाकाजीले थप प्रश्न तेर्साए ।

"हजुरहरू सबैको राय जे छ, मेरो राय त्यही हो । हजुरहरूका अगाडि भिन्न विचार मैले कसरी राख्नु ?", हुन्छ-हुन्न भनिहाल्न मले बम हिच्किचाए ।

युवराजको नजिकको कुर्चीमा बसेकी राजकुमारी विश्वप्रभाले भनिन्, "युवराजले कस्तो कुरा गरिस्या हो कुन्नि ? राज्य चलाउन्या जिम्मेवारी लिनुपर्न्या मानिस निर्णय लिन लक्पकाया'र पनि काम चल्छ ? यस्तो विषयलाई चाँडो टुङ्ग्याउनु पो पर्छ । 'रात रह्या अग्राख पलाउँछ' भन्छन् ।"

"के गर्नु ठीक हुन्छ, तपाईंले नै भन्नुहोस् न त ?", युवराजले उनैलाई उल्क्याए ।

"पर्वत राज्याको मामलामा बोलन्या म को हुँ र ? मेरो के हक छ ? आजसम्म म पर्वतको पाहुनामात्रै हुँ । पर्वतको प्रजाको हैसियत पनि मेरो बनिसक्याको छैन । म कसरी बोल्न मिल्छ र ?", विश्वप्रभाले ओठेजवाफ फर्काइन् ।

"त्यसो भन्न मिल्दैन राजकुमारी ! पर्वतले डोला स्वीकारिसक्याको हो । दरबारले दुवै राजकुमारीहरूको बिहे युवराजसँग गरिदिन्या निर्णय पनि गरिसक्याको छ । त्यसैले औपचरिकता पूरा नभैसक्याको भया पनि दुवै राजकुमारीहरूकन युवराज्ञी भनीकन पर्वतले मान्याको छ । भद्रिको रूपमा प्रकट भयाको समस्या सिङ्गो पर्वत राज्यको हो । यसमा राय दिन मिल्दैन भन्नै मिल्दैन । राय दिनु भन्याको निर्णय दिन्या होइन । त्यसैले मनमा लाग्याको कुरा राजकुमारीहरूले पनि राख्न हुन्छ । राख्नु पर्छ । अप्ठ्यारो मान्नु पर्दैन । भन्नुहोस् न, के गर्दा उचित होला ? राय सल्लाहको कुरा त हो ।", बडाकाजीले राजकुमारीको विचार बुझ्न खोजे ।

बडाकाजीले बोल्न उत्प्रेरित गरेपछि राजकुमारी विश्वप्रभाले भनिन्, “मकन त मुमा महारानीको विचार उचित लाग्या'न । भद्रिकन राज्य अंश दिन्या हो भन्या भोलि अरू राजकुमारहरूले माग्दा होइन-छैन भन्न मिल्या छैन । कुन मुखले इन्कार गर्न्या ? सबै भाइहरूकन अंशबन्डा गर्न्या हो भन्या एउटाको भागमा कति पर्छ ? एक भाइले दुई-तीन हजार कुरिया लिकन आफूकन राजा भन्न मिल्छ ? त्यो त गाउँबुढोजस्तै हुँदैन र ? अंशबन्डा गर्न्या कुरा राज्यको अस्तित्व मेटाउन्या कुरा हो । राज्य विभाजन गर्नु हुँदै हुँदैन । भाइभारदारको सल्लाह एकदम उचित छ । त्यसमा महाराज, युवराजहरू सबै अडिग रहनुपर्छ जस्तो लाग्छ मकन त !”

बडाकाजीको अनुहारमा राजकुमारीप्रति प्रशंसाको भाव झल्कियो । उनले मुन्टो हल्लाएर राजकुमारीको समर्थन गरे । भान्साघरबाट खाना तयार भएको जानकारी आयो । भोजनगृहतिर लाग्नुपूर्व बडाकाजीले थपे, “भद्रिले अड्डी लिऊन् वा जुम्लाले भनोस्, राज्य विभाजन गर्न्या कुरासँग सहमत किमार्थ हुन सकिँदैन । हुनु पनि हुँदैन । महाराजको खुट्टा लग्पकाउनु भएन । डगमगाउनु भएन । भद्रिकन न्याय दिलाउन्या नाममा जुम्लाले कुनै षड्यन्त्र गऱ्याछ भने त्यसको सामना गरौंला । लड्न परे लडौंला, मर्न परे मरौंला । सिङ्गो पर्वत राज्य त्यो मामलामा एकजुट रहन्या छ ।”

“अप्ठ्यारो पर्दा पर्वत एक डल्लो भईकन शत्रुविरूद्ध जाइलाग्ला जस्तो मकन लाग्दैन । पर्वत दरबारले धर्मपत्र तोड्यो भन्या गुनासो ताकमका थापाहरूको रह्याछ् । बानियाँहरू पनि दरबारसँग रूष्ट थिया भनिन्छ । सय वर्षपछि बल्ल सुमन्त बाबु दरबारसँग जोडिन आउनु भयाको हो रे ! मगरहरूको यत्रो ठूलो बस्ती छ, दरबारमा मैले कहिल्यै मगरको अनुहार देख्याकी छैन ! प्रजाबाट कटीकन मल्लवंशले पर्वतमा एकलौटी शासन गऱ्याजस्तो लाग्छ । अघिपछि वास्ता नगर्न्या, अप्ठ्यारो पर्दा गुहार मागन्या ? यस्तो स्वार्थी चालाले कति सहयोग पाउला र खोइ ?”, महारानी गुलवदनले शङ्का व्यक्त गरिन् ।

“समस्या धेरै लम्ब्याईकन राख्नुहुँदैन । आजभोलि नै टुङ्गोमा पुऱ्याउनुपर्छ । महाराजबाट भद्रिसँग अन्तिमपटक वार कि पारको कुरा गरिसिनु पऱ्यो ।”, बडाकाजीले अन्तमा भने ।

महाराज केही बोलेनन् । उनको अनुहारमा चिन्ताको भाव पोतियो । भद्रि र भाइभारदारहरूबीच आफू च्यापिएजस्तो अनुभव उनलाई भैरहेको थियो । प्रकटमा भने "हुन्छ" भनेर उठे । सबै जना सँगसँगै भान्सातिर लागे । बाहिर निस्कन लागेका सुमन्तलाई हात समाएर बडाकाजीले आफूसँगै भान्साघरभित्र लिएर गए ।

सैंतीस

उता राजकुमार भद्रि आइपुग्नासाथ डिल्ली भुजेलले भित्र लिएर गए । राजकुमारको गम्भीर अनुहार देखेरै मामला जटिल छ भन्ने उनले बुझिहाले । खानपिनको बेला भैसकेको थियो । उनी अधीर थिए । खाना खाइञ्ज्याल धैर्य राख्ने सामर्थ्य उनमा थिएन । कोठामा सेवकले दियो बालिदिसकेका थिए । भित्र छिर्नासाथ झ्याल ढोकाहरू बन्द गरेर आसन जमाए अनि जिज्ञासा राख्न शुरू गरिहाले, "सुमन्तजी खोइ ? आउनु भएन ? कि घरतिर लाग्नुभयो ?"

सुमन्तको खोजी नगरीकन आफू एक्लै यता आएको कुरा बल्ल भद्रिलाई जानकारी भयो । उनी झसङ्ग भएर भने, "ए हे ! मैले त वास्तै गरेनछु । भारदारले दिमाग तताइदिया मेरो । मैले त सुमन्तकन नलिईकन आयाछु । मर्लक्क बिर्सेछु । आउँदै होलान् ।"

"छोड्नै नहुन्या मान्छ्या हुन् । उनकन हाम्रो भित्री योजनाको बारेमा राम्रो जानकारी छ । सँगै लिकन आउन पर्न्या हो । सानो गल्तीले ठूलो नोक्सान पुऱ्याउन सक्छ ।", डिल्ली भुजेलले राजकुमारलाई चेताए ।

"सुमन्त चतुर छ । बेइमानी पनि नगर्न्या, आफू पनि जोगिन्या सीप छ ऊसँग । उसबाट डराउनुपर्दैन ।", भद्रिमा रहेको सुमन्तप्रतिको विश्वास प्रकट भयो ।

"उपेक्षा गऱ्याजस्तो महसुस भयापछि मान्छे भड्कन्छ । सभा सकियापछि उनीकन एकवचन सोध्न नबिर्सनुपर्न्या थियो ।", डिल्लीले पाकोपन प्रदर्शन गरे ।

भद्रि केही बोलेनन् । कमजोरी भयो भन्ने उनलाई पनि महसुस भएको थियो ।

डिल्ली भुजेले पुनः अर्को प्रश्न गरे, "दरबारले के भन्यो त ?"

राजकुमार भद्रिले सविस्तार आज दिनभरको दरबारको परिघटना वर्णन गरे । छलफलको विवरण सुनाए । सभाको राय सुनाए । पर्वतको गद्दीबाट झरेर आधा राज्यको मागमा आफू ओर्लेको कुरा सुनाए । त्यसमा पनि सभा सहमत नभएपछि आफू भाइअंशको मागमा ओर्लनु परेको कुरा पनि सुनाए । भाइअंशमा झर्दासमेत दरबार टसकोमस नभएको र युवराज मले बम नै हुन्, पर्वतको गद्दी उनैले पाउनुपर्छ र राज्यविभाजन गर्नुहुँदैन भन्ने कुरामा सिङ्गो सभा एकमत रहेको कुरा पनि सुनाए ।

राजकुमार भद्रिको कुरा सुनेपछि डिल्लीले भने, "त्यही त राजकुमारबाट गल्ती भयो । एकैदिनमा पर्वतको गद्दीबाट भाइअंशमा नझर्नु पर्न्या थियो । क्यान हतारो गर्नु थियो र ? पर्वत दरबारकन बिरालोले मुसो खेलाएझैं खेलाई खेलाईकन थकाउनुपर्न्या थियो । एकैदिनमा आकाशबाट धर्तीमा ओर्ल्यापछि पातालसम्मै पुग्ला भन्ने आशा भाइभारदारहरूले गर्ने नै भए । अडान राख्यो भन्यादेखि लत्रिन्या रह्याछ भन्ने उनीहरूकन लागन्या भो । गलत भयो । एकदम गलत भयो । फुकीफुकी पाइला चाल्नु पर्न्यामा राजकुमार त एकैचोटि हाम्फालिदिनु भयाछ । कमल जैसीको झपराइमा परिन्या भो ।", डिल्लीले चिन्ता प्रकट गरे ।

"नहुनु पर्न्या गल्ती भैगयो, अब क्या गर्न्या हो । गल्ती सुधार्न्या कुनै बाटो छ कि ?", राजकुमारले उद्विग्नभावमा सोधे ।

निकैबेर गम खाएपछि डिल्लीले सोधे, "युवराजले कस्तो राय व्यक्त गऱ्या त ?"

"युवराज बोलिसेन ।"

"त्यसो हो भन्यादेखि हाम्रो अन्तिम अस्त्र युवराजकन बनाउनुपर्छ । युवराजकन मनाउन्या बाटो पहिल्याउनुपर्छ ।"

"सारा भाइभारदार र काजीहरू आफ्नो पक्षमा उभिदियापछि युवराजले उदारता देखाउनुपर्न्या के आवश्यकता पर्छ र ? सभाले एकमतले राज्य

विभाजन गर्नु हुँदैन, भद्रिकन मनाउन्या जिम्मा महाराजको हो भनिसक्यो ।", भद्रिले निराशा पोखे ।

"राजा हुन्या त आखिर मले बम हुन् नि ! राजाले चाह्या पछि नहुन्या कुरा के छ र ?"

"युवराजकन फकाउन सकिएलाजस्तो मकन लाग्दैन । बरु उनको मीठो बोली र मायालु व्यवहारले मकन पहिला पगाल्लाजस्तो पो लाग्छ ।"

"त्यसो हो भन्यादेखिन् मले बमकन मन्याउन्या दोस्रो बाटो खोज्नुपर्छ ।"

"कस्तो दोस्रो बाटो ?"

"मान्छे कि सम्पत्तिको लागि झुक्छ, कि मान प्रतिष्ठाको लागि झुक्छ, कि भन्या आइमाईका लागि झुक्छ । अघिल्ला दुई कुरामा त झुकाउन्या ठाउँ देखिँदैन । तेस्रो कुरामा सम्भावना खोज्नुपर्छ । मले बम र राजकुमारीहरूबीच सम्बन्ध कस्तो छ ?"

"एकदम सुमधुर ! नराम्रो भया पो हामीले गर्न सकिन्या के रहन्थ्यो र ?"

"राजकुमारीहरू मले बमकन चित्त नपऱ्याका भया देखिन् चित्त जाग्न्या आइमाई अर्थात् राजकुमारीको खोजी गर्नुपर्न्या हुन्थ्यो । दरबारमै भयाका राजकुमारीहरूसँग उनी रम्न्या लक्षण छ भन्यादेखिन् त्यहीं उनकन लडाउन्या उपाय खोज्नुपर्छ । दुईमध्ये एकमा अलि बढी माया, प्रेम, झुकाव त होला नि ?"

"राजकुमारी विश्वप्रभासँग प्रभावित नहुन्या, आकर्षित नहुन्या त को होला र ? मले बम र विश्वप्रभाबिच गहिरो प्रेम छजस्तो लाग्छ । विश्वप्रभा मले बमका निमित्त रामको लागि सीताजस्तै हुन् ।"

"पक्का ?"

"विश्वप्रभाबिनाको जिन्दगीको कल्पना पनि गर्दिनँ भनीकन मसँग युवराजले भनिसेको थियो ।"

"हो, त्यसो भयादेखिन् सञ्जीवनी बुटी मिलिगयो ।"

"मतलब ?", डिल्ली भुजेलको रहस्यमय कुराले भद्रि जिल्लिए ।

"पर्वत राज्यकन टुक्रा पारीकन अंशभाग छुट्याउन्या मोहरा राजकुमारी विश्वप्रभाकन बनाउनुपर्छ अब ।"

"कसरी, कसरी ?"

"अब महाराज घनश्यामसँग मकन राज्यको अंशभाग नदिन्या हो भन्यादेखिन् राजकुमारी विश्वप्रभा दिनुपऱ्यो भनीकन हजुरले माग्नुपऱ्यो । हत्यधरन हाल्नुपऱ्यो ।"

"त्यसो कसरी भन्न सक्छु र मैले ? एक त मले बम र विश्वप्रभाको जोडी तोडन्या कुरा कुम्भीपाकमा जाकिन्या कुरा हो । त्यसमाथि आजसम्म मैले भाउजूको मान दिआयाको छु । भाउजू भन्याको आमासमान हो । आमासँग बिहेको कुरा चिताउनु पनि घोर पापकर्म हो । तेस्रो कुरा मैले नलिनीकन धोका कसरी दिन सक्छु र ?"

"धत्तेरिका ! राजकुमार ! हजुरले विश्वप्रभासँग बिहे गरिहालन्या त होइन नि ! त्यो त बाघचालको गोटीमात्रै पो हो । बाघलाई खोरमा पार्न्या बाख्राजस्तो । भविष्यको पर्वतको राजाकन झुकाउन्या, मनाउन्या कूटनीतिमात्र हो । हजुरले भन्याजस्तै मले बमको विश्वप्रभाप्रति माया प्रेम छ भन्यादेखिन् अंशभाग होइन, सिङ्गो पर्वत राज्य त्याग्न पनि तयार हुन्या छन् । युवराजले जुन मूल्यमा भया पनि मकन विश्वप्रभा चाहिन्छ भन्यापछि महाराजमात्रै होइन, भाइभारदारहरू पनि झुक्नैपर्छ । हाम्रो सर्त पूरा गर्नैपर्छ ।"

"मैले के गर्नु पर्न्या भयो त अब ?", भद्रि पनि उत्साहित देखिए ।

"मकन कमसेकम भाइअंश नभै हुँदैन । पर्वतले अंश नदिन्या हो भन्यादेखि मैले मागेको कुरा दिनुपर्छ भन्यापछि मान खोज्याको होला, जागिर खोज्याको होला भनीकन सबैले हुन्छ भनेर मान्न्या छन् अनि राज्यको बदलामा राजकुमारी विश्वप्रभाकन माग्नुपऱ्यो हजुरले ।"

"राजकुमारी दिया भन्यादेखि क्या गर्न्या नि ? चौटा खोज्दा झोलमा डुबेर मर्न्या भन्याजस्तो हुँदैन ?"

"राजकुमारीकन छोड्न मले बम किमार्थ तयार हुन्या छैनन् । कथम्कदाचित राजकुमारीभन्दा राज्य ठूलो देख्याछन् भन्या पनि मले बमले राजकुमारीकन भुल्न्या छैनन् । राजकुमारी गुमायाको पछुतोले उनकन कमजोर बनाउन्या छ । राजकुमारीकन छोड्नु पर्न्या परिस्थितिप्रति रिस उठन्या छ । 'रिस खा आफू बुद्धि खा अरू' भन्याजस्तो उनको रिस हाम्रो तागत बन्न्या छ । उनी कहिल्यै शान्त र स्थिर हुन सकन्या छैनन् ।

हाम्रो लक्ष्य सके सजिलैसँग, नभए दोस्रो बाटोबाट भया पनि पर्वत राज्य हथियाउन्या हो । कमजोर राजाकन जुद्धेमा हराउन गाह्रो हुन्या छैन । महत्त्वपूर्ण वस्तु गुमायाको पछुताउले मले बमकन निन्तर लगार्न्या छ । त्यो हाम्रा लागि अनुकूल परिस्थिति हुन्या छ ।"

"राज्यभाग पाइन्छ, राज्य प्राप्त गर्न्या त्योभन्दा अर्को बाटो छैन भन्यादेखिन् राजकुमारी विश्वप्रभा माग्नु त पऱ्यो तर त्यस्तो आँट गर्न सक्छु जस्तो लाग्दैन । मले बम र राजकुमारीसँग मैले दुष्मनी गर्नु पर्न्या कुनै कारण छैन ।"

"आँट गर्नुपऱ्यो नि राजकुमार ! दुलोमा हात राख्दा सर्पले टोक्छ कि भनीकन तर्सन्या डरछेरुवाले माछा समात्न सक्तैन ।"

"ठीकै छ । हिम्मत जुटाउँला । नत्र नानाहजुर र कमल जैसीको खप्की खानु पर्न्या होला नि !"

राजकुमार भद्रि बम र डिल्ली भुजेल उठेर भान्साघरतिर लागे ।

अठतीस

दुई वर्षअघि आएका डोलाहरूको व्यवस्थापन गर्ने काम बाँकी छ । युवराजको पढाइलेखाइ टुङ्गिएको छ । ज्योतिषीले वर्जित गरिदिएको युवराजको विवाहको उमेरसीमा नजिकिँदै छ । राज्यमा अंशभाग खोज्ने राजकुमार भद्रिको अडानले पर्वत दरबारलाई निकै अप्ठ्यारोमा पारिदिएको छ । समस्यालाई लामो समय कचल्ट्याएर राख्नु झन् घातक हुनसक्ने अनुमान सबैलाई हुन थालेको छ । राज्य विखण्डनमा पर्ने सम्भावनाले सबैलाई पिरोलेको छ । समयमै छिमल्न सकिएन भने यो समस्याले पर्वत राज्यको सयौं वर्ष लामो गौरवशाली अस्तित्व छिन्नभिन्न भएर समाप्त हुने सम्भावना नकार्न नसकिने स्थिति देखिन थालेको छ । भद्रि बम नामको अजिङ्गरले सुरसामुख खोलेर पर्वत राज्यलाई सर्लक्कै निलिदिने पो हो कि भन्ने त्रासको मनोविज्ञान व्याप्त हुँदै गएको छ । त्यसैले महाराज घनश्याम मल्ललाई मनभित्रको छटपटाहट मनभित्र दबाउनुपर्ने र भित्रभित्रै पिल्सिएर अधमरो अवस्थामा बाँच्नुपर्ने बनाएको छ ।

कमसेकम युवराज र भद्रि दुवै जनाको बिहेवारी गरिदिने, एक-दुई वर्ष राज्यको बागडोर आफैँले सम्हाल्ने र राजकुमारहरूलाई प्रशिक्षित हुने, अनुभव गर्ने र सिक्ने अवसर दिने महाराजको भित्री इच्छा हो । त्यसपछि बल्ल युवराजलाई राजतिलक दिएर आफू परत्र सुधार्ने बाटोमा लाग्ने मनसाय राजा घनश्यामको हो । तर भद्रिको महात्वाकाङ्क्षा ठेगान नलगाएसम्म अंशभागको किचलो जहिले र जुनसुकै बेला पनि पुनः पुनः बल्झिन सक्ने कुराले राजा र राज्य दुवैलाई उत्तिकै चिन्तित बनाएको छ । समस्या पालेर राख्नु दुर्घटना निम्त्याउनु हुनेछ भन्ने कुरा घनश्याम

महाराजलाई महसुस हुन थालेको छ । आफ्नो शेषपछि समस्याले सम्हाल्नै नसकिने गरी विकराल रूप लिनेछ भन्ने कुराको अनुमान महाराजलाई भैसकेको छ । ढिलो गर्दा प्रतापीनारायण मल्लकै नियतिको पुनरावृत्ति हुनसक्ने र पर्वत राज्य अर्को एकपटक टुक्राटुक्रामा विभाजित हुने भयावह कल्पनाले भाइभारदारहरूलाई समेत चिन्तित बनाएको छ । त्यसैले जतिसक्दो चाँडो यो विषयलाई टुङ्ग्याउनुपर्ने र युवराजलाई राजतिलक दिएर आफू बरु अभिभावकीय हैसियतमा सक्रिय रहनुपर्ने आवश्यकताबोध महाराजलाई हुन थालेको हो ।

डिल्ली भुजेल गलकोटसम्म पुगेर आउँछु भनेर हिँडेको दुई-चार दिन भैसकेको थियो । यस बीचमा महाराजको भद्रिसँग कुराकानी हुन पाएको थिएन । कुरो गर्न डर मान्नुपर्ने, सदाकाल डराएर तर्केर पनि काम नचल्ने विचित्रको धर्मसङ्कट आइलागेको थियो । त्यसैले बिहानको खाना खान दरबारमा आएका भद्रिसँग एकैछिन एकान्तवार्ता गर्ने अवसर महाराजले निकाले ।

"राजसभाको आसय बुझ्यापछि कस्तो विचार गऱ्याका छौ त ?"

"काजीहरू क्या भन्छन्, भाइभारदारहरूले क्या भन्छन् भन्या कुरा दोस्रो हो । महाराज क्या भनिसिन्छ ? मुख्य र महत्त्वको कुरा त्यो पो हो ।"

"मकन त आफ्ना सन्तान सबै बराबर । म त्यसो भन्न पाउन्या अवस्थामा छैन भन्ने कुरा तिमिले पनि बुझ्याकै होलाऊ । सभाले आफूखुशी गर्न पाउँदैनौ भनिसक्यो ? मैले गर्न सकन्या केही छैन । तिमीकन अंशभाग दिन्या हो कि अन्य सुविधा दिन्या हो भन्न्या कुराको निर्णय सभाले नै गर्न्या हो ।"

"त्यसको अर्थ मैले पर्वतबाट भाइअंश नपाउन्या नै भएँ त ?"

"तिमीले माग्याजस्तो राज्यको अंशबन्डा हुने सम्भावना देखियान ।"

"पर्वत दरबारले न्याय नदिन्या भो ।"

"न्याय अन्याय केलाई भन्न्या हो खोइ ? राजाका छोरा हुँदैमा सबै राजा हुन पाउँदैनन् । राजउत्तराधिकारी हुन्या त एउटै हो ।"

"राजगद्दीमा दाबी पुगन्या एकभन्दा बढी निस्क्यापछि त्यसो भनेर सुख पाइन्छ ? उचित निर्णय लिनु पर्दैन ? न्याय अन्यायको ख्याल गर्नु पर्दैन ?"

"हो । निर्णय लिनुपर्छ । निर्णय लिन्या दरबारले हो । दरबारले निर्णय लिइसक्यो ।"

"पछि हट्न सकिने ठाउँ रहेसम्म म पछि हट्याकै त हो । दरबार एककदम पनि पछि नहट्न्या हो भने कसरी समझदारी हुनसक्छ र ?"

"दोस्रो, तेस्रो विकल्प खोज्न सकिन्छ । खोज्नुपर्छ । मेरो गोरुको बाह्रै टक्का भन्न्या हो भने कसरी काम चल्छ र ?"

"कस्तो विकल्प ?"

"राज्यमा अंशभाग नभै हुन्न भन्नु भया'न । त्यसबाहेक अरू त जे मागे पनि दिन्या भन्याकै छ त ! बडाकाजीको पदसमेत खालि गरिदिन मकरध्वज काजी तयार भैसक्नु भयाकै छ ।"

"त्यसमा मेरो रुचि छैन ।"

"सांसारिक व्यवहार आफूले चाहेजसरी चल्दैन । उसको आफ्नो नियम हुन्छ ।"

"समाज चलाउन्या नियम कानुन बसाल्न्या मान्छ्याले नै हो । देवलोकबाट बनीकन आउन्या होइनन् ।"

"नयाँ नियम बनाऊँ न त ! तिमी हामीले नयाँ रीति बसाल्या हुँदैन ?"

"कस्तो रीति ?"

"मले बमकन राजतिलक, तिमीकन युवराज बनाऊँ । योभन्दा उत्तम विकल्प अरू क्या हुन सक्छ ?"

"त्यो पनि उधारो कुरा भयो । मले बम र म समान उमेरका छौं । युवराज पदको के अर्थ ? मेरो राजा हुन्या पालो कहिल्यै आउन्या होइन ।"

"कुनै न कुनै पाटोमा त मिल्नु पर्‍यो नि ! जागिर पनि लिन्न, बडाकाजी पनि खान्न, युवराज पनि चाहियान भन्न त मिलेन नि !"

भद्रिका सबै दाउ खेर गैसकेका थिए । राज्यभाग पाउने सम्भावना क्षीण भैसकेको थियो । खासगरेर काजी भारदारहरू त्यस मामलामा पटक्कै उदार बन्ने लक्षण थिएन । डिल्लीले भनेजस्तै अन्तिम ब्रह्मास्त्र छोड्नुपर्ने अवस्था आएको अनुभव उनलाई भयो । निकैबेर घोरिएपछि भद्रिले अन्तिम अस्त्र फ्याँके, "ठीकै छ । पर्वतले मकन राजकुमार मान्या'न, हजुरले पनि

अंशभागी छोरा ठानिसेन । हकले होइन, मागी खान आयाजस्तो भयो । मेरो नियति नै त्यस्तै होला । आनै कर्म खोटो भनीकन साखुम गरुँला । गुजाराको लागि भिखारीले झैं हात थाप्नुपर्‍या भयो । राजाको छोराले भाइभारदार समक्ष हात फैलाईकन भिख मागन्या कुरा मकन रूच्दैन । त्यसरी माग्दै माग्दिनँ । महाराजसँग पनि पर्वतको राजाको हैसियतमा होइन, जन्मदिन्या बाबुको हैसियतले दुई कुरा माग्छु ।"

"राज्यको अंशबन्डाबाहेक अरू जे मागे पनि दिनका लागि ममात्रै होइन, सिंगो राजसभा तयार छ । भन तिम्रो माग के हो ?"

"नामको मात्रै भया पनि राजा हुन खोज्याको हो । पाण्डवले पाँच गाउँ माग्याका थिया, मैले त एउटामात्र गाउँ दिया पनि हुन्छ भन्याको हो । त्यो पनि मेरो नसिवमा रह्यान'छ । त्यति जाबो कुरा त मैले जुम्लासँग माग्याको भया पनि पाउँथें जस्तो लाग्छ । पर्वत मेरो आफ्नो राज्य हो, मैले अंश पर्वतबाटै लिनुपर्छ । पाउनुपर्छ भनीकन आयाको हुँ । महाराजबाट नबोलाइसेका भए शायद आउन्या पनि थिइन होला । बोलाइस्यो । म आयाँ । मबाट गल्ती भयो । पर्वतले लोप्पा ख्वाई पठायो, मकन बास देऊ भनीकन जुम्ली महाराजसँग बिन्ती गर्न पनि लाज हुन्या भो । जे भयो-भयो, मकन पर्वतमा इज्जतसाथ बस्न्या चाँजो मिलाइदिसिनुपर्‍यो ।"

"तिमीकन यहाँ नबस कसले भन्याको छ र ? राजापछिको दोस्रो मर्यादा तिमीकन दिई राख्न पर्वत दरबार तत्परै छ त !"

"राजा हुनुपर्‍या मान्छे, पर्वत दरबारको मातहत बसन्या इच्छा छैन । पर्वतकै भूमिमा बस्या पनि पर्वतको प्रजा वा जागिरदार भैकन बस्न्या मन छैन । म स्वतन्त्र भैकन बस्न चाहन्छु । मेरो जीविकाका लागि सानो जागिर बक्स्योस् । मकन धेरै चाहिँदैन तर मैले राज्यको काम पनि गर्दिन । कर सिर्तो पनि तिर्दिनँ ।"

महाराजलाई ठूलो बोझबाट मुक्ति मिलेको अनुभूति भयो । टाउको हलुङ्गो भयो । भद्रि यसरी ठाउँमा आउँछन् भन्ने कल्पना पनि गरेका थिएनन् । भद्रिको परिवर्तित रूप देखेर आश्चर्य लाग्यो । खुशी पनि लाग्यो । खुशी मनले उनले भने, "हुन्छ तिमीले माग्याको रोज्याको ठाउँ तिमीले भन्याजस्तै स्वतन्त्र भोगचलन गर्न्यागरी दिउँला ।"

"त्यसमाथि थप अर्को एउटा कुरा पनि माग्छु ।"

"पहिले कुन ठाउँको जागिर रोज्छौ, त्यो भन न !"

"दोस्रो कुरा नपायापछि मलाई पहिलो कुरा चाहिँदैन ।"

"भन न त त्यसो भया ।"

"मकन राजकुमारी विश्वप्रभा चाहिन्छ ।"

महाराज घनश्याम खङ्ग्रङ्ग भए । भद्रिको अप्रत्याशित मागले महाराजलाई छाँगाबाट खसेजस्तो बनायो । विगत दुई वर्षको अवधिमा विश्वप्रभाले दरबारलाई यसरी प्रभावित गरिसकेकी थिइन् कि उनीबिनाको पर्वत दरबारको कल्पना नै गरिँदैनथ्यो । दरबार र भारदार दुवैका मनमा विश्वप्रभा भविष्यकी महारानीको रूपामा स्थापित भैसकेकी थिइन् । युवराज र विश्वप्रभाको प्रेमभावबाट महाराज अनभिज्ञ थिएनन् । त्यसैले उनले प्रस्ताव गरे, "मले बम र विश्वप्रभा दुवै जनाले एक–अर्काबिनाको जीवनको कल्पना गर्छन्जस्तो लाग्दैन । जोडी टुटाउनुजस्तो ठूलो घात र पाप अरू हुँदैन । तिमीले पनि कुरो नबुझ्याका छैनौ । बरू महलवसन्तासँग बिहे गरे हुँदैन ?"

भद्रिको राजकुमारीहरू कसैप्रति कुनै आशक्ति थिएन । उनले बुद्धिचालको गोटीसमान उनको प्रयोग गर्ने मनसायमात्र राखेका थिए । उनी किन मान्थे । मानेनन्, "अहँ, हुँदैन । मैले राज्यभागको सट्टामा एउटी राजकुमारी पनि नपाउन्या हो भन्यादेखिन् मकन राज्यभाग नै चाहिन्छ । पर्वतले अंशभाग नदिन्या हो भन्यादेखिन् मैले बलपूर्वक मेरा भाग लिन्या प्रयत्न गर्न्या छु । बाँच्या हस्तिनापुरको रजाइँ, मऱ्यापछि चपरीमुनिको बास होला । बाघको डमरुले भोक लाग्यो भनीकन घाँस खाँदैन । बरू भोकै मर्न राजी हुन्छ महाराज !"

महाराज घनश्याम धर्मसङ्कटमा परे । एउटा मनले राज्यको विखण्डन रोकिने सर्तमा राजकुमारी विश्वप्रभालाई बलि चढाउनु पाप भए पनि घाटा हुनेछैन भन्ने लाग्यो । महारानी र युवराजलाई मनाउन कसो नसकिएला भन्ने लाग्यो तैपनि उनले कुरो धारमै राखेर भने, "म एक्लैको लागन्या भैदियाका भया तिमीकन राज्यभाग नै छुट्याइदिँदो हुँ । राजसभाका अगाडि म निरूपाय छु । मेरा हातगोडा बाँधियाका छन् । तिम्रो पछिल्लो माग विशुद्ध परिवारको कुरा हो । मनाउन्या कोशिश गर्न्या छु ।"

“मेरो पहिलो मागमा परिवारको सहमति जुट्याछ भन्यादेखिन् बागलुङसहितको ज्यामरुककोट मकन दिनुपर्न्याछ ।”

अंशभागको लागि नयाँ चारो फ्याँकेर भद्रि उभिए । बिदा लिएर दरबारबाट बाहिरिए । सधैं गम्भीर मुखमुद्रामा रहने महाराज घनश्यामको अनुहार थप गम्भीर बन्यो ।

उनन्चालीस

खानपिन समाप्त भयो । दरबारका कामदार, सुसारेहरू, सुरक्षाकर्मीहरू आ–आफ्ना खोपीभित्र छिरे । राजकुमारी द्वय, युवराज, महारानी र महाराज बैठककक्षमा जम्मा भए । कार्तिक निखँदानिखँदै चिसो शुरू भैसकेको थियो । झ्यालढोकाहरू थुनिए । जाडो नछिरोस् भनेर मात्रै होइन, कुरा नचुहियोस् भन्ने आसय पनि थियो शायद । कार्तिक शुक्लपक्षको मध्यान्तर । दरबारभित्र बत्ती निभेको भए पनि बाहिर चन्द्रमाको प्रकाश छरिएको थियो । दरबारका सबै चोटाकोठामा बत्ती निभे पनि बैठककक्ष उज्यालो थियो । सबै झ्याल ढोकाहरू थुनिएका हुनाले प्रकाश बाहिर निस्कन पाएको थिएन । बैठक कक्षमा कसैको थप उपस्थितिको अपेक्षा नभए पनि कसैले मुख खोलेको थिएन । निम्ता महाराजको भएको हुनाले सबै महाराजकै बोलीको प्रतीक्षामा थिए । महाराज निकैबेर चुपै रहे । वाचाल महारानीलाई कोठाको निष्तब्धता असह्य भयो र कक्षको मौनता तोडिन्, "राजकुमार भद्रिले के भन्छन् ? मनाउन सकिस्यो कि नाइँ ?"

"माने भनूँ कि मानेनन् भनूँ । एकपछि अर्को सर्त राख्छन् ।"

"कस्तो छ त उनको नयाँ सर्त ?"

"सर्तको बारेमा पछि छलफल गरौंला । त्योभन्दा अगाडि राज्य विभाजन गर्न्या कि विखण्डन हुनबाट जोगाउन्या भन्न्या कुरामा हामी स्पष्ट हुनुपर्न्या भयो ।"

"मैले त आवश्यक परे छ भागको एक भाग भद्रिकन अंश दिऊँ भन्याकै हो । न महाराज मानिसिन्छ, न भाइभारदारहरूले मान्छन् । राजकुमारी विश्वप्रभाले पनि मकन गलत ठहराइन् ।", महारानीले गुनासो गरिन् ।

महारानीको कुरामा ध्यान नदिएर महाराजले युवराजको राय बुझ्न खोजे, "युवराज के भन्नुहुन्छ त ?"

"काजी, भाइभारदारहरू सबै राज्यविभाजनको विपक्षमा उभियापछि मैले मात्र के भनूँ त ? मुमा हजुरले भन्याजस्तै अंशभाग दिनमा म सहमत छु । मकन पनि भद्रिको माया लाग्न थाल्याको छ । यतिका वर्ष जुम्लामा रह्या । उतै जन्म्या, उतै हुर्किया । तन्नेरी भयापछि आयाका उनकन माग्याको कुरा दिन नसकिन्या भयो । अस्तिको सभाको दृश्यले त मेरो मन पनि अमिलियो । भद्रिप्रति सहानुभूति जाग्यो ।"

"मेरो लागन्या भयादेखि भद्रिको माग पूरा गरिदिँदो हुँ । राजसभाको खिलाफ म पनि जान सक्दिनँ ।", महाराजले आफ्नो विवशता प्रकट गरे ।

"भद्रिले आफ्नो माग नछोडन्या नै हुन् त ?", युवराजले जिज्ञासा राखे ।

"सारा भाइभारदार काजी र दरबार एकमुख भयापछि एक्लो भद्रिको लागन्या के हुन्छ र ? छोड्नैपर्छ तर उनको चित्त नदुखाऊँ, उनको मन र मान दुवै राखौं भन्दा अप्ठ्यारो पर्न्या भयो ?"

"कस्तो अप्ठ्यारो महाराज ?", महारानीले सोधिन् ।

"राजसभाले भद्रिकन अंशभाग नदिन्या भनिदियो । भद्रिकन मनाउनका लागी अंशभागको सट्टामा तिमीले, मैले, युवराजले, राजकुमारीहरूले समेत ठूलो त्याग देखाउनुपर्न्या भयो ।"

"राज्य विखण्डन रोकिन्छ भन्यादेखि केही त्याग त गर्नैपऱ्यो ।", युवराजले भने ।

"हो, युवराजबाट मकन त्यही वचनको अपेक्षा थियो । महारानीले के भन्नुहुन्छ ?", महाराजले रानीतिर फर्केर सोधे ।

"महाराज, युवराज, भाइभारदारका लागि राज्यको अखण्डता सबभन्दा प्यारो भयापछि त्यसका लागि थेरथोर हामीले त्याग देखाउनुपर्न्या हो भने किन पछि हट्न्या हो र ?", महारानीले पनि युवराजकै समर्थन गरिन् ।

"राजकुमारीहरू क्या भन्नुहुन्छ ?"

महलवसन्ता सधैँझैं चुप लागिरहिन् । अलि छिटो बोलिहाल्ने स्वभावकी विश्वप्रभाले राय दिइन्, "राज्य विखण्डन हुन दिनुहुँदैन । त्यसका लागि सबैले आ-आफ्नो तर्फबाट योगदान पुऱ्याउनुपर्छ । मत भन्छु, यदि युवराजले गद्दी त्याग गर्नुपर्न्या अवस्था आयो भन्या पनि तयार हुनुपर्छ ।

हामी सबैले राज्यको अखण्डताको निमित्त आफ्नो ज्यानै दिनु परे पनि पछि हट्नु हुँदैन ।"

महाराजले लामो श्वास लिए । त्यो सन्तोषको अभिव्यक्ति थियो कि गाँठी कुरा परिवारसमक्ष कसरी राखूँ भन्ने द्विविधा र कठिनाइको अभिव्यक्ति थियो कुन्नि ? महाराजको अनुहारमा झन्भन्दा झन् गम्भीरता थपिँदै गयो । त्यागको निमित्त परिवारमा देखिएको उत्साहले उनको अनुहारमा प्रकाश थपेको थिएन । परिवारमा चट्याङको अनुभूति गराउने कुरा सुनाउन उनलाई कठिन भैरहेको थियो । महाराज गहिरो चिन्तामा निमग्न रहे । महाराजको मौनता सबैका लागि धैर्यको परीक्षा बनिरहेको थियो । महारानीलाई असह्य भयो र जिज्ञासा राख्न हतारिइन्, "भद्रिले राज्यमा अंशभागको माग छोडन्या भया कि नाइँ ?"

"छोड्न त छोडन्या भया तर त्यसवापत दुईवटा कुराको माग राख्याका छन् ।"

"के रह्याछन् त उनका माग ? सुनाइस्यो न ?"

"एउटा सानो रोजेको जागिर ।"

महाराजले दोस्रो मागको खुलासा नगर्दै युवराजले हतारिएर भने, "सानो किन ? जति ठूलो जागिर माग्या पनि दिन्या कुरा राजसभाले गऱ्याकै छ नि !"

महाराजले युवराजको मुहारमा पुलुक्क निहारे । युवराजको अनुहार खुशीले प्रदिप्त भएको थियो । त्यति सस्तैमा भद्रि मान्लान् भन्ने उनले चिताएकै थिएनन् । उनको उत्साहमा पानी खन्याउने मन महाराजको थिएन तर त्यसको विकल्प पनि थिएन । त्यसैले उनको मुखारविन्दबाट झऱ्यो, "भद्रिको दोस्रो माग राज्यको अंशभागभन्दा पनि ठूलो छ । त्यसले भाइभारदार र राज्यलाई खासै प्रभाव नपार्ला तर हामी परिवारकन ठूलो धक्का पुऱ्याउन्या छ । गहिरो चोट दिन्या छ । कहिल्यै निको नहुन्या घाउ पार्न्या छ ।"

"क्या माग्या छन् र राजकुमारले त्यस्तो ?", महारानीले अधीरता प्रदर्शन गरिन् ।

महाराजलाई भद्रिको मागको खुलासा गर्न निकै कठिन भैरहेको थियो । उनले भुइँतिर हेरेर जवाफ दिए, "उनको दोस्रो माग राजकुमारी विश्वप्रभा

हुन् । राजकुमारी विश्वप्रभासँग सानो जागिरमा स्वतन्त्र जीवन बिताउन चाहन्छन् रे !"

महाराजको मुखारविन्दबाट झरेको वाक्यले राजकुमारी महलवसन्ताबाहेक अरू सबैलाई महावज्रले जस्तो मर्मान्तक चोट पुऱ्यायो । सबै हतप्रभ भए । स्तब्ध बने । कसैको मुखबाट बोली निस्केन । सबैको अनुहारको बत्ती निभ्यो । महारानीको आँखाबाट आँसु झर्न थाले । निकैबेरको निष्तब्धतापछि युवराजले भने, "राजकुमारी विश्वप्रभाको मूल्यमा मकन राजगद्दी चाहियान महाराज ! छैटीअंशको के कुरा भो र ? आधा राज्यले पनि भद्रिको चित्त बुझ्दैन भन्यादेखि सिङ्गो राज्य उनैलाई बक्सियोस् । मकन पर्वतको राजगद्दी चाहियान ।"

युवराजको कुरा सुनेपछि राजकुमारी विश्वप्रभाले पछ्यौरीले मुख छोपेर आँसु लुकाइन् । हिचकी रोक्न उनले कति सङ्घर्ष गरिरहेकी छिन् भन्ने कुरा उनको शरीरले जनाउ दिइरहेको थियो । निकैबेर बैठक कक्षमा रुवाबासी चल्यो । महारानीले रुवाइ रोकेर भनिन्, "विश्वप्रभाबाहेक अरू जे मागे पनि माग भनिसे'न त ?"

"किन नभन्नु ? कि विश्वप्रभा कि राज्य ! त्योभन्दा यताउता हुँदैन । बरु म दोस्रो बाटोमा लाग्छु भनीकन धम्क्याउँछन् ।"

"कस्तो दोस्रो बाटो ?"

"राज्य दखलको बाटो । सफल भया राजा हुन्छु, नभया ज्यान हाल्छु रे !"

"न रहे बाँस, न बजे बाँसुरी ! राजकुमार भद्रिले मकन माग्याका हुन् भन्यादेखिन् मैले आत्महत्या गरिदिन्छु । मेरो ज्यानै नरह्यापछि के माग्छन् उनले ?", विश्वप्रभाले भनिन् ।

"राजकुमारीको ज्यानभन्दा मकन पर्वतको गद्दी प्यारो छैन । म रामचन्द्रझैं राजपाठ त्यागीकन वनवास जान तयार छु । राजकुमारीले ज्यान हाल्नुपर्दैन । पर्वतको दरबारले राज्य विभाजन हुन्या भो भनीकन डराउनु पनि पर्दैन ।", युवराज बैठक कक्षबाट बाहिरिए । युवराज हिंडेपछि थप कुराकानी गर्ने वातावरण नै बचेन । भोलि बडाकाजीसँग बसेर थप सल्लाह गरौंला भनेर महाराज पनि उठे । बत्तीको उज्यालो पनि धमिलो देखियो । शोकमग्न सभाकक्ष नितान्त एक्लो भयो ।

चालीस

महाराज घनश्याम र बडाकाजी मकरध्वजबीच बिहानको भोजनअघि पनि एकान्त वार्ता चलेको थियो, खानापछि पनि झन्डै दुई-तीन घण्टा निरन्तर विचार विमर्श भैरहेको छ । राजा र काजीबीचको सघन विचार विमर्शको परिणाम भद्रिको पछिल्लो माग पूरा गरिदिनु पर्ने निस्क्यो । त्यसका लागि युवराज र राजकुमारी विश्वप्रभालाई मनाउनुपर्ने हुन्थ्यो । पहिले युवराजसँग विचार विमर्श गर्ने सल्लाह भएअनुसार उनलाई अन्तरङ्ग कक्षमा बोलाइयो । युवराजको उपस्थिति भएपछि बडाकाजीले कुरा शुरू गरे, "राज्यमा सङ्कट आइलाग्दा राजा, राजपरिवार, भाइभारदार र साधारण प्रजाले पनि आफूसक्दो योगदान गर्नुपर्न्या हुन्छ । त्याग गर्नुपर्न्या हुन्छ । विचार पुऱ्याउनुपर्न्या हुन्छ । राजकुमार भद्रिको नामबाट जुम्लाले पर्वत राज्यमाथि सङ्कट थोपर्न्या कोशिश गऱ्याको छ । उसको उद्देश्य राजकुमार भद्रिकन राज्यभाग दिलाउनुमात्रै हो भनी बुझ्नु गलत हुन्छ । पर्वतको अस्तित्वमाथि धावा बोलन्या कूटनीति होइन भन्न सकिन्न । उसको त्यो षड्यन्त्र निष्फल बनाउन हामी सबै पर्वतवासीहरूले हरसम्भव कोशिश गर्नुपर्छ । आसन्न सङ्कटबाट कसरी मुक्ति प्राप्त गर्न्या, राज्यकन कसरी जोगाउन्या भन्न्या विषयमा सबैले आ-आफ्नो जुक्तिबुद्धि लगाउनुपर्छ । भद्रिको मागकन युवराजले कसरी बुझिसेको छ ?"

"मैले त्यति परसम्म पुगेर सोच्याको छैन । भद्रिले पर्वतबाट आफूले भोग्याको उपेक्षापूर्ण व्यवहारको प्रतिशोध लिन खोज्याका मात्र हुन् कि जस्तो लाग्छ ?"

"मैले राजकुमार भद्रिसँग छलफल विचार-विमर्श गरीकन उनको मनपेट बुझ्न्या कोशिश गऱ्याको छु । युवराजले भन्याजस्तो उपेक्षाको प्रतिशोधमात्रै हो जस्तो लाग्दैन । हरकोणबाट सम्झाउन्या मनाउन्या कोशिश गर्दा पनि उनी मेरो कुरा खान तयारै भयानन् ।", महाराजले आफ्नो अनुभव सुनाए ।

"बीसेबाईसे ढोटे उमेरमा पर्वतको मर्म छामीछामीकन प्रहार गर्न्या बुद्धि राजकुमार भद्रिको होला भनी पत्याउन सकिँदैन । उनको पछाडि कोही छ । त्यो भन्याको जुम्ला नै हो, कमल जैसी नै हुन् । डिल्ली भुज्याल पनि प्रयोग भएको हो कि ?", बडाकाजीले शङ्काको दायरा बढाए ।

"होला । भद्रिकन उचाल्न अनेकौं सूत्रहरू प्रयोग गरियाको हुनसक्छ । युवराज र भद्रिबीच पन्पँदै गयाको भातृप्रेमले मकन आश्वस्त बनायाको थियो तर व्यवहारमा त्यस्तो देखियान । कुरा उठ्नासाथ भद्रिले अडान लिन थालिहाल्या ।", महाराजले थपे ।

"त्यो त हो । मैले पनि जानिबुझीकन भद्रिसँग निकटता बढाउन्या कोशिश गऱ्याको हुँ । व्यवहारले आफू सफल भयाको होजस्तो लाग्थ्यो । तर यतिखेरको उनको एकोहोरो अडान देख्दा म आफू धोकामा रह्याछु जस्तो लाग्न थाल्याको छ ।", युवराजले महाराजको कुरामा समर्थन जनाए ।

"महाराजले भद्रिकन कुनै हालतमा मनाउन नसकिन्या ठहर गरिसेको छ । मैले त राजसभाकै दिन आशा मारिसक्याको हुँ । युवराजमा भद्रिकन सम्झाउन सकिसिन्या आशा बाँकी छ कि ?"

"मलाई त्यस्तो लाग्न छोड्याको छ । उनको आखिरी माग जसरी पनि राज्यमा अंशभाग लिइछोडन्या हो जस्तो लाग्छ । सुमन्तले पनि त्यसै भन्याको थियो । बडाकाजीकन पनि सम्झना हुनुपर्न्या हो ।", युवराजले सम्भावना नकारे ।

"हामी दुई जनाको अन्तिम निष्कर्ष पनि त्यही हो ।", महाराजले भने ।

"समस्यासँग जुध्नैपर्न्या हो भन्यादेखिन् के गर्न्या होला त ?", युवराजतिर फर्केर बडाकाजीले सोधे ।

"हिजै मैले महाराजकन आफ्नो राय दिसक्याको छु ।"

"अर्थात्..."

"भद्रिकन अंशभाग दिन्या, अंशभागले नमान्न्या हुन् भने सौतेनी अंश गर्न्या, त्यो पनि मान्दैनन् भन्यादेखि म गद्दी त्याग गर्न तयार छु । भीष्म पितामहले बाबुका लागि गद्दी त्याग गर्‍याका थिया, मैले पर्वतराज्यकन विखण्डनबाट जोगाउना खातिर गद्दी त्याग गर्न तयार छु ।", युवराजले आफ्नो राय स्पष्ट गरे ।

"भनिन्छ 'आपत्काले समुत्पन्ने अर्ध त्यज्यति पण्डितः !' हो, युवराजबाट मर्जी भयाजस्तै आवश्यक पर्दा आमा र मातृभूमिका लागि सपुतले ज्यानकै बलिदान दिन तत्पर रहुनपर्छ तर युवराजको निर्णय राजोचित फैसला होइन । भावनामा बगीकन राजाले निर्णय लिनु हुँदैन ।", बडाकाजीले अभिभावकीय सल्लाह दिए ।

"म राजकुमारी विश्वप्रभाकन छोड्न सक्तिनँ, राजकुमारी नपाया भद्रि राज्य छोड्न तयार छैनन् । यस्तोमा म के गर्न सक्छु त ?", युवराजले विवशता पोखे ।

"राजाको सबभन्दा ठूलो कर्तव्य राज्य जोगाउन्या हो ।", बडाकाजीले तर्क गरे ।

"उसो त म राजा भैसक्याको होइन । मेरो गद्दीत्याग राज्यकन विखण्डनबाट जोगाउनकै लागि हो ।", युवराज आफ्नो तर्कमा अडिए ।

"आफ्नै बुद्धिमा हिँड्याका हुन् कि अरूको काँध चढ्याका हुन् कुन्नि ? भद्रिको भूमिका शङ्कास्पद देखिन्छ । भद्रिकन राज्य सुम्पनु पर्वतको अस्तित्व मेटन्या कारण पो बन्छ कि भनीकन शङ्का गुर्नपर्न्या देखियो । भद्रिको माध्यमबाट जुम्लाले चौबीसी राज्यतर्फ खुट्टा पसार्न्या रणनीति बनायाको पनि त हुन सक्छ ।"

युवराज चुप लागे । बडाकाजीको पछिल्लो तर्कले उनलाई गम्भीर बनायो । उनी सोचमग्न भए ।

"राज्य विखण्डन जोगाउना खातिर युवराजले गद्दी त्याग गर्न्या, त्यसैको कारणबाट भोलि पर्वतमाथि अरू कसैको कब्जा हुन्या परिस्थिति उत्पन्न भयो भन्या त्यागको लाभ के हुन्या छ र ?", बडाकाजीले थपे ।

"भद्रिको अडानका पछाडि कसैको हात छ, आड भरोसा छ । त्यो भन्याको जुमला दरबार हो । जुम्ला आफैं बलियो राज्य हो । उसको मनसुवा

राज्यविस्तार हुनु पनि स्वाभाविक हो । भद्रिकन अघि सारी झगडाको निहुँ बनाउन्या वा पर्वतकन कमजोर बनाउन्या मनसाय होइन कसरी भन्नु ? भद्रिको माग नमान्नु भन्याको जुम्लाकन 'लौ जे गर्न सक्छस् गर' भन्नुजस्तै हो । भद्रि चुप लागिकन बस्न्या मैले देख्याको छैन । उनकन चुप लाग्न दिइन्या छैन ।", महाराजले सम्भावित षड्यन्त्रको कल्पना गरे ।

"शत्रुसँग भिडिनाकन राजाले साम, दाम, दण्ड, भेदसमेत चारै नीति अवलम्बन गर्नुपर्छ भनिन्छ । यतिखेर हामीले जुम्लाको दाउ निष्फल बनाउन्या एउटामात्रै उपया हो 'दाम' अर्थात् भद्रिको माग पूरा गरिदिन्या ।", बडाकाजीले कुरो स्पष्ट गरे ।

"कुनचाहिँ माग ?", युवराज अझ स्पष्ट हुन खोजे ।

"राज्य विखण्डनको सर्त पर्वत मान्न किमार्थ तयार छैन । भद्रिको माग पूरा गर्नुको अर्को विकल्प पनि छैन ।", बडाकाजीले स्पष्ट गरे ।

"मेरा लागि राजकुमारी विश्वप्रभाभन्दा मूल्यवान् कुरा अरू कुनै छैन ।", युवराजले जिरह गरे ।

"यो महासङ्कट हो । सङ्कट टार्नाकन सबैले बुद्धि लगाउनुपर्छ, त्याग गर्न सक्नुपर्छ । महाराज गद्दी त्याग गर्न तयार होइसिन्छ । यतिखेरै गद्दीको पनि टुगो नलगाउन्या हो भनेदेखिन भद्रिको माग पूरा गऱ्या पनि पुनः कचिङ्गल उठ्दैन भन्न सकिन्न । मैले पनि बडाकाजीको पदत्याग गर्न्या तत्परता देखायाकै हो । महाराजका निमित्त गद्दी र मेरा लागि बडाकाजीको पद उत्तिकै प्यारो छ । हामी बुढाहरूले आफ्ना सर्वप्रिय वस्तु राज्यहितका लागि आहुति दिन तयार भयौं । युवराजले पनि त्यो साहस देखाउनुपर्न्या हुनसक्छ ।", बडाकाजीले सम्झाउने कोशिश गरे ।

"म पनि गद्दी त्याग गर्न तयार छु । मेरो त्यागले राज्य विखण्डन जोगिन्या छ भन्ने विश्वास मकन छ ।", युवराज आफ्नो कुरामा अडिए ।

"युवराजको गद्दीत्यागले पर्वतको अस्तित्व अक्षुण हुने प्रत्याभूति नगर्न्या भो । हजुरको गद्दी त्यागपछि पर्वत जोगिन्या छ भनीकन कसरी ढुक्क हुन सकिन्छ र ?", बडकाजीले थप प्रश्न गरे ।

युवराज घोरिए । उनी द्विविधामा थिए । राजकुमारीलाई छोड्न चाहँदैनथे । पर्वत राज्यको विखण्डन रोक्न राजकुमारी विश्वप्रभा गुमाउनुपर्ने

कठोर सम्भावना उपस्थित थियो । राजकुमारी रोज्दा पर्वतको अस्तित्व नामेट हुने परिस्थिति आयो भने इतिहासले आफूलाई धिक्कार्थ्यो । एउटी रूपसीका निमित्त राजकुमारले गद्दी त्याग गरे भनेर दुनियाँको अगाडि उपहासको पात्र पनि बन्नुपर्थ्यो । अन्यमनस्क भावमा उनी आफैँभित्र हराए । राजकुमारी विश्वप्रभा गुमाउनुपर्ने कल्पनाले उनलाई विकल बनायो । डाँको छोडेर रोइदिऊँ जस्तो लाग्यो । बडाकाजीको उपस्थिति हुँदैनथ्यो भने युवराजको धैर्यको बाँध फुट्न सक्थ्यो । महाराजको काखमा टाउको राखेर आँसु बगाउँथे होला । बडाकाजीको उपस्थितिले उनलाई पग्लिन दिएन । पोखिनबाट रोक्यो । भावना नियन्त्रण गरिरहन पनि गाह्रो पर्दै गयो । उनको वाणी फुटेन । जुरुक्क उठेर युवराजले आन्तरिक कक्ष छोडे ।

युवराजको मनभित्र मडारिएको आँधी तुफानको आभास बुढाहरूलाई भैसकेको थियो । जति नै बलियो आशक्ति र अनुराग भए पनि कर्तव्यको तराजु झ्याँकिलो हुनेछ । युवराजलाई राजकुमारी नछोड्ने जिद्दी परित्याग गर्नुपर्ने अवस्थामा पुऱ्याउनेछ र राजकुमारलाई मनाउन सकिनेछ भन्ने उनीहरूलाई लागेको थियो । दुवै जना कक्षबाट बाहिर निस्कनै आँटेका बेलामा युवराजले पुनः फर्केर कक्षमा प्रवेश गरे । दुई जोडी आशामुखी नजरहरू युवराजमाथि परे । युवराजको भावमुद्रा गम्भीर थियो । कक्षमा प्रवेश गरेर बिना अनुमति युवराजले आसन ग्रहण गरे । उनका आँखा भने भुइँतिर थिए । काजी र महाराजसँग आँखा जुधाउने समर्थ्य उनमा थिएन । आफ्नो निर्णयले अभिभावकहरूलाई मर्माहत बनाउँछ कि भन्ने भय उनको मनमा थियो शायद । उनको मनोदशा र भावभङ्गिमाले दुवै बुढाहरूलाई चिन्तित बनायो । युवराजबाट कुनै अनिष्टकारी निर्णय भएको पो हो कि भन्ने आशङ्काले उनीहरू मनमनै थर्हरी भए । सोधपुछ गर्ने हिम्मत जुटाउन पनि सकेनन् । बरु युवराजले नै दुई हात जोडेर मुख खोले, “माफ गरिसेला । हजुरहरूको आज्ञाको पालन गर्न मकन औधि कठिन भयो । राजकुमारी विश्वप्रभाकन मैले छोड्न सक्तिनँ । बाँकी निर्णय हजुरहरूबाटै होस् । जस्तो निर्णय भया पनि मैले शिरोपर गर्न्या छु ।”

अभिभावकहरूसमक्ष धेरैबेर बसिरहने हिम्मत युवराजमा थिएन । उनी फेरि जुरुक्क उठेर कक्षबाट बाहिरिए । युवराजको अन्तिम फैसला दुवै जना राजपरिवारका पाका सदस्यहरूका लागि अनपेक्षित थियो । त्यस्तो निर्णय लिइहाल्लान् भन्ने सोचेकै थिएनन् । प्रेमको नाममा गद्दीको बाजी लगाउनु सानो हृदयले सक्ने कुरा थिएन । लामो स्वास लिएर बडाकाजीले भने, "महाराज ! समस्या झन्भन्दा झन् जटिल बन्दै गयो । भद्रिकन अंशभाग दिन्या पक्षमा राजसभा छैन । म पनि त्यसको विपक्षमा छु । राज्य टुक्र्याउनु भनेको विखण्डनको ढोका खोलिदिनु हो । विखण्डनले पर्वतको अस्तित्व समाप्त नपार्ला भन्न सकिन्न । भद्रिकन राज्य सुम्पँदा युवराजकन अन्याय हुन्छ, परम्परा बिग्रन्छ । राज्य विखण्डन त कुनै सर्तमा पनि हुनु हुँदैन । युवराजकन अन्याय गर्नु पनि हुँदैन । रीत परम्परा तोड्न पनि हुँदैन । त्यसमाथि राज्यको निरन्तरता प्रति पनि निश्चिन्त हुन सकिँदैन ।"

महाराज बेही बोलेनन् । तत्काल बोल्ने कुनै कुरा महाराजसँग थिएन । महाराजबाट कुनै प्रतिक्रिया नआएपछि बडाकाजीले नयाँ प्रस्ताव अघि सारे, "युवराजको गद्दी परित्याग गर्न्या प्रस्ताव स्वीकार्न सकिँदैन । युवराजकन मनाउन नसिकन्या हो भनेदेखि राजकुमारी विश्वप्रभाकन मनाउन्या कोशिश गर्नुपर्न्या भयो ।"

"कसरी कुन कुरामा मनाउन्या ?"

"उमेर कच्चै भया पनि राजकुमारीमा असाधारण बुद्धिमत्ता छ । कुरो बुझ्न्या क्षमता छ । राज्य विखण्डनबाट जोगाउन्या उपायको बारेमा छलफल गर्नु पऱ्यो । पर्वत राज्य जसरी पनि बचाउनुपऱ्यो । युवराजकन मनाउन्या जिम्मा उनैकन दिनुपऱ्यो ।"

"राजकुमारी आफैं बरू ज्यान दिन तयार छिन् ! कसरी युवराजकन मनाउन राजी होलिन् र ?"

"प्रयत्न त गर्नुपऱ्यो । हुँदैन सकिँदैन भनीकन हातखुट्टा खुम्च्याउँदैमा समाधान पाउ पर्न आउन्या होइन । सास रहुञ्ज्याल आश राख्नुपऱ्यो । हामीसँग युवराज र राजकुमारी विश्वप्रभाकन मनाउन्याबाहेक दोस्रो उपाय के छ र ?"

"हुन्छ, कोशिश गरौं । आजै बेलुका उनीसँग हजुर र मैले कुरा गरौं ।"

"विचार विमर्शमा महारानीकन पनि सामेल गर्नुपर्ला ।"

"हुँदैन । उनी आफैं भावुक भैदिन्छिन् । राजकुमारी विश्वप्रभाकन छोड्न उनी आफैं तयार हुन्या छैनन् । उनको उपस्थितिमा राजकुमारीकन मनाउन्या कल्पना नगऱ्या पनि हुन्छ ।"

"त्यसो हो भन्या देखि ठीकै छ, हामीमात्रै बसौं ।"

बुढाद्वयको सल्लाह तत्कालका लागि टुङ्गियो । दुवै जना कक्षबाट बाहिरिए । दिन ढलिसकेको थियो ।

एकचालीस

बेलुकाको खानपिन सकिएको थियो । दरबारियाहरू सबै आ–आफ्ना खोपीभित्र पसिसकेका थिए । महारानीकी खास सुसारे मङ्गलीले राजकुमारी विश्वप्रभालाई बोलाएर महारानीकहाँ ल्याइन् । महारानीले अन्तरङ्ग कक्षमा लिएर गइन् । एकैछिनपछि आफूलाई आराम नभएको भनेर महारानी कक्षबाट बाहिरिइन् । अन्तरङ्गकक्षमा महाराज, बडाकाजी र राजकुमारी विश्वप्रभामात्र बाँकी रहे । कुन विषयमा कुराकानी गर्न आफूलाई बोलाइएको हो भन्ने कुराको अनुमानमात्र होइन, राम्रो जानकारी राजकुमारीलाई थियो । बिलकुल सहज र स्वाभाविक रूपमा प्रस्तुत हुने मनोवैज्ञानिक तयारीसाथ उपस्थित भएकी थिइन् । त्यसैले कुराकानी अघि बढाउन सजिलो होस् भनेर राजकुमारीले नै पहल लिइन्, "दरबारसमक्ष उपस्थित हुनगयाको समस्याको जानकारी सबैकन भैसक्याको छ । म पनि जानकार छु । त्यसले सबैकन चिन्तित बनायाको पनि छ । अवश्य त्यसैका निमित्त मकन बोलाइसेको होला । दरबारले मबाट के-कस्तो आशा गऱ्याको छ भन्न्या कुराको जानकारी पाउनु पाया हुन्थ्यो ।"

विषयको उठान कसरी गर्ने भन्ने द्विविधामा रहेका बडाकाजीले राजकुमारीको जिज्ञासाबाट राहतको अनुभूति गरे । उनले कुरा अघि बढाए, "समस्या बनीकन राजकुमार भद्रि उपस्थित भैदिए । हामीले पनि गल्ती गऱ्यौं । हतारियौं । उनका ठूल्ठूला माग पूरा गरिदिन्या तत्परता देखाउनाले उनकन सह मिल्यो । शुरुदेखि नै अलि कडाइ गर्न सक्याका भया समस्या यसरी गुजुल्टन्या थियान होला । हाम्रो गल्ती हो कि उनको नियतै त्यस्तै थियो ? अब त सम्हाल्नै गाह्रो पर्‍या, समाधान गर्नै मुस्किल

पर्न्या अवस्था उत्पन्न भयो । औंलो दिंदा उनले डुँडुलो निल्न खोज्याका हुन् कि औंलो दिया पुग्नेमा हामीले डुँडुलो अघि सार्‍याका हौं कुन्नि ? यतिखेर पर्वत दरबार आफ्नो उद्धारका लागि सबैसँग हात थाप्नुपर्न्या निरीह अवस्थामा पुग्याको छ । राजकुमारीकन सबै कुराको जानकारी छँदै छ । मैले दोहोर्‍याइरहनु पर्दैन । समस्या आइलाग्यो । त्यसकन कसरी समाधान गर्न्या होला भनीकन सरसल्लाह गर्नै पर्‍यो । उपाय खोज्नै पर्‍यो । राजकुमारीबाट पनि उचित सल्लाह सुझाव लिऊँ । विचार विमर्श गरौं भनीकन बोलाइएको हो ।"

"कुरो घुमाउनु जरूरी छैन । महाराज, महारानी र युवराजसमेत भद्रिकन अंशभाग दिन तयार होइसिन्छ । विमति भाइभारदार र काजीहरूको हो । भद्रि र भाइभारदारबीचको लडाइँमा म मिचिनुपर्न्या होइन । भद्रिको पछिल्लो सर्त किन आयाको हो भन्न्या कुरा मैले पनि बुझ्याकी छु । भद्रिसँग विवाह गर्न म राजी छैन ।"

महाराज र काजी दुवै जना चुप रहे । कुरा साँचो थियो । होइन भन्ने ठाउँ नै थिएन । दुई बुढाहरू चुप रहेपछि राजकुमारीले प्रस्ताव गरिन्, "युवराजका नाममा मेरो डोला देउपुरबाट आयाको हो । अझै पनि केही बिग्रियाको छैन । मलाई देउपुर फिर्ता पठाइदिस्यो । मेरो अनुपस्थितिमा भद्रिले अवश्य नयाँ पासा फ्याँकन्याछन् । त्यसको सामना गर्न शायद हजुरहरूकन सजिलो पर्ला कि ?"

राजकुमारीको अप्रत्याशित प्रस्तावले बुढाहरूलाई रनभुल्ल बनायो । प्रस्ताव उचित हो-होइन भनेर तत्काल भनिहाल्न कठिन भयो । राजकुमारीलाई फिर्ता पठाउँदा तत्काल राजकुमार भद्रि किंकर्तव्यविमूढ त बन्लान् तर उनी पुरानै मागमा फर्कन सक्थे । राजकुमारीलाई फिर्ता पठाउँदैमा समस्या समाधान हुनेवाला थिएन । आफूलाई दिनुपर्ला भनेर राजकुमारीलाई फिर्ता पठाइएको भनेर राजकुमारले उल्टो खेद्न सक्थे । समस्या समाधान हुने भैदिएका भए राजकुमारीको प्रस्ताव अमल गर्न गाह्रो थिएन । राजा काजी दुवैलाई सोचमग्न बनायो । बुढाहरू नबोलेको देखेपछि राजकुमारीले पुनः प्रश्न गरिन्, "मेरो प्रस्ताव हजुरहरूकन मन्जूर छ भन्यादेखि देउपुर जान्या तयारी आजैबाट गर्नु राम्रो होला । किन विलम्ब गर्न्या हो र ?"

"राजकुमारीकन त भद्रिबाट मुक्ति मिल्न्या छ । पर्वत भने झन् अप्ठ्यारो मा पर्न्या छ । भद्रिले थप निहुँ खोजन्या ठाउँ पाउन्या छन् ।", महाराजले भने ।

"त्यो भन्दा अर्को उत्तम उपाय क्या हुन सक्छ त ?", राजकुमारीले सोधिन् ।

"पहिलो कुरा त डोली फिर्ता पठाउन्या कुरा सोच्नु हुँदैन । डोली फिर्ता पठाउनु भन्याको देउपुर र स्वयम् राजकुमारीको समेत अनादर गर्न हो । अपमान गर्नु हो । दोस्रो कुरा, त्यसले राजकुमारीकन पनि राम्रो गर्दैन । दुई-दुई वर्षपछि डोला किन फिर्ता आयो भन्न्या प्रश्न खडा हुन्या छ । राजकुमारीमै कुनै खोट होला र त फर्काइयो होला भनीकन समाजले औंलो उठाउन्या छ । कुरा काटन्या छ । तेस्रो कुरा, अर्को कुनै दरबार राजकुमारीकन ग्रहण गर्न तयार हुन्या छैन । त्यस्तो गम्भीर अपराध गर्न सक्दै सकिँदैन । हामीमाथि पनि नैतिकताको प्रश्न उठन्या छ ।", बडाकाजीले राजकुमारीलाई सम्झाउने मनाउने मनसायले पृष्ठभूमि तयार गर्न खोजे ।

"कोही बिहे गर्न तयार नहुँदा मकन के फरक पर्छ र ? युवराज मले बमको नाममा यो जीवन बिताउन्या अवसर त मिल्न्या छ । युवराज छोडीकन भद्रिसँग जबर्जस्ती बन्धनमा बाँधिनु मेरा लागि बिहे नहुनु बराबर हो । अप्ठ्यारो पर्दा लाज मानेर काम चल्दैन । दरबारको अदव उल्लङ्घन गरी नभनिसेला । ढाँट्नुपर्न्या, लुकाउनुपर्न्या कुरा के भयो र अब ? युवराज र म आपसमा प्रेम गर्छौं ।", राजकुमारीले कुरो प्रष्ट्याइन् ।

"युवराजको मात्रै होइन, दरबारको, सिङ्गो पर्वतको राजकुमारीसँग प्रेम बस्याको छ । पर्वतले हजुरकन गुमाउन चाहँदैन ।", बडाकाजीले लोकाचार पारे ।

"त्यो त भन्न्या कुरामात्रै हो । बाँकी पर्वतले के गर्छ कुन्नि ? भाइभारदार र काजीहरू मेरो मर्म बुझ्न तयार हुनुहुन्न । त्यस्तो मनसाय नै देखिँदैन । मलाई बलिमा चढिदिनका लागि मनाउन बोलाइसेको हो भन्न्या कुरा मैले राम्रोसँग बुझ्याकी छु । म पनि मानिस नै हुँ । मसँग पनि रुचि अरुचि छ । असल खराबबीच पहिचान गर्न्या क्षमता छ । आङमा पानी पर्याको बलिको पशुलेझैं काटिन्या कुरा नबुझेर टाउको हल्लाईकन 'पर्सन'

म कसरी सक्छु र ? समस्या पर्वत राज्यको हो । पर्वतको समस्यामा म पिसिनुपर्न्या कारण के छ ?"

"देउपुरले पर्वत दरबारमा डोला पठायाको हो । डोला भित्रियाको पनि दुई वर्ष पूरा हुन लाग्यो । राजकुमारीको डोला स्वीकार्यापछि हजुरहरू पर्वतकै होइस्यो । पर्वतको सुख दुःख, अत्तो अप्ठ्यारो, उन्नति अवनति राजकुमारीको आफ्नो हो । पर्वतको समस्या मेरो होइन भन्न मिल्दैन । देवी कात्यायनीले देवताको हितकल्याणका निमित्त महिषासुरकन सयनकक्षमै हत्या गर्याकी थिइन् । त्यसैले उनी देवी कहलिइन् । लोकले देवी भगवती भनीकन पुज्यो, मान्यो । त्यागले मानिसकन पूज्य बनाउन्या हो । बलिदानले महान बनाउन्या हो । 'जातस्य हि ध्रुवो मृत्युर्ध्रुवं जन्म मृतस्य च' भनीकन गीताले भन्याको छ । मान्छे जन्मन्छ, मर्छ, फेरि जन्मन्छ । यस लोकको कमाइले स्वर्ग प्राप्त हुन्यामात्रै होइन, अर्को जन्म पनि राम्रो बन्छ भनीकन धर्मले भन्छ । मानिसले परत्र र पुनर्जन्म सुधार्ने अवसर गुमाउनु हुँदैन । राजकुमारी आफैं बुद्धिमान होइसिन्छ, शास्त्रज्ञानी होइसिन्छ पर्वत राज्य निरूपाय भयाकोले यतिखेर राजकुमारीसमक्ष याचना गर्न्या अवस्थामा पुग्याको छ । शरणको मरण गर्नु पाप मानिन्छ । राजकुमारीकन सम्झाइरहनु पर्दैन ।"

"स्वर्ग नर्कका कथा मानिसहरूकन सतमार्गमा लगाउनका लागि कथियाका हुन् । आजसम्म कसैले स्वर्ग नर्कको प्रत्यक्ष भोग गर्याको छैन । कसैले न स्वर्ग देख्याको छ, नर्क देख्याको छ । स्वर्गबाट कोही धर्तीमा कथा सुनाउनकन आयाको पनि होइन । जीवन एकबारको हो । आफ्ना इच्छा, आकाङ्क्षा, चाहना र रुचिको हत्या गरीकन कोही सुखी रहन सक्तैन । ममा ठूलो त्याग गर्न्या शक्ति सामर्थ्य छैन । म कात्यायनी बन्न पनि सक्तिन । मर्यापछि देवी भन्याउन्या रहर पनि छैन । मैले देख्याको सपना पर्वतकी महारानीको हो । युवराज मले बमकी अर्धाङ्गिनी बन्न्या हो । त्यो पनि पर्वतले डोला स्वीकार गर्यापछि देख्याको सपना हो । त्यो सपना पूरा हुँदैन भन्यादेखि बाचन्या इच्छा छैन । म मरिदिन तयार छु । हजार अपमान र अन्याय खपेर भए पनि देउपुर फर्कन राजी छु ।"

"युवराज र राजकुमारीबीच गहिरो मायाप्रिति छ भन्न्या कुराबाट हामी सबै परिचित छौं । मायाप्रीति टुटाउनु कुम्भीपाकमा जाकिनुपर्न्या जघन्य पाप हो । अर्को उपाय नभयापछि जानिजानीकन पनि बुझ पचाउनुपर्न्या अवस्था आउँदो रह्या'छ । आँठेबाट ग्रस्त मान्छेले बाँचिन्छ भन्यादेखिन् कालो कुकुरको विष्टा पनि खान तयार हुन्छ भनिन्छ । हामी पर्वतवबसी नर्क भोग्न तयार भयाका छौं ।"

"भन्नेलाई सजिलो हुन्छ, माग्नेलाई सजिलो हुन्छ, दिनुपर्न्या र भोग्नुपर्न्याको मर्का र मर्म कसले बुझ्छ र ? अचानोको मर्म खुकुरीले बुझ्दैन । इन्द्रले आफ्नो स्वार्थका लागि दधिचिको हाड माग्याजस्तो कुरा भयो । म दधिचिजस्तो महान् दानी होइन । मेरो छाती उति विशाल छैन ।"

"प्रेमले त्यागको माग गर्छ । युवराजप्रतिको साँचो प्रेमले राजकुमारीकन पर्वतको समस्या समाधान गर्न्या शक्ति बुद्धि दिन्याछ भन्न्या आशा पर्वतले गर्‍याको छ ।"

"बडाकाजीले के भन्न खोजिसेको हो कुन्नि ?"

"राजकुमारीले युवराजकन आफ्नो ज्यानभन्दा बढी माया गरिसिन्छ, होइन त ?"

"हो भनीकन स्वीकार्न लोकको लाज र भलामानुसको दकस मान्नुपर्न्या अवस्था रह्यान ?"

"आफूले माया गर्‍याको युवराज भविष्यमा विशाल राज्यको अकन्टक राजा बनोस्, सदा सुखी रहोस् भन्न्या चाहना त राजकुमारीमा अवश्य छ ?"

"नहुन्या कुरै भयान ।"

"त्यसका लागि आफ्नो तर्फबाट आवश्यकपर्दा सक्याको सहयोग र त्याग गर्न्या चाहना पनि छ ?"

"छ, नहुन्या कुरै भयान ।"

"युवराज र राजकुमारीले एकले अर्कालाई छोड्दै नछोडन्या जिद्दी लिन्या हो भन्यादेखि त्यसको परिणाम कस्तो हुन्या सम्भावना देखिसिन्छ त ?"

"राज्यको विखण्डन ।"

"त्यसो भैहाल्यो भन्न्या युवराज मले बमको हैसियत कमजोर हुन्छ । कमजोर राजाको राजपाठ सुरक्षित हुँदैन । त्यस्तो नहोस् तर त्यस्तो

भैदियो । कमजोर ठानीकन दुश्मनले आक्रमण गरिदियो, राज्य जोगाउन्या सामर्थ्य रहेन भन्यादेखि सके त ज्यान तलमाथि हुनसक्ला, नभया पनि राजपाठ हातबाट गुम्न्या छ ।"

राजकुमारी चुप रहिन् ।

"यद्यपि अहिले त्यस्तो परिस्थिति काल्पनिक लाग्ला तर त्यस्तो दिन निम्तदैन भनीकन ढुक्क कसरी हुन सकिन्छ र ? त्यस्तो दिन आउँछ भने आओस् भनीकन राजकुमारीले अवश्य भन्न सकिसिन्न ।"

"मलाई पाउँदा राजकुमार भद्रि सदाका लागि पाखा लागन्या छन् भनीकन कसरी विश्वस्त हुन सकिन्छ र ?"

"हो, भद्रिको विश्वास गर्न सकिँदैन । जुम्लाले काँधमा बोक्याको सिकारीजस्तै हुन्, भद्रि । उनी जुम्लाको इशारामै चल्न्या हुन् । उनीकन लगाम लगाउन्या बलियो मान्छेको खाँचो पर्छ । हरदिन हरघडी बाँधीकन राख्नसक्न्या मान्छे चाहिन्छ । राजकुमारीबाट त्यो अभिभारा पूरा हुन्याछ भन्न्या हामीकन विश्वास छ ।"

"भद्रिसँग बिहे गऱ्यापछि पनि मले बमको हितमा काम गर्न्या छु भनीकन कसरी पत्याउनुहुन्छ ? कुन आधारमा विश्वास गर्नुहुन्छ ? कसरी भरोसा गर्न सक्नुहुन्छ र ?"

"पहिलो प्रेम मान्छेले कहिल्यै बिर्सन सक्तैन । हो त्यही निश्चल र अटल प्रेमले राजकुमारीकन सदाकाल डोऱ्याउन्या छ । प्रेम कलङ्कित हुन दिनुहुन्या छैन । प्रेमको अनादर हुन्या काम सच्चा प्रेमीले गर्नै सक्तैन । त्यसमाथि राजकुमारी विज्ञ बुद्धिमान होइसिन्छ । मले बमको हितसाधनका लागि बलिवेदीमा चढ्न तयार हुन्या मान्छेले धोका दिन्छ भनीकन कल्पना गर्नै सकिन्न । आफ्नै बलिदान कलङ्कित गराउन्या नादानी हुन्या छैन भन्न्या हामीकन पूर्ण भरोसा छ ।"

"मेरो बलिदानभन्दा अर्को भद्रिसँग जुधन्या हतियार पर्वतसँग छँदै छैन त ?"

"हरसम्भव उपायहरूको बारेमा सोचियो, विचारियो, प्रयोग गरीकन हेरियो । मनाउन्या कोशिश गरियो । भद्रिका अगाडि हामी निरूपाय भयौं । पर्वतले राजकुमारीकन गुमाउनु भन्याको नागले आफ्नो शिरको मणि गुमाउनुजस्तै हो । अरू कुनै उपाय नदेख्यापछि लाज पचाईकन

राजकुमारीको बलि चढाउन्या पापकर्ममा उद्यत् हुनु पऱ्याको हो ।", यसपटक महाराजले तुरुक्क आँसु चुहाएर निहोरा गरे ।

महाराजको आँखामा समेत आँसु देखेपछि राजकुमारी द्रविभूत भइन् । उनले आफूलाई सम्हाल्नै सकिनन् । बलिन्द्रधारा आँसु चुहाएर सुकसुकाउन थालिन् । दुवै बुढाहरूसँग राजकुमारीलाई 'नरोऊ' भन्ने हिम्मत थिएन । कतिखेर आफैं सम्हालिनिन् भनेर धैर्यपूर्वक पर्खिबसे । धेरैबेरपछि राजकुमारीले पुन मुख खोलिन्, "धिक्कार छ छोरीको जुनीकन ! जन्म दिन्या मातापिताले छोरीको इच्छा चाहना क्या छ भनी एकवचन नसोधीकन बिरानो ठाउँमा पठाइदिस्यो । पर्वतले डोला स्वीकाऱ्यापछि आफ्नो कर्तव्य पूरा भएको ठानिस्यो । माथिबाटै दैवले जोडी बनाईकन पठाउँछ, सकभर राम्रो होला, नभया जस्तो भया पनि सहुँला, बेहोरुँला, आफ्नो कर्मै उस्तो भनीकन चित्त बुझाउँला भनियो । दैवसंयोगले राजकुमार मले बमसँग दिल बस्यो, मन मिल्यो । हिजो आमाबाबुबाट भयाको उपेक्षा बिर्सियो । पर्वतलाई आफ्नो सर्वस्व ठानियो तर पर्वतले म निर्दोषकन सजाय दिन्या भयो । मन मिल्याका जोडी टुटाइदिनुभन्दा ठूलो सजायँ अरू के हुन्छ ? यो मेरा लागि ज्यान सजाय नै त हो ।

सजाय अपराधबापत मिल्न्या हो । बिनाअपराध ज्यान सजायको फैसला हजुरहरूले गरिदिस्यो । न यो न्याय हो न धर्म हो । पाप गर्न तम्सन्याकन परत्र र परमात्माको डर छैन भन्यादेखि म के भनूँ खोइ ? मेरा इच्छाले न माइती फर्कन सक्छु न मर्न सक्छु, न हुँदैन भन्न सक्छु । मेरो मञ्जुरीबेगर पनि मकन भद्रिको पोल्टामा जबर्जस्ती राखिदिन्या तागत हजुरहरूसँग छ । म पर्वत दरबारकी कैदी हुँ । मैले पर्वतको मानो खायाकी छु । अन्नको ऋण तिर्नु पनि छ । ठीकै थियो तर आफ्नो दुर्भाग्यप्रति दुःखमनाउ गर्न्या, आँसु चुहाउन्या अधिकार पनि मकन छैन ।

पाल्या पुण्य, मान्या पाप भनीकन बुबामुमाले पर्वत दरबारको जिम्मा लगाइसेको हो । रुनका लागि न मसँग मुमाको काख छ, न बुबाको काँधको सहारा छ । मैले आफूखुशी गर्न सकन्या भन्याको एउटै कुरा आत्महत्या हो । त्यसले युवराजकन झन् बढी दुःख दिन्या छ । कष्ट पुऱ्याउन्या छ । जिन्दगीभर रुवाउन्या छ । बरु मेरा कारणले राज्य निष्कन्टक रह्यो

भन्यादेखिन् गुन मानिसेला । मप्रतिको माया दिगो रहला । मेरो एउटा ज्यानको बलिदानबाट पर्वत राज्य बच्छ, अखण्ड रहन्छ, मेरा प्रियतम मले बमको उन्नति प्रगति हुन्छ, उनकन सम्राट् बनाउँछ भन्यादेखि म बलिमा चढ्न तयार छु । हाँसेर नभए पनि रोएरै सहिद हुन राजी छु ।

मेरो बलिदानले पर्वतको हितकल्याण हुन्छ भन्यादेखि ठीकै छ म तयार भैदिउँला । युवराज के गरिसिन्छ ? कि सल्लाह भैसक्याको छ ? मेरो बलि दिनाकन युवराज पनि सहमत होइसिन्छ कि ? मलाई त्यस्तो लाग्दैन तर त्यस्तै हो भने रोटी एकोहोरा पाक्दैन । मैले बलि चढनुको कुनै अर्थ रहँदैन । त्यस्तै हो भन्या मेरा निमित्त मृत्यु श्रेयष्कर रहन्या छ ।"

राजकुमारीको वचनले महाराजको छाती चिरियो । उनको अनुहार बिग्रियो । रूवाइ रोक्ने कोशिश उनको लागि ठूलो युद्धजस्तै बन्यो । राजकुमारीको त्यागप्रछन्न विशाल व्यक्तित्वका अगाडि आफू निकै पुड्को भएको अनुभूति भयो । बोल्ने हिम्मतै गरेनन् । धन्यवाद भन्ने साहस पनि भएन । कृतज्ञता प्रदर्शन गर्न पनि सकेनन् । अपराधबोध गरे । लज्जित भए । चुपचाप निरीहताको अमिलो घुडको पिउन विवश बने ।

महाराजको दशाको अध्ययन गरेका बडाकाजीले स्पष्टीकरण दिए, "युवराज बरू गद्दी त्याग गर्न तयार होइसिन्छ । हजुरकन कुनै मूल्यमा पनि छोड्न तयार होइसिन्न ।"

राजकुमारी चुपचाप कोठाका डाँडाभाटामा आँखा लगाएर भावविहीन टोलाइरहिन् । निःशब्द रहेकी राजकुमारी सामु बडाकाजीले अर्को प्रस्ताव राखे, "युवराजकन हामीले सम्झाउन बुझाउन सक्याका छैनौ । उहाँकन मन्याउन्या काम पनि राजकुमारीको ।"

"म आफू बलिवेदीमा चढ्न तयार भैदिएँ । युवराजसँग त्यसबारेमा कुरा गर्न्या शक्ति सामर्थ्य मसँग छैन । मेरा निमित्त युवराजकन गुमाउनुपर्न्या कुराभन्दा ठूलो दुख्खको कुरा अर्को के छ र ? त्यसमाथि आफैंले प्रेमको डोरी चुडाल्न्या प्रस्ताव गर्न सक्तिन । सामर्थ्यभन्दा ठूलो जिम्मेवारी मकन नदिस्योस् । दुई प्रेमीहरू सगोलमा साझा मृत्युवरण गर्न तयार हुन सक्छन् । छुट्टिन्या सल्लाह गर्न सक्तैनन् ।", राजकुमारीले आँसु चुहाँउदै दुई हात जोडेर प्रार्थना गरिन् ।

"राजकुमारीले सक्तिनँ गर्दिन भनिदिनु भया'न । यति ठूलो निर्णय लिन सकन्या हिम्मत भयाकी राजकुमारीबाट हुन नसक्न्या कुरा यो जगत्मा के होला र ? निस्वार्थ प्रेमले मानिसलाई आँटिलो बनाउँछ । अदम्य साहस दिन्छ । हामीले हाऱ्यौं । हामीसँग न पर्वतको विखण्डन रोकन्या तागत छ, न युवराजकन गद्दीविमुख गराउन्या हिम्मत छ । युवराजकन सम्झाउन्या, बुझाउन्या, मनाउन्या सामर्थ्य पनि छैन । यो जिम्मेवारी पनि राजकुमारीले नै उठाइदिनुपऱ्यो भनीकन सिङ्गो पर्वतको तर्फबाट करजोरी बिन्ती गर्छु ।", बडाकाजीले हात जोडेर घुँडा टेकी राजकुमारीसँग अनुरोध गरे ।

"ठीकै छ । मर्न तयार हुन्या मान्छेको लागि डर मान्नुपर्न्या कुरा के बाँकी रहन्छ र ? मेरा लागि सजिलो काम त होइन तर आफ्ना इच्छा, आकाङ्क्षा, सपना र कल्पनाहरू सबै दान गरिसक्यापछि दानप्रतिष्ठा गर्न किन लगपकाउन्या हो र ? म कोशिश गरूँला ।"

राजकुमारीले आसनबाट उठेर दुवै जना मान्यजनलाई नमस्कार गरिन् । महाराज स्वयम्ले कक्षको ढोका खोलिदिए । राजकुमारीले कक्षबाट निस्कदा जीवन सम्पूर्णतः गुमाएको अनुभव गरिन्, आफूलाई बिलकुल रित्तिएको अनुभूति गरिन् । आफ्ना रहरहरू सबै ओइलाएर झरेजस्तो लाग्यो । सबै कुरा समाप्त भएको थियो ।

उता दरबारका अभिभावक मानिने बडाकाजीको मनमा भने सन्तोषको भाव थियो । पर्वतको अखण्डताको प्रत्याभूति लिन सकेको आनन्दानुभूति थियो । उनमा विजयलाभको भाव थियो ।

महाराजले भने आफूलाई अपराधीजस्तो ठानिरहेका थिए । आफ्नो हातबाट एउटा ठूलो अन्याय हुन लागेजस्तो आभास भैरहेको थियो । जीवनको सबभन्दा ठूलो अपराधबाट जोगिन नसकेको दुःख थियो । मनभरी पश्चातापको गह्रुङ्गो भारी थियो ।

बयालीस

दुई दिनसम्म पर्वत दरबार चकमन्न रह्यो । कुनै हलचल देखिएन । कुनै अस्वाभाविक कुरा भएकै छैन भनेझैं गरी शान्त रह्यो । शायद त्यो आँधीपूर्वको चकमन्नता पो थियो कि ? दुई दिन बित्दानबित्दै राजकुमारी विश्वप्रभाले आफूलाई बलि चढाउन तयार भइन् भन्ने कुरा सुमन्तको कानमा पऱ्यो । खबर विश्वस्त सूत्रबाट बाहिरिएको थियो । सुमन्तबाट समाचार सुनेपछि राजकुमार भद्रि छानाबाट खसेझैं भए । 'चोक्टा खान तम्सेकी बूढी, झोलमा डुबेर मरी' भनेजस्तो अवस्था आयो । मले बम र विश्वप्रभाकै जस्तो प्रेम सम्बन्ध भद्रि र नलिनीबीच थियो । दुवैले एक अर्काबिनाको जीवनको कल्पना गर्न सक्तैनथे । डिल्ली भुजेलको उक्साहटको पछिलाग्दा मुढातिर उजाएको बञ्चरोको चोट आफ्नै खुट्टामा परेजस्तो भयो । राजकुमारी विश्वप्रभामा भद्रिको कुनै रुचि थिएन । राजकुमारी माग्नुको कारण राज्यको अंशभाग हासिल गर्ने चालबाजीको लागि फ्याँकेको पासामात्रै थियो । समाचार सुनेपछि उनलाई भाउन्न भयो । चौदिशा अँध्यारो लाग्न थाले । गोडाले शरीरको भार थाम्न इन्कार गरेजस्तो लाग्यो । टाउको तातेर आयो । शरीरभर चिटचिट पसिनाका मुल फुट्न थाले । आङ जिरिङ्ग फुलेर आयो । टाउको समातेर राजकुमार भद्रि थचक्क भुइँमा बसे । नजिक रहेका सुमन्तले "राजकुमारको गाथमा आराम छैन कि ?" भनेर सोधेको पनि उनले सुनेनन् । एकछिनको विश्रामपछि जुरुक्क उठे । सुमन्तसँग एकवचन नबोलीकन दरबारबाट बाहिरिए । हतारिँदै कुरिलाखर्क दरबारतिर लागे ।

नयाँ परिस्थितिमा अब कस्तो रणनीति अख्तियार गर्ने भनेर डिल्लीसँग सल्लाह गर्नुपर्ने आवश्यकताबोध राजकुमार भद्रिले गरेका थिए । डिल्ली

भुजेल दरबार परिसरमा रहेनछन् । उनी म्याग्दी खोलामा जाल हान्न गएका रहेछन् । उनको खोजीमा सेवकलाई पठाएर आफू डङ्रङ्ग ओछ्यानमा पछारिए । उनलाई पछ्याउँदै सुमन्त पनि आइपुगे । राजकुमारको भावभङ्गिमाले सुमन्तलाई सशङ्कित बनायो । फेरि पनि "गाथमा आराम छैन कि ?" भनेर सोधे । "आरामै छु" भन्ने राजकुमारको जवाफ पाएपछि घर जाने आज्ञा मागे । भद्रिका लागि सुमन्तको घरजाने अनुमतिको माग ढुङ्गा खोज्दा देवता मिलेजस्तो भयो । आफूहरूले खेल्दै आएको चालवाजी र दाउपेचको गोप्यता सुमन्त अगाडि नखुलोस् भन्ने चाहना उनको थियो । कुचोले गर्नुपर्ने काम हावाले गरिदियो भन्ने ठानेका भद्रिले बिनाविलम्ब "हुन्छ" भनेर स्वीकृति दिए ।

राजकुमारसँग बिदा लिएर दरबारबाट निस्केका सुमन्तको मूल ढोकामै डिल्ली भुजेलसँग जम्काभेट भयो । "कता बानियाँ काजी ?" भन्ने डिल्लीको सङ्क्षिप्त जिज्ञासामा आफू घर जान लागेको जानकारी गराए । राजकुमारले सञ्चै छ भने पनि सुमन्त निश्चिन्त हुन सकेनन् र डिल्लीसँग "राजकुमारको गाथमा अलि आराम छैन जस्तो छ, ख्याल गर्नुहोला" भनेर सुमन्त उकालो लागे ।

"गाथमा आराम भएन कि कसो ?", शयनकक्षमा छिर्दै डिल्लीले जिज्ञासा राखे।

डिल्लीको पदचाप सुन्नासाथ राजकुमार भद्रि ओछ्यानबाट उठेर बसिसकेका थिए । उनले सहज उत्तर दिए, "ठीकै छ, मकन केही भयाको छैन ।"

"सुमन्तले राजकुमारको गाथमा आराम छैन भन्दै थे त ?"

"उसलाई त्यस्तो लाग्यो होला । बरु नयाँ समाचार सुन्नुभयो भने तपाईंको टाउको पनि दुख्नेछ, रिङ्गटा लाग्नेछ ।"

"के छ र त्यस्तो टाउको दुखाउने समाचार ?"

"राजकुमारी विश्वप्रभाले हाम्रो प्रस्ताव स्वीकारिन् रे !"

"हँ ! हैन होला ! कसले भन्यो ?"

"सुमन्तले ल्याएको खबर हो । झूटो र कच्चा कुरा उसले गर्दैन । उसले 'मैले सुनें' मात्रै भन्याको भया पनि सत्य हो-होइन भन्या कुरा नखुट्ट्याईकन मकन अवश्य सुनाएन ।"

"कसरी भयो त त्यस्तो चमत्कार ? मले बमसँग अलग हुन सजिलैसँग किन कसरी तयार भइन् ? कि हाम्रो दाउपेच कतैबाट खुल्यो ?"

"हाम्रो भित्री सल्लाह सुमन्तले त चाल पायाको छैन भनेदेखि दरबार पुगन्या कुरै भया'न । क्यान कसरी, सजिलोसँग हो वा बाध्यतामा परेर हो भन्न्या कुरा त कसरी भन्न सकिन्छ र ? चार-पाँच दिनदेखि बडाकाजीले दरबारमै डेरा जमाई बस्याका छन् ? बुढाकै करामत होला ?"

"युवराजले पनि स्वीकारे होलान् त ? राजकुमारीको मूल्यमा गद्दी लिन तयार छैनन् भन्न्या कुरा पो सुनियाको थियो ! कुरो त उल्टा पो भयो त !"

"युवराज राजी छन् कि छैनन् भन्न्या कुरो थाहा भया'न । राजकुमारी तयार भैदियापछि कुरो सकिगो नि !"

"राजकुमारी दिनुभन्दा हजुरकन अंशभाग दिन महाराज, महारानी र युवराजसमेत तीनै जना तयार भयाको कुरा बाहिर आयाको थियो, अचानक पासा कसरी पल्टियो त ?"

"जसरी पल्टिए पनि पल्टियो, जसले पल्टाए पनि पल्टायो । सारा खेल खतम भयो । हामीले हाऱ्यौं, पर्वतले जित्यो । मकन अंशभाग दिनु हुँदैन भनीकन अडड्ी कसन्या भाइभारदारहरू हुन् । काजी र सरदारहरू हुन् । उनीहरूको जित भयो, राजपरिवारले पनि उनीहरूसामु घुँडा टेक्यो ।"

"युवराजको निर्णय नआउँदासम्म हामीले हारिहाल्यौं भन्न मिल्दैन । आशा मारिहाल्ने अवस्था आइसक्याको छैन ।"

"आज राजकुमारी तयार भइन् । भोलि युवराज पनि तयार भैदिन्या छन् । उनकन मनाउन्या कसरत चलन्या छ । राजकुमारी तयार भैदियापछि उनैले युवराजकन मनाउन्याछिन् । राजकुमारीको कुरा काट्न सकन्या छैनन् । त्यसैले युवराजको निर्णय कुर्न्या होइन । हामीले अब के गर्न्या भनीकन विचार गर्नुपर्न्या भो ।"

"युवराजले राजकुमारीकन छोड्न सक्छन् भन्न्या कुरामा मकन अझै पत्यार छैन तैपनि मानिहाल्या भन्या के गर्न्या भनीकन सोच विचार त गर्नै पऱ्यो ।"

"नयाँ गर्न सकिन्या कुरा के छ र ? नलिनीकन धोखा दिन मैले सक्तिन । विश्वप्रभासँग बिहे गर्न्या कुरै हुँदैन । त्यसैले राजकुमारी पनि चाहियान, राज्यभाग पनि चाहियान भनीकन जुम्लातिर हिंडन्या हो ।"

"धत्तेरिका ! त्यसरी हतास्सिनु भया'न मीतज्यू । धिरज राख्नुपऱ्यो । शत्रुले चालेको कदमकन मात दिन्या नयाँ चालको खोजी गर्नुपऱ्यो ।"

"आफूले जे माग्याको हो, त्यही पायापछि चुप लागीकन बस्नुबाहेक क्या गर्न सकिन्छ र ? अब फेरि राजकुमारी चाहियान, मलाई अंशभाग देउ भन्न मिलेन ।"

डिल्ली भुजेल निधारमा हात राखेर टोलाए । राजकुमारको प्रश्नको जवाफ उनीसँग थिएन । एकैछिन विचारमग्न भएर सोचेपछि उनले मुख खोले, "शत्रुले उठाएको कदममाथि टेकेरै नयाँ गोटी चाल्नुपर्छ । राजकुमारी त्याग्नुपर्न्या बाध्यताले मले बमका मनमा इखको भावना गहिरोगरी गाडिन्या छ । यो घटनाले उनकन विक्षिप्त बनाउन्या छ । क्रोधित बनाउन्या छ । रिसको झोकमा मान्छेले गीता पाठ गर्दैन । उनले प्रतिशोध लिन्या योजना बनाउन्या छन् अर्थात् उनले गलती गर्न्या छन् । त्यही गल्तीलाई निहुँ बनाईकन राज्य लिन्या योजना बनाउनुपर्छ । घत हेरीकन गौंडो ढुक्यापछि हात्तीकन धाप मार्न्या अवसर आउँछ !", डिल्लीले दूर आकाशको आशादीप देखाएर भद्रिलाई आश्वस्त बनाउने कोशिश गरे ।

"मीतज्यूले भन्न खोज्याको कुरो मैले बुझिनँ ?"

"पहिलो माग दरबारले पूरा गरिदिन्या भयो । त्यसबाट भाग्न मिल्दैन । हाम्रो दोस्रो माग अप्ठ्यारो पर्न्या खालको छ । 'हुँदैन' भन्न पर्वत दरबार बाध्य हुन्या छ भनीकन आशा गरौं ।"

"जति ठूलो जागिर माग्या पनि दिन्छन् । त्यसका लागि दरबार पहिल्यै तयार भैसक्याको छ ।"

"मान्छेकन आफ्नो कुनै अङ्ग त्याग गर्नुपर्न्या अवस्था आयो भन्या सकभर आँखा जोगाउँछ । आँखा सानू हुन्छ तर त्यो गुमाउन चाहँदैन । बरू हातगोडा त्याग गर्न राजी होला, आँखा त्याग्न तयार हुन सक्तैन ।"

"मैले कुरो बुझिनँ ?"

"मैले बेनीको वरिपरि चारैतिर घुमिकन जाँच्याको छु । बेनी असाध्यै अप्ठेरो घाँटीमा छ । शत्रुले हमला गरिहाल्यो भन्या लुकन्या ठाउँसमेत कतै छैन । हामीले ज्यामरुकको डाँडामा बसीकन बेनीको निगरानी राख्न सकिन्छ ।"

भद्रिले डिल्लीको अनुहारमा हेरिरहेमात्र, केही बोलेनन् ।

“पर्वत दरबारले हामीकन माग्याको कुरा दियापछि होइन-छैन भनीकन पछि फर्कन मिल्दैन । बिहेका लागि राजकुमारी तयार भयापछि बिहे त गर्नै पऱ्यो । नाइँनास्ती गर्न मिलेन । बिहे गऱ्याँ अनि ज्यामरुकमा डेरा जमाईकन बस्न्या हो । त्यहीं बसीकन नयाँ योजना बनाउन्या हो ।”

“ज्यामरुकमा क्या राख्याको छ र त्यस्तो ?”

“ज्यामरुकसँगै रत्नेचौर, कुँडुले, बागलुङसमेत आउँछ । त्यसले खान दिन्छ । ज्यामरुकमा बसीकन बेनीको चियो गर्न सजिलो हुन्छ । अर्को कुरा बेनीको गद्दीमा बस्याका मले बमको नाकै अगाडिको डाँडामा उनको प्रेमिकासँग अरू कोही बस्याको छ भन्ने कुरा रातदिन सम्झानामा रहन्या छ । त्यो उनका लागि टाउको दुखाइको विषय बन्न्या छ । हरहमेसा उनका आँखा ज्यामरुकतिरै एकोहोरिन्या छन् । छटपटी हुन्या छ र शत्रुसाधनको उपायको खोजीमा लागन्या छन् । उनले हाम्रो विरुद्ध छुस्स केही गर्नासाथ त्यो हाम्रो लागि निहुँ बन्न्या छ । गलकोटले पनि हामीकन सघाउन्या वाचा गरिसक्याको छ, गलकोटसँग मुसिकोट र प्युठान पनि हाम्रै पक्षमा रहन्या छ । गल्कोट, प्युठान, मुसिकोट, रुकुम र जुम्लाको संयुक्त शक्तिका अगाडि पर्वत टिक्न सक्न्या छैन ।”

“नलिनीले के भन्लिन् ? विश्वप्रभासँग बिहे गऱ्याको कुरा जुम्ला दरबारकन पच्ला ?”

“जुम्ली महाराज केटाकेटी हो र ? ससानो कुरामा खुनासिन्या ? राजनीतिको दाउपेचको राम्रो जानकारी छ । महाराजकन सम्झाउन्या बुझाउन्या कमल जैसी छँदै छन् नि ! फेरि हामीले राज्य खडा गऱ्यापछि पटरानी हुन्या त राजकुमारी नलिनी नै त हो ।”

डिल्लीको पछिल्लो कुराले भद्रिलाई अलिकता आश्वस्त बनायो । उनले तैपनि शङ्का गरे, “पर्वतमा कस्तो खिचडी पाक्दै छ भन्न्या कुरा जुम्लाकन के थाहा ? राजकुमारी नलिनीकन कसले सम्झाइदिन्या ?”

“अस्तिताका चार-पाँच दिन म बेनीबाट उसै बाहिरियाको होइन । राजजैसी कमलसँग भेटघाटका लागि गयाको हुँ ।”

“कहाँ भेट्नुभयो ?”

"भकिम्लीको भुकभुके धुरीमा 'बाघखोर डाँडा' भन्या ठाउँ रह्याछ । त्यहाँ यतिखेर श्री श्री श्री १००८ स्वामी योगेश्वर महाराज बस्दा रह्याछन् । उनकै एकान्त आश्रममा जैसीसँग भेट भयाको हो । उनैले बोलायाको हुनाले गयाको हुँ । यतिखेर पर्वतमा जे-जे हुन गयो, त्यस कुराको अनुमान जैसीले पहिल्यै गऱ्याका रह्याछन् । जे परे पनि ढुक्क रहनू । बिचलित नहुनू । पर्वतले चाल्याको गोटीमा टेकेर नयाँ योजना बनाउनुपर्छ भन्याका छन् ।"

राजकुमार भद्रिले लामो श्वास लिए । राज्य भाग लिइछोड्न खोज्दा झन्भन्दा झन् ठूलो खाडलमा पर्दै गएको महसुस उनलाई भएको थियो । जुम्ला र कमल जैसीले जे-जे भन्छन्, त्यही कुरा आज्ञाकारी बालकले झैं स्वीकार्नुको विकल्प उनीसँग अर्को थिएन ।

त्रिचालीस

राजकुमारी विश्वप्रभाले लिएको भीष्म प्रतिज्ञाको समाचार दरबारका कामदार सुसारेहरूमार्फत एक कान, दुई कान मैदान हुँदै दरबारको चौघेरा नाघेर बाहिर आइसक्दासमेत युवराज मले बम भने अनभिज्ञ थिए । अनजान थिए । उनलाई आफूले छोडेको राज्यत्यागको ब्रह्मास्त्रले दरबार र भाइभारदारहरूलाई ठेगाना लगाउनेछ भन्ने आत्मविश्वास थियो । राजकुमारी विश्वप्रभा राजकुमार भद्रिसँग बिहे गर्न राजी भइन् भन्ने कुराको जानकारी उत्निखेरै महाराज घनश्यामबाट पाए पनि युवराजसमक्ष पुऱ्याउने हिम्मत जुटाउन महारानीलाई पूरै दुई दिन लाग्यो । महारानीबाट सुनेको अनपेक्षित समाचारले युवराजको विश्वासमा जबर्जस्त ठेस लाग्यो । राजकुमारीको अप्रत्याशित निर्णयले उनलाई मर्माहत बनायो । झट्ट विश्वास गरिहाल्न कठिन भयो ।

महारानीबाट जानकारी मिलेको कुरामा अविश्वास गर्नुपर्ने कारण थिएन । त्यसैले उनी केही क्षण किंकर्तव्यविमूढ बने । के गर्ने, कसो गर्ने भन्ने छटपटी भयो । आफूसँग एकवचन नसोधीकन राजकुमारीले एकतर्फी निर्णय लिनु उनका लागि कल्पनातीत घटना थियो । राजकुमारीसँग रिस उठ्यो । एकैछिन त आफूखुशी गर्ने उनको बारेमा किन चिन्ता लिने भन्ने खालको प्रतिशोधभाव पनि उत्पन्न भयो । तर राजकुमारीको सुझबुझ र बुद्धिमत्तामा प्रश्न उठाउन सकिँदैनथ्यो । विशेष परिस्थिति उत्पन्न नभैकन लहडमा राजकुमारीले त्यति ठूलो निर्णय लिएकी होलिन् भनेर युवराजले विश्वास गर्न सक्ने कुरा थिएन । कुन परिस्थितिको बाध्यताले उनलाई त्यति कठोर निर्णय लिनुपर्ने अवस्थामा पुऱ्यायो होला भन्ने जिज्ञासाले

युवराजलाई अधीर बनायो । व्यग्र बनायो । राजकुमारीलाई भेटेरै कुरा बुझ्ने उत्कण्ठा जाग्यो । वास्तविकता बुझ्न उनी हतारिए । रानीवासमा रहेकी राजकुमारीलाई तुरुन्त दरबारको बैठककक्षमा आउने सन्देश राजकुमारीकी विशेष सहायिका रम्भा हस्ते पठाए ।

दुई दिनदेखि राजकुमारीसँग युवराजको देखभेट भएको थिएन । कसैले उनी बिरामी भएको खबर पनि गरेको थिएन । बिनाकाम उनको खोजी गरिरहन युवराजलाई दरबारी मर्यादाले रोकेको थियो । महारानीबाट वास्तविकताको जानकारी पाएपछि राजकुमारको व्यग्रता चुलियो । दुई दिनसम्म राजकुमारी गुप्तवास बस्नुको कारण खुल्यो । बैठककक्षमा राजकुमारीको उपस्थिति नहुँदासम्म शान्त रहने धैर्य पनि उनमा रहेन । उठेर कक्षभित्र ओहोरदोहोर गर्न थाले । प्रतीक्षाका एक-एक पल उनका लागि सिङ्गो दिनजस्तै पट्यारलाग्दा बनिरहेका थिए । कक्षबाहिर महिला पदचाप सुनेपछि युवराजले ढोकातिर आँखा लगाए । राजकुमारी आफ्नी सुसारे रम्भाको साथ लागेर आइपुगेकी थिइन् । कक्षभित्र प्रवेश गरेपछि रम्भालाई बाहिरै बस्ने इशारा गरिन् र नतमस्तक भएर युवराजसमक्ष उभिरहिन् । युवराजले राजकुमारीलाई बस्न आग्रह गरे । आफूले पनि स्थान ग्रहण गरे ।

निकै समय बितिसक्दा पनि कसैले बोल्ने पहल गरेन । दुवै जना आवाजविहीन भएजस्ता बने । न वाचाल राजकुमारीले सधैँझैं बोल्ने पहल गरिन्, न बोलाई पठाएका युवराजले बोलाउनुको कारण खोल्ने हिम्मत गरे । राजकुमारका आँखा निर्निमेष राजकुमारीमाथि खनिए । राजकुमारीका आँखा भने भुइँतिर थिए । उनले युवराजको अनुहारमा हेर्ने हिम्मत जुटाउन सकेकै थिइनन् । युवराज र आफ्नाबीचमा हुर्केर झाङ्गिँदै गरेको माया-प्रेमको कल्कलाउँदो लाकुरी छिमलेजस्तो अपराधबोध राजकुमारीले गरिरहेकी थिइन् । फक्रँदै गरेको प्रेमको गुलाब च्यातेर पत्रपत्र छुट्ट्याउने नादानी गरेजस्तो लागिरहेको थियो । राजकुमारी चुप रहेको देखेपछि युवराजले अलिकता रोषमिश्रित आवाजमा सोधे, "मुमा महारानीबाट मैले सुन्याको कुरा सत्य हो ?"

राजकुमारीले जवाफ दिइनन् । उनका आँखाबाट अस्रुधारा बग्न थाले । रुवाइ बढदै गएर हिक्कामा परिणत भयो । 'हो-होइन' भनेर जवाफ दिने

सामर्थ्य उनमा थिएन, शायद ! उनलाई आफ्नो बोलिरहनुपर्ने बानीले फसाएको पो हो कि जस्तो लाग्न थालेको थियो । महाराज र बडाकाजीसँग खुलेर छलफलमा नउत्रिएका भए यस्तो परिस्थिति आउँदैनथ्यो कि भनेर उनको एउटा मनले सोच्न थालेको थियो । युवराजसँग सल्लाह नगरीकन निर्णय लिन हतारिनु हुँदैनथ्यो भन्ने रम्भाको कुरा उनलाई यतिखेर ठीकै पो हो क्यारे, आफूले गल्ती पो गरेँ कि जस्तो लाग्न थालेको थियो । वास्तवमा युवराजको भविष्य सुन्दर बनाइदिन्छु भन्ने केटाकेटीपनको भावावेशले उनलाई कठोर निर्णयमा पुर्‍याएको थियो । त्यही कारणले युवराजका अगाडि उनले आफूलाई खतुकी ठानिरहेकी थिइन् ।

राजकुमारीले आफूखुशी त्यस्तो निर्णय लिएकी होइनन् भन्ने कुरा युवराजले अनुमान गरिसकेका थिए । कसै न कसैले कुनै विशेष कारण देखाएर त्यस्तो निर्णय लिन उक्साएको हुनुपर्छ । संवेदनशील परिस्थितिको काल्पनिक तस्विरबाट तर्सेकी राजकुमारीलाई भावनामा बग्न प्रेरित गरिएको होला अथवा उनको मनोवैज्ञानिक शोषण गरिएको होला भन्ने उनले अनुमान गरिसकेका थिए । कतै मुमा महारानीबाट त्यस्तो जमान राजकुमारीबाट फुत्काइएको त होइन भन्ने उनलाई शङ्का लाग्न थालेको थियो । राजुकमारीको मौनता र उनका आँखाबाट बगेका गङ्गाजमुनाले युवराजको पहिलो प्रश्नको जवाफ दिइसकेको थियो अर्थात् राजकुमारीको त्यो अवस्था र चेष्टा स्वीकारोक्तिको थियो । किन, कसरी र केका लागि त्यत्रो बलिदान गर्नुपर्ने निर्णय गर्न लगायो भन्ने जिज्ञासाहरू युवराजका मनमा उडेलिएर पोखिन आतुर थिए तर राजकुमारी सामान्य अवस्थामा नफर्कुञ्ज्याल धैर्य गर्नु उपयुक्त लाग्यो । उनले चुपचाप राजकुमारीलाई एकोहोरो हेरेर बसिरहे ।

निकैबेरको रुवाइपछि राजकुमारी शान्त भइन् । च्यादरले आँखा पुछिन् । दुई-तीन दिनदेखि उनले लगातार आँसु बगाइरहेकी थिइन् भन्ने कुराको पोल उनका सुन्निएर राता भएका नयनहरूले खोलिरहेका थिए । रुवाइ रोकिएको भए पनि हिक्का थामिएको थिएन । उनले यसबीचमा एकपटक पनि राजकुमारतिर आँखा उठाएर हेरिनन् । त्यसो गर्नै सकिनन् । नतमस्तक भएर बसिरहेकी राजकुमारीको खुट्टाको बुढीऔंलाले भुइँ कोतरिरहेको थियो ।

त्यो उनको सचेत चेष्टा थियो वा अवचेतनमै औंलो चलिरहेको थियो कुन्नि ? आफ्नो आसनबाट राजकुमार उठे अनि नजिकै रहेको चाँदीको सुराही उठाएर राजकुमारीका हातमा थमाइदिए । राजकुमारीले दुई घुट्को पानी पिइन् । आफैं उठेर सुराही यथास्थानमा राखिन् र पुनः पहिलेकै स्थानमा आएर चुपचाप बसिन् । राजकुमारी अब वार्तालापका लागि तयार छिन् भन्ने लागेपछि युवराजले मौनता तोडे, "मेरो प्रश्नको उत्तर मैले पाएँ । मुमाहजुरले सुनायाको अप्रिय समाचार सत्य रह्या'छ । त्यस्तो कठोर निर्णय किन लिनुभयो राजकुमारी ? निर्णय लिनुपूर्व मेरो सम्झना आया'न ? मकन एकवचन सोध्नुपर्ऱ्या आवश्यकताबोध भया'न ? जसको लागि मैले राजपाठ, मान, सम्मान र गद्दीसमेत त्यागीकन वनवास जान सहर्ष तयार थिएँ, उसैबाट यस्तो धोका होला भन्न्या कल्पना पनि गऱ्याको थिइनँ । राजकुमारीले त आफूखुशी निर्णय लिनुभयो, मैले क्या गरूँ ? मैले पनि त निर्णय लिनुपऱ्यो । म आत्महत्या गरूँ वा कमण्डलु समातेर हिड्रूँ अथवा गद्दीमा बसीकन जिन्दगीभरि रोऊँ ?"

अब रुने पालो युवराजको थियो । बोल्दाबोल्दै उनको गला अवरुद्ध भयो । वाक्य बस्यो । अनुहार रातो भएर आयो । रुवाइ थाम्नका लागि बल गर्दा अनुहार विकृत भयो । रुवाइ रोके पनि युवराजका आँखाबाट आँसु बग्न थाले । युवराजको दीनहीन अवस्थाले राजकुमारीको पनि भक्कानो छुटेर आयो । उनी पनि फेरि अर्को एकपटक रुन थालिन् । दुवै जनालाई एकअर्काको अँगालोमा लपेटिएर रुन मन लागेको थियो तर लोकमर्यादाले रोक्यो । ढोकाबाहिर रम्भा कुरिबसेकी छे भन्ने कुराले सचेत बनायो । यथास्थानमा बसेरै चुपचाप दुवै जनाले आँसु चुहाए । राजकुमारीले भुइँतिर हेरेरै धर्ती सिँचिन्, राजकुमारले कक्षको दलिनतिर हेरेर आँसु निर्वाध बग्न दिए । मनग्गे आँसु बगाएपछि दुवै जनाले अलिकता हलुङ्गो भएजस्तो महसुस गरे । आँसु पुछेर युवराजले पुन वार्तालाप अघि बढाए, "भद्रिको अडानले दरबारकन झुकायो । भाइभारदारहरूकन गलायो । म त बरु जस्तो र जत्रो त्यागका लागि पनि तयारै थिएँ । महाराज र बडाकाजीलाई मैले आफ्नो निर्णय सुनाइसक्याको थिएँ । राजकुमारीकन पनि मेरो मनको कुराको जानकारी थियो तर अकस्मात् त्यस्तो कुन

कुरा आइलाग्यो, जसले राजकुमारीकन त्यति ठूलो अपशकुनी निर्णयमा पुऱ्यायो ? मुमाहजुरबाट बलिदान मागिबक्स्यो कि ? त्यस्तो हो भन्या मुमाहजुरसँग म कुरा गर्छु ?"

कतै महारानीबाट 'आमा'को साइनोको दुरूपयोग भयो कि भन्ने शङ्का युवराजले गरे । युवराजको कुरा सुनेर उनलाई घटनाको बेलिविस्तार सुनाइएको रहेनछ भन्ने कुरा राजकुमारीले बुझिन् र स्पष्टीकरण दिइन्, "होइन, मुमामहारानी त बैठकमा होइसिन्थेन । आराम छैन भनीकन निस्किस्याको थियो । महाराज र बडाकाजीबाट भविष्यमा उपस्थित हुन सक्ने सम्भावनाको डरलाग्दो तस्वीर प्रस्तुत भयो । त्यसले मकन निर्णय लिन प्रोत्साहित गऱ्यो । बाध्य बनायो ।"

"कस्तो तस्वीर ?"

"भद्रिकन राज्यभाग दिन्या हो भनेदेखिन् राज्य कमजोर हुन्छ । कमजोर राज्य बलियाहरूको सिकार बन्छ । पर्वत राज्यकन बलियो देखन्या मन छ, मले बमकन अखण्ड र बलियो राज्यको राजा भयाको देख्न्या मन छ, मले बमकन शक्तिशाली राजा बन्याको हेर्न्या देख्न्या मन छ भने भद्रिको चित्त बुझाउन्या कुरामा सहयोग गर्नुपऱ्यो । मले बमको राज्य विखण्डन भईकन कमजोर अवस्था पुग्याको, उस्तै पऱ्या शत्रुको फन्दामा परीकन राज्यविहीन अवस्थामा पुग्याको हेर्न्या सामर्थ्य छ भने प्रेमको नाममा अड्डी लिनुहोस् । त्यसको परिणाम राज्यविभाजन गर्नुपर्न्या हुनेछ । होइन, पर्वत र मले बमको भविष्य सुरक्षित गर्नुपर्छ भन्ने लाग्छ भने भद्रिको माग सम्बोधन गर्नुको विकल्प रहेन । राज्यभागको बदलामा भद्रिले क्या माग्याका छन् भन्न्या कुराको जानकारी राजकुमारीकन छँदै छ ? मले बमकन बलियो राजा बनाउन्या कि कमजोर राजा भनीकन अक्करमा पाऱ्यापछि राज्यविहीन युवराजको कल्पना मैले कसरी गर्न सक्थेँ र ?"

"महाराज र बडाकाजीले राजकुमारीकन तर्साउनु भया छ ? मकन राजगद्दीको लोभ छैन । ठूलो राज्यको शक्तिशाली राजा हुन्या चाहना पनि छैन । पर्वतको राजगद्दी पाउँदैमा चक्रवर्ती राजा होइने पनि होइन । राजकुमारीको निर्णय मकन मान्य छैन ।"

"मेरा निमित्त बडाकाजी र महाराज दुवै जना बुबासमान होइसिन्छ, देवतासमान होइसिन्छ । मैले दुवै जनाकन जमान दियाकी छु । वचनमा बाँधियाकी छु । देवताका अगाडि गऱ्याको कबुल कसरी तोड्न सकिन्छ र ? त्यस्तो शक्ति ममा छैन युवराज !"

"मलाई एकवचन नसोधीकन किन भीष्म प्रतिज्ञा लियाकी त ? मेरो माया छैन ? म भन्दा राज्य ठूलो भयो ? वचन ठूलो भयो । राज्य भन्याको भूगोल हो । माटो हो । माटोको जति मूल्य मेरो रह्यान ? मेरो प्रेमको मोल त्यति सस्तो भयो त राजकुमारीको नजरमा ?"

"त्यसो होइन युवराज ! मेरा लागि हजुरको प्रेम अनमोल छ । मेरा लागि संसारमा हजुरभन्दा प्रिय अर्को कोही छैन । हजुरकै कल्याणका लागि आफ्ना इच्छा, आकाङ्क्षा र रहरहरू बलिदान गर्न तम्स्याकी हुँ ।"

"मकन मञ्जुर छैन । राजकुमारीले जुन राजगद्दीका लागि मकन त्याग गर्न्या निर्णय लिनुभयो मैले पनि तपाईंकै लागि आजैबाट त्यो गद्दी परित्याग गर्छु । म भोलि नै गेरूवस्त्र धारण गरीकन काशीवासतिर लाग्छु ।"

"त्यस्तो केटाकेटी जिद्दी नगरिस्यो युवराज ! म मऱ्याकी भए मेरो लाससँग चितामा जलिसिन्थ्यो र ? अवश्य थिया'न । पर्वतको विशाल र अखण्ड राज्य एउटा माया गर्न्या केटीको अन्तिम उपहार सम्झीकन उपभोग गरिस्यो । प्रेमको चिनो सम्झीकन सम्हालेर राखिस्यो । गद्दीरूपी मायाको चिनो दिन्या मेरी प्रेमिका मरी भनीकन सम्झिस्यो ।"

"पर्वत राज्यको विखण्डन गर्नै हुँदैन भन्न्या पर्वतका भाइभारदारहरू हुन् । पर्वत राज्यको प्रथम हकदार मैले उनीहरूकन राज्य फिर्ता गर्छु । गद्दीमा भद्रिकन राखून् वा अरू कसैलाई राजा बनाऊन् । उनीहरूको खुशी । मलाई राजकुमारीबिनाको राजगद्दी चाहियान ।"

"पर्वत दरबारले हजुरकन राजा चुनिसक्याको छ । भद्रिको माग अस्वीकार गरिसक्याको छ । हजुरकन त देवताले पनि चुनीकन पठायाका हुन् । मास पुगीकन जन्मलियाका भए राजाहुन्या अवसर नै आउँदैनथ्यो । त्यसैले भगवान्ले मास पुग्नुपूर्व नै हजुरकन यस धर्तीमा पठायाको हो । जनताले राजा मान्याको छ । भाइभारदारले मान्याका छन्, देवताले पनि रोज्याका छन् । यस्तो सुनौलो अवसर सबैको नसिवमा हुँदैन ! मानिसले

पृथ्वीमाताको अवहेलाना गर्नुहुँदैन । देवता र प्रजाको अपमान गर्नुहुँदैन । मान्यजनहरूको अपमान गर्नुहुँदैन । हात पऱ्याको गद्दी त्याग गर्नु कायरता हो, लाछीपन हो । युवराजकन त्यसो गर्न शोभा दिँदैन ।"

"जिन्दगीभर रोइरोईकन गद्दीमा बस्नुभन्दा हाँसेर फकिरको जिन्दगी बिताउनु राम्रो !"

"हेर्दा राम्रो, टिपेर टाउकोमा सिउरिन भने नसकिन्या विशाल तालमध्येमा फुल्याको कमलजस्तो मकन ठानिसेला । शिरमा सिउरन नपाया पनि पोखरीको मध्येमा फुल्याको फूल मेरो हो भनिसेला । मैले तन भद्रिकन सुम्प्या पनि मन हजुरकै पासमा छोडीकन जान्या छु ।"

"राजकुमारीकन गुमाउनु पऱ्या दुःखद् स्थितिको तुलना अरू वस्तुसँग गरीकन कसरी साखुम गर्न सक्छु र ? मेरा खातिर, पर्वतराज्यका खातिर आफूलाई सुलीमा चढाउन्या नादानी नगर्नुहोस् राजकुमारी ! बिन्ती छ । पर्वत दरबार छोडीकन अन्यत्र जान्या कुरा गर्दै नगर्नुहोस् । बरू मसँग बिहेगऱ्या मन छैन वा वचन अवरोध बन्छ भन्या पनि उसै बस्नुहोस् । पर्वत दरबार आसपास तपाईंको उपस्थिति भयापछि म ढुक्क हुन सकुँला, मन थाम्न सकुँला तर अर्कासँग बिहे गरेर जान्या कुरा मेरा लागि कदापि सह्य हुन्या छैन ।"

"युवराज ! मैले भावनामा बगीकन बलिदानको निर्णय लियाकी होइन । पर्वतका भाइभारदारहरूमा रह्याको राज्य खण्डित हुन्छ कि भन्न्या चिन्ता दूर गर्न र युवराजको उन्नति प्रगति, समृद्धि र सुखशान्तिको लागि मैले भौतिक शरीरको दान गऱ्याकी हुँ ।"

"राजकुमारीबिना मैले आफूलाई कहिल्यै पूर्ण ठान्नसकन्या छैन । सुखी हुन पनि सकन्या छैन । अधमरो शरीरकन गद्दीमा राख्या पनि राज्यप्रति न्याय गर्न सक्न्या छैन ।"

"राजाका निमित्त सबभन्दा ठूलो कर्तव्य प्रजाको रक्षा गऱ्या, राज्यको उन्नति प्रगति गऱ्या हो । राजधर्म भन्याको त्यही हो । ती दुई कुराबाहेक अरूका निम्ति समय, शक्ति र ज्यान दिनुहुँदैन । माया, प्रेम, आफन्तको घेराभित्र राजा रहनुहुँदैन युवराज !"

"म राजा नै होइन । राजकुमारीबिना म राजा बन्नै चाहन्नँ । राजगद्दी त्याग्यापछि कहाँको राजधर्म ?"

"युवराजले म राजा हुन्न भन्न पाइसिन्न । दरबारले भावी राजा बनाउन्या भनीकन मौरीको बथानले रानी तयार गऱ्याझैं हजुरको पालनपोषण र शिक्षादीक्षामा लगानी गऱ्याको छ । भाइभारदार र प्रजाले राजा मानिसक्याका छन् । महाराजले श्रीपेच हजुरकन सुम्पी काशीबास जान्या निर्णय लिइस्याको छ । राज्यले, धर्मले, कर्तव्यले हजुरकन बाँधिसक्याको छ । एउटी केटीका लागि राजपाठ त्याग्न्या कुरा प्रेमकथामा राम्रो मानिएला, व्यवहारमा कदापि उचित मानिन्या छैन ।"

"राजकुमारीले आफ्नो जीवनको निर्णय आफूखुशी गऱ्यापछि मैले निर्णय लिन किन नपाउनु ?"

"पाइँदैन ! मानिसका लागि कर्तव्य सबभन्दा ठूलो मानिन्छ । मैले पनि इच्छा आकाङ्क्षा प्रतिकूलको निर्णय लिनुपऱ्यो । भद्रिले अडान नछोड्यापछि पर्वत राज्य विखण्डन गर्नै पर्थ्यो । भद्रिकन अंशभाग दियापछि अरू भाइहरूले मागे दिनुपऱ्यो । १६ हजार पर्वत ६/६ भाइबीच अंशबन्डा लगाउँदा एकभाइको भागमा कति पर्छ ?ससाना राज्यहरूमा विभाजित गरीकन पर्वत निलन्या मनसाय वरिपरिका राज्य रजौटाहरूको होइन कसरी भन्न मिल्छ र ? भद्रिको पछि जुम्ला छँदै छ, गल्कोट पनि उतै लाग्याको छ भन्न्या सुनियाको छ । जुम्लाको साथमा प्युठान हुन्या भो । रुकुम पनि उतै हुन्या नै भो । मेरा कारणले भविष्यमा पर्वत राज्यको नामोनिशान समाप्त नहोस् । पर्वत विनाशको कारण आफू बन्न नपरोस्, आफ्ना कारणले आफूले सबभन्दा धेरै माया गऱ्याको मान्छेको श्रीपेच नखोसियोस्, गद्दीबाट बेदखल हुनु नपरोस् भनीकन मैले आत्मघाती निर्णय लियाकी हुँ ।"

"सुदूर भविष्यको डरलाग्दो सम्भावना देखाईकन बडाकाजी र महाराजबाट मेरा अगाडि हात जोडीकन आँसु झाऱ्यापछि मसँग अर्को विकल्प क्या थियो र ? देउपुरले डोली चढाई पठायापछि म पर्वतकी भएँ । पर्वतको प्रजाको हैसियतले राज्यकन सम्भावित विनाशबाट जोगाउन्या कर्तव्य मेरो पनि हुन गयो । मैले भद्रिसँग बिहे गर्न्या भन्याको चितामा

ज्युँदै जल्नुजस्तै हो । म ज्युँदै जल्या पनि पर्वत अक्षुण रहोस्, अखण्ड रहोस् भन्न्या पवित्र कामना हो मेरो । मेरो त्याग र बलिदानको अवमूल्यन युवराजबाट गरिसिनु भया'न । म बिना गद्दी नलिन्या कुराले मेरा मनमा ठेस पुऱ्याउन्या छ । एउटा सच्चा प्रेमीले प्रेमिकाबाट प्राप्त गऱ्याको प्रेमोपहारको उपेक्षा गर्न सक्दैन । अवमूल्यन गर्न सक्तैन । युवराजबाट पनि त्यसो गर्न सुहाउँदैन ।"

राजकुमारी आफ्नो वचनप्रति प्रतिबद्ध थिइन् । दृढ थिइन् । उनी आफ्नो उद्देश्यबाट विचलित हुँदिनन् र विचलित बनाउन सकिँदैन भन्ने युवराजले बुझिसकेका थिए । राजकुमारीको दृढतासामु युवराजले आफूलाई निरीह महसुस गरे । राजकुमारीले अघि सारेको तर्कमा सत्यता थियो, सम्भावना थियो । पर्वत विखण्डनको लागि जुम्लाले षड्यन्त्र गर्दै छ भन्ने आभास मले बमलाई पनि भएको थियो । कमल जैसीको बारम्बारको गल्कोट र प्युठानतिरको यात्रा व्यर्थ होइन भन्ने कुराको सङ्केत आनन्द रेग्मीले गरिसकेका थिए । जिद्दी गरेर राजकुमारीलाई रोक्न त सकिएला तर पर्वतको विनाश रोक्न सकिएन भने समाजले धिक्कार्नेछ, देउपितृले सराप्नेछन् भन्ने कुरा पनि युवराजले नजानेका थिएनन् तैपनि राजकुमारी विश्वप्रभालाई गुमाउनुपर्ने कुराले उनलाई सर्वस्व गुमाएजस्तो लागिरहेको थियो । त्यसैले अन्तिम अस्त्र फ्याँके, "यदि भद्रिको राजा नभै नछोडन्या चाहना हो भन्या, जुम्ली महाराजको आफ्ना नातिकन राज्याभिषेक दिलाइछोड्न्या मनोकाङ्क्षा हो भन्यादेखि राजकुमारीकन पाया पनि उनीहरू चुप लाग्न्या छैनन् । भद्रिले राजकुमारीकन माग्याको त पर्वत दरबारकन गलाउनाखातिर हो । अंशभाग गऱ्या कुरामा दरबारकन मनाउनाखातिर हो । भोलि पर्वतले राजकुमारीकन पनि गुमाउनुपऱ्या र राज्यविखण्डनबाट बचाउनाकन पनि सङ्घर्ष गर्नुपऱ्या अवस्था आयो भन्यादेखि राजकुमारीको त्यागको के अर्थ रहला र ? भोलि हुनसकन्या कुरा बरु आजै भैजावस् । किन रोएर जिन्दगी बिताउनुपऱ्या, विकट बाटोमा हिड्न्या मूर्खता गऱ्या हो र ?"

"जीवनभर हातखुट्टा खुम्च्याईकन बस्न्या सर्तमा मैले आफूकन भद्रिसमक्ष सुम्पन्या हो । भद्रिले बेइमानी गऱ्याछन् भन्या त्यसका विरुद्ध सामर्थ्यले भ्याएसम्म म आफू लड्न्या छु । मेरो सामर्थ्यले भ्याएनछ भन्यादेखि

युवराजकन सारा षड्यन्त्रको जानकारी गराउन्या छु । पर्वत राज्य र युवराज मलेम बमका लागि आफूले गर्‍याको त्याग र बलिदान कहिल्यै बिर्सन्या छैन । खेर जान दिन्या छैन ।"

"जन्म जन्मान्तरसम्म तिर्न नसक्न्या ऋणको भारी नबोकाउनुहोस् राजकुमारी ! अझै पनि दोस्रो बाटो खोजौं । सजिलो बाटो रोजौं । दुई दिनको जिन्दगीमा अनावश्यक दुःखकष्ट क्यान उठाउन्या ? राजकुमारीले रोज्याको बाटोले मकन राज्य मिल्ला, शान्ति मिल्न्या छैन । चैन मिलन्या छैन । राजकुमारीकन पनि मैले त्याग गर्‍याँ भन्न्या सन्तोष होला तर जीवन नर्क बन्न्या छ । ज्युँदै नर्कवास जान्या कुरा बुद्धिमानी हुन्याछैन ।"

"मैले बुबा महाराजसँग देउपुर फिर्ता पठाइदिन्या याचना गर्‍याकी हुँ । मेरो फिर्तीबाट पर्वतको समस्या समाधान हुँदैन भनीकन इन्कार गरिबक्स्यो । पर्वत जोगाउन्या मेरो बलिदानभन्दा अर्को विकल्प छँदै छैन भनिस्यो । मसँग अर्को विकल्प थियो, आत्महत्याको । डोला चढन्या बखतमा मुमाले आफ्नो औंलाको हीराको औंठी मकन दिसेको थियो । यस्तै अप्ठ्यारो परिस्थितिमा ज्यानहाल्न सजिलो होस् भनीकन दिसे'को होला । विगत दुई-तीन दिनदेखि त्यसबारेमा पनि मैले सोच्याकी हुँ । मेरो मृत्युले युवराजकन दुःख लागेमात्रै त ठीकै थियो । बिस्तारै घाउमा खाटा बस्दै जाँदो हो । मैले अर्कोसँग बिहे गरेर जानुभन्दा मेरो मरणको दुःख हजुरकन सानो हुँदो हो भन्न्या अनुमान गर्‍याकी थिएँ तर पर्वत विखण्डनको खतरा त बाँकी नै रहन्थ्यो । जसका निमित्त भनीकन त्याग गर्न्या हो, उसैको जीवन कष्टकर भयो, राज्यविहीन बनीकन समाजमा अपमानित हुनुपर्न्या अवस्था आयो भन्या मेरो मरणको कुनै अर्थ हुँदैनथ्यो । त्यस्तो परिस्थितिको कल्पनामात्र पनि मेरा लागि सह्य थिएन । त्यसैले आत्महत्या गर्न्या कुरा मनबाट निकालिदियाकी हुँ । पर्वत राज्यकै लागि भावी महाराज मले बमकै लागि मैले आफूकन बलि चढायाकी हुँ ।"

राजकुमारी एक क्षण रोकिइन् । पुलुक्क राजकुमारको अनुहार निहारिन् । युवराराजको दीनहीन मुहारमा उनका नयनहरू धेरैबेर टिक्न सकेनन् । आफ्ना नजरहरू राजकुमारको अनुहारबाट अन्यत्रै मोडेर पुनः बोल्न शुरू गरिन्, "भगवान् कृष्णको चक्रप्रहारबाट शिरोच्छेदन भयाको बर्बरिकको

टाउकोले अग्लो डाँडाको टुप्पामा बसीकन महाभारतयुद्ध हेऱ्याको थियो रे ! महाराजसँग ज्यामरुकको जागिर भद्रिले माग्याका छन् भन्न्या सुन्याकी छु । मैले पनि ज्यामरुकको अग्लो डाँडाबाट मेरा प्रियतमले पर्वतमा राज गऱ्याको, उन्नति गऱ्याको, प्रजाको भलो गऱ्याको र संसारले जयजयाकार गऱ्याको हेर्न्याछु । हेर्दा मनमोहक धातु सुन खान भने सकिँदैन । हेरीकन मात्र नयनसुख लिइन्छ । मेरा निमित्त युवराज पनि सुनजस्तै मनमोहक वस्तु होइस्यो । हेर्न मिलन्या तर उपभोग गर्न नपाइन्या । मैले जीवनभर धितमर्न्या गरी हेर्न पाऊँ । युवराज ! म जहाँ पुग्या पनि मेरो प्राण हजुरसँग रहन्या छ । हाडमासुको शरीरमात्र भद्रिले पाउन्या छन् । जहिलेसम्म भद्रि इमान्दर रहन्या छन्, जमानमा अडिन्या छन्, जति नै गाह्रो भया पनि म भद्रिसँग रहन्या छु । भद्रिले बेइमानी गर्न्या छनक पाउनासाथ युवराजकन जानकारी गराउन्या छु र मैले यो देह विसर्जन गर्न्याछु ।"

राजकुमारी फेरि रुन थालिन् । युवराजलाई पनि मन थाम्न गाह्रो भयो । राजकुमारी आफ्नो निर्णयबाट डगमगाउँदिनन् भन्ने निश्चय भएपछि युवराजले एउटा सर्त अघि सारे, "ठीकै छ । हामी दुवैको नसिवमा देख्न पायास्, भोग्न नपायास् भन्ने श्राप पऱ्याको रह्याछ । दैवको लीला टर न टार । राजकुमारीले मेरा निमित्त, मेरा परिवारका निमित्त र मेरो राज्यको हितकल्याणका निमित्त त्यति ठूलो त्याग गर्नुभयो । राजकुमारीको बलिदानको तुलना अर्को केही कुरासँग हुनै सक्तैन । पर्वतको राजपरिवारले त्यो गुनको पैँचो फर्काउन कहिल्यै सकन्या छैन । त्यत्रो त्याग र बलिदान गर्न सकन्या विशाल छाती सबैसँग हुँदैन । मसँग पनि छैन । दैवले हाम्रो साथ देखिसहृयान । अलग हुन बाध्य भयौँ । यो अन्तिम बिदाइको बेलामा राजकुमारीसमक्ष एउटा सानू याचना गर्दछु । हुन्न, दिन्न नभन्नुहोला ।"

"मैले आफ्नो जीवन हजुरकै नाममा बलि चढायाकी हुँ । त्यसबाहेक अरू मैले दिनसकन्या कुरा छ भन्या पनि निर्धक्क भनिस्यो । टक्र्याएन तयार छु ।"

"वचन दिनुहोस् !"

"वचन भयो !"

"भद्रिबाट कुनै दुर्व्यवहार भयो वा अनादर, अन्याय भयो भन्या मकहाँ आउनुहोला । पर्वत दरबारकन आफ्नो घर सम्झनुहोला । माइती-मावली

सम्झनुहोला । भद्रिले आफ्नो वचन पालना गऱ्यानन् र पुनः विद्रोहमा उत्रन्या भए भन्या पनि मकन सूचना गर्दैमा कर्तव्य पूरा भयो भनी नठान्नुहोला । भद्रिकन सजाय दिन्या वा तह लगाउन्या काम मेरो हो । त्यस्तो बेलामा जे पनि हुन सकन्या छ । जे भया पनि राजकुमारी मकहाँ आउनुपर्न्याछ । मकन राजकाजमा बाटो देखाउँदै रहनुपर्न्याछ । मैले राजमाताको सम्मान दिन्याछु । आदार सम्मानका साथ राखन्या प्रबन्ध गर्न्याछु । ज्यान हाल्नु हुन्याछैन । दम्पतीका रूपमा नभया पनि असल मित्रका रूपमा जीवन बिताउन्या मौका मकन दिनुपर्न्याछ ।"

"त्यसो गर्नाकन सजिलो त हुन्याछैन । निकै गाह्रो पर्न्याछ तर वचन दिहालें । जस्तो अप्ठ्यारो परिस्थिति आइलाग्या पनि मैले ज्यान हालन्याछैन । समाजको लाञ्छना सहेर खपेरै भया पनि युवराजका नजिक रहन्या कोशिश गर्न्याछु ।"

यसरी दुई शरीर, एक मुटु भएका युगलजोडी सदाका लागि अलग हुन राजी भए । समय परिस्थितिले उनीहरूलाई अन्त्यन्त कठिन बाटो रोज्न बाध्य बनायो । हाँसेर होइन, रोएर अलग हुन विवश बनायो ।

चवालीस

युवराजको बिहे खाँचीकी राजकुमारी महल वसन्तासँग भयो । भद्रिको बिहे राजकुमारी विश्वप्रभासँग भयो । राजकुमार भद्रि र राजकुमारी विश्वप्रभा ज्यामरुक उक्लेर बस्न थालेको डेढ वर्ष भैसकेको छ । राजकुमार भद्रिको दोस्रो मागअनुसार बागलुङसहित ज्यामरुकको जागिर मिल्यो । युवराज मले बमलाई राजतिलक दिएर महाराज घनश्यामले विश्राम लिए । बाँकी राजकुमारहरूको शिक्षादीक्षा, बिहे व्रतबन्धको जिम्मासमेत मले बमलाई सुम्पेर राजारानी काशीवास गए । साना राजकुमारहरूको पढाइलेखाइ, लालनपालन र शिक्षादीक्षाको देखरेख गर्नुपर्ने भएकोले महारानी गुलवदन केही समयपछि फर्कनेगरी काशीतिर गएकी थिइन् । महाराजको बस्नेखाने प्रबन्ध मिलाएर फर्किहाल्छु भनेर उतातिर लागेकी महारानी अझै फर्किएकी छैनन् ।

महाराजले काशीवास जाने निर्णय लिएपछि बडाकाजीले पनि अवकाश लिए । काजी अरिभञ्जन मल्लले उनको ठाउँ लिए । सरदार कृष्ण मल्लको काजीमा पदोन्नति भयो । दिष्याली कृष्ण कार्की सरदार बने । सुमन्त बानियाँले पनि अष्यालीमा पदोन्नति पाए । अष्याली चिन्तामणि घर्तीले दिष्यालीको मान पाए । अब आफू अशक्त बूढो भएको भनेर गुरु रामेश्वरले पनि बिदा लिए । उनको ठाउँ उनका सुयोग्य सुपुत्र नरेश्वरले लिए । राजा मले बमले राजतिलकको अवसरमा राजगुरु रामेश्वरको इच्छाबमोजिम गुरुदक्षिणास्वरूप रु. २००।- को एउटा अक्षयकोष स्थापना गरिदिएर सालिन्दै बेनीको दोविल्लामा श्रीमद्भागवत कथा पारायणको व्यवस्था गरिदिए ।

राजपाठ हातमा लिएपछि मले बमको स्वभावमा असाधारण परिवर्तन आएको अनुभव भाइभारदार र आफन्तजनहरूले गर्न थालेका थिए ।

अधिकांश समय उनी आफैंमा हराउने, टोलाउने गर्दथे । सानो सानो कुरामा झर्कने रिसाउने गर्न थालेका थिए । कहिल्यै कसैसँग खुलेर वार्तालाप गर्दैनथे । कसैले उनलाई हाँसेको मुस्कुराएको देखेको थिएन । राजपाठको बोझले हो कि अरू कुनै कारणले हो कुन्नि उनलाई बिलकुल भिन्न बनाइदिएको थियो । उनै दयालु, नरम, शान्त र बुद्धिमान युवराज वर्तमान राजा मले बम नै हुन भन्न कठिन पर्थ्यो । उनको व्यवहार र स्वभाव बिलकुल फरक भएको थियो । न खानामा रुचि थियो, न हाँसखेल, मनोरञ्जन र सिकारमा अभिरूचि देखाउँथे ।

उनको जिब्रोले स्वाद गुमाइसकेको थियो । यो वा त्यो खाद्यवस्तुको इच्छा जाहेर गर्न बिर्सिएका थिए । जसरी राजकीय कामलाई नियमित जिम्मेवारीको रूपमा लिएर पूरा गर्थे, त्यसैगरी खानापिना पनि उनका लागि नियमित कार्यतालिकामात्र भएको थियो । स्वादका लागि होइन, रुटिन पूरा गर्न मात्र भाग बस्थे, भान्सामा उपस्थिति जनाउँथे । मले बमको स्वभावमा आएको त्यो असाधारण परिवर्तनको कारण प्रेमवियोग हो भनेर मानिसहरूले अड्कल काट्थे । कठै भन्थे, सहानुभूति प्रकट गर्थे । उनलाई बेनी दरबारको दक्षिणाभिमुख अवस्थिति पनि बिझाउन थालेको थियो । उनले बिर्सेर पनि ज्यामरूकतिर हेर्न रुचाउँदैनथे अर्थात् त्यता दृष्टि फिराउने हिम्मत जुटाउन सक्तैनथे । त्यसैले दरबारको परम्परागत अग्रभागको राजनिवासलाई पछिल्तिर रहेको अपेक्षाकृत अलि होचो रानीवासमा स्थानान्तरण गरेका थिए । त्यसबाट दरबारमा रहुञ्ज्याल ज्यामरूकको डाँडो उनको नजरबाट ओझेलमा पर्दथ्यो ।

उता भद्रिसँग बिहे गरेर ज्यामरूक उक्लेकी राजकुमारी विश्वप्रभाका आँखा भने फुर्सद पाउनासाथ बेनीतिर तानिन्थे । मौका पाउनासाथ बेनी दरबार देख्न, निहार्न सकिने ठाउँमा पुगेर बस्थिन् । एकोहोरिएर बेनीतिर हेरेरै घण्टौं बिताउँथिन् । उनको शारीरिक अवस्था दयालाग्दो भैसकेको थियो । शरीर सुकेर आधा भएको थियो । अनुहारको कान्ति गायब भएको थियो । आँखा पाताल धसिएका थिए । आँखाको चारैतिर कालिमा पोतिएको थियो । दुई वर्षदेखि शङ्गारसाधनसँग सम्बन्धविच्छेद भएको थियो । उनको वाचाल प्रवृत्ति पूरै उल्टिएको थियो । उनले आफ्नै सहयोगी

रम्भासँग पनि कैयौं दिन दोहोरो संवाद गर्दै नथिन् । मले बमले झैं उनले पनि हाँस्न पूरै बिर्सिदिएकी थिइन् । सधैंभरि आफैंभित्र हराउँथिन् । आँखा सधैं गोलभैंडाजस्तै राता देखिन्थे अर्थात् झन्डैझन्डै दुई वर्षदेखि उनलाई निद्राले बिदा दिएको थियो । रातरातभर उनका आँखा बगिरहन्थे तर दिनको उज्यालोमा भने उनका आँखामा कसैले आँसु देखेन ।

एक-डेढ वर्षदेखि एकनास चलेको राजकुमारीको निसार र निरस जिन्दगीमा अचानक नयाँ मोड आयो । सिकारी बुढा बजरङ्गी घिमिरेकी अर्धाङ्गिनी रनकलीसँगको एक दिनको आकस्मिक वार्तालापले राजकुमारी विश्वप्रभालाई छाँगाबाट खसेजस्तो बनायो ।

हरेक साता-दशदिनमा राजकुमार भद्रि बम सिकार खेल्न जान्छु भनेर निस्कन्थे । उनी सधैं सिकारी बुढा घिमिरेलगायत एक-दुई जना सहायक सिकारीहरू साथ लिई डाँडो काटेर ताराखेततिर लाग्थे । कहिले उतै दुई-चार दिन हराउँथे । कहिलेकाहीं भने साँझतिर फर्की पनि हाल्थे । भद्रि हराए पनि साथ लागेर गएका सिकारीहरू भने दैनिकजसो घर फर्कन्थे ।

बनेलको सुकटी बनाएर दरबारमा पुऱ्याउन आएकी बूढी रनकलीसँग उनैले लिआएको डौंडे केलाउँदै रम्भाले गफगाफ गर्न थालिन् । छेउमै विश्वप्रभा चुपचाप बसेर आफैंभित्र हराइरहेकी थिइन् । रनकलीहरूको कुराकानीमा राजकुमारीको ध्यान थिएन । सधैंझैं उनी टाढा कतै हेरेर टोलाइरहेकी थिइन् । सुदूर आकाशमा कतै उडिरहेको बादलको टुक्रोलाई एकनाससँग हेरेर तपस्वीझैं निश्चल निःशब्द ध्यानमग्न थिइन् । त्यस दिन पनि सिकारीहरू साथ लिएर राजकुमार भद्रि धुरीतिर लागेका थिए । डौंडे केलाउन सघाउँदै गरेकी रनकलीसँग रम्भाले सोधिन्, "बूढै भया पनि बजरङ्गी बाजेको सिकारको रङ्ग त अझै गयाको छैन हगि ?"

"उमेरले तीनबीसे दशको नेटो काट्यो । ज्यानमा तागत छैन । गाह्रो त मान्छन् तर राजाले आज्ञा गऱ्यापछि नाइँनास्ती गर्नु मिल्या'न । करैसँग जान्छन् नि बरा ! केको रङ्गरूचि हुनु ।"

घरमा नोकर चाकरहरूले 'राजा' भनेर सम्बोधन गर्ने हुनाले गाउँलेहरूले पनि राजकुमार भद्रि बमलाई 'राजा' नै भन्थे ।

"बूढो मान्छेकन क्यान दुख्ख दिसेको होला कुन्नि राजा साहेबले ?"

"क्यान हुनु नि ! राजासाहेबको काम अरू नै के-के पो हुन्छ रे ! हाम्रा बूढा जत्तिको सिपालु तीर हान्या सिकारी अरू नाइँ । आफू अन्ततिरै व्यस्त भया पनि बेलुका रित्तोहात दरबार फर्कन नपरोस् भनीकन बूढाकन राजाबाट कर पारिबक्स्याको होला नि !"

"सिकार खेल्न जान्या राजासाहेबको जङ्गलमा अरू के काम हुन्छ र ?"

"खोइ त्यो त म क्या जानु ? सिकारको जिम्मा हाम्रा बूढाकन सुम्प्या'र राजासाहेब को-को हुन् नयाँ नौला मान्छेसँग भलाकुसारी गर्न पो गैबक्सन्छ रे !"

"सधैं ?"

"हो त ! राजाले त यो दुई वर्षमा एक दिन पनि आफैं सिकार हानिबक्सेकै छैन रे ! सिकारको त निहुँमात्रै हो रे !"

रनकलीको कुरा सुनेर रम्भा आश्चर्यचकित भइन् । संयोगबस राजकुमारीको कानमा पनि रनकलीको आखिरी कुरो परेछ । उनले सोधिन्, "राजाले कसकन भेटिसिँदो रह्याछ त आमा ?"

"सधैं त हाम्रा बुढारूले पनि देख्दैनन् रे ! एक-दुईपटक भने कताका हुन् कुन्नि जौसी रे, कताका हुन् कुन्नि भुज्याल रे, अर्को को हो कुन्नि गलकोटेकन देख्याका रे ! ती सधैं जम्मा हुन्छन् रे ! दिनभर केके गफगाफ गर्छन् रे !"

"कहाँ भेट हुँदो रह्या छ त ?"

"खोइ ? दुईपटक त बाँघखोर डाँडामा मेरो बूढा'रूले देखेका हुन रे !"

"कहाँ छ बाँघखोर भन्न्या डाँडो ? डाँडामा को बस्छन् ?"

"भकिम्लीको धुरीलाई बाघखोर डाँडा भन्छन् । त्यो डाँडोमा आजकाल एक जना ठूला महात्मा बस्छन् । उनको आश्रममा जोगी, सन्यासी, माताहरूको आउजाउ भैरहन्छ । कहिले त ज्योतिषीहरू पनि आउँछन् । त्यस्तो बेलामा गाउँलेहरू झुम्मिन्छन् । गाउँदेखि निकै माथि एकान्त ठाउँमा छ महात्माको कुटी । गाउँलेहरू बिनाकाम पुग्दैनन् । ठाम अजकिलो छ ।"

"ए ! महात्मासँग ज्ञानगुनका कुरा सिक्न सुन्न गइसिन्छ होला राजासाहेब !", रम्भाले अनुमान गरिन् ।

"खोइ म क्या जानु ? नयाँ मान्छेहरू नआउँदाका दिन राजा उनीहरूकन भेट्न उतैतिर पनि गइबक्सन्छ रे ! म नफर्क्या पनि तिमो'रू घर जानु भनिबक्सन्छ रे ! महात्मासँग सङ्गतका लागि राजासाहेबको सवारी हुन्या होइन भन्थ्या हाम्रा बुढा'रूले त !"

जैसी र भुजेलको प्रसङ्गले राजकुमारीलाई झस्कायो । उनीहरूको नियमित घेटघाटको केही अर्थ अवश्य छ भन्ने अनुमान लगाइन् । उनका मनमा अनेक शङ्का-उपशङ्काहरू सल्बलाए । नयाँ खबरले उनलाई निकै वेचैन बनायो । आफ्नो बलिदानले कमसेकम मले बमको राज्य निष्कन्टक भएको आत्मरतिमा भुलेकी थिइन् उनी । कतै भद्रिले बेइमानी त गर्दै छैनन् ? आफ्नो त्यागलाई निरर्थक बनाउने गरी कुनै षड्यन्त्रको तानावाना बुनिँदै छ कि भन्ने त्रास उनको मनमा उत्पन्न भयो । भद्रिको सम्भावित षड्यन्त्रबाट वेखबर रहेर बस्न कसरी सक्थिन् र ? "भद्रिलाई ठाममा राखन्या छु, नसक्या खबर गरूँला" भनेर मले बमसमक्ष गरेको वाचा पूरा गर्न नसक्ने अवस्था त सिर्जना भैसकेको छैन कतै भनेर खङ्ग्रङ्ग भइन् ।

रनकली बिदा भएर घरतिर लागिन् । राजाले किन सधैंभरि डाँडाकाँडा, वनजङ्गल चहारेर नयाँ नौला मानिसहरून भेटन्या गरिसेको होला भन्ने रम्भाको प्रश्नको जवाफ राजकुमारीले दिइनन् । जवाफ उनीसँग थिएन । भद्रि फर्केर आएपछि जानकारी लिने विचार गरेर धैर्यपूर्व प्रतीक्षा गर्दै रहिन् ।

त्यस दिन भने सिकारबाट राजकुमार भद्रि बेलैमाथि घर फर्केर आए । शायद यसपटक आउनुपर्ने मान्छेहरू आएनन् अथवा भेटघाटको आयोजना नै थिएन कि अथवा भेटघाटको कार्यक्रम स्थगित भएको वा मिति सरेको सूचना पाए कि ? खानपिनपछि सबै सुसारेहरू सुतिसके होलान् भन्ने अनुमान गरेर विश्वप्रभाले भद्रिसँग सोधिन्, "कति धेरै सिकारमा मात्रै गइसिन्छ ? उता बेनीतिर हुँदा त सिकारमा यस्तो रुचि राख्याजस्तो लाग्दैनथ्यो !"

"दिन कसरी बिताउनु ? ज्यामरुकमा बस्दा दिन पनि महिनाजस्ता लामा र पट्यारलाग्दा लाग्छन् । रनवन घुम्यो दिन कट्याको पत्तै हुँदैन । घरमा केही कामधन्दा भया पो बस्नु ।"

"मकन किन कति दिन ढाँट्न्या ? सिकारको निहुँमात्रै हो रे त ! अरू कसैसँग भेटघाटको लागि पो सधैं धाइसिन्या हो रे !"

"कसले भन्यो ?"

"जसले भन्या पनि कुरा झूटो होइन होला क्या रे !"

"जङ्गलमा जनावरबाहेक मान्छेको दर्शन काँट पाउनु ?"

"जैसी, भुजेल, गलकोटे भन्न्या पनि जनावर हुन्छन् र ? तिनको सिकार त कहिल्यै लिआइसेको देखिँदैन त ?"

भद्रि खङ्ग्रङ परे । सिकारीहरूले कुरा चुहाएछन् कि भन्ने शङ्का भयो । तैपनि कुरा अझै लुकाउन सकिन्छ कि भनेर प्रयत्न गरे, "सिकारीहरूले झूटो कुरो सुनाएछन् राजकुमारीकन ? कुनै जैसीसैसीसँग मेरो के सरोकार ? मेरो चिनाजानीको मान्छे को छ र यो भेकमा ?"

"सिकारीले भन्याका होइनन् । उनीहरूको मुख त हजुरले टालिदिसेकै होला नि ? कुरो चुहाउन्या हिम्मत कसरी गर्थ्या ? आज एक जना वृद्ध माता आयाकी थिइन् । उनी घुम्दैघुम्दै मुक्तिनाथतिर हिँड्याकी रे ! दश-पन्ध्र दिन बाँघखोर डाँडाको प्रभुको कुटीमा बस्याकी रे ! त्याहीँ हजुरहरूको गुप्त भेटघाट भयाको देख्या कि थिइन् रे ?"

राजकुमारीले कुरो बनाइन् । सिकारीहरूलाई भद्रिको कोपभाजन बन्नबाट जोगाउनका लागि कुरो लुकाउनु आवश्यक पऱ्यो । राजकुमारीको बनावटी कुराले राजकुमारलाई भने थला पाऱ्यो । उनी चुपचाप कोल्टो फर्केर सुते ।

"दुई वर्षदेखि कस्तो कसरत गर्दै आइसेको छ राजकुमार ? त्यसको उद्देश्य क्या हो ?"

"जे भए पनि तिमीकन किन चाहियो ?"

"मकन किन सरोकार छैन ? पर्वतविरुद्ध कुनै षड्यन्त्र नगर्न्या, अंशभागको खोजी पनि नगर्न्या सर्तमा म राजकुमारसँग आयाकी हुँ । त्यही सर्तमा मकन मागिसेको होइन ?"

"युद्ध र प्रेममा जे पनि जायज मानिन्छ ?"

"इमान, जमान र वचनको कुनै मूल्य हुँदैन ? ज्यान जावस्, वचन नजावस् भनिन्छ राजकुमार ! आफ्नो वचन नाघ्नु बेइमानी हो ।"

"म राजपुत्र हुँ । राजाको छोरोले राजा हुन कोशिश गर्नु पाप मानिँदैन राजकुमारी !"

"मनभित्र त्यस्तो कुरा थियो भन्या मकन किन माग्नु ? राजा नभै नछोड्न्या मन थियो भन्या मेरो जीवन वर्वाद किन गर्नु ? राज्य नै चाहिन्छ भनीकन अड्डी लिनुपर्थ्यो । त्यो त पर्वतसँगमात्रै होइन, मसँग पनि बेइमानी गऱ्याको ठहर्छ ।"

'बेइमानी' भन्ने शब्दले राजकुमारलाई तिखो झीर बनेर घोच्यो । मर्मस्थानमा चोट पुऱ्यायो । वचनवाणले घाइते बनेका भद्रि अलिकता उत्तेजित भए र भावावेशमा आजसम्म दबाएर राखेको रहस्य ओकले, "मन परेर तिमीकन माग्याको होइन मैले । जुम्ली राजकुमारी नलिनीसँग मेरो पहिले नै बिहे भैसक्याको छ । तिमीकन छोड्न मले बम राजी हुन्या छैनन् । तिमीकन माग्यापछि राज्यको अंशभाग मिलन्या छ भनीकन माग्याको हो । मले बमले पनि तिमीभन्दा राज्य ठूलो ठानिदियापछि आफूले थाप्याको जालमा आफैं फस्याको मात्र हुँ म त !"

राजकुमारी विश्वप्रभा छाँगाबाट खसेजस्तै भइन् । नलिनीसँग बिहे भएको कुरा आजसम्म लुकाएर भद्रिले आफूलाई धोखामा राखेको अनुभूति गरिन् । भद्रिलाई माया गर्न त उनले पनि सकेकी थिइनन् तर यो रहस्योद्घाटनले उनीप्रति असीम घृणा उत्पन्न गरायो । भद्रिको नजिक बस्नु पनि पापभागी बन्नुजस्तो लाग्यो । सत्यज्ञानले भित्रभित्र आगोको फिलुङ्गो बनेर पोल्न थाल्यो । राजकुमारीले अरू कसैका अगाडि रुन बिर्सेको धेरै भैसकेको थियो । राजा मले बमको गद्दीको रक्षक बनेर बसेकी छु भन्ने आत्मसन्तुष्टि उनमा थियो । आँसु रोक्ने आधार थियो । रातको एकान्तमा आँसु चुहाउने बानी नै लागिसकेको भए पनि बिर्सेर पनि दिनमा वा दोस्रो मान्छेको उपस्थितिमा उनका आँसुहरू झर्दैनथे । आज त्यो आधार र अभ्यास दुवै टुटयो । बाँध भत्केपछि आँसुका धारा बग्न थाले । भद्रिको अदव मानेनन् । यत्रो लामो समयसम्म अन्धकारमा बसेको जानकारीले उनलाई आफैंप्रति रिस उठ्यो । आफ्नै जगल्टा लुछूँजस्तो लाग्यो । गालामा दनादान आफ्नै लपेटा लगाऊँजस्तो लाग्यो । भद्रि घुर्न थाले । सिङ्गो रात राजकुमारीका आँखा झिमिक्क जोरिएनन् ।

पैंतालीस

छरछिमेकका आधा दर्जन राज्यहरूको लामो तथा गोप्य अध्ययन भ्रमणपछि आज जैसी आनन्द रेग्मी दरबारमा उपस्थित भएका थिए । अवकाश लिइसकेका पूर्वबडाकाजी मकरध्वज र नवनियुक्त बडाकाजी अरिभञ्जन मल्ललाई आनन्द रेग्मी आफैंले खबर गरेर बोलाएका थिए । बेलुकीको खानापछि पर्वत दरबार निद्रादेवीको शरणमा पऱ्यो । सभाकक्षमा भने बत्ती बलिरहेको थियो । महाराजको उपस्थिति भएको थिएन । उनको अनुपस्थितिमा तीन जना भारदारहरूले आपसमा घरव्यवहारका कुरा आदानप्रदान गरेर बिताए ।

अलिकता ढिलो गरेर महाराज मले बम पनि सभाकक्षमा पदार्पण गरे । सधैंझैं उनको अनुहारमा असाधारण गम्भीरता दृष्टिगोचर हुन्थ्यो । आफ्नो नियमित आसनग्रहण गरिसकेपछि बिनाविलम्ब जैसी आनन्द रेग्मीतिर फर्किएर महाराजले वार्तालाप अघि बढाए, "भन्नुहोस् गुरुजी ! आज अकस्मात कताबाट आइपुग्नु भो ? बुबाकाजीहरूलाई समेत बोलाईकन विमर्श गर्नुपर्ऱ्या क्या कुरा पऱ्यो ?"

आनन्द रेग्मीले काजीहरूतिर एक नजर फिराए । उनीहरू दुवै राजजैसीले ल्याएको खबर सुन्न आतुर थिए तर जैसीलाई भने आफ्नो कुरो सुनाउने हतार थिएन शायद ! त्यसैले महाराजले जिज्ञासा राखेभन्दा भिन्न विषयमा प्रवेश गर्न रुचाए, "महाराज ! मैले विगत तीनवटा महिना पर्वतबाहिरै घुमफिर गरीकन बितायाको हुँ । फकिरको भेष धारण गरी डमरू र चिम्टा हातमा लिई गल्कोट, मुसिकोट, प्यूठान र रुकुमकोट घुमिकन आयाको हुँ । जुम्ला पनि पुगन्या मनसाय थियो तर परिस्थितिको

जटिलताको अनुभूतिले बेनी फर्कन हतारो गर्नुपऱ्यो । मैले देख्याको र बुझ्याको कुरा त राख्दै गरौँला । त्यसैका निमित्त पर्वत दरबारमा उपस्थित भयाको हुँ । काजीहरूकन दुःख दियाको हुँ । महाराज ! आज्ञा मिल्छ भने एउटा अर्को कुराको चर्चा चलाउन चाहन्छु ।"

"हुन्छ गुरुदेव ! मर्जी हजुरको । गुरुदेवले अनावश्यक कुरामा समय खर्चनु हुन्याछैन भन्न्या मकन पूरा विश्वास छ ।"

"महाराज ! पर्वतका भाइभारदार र काजीहरूको मनसाय हजुरको चित्त दुखाउन्या थिया'न । पर्वत राज्य मजबुत रहोस्, बलियो राज्यले मले बमजस्तो विद्वान्, बुद्धिमान र दूरदर्शी राजा पावस् भन्ने सबैको साझा राय रह्याको हो । बीचमा जुम्लाले अर्घेल्याइँ गऱ्यो । राजकुमार भद्रिकन मोहरा बनाई अघि साऱ्यो । भद्रिकन जुनसुकै उपायबाट थान्को लगाउनै पर्न्या परिस्थिति उपस्थित भयाको हुनाले महाराजको इच्छाविपरीत राजकुमारी विश्वप्रभाको बलि चढाउनुपऱ्यो । महाराजकन पर्वत दरबारको त्यो कार्य बिझायाको छ ।"

एकछिन रोकिएर आनन्द रेग्मीले पुनः कुरा अघि बढाए, "महाराजबाट विचार गरिनुपर्न्या कुरा क्या हो भने पर्वतको हितकल्याणका निमित्त राजकुमारी विश्वप्रभाले हाँसीहाँसी आफूकन बलिदान गर्नु भयाको हो । राजकुमारीबाट त्यस्तो त्याग र साहस प्रदर्शन नगरिदियाको भया पर्वत सग्लो नरहन्या परिस्थिति उत्पन्न हुन सक्थ्यो । त्यस अर्थमा पर्वतले राजकुमारीको गुन मान्नुपर्छ । त्यो घटनाले महाराजकन चोट पुऱ्यायो । राजाको जीवनमा तितामिठा घटनाहरू आउँदै रहन्छन् । राजकुमारी विश्वप्रभाले जस्तै महाराजबाट पनि राज्यको हितसाधनका लागि आफ्नो सबभन्दा मूल्यवान् र सर्वप्रिय वस्तु दान गऱ्याँ भनीकन चित्त बुझाइसिनुपर्छ ।

सदाकाल दुःखदायी घटना सम्झीकन उदास रहनुभएन । दुःख अरूलाई देखाउनु बुद्धिमानी होइन । महाराजको व्यवहारबाट दुःख बिर्सन नसक्याको सन्देश समाजमा जानु राम्रो हुँदैन । भाइभारदार र दरबारका सदस्यहरूमा त्यही गुनासो देखियो । भोलि त्यही कुरा आम जनताका मनमा पनि पर्न गयो भने त्यसले महाराजकन हित गर्न्याछैन । दुःख बिर्सन नसक्या पनि

मनभित्र दबाइसिनुपऱ्यो । पर्वत राज्यले उही पहिलेकै हँसिलो, फरासिलो, फुर्तिलो र भरोसालाग्दो मले बमकन पुन देख्न भोग्न पाउनुपऱ्यो ।"

रेग्मीको कुरामा काजीहरूले सही थापे । सम्मति जनाए । महाराज भने केही बोलेनन् । उनको अनुहारमा कुनै परिवर्तन आएन । एकनाससँग एकोहोरो सभाकक्षको भित्तोतिर नजर गढाएर बसिरहे । महाराजको त्यो अवस्थाले तीनै जना भारदारहरूलाई द्रविभूत बनायो । दुःखी बनायो । एकैक्षणको मौनतापछि पूर्व बडाकाजी मकरध्वजले हात जोडेर भने, "महाराज ! राजकुमारीकन मनाउन्या काम मैले गऱ्याको हुँ । राजपरिवारको चाहनाविपरीत विश्वप्रभाकन पर्वतका निमित्त बलिदान हुन मैले प्रेरित गऱ्याको हुँ । त्यस अर्थमा म खतुकी हुँ । महाराजको मात्र होइन, राजकुमारीको हालत पनि त्यस्तै छ भन्न्या सुनिन्छ । जोडी टुटाउन्या जघन्य अपराध मैले गऱ्याको हुँ । हुन त मेरो कर्म अक्षम्य भया पनि त्यो मेरो व्यक्तिगत स्वार्थका लागि थियान । मातृभूमिको हितकल्याणको लागि र भाइभारदारहरूको इच्छा-चाहनाको सम्मानका लागि थियो तैपनि मैले जघन्य अपराध गऱ्याको छु । मकन उचित दण्ड दिस्योस् महाराज ! तर आफूलाई सम्हालिस्योस् !"

"हो, बुबा बडाकाजीबाट राज्यको हित हेरिस्याको हो । काजीको कर्तव्य निर्वाह गरिस्याको हो । महाराज स्वयम्ले बडाकाजीको ठाममा आफूकन राखी हेरिसिनुपर्छ । त्यस्तो अवस्थामा बडाकाजीका हैसियतबाट महाराजले पनि त्यही प्रयत्न गर्नुपर्न्या हुन्याथ्यो, जो बडाकाजीबाट भयो ।", नवनियुक्त बडाकाजी अरिभञ्जनले सही थापे ।

"होला, बुबा महाराज, बडाकाजी र राजकुमारी विश्वप्रभाले राज्यहितकै लागि काम गर्नुभयाको होला तर मेरो सम्मति कसैले लियान । मसँग सल्लाह मागियान । मलाई दुःख त्यसैको छ । भद्रिकन अंश दिन म राजी थिएँ । उनीकन थान्को लगाउन्या जिम्मा मकन दिइयान । उनले विद्रोह गर्दा हुन् तापनि जुम्लासँग भिडिन्या हौसला मसँग थियो । मेरो इच्छाविपरीत मसँग सल्लाह नगरीकन प्रतिकूल कदम उठाई मप्रति दया देखाइयाको हो कि ? कमजोर बालक ठानियाको हो कुन्नि ? हो, पर्वतको

राजा हुँ म । मेरो काँधमा गहन जिम्मेवारी छ । अरुचि नै भया पनि मैले त्यो भारी बोक्नैपर्छ । त्यसका निमित्त मैले आफूकन यो विषादबाट मुक्त गर्नुपर्छ, गरुँला तर मैले मनमनै केही सङ्कल्प लियाको छु । त्यो पूरा नहुँदासम्म मकन सुख-चैन हुन्या छैन ।"

"कस्तो सङ्कल्प ?"

"ज-जसले मकन आजको यो अवस्थामा पुऱ्याउन जानअनजानमा भूमिका खेले, ती सबैकन दण्डित गर्न्या सङ्कल्प ।"

"महाराजको सङ्कल्प पूरा गराउन्या काममा पर्वत दरबार मरिमेटीकन अग्रसर हुन्या छ ।", बडाकाजी अरिभञ्जनले सङ्कल्प गरे । बूढा मकरध्वज अँध्यारो अनुहार लगाएर बसिरहे । महाराजले आफूलाई दोषी मानेका रहेछन् भन्ने कुराले उनलाई दुःखी बनायो ।

"गुरुदेव ! यी कुरा छोडौं । असह्य कष्ट पुऱ्यायाको छ तापनि त्यही घटनाले मकन कमजोर बनायाको छैन । मैले आफ्नो कर्तव्य भुल्याबिर्स्याको छैन । समयले मान्छेकन हिंडाउन्या हो । समयअनुसार पाइलो सार्न म सक्षम छु । तयार छु । अब भन्नुहोस्, हजुरले कस्तो खबर लिकन आउनुभयाको छ ?"

महाराजबाट आदेश पाएपछि आनन्द रेग्मीले विषय अघि बढाए, "महाराज ! पर्वतका विरुद्ध ठूलो षड्यन्त्रको तानावाना बुन्न्या कोशिश भयाको छ । महाराजबाट राजकुमारी विश्वप्रभाकन अलग गरियाको पनि षड्यन्त्रकै एउटा हिस्सा रह्याछ ।"

"कस्तो षड्यन्त्र ?", अरिभञ्जनले जिज्ञासा राखे ।

"पर्वतको गद्दीमा भद्रिको हक लागन्या आधारै छैन भन्न्या सबैकन थाहा जानकारी भयाको कुरा थियो । भद्रि त खेलौनामात्र थिए । भद्रिकन गद्दीमा भाग खोज्न लगाउनुको कारण पर्वत राज्यकन टुक्राटुक्रा बनाई कमजोर बनाउन्या रह्याछ र कमजोर पर्वतकन निलन्या प्रपञ्च रचियाको रह्याछ । पर्वतको, खास गरीकन राजकुमारीको बलिदानको निर्णयले शत्रुहरूको षड्यन्त्र एकपटकका लागि चकनाचुर भयाको रह्याछ ।"

"जुम्ला एक्लैले त्यस्तो षड्यन्त्र गऱ्याको हो कि अरू पनि सामेल रह्याछन् ?"

"पहिलो खेल त जुम्ला एक्लैले खेल्याको हो । त्यसमा असफल भयापछि अब दोस्रो खेलमा भन्या हाम्रा वरिपरिका राज्यहरूकन पनि सामेल गर्न्या कोशिश रह्याको छ ।"

"कस्तो दोस्रो खेल ?"

"पहिलो दाउ त खाली गयो । राजकुमारी विश्वप्रभाले त्यसकन असफल गराइदिनु भो तर जुम्ला त्यतिमै हार मानीकन चुप लाग्न्या अवस्थामा थियान । टुक्राटुक्रा बनाई निलन्या मनसुवा पूरा नभएपछि पर्वतकन चारैतिरबाट लुछन्या, थकाउन्या, गलाउन्या, एकल्याउन्या र सिद्धाउन्या षड्यन्त्रमा लाग्याको रह्याछ ।"

"अर्थात् ?"

"हाम्रो आफ्नै सहराज्य गलकोटकन पनि मनाइसक्याको रह्याछ । गलकोटसँग मुसिकोट हुन्या नै भो । जुम्लाले प्यूठानकन पनि मन्तऱ्याको रह्याछ । रुकुम त उसै पनि जुम्लाको पोल्टाकै भैहाल्यो । ती पाँचवटा राज्य मिलीकन पर्वतविरुद्ध घत हेरी धावा बोलन्या सहमति भैसक्याको रह्याछ । त्यस कामको समन्वयका लागि जुम्लाले कमल जैसीकन खटायाको छ । योजना बनाउन्या कामका हेतु गलकोटले समेत एक जना देवासुर नामको जैसी खटायाको रह्याछ ।"

"त्यसो हो भन्यादेखि हामीले प्रतिरोधको तयारी गर्नुपर्न्या भयो ।"

"हो, तयारी त गर्नैपर्छ । शत्रु बलियो छ भनीकन आत्मसमर्पण गर्न्या कुरा भयान, हामी बलिया छौं भनीकन हातखुट्टा खुम्च्याई ढुक्कसँग बस्नु पनि हुँदैन ।", यतिञ्ज्याल आनन्द रेग्मी र अरिभञ्जनबीचको वार्तालाप चुपचाप सुनिरहेका पूर्वबडाकाजी मकरध्वजले राय पोखे ।

"हामीले जुक्तिबुद्धि पुऱ्याउन सक्यानौ र पाखुरासँग पाखुरा बजाउन्या तयारीमात्र गऱ्यौं भन्यादेखि माथ खान सक्छौ ।", आनन्द रेग्मीले डर देखाए ।

"कस्तो जुक्तिबुद्धि जैसीज्यू ?"

"शत्रुकन बसमा राख्न साम, दाम, दण्ड, भेदसमेत चारै नीति घत हेरीकन प्रयोग गर्नुपर्न्या हुन्छ भनीकन चाणक्यले भन्याका छन् ।"

"अलि खुलस्त भन्नुहोस् गुरु !", अरिभञ्जन र आनन्द रेग्मीबीच चलेको कुराकानी चाखपूर्वक सुनिरहेका महाराज मले बमले स्पष्टीकरण खोजे ।

"महाराज ! साँचै पाँचवटै राज्यको संयुक्त शक्ति हमलामा उत्रियो भन्यादेखिन् युद्धमा विजयश्री प्राप्त गर्न हामीकन कठिन पर्न्या छ तर तत्काल हमलाको तयारी भैसक्याको छैन । पर्वत दरबार ढोलठानामा रह्याको बेलामा हमला गर्न्या मूर्खता उनीहरूले गर्न्या छैनन् । ढोलठानामा हामीकन हराउन सकन्या तागत उनीहरूसँग छैन । यो वर्षको हिउँदभर हामी तलै भया पनि हमला हुन्या स्थिति देखिँदैन । सम्भावित युद्ध अर्को हिउँदसम्म उसै टर्न्या छ । यो वर्षदिनको अवधिमा हामीले त्यस्तो चाल चल्नुपर्छ, जसले उनीहरूको योजना भताभुङ पारिदेओस् !"

"जुम्लाको षड्यन्त्रकन विफल बनाउन्या त्यस्तो कुन सूत्र हुनसक्छ त गुरुदेव ?"

"जुम्लाको मुख्य कूटनीतिक हतियार कमल जैसी र भद्रि बम हुन् । यी दुवै नरह्यापछि जुम्लासँग न निहुँ रहन्या छ, न तागत । भद्रि नरह्या निहुँ समाप्त हुन्छ । कमल जैसी नरह्या जुम्लाको दिमाग बन्द हुन्छ ।"

आनन्द रेग्मीको योजना सुनेर महाराज मले बम निकै गम्भीर बने । सोचमग्न भए । तत्काल केही बोलेनन् । महाराज चुप लागेपछि अरिभञ्जनले भने, "त्यसो हो भन्यादेखि जुम्लाले आफ्नो तयारी पूरा नगर्दै भद्रि र कमल जैसीकन तह लगाउनुपर्न्या भो, होइन त ?"

"काजीको कुरो त ठीकै हो तर भद्रि र कमल जैसीकन अलग-अलग ठेगान लगाउन्या काम कठिन हुन्या छ । एउटाको हत्या भयापछि अर्कोले सतर्क हुन्या अवसर पाउन्या छ । हाम्रा लागि भद्रि र कमल जैसी दुवै खतरा बन्या छन् ।", मकरध्वज बुढाले राय दिए ।

"भद्रि त ज्यामरुकमै रहन्छन् । कमल जैसीकन कसरी फेला पार्नु ?", अरिभञ्जनले अप्ठ्यारो देखाए ।

"जैसी निरन्तर भद्रिको सम्पर्कमा छन् । पर्वतमा पनि बाक्लै आउजाउ हुन्छ भन्न्या कुरा जानकारीमा आयाको छ ।"

"त्यसो हो भन्यादेखि जैसीका पछि मानिस लगाउनुपर्‍यो । पहिले जैसीकन सिद्धाऊँ, भद्रिको बारेमा पछि सोचौँला । उसै पनि राजकुमारी विश्वप्रभाले पर्वतका निमित्त ठूलो कष्ठ उठायाकी छन् । भद्रिको हत्याले

उनकन थप कष्ट हुन्या छ । त्यस्तो होस् भन्न्या म चाहन्नँ ।", भारदारहरूको कुरा सुनिरहेका महाराज मले बमले आफ्नो मनसाय राखे ।

"भद्रि बाँचिरह्या भन्यादेखि जुम्लाका निमित्त निहुँ खोज्न्या बीउ बाँकी रहन्या छ । पाँच-पाँचवटा राज्यबीच मतो मिलिसक्याको हो भन्या कमल जैसी नरह्या पनि ती राज्यहरू पछि हटन्या छैनन् ।", मकरध्वज बुढाले सचेत गराए ।

"पर्वत राज्यको अखण्डताका लागि जानीबुझीकन आफूलाई बलिवेदीमा चढाउन राजकुमारी विश्वप्रभा राजी हुनुभयाको हो । पर्वत राज्य जोगाउन्या कुरामा राजकुमारीसमेत तत्पर रहनु हुन्याछ । राजकुमारीले पर्वतको भूमिकन मले बमको प्रतिरूप ठान्नु हुन्याछ । पर्वतको हितकल्याणमा महाराजको हितकल्याण देख्नु हुन्याछ । त्यसैले राजकुमारी विश्वप्रभासँग गोप्य सम्बन्ध सूत्र जोड्नुपऱ्यो । राजकुमारीको सहयोग हुन्या हो भन्यादेखि हामीकन काम गर्न सजिलो पर्न्याछ ।", आनन्द रेग्मीले भद्रि र कमल जैसीलाई एकै घान बनाउने सूत्रको रूपमा राजकुमारीलाई तयार गर्नुपर्ने आसय व्यक्त गरे ।

"भद्रिले पर्वतविरुद्धको षड्यन्त्रमा लागन्या बेइमानी गर्दै छन् भन्न्या भनक पायापछि सकभर आफैँले रोकन्या कोशिश गर्न्या, आफ्नो कोशिश काम लाग्या'न भन्यादेखि मकन खबर गर्न्या वाचा राजकुमारी विश्वप्रभाले गऱ्याकी छन् ।", महाराज मले बमले राजकुमारी विश्वप्रभासँग भएको गोप्य सहमतिको खुलासा गरे ।

महाराजको कुरा सुनेर उत्साहित बनेका आनन्द रेग्मीले सोधे, "उताबाट केही खबर आयाको छ त ?"

"भद्रिको गतिविधि शङ्कास्पद रह्याको कुरा लेखिपठायाकी छन् । त्यताबाट कसैकन नपठाउनू, यतैबाट समाचार पठाउँदै गर्न्याछु भनीकन पनि जानकारी गरायाकी छन् ।", महाराजले राजकुमारी र आफूबीच भएको चिठी आदानप्रदानको कुराको गोप्यता पनि खोले ।

"अति राम्रो ! राजकुमारीको सहयोग मिल्यापछि हाम्रो काम सरल हुन्याछ ।", आनन्द रेग्मीले खुशी जाहेर गरे ।

“सुन्याको कुरा पुष्टि गर्न खातिर घतहेरीकन कमल जैसी, गलकोटे जैसी, देवासुर आचार्य र डिल्ली भुजेलको परामर्श अखाडामा आफैं पुगी कुरा बुझीकन खबर गर्न्या कुरा पनि पत्रमा लेख्याकी छन् ।”, महाराजले थपे ।

“कहाँ रह्याछ उनीहरूको गोप्य अखडा ?”

“त्यो त राजकुमारीले खुलायाकी छैनन् ।”

“उनीहरूको गोप्य अखाडा पहिल्याईकन एकैसाथ झ्याप् पार्नुपर्छ । त्यसका लागि भरपर्दा जवान तयार गरौं । योजना बनाऊँ । धेरै विलम्ब गर्न हुँदैन । जतिसक्दो चाँडो सम्पन्न गर्नुपर्छ । त्यसका लागि विश्वासिला सरदार र अधिकारीहरूकन तयारीको जिम्मा लगाइहाल्नु उपयुक्त होला ।”, आनन्द रेग्मीले सुझाव दिए ।

रात छिप्पिइसकेको थियो । त्यो वर्षको हिउँदभर विशेष सतर्कता अपनाउने र अलि चाँडै ढोलठाना उक्लने । अर्को हिउँदसम्म जसरी पनि पर्वतका शत्रुहरूलाई गोप्य तवरमा समाप्त पार्ने योजना कार्यान्वयन गरिछाड्ने सल्लाह गरेर सबै जना उठे । महाराज विश्रामकक्षतिर लागे । काजी र पण्डित कुरिलाखर्कस्थित अतिथिनिवासतिर लागे ।

छयालीस

अघिल्लो दिन सिकारको लागि निस्केका भद्रि साँझ घर फर्केका थिएनन् । राजासाहेबले दुई-तीन दिन आउँदिनँ भनिबक्सेको छ भनेर सिकारीहरूले समाचार ल्याएका थिए । त्यो उत्तम अवसर खेर फाल्नु उपयुक्त नलागेकोले दुई जना बाटो देखाउने साथीहरू लिएर रम्भा र राजकुमारी विश्वप्रभा बाघखोर डाँडो ताकेर ज्यामरुकबाट हिंडे ।

ताराखेतको डिलमा पुग्दा नपुग्दै राजकुमारीका गोडाहरू गले । बाटोको छेउमै रहेको चौतारीमा विश्राम लिइन् । त्यहाँबाट राजकुमारीले धित मर्ने गरी बेनी दरबार निहारिन् । देउपुरबाट डोला चढेर पर्वत दरबारमा भित्रिएको दृश्यको सम्झना आयो । आफूले गृहप्रवेश गरेको कुरिलाखर्क दरबारतिर आँखा लगाइन् । त्यो दिनको नजाँनिंदो डर र उत्सुकताको सम्झना आयो । पर्वतले गरेको स्वागत सम्झेर उनका आँखा रसाए । पर्वत आएपछि पहिलोपटक नुहाएको पँधेरोको दृश्यले उनका मनमा वेदना थपिदियो । धेरैबेर बस्ने हो भने हृदयभित्रको पीडा पोखिने डरले उनी उठिन् र फेरि अगाडि पाइला बढाइन् ।

ताराखेतको सिरानैसिरान तेर्पाएँतेर्पाएँ गोरेटो समातेर चिनाखेत पुग्दा उनी थाकिन् र चौतारीमा बिसाइन् । उनका आँखा पारिपट्टिको कुरिलाखर्कबाट ढोलाठाना उक्लने घोडेटो बाटोमा परे । उनका आँखाले घोडेटो बाटो पछ्याउँदै, छाप हुँदै भिरमुनिको स्वामीको रुखसम्म पुगे । पहिलोपटक घोडामा चढेर बेनीदेखि ढोलठानासम्मको गरेको अविष्मरणीय यात्राको स्मृति ताजा भयो । उनका आँखा सिमको धारामा परे । धारा नजिकैको समीको छायातिर अलमलिए । मले बमसँग पहिलोचोटि वार्तालाप प्रारम्भ भएको क्षणलाई सम्झिन् ।

युवराज मले बमले जानीजानी “राजकुमारीको नाम के होला” भनेर सोधेको घटना आँखामा झलझली आयो । राजकुमारीको ओठमा मन्द मुस्कान देखापर्‍यो । विगत दुई वर्षमा पहिलोपटक यस्तो दुर्लभ दृश्य देखेर रम्भालाई आश्चर्य लाग्यो र एकोहोरो त्यो दुर्लभ मुस्कान हेरिरहिन् । राजकुमारले धारामा हत्केला पसारेर पानी पिएको र आफूलाई तुम्लेटमा पानी भरेर दिएको, घोडाबाट ओर्लन सघाएको, “बिनु” भनेर बोलाउँछु भनेको सम्झिन् । समयले युवराज मले बमलाई त्यो सम्बोधनको प्रयोग गर्ने अवसरै दिएन । अचानक भद्रि नामको भयङ्कर आँधी हुरी आयो र युवराजलाई एकातिर राजकुमारीलाई अर्कातिर कहिल्यै भेट नहुने गरी हुत्याइदियो । दुई किनारातिर पछारिदियो । राजकुमारीको मन भरियो, आँखा डबडबाए । अनुहार रातो भएर आयो । खोकिलाबाट रुमाल झिकेर जतनसँग आँसु पुछिन् । दुई वर्ष यता राजकुमारीको आँखामा रम्भाले आँसु पनि देखेकी थिइनन् । उनका लागि त्यो पनि दुर्लभ घटना थियो । राजकुमारीको अवस्थाले रम्भालाई रुवायो ।

चिनाखेतबाट डाँडाखानीको सिरान हुँदै तेर्पाएँ उकालो चढेर राजकुमारीहरू बाघखोर डाँडामा पुगे । यथाशिघ्र राजकुमारीले बाबा योगेश्वरसँग भेट्न चाहन्थिन् । कमल जैसी, डिल्ली भुजेल र भद्रिबीच हुने परामर्शको विषयवस्तु के हुन्थ्यो होला भन्ने कुराको अनुमान राजकुमारीलाई भइसकेको थियो । रनकलीको कुरा साँचो हो-होइन भनेर पुष्टि गर्न मात्र आएकी थिइन् । बाबाको कुटीको प्राङ्गणमा ससानो चौतारो थियो । बाबा ध्यानमा निमग्न रहेछन् । उनी ध्यानबाट नउठ्दासम्म कुर्नुपर्ने भयो । बाटो देखाउन आएका मानिसहरू कता लागे कुन्नि ? रम्भा र राजकुमारी भने बाबाको प्रतीक्षामा चौतारीमा उत्तराभिमुख भएर बसे ।

राजकुमारीका आँखाहरू ढोलठानाको धुरीतिर तानिए । राजकुमार मले बमको सानिध्यमा ढोलठानामा बिताएका स्वर्णिम क्षणहरूको सम्झना आयो । राजकुमारले चिनाएका हिमचुचुराहरू बाघखोर डाँडाबाट पनि देखिँदा रहेछन् । ‘त्यो धौलाशिर, त्यो नीलगिरि, त्यो अन्नपूर्ण, त्यो माछापुच्छ्रे, त्यो मानस्लु....’ भन्ने युवराज मले बमको आवाज कानका पर्दामा ठोक्किएजस्तो लाग्यो । हेर्दाहेर्दै ती धवल हिमचुचुराहरू युवराजका दन्त

लहरीजस्ता लाग्नथाले । सधैं हिमालझैं खुल्ने युवराजको उज्यालो अनुहार सामुन्ने प्रकट भयो । युवराजको अनुहार विशालाकारमा उनको कल्पनाको पर्दामा झुल्कियो र हिमालरूपी स्वेत दन्तलहरी देखाएर मुस्काउन थाल्यो ।

राजकुमारी विश्वप्रभाका आँखाहरू जगन्नाथ मन्दिरमा परे । पहिलोपटक राजकुमारले शङ्ख फुक्दा आफूले घण्टी बजाएर साथ दिएको सम्झिन् । गहुँ-जौको टुडाले हँसाएको सम्झिन्, जलुकोलाई कर्कलो ठानेको कुरा सम्झिन्, केराउकोसाको स्वाद सम्झिन् । खोसाखोस गरेर कोसाले भोक मारेको सम्झिन् । उनका आँखा अझ माथितिर तानिए । जगन्नाथको पूजाको अवसरमा गुफा डाँडामा राजकुमारको साथ घण्टौं कुरा गरेको सम्झिन् । उनका आँखाले डढेकोटको खोजी गरे । त्यो भने अलि ओझेलमा पर्दो रहेछ । तैपनि त्यहींनिर होला भनेर कल्पना गरिन् ।

राजकुमारको बन्दुकको सिकार भएका कालिजको रससँग वनभात खाएको कुरा सम्झिन् । उनका आँखा घुम्दै फिर्दै डडुवाको वनमा परे । डडुवाको वनको बीचमा भएको खुला ठाउँ त्यहीनिर हुँदो होला भनेर अडकल काटिन् । सुमन्तको योजनाअनुसार वनैया फलफूलको खोजीमा चारैतिर छरिएर हिंडेको, जङ्गलको बीचमा अकस्मात युवराजसँग भेट भएको, युवराजले आफ्नो भाङ्रा झिकेर भिराइदिएको अनि रूखमा चढ्न सघाएको दृश्य सिनेमाको रिलझैं उनको स्मृतिमा घुमेर क्रमैले देखापरे । बन्दुकको आवाजले आफू तर्सेर झन्डै रूखबाट नझरेको, लुगलुग खुट्टा कामेर अडिनै मुस्किल भएको, भुइँमा ओर्लने सामर्थ्य नभएकोले रूखको कापमै पर्खिबसेको सम्झिन् ।

गाजोसँग रूखबाट ओलर्न गाह्रो भएपछि गाजो खोलेर पोको पार्न खोज्दा सन्तुलन नमिलेर रूखबाट खसेको, राजकुमारले हात थापेर आफूलाई थामेको, राजकुमारको काखमा अर्धबेहोस अवस्थामा पुगेको, युवराजले आफ्नो अनुहार चुम्न खोज्दा आफूले रोकेको कुरा सम्झिन् । नरोकेका भए हुने भनेर मनमनै चुकचुकाइन् । त्यस्तो अवसर जिन्दगीमा फेरि फर्केर आउने छैन भन्ने पूर्व जानकारी आफूलाईं नभएकोमा दुःख मानिन् । दृश्यावलोकन र पुराना घटनाको स्मृतिले उनका आँखा कतिखेरदेखि बग्न थालेका रहेछन् राजकुमारीलाई होसै भएन । राजकुमारीले निकैबेर चुपचाप

आँसु बगाइरहिन् । दिल खोलेर आँसु बगाउँदा मन हलुङ्गो होला भनेर रम्भा पनि चुपचाप बसिरहिन् । राजकुमारीको भन्दा कम उनको मन पनि रोएको थिएन । देउपुर दरबारले दिएको आफ्नो अभिभावकीय जिम्मेवारी सम्झेर चुपचाप रहिन् ।

दर्शनका लागि राजकुमारी आफ्नो कुटीमा आएको खबरले बाबा योगेश्वरलाई खुशी बनायो । स्वागतका लागि प्राङ्गणमा आए । कुटीभित्र जाउँ भनेर आग्रह गरे । राजकुमारीले नम्रतापूर्वक बाबालाई नमस्कार गरिन् । महाराज योगेश्वरका लागि भनेर राजकुमारीका तर्फबाट रम्भाले विशेष भेट चढाइन् । दुईवटा वनारसी धोती, पिताम्वर, मुस्ताङ्गी चारपाटे काम्लो, छार्काले पाखी, खानेप्युने सामानसहित पाँच असर्फी !

उपहार देखेर बाबाको अनुहारमा खुशीको आभा पोतियो । दुवै जनाका लागि मृगछालाको आसनी टक्र्याए । राजकुमारीको सम्मुख आफू पनि बसे । राजकुमारीले पाउकष्ट गरेर आपनो कुटीमा पाइलो पारिदिनाले आफ्नो मान बढेको भनेर कृतज्ञता जाहेर गरे । अनि कुनै काम थियो कि भनेर सोधे ।

राजकुमारीले यताउता हेरिन् । बाबाले राजकुमारीको आसय बुझेर आफ्ना सहयोगी चेलाचेलीहरूलाई कुटीबाट बाहिर जाने आज्ञा दिए । राजकुमारीले सङ्क्षेपमा आफ्नो कथा सुनाइन् । कुन उद्देश्यका लागि आफूले जीवन उत्सर्ग गरेकी हुन् भन्ने कुरा पनि बताइन् । आफ्नो वलिदान खेरजाने सम्भावनाको आशङ्काले आफूलाई त्रसित बनाएको कुरा पनि खोलिन् र बाबाबाट आफूले सहयोगको अपेक्षा राखेको कुरा खुलाइन् ।

राजकुमारीले कुटीमा पाइलो पारिदिएकोले कृतज्ञ भएका बाबा उनको उपहारबाट गद्गद् बनेका थिए । उनले राजकुमारीलाई आफूसक्दो सहयोग गर्ने वचन दिए । बाबासँग राजकुमारीले सङ्क्षिप्त वार्तालाप गरिन्, “मेरा खसम र अरू केही मान्छेहरू तपाइकहाँ बेलामौकामा आउछन् रे हो ?”

”हो, हजुर, आउनुहुन्छ ।”

“रात पनि बस्न्या गरी आउँछन् कि ?”

“हो, एकरात बस्याका पनि थिए ।”

“उनीहरूका बीचमा के कुरा हुन्छ ? सुन्नु भएको छ ?”

“मेरा अगाडि कुरा गर्दैनन् । उनीहरूले घण्टौं एकान्तवार्ता गर्छन् ।”

"उनीहरूबीच हुने कुरा बुझ्ने कोशिश गर्नुपऱ्यो अब ।"

"कि जङ्गलतिर लाग्छन् कि कुटीबाट सबैलाई बाहिर राखेर कुरा गर्छन् ! नजिक कसैलाई पर्न दिदैनन्, कसरी बुझ्नु ?"

बाबाबाट पाएको जानकारीले रनकलीको भनाइलाई सत्य सावित गरिदिएको थियो । त्यसले राजकुमारीलाई गम्भीर बनायो । एकछिनको सोच विचारपछि उनले सोधिन्, "चेलाचेलीहरू कति छन् ?"

"हुन्छन् सधैं दुई-चार जना ।"

"ती सधैं यही रहन्छन् कि नयाँ आउने, पुराना जाने पनि हुन्छ ?"

"एक दुई जना सधैं साथमा रहने पनि छन् । कोही कोही नयाँ पनि हुन्छन् ।"

"राजकुमारहरूले अघिल्लोपटक नदेखेका पनि हुन्छन्, त्यसो भए ?"

"अहिले यहाँ भएकाहरू सबै राजकुमार अघिल्लोपटक आउँदा यहाँ थियानन् । सबै नयाँ हुन् ।"

"त्यसो हो भन्या अर्को पटक राजकुमारहरू आयाको बेलामा एक जना चेलाकन कान पनि नसुन्या र मुख पनि नबोल्न्या भनीकन चिनाई दिनुहोला । उनीहरूको गोप्य वार्ता चल्दा पानी, फलफूल पुऱ्याइदिन्या निहुँमा उनीहरूको वार्तास्थल वरिपिरि तैनाथ गर्नु होला । लाटो बहिरो मानिस भनीकन उनका अगाडि पनि उनीहरूले कुरा गर्न्या छन् । उनीहरूबाट कुनै गुप्त योजनाको रहस्य खुलन्याजस्तो देखियो भन्यादेखिन् मकन गोप्य तवरमा जानकारी गराउन्या कृपा गर्नुहोला । सम्भव हुन्छ भन्यादेखि एक जना माताकन मेरो सन्देश यताउता पठाउन्या काममा सघाउन खटाइदिनुहोला ।"

राजकुमारीको प्रस्तावमा बाबाले सहर्ष सहमति जनाए । दिन ढल्न आँटिसकेको थियो । बाबासँग बिदा लिएर राजकुमारीहरू ज्यामरुकतिर फर्किए । राजकुमारीलाई दिनभरिको यात्राले निकै गलाएको थियो । निकै मुस्किलसँग बासस्थानमा पुगिन् ।

सतचालीस

माथि उक्लेपछि पर्वत दरबारले सम्भावित युद्धको तयारी थाल्यो । राज्यभरका उमेर पुगेका मानिसहरूलाई ठाउँठाउँमा भेला पारेर हतियार चलाउने प्रशिक्षण दिन थालियो । बन्दुक, खुकुरी, भाला, चुपी, तरबारहरू बनाउने काममा आरनेहरू जुटे । सिपालु कालिगढहरू धनुबाण बनाउनतिर लागे । विशेष कामको लागि भनेर २०/२५ जनाको एउटा लडाकु दस्ता बनाइयो । विशेष काम नपरेसम्म सकभर त्यस वर्षको हिउँदभर दरबार बेनी नझर्ने निधो भयो । विशेष कार्य गर्नुपर्ने अवस्था पनि त्यस्तो अभियान पनि सकभर माथिबाटै सञ्चालन गरिने भयो । पर्वतले पूरै तयारीका साथ उपयुक्त अवसर कुरेरै त्यो वर्षको बर्खायाम बितायो । दशैं आयो, गयो । तिहार पनि प्रतिरक्षाको तयारीमै बित्यो । मङ्सिर महिना लाग्यो । मोहीहरूबाट जग्गाकरबापत राज्यले प्राप्त गर्ने पञ्चमभाग बेनीमा भण्डारण गर्ने जिम्मा अष्याली सुमन्त बानियाँलाई दिइयो । कालीपारीको जिम्मा सरदार कृष्ण कार्कीले पाए । 'पञ्चम' भाग भनेको सयखडा पाँच हुन्थ्यो । अर्थात् मोहीले खेती गरेबापत एक सय पाँच अर्थात् पाँच मुरी, पाँच पाथी अन्न बनाएपछि पाँच पाथी राज्यको नाममा दिनुपर्थ्यो । पाँच मुरी मोहीको भाग लाग्थ्यो । कालीगण्डकीपारिको उठतीको भण्डारण पाङमा गरिन्थ्यो । कालीवारिको अन्नपात बेनीमा भण्डारण गरिन्थ्यो ।

पर्वतले प्रतिरोधको तयारी गर्दै थियो । उता जुम्ला पनि त्यस वर्षको हिउँद खेर फाल्ने पक्षमा थिएन । कमल जैसीलाई सबै तयारीको जिम्मा दिएको थियो । गत हिउँददेखि बर्खा पर्यन्त कमल जैसी गल्कोट, मुसिकोट, प्युठानतिरै व्यस्त थिए । राजकुमारी विश्वप्रभाले बाबा योगेश्वरलाई आफ्नो

पक्षमा पारिसकेकी छन् भन्ने कुरा न भद्रिले चाल पाएका थिए, न चतुर कमल जैसीले भनक पाएका थिए । त्यसैले त्यसपटक पनि बाघखोर डाँडामै जम्मा हुने र कामको बाँडफाँड गर्नेगरी विशेष गुप्त समूहको बैठक बस्ने भएको थियो । राजकुमारीले भनेजसरी कान नसुन्ने र मुख पनि नबोल्ने एक जना जोगीलाई आवश्यक वस्तुहरूको बन्दाबस्तका लागि बाबा योगेश्वरले खटाइदिए र आफू वरङ्जातिर जान्छु भनेर मुसुङतिर तेर्सिए । माताहरू भकिम्लीतिर झरे । कुटी लगभग खाली भयो । एक जना कुरुवा जन्मजात बहिरो लाटो भनिएको जोगीमात्रै रहने भयो ।

सुन्ने मानिस कोही छैन भनेर ढुक्क भएपछि उनीहरूले खुलेर कुरो गरे । मङ्सिरमा पर्वत दरबार सधैंझैं बेनीमा झर्नासाथ तीनतिरबाट आक्रमण गर्ने, गलकोटले बागलुङ हुँदै ज्यामरुककोट आएर मोर्चाबन्दी गर्ने, जुम्लाबाट आउने सैन्य शक्तिले तकमेल थापाहरूको सहयोग लिई लेकैलेक पुलातिरबाट बेनीलाई घेर्ने, प्यूठान र रुकुमको शक्ति म्याग्दीको तीरैतिर अघि बढेर पश्चिमतर्फबाट बेनीमा आक्रमण गर्ने । मुसिकोट गलकोटसँग मिलेर लड्ने योजना बन्यो । मुसिकोट र गल्कोटलाई ज्यामरुकसम्म आइपुग्न कति दिन लाग्छ, प्यूठान र रुकुमलाई बेनी आइपुग्न कति दिन लाग्छ, जुम्लालाई पुला आइपुग्न कति दिन लाग्छ भनेर अन्दाजी हिसाब निकालियो । पुस महिनाको ७ गतेसम्म तोकिएको ठाउँमा सम्बन्धित राज्यको फौजले मोर्चा लिइसक्नुपर्ने सन्देश तत्तत् ठाउँमा पठाउने निर्णय गरियो ।

त्यसपटकको भेलामा अतिरिक्त मानिसहरूको उपस्थितिसमेत थियो । बैठकको सन्देश बोकेर सबै आ–आफ्ना राज्यतिर फर्किए । कमल जैसी र डिल्ली भुजेल भने यतै रहेर वस्तुस्थितिको अध्ययन गर्ने निर्णय भयो । दुवै जनाले मङ्सिरको अन्तिम हप्तादेखि नै ज्यामरुकमा बसेर आक्रमणको योजना बनाउने, नाका ठम्याउने, पर्वतको सेना भाग्न सक्ने ठाउँको घत हेर्ने भए । पर्वतका राजा र भारदारहरू भाग्छन् भने भाग्न सकिने सम्भावित पूर्वको नाका भने खुला छोडिदिने सल्लाह भयो । समय बाँकी भएको हुनाले कमल जैसी, डिल्ली भुजेल र देवासुरसमेत तीनै जना प्यूठान, मुसिकोट हुँदै गल्कोट निस्कने, देवासुर सैनिकसँगै आउने, डिल्ली

भुजेल र कमल जैसी भने मङ्सिरको अन्तसम्म ज्यामरुक आइपुग्ने सल्लाह मिलाएर बिदाबारी भए ।

उनीहरूबीच भएको सल्लाहको विवरण बेलुका बाबा योगेश्वरलाई लाटो भनिएको जोगीले जस्ताको तस्तै सुनाए । सारा योजनाको नालीबेली खुलाई बाबाले बेलुकै चिठी तयार गरेर भोलिपल्ट बिहानै एक जना मातालाई ज्यामरुकतिर कुदाए । भद्रि निवासमा आएर अलख जगाएकी माताको निधारमा योगेश्वर बाबासँग भएको सल्लाहअनुसार गेरू रङको अर्धचन्द्रे टीका देखेपछि बाबाले पठाएकी दूत हुन् भनेर रम्भाले चिनिन् र अरू सेवकहरूले समेत स्पष्ट सुन्ने गरी "माई ! राजकुमारीको देहमा हिजोदेखि अलि आराम छैन, लागोभागो हो कि, फुफा गरिदिनुपर्‍यो, भित्र जाऊँ" भनिन् । माताले घरभित्र "जान्न जान्न" भनेर लोकाचार पारिन् । राजकुमारी बाहिर आउन सक्ने अवस्थामा छैनन् भनेर रम्भाले निकै जोडबल गरेपछि उनी भित्र जान राजी भइन् । राजकुमारीको खोपीमा पुगेपछि कमण्डलुमा रहेको चामल भित्रबाट नेपाली कागजको पुडियाजास्तो निकालेर दिइन् । लेखोट पढेपछि राजकुमारीले मातासँग सोधिन्, "बाबाले अरू पनि केही भन्नु भयाको थियो कि ?"

"हो, राजकुमारीका लागि तिमीबाट गराउनुपर्ने कुनै काम रहेछ भने गरिदिनु भन्नु भयाको छ ।"

"माताकन दुःख हुन्या भो ।"

"कस्तो दुःख ?"

"मेरो सन्देश पर्वत दरबारमा पुर्‍याइदिनु पर्‍र्या भो ।"

"बेनी कि ढोलठाना ?"

"महाराज त ढोलठानामै होइसिन्छ होला तर हजुरले बेनीसम्म पुर्‍याइदिँदा हुन्छ ।"

"हवस्, माथि नै पुर्‍याउनु पर्‍र्या हो भन्या पनि पुर्‍याउला नि, हामी फिरन्तेलाई हिँड्न के गाह्रो भो र ?"

"पर्दैन । बेनी दरबारमा पुर्‍याइदिए पुग्छ ।"

"हवस् !"

रम्भाले माताको लागि खाने प्युने व्यवस्था मिलाइन् । राजकुमारीले महाराज मले बमलाई पत्र लेखिन् । पत्रमा भद्रिको समूहले बनाएको योजनाको जानकारी थियो ।

माता हिंड्ने बेलामा राजकुमारीलाई के लाग्यो कुन्नि ? पत्र ढोलठानामै पुगेर महाराजकै हातमा दिन अह्राइन् र पत्रको जवाफ पनि लिँआउन भनिन् ।

माता ढोलठाना पुगेर राजकुमारीको पत्र दिइन् । महाराज मले बमले चिठी पढेपछि मातालाई उक्त दिन दरबारमै बस्न अनुरोध गरे । महाराजबाट आज्ञा भएपछि माता खुशी-खुशी बस्न राजी भइन् । भोलिपल्ट महाराजले सन्देशपत्र दिएर पठाए । सन्देशमा कमल जैसी, डिल्ली भुजेलहरू ज्यामरुकमा आउनासाथ बिनाविलम्ब खबर गर्नुहोला भनेर लेखिएको थियो । राजकुमारीको सन्देश पाएपछि त्यसपछिको योजनाको जानकारी गराउनेछु भनेर पनि लेखिएको थियो । महाराजको सन्देश लिएर भोलिपल्ट माता ज्यामरुक पुगिन् ।

अठचालीस

आनन्द रेग्मीले अड्कल काटेजस्तै कमल जैसीले दरबार बेनी झरेको मौकामा पर्वत हान्ने योजना बनाएका थिए । सधैँझैँ हिउँदमा बेनी झर्ने परम्परा त्यस वर्ष पर्वतले स्थगित गऱ्यो । पर्वतलाई ढोलठानामा पराजित गर्न सकिँदैन भन्ने आँकलन कमल जैसीले गरेका थिए । पुसको प्रारम्भमै बेनीमा आक्रमण गर्ने कमल जैसीको नेतृत्वमा बनेको योजना पर्वतदरबार तल नझरिदिनाले स्थगित भयो । गलकोट, प्यूठान र मुसिकोटमा खबर गर्न सजिलो थियो । जुम्लासम्म खबर पुऱ्याउन समय लाग्थ्यो । कमल जैसीले आफ्ना सहयोगीलाई रुकुम र जुम्लातिर कुदाए । गलकोट, प्युठान र मुसिकोट खबर पुऱ्याउने जिम्मेवारी गल्कोटका राजजैसी देवासुर आफैँले लिए ।

अरू सबैलाई बाघखोर डाँडाबाटै फर्काएर डिल्ली भुजेल र कमल जैसी अलि दिन ज्यामरुमकै बसेर नयाँ योजना बनाउने, पर्वत कहिले तल झर्छ भन्ने कुरा पत्ता लगाएर आक्रमणको नयाँ तिथिमिति खटाई सबै राज्यहरूमा खबर गर्ने गरी ज्यामरुक आइपुगे । उनीहरूका लागि दुई-चार दिन खानेबस्ने प्रबन्ध गर्न भद्रि बमले आफ्ना सहयोगीहरूलाई अरनखटन गरेको कुरा राजकुमारी विश्वप्रभाको कानमा पऱ्यो । महाराज मले बमले भनेजस्तै यो खबर ढोलठाना दरबारमा पुऱ्याउने उपयुक्त समय हो भन्ने राजकुमारीले ठानिन् । सन्देशवाहकको कुनै समस्या थिएन । बाबा योगेश्वरले राजकुमारीको कामका लागि खटाइपठाएकी उनै माता सधैँ उपलब्ध थिइन् । उनी ज्यामरुकमा बस्न थालेको धेरै दिन भैसकेको भए पनि कसैले कुनै शङ्का गर्नुपर्ने ठाउँ थिएन । माता बिहान निस्केर गाउँतिर

भिक्षाटनका लागि जान्थिन्, बेलुका भद्रि निवासमा फर्कन्थिन् । भोलिपल्ट बिहान सन्देशपत्र थमाएर राजकुमारीले उनै मातालाई ढोलठाना पठाइन् । दुई दिनपछि माता फर्केर पुनः ज्यामरुक आइन् । महाराजले चिठीमा धेरै कुरा लेखेका थिएनन् । ज्यामरुकमा रातबेल कुनै असामान्य स्थिति देखापर्ना साथ निवासबाट उत्तरतिर फर्केर हेर्दा देखिने 'विशेष सङ्केत'तिर आउनू भनेर मात्र लेखेका थिए ।

राजकुमारीलाई सन्देश पठाएपछि त्यही बेलुका पर्वत दरबारमा काजी र सरदारहरूको विशेष बैठक बस्यो । आनन्द रेग्मी पनि दरबारमै थिए । विशेष सतर्कता अपनाउनुपर्ने अवस्था आइलागेको हुनाले चतुर जैसी आनन्द रेग्मीलाई दरबारमा नित्य रहन मले बमले आग्रह गरेका थिए । बडाकाजी, काजी, सरदार र नजिकै भएकोले सुमन्त बानियाँको बैठकमा उपस्थिति थियो । पूर्व बडाकाजी मकरध्वजलाई पनि बोलाइपठाइएको थियो तर उनी बिरामी भएकोले उपस्थित हुन सकेनन् ।

बेलुकाको खानपिन पछि दरबारको बत्ती निभ्यो । गाउँ सुनसान भयो । महाराज समेत पाँच जनाको बैठक भने दरबारको सभाकक्षमा बल्ल शुरु भयो । महाराज स्वयम्ले आजसम्मको वस्तुस्थितिको जानकारी भाइभारदारहरूलाई गराए, "पुस महिनामा बेनीमा आक्रमण गर्ने योजना स्थगित भएको खबर आयाको छ । राजजैसीज्यूले अनुमान गऱ्याको कुरा बिलकुल सही ठहरियो । दरबार बेनीमा झऱ्याका भए चारैतिरबाट घेरेर समाप्त पार्न्या योजना बन्याको रह्या'छ । हामी बेनी नझऱ्यापछि ढोलठानामै उक्लीकन आक्रमण गर्न्या हिम्मत शत्रुको भया'नछ ।"

"सूचना कहाँबाट कसले दियो ?", बडाकाजी अरिभञ्जनले जिज्ञासा राखे ।

राजकुमारी विश्वप्रभा पर्वतका लागि जगत्रक्षक देवी माता हुनुभयाको छ । पहिले पनि पर्वत टुक्र्याउन्या जुम्लाको योजना असफल बनाउना खातिर आफूकन बलि चढाउन तयार भैदिनुभयो । विखण्डन रोकियो । यतिखेर पनि पर्वतविरुद्धको षड्यन्त्रमा भद्रि सामेल भयापछि रोक्ने प्रयत्न गर्नु भयाको रह्या'छ । आफ्नो केही सीप नलाग्यापछि महाराजकन गोप्य तवरमा सूचना दिनु भया'छ । महाराज र राजकुमारीबीच सन्देश आदानप्रदान हुँदै आयाको रहया'छ ।", आनन्द रेग्मीले सूचनाको श्रोतको जानकारी गराए ।

"शत्रुले हमला गर्छन् भनीकन सधैं ढोलठाना बस्न त सकिँदैन होला । हाललाई हमलाको योजना स्थगित गरिया पनि फेरिफेरि घत हेरीकन आक्रमण गर्न्या नै होलान् । अर्कोपटक कहिले, कसरी हमला गर्न्या हुन् भन्ने कुराको जानकारी पनि राजकुमारीकन रह्या'छ कि नाइँ ?", बडाकाजीले थप जिज्ञासा राखे ।

"पहिलो योजना स्थगित भयापछि दोस्रो योजनाको तिथिमिति निश्चित गर्नाकन कमल जैसीहरू ज्यामरुकमै आइपुग्याको सूचना पनि राजकुमारीले पठाउनु भयाको छ ।", आनन्द रेग्मीले बैठकलाई सुसूचित गरे ।

"शत्रु कहिले आइलाग्छन् र जाइलागौंला भनीकन कुरी बस्न्या हो कि हामीले पनि केही गर्न्या योजना छ ?", काजी कृष्ण मल्लले जानकारी खोजे ।

"अघिल्लो बैठकमा काजी उपस्थित हुनुहुन्थेन । त्यसैले हामीले के गर्छौं, के गर्नु आवश्यक छ भनीकन गरियाको सल्लाह सहमतिको जानकारी भया'न होला । समयभन्दा अगाडि गोप्य योजना फयल गर्नु नोक्सानदायक हुन्या ठानियो ।", आनन्द रेग्मीले सङ्क्षिप्त जवाफ फर्काए ।

"होइन, त्यस्तो गोप्य योजना के बनाइयाको हो ? हामीले पनि जान्न परेन त ? योजना कार्यान्वयनमा हाम्रो भूमिका क्या रहन्छ ?", तन्नेरी काजी थप उत्सुक बने ।

अघिल्लो बैठकले बनाएको योजना आनन्द रेग्मीले सविस्तार सुनाए र यतिखेर यथाशिघ्र त्यसलाई कार्यान्वयन गर्नुपर्ने उपयुक्त बेला आइपुगेको जानकारी गराए ।

आनन्द रेग्मीको कुरा ध्यानपूर्वक सुनेका बडाकाजीले एउटा नयाँ सुझाव प्रस्तुत गरे, "जुम्लाले उचाल्याको भद्रिले मानिहालन्या त अवश्य छैनन् तैपनि भोलि दुनियाँले कुरा काट्न्या ठाउँ राख्नुहुँदैन । कथंकदाचित् हाम्रो योजना असफल भैहाल्यो र भद्रि बच्याछन् भन्या पनि महाराजको वचन नमान्याको हुनाले ज्यामरुकबाट खेद्न मात्र खोजियाको हो भन्न पाइन्या ठाम बनाउन्या हो कि ?"

"कसरी ?", आनन्द रेग्मीले प्रतिप्रश्न गरे ।

"राज्यको काममा अलि अप्ठ्यारो पर्न गएको हुनाले ज्यामरुक छोडिदेऊ । बरु त्यसको सट्टामा ताकमको जागिर समात भन्न्या सन्देश

भद्रिकन पठाऊँ । भद्रिले अवश्य मान्दैनन् । पर्वतकन अप्ठ्यारो पऱ्याछ भनीकन खुशी हुन्या छन् । अड्डी लिन्या छन् । भद्रिकन ज्यामरुकबाट खेदन्याबाहेक पर्वतको अर्को कठोर योजना छ भन्न्या कुराको अनुमान गर्न सकन्या छैनन् ।", बडाकाजीले योजनाको बेलिविस्तार लगाए ।

"कमल जैसीहरू ज्यामरुकबाट हिंडिहाल्छन् कि भन्न्या चिन्ता हो । फेरिफेरि यस्तो उत्तम अवसर जुट्ला नजुट्ला ? विलम्ब गर्दा घाटा खानुपर्न्या पो होला कि ? यतिखेर त डिल्ली भुजेललाई समेत एकै घान पार्न सकिन्या अवसर छ ।", आनन्द रेग्मीले आशङ्का व्यक्त गरे ।

"भोलि बिहानै सुमन्तहस्ते सन्देश पठाऊँ । उनको कमल जैसी र डिल्ली भुजेलसँग पनि राम्रो हिमचिम छ । उनीहरूसँग भेटघाट र भलाकुसारीको निहुँमा भावी योजनाको सुइँको पाउन सक्याछन् भन्या पनि राम्रो हुन्या'छ । बरू कमल जैसीकन पर्वत आउन्या निम्तो बानियाँले व्यक्तिगत रूपमा दिनू । त्यसो गर्दा उनीहरूको मनमा कुनै शङ्का भया पनि मेटिन्या छ ? पर्वत हान्न्या षड्यन्त्रको भनक पर्वतकन रह्यान'छ भनीकन ढुक्क हुन्याछन् ।", महाराज मले बमले प्रस्ताव गरे ।

भोलिपल्ट बिहानै सुमन्त ज्यामरुकतिर जाने भए । संयोग मिल्यो भने त्यो दिन उतै बस्ने, मेसो मिलेन भने फर्कने र उनी फर्कंदैको रातमा योजना कार्यान्वयनको प्रबन्ध मिलाउने, कथं कमल जैसीहरू ज्यामरुकबाट हिंडेछन् भने पनि उनीहरूलाई पछ्याएरै भए पनि योजना कार्यान्वयन गरिछोड्ने सल्लाह भयो । आनन्द रेग्मीले मले बमका तर्फबाट भद्रिलाई चिठी लेखे । राज्यको मोहर लाएर खामबन्दी गरियो । चिठी बोकेर सुमन्त रातमै भीरमुनि ओर्लिए । भोलिपल्ट बिहानै घोडा लिएर ज्यामरुकतिर लागे ।

सुमन्त ज्यामरुक पुग्दा भद्रिनिवासको प्राङ्गणमा कमल जैसी र डिल्ली भुजेल बिहानको घामको न्यायो राप लिँदै गफ गरिरहेका थिए । अकस्मात् सुमन्तलाई देखेर तीनै जना आश्चर्यचकित भए । खुशी भएको अभिनय गरे । भद्रिले सोधे, "कसरी एका बिहानै सुमन्त आज यहाँ ?"

"मकन पनि हजुरसँग भेटहुन्या इच्छा थियो । महाराजबाट सन्देश पुऱ्याउन्या जिम्मेवारी बक्स्यो । ढुङ्गो खोज्दा देवता मिल्याजस्तो भयो !", सुमन्तले खोकिलाबाट बन्द खाम निकालेर अदवपूर्वक भद्रिका हजुरमा पेस गरे ।

"यसमा क्या लेखियाको छ ?", भद्रिले सुमन्ततिर हेरेर सोधे ।

"मकन जानकारी छैन । महाराजबाट चिठी पुऱ्याइदिन्या हुकुम भयो । मैले आज्ञा शिरोपर गऱ्याँ ।", सुमन्तले ढाँटे ।

"खोली हेरौ न, थाहा भैहाल्छ नि !", डिल्ली हतारिए ।

भद्रिले खाम घामतिर देखाएर नियाले अनि भित्रको कागज नच्यातिने अनुमान गरेर खाम च्याते । चिठी खोलेर हेरे । उनको अनुहार अलिकता अँध्यारियो । राजकुमारको अनुहारमा आएको आकस्मिक परिवर्तन देखेर कुरा गम्भीर रहेछ भन्ने अनुमान कमल जैसीले गरे अनि जिज्ञासा राखे, "हामीले पनि हेर्न मिल्न्या हो कि ?"

"क्यान नहुनु ?" भन्दै भद्रिले चिठी सुम्पे ।

"पर्वत दरबारले कस्तो सन्देश पठायाको रह्या'छ त ?", चिठी हेरिरहेका कमल जैसीतिर हेरेर डिल्ली भुजेलले सोधे ।

"ज्यामरुकको जागिरबाट खर्च चलाउन गाह्रो भयाको होला । पर्वतकन पनि अलि अप्ठ्यारो भयाको छ । भाइकन पनि गाह्रो, मकन पनि अप्ठ्यारो पर्न्या काम किन गर्न्या ? बरु प्रशस्त आम्दानी हुन्या ताकमको जागिरमा जाँदा राम्रो हुन्या' छ भन्न्या मकन लाग्याको छ । भाइकै हितका लागि राय दियाको हुँ । अन्यथा नसोच्नु । सुमन्त हस्ते जवाफ पठाउनू । राजकुमारी सुम्पी भाइको मान राख्याको हुँ । भाइबाट पनि मेरो मान राखन्या काम हुन्या' छ भन्ने विश्वास लियाको छु ।", कमल जैसीले चिठीको खास अंश पढेर सुनाए ।

"ज्यामरुकमा डेरा जमाईकन बस्नुपर्छ, पर्वतको घाँटीमा सुर्केपासो लाग्छ भनीकन मैले दियाको सल्लाह कति ठीक रह्याछ त ? भद्रिको मर्मको कुरा त लोकाचारमात्रै हो, मले बमको आसय आफ्नै गलामा कसियाको पासो फुकाउन्या हो ।"

सुमन्तको उपस्थितिको ख्याल नगरीकन डिल्लीले रहस्य खोलेको कुरा कमल जैसीलाई रुचेन । उनले डिल्लीतिर हेरे । आफूबाट गल्ती भएको आभास डिल्लीलाई पनि भयो । उनी चुप लागे ।

"भद्रिको चिन्ता महाराज मले बमले लिनु खुशीको कुरा हो । व्यवहार चलेकै छ । हुनत ताकम बस्दा उता जुम्लातिर सम्पर्क सम्बन्ध गर्न पनि

अलि सजिलो होला । राजकुमारी पनि सहमत होइसिन्छ भन्यादेखिन् मलाई त महाराजको प्रस्ताव उचित लाग्यो । राजकुमारीको सल्लाह अनुसार महाराजको पत्रको जवाफ लेख्नु ठीक होला ।", कमल जैसीले भद्रितिर हेरेर सुझाव दिए ।

त्यसपछि यताउताका कुरा भए । बिहानको खाना खाने बेला भयो । "जवाफ पाए" फर्कंदो हुँ भन्ने सुमन्तको प्रस्ताव भद्रिले स्वीकार गरेनन् । "खाना नखाईकन जान पाउँदैनौ" भनेर रोके । खाना खानुपूर्व राजकुमारीसँग भेट्ने इच्छा सुमन्तले जाहेर गरे । त्यही निहुँमा भद्रिले कमल जैसीसँग सल्लाह गर्ने अवसर पाऊन् भन्ने मनसाय सुमन्तको थियो । राजकुमारीको राय लिनुपर्छ भनेर कमल जैसीले आपसी राय सल्लाहको अवसर खोजेका हुन् भन्ने कुरा सुमन्तले बुझिसकेका थिए ।

"हुन्छ, भित्रै गएर राजकुमारीसँग भेटघाट गर ।", भद्रिले सुमन्तलाई अनुमति दिए ।

जानीबुझीकनै सुमन्तले राजकुमारीसँग आवश्यकताभन्दा बढी समय खर्चिए । "महाराजबाट कुनै विशेष सन्देश पठाइसेको छ कि" भनेर राजकुमारीले सोधिन् । अघिल्लो "पत्रमै सबै कुरा सम्झायाको छु" भनेर महाराजबाट हुकुम भयाको छ । राजकुमारीलाई त्यहीअनुसार गर्नु भनेर "पुनः सम्झाउनु भनिसेको छ" भनेर सुमन्तले जवाफ दिए ।

भान्सा तयार भएको सूचना आयो । सबै जना सँगै भान्सामा छिरे । खानपिनपछि कमल जैसीले भद्रिलाई इशारा गरे । सुमन्त, कमल जैसी र डिल्ली भुजेल भान्साघरबाट बाहिरिए । राजकुमारीसँग सल्लाह गर्छु भनेर भद्रि भान्साघरमै रहे । निकै अबेर गरेर भद्रि बाहिर आए । राजकुमारीसँग सल्लाह भयो, पत्रको जवाफ लेखौं भनेर कमल जैसी र भद्रि कोठाभित्र छिरे । डिल्ली भुजेलले "राजकुमारीले के भनिस्यो भनेर" जिज्ञासा राखेनन् । त्यति धैर्य गर्ने मानिस उनी थिएनन् भन्ने कुरा सुमन्तलाई राम्रोसँग जानकारी थियो । त्यसको अर्थ राजकुमारीको मुख पुछ्ने काममात्रै गरिएको हो, जवाफ के दिने भन्ने सल्लाह पहिल्यै भैसकेको रहेछ भन्ने कुरा चतुर सुमन्तले अड्कल लगाए । चिठी तयार गरेर भद्रिले सुमन्तको हातमा थमाए । "मौका मिले उतै बस्नु" भन्ने महाराजको आज्ञा थियो । "आज यतै बस" भन्छन् कि

भद्रिले भन्ने आशा सुमन्तले पनि गरेका थिए । कमल जैसीले कुनै नयाँ योजना बनाउँदै थिए होलान् । सुमन्तको उपस्थितिले एक दिन भए पनि विलम्ब हुनसक्थ्यो । त्यसैले उनैको सल्लाहमा भद्रिले सुमन्तलाई बिदा गर्ने हतारो गरे होलान् भन्ने अनुमान गर्न गाह्रो परेन ।

ज्यामरुकबाट फर्कने बाटैमा पर्ने भए पनि सुमन्त आफ्नो घर छिरेनन् । सरासर ढोलाठाना उक्लिए । महाराजका हातमा चिठी थमाए । पर्वत दरबार उनैको प्रतीक्षामा थियो । बडाकाजी, राजजैसी र सुमन्तकै अगाडि महाराजले चिठी खोलेर पढे । पत्रमा "महाराजबाट दियाको नयाँ जागिर पनि खान्न, धपाए पनि ताकम जान्न, बुबा महाराजबाट पायाको ज्यामरुक छोड्दै छोड्दिन" भनेर लेखिएको रहेछ ।

'के खोज्छस्, आँखो' भनेजस्तो पर्वतले जे खोजेको थियो, त्यस्तै जवाफ पायो । कमल जैसी र डिल्ली भुजेल ज्यामरुकमा भएको अवसर छोप्नुपर्ने सल्लाह भयो । एकै रातको विलम्ब हुँदा पनि त्यो सुनौलो अवसर गुम्न सक्थ्यो । त्यही रात योजना झ्यापझुप कार्यान्वयन गर्ने सहमति बन्यो । योजना कार्यान्यनको जिम्मा तोकियो । सरदार कृष्ण मल्लको नेतृत्वको टोलीले भद्रिलगायत कमल जैसीहरूलाई ज्यामरुककोटबाट धपाउँदै लगेर डुङ्गा लाग्ने बगरतिर झर्न बाध्य पार्ने । मृगलाई पासोमा पार्न लगारेझैं लगार्दै डुङ्गा तर्न बाध्य पारिएका भद्रिहरूमाथि घत हेरी साङ्घातिक हमला गरेर एकै चिहान बनाउने जिम्मा दिष्याली चिन्तामणि घर्तीको नेतृत्वको टोलीलाई दिई पारिपट्टि लामाखेतमा तैनाथ गरिने भयो । राजकुमारी विश्वप्रभालाई सुरक्षित कुरिलाखर्क दरबारमा ल्याइपुऱ्याउने जिम्मा अष्याली सुमन्तलाई दिइयो ।

उनन्चास

साँझ ढलिसकेको थियो । सिङ्गो ज्यामरुककोट निद्रामा निमग्न भैसकेको थियो । एक्का-दुक्का कुकुरहरू भुकेको आवाजमात्र सुनसान अन्धकार चिरेर गाउँभरी छरिन्थ्यो । भद्रिनिवास भने आज निदाएको थिएन । 'सुमन्तले दिएको सूचनाअनुसार' राजकुमारी विश्वप्रभा र उनकी सहचारी रम्भा शायद, कुनै कुराको प्रतीक्षामा थिए । बन्द कोठाभित्र टिमटिमाउँदो दियोको मधुरो उज्यालोमा सामलतुमल पोको पार्दै थिए । रम्भाले सानो कपडाको कुटुरोभित्र गरगहना सुरक्षित गरिसकेकी थिइन् ।

भद्रिनिवास छेउकै अर्को घरमा पनि बत्ती निभेको थिएन । राजकुमार भद्रि बम, कमल जैसी र डिल्ली भुजेल छलफलमा व्यस्त थिए । आफूहरूले बनाएको आक्रमणको योजनाको भनक पर्वतले पाएको रहेनछ भन्ने कुरामा मलेबमको पछिल्लो पत्रले विश्वस्त तुल्याएको भए पनि सधैं कात्तिक-मङ्सिरमा बेनी झर्ने दरबार यसपटक पुस महिना लाग्दा पनि किन झरेन भन्ने कुराको रहस्य कतैबाट खुलेको थिएन । तोकिएको समयमा जुम्लाको लडाकु दस्ता पर्वत आइपुग्न नसक्ने अवस्था उत्पन्न भएको हुनाले तत्काल पर्वत हान्ने योजना स्थगित गर्नु परेको थियो । त्यसैले बेनी हान्ने नयाँ तिथिमिति तोकेर सम्बन्धित राज्यहरूमा सूचना पठाउनुपर्ने थियो । कुन राज्यले कुन दिशाबाट आक्रमण गर्ने भन्ने कुरा त पहिल्यै निश्चित भैकन सम्बन्धित राज्यहरूलाई जानकारी गराइसकिएको थियो । यसपटक मिति तोकेर परिवर्तित तिथिमितिको जानकारी गराउनुपर्ने थियो । त्यसैको निमित्त बैठक चलिरहेको थियो । छलफलमै व्यस्त रहेको बेलामा अकस्मात् चारैतिर एकै स्वरमा गाउँभरका कुकुरहरू भुकेको आवाज

आयो । चितुवा सितुवाले आक्रमण गरेको हुनाले कुकरहरू आत्तिएर भुक्न थालेका हुन् कि भन्ने ठानेर मित्रत्रयले छलफललाई निरन्तरता दिए ।

एकैछिन पछि मानिसहरूको होहल्लाको चर्को आवाज आउन थाल्यो । "के रहेछ" भनेर डिल्ली भुजेले झ्याल खोलेर हेर्ने कोशिश गरे । होहल्ला भने निरन्तर बढ्दै थियो । आँखीझ्यालबाट बाहिरको सबै दृश्य देख्न सकिने कुरा थिएन । टाढा कतै दियाले बोक्साहरूको लहर लामलागेर हिंडेजस्तो देखियो । त्यो लहर बिस्तारै-बिस्तारै गाउँतिर आउँदै गरेको जस्तो लाग्यो । त्यो दृश्यले डिल्लीलाई आश्चर्यचकित बनायो । उनले अन्य साथीहरूलाई पनि बोलाए । तीनै जनाले आँखीझ्यालबाट बाहिर देख्न सकिने दृश्यतिर दृष्टि फिराए । दर्जनौं मसालहरू नजिकनजिक आउन थालेको जस्तो लाग्यो । अकल्पनीय अनिष्टको आशङ्काले तीनै जना ढोका खोलेर बाहिर कौसीमा निक्लिए । उनीहरूको बासस्थानलाई घेरा हाल्ने गरी चन्द्राकारमा मसालहरू अघि बढ्दै थिए । 'दालमा अवश्य केही कालो छ' भन्ने अनुमान गरेका कमल जैसीले साथीहरूलाई भाग्न सकिने बाटो कता हुन सक्छ भनेर सोधे । मसालहरूले चन्द्राकारमा घेरा हाल्दै थिए । पछिल्तिर अर्थात् पूर्वतिरबाहेक अन्यत्रबाट भाग्न सकिने सम्भावना थिएन । पूर्वतिर अग्लो भीरपाखो थियो । पूर्वतिरबाट कालीगण्डकीतिर निस्कने बाटो छ कि छैन भनेर भद्रिलाई जैसीले पुनः सोधे । कन्थराजको स्थानबाट अन्तरभीर हुँदै ठूलो खबराबाट भसभसेमा झरेर डुङ्गा लाग्ने बगरसम्म पुग्न सकिने बाटो छ भन्ने जानकारी भएपछि त्यतै भागेर ज्यान जोगाउने सल्लाह भयो ।

घरका सेवक, सुसारे सबै उठेर रोइकराई गर्न थालेका थिए । अँध्यारोमा जता सकिन्छ उतै भागदौड गर्न थालेका थिए । भद्रिले राजकुमारीको खोजी गरे । कतै भेटेनन् । घरभित्र छिरेर कोठाचोटा चहारे । आफ्नो सयनकक्षमा गएर हतियारको पेटी निकाले । भाग्दा तरबारले अलमल्याउला, झुक्क्याउला भनेर म्यानसमेत झिकेर भुइँमा फ्याँकिदिए । खुकुरीमात्र पेटीमा रहन दिए । बाहिर किंकर्तव्यविमूढ भएर उभिएका कमल जैसीलाई साथ लिएर पूर्वतिरको पाटोतिर अलिकता सजिलो ठाउँ हेरेर हाम्फाले । डिल्लीको खोजी गर्ने शुद्धि पनि रहेन ।

चारैतिर मसालको ताँती देखेर अत्तालिएका डिल्ली भुजेलले राजकुमारीको एक झलक देखे । उनी आफ्ना सहयोगीसँग हतारोमा भाग्दै

थिइन् । बिनासोचविचार उनले राजकुमारीलाई पछ्याए । राजकुमारीहरू मसाल जता थिए, उतैतिर लागेको देखेर झस्के । महिलाहरू किन ज्यान फाल्नतिर लागेका होलान्जस्तो लाग्यो । राजकुमारीहरू छिटोछिटो पाइला चलाउँदै मशालको घेरातिर जाँदै थिए । निश्चित दूरी बनाएर डिल्ली पनि राजकुमारीलाई पछ्याउँदै गए । राजकुमारी र रम्भा अडिएको देखेर डिल्ली भुजेल एउटा घरको ओटमा छेलिए । राजकुमारीले पछि फर्किएर चारैतिर हेरिन् । त्यसपछि उत्तर दिशा समातेर दौडन थालिन् । डिल्ली पनि उतै लागे । दौडँदादौड्दै पनि भुजेलले नजिकँदै गरेका मसालहरूतिर आँखा लगाए । सबै मसालहरू निश्चित दूरीमा लहर मिलाएर हिँडिरेहका थिए । राजकुमारीले ताकेर हिंडेको ठाउँतिर भने पाँचवटा मसाल खडा थिए । ती न अघि बढ्दै थिए, न पछि हटिरहेका थिए । बिलकुल निश्चल र स्थिर थिए । डिल्लीको चतुर दिमागले त्यसमा निश्चित कुनै रहस्य छ भनेर अड्कल काट्यो र निरन्तर राजकुमारीको पाइलो पछ्याउन उक्साइरह्यो ।

मसालहरूको लहर निकै अघि बढिसकेको थियो । त्यो लहर डिल्लीभन्दा धैरे पछि छुटिसकेको थियो अर्थात् अब शत्रुको घेराबाट उनी बाहिर पुगिसकेका थिए । राजकुमारी पञ्च मसालको छेउमा पुगिन् । मले बमले पत्रमा उल्लेख गरेको विशेष सङ्केतअनुसार राजकुमारीलाई सुरक्षित स्थानमा ल्याइपुऱ्याउन खटाइएको टोली थियो त्यो । राजकुमारीलाई लिएर पाँच मसालहरू उल्टो दिशातिर फर्किए । ओरालो झर्न थाले । निरन्तर मसाललाई पछ्याइरहनु खतरा हुन सक्थ्यो । त्यसैले डिल्लीले दिशा बदले । देब्रे फर्केर लुक्दैछिप्दै अगाडि बढ्दै गए । एकाध घण्टापछि ताराखेतको डाँडोमा पुगेर गौस्वारतिर आँखा लगाए । मसालहरूको कतै नामोनिसान थिएन । राजकुमारीलाई लिएर तल झरेका मसालहरू पनि ओझेल परिसकेका थिए । उनलाई अघि भर्खरको घटना सपनाजस्तो लाग्यो । निष्पट्ट अँध्यारोमा कुकुरहरू भुकेको आवाजमात्र आउँथ्यो । मानिसको कोलाहल थामिएको थियो । तुरुन्त ज्यामरुक फर्केर साथीहरूको हालखबर बुझ्न मन लाग्यो । त्यसो गर्नु खतरा हुन सक्थ्यो । त्यसैले भगवान् भरोसामा साथीहरूलाई छोडेर नेटो काट्नु बुद्धिमानी हुने ठहऱ्याए । ताराखेतको छेउबाट माथि उक्लेर जङ्गलभित्र छिरे ।

कमल जैसी र भद्रि बम अन्तरभीरतिरबाट ओरालो झरे । उनीहरू अलि तल झर्दै गर्दा मसालहरू ज्यामरुकको डिलमा ताँती लागेर उभिएका देखिए । ज्यामरुकमा भद्रिलाई फेला नपारेका मसालहरू उनीहरू भागेको दिशाको अनुमान गरेर एकपछि अर्को डिलबाट तल झर्न थाले । मसालहरूले आफूहरूलाई पछ्याउन थालेको देखेपछि कमल जैसीले जीवनको आशा मारे किनकि पछिबाट अज्ञात शत्रुहरूले पिछा गरिरहेका थिए । अघिल्तिर भयप्रदायनी काली गण्डकी सुस्साइरहेको थियो । भागेर अन्ततिर जाने ठाउँ नै थिएन । आत्तिएका कमल जैसीले पछिपछि हिंडिरहेका भद्रिसँग सुस्तरी साउती गरे, "ज्यान त जाने नै भो, केलाई हतारो गर्नु र बिस्तारै हिंडौं क्या रे ?"

"ज्यानको आशा किन मार्नु भयो जैसीज्यू ? सास रहिन्जेल आशा भन्छन् ।"

"अघि कुवा, पछि खाई ! पछाडि शत्रु, अगाडि कालीगण्डकी ? यो पुसमासको चिसोमा कालीगण्डकीमा पसेर ज्युँदै बाहिर उत्रिन सकिएला र ?"

"गण्डकीको चिन्ता नगर्नुहोस् । दशैंतिहारपछि वारिपारि गर्नका लागि बोटेहरूले डुङ्गा चलाउन शुरू गर्छन् । खोइ, अब म अघि हिंड्छु । डुङ्गा लाग्ने ठाउँ कहाँनिर हो भन्ने कुराको मलाई अलिकता अन्दाज छ ।"

भद्रि अघि लागे । शुक्लपक्षको रात भएको हुनाले आकाशमा जून नदेखिए पनि भुइँमा राम्यरुम्य उज्यालो थियो । डुङ्गा बाँधिएको ठाउँ आइपुग्यो । सुतेको बोटेलाई उठाउन भद्रि नजिकैको झुपडीतिर लागे । कमल जैसीले भद्रिलाई रोकेर आफैंले डुङ्गा चलाउँछु भने । डुङ्गाको डोरी खोलेर दुई जनाले पानीसम्म घिच्याएर लगे । चप्पु समातेर कमल जैसी डुङ्गाको अघिल्लो टुप्पातिर बसे । भद्रि अर्को छेउमा बसे । डुङ्गा कालीपार लामाखेतको किनारमा पुग्दा नपुग्दै पछ्याउँदै आएका मसालहरू पारिपट्टिको बगरमा लाम लागेर उभिन आइपुगेका थिए ।

पारिपट्टि पुगेपछि डुङ्गालाई किलोमा बाँध्न भनेर झुकेका कमल जैसीमाथि ढुङ्गाको ओझेलमा लुकेर बसेको मान्छेले अकस्मात् आक्रमण गऱ्यो । जैसी सम्हालिन नपाउँदै उनको गर्दनमा खुकुरीको मार पऱ्यो । टाउँको उछिट्टिएर पानीमा डुब्यो, धड किनारमा छटपटाउन थाल्यो । कमल जैसीको दर्दनाक हविगत देखेका भद्रिले चप्पु समातेर डुङ्गालाई उल्टो दिशामा फर्काउन खोजे ।

चप्पु चलाउने ढङ्ग पुगेन । डुङ्गा ढलपलाएर घोप्टियो । कालीगण्डकीको तेजधारबाट बच्न भद्रि पौडन थाले । पौडेर पारि तर्न सकिने सम्भावना थिएन । उसै पनि उताको किनारमा शत्रुहरू लाम लागेर पर्खिरहेकै थिए । नदीको धारसँगै थोरै तल गएर भद्रि छेउ लागे । कमल जैसीलाई ढलाउने मान्छेहरू खुकुरी उज्याएर उनलाई पछ्याउँदै आएका थिए । भद्रि नदीको किनारैकिनार पूर्वदक्षिणतिर दौडन थाले । दगुर्दै गर्दा ढुङ्गाको छेल पारेर उभिएको अर्को मान्छेले तरबार हान्यो । शायद आततायीले उनको गर्दन ताकेर हानेको हुँदो हो तर उनको गतिले उसको निशाना चुक्यो । गर्दन ताकेर छोडिएको तरबारको टुप्पोले पिठ्युँमा चस्स घोच्यो । पिठ्युँको कपडा च्यातियो । आफ्नै तातो रगतले भद्रिको जिउ भिज्यो ।

पिठ्युँको चोटले भद्रिलाई उत्तेजित बनायो । ज्यानको आशा मारे । तर अन्तिम श्वाससम्म सङ्घर्ष गर्ने हिम्मत थियो । भद्रिले कम्मरको खुकुरी थुते अनि आक्रमणकारी माथि जाइलागे । दुई जना आमनेसामने भएकोले आक्रमणकारीले फेरि आफ्नो तरबार चलायो । युद्धकलामा पारङ्गत भद्रि तेज गतिमा आक्रमणकारीको नजिक पुगेर तरबारको मारबाट जोगिने प्रयत्न गरे । उनको काँधमा तरबारको फेदले भेटायो । काँध घाइते भए पनि आक्रमणकारीको तरबारको सन्तुलन नमिल्नाले भाँचियो । उसको हातमा तरबारको बिंडमात्र बाँकी रह्यो । तरबारको बिंड फ्याँकेर कम्मरको खुकुरी झिक्न नपाउँदै भद्रिको खुकरीको मार आक्रमणकारीको गर्दनमा पऱ्यो । टाउको बगरतिर उछिट्टियो । गिँड पानीमा पछारियो । अघिल्तिर दुई-तीन जना आक्रमणकारी देखेका भद्रि पछि फर्केर बगरैबगर माथितिर दगुरे । सामुन्ने बाटो छेक्न आइपुगेको अर्को आततायी पनि भद्रिको खुकुरीको सिकार भयो । डुङ्गा घोप्टिएको ठाउँनेर आइपुग्दा उनको गोडामा ठेस लाग्यो । झन्डै मुखको बल पछारिएनन् । त्यतिखेरै उनको झुकेको गर्दनमा अर्को मान्छेले तरबार प्रहार गऱ्यो । उनको टाउको पानीमा उछिट्टियो । मुडविहीन धड निकैबेर उभिरहयो । रगतको धारा आकासियो । पानीमा परेको टाउको डुङ्गा लगाउने तालको भुँमरीमा फनक्क दुई चक्कर लगायो । भुँमरीबाट फुत्केर अलि माथितिर गयो । फेरि फनक्क घुमेर आयो अनि भुँमरीभित्र छिरेर अलप भयो ।

पचास

'ज्यामरूक योजना' सफल भएको सूचना रातमै ढोलठाना दरबारमा पुगेको थियो । दिष्याली चिन्तामणि घर्तीले उतापट्टिका दुई जना मारिएको समाचार पठाएका थिए । भद्रिसमेत कमल जैसी वा डिल्ली भुजेलमध्ये कोही होलान् भन्ने अनुमान महाराज मले बमले गरेका थिए । बिहानसम्ममा सबै कुरा स्पष्ट भयो । भद्रि बमका हातबाट दुई जना सैनिक मारिएछन् । भद्रि र कमल जैसीको शव पहिचान भएछ । भद्रि बमको हत्यापछि राजकुमारी विश्वप्रभाको सम्भावित क्रुद्ध प्रतिक्रियाको कल्पनाले उनलाई चिन्तित बनायो । कमल जैसी मारिए पनि भद्रिको ज्यान बचे बचोस् भन्ने महाराज मले बमको भित्री मनसाय थियो । पर्वतको अखण्डताको निमित्त महत्त्वपूर्ण योगदान पुऱ्याएबापतको पुरस्कार स्वरूप प्राप्त भएको आफ्ना पतिको हत्याले राजकुमारीलाई रुष्ट र व्यथित बनाउला भन्ने कल्पनाले महाराजलाई अलिकता विचलित बनायो । त्यसलाई पर्वतको कृतघ्नताको रूपमा बुझिदेलिन् कि भन्ने सुर्ता महाराजलाई भयो ।

ढोलठाना दरबारमा उपस्थित भाइभारदाहरूलाई साथ लिएर महाराज बेनी झरे । कमल जैसी र भद्रिको सद्गतको व्यवस्था मिलाउन अह्राए । भाइलाई आफैँले मुखाग्नि दिन अघि सरे । दशी प्रमाणका लागि कमल जैसीको शरीरमा रहेका कपडा र गरगहनाहरू सङ्कलन गरेर जुम्ला पठाइदिने व्यवस्था गर्न बडाकाजीलाई जिम्मा लगाए । भद्रिको सद्गतका लागि राजकुमारी विश्वप्रभा उपस्थित हुन चाहन्छिन् कि भनी सोधिपठाए । राजकुमारीले रुचि देखाइनन् । स्पष्ट इन्कार गरिदिइन् ।

भद्रिको नृशंस हत्याको दुर्घटनाले महाराज मले बमलाई अपराधबोध गरायो । आत्मग्लानीको अनुभूति भयो । राज्यसत्ताको लागि आफ्नो भाइको हत्या गर्नुपर्ने परिस्थिति उपस्थित हुनेछ भन्ने कल्पना उनले गरेकै थिएनन् । उनी आफैँलाई त्यस्तो चेष्टा प्रीतिकर थिएन । व्यक्तिगत हिसाबले उनी बरू भद्रिलाई अंशभाग दिन तत्पर थिए । राजकुमारीका निमित्त राज्यत्याग गर्नसमेत तयार थिए भन्ने कुरा राजकुमारी विश्वप्रभा स्वयमलाई जानकारी थियो । मले बमको मनसाय र स्वभावसँग उनी अनभिज्ञ थिइनन् । भद्रिलाई सजाय दिनुपर्ने अवस्था आयो भने 'जे पनि हुन सक्छ' भनेर राजकुमारीसँग महाराजले पहिले नै भनिसकेका थिए तैपनि राजकुमारीका अगाडि अनुहार देखाउने हिम्मत जुटाउन महाराजलाई गाह्रो पर्‍यो ।

पर्वत राज्यको अखण्ड अस्तित्व र महाराज मले बमको सुख, समृद्धि र अकन्टक राज्यभोगको सुनिश्चितताको लागि आफ्ना सारा रहर, आकाङ्क्षा, खुशी र शरीरसमेत बलिवेदीमा चढाएकी राजकुमारीले थप श्रीमान् समेतको बलिदान दिनुपर्ने अवस्था अकल्पनीय थियो । यो घटनाले महाराजका मनमा राजकुमारीप्रतिको आदरभाव चुलिएको थियो । त्यति ठूलो त्याग र बलिदान मानिसले गर्न सक्छ भन्ने कुरा उनका लागि कल्पनातीत थियो । त्यतिखेर महाराजले राजकुमारीको त्यागप्रदिप्त भीमकाय व्यक्तित्वका अगाडि आफू लिलिपुटे पुड्के भएजस्तो अनुभव गरिरहेका थिए ।

राजकुमारी विश्वप्रभाले मले बमका लागि आफ्नो सर्वस्व त्याग गरेकी थिइन् तर बदलामा आफूले भने राजकुमारीका पतिको ज्यानसमेत लिइदिएका थिए । भद्रिको ज्यान जोगाइदिने सतर्कता अपनाउन नसकेकोमा पछुतो लागिरहेको थियो । पर्वतको निशानामा भद्रि थिए तापनि त्यो घटना कदाचित क्षमायोग्य थिएन । त्यसैले चाहेर पनि तत्काल राजकुमारीलाई भेट्न जाने हिम्मत महाराजले जुटाउन सकेनन् । राजकुमारीको कुपित दृष्टिको सामना गर्ने साहस भएन । सुमन्तमार्फत क्षमा मागिपठाए । राजकुमारीबाट तिक्त प्रतिक्रिया आएन भन्ने समाचारले उनलाई अलिकता ढाडस दियो ।

तीन दिनपछि घटनाको समीक्षाका लागि दरबार बोलाइयो । राज्यविरूद्ध बुनिएको षड्यन्त्रको जालो च्यात्न सफल भएकोमा खुशी प्रकट गरियो । त्यस महान् कार्यमा महत्त्वपूर्ण भूमिका निर्वाह गर्ने भाइभारदार र सैनिक

जवानप्रति कृतज्ञता प्रकट गरियो । पारितोषिक दिने निर्णय भयो । मृतक सैनिकको उच्च सम्मान गर्दै घरपरिवारको भरणपोषणको प्रबन्ध राज्यले गर्ने निर्णय लिइयो । पर्वत राज्यको विखण्डन रोक्नमात्रै होइन, राज्यको अस्तित्व रक्षाका निमित्त आफ्नो सर्वस्व दाउमा लगाएकोमा राजकुमारी विश्वप्रभाप्रति राज्यका तर्फबाट आभार प्रकट गरियो । राज्यको संरक्षकको भूमिका निर्वाह गरेकी हुनाले राज्यको असली हकदार उनैलाई मानियो । महाराज मले बमकै प्रस्तावमा राजकुमारीलाई 'पर्वतकी महारानी'को मानार्थ पदवी दिने निर्णय भयो । पर्वत दरबारले राजकुमारी विश्वप्रभालाई 'राजमाता'को सम्मान दिनुपर्ने निर्णयसमेत लियो ।

त्यही बेलुका साँझतिर अष्याली सुमन्तलाई साथ लिएर महाराज मले बम राजकुमारी विश्वप्रभाले आश्रय लिएको कुरिलाखर्क दरबारमा पुगे । गहिरो विषाद पोतिएको राजकुमारीको अनुहार देखेर महाराज थामिन सकेनन् । अपराधीले झैं राजकुमारी सामु घुँडा टेके अनि दुवै हात जोडेर नतमस्तक भए । आँसु चुहाए । दुःख व्यक्त गरे । बारम्बार माफी मागे । भद्रिको हत्या भएकोमा आफू लज्जित भएको कुरा जाहेर गरे ।

राजकुमारी असाधारणरूपमा शान्त थिइन् । अनुहारमा गहिरो विषाद स्पष्ट गोचर भए पनि उनका आँखामा आँसु थिएन । अजङ्गको विषादको पहाड थाम्न राजकुमारीलाई कति गाह्रो परेको होला भन्ने अनुमानले महाराजलाई थप व्यथित बनायो । राजकुमारीले उठाउनुपरेको सारा दुःखकष्टको कारण उनले आफूलाई ठाने । राजकुमारीले आफ्नो लागि त्यत्रो त्याग देखाउँदा आफूले उनका लागि केही गर्न नसकेकोमा हीनताबोध भयो । भद्रिसँग बिहे गर्नबाट राजकुमारीलाई रोक्ने यथासम्भव कोशिश नगरेकोमा पछुतो लाग्यो । राजकुमारी निःशब्द, निश्चल पाषाण मूर्तिसमान भएकी थिइन् । त्यस्तो हृदयविदारक दृश्य धेरैबेर हेरिरहने हिम्मत महाराजमा भएन । त्यसैले रुग्ण मलिन स्वरमा बिन्ती गरे, "राजकुमारी ! तपाईंको अपराधी म हुँ । मबाट अक्षम्य अपराध भएको छ । म सजायभागी छु । जान अञ्जानमा भएको अपराधबापतको प्रायश्चित्त गर्न चाहन्छु । मेरा निमित्त सजाय तोकिदिनुहोस् ।"

राजकुमारीले महाराजको अनुहारमा निहारिन् । उनको अनुहारमा बालसुलभ निश्छलता थियो । पश्चातापको पीडा थियो । छलकपटको लेस मात्र पनि देखिएन । अपराधबोधको साँचो स्वीकारोक्ति थियो । उसै पनि मले बमप्रति राजकुमारीमा कुनै दुर्भाव थिएन । महाराजको चेष्टालाई उनले स्वाभाविक रूपमा लिएकी थिइन् । त्यसैले भनिन्, "महाराज ! कर्तव्य निर्वाहको सन्दर्भमा कहिलेकाहीँ अनपेक्षित घटना घट्छन् । भवितव्यमा भएको गल्ती क्षम्य हुन्छ । महाराजबाट कुनै गल्ती भयाको छैन । भद्रिले आफ्नो चिहान आफैँ खनेका हुन् । त्यसैले प्रायश्चित्त गर्नुपर्न्या आवश्यकता छैन । फेरि महाराजकन सजाय गर्नसकन्या म को हुँ र ? मेरो के हैसियत छ र ?"

"राजकुमारीकन पर्वत दरबारले त्यस्तो हैसियत प्रदान गर्‍याको छ । राजमाताको सम्मान दियाको छ । राजाले समेत मान्नुपर्न्या आदेश गर्‍याको छ ।"

"पर्वतले मबाट सारा कुरा खोस्यो । रहर खोस्यो, प्रेम खोस्यो, परिवार खोस्यो, लोग्ने खोस्यो, सिन्दूर खोस्यो । सम्पूर्ण रूपमा रित्तो, निख्लो र निस्सार बनायापछि सम्मानको भारी बोकाउनु लोकाचारमात्र होइन र ? मसँग अब बाँकी के छ ? मसँग भयाको कुरा सबै पर्वतका नाममा सङ्कल्प गरिसक्याकी छु । दान गरिसक्याकी छु । अब मसँग बाँकी भएको यही एउटा ज्यान हो । यो देह रहनु-नरहनुको अब कुनै अर्थ छैन । महाराजकन अन्तिम सन्देश पठायापछि मेरो अस्तित्व समाप्त गर्नु उपयुक्त हुन्थ्यो होला । 'जस्तै पर्‍या पनि ज्यान हाल्न्या छैन' भनी महाराजकन दियाको वचन पूरा गर्नमात्र म बेनी झर्‍याकी हुँ ।"

"सैनिकहरूकन काममा खटायाको मैले हो । त्यसैले घटनाको जिम्मेवार म नै हुँ । राजकुमारीसमक्ष क्षमा माग्ने शब्द र हैसियत दुवै मसँग छैन ।"

"अवश्य, महाराज ! निरपराधको हत्या वर्जित हुन्या हो । भद्रि निरपराध थियानन् । उनको मनसाय असल थिया'न । बरू व्यवहारले नभया पनि नाताले म उनकी पत्नी हुँ । उनको हत्याको परिस्थिति निर्माणमा मेरो हात छ । त्यस अर्थमा भद्रिको हत्याको दोषभागी म हुँ । महाराजले त एउटा राजाको कर्तव्य निर्वाह गरिसेको हो । फलाफलको आकाङ्क्षा नराखीकन कर्म गर भनीकन गीताले निर्देश गर्‍याको छ । म वा महाराजमध्ये जसको

गल्ती भया पनि न्याय निसाफ गर्न्या अन्तर्यामी माथि छन् । त्यो उनकै जिम्माको कुरा हो । मैले भद्रिकन आफ्नो पति मानिन । उनीप्रति मेरा मनमा रत्तिभर माया मोह थियान । हो, भद्रिको ज्यान नलिइदिएका भए हुन्याथ्योजस्तो लाग्याको छ । उनले अनावश्यक महत्त्वाकाङ्क्षाको परिणाम कति भयावह हुँदो रहेछ भनीकन बाँचिरहृयाका भया आफ्नै आँखाले देख्दा हुन् । राज्यश्रीको खोजीमा आँखा चिम्लेर हाम्फाल्दाको परिणाम देख्दा हुन् । चेत्दा हुन् । यो मेरो कामना होइन, कल्पना हो ।"

"उनको मृत्युमा मकन कुनै विषाद छैन । बरू भद्रिसँगको अनिच्छित र अवाञ्छित बन्धनबाट दैवले मकन यति चाँडै मुक्त गरिदेलाजस्तो लाग्याको थियान । बितेका दुईवटा वर्षहरू मेरा लागि कुम्भिपाक नरक समान कष्टपूर्ण थिए । मेरो जीवन सधैं आँसुमै डुबेर बितन्या भो जस्तो लाग्थ्यो । अब सारा सांसारिक बन्धनबाट मुक्त भयाकी छु । स्वतन्त्रताको श्वास लिन सकन्या भयाकी छु । सिउँदो पुछियाकोमा महाराजसँग मेरो कुनै गुनासो छैन । सर्वनासको पहल भद्रि आफैंले गरेका हुन् । उनको बुता चल्दो हो भने महाराजको ज्यान लिँदा हुन् । दैवकन त्यो मञ्जुर थियान । आफ्नो अहङ्कारको सिकार आफैं भए । त्यसैले महाराजबाट अपराधबोध गर्नुपर्न्या आवश्यकता छैन । कमसेकम मेरो दुर्दशाका लागि महाराज जिम्मेवार होइसिन्न । त्यसको कारण केही रहेछ भने त्यो प्रारब्ध हो । होइन, मान्छेले आफ्नो भाग्य आफैं बनाउन्या हो भनेदेखिन् म आफैं जिम्मेवार छु । मैले कसैको दबाबमा होइन, आफ्नै मनखुशीले आफ्नो जीवन आफैं नर्क बनायाकी हुँ ।"

"त्यसको जड म हुँ । त्यसको कारण म हुँ । मप्रतिको सद्भाव र निश्छल प्रेमको परिणाम हो यो दुर्दशा । मेरो भलोको उत्कट चाहनाको परिणाम हो । नियतले नभए पनि परिणतिले त्यसको कारक म नै हुँ । त्यसैले मकन क्षमा गरिदिनुहोस् । राजकुमारीको हार्दिक क्षमाले मात्र मकन सान्त्वना र सन्तोष दिन्या छ ।", महाराजले पुनः निवेदन गरे ।

"महाराजकै नाममा मैले सर्वस्व हाँसीहाँसी अर्पण गर्‍याकी हुँ । पुण्य प्राप्तिका लागि होइन, प्रेमका लागि समर्पण गर्‍याकी हुँ । मेरो निष्काम प्रेम

हो । त्यसबापत कुनै प्रतिफलको आकाङ्क्षा राख्याकी होइन । महाराजको चाहना त्यस्तै हो भन्या 'क्षमा' भन्न्या एउटा शब्दोच्चारण गर्न मकन के गाह्रो भयो र ?"

"म कृतज्ञ छु राजकुमारी ! सधैं सेवाको अवसर पाऊँ । देवी मानीकन पूजन्या अवसर पाऊँ । मेरा लागि सबभन्दा ठूलो प्रायश्चित्त त्यही हुन्या छ ।"

"महाराज ! यो दरबार मेरो डोली गृहप्रवेश गऱ्याको पवित्र मन्दिर हो । यो मन्दिरसँग अनेकौं मीठा प्रसङ्गहरू जोडियाका छन् । यहाँ बस्दा मेरो स्मरणमा ती घटनाहरू बारम्बार आइरहन्या छन् । तिनले मकन निरन्तर रुवाइ रहन्या छन् । जीवनमा जति रुनु पर्न्यो हो, त्योभन्दा कैयौं गुणा बढी म रोइसक्याकी छु । अब बाँकी जीवनमा विगत सम्झी रुन्या मन छैन । माफ पाऊँ महाराज ! म यहाँ बस्न सक्दिनँ ।"

"त्यसो हो भने बेनी दरबारको रानीवास यहाँको लागि खाली गर्न लगाउँछु । दरबारमै बसी सदाकाल पर्वतकन दिग्दर्शन गर्न्या कृपा गर्नुहोस् ।"

"दरबार बन्नुपूर्वको मेरो जीवन रङ्गीन थियो । मसँग भविष्यका अनगिन्ती सपना, कामना र कल्पना थिए । त्यही दरबारले मेरो सर्वस्व खोस्यो । बेनीको दरबार मेरा लागि अभिशाप बन्यो । त्यही दरबारमा मैले आफ्ना सारा इच्छा, आकाङ्क्षाहरूको बलिदान गर्नुपऱ्यो । त्यो भूतले मकन चैनसँग बस्न दिन्या छैन, महाराज !"

"त्यसो हो भने ढोलठाना दरबारमा राज होस् !"

"महाराज ! मेरो जीवनका सबभन्दा सुन्दर क्षणहरू ढोलठानामै सुरक्षित छन् । ढोलाठाना, जगन्नाथ, गुफाडाँडा, डढेकोट, डडुवाको वनलगायतका ठाउँहरूसँग जोडियाका मीठा सन्दर्भहरू सम्झँदा मेरा आँसुहरू रोकन्या सामर्थ्य मसँग रहन्या छैन । भकिम्लीको बाघखोर डाँडाबाट ढोलठानातिर हेर्दा त मकन मन थाम्न गाह्रो पर्दो रहेछ भने स्वयम् म त्यही ठाउँमा कसरी बस्न सकुँला र ?", राजकुमारीले तर्कने प्रयत्न गरिन् ।

राजकुमारी विश्वप्रभाको आसय पर्वतभन्दा बाहिर कतै जाने थियो तर महाराज मले बमले उनको मनोविज्ञान बुझ्न सकेनन् । भद्रिको हत्यापछि देहत्याग गर्नेछैन भनेर राजकुमारीले दिएको पुरानो वचनको अर्थ पर्वतमै

बस्ने छु भन्ने हो भनेर उनले बुझेका थिए । त्यसैले एकपछि अर्को विकल्प प्रस्तुत गर्ने सन्दर्भमा पुन नयाँ प्रस्ताव अघि सारे, "सुमन्त ! थाकनको पल्लो छेउमा रह्याको आँपको बगैंचामा 'राजमाता'का लागि आवास निर्माण गरिदिनुपर्‍यो । एउटा चिटिक्कको महल बनाउन्या कार्यको जिम्मेवारी तिमीले लेऊ । भोलिदेखि नै काम शुरू गर । खजन्तीकन आवश्यक रकमको व्यवस्था गरिदिन भोलि नै आदेश गरिदिन्या छु ।"

आफूलाई जसरी पनि पर्वतमै अड्याउने चेष्टा र हठ देखेर महाराजप्रति राजकुमारीका मनमा दया पलायो । टिठ लाग्यो । हुन्न, बस्दिनँ भनेर उनको मन कुँड्याउने इच्छा राखिनन् । त्यति रूढ हुन सक्तै सकिनन् । चुप लागेर बसिन् । महाराज मले बम राजकुमारीसँग बिदा भएर ढोलठानातिर लागे । सुमन्तले महाराजलाई पछ्याए ।

एकाउन्न

जति-जति थाकनको बगैँचामा निर्माणाधीन महल पूर्णतातिर उन्मुख हुँदै थियो त्यतित्यति राजकुमारीको छटपटी पनि बढ्दै गएको थियो । हेर्दाहेर्दै ६ महिना बित्यो, राजकुमारीले मनमनै लिएको सङ्कल्प पूरा गर्ने आँट गर्न सकेकै थिइनन् । "हिँड्, जा, अहिल्यै बाटो लाग्, आजै कदम बढा, तेरो गन्तव्य उतै हो" भनेर मनले निरन्तर पेलिरहेको थियो । किन-किन महाराज र पर्वत भनेपछि राजकुमारीको मनमा अनौठो भावना उम्लन थाल्थ्यो । उनको हृदयको कुनाकुनाबाट वात्सल्यप्रेमको अजस्र स्रोत निस्रित हुन्थ्यो । मोहपासले बाँध्थ्यो । त्यसबाट मुक्त हुने बाटो उनले देखेकै थिइनन् । उनको सचेत मनले सांसारिक बन्धनबाट मुक्तिको बाटो खोज्न निरन्तर घचघच्याइरहेको थियो । विगत ६ महिना उनले कुरिलाखर्क दरबार प्राङ्गणबाट बाहिर पाइलो राखेकै थिइनन् भन्दा फरक पर्दैनथ्यो । उनको गन्तव्य वराहपाखोस्थित पानीपँधेरो र कुरिलाखर्क दरबार आउजाउ गर्नु मात्रै भएको थियो ।

एक दिन अकस्मात् उनै सन्देशवाहक गान्धारीमाता टुप्लुक्क दरबारमा आइन् । उनलाई देख्नासाथ राजकुमारीको मनमा एउटा योजनाको स्फुरण भयो । राजकुमारीले उनलाई आजको एकरात आफूसँग बस्ने अनुरोध गरिन् । गान्धारी मातासँग राति अबेरसम्म अनेकौं कुराकानी भए । कुराकानीकै सन्दर्भमा राजकुमारीले सोधिन्, "हजुरको नाम किन गान्धारी माता राखिएको होला । सन्न्यास लिँदा त पुरानो नाम त्यागिन्छ, होइन र ?"

"मैले सन्न्यास लिँदा दिइएको नाम गान्धारी हो ।"

"कस्तो नाम जुरायाछन् त गुरुबाबाले ? यो नाम त सांसारिकजस्तो भयान र ?"

"हो, नाम अलि नमिल्याको हो किजस्तो लाग्छ तर ठीकै पनि हो ।"

"कसरी ?"

"म ब्राह्मणी हुँ । मेरो घरबार, छोराछोरी, धन-सम्पत्ति सबै छ । अब 'थियो' भन्नु उचित होला । एक दिन मेरा बाहुन अचानक घरबाट गायब भए । हराए । बेपत्ता भए । धेरै वर्षपछि उनी घरबार त्यागेर सन्न्यासी जीवन बिताउन थालेका रहृयाछन् भन्ने कुरा पत्ता लाग्यो । उनी काशीमा छन् भन्ने जानकारी मिल्यापछि छोराहरू खोज्न गए । छोराहरू काशी पुग्दा बाहुनको इहलीला समाप्त भैसक्याको रहृयाछ । छोराहरू रित्तै फर्क्यापछि ममा वैराग्य उत्पन्न भयो । बाहुनले जुन बाटो लिया त्यही बाटो हिंड् भनेर मेरो ब्रह्मले धकेल्यो । मैले छोराछोरी, जहान परिवार, माइतीमावलीहरू सबैसँग सल्लाह सहमति गरीकन बाहुनले देखायाको बाटो हिड्न्या निर्णय लियाँ । जन्मान्ध धृतराष्ट्रको अनुशरणमा गान्धारीले आजीवन आँखामा पट्टी बाँध्याजस्तै भयो तपाईंको निर्णय भनीकन गुरुबाबाले मकन 'गान्धारीमाता' नाम दिनुभयाको हो ।"

माता र रम्भा निद्रामा निमग्न भएपछि राजकुमारीले श्री श्री श्री १००८ महाराज बाबा योगेश्वरलाई चिठी लेखिन् । खाम बन्द गरिन् र ओछ्यानमा पल्टिन् । उनलाई पटक्कै निद्रा परेन । बिहान माताको हातमा बाबालाई दिनु भनेर चिठी थमाइपठाइन् ।

मोह, मायाको सांसारिक बन्धनबाट मुक्त भएर सन्न्यासी जीवन बिताउने आफ्नो मनसाय रहेको कुरा खुलाएर आवश्यक सहयोग गरिदिन बाबालाई अनुरोध चिठीमा गरिएको थियो । चिठीको व्यहोरा अवगत भएपछि महाराजले पनि आफूले जानेबुझेको र सकेको सहयोग गर्ने प्रतिबद्धता पत्रबाटै जाहेर गरे । दुई-चारपटक सन्देश आदानप्रदान भएपछि राजकुमारीलाई गोप्य तवरमा दरबारबाट निकाल्ने र सुदूर, अज्ञात धार्मिक स्थलसम्म पुऱ्याउने योजना बन्यो ।

आफूले कुरिलाखर्कको दरबार सदाको लागि परित्याग गर्ने तिथिसम्म पनि रम्भासँग त्यसबारेमा राजकुमारीले चर्चा गरेकी थिइनन् । उनको

सङ्कल्पको भनकसम्म पनि रम्भाले पाएकी थिइनन् । समयपूर्व चर्चा चलाउँदा रम्भाबाट कुरो बाहिर कतै चुहिएला कि भन्ने त्रास राजकुमारीलाई थियो । त्यसैले रम्भाप्रतिको अविश्वासभन्दा पनि सतर्कता अपनाएकी थिइन् । महिना जेठ भए पनि वैशाख पूर्णिमाको दिन थियो । बिहानको खानपिनपछि राजकुमारीले विशेष सरसल्लाह गरौं भनेर रम्भालाई कोठाभित्र लिएर गइन् । शयनकक्षमा पुगेपछि आफ्नो पलङमा पहिले रम्भालाई राखिन् । रम्भाले अप्ठ्यारो मानिन् । त्यस दिनभन्दा अघि कहिल्यै राजकुमारी सुकला हुने पलङमा उनी त्यसरी बसेकी थिइनन् । नत राजकुमारीले नै त्यसअघि त्यस्तो चेष्टा देखाएकी थिइन् । राजकुमारीको अनपेक्षित व्यवहारले रम्भालाई आश्चर्यचकित बनायो । अलिकता सशङ्कित पनि बनायो । पलङ्मा बसेकी रम्भाको काखमा टाउको राखेर राजकुमारीले अकस्मात आँसु बगाउन थालिन् । निकैबेर रोएपछि उनले भनिन्, "रम्भा दि' !"

सम्मानयुक्त सम्बोधन राजकुमारीको मुखारबिन्दबाट पहिलोचोटि सुनेकी रम्भा तीनछक परिन् । उसै पनि राजकुमारीको व्यवहार त्यस दिन सदाभन्दा भिन्न थियो । त्यसमाथि नयाँ सम्बोधनले थप आश्चर्यचकित बनायो । उनले प्रतिउत्तरमा भनिन्, "हजुर, राजकुमारी !"

"न अब म राजकुमारी रहन्या छु, न तिमीकन फेरि दिदी भनी सम्बोधन गर्न पाउन्याछु । यो नाता, यो सम्बन्ध, यो सम्बोधन अब सदाका लागि मेटिन्या छ ।"

राजकुमारीको कुराको भेउ रम्भाले पाइनन् । राजकुमारीको कुरा र व्यवहार उनका लागि नसुल्झिएको पहेली बन्यो । राजकुमारीले देहत्याग गर्ने कुरा गरेकी त होइनन् कतै भन्ने डर लाग्यो । उनले अनुमानमै भनिन्, "त्यस्तो कुरा गर्नुहुँदैन राजकुमारी ! काँतरहरूले ज्यान हाल्छन् । विपत्सँग सधैं पौंठेजोरी खेलन्या हिम्मत राख्न्या बहादुर मैयाकन मुखबाट त्यस्तो पानीमरुवा कुरा निकाल्नु शोभा दिँदैन ।"

रम्भाले राजकुमारीका दुवै नरम हथेलीहरू आफ्ना हातमा लिइन् र मुसार्न थालिन् । राजकुमारीको औंलामा मृत्युको बुटी छ भन्ने कुरा उनलाई जानकारी थियो । सम्भव भए राजकुमारीले चाल नपाउने गरी उतारेर लुकाइदिन मन लाग्यो ।

रम्भा दि' ! मेरा लागि तपाईं बाबुआमा, दाजुभाइ, अभिभावक, साथी, दिदीबहिनी सबै हो । तपाईंले मकन ठूलो ऋणको भारी बोकाउनु भयाको छ । तपाईंको ऋण मैले जन्मजन्मान्तरसम्म तिर्न सक्न्याछैन ।"

रम्भा झन् रनभुल्ल परिन् । राजकुमारीको सम्बोधन तिमीबाट तपाईंमा उक्लेको थियो । केही गडबड अवश्य छ भन्ने अनुमान उनले गरिन् । अनिष्टको कल्पनाले थरहरी भइन् र सरल उत्तर दिइन्, "मेरा आमाबाबुले मकन हजुरको सेवाका निमित्त दरबारमा पठाइदिनु भयाको हो । मैले राजकुमारीको जिम्मा पाउनु मेरो सौभाग्य हो । म भाग्यमानी हुँ । राजकुमारीको रूपमा मैले स्नेही साथी पाएँ, आज्ञाकारी बहिनी पाएँ । मायालु मालिक्नी पाएँ । मेरो जीवन धन्य भयो । यो मेरो एक मुठी सास हजुरकै काखमा छोड्न पाया मलाई पुग्यो ।"

"दिदी ! म जीवनदेखि थाकिसकें । मेरो जीवनको कुनै अर्थ बाँकी छैन अब । न मेरो घर छ, न परिवार छ, न आफन्त छन्, न माइतीमावली छन् । आज मेरो आफ्नो भन्नु दिदीसिवाय अरू कोही छैन । मैले मेरो मनको कुरा तपाईंबाहेक अरू कोसँग गरूँ ? मेरो दुखेसो बुझन्या र सुनिदिन्या को छ र ? आज मैले मेरा मनको कुरा दिदीसँग गर्छु । मेरो कुरा दिदीसम्म सीमित रहोस् । तेस्रो कानसम्म नपुगोस् ।"

"किन भन्दी हुँ ? कसैकन भन्दिनँ । भन्नुहोस्, मनको बह पोख्दा बोझ कम हुन्छ, मन हलुङ्गो हुन्छ ।"

"दिदी ! योभन्दा बढी हजुरको ऋण बोक्न्या सामर्थ्य मसँग छैन । अब मकन मुक्त गरिदिनुपर्छ ।"

"के भनिसेको होला ? हजुरकन छोडी म कहाँ जान्या ? मेरो पो अब अरू को छ र ?"

"दिदीले छोडन्या होइन, मकन सांसारिक मायामोहबाट मुक्त भैकन परमार्थको बाटोमा लाग्न्या अनुमति दिनोस् ।"

"के भनिसेको होला ? हजुरकन नपुग्दो के छ र जोगिनी हुनुपर्‍यो ? पर्वतमा बस्न मन नलागे देउपुर जाऊँ । मेरा पनि भाइबैनी छन् । हजुरका पनि दाजुमहाराज होइसिन्छ ।"

"देउपुरले मकन दान गऱ्याको हो । दान फिर्ता लिनु घोर पाप मानिन्छ । मेरा जन्मदाता र जन्मभूमिकन त्यो पापको भारी कसरी बोकाउन सक्छु र ? फेरि बुबामुमा भैदियाका भए उहाँहरूको काखमा शिर राखेर आँसु बगाई मन हलुङ्गो बनाउन्या अवसर मिलन्याथ्यो । त्यो अवसर पनि अब रह्या'न । मेरो दुःखकष्ट देख्नुपर्ला भनीकन अघि नै माथि सवारी भैस्यो ।"

राजकुमारी फेरि रुन थालिन् । रम्भाको पनि हृदय भरिएर आयो । कण्ठ अवरुद्ध भयो तैपनि प्रश्न तेर्स्याइन्, "कहाँ सवारी हुन्छ त ?"

"जान्या निश्चित ठाउँ कहाँ हुन्छ र ? बाँकी जीवन सन्न्यासिनी भईकन बिताउन चाहन्छु ।"

"म पनि सन्न्यासिनी हुन्छु । हजुरसँगै जान्छु । हजुरकन छोडी म कसरी बस्न सक्छु र ?"

"सन्न्यासी हुनु भन्याको माया, मोह, परिवार, आफन्त, नाता, सम्बन्ध सबै त्याग्न्या हो । हामी दुवै सँगसँगै भयापछि पुरानो साइनो सम्बन्ध चटक्क भुलेर नयाँ व्यवहार गर्न कसरी सकिन्छ र ?"

"म कहाँ जाऊँ त ?", रम्भाले हिक्का छोड्दै सोधिन् ।

"पर्वतमै बस्या पनि महाराजले आदर सम्मानकै साथ राखिसिन्या छ । होइन, यहाँ बस्दिनँ भन्यादेखिन् देउपुर जानू तर मैले सन्न्यास लियाको कुरा कसैकन नबताउनू ।"

"हजुर साथमा नभयापछि न पर्वतमा बस्न सुहाउँछ, न देउपुर फर्कन मिल्छ । बरु सँगै दुवै जना देउपुर जाऔँ । देउपुरबाट हजुर सन्न्यासिनी भैकन हिँडिसेला, म जे गरे पनि गरुँला ।"

"मैले देउपुरमा कसरी अनुहार देखाउन सक्छु र दिदी ? देउपुरले मकन पर्वत दरबारमा चढायाको हो । पर्वतले भद्रिको साथ लगाइदियो । म भद्रिकी पनि हुन सकिनँ । उनको मृत्युको कारण म आफैं बनेँ । समाजका नजरमा म पतिघाती अपराधी हुँ । कलङ्किनी हुँ । न मकन पर्वतमा बसन्या अधिकार छ, न देउपुर फर्कन्या आधार छ । आफ्नो परिवारको बलि चढाई मले बमको मेजमानीमा बस्नु समाजले कुरा काटन्या कारण बन्या छ । समाजले मेरो चरित्रमा प्रश्न उठाउन्या छ । समाजको नजरमा चरित्रहीन ठहरीकन म जिउन सक्तिनँ । ६ महिनादेखि निरन्तर के गरूँ, कसो गरूँ

भनीकन सोचिरह्याकी छु । मेरा लागि दुईवटा बाटामात्र बाँकी छन् । कि आत्महत्या कि सन्न्यास ! यी दुई बाटाभन्दा अरू सबै मेरा लागि बन्द छन् । 'ज्यान हालन्या छैन' भनी महाराज मले बमकन दियाको वचन तोड्न पनि चाहन्नँ । खुशीराजीले मले बमले मकन सन्न्यास लिन दिन्या छैनन् । उनकन सुइँको नदीकन म हिंड्नुपर्छ । उनले कहिल्यै पत्तो सुइँको नपाउन्या गरी बेपत्ता हुनुपर्छ ।"

"एक्लै कसरी, कता गैसिन्छ त ?"

"मैले त्यसको प्रबन्ध गरिसक्याकी छु । आज राति मकन यहाँबाट लैजान मानिसहरू आउँछन् । फेरि हाम्रो भेट हुन्या छैन । बाँकी जीवन बिलकुल बिरानो ठाउँमा एक्लै गुमनाम भैकन बिताउन्या छु ।"

राजकुमारीले आफ्नो औंलाको हीराको औंठी निकालेर रम्भाको औंलामा पहिऱ्याइदिइन् । अँगालो हालेर निकैबेर रोइन् । रम्भालाई पनि मन थाम्न गाह्रो भयो । दुवै जना घण्टाभर धोको पोखेर रोए । दिन बित्यो । बेलुकीको खाना पनि तयार गरिएन । दुवै जनालाई खाने मन थिएन । राजकुमारीले लुगाको नाममा दुई थान सेतो धोतीको सानो कुटुरो बनाइन् । बोउचो फुकाएर हेरिन् । केही असर्फीहरू बाँकी रहेछन् । गणना नगरीकन आधा रम्भाको हातमा राखिदिइन् । रम्भाले लिन मान्दै मानिन् । नलिने हो भने रिसाउँछु भनेपछि गनेर पाँचवटा लिइन् र चिनो भनेर खोकिलामा राखिन् । बाँकी सबै राजकुमारीलाई नै दिइन् । सानो कपडामा लपेटेर राजकुमारीले कम्मरमा बाँधिन् ।

आफूहरूले खाना नखाए पनि बाहिर ढोकामा रखबारी गर्ने पहरेदारहरूलाई खाना बनाएर आफैं राजकुमारीले दिइन् । खानामा अलिकता चरेस मिलाएकी थिइन् । चौकीदारहरू खानापछि मस्त निद्रामा परे । रात छिप्पिइसकेको थिएन । त्यति नै बेला पछिल्तिरको पर्खालतिरबाट 'तित्तो पिरो फो... । झ्याँ पी... फुइँ... !' भन्ने चिबेचरीको आवाज तीनपटक दोहोरियो । त्यो राजकुमारीको प्रस्थान गर्ने बेलाको सङ्केत थियो । राजकुमारीले "दि ! अब म जान्छु" भनेर रम्भालाई अँगालो हालिन् । रम्भा रुन थालिन् । राजकुमारीले पनि मन थाम्न सकिनन् । "म पनि सँगै जान्छु" भनेर रम्भाले अन्तिम जिद्दी गरिन् । संसार त्यागेर हिंडेकी हुनाले आफूले उनलाई साथ लान नसक्ने

कठोर निर्णय राजकुमारीले पुनः दोहाऱ्याइन् । म दुखियाको कथा सुनाउनैका लागि पनि दिदीले यहीं बस्नुपर्छ भनेर सम्झाइन् । मर्नु परे पनि मैले सन्न्यास लिएको कुरा कसैलाई नबताउनु भनेर पुनः सम्झाइन् ।

सानो कुटुरो समातेकी राजकुमारीका गह्लङ्गा गोडहरू दरबारको पछिल्तिर चरीको आवाज आएको दिशातिर लतारिए । रम्भा पनि सुकसुकाउँदै पछि लागिन् । पछिल्तिरको पर्खालमा चोयाँको भऱ्याङ झुन्डिएको थियो । त्यसैको सहारामा पर्खालमाथि चढेकी राजकुमारीले पछि फर्केर हेरिन् । रम्भालाई दुई हात जोडेर नमस्ते गरिन् र पर्खालपारि अलप भइन् । कसैले भऱ्याङ पनि उताऱ्यो । राजकुमारी कता लागिन् भनेर हेर्ने अवसर रम्भाले पाइनन् । उनी हतारिँदै दरबारको कौसीमा चढेर राजकुमारीको अन्तिम दर्शन गर्ने कोशिश गरिन् । पूर्णिमाको रात भए पनि आकाश बादलले छोपिएको थियो । अँध्यारो नभए पनि उति टाढासम्म देख्न सकिँदैनथ्यो । रम्भाको प्रयत्न खेर गयो । उनी थ्याच्च कौसीमा बसेर रुन थालिन् ।

कुरिलाखर्कको दरबारबाट बाहिर निस्केपछि राजकुमारीले खुला हावामा उन्मुक्तिको लामो श्वास लिइन् । वर्षौंदेखिको मनको बोझ हल्का भएजस्तो लाग्यो । राम्यरुम्य उज्यालो थियो । नजिकै दुईवटा मानवछायाहरू देखिन्थे । एउटा छाया गान्धारीमाताको थियो । दोस्रो अर्कोलाई राजकुमारीका आँखाले ठम्याएनन् । "हिँडौं" भन्ने मर्दाना आवाजले दोस्रो छाया कुनै योगीको रहेछ भन्ने जानकारी भयो । "अँध्यारै पो छ त, कसरी हिँड्नु ?", राजकुमारी बोलिन् । "एकछिनपछि आँखा अभ्यस्त हुन्छन्, बाटो देखिन्छ" भनेर गान्धारी माताले हात समातेर राजकुमारीलाई डोऱ्याइन् ।

कोटसाँघु पुगेर एकछिन तीनै जना रोकिए । राजकुमारीले साथमा जलदानीमा पानी भरेर लगेकी थिइन् । पानी पिइन् । एकछिन सुस्ताएपछि पुन रात्रिकालीन यात्रा शुरू भयो । साँघु तरेर पूर्वदक्षिणतिर अलिकता हिँडेपछि उकालो शुरू भयो । दूधेखोलाको फेदीबाट हल्ले गौंडा हुँदै डाँडाखानीसम्म पुग्दानपुग्दै मिरमिर उज्यालो भयो । कुखुरा बास्न थाले । कुकुरहरू भुकिरहेकै थिए । उकालो चढ्न राजकुमारीलाई पूरै रातभर लाग्यो । दुई-चार पाइला चलाउँदै, बिसाउँदै गर्दा खुर्लुक्क समय गयो । रातमै बाघखोर डाँडामा आइपुग्नु भन्ने बाबाको आदेश तामेल गर्न गाह्रो पर्ने

भो । मान्छेहरू घरघरबाट बाहिर निस्कन थालिसकेका थिए । महिलाहरू गाग्री बोकेर धारातिर लाग्न थालेका थिए । कसैले नचिनोस् भनेर गान्धारी माताले आफ्नो पिताम्वर राजकुमारीको अनुहार आधा छोपिने गरी टाउकोमा ओढाइदिइन् । एक जना परिचिता गृहिणीले त "हिजो साँझ दुई जना झर्नु हुन्थ्यो, आज त तीन जना पो उक्लनु भयो ?" भनेर टिप्पणी गरिहालिन् ।

बाघखोर डाँडास्थित बाबाको कुटीमा पुगेर राजकुमारीले विश्राम लिइन् । रातभरको हिँडाइले उनलाई बेपत्ता गाल्यो । दुई दिन त टाउको उठाउन पनि सकिनन् । तेस्रो दिन उठेर बाबासँग जतिसक्दो चाँडो आफूलाई बिरानो ठाउँमा पुऱ्याइदिन अनुरोध गरिन् । बाबा आफैँले राजकुमारीलाई उचित थरठेगानामा पुऱ्याइदिने वचन दिए । राजकुमारीले आफ्नो शिर मुण्डन गरिदिन आग्रह गरिन् । राजकुमारीको सुन्दर केशराशि काट्नुपर्दा बाबाका हातहरू काँपे । काटिएको रौंको गुजुल्टो जम्मा गरेर एउटा गहिरो खाडलमा राजकुमारी आफैँले राखिन् र माटोले पुरिन् । "के गर्नु भएको ?" भनेर गान्धारीमाताले सोधेपछि राजकुमारीले "देउपुरले मकन पर्वतको जिम्मा लगायाको हो । मेरो देह पर्वतकै माटोमा विसर्जित हुनुपर्थ्यो । दैवकन त्यो कुरा मञ्जुर भया'न । पर्वतबाट पलायन हुनुपर्ने भयो । मेरो केशकन मेरो प्रतिनिधि मानेर मैले पर्वतको माटोमा समाधिस्थ गरेँ । यो मेरो देहको विसर्जन हो । अब आजदेखि देउपुरकी राजकुमारी विश्वप्रभाको मृत्यु भयो । अब मैले नयाँ जन्म लिएँ । राजपरिवारको सदस्यता मेरा लागि अघिल्लो जुनीको कथा भयो । मैले सन्न्यास लिएँ । तर कसैकन मैले गुरु बनाउन्या भने छैन ।", राजकुमारीले भनिन् ।

"कता जान चाहनुहुन्छ त हजुर ?", बाबा योगेश्वरले सोधे ।

"कुनै पवित्र पुण्यधाममा पुऱ्याइदिनुहोस्, जहाँ मेरा परिचितहरू पुग्ने सम्भावना नरहोस् ।"

"काशी जाने कि ?"

"काशी त हुँदैन । महाराज घनश्याम महारानी गुलवदनसहित काशीवास गैसकेको छ । कतै संयोगले भेट भयो भन्या राम्रो हुन्या छैन । जीवनमा अब मैले कुनै परिचितको अनुहार देख्न चाहन्नँ । मेरो शरीरमा मेरा आफन्तहरूको आँखा कदापि पर्न नपाओस् ।"

"त्यसो हो भने हरिद्वार अथवा वृन्दावन जानुपर्ला ।"

"हो, त्यतै जाऊँ । काशीको नजिक त ती ठामहरू पर्दैनन् नि ?"

"नजिक छैनन् ।"

"वृन्दावन जाऊँ । राधाले श्रीकृष्णको नाममा जीवन बितायाको ठाउँ हो भन्छन् । त्यही पवित्र पुण्यभूमिमा मैले पनि बाँकी जीवन महाराज मले बमको नाम जपेर बिताउँला । जन्ममृत्युको चक्र निरन्तर चलन्या कुरा साँचो हो भने यो जुनी यस्तै भो, अर्को जुनी उनैका साथ बिताउन पाऊँ भनीकन जपना गरूँला । मसँग अलिकता रकम छ । आफ्नै खर्चमा सानो कुटी बनाईकन बसन्या प्रबन्ध मिलाइदिनुहोला ।"

"हुन्छ, त्यस्तो सुविधा वृन्दावनमा मिल्छ । बरू पछिपछि त बानी पर्ला, शुरुमा एक्लै बस्न कठिन होला । एक जना साथीको पनि व्यवस्था मिलाउँला ।"

"गुरुबाबाट आज्ञा मिल्छ भन्यादेखि राजकुमारीको साथमा म जान तयार छु ।", नजिकै रहेकी गान्धारीमाताले प्रस्ताव गरिन् ।

पर्सिपल्ट बाबा योगेश्वर र गान्धारीमाताको साथ लागेर भुकभुके डाँडाबाट राजकुमारीले वृन्दावनको यात्रा शुरु गरिन् । डोले, मुसुङ हुँदै बरङ्जाको धुरी छिचोलेर ताराखोला हुँदै बुर्तिवाङ निस्केर अर्णाकोटबाट तम्घास निस्केको त्रिसदस्यीय फिरन्ता टोली मधेस झऱ्यो ।

उता राजकुमारीको वियोग रम्भाका लागि असह्य भयो । राजकुमारीको अनुपस्थितिमा बाँच्नुको कुनै औचित्य देखिनन् । "राजकुमारी कता गइन् ?" भन्ने कुरा मर्नु परे पनि नखोल्नु भन्ने राजकुमारीको अनुरोध सम्झिइन् । देउपुर र पर्वतका प्रत्येक मान्छेले आफूलाई सोध्ने हजारौं प्रश्नको जवाफ दिनुपर्ने कुराले उनलाई अत्यायो । देउपुर दरबारले के भन्ला ? पर्वतका महाराजले के भन्लान् ? के सोध्लान्, के जवाफ दिउँला ? "मकन थाहा भयान" भन्ने उनको कथन कसले पत्याउला ? कति जनालाई कति दिन ढाँट्नु भन्ने लाग्यो । सयौं-हजारौं मान्छेलाई ढाँटेर दुई-चार वर्ष किन जिउने जस्तो लाग्यो । आफ्नो जीवन अर्थहीन लाग्न थाल्यो । एक करुवाभरि पानी लिएर रम्भा दि' राजकुमारीको शयन कक्षमा गइन् । राजकुमारीले पाखुरामा समातेर राखेकै ठाउँमा उसैगरी बसिन् । राजकुमारीले चिनो भनेर दिएको औंठी औंलाबाट निकालिन् । औंठीबाट त्यसमा जडिएको 'नग' निकाल्ने

कोशिश गरिन् । गाह्रो भयो । उठेर भान्साकोठामा गइन् र खलको बच्चा लिएर आइन् । पलङको चौकोसमा दुई औँलाको सहारामा औँठीलाई ठाडो गरेर अड्याइन् र अर्को हातले 'लोरो' चलाइन् । औँठी कच्याककुचुक पऱ्यो । नग भुइँमा गुर्कियो । नग उठाएर हेरिन् । एउटा हातले करूवा उठाइन्, आँखा चिम्लिएर नग मुखमा राखिन् र दुई-चार घुट्को पानी घटघट पिइन् । पलङमा सुत्न मनले मानेन । भुइँमा झरेर गलैँचामै सुतिन् । कतिखेर उनका आँखा लागे, थाहा पाइनन् । फेरि ब्युँझिएका भए पो हिजोको कुरा स्मरण रहन्थ्यो । राजकुमारीको औँठीमा जडिएको हीराले आफ्नो काम गरिसकेको थियो । उनको चेतना विलुप्त भइसकेको थियो ।

भोलिपल्ट दिन छिप्पिँदासम्म राजकुमारी र रम्भा दुवै जना बाहिर नदेखिएपछि चौकीदारले 'रम्भादी' भनेर बोलायो । दरबारभित्रबाट जवाफ आएन । अघिल्लो दिन खाना खाएपछि आफूहरू बेसुध भएर सुतेको सम्झेर खानामा अवश्य केही कुरा परेको थियो भन्ने अनुमान गऱ्यो । शायद त्यही नशामा राजकुमारीहरू पनि होलान् भनी ठान्यो र दरबारभित्र छिऱ्यो । सबै झ्यालढोकाहरू खुलै थिए । चौकीदार माथि उक्ल्यो । सरासर राजकुमारीको शयनकक्षमा गयो । रम्भालाई बेसुध भएर भुइँमा सुतेको देख्यो । उसको शङ्का पुष्टि भएजस्तो लाग्यो । राजकुमारी शयनकक्षमा थिइनन् । उनी भान्सातिर छिन् कि भनेर हेऱ्यो । त्यता पनि थिइनन् । दरबारका सबै चोटाकोठा चहाऱ्यो, बाहिर बराण्डामा पनि हेऱ्यो, दरबारको वरिपरि घुमेर हेऱ्यो । कतै नदेखेपछि छक्क पऱ्यो ।

पर्खाल उक्लेर बाहिर जान सकिने सम्भावना थिएन । मूलढोकामा बाहिरबाट आफैँले अघिल्लो दिन भोटे ताल्चा ठोकेर सुतेको थियो । फर्केर राजकुमारीको शयनकक्षमा गयो, रम्भा दिदीलाई झकझक्यायो । उनको शरीर चिसो भैसकेको थियो । नाडी छाम्यो, छातीमा कान राखेर मुटुको धड्कन सुन्ने कोशिश गऱ्यो । नाकनजिकै हात लगेर श्वासप्रश्वासको जाँच गऱ्यो । जीवनको लक्षण थिएन । हात समातेर चलाउन खोज्यो । दरो भएर अरट्ठिइसकेको रहेछ । चल्दै चलने । चलाउनै सकेन । आत्तिएर अर्को साथीलाई पुकाऱ्यो । साथी आएर हेऱ्यो, कुरा सुन्यो । राजकुमारी बेपत्ता थिइन्, रम्भा मरिसकेकी थिइन् । हतारिँदै ढोलठानातिर कुद्यो ।

बाउन्न

राजकुमारी विश्वप्रभा अचानक बेपत्ता भएको खबर पाउनासाथ महाराज मले बम हतारिँदै बेनी ओर्लिए । सर्वप्रथम कुरिलाखर्कस्थित राजप्रसादामा पुगेर रम्भाको मृत्युको जानकारी लिए । यथास्थितिमा रहेको रम्भाको लासको निरीक्षण गरे । लास उठाएपछि कोठाको गहिरो निरीक्षण गरे । रम्भाको लास रहेको स्थान नजिकै सिलौटाको बच्चा अर्थात् लोरो थियो । राजकुमारीले प्रयोग गर्ने पलङ्माथि कुच्चिएको जनाना औँठी फेला पऱ्यो । महाराजले औँठी हातमा लिएर गहिरो गरी हेरे । औँठी राजकुमारी विश्वप्रभाको थियो भनेर चिन्न उनलाई गाह्रो परेन । औँठी कुच्चिएको थियो र त्यसमा जडिएको हीराको पथ्थर गायब थियो । पलङको शिरोभागतिरको चौकोसको काठ पनि अलिकता कुच्चिएको थियो । नग निकाल्न औँठीलाई त्यही काठमा राखेर लोरोले कुच्चाइएको रहेछ भन्ने अनुमान भयो । रम्भाको शरीरमा घाउचोट थिएन, विषपान गरेको लक्षण पनि थिएन । त्यसैले त्यही राजकुमारीको औँठीको हीरा प्रयोग गरेर रम्भाले ज्यान दिएकी रहिछिन् भन्ने अनुमान महाराजले गरे । राजकुमारीको हातको औँठीको हीरा कसरी रम्भाको हात लाग्यो ? हीराको प्रयोग राजकुमारीले नै गरेकी हुन् भने उनको लास कता गायब भयो भन्ने प्रश्नले उनलाई बेपत्ता रिङ्गायो । रम्भाको मृत्युको कारण औँठी थिएन भने हीरा कता गायब भयो अथवा रम्भाले आफ्नो ज्यान कसरी दिइहोलिन् ? उनको लासको प्रकृतिले कुनै लक्षण देखाउँदैनथ्यो ।

राजकुमारी बेपत्ता भए पनि आत्महत्या नै गरेकी होलिन् भनेर महाराज मले बमले कल्पना गरेका थिएनन् । "जस्तोसुकै परिस्थिति आइलागे पनि

आत्महत्या गर्ने छैन" भनेर राजकुमारीले महाराजलाई वचन दिएकी थिइन् । विश्वप्रभाजस्ती दृढप्रतिज्ञ मानिसबाट वचन उल्लङ्घन गरी आत्महत्या गरियो होला भनेर पत्याउन उनी तयारै थिएनन् तैपनि समाजको आत्मतुष्टिका लागि नदी किनारतिर खोजखबरका लागि मानिसहरू दौडाए ।

निरन्तरको प्रतिकूल परिस्थितिले जीवनबाट विरक्त बनेकी राजकुमारी कतै पुण्यधामहरूतिर लागिन् कि भन्ने शङ्का निवारणका लागि केही मानिसहरूलाई बनारसतिर लाग्ने बाटोतिर दौडाए । कालीगण्डकीको दुवै किनारतिरबाट सोध्दै-खोज्दै मानिसहरू रानीघाटसम्म पुगेर फर्के । राजकुमारीको हुलिया मिल्ने महिला त्यता लागेको कसैले देखेन । काली तर्ने तुइन र म्याग्दीको काठेसाँघु तरेको देखें भन्ने मानिस फेला परेन । कतैबाट पनि कुनै सङ्केत र सकारात्मक जवाफ प्राप्त भएन । पश्चिमको बाटो राजकुमारी मधेस झरिन् कि भनेर घोडचढीहरूको दुई समूह म्याग्दीको दुवै किनारैकिनार पश्चिमतिर दौडाइयो । एकटोली दरबाङ, रुम हुँदै सोलेको धुरीसम्म पुगेर फर्क्यो । अर्को टोली दरबाङ, ताकम, मुना हुँदै मरिनी देउरालीसम्म पुगेर फर्क्यो । त्यतिखेरसम्म मुक्तिनाथले हिन्दू तीर्थस्थलको रूपमा प्रसिद्धि पाइसकेको थिएन । त्यसैले राजकुमारी त्यता लाग्ने सम्भावना थिएन तैपनि त्यता पनि सोधीखोजी गरियो । हराएको सात दिन बित्दासम्म पनि राजकुमारीको सुइँको-पत्तो लागेन । न लास मिल्यो, न सास ।

डाँडाखानीकी झम्पी मगर्नी बुढीले बेलुका दुई जना जोगी र माता तल झरेको र बिहान तीन जना माथि उक्लेको देखेको भन्ने खबर दरबारसम्म 'एक कान, दुई कान, मैदान' भएर आइपुग्यो । जति बेला दरबारले त्यस्तो सूचना पायो, त्यति बेलासम्म निकै समय बितिसकेको थियो । दरबारमा सूचना पुग्ने बेलासम्म राजकुमारी आफ्नो अभीष्ट गन्तव्यसम्म पुगिसकेकी थिइन्, शायद ! तैपनि केकसो हो भनेर बुझ्न दरबारबाट खटिएको टोली भकिम्लीको बाघखोर डाँडा पुगेर बाबाको आश्रममा सोधपुछ गर्‍यो । "सूचना कतै नचुहाउनू" भनेर बाबाले कडा निर्देशन दिइछोडेका हुनाले चेलाचेलीहरूले "बाबा तीर्थाटनमा निस्केको धेरै भैसक्यो, बाबाको अनुपस्थितिमा नयाँ मान्छे कोही आएको छैन" भनेर जवाफ दिए ।

राजकुमारी कतै लागेकी हुन् वा आत्महत्या गरेकी हुन् भन्ने कुरा पर्वतले पत्तो पाउनै सकेन । राजकुमारीले कतै स्थलसमाधि पो लिइन् कि भनेर दरबार प्राङ्गणको सूक्ष्म निरीक्षण गरियो । कुनै सङ्केत फेला परेन । दरबार हाताको ढोका फोरिएको थिएन । मूलढोकाबाहेक अन्यत्रबाट सामान्य मान्छे दरबारबाट बाहिर निस्कन सक्ने सम्भावना पनि थिएन । महाराजको कोपभाजन हुनुपर्ने डरले चौकीदारहरूले बेलुकाको खानापछि आफूहरू गहिरो निदमा परेको कुरा खोलेनन् । साँचो कुरा बताउने हिम्मत चौकीदारहरूले गरिदिएका भए राजकुमारी दरबारबाट निस्केर अवश्य अज्ञातस्थलतिर लागेकी होलिन् भनेर अनुमान हुन्थ्यो होला ।

राजकुमारीको कतै पत्ता नलागेपछि समाजमा अनौठा-अनौठा हल्ला चल्न थाले । कसैले मध्यरातमा एउटा मशालजस्तो ज्योति आकाशमा माथितिर उड्दै गएर तारामण्डलमा विलीन भएको मानिसहरूले देखे रे भन्थे । कसैले महारानी म्याग्दी नदीमा पसिन् रे तर उनी पानीभित्र डुबिनन् रे, नदीसँगै सललल रुखको पातझैं बगिन् रे भन्थे । कसैले सीताझैं धर्तीमा समाहित भइन् रे भन्थे । कसैले दरबारभित्रै तपस्यालीन भएकी महारानी अन्तर्ध्यान भइन् रे भन्थे । यसरी महारानीको अलपको अनेकौं हल्लाहरू चले । चमत्कारमा विश्वास नगर्नेहरूले पनि दरबारहाताभित्रै बेलौतीको रुखमा झुन्डिएर महारानीले आत्महत्या गरिन् रे भन्थे ।

महारानी त बेपत्ता भइन् नै, उनले परित्याग गरेका तर उनको नामसँग साइनो गाँसिएका मानवनिर्मित संरचनाहरू सबैजसो केही वर्षभित्र पृथ्वीको गर्भमा विलुप्त भए । त्यही शताब्दीको अन्ततिर भदौ महिनामा ठूलो भूकम्प आयो । मनसुनी वर्षाले गलित भएको जमिन भूकम्पले नराम्रोसँग हल्लाइदियो । क्षतविक्षत बनायो । भूकम्पको धक्काले ढोलठानाको दरबार धराशायी भयो । बराहापाखोस्थित पानीधारा, पोखरी र चौतारो अर्थुङ्गेको डिल खसेर पुरियो । त्यही पहिरोले महारानी बस्ने गरेको कुरिलाखर्कको दरबार पनि पुरियो । कुरिलाखर्कदेखि माझखेतसम्म समानान्तर, सम्म मिलेको फाँट थियो । अग्निखेत भनिने ठाउँमा ठूलो पहिरो लाग्यो । थाकन र कुरिलाखर्क छुट्टियो । थाकनको पल्लो छेउतिरको आँपको बगैंचा र निर्माणाधीन 'रानीवास'समेत बगेर म्याग्दीमा मिसियो । थाकन

र माझखेतको बीचमा समतल जमिन पहिरोले भीरपाखोमा रूपान्तरित गरिदियो । त्यही पहिरो आजपर्यन्त 'रानीवास' भनेर समाजमा परिचित छ । वास्तवमा त्यस ठाउँमा रानीवास भवन पूर्ण भएकै थिएन । बन्दाबन्दैको अपूरो दरबार महारानी बेपत्ता भएपछि अलपत्र छोडिएको थियो । त्यो भवनमा कोही पनि बस्न पाएन । निर्माण कार्य पूरा नहुँदै प्राकृतिक प्रकोपको सिकार भयो ।

त्रिपन्न

महारानी बेपत्ता भएपछि राजा मले बम केही समय विक्षिप्त भए । उनमा क्रोध र उग्रता बढेर गयो । ससाना कुरामा मानिसहरूलाई हप्काउने, तर्साउने र दण्डितसमेत गर्ने गर्न थाले । महाराजको स्वभावमा आएको आकस्मिक परिवर्तनले भाइभारदारहरूलाई चिन्तित बनायो । महाराज मले बममा पर्न गएको मनोवैज्ञानिक प्रभावलाई कसरी सामान्य अवस्थामा फर्काउने भनेर छलफल र सरसल्लाह भयो । विद्वान् राजजैसी आनन्द रेग्मीले एउटा जुक्ति सुझाए । पर्वतविरुद्ध षड्यन्त्रमा सामेल भएका बाँकी दुश्मनहरूलाई दण्डित गर्ने योजना बनाउने प्रस्ताव राजासमक्ष राखियो । महाराज त्यसमा सहर्ष सहमतमात्रै भएनन्, कार्यान्वयनका लागि आतुर भए ।

बर्खा बित्यो, दशैं लाग्यो । निशान पूजाका लागि निसीकोटमा आएका डिल्ली भुजेललाई समातेर बेनी दरबारमा उपस्थित गराइयो । बेनीकोटको मौलोमा बाँधेर डिल्ली भुजेलको शिरोच्छेदन स्वयम् महाराज मले बमले आफ्नै हातले गरे । डिल्ली भुजेलको हत्यापछि मले बमको क्रोध अलि शान्त भयो ।

दशैंलगत्तै अर्को शत्रुराज्य गलकोटमाथि पर्वतले आक्रमण गऱ्यो । गलकोट हान्दा मले बम आफैंले पर्वते सेनाको नेतृत्व गरे । गलकोटको सुदूर पूर्वमा रहेका जसपुर र थनथाप पर्वतको कब्जामा आयो । पृथ्वीपति मल्लको नेतृत्वमा रहेको गलकोटे सेनालाई लगार्दै लगेर वैरीमारा खोल्सो कटाएपछि मले बम शान्त भए ।

पर्वतको सबभन्दा ठूलो वैरीको रूपमा उदाएको जुमलालाई दण्डित गर्न बाँकी थियो । उता जुम्लाले पृथ्वीपति शाहीको शासनकालमै पर्वतमाथि

हमला गर्न भनेर गरेको तयारी कमल जैसी र भद्रिको हत्यापछि स्थगित भयो । महाराज पृथ्वीपतिको देहावसान भए पनि पर्वतलाई जसरी पनि नोक्सान पुऱ्याएर बदला लिन उद्यत् रहेका उनका सुपुत्र सुरथ शाहीले मुस्ताङ कब्जा गरे । मुस्ताङका तत्कालीन राजा साम्दुक प्रबललाई कोवाङमा जुम्लीसेनाले घेरामा पाऱ्यो, ठिनी कब्जा गरेर पर्वतको भोटतर्फको निकासी नाका अवरुद्ध गरिदियो । भोट-मधेस व्यापार ठप्प भयो । ठूलो आर्थिक नोक्सानी उठाउनुपऱ्यो ।

बिनातयारी बाईसीमध्येको सबैभन्दा बलियो राज्य जुम्लासँग भिडिनु नोक्सानदायक हुने ठहर गरेको पर्वतले जैसी आनन्द रेग्मीको माध्यमबाट डोटीसँग मैत्रीसन्धि गर्न सफल भयो । डोटीका तत्कालीन राजा मान्धाता शाही र पर्वतका मले बम मल्लको संयुक्त शक्तिले जुम्लालाई हरायो । डोटीसँग एकातिर अर्कोतिर पर्वतसँग एकैसाथ दुई मोर्चामा लड्ने शक्ति जुम्लाको पुगेन । मुस्ताङबाट जुम्ला खेदियो ।

भद्रि, डिल्ली र कमल जैसीको हत्या गरेर जुम्ला र गलकोटलाई पनि ठेगान लगाउन सफल भएपछि मले बमको क्रोध शान्त भयो । बेनीको दोविल्लामा शिवालय स्थापना गरेर भ्रातृहत्याको प्रायश्चित्त गरे ।

महारानी विश्वप्रभाले मले बमको प्रेमको मूल्यमा आफ्नो जीवन लथालिङ्ग बनाएर चुक्ता गरेकी थिइन् । उनले पर्वत राज्यलाई आफ्ना प्रेमी मले बमकै प्रतिरूपमा मानेर जोगाइन्, विखण्डन हुनबाट रोकिन् । त्यसका लागि आफ्नो जीवन र परिवारसमेत बलिदान गरिन् । राजकुमारी विश्वप्रभाको गुन तिर्न 'महारानी'को सम्मान प्रदान गरियो, राजमाता मानियो । मले बमको चाहना त पर्वतको नयाँ नामकरण गरेर महारानीलाई अमर बनाउन चाहन्थे । भाइभारदारहरूले नयाँ जुक्ति निकाले । राजाको भावनामा खेलेर राजाको चाकरी गर्ने अवसरको रूपमा लिए । महारानीले पर्वत राज्य र मले बमलाई पर्याय मानेकी थिइन् । उनका लागि मले बमजत्तिकै पर्वतको भूमि प्रिय थियो । पर्वतभूमिलाई उनले मले बमकै प्रतिरूप मानेर जोगाएकी थिइन् । शत्रु षडयन्त्रबाट बचाएकी थिइन् । उनैको भावनाको सम्मान स्वरूप 'मले बम प्रदेश' भनेर पर्वतको नयाँ न्वारन गर्नु उपयुक्त हुने राय दिइयो । महारानीको लागि सबै खालको त्याग गर्न

राजा तयार थिए, तत्पर थिए । राजाले भारदारको सुझाव सहर्ष स्वीकार गरे । पर्वतले 'बम प्रदेश' भन्ने नाम पायो । शताब्दीयौँसम्म 'मले बम' पर्वतको पर्यायको रूपमा बाईसी-चौबीसी राज्यहरूबीच प्रचलित रह्यो ।

महारानी बेपत्ता भएको दुई शताब्दीपछि कुरिलाखर्कस्थित राजभवन रहेको जमिन बेनीका 'तुलेवाँडा' भनेर लोकपरिचित तुलबहादुर शाक्यको स्वामित्वमा आयो । उनले उँधौली-उँभौलीमा गरिने गोठधूपको तिथिमा महारानीलाई पनि धूपधजा दिन थाले । गाईगोठको सुरक्षाको निमित्त महारानीको नाममा धूपधजा दिन शुरू गरेको त्यही चलनले महारानीलाई 'देउती' बनायो । कालान्तरमा देउतीले 'देवी भगवती'को मान्यता पाउन थालिन् । पर्वत राज्यको अखण्डताको निमित्त सारा सर्वस्व बलिदान गर्ने धीरोदात्त विराङ्गना विश्वप्रभाले लोकबाट 'देवी'को सम्मान पाइन् । पुजिन थालिन् । आजपर्यन्त पुजिँदै छिन् ।

नेपाली साहित्यका विविध विधामा कलम चलाउने सिद्धहस्त लेखक हुन्– चन्द्रप्रकाश बानियाँ । म्याग्दीको पुलाचौर-भीरमुनि जन्मिएका बानियाँ योग्य शिक्षक, निर्भीक पत्रकार र सफल राजनीतिकर्मीसमेत हुन् ।

उनका *ऐतिहासिक पर्वत राज्य* (२०६५), *खस जाति र कुलपूजा* (२०६८), *मृत्युरसंस्कार मन्थन* (२०७५), *भौज्याहा* (२०७७) लगायत कृति प्रकाशित छन् ।

मदन पुरस्कार - २०७६ विजेता *महारानी* उनको बेस्ट-सेलर उपन्यास हो ।

cpbaniya@gmail.com
@cpbaniya
cpbaniya

www.ingramcontent.com/pod-product-compliance
Ingram Content Group UK Ltd.
Pitfield, Milton Keynes, MK11 3LW, UK
UKHW042125021026
15589UKWH00003B/605

9 789937 753623